De Indische klerk

DAVID LEAVITT

De Indische klerk

Vertaald door Jan Fastenau

De Harmonie Amsterdam / Manteau Antwerpen

Archimedes zal nog in de herinnering voortleven wanneer Aeschylus allang is vergeten, want talen sterven uit en wiskundige concepten niet. 'Onsterfelijkheid' is wellicht een dwaas woord, maar een wiskundige heeft waarschijnlijk de grootste kans op wat het ook moge betekenen.

G.H. Hardy, *A Mathematician's Apology*

DEEL EEN

De vlieger in de mist

*D*e man die opzij van het spreekgestoelte zat leek heel oud, althans in de ogen van zijn publiek, dat voornamelijk uit studenten bestond. In werkelijkheid was hij nog geen zestig. De vloek van mannen die er jonger uitzien dan ze zijn, bedacht Hardy vaak, is dat ze op een gegeven moment in hun leven een omslagpunt bereiken waarna ze er ouder gaan uitzien dan ze zijn. Als student in Cambridge was hij geregeld aangezien voor een schooljongen die op bezoek was. Als hoogleraar was hij geregeld aangezien voor een student. Nu had zijn leeftijd hem ingehaald en voorbijgestreefd, en leek hij de personificatie van de bejaarde wiskundige die de ontwikkelingen niet heeft kunnen bijbenen. 'Wiskunde is een spel voor jonge mannen' – die woorden zou hij zelf een paar jaar later schrijven – en het was hem beter afgegaan dan de meesten. Ramanujan was op zijn drieëndertigste gestorven. Bewonderaars die in de ban waren van zijn legende speculeerden nu over wat hij allemaal had kunnen presteren als hij langer had geleefd, maar zelf was Hardy ervan overtuigd dat Ramanujan niet veel méér zou hebben gepresteerd. Hij was gestorven met zijn beste werk al achter de rug.

Plaats van handeling was de Nieuwe Collegezaal van Harvard University, op de laatste augustusdag van 1936. Hardy was een van de talrijke geleerden die uit de hele wereld waren opgetrommeld om eredoctoraten te ontvangen ter gelegenheid van het driehonderd-jarig bestaan van de universiteit. In tegenstelling tot de meeste gasten was hij echter niet hier om over zijn eigen werk of zijn eigen leven te praten, en hij had ook niet de indruk dat hij daarvoor was uitgenodigd. Dat zou een teleurstelling zijn geweest voor zijn toehoorders. Ze wilden over Ramanujan horen.

Hoewel de collegezaal een zekere vertrouwde geur had voor Hardy – een geur van krijt en hout en oude sigarettenrook – troffen de geluiden hem als typisch Amerikaans. Wat maakten deze collega's een hoop meer kabaal dan hun Britse collega's! Hun stoelen kraakten terwijl ze in hun aktetassen zaten te rommelen. Ze fluisterden en ginnegapten met elkaar. Ze droegen geen toga maar gewoon een colbertje met stropdas – sommigen zelfs een vlinderdasje. De hoogleraar die de taak was toebedeeld om hem te introduceren – zelf ook een jonge man, van wie Hardy nog nooit had gehoord en aan wie hij pas kort tevoren was voorgesteld – stapte het podium op en schraapte zijn keel, waarop het publiek stil werd. Hardy waakte ervoor om geen enkele reactie te tonen terwijl hij naar zijn eigen geschiedenis luisterde, gelardeerd met alle bekroningen en eredoctoraten die zijn faam wettigden. Het was een litanie waaraan hij gewend was geraakt en die trots noch eigenwaan bij hem opriep, alleen gelatenheid: het deed hem niets om een opsomming van al zijn prestaties te horen omdat die wapenfeiten tot het verleden behoorden en daarom in zekere zin niet meer van hem waren. Het enige wat wel altijd van hem was geweest waren de dingen die hij deed, en tegenwoordig deed hij maar heel weinig.

Er barstte luid applaus los en hij stapte naar het spreekgestoelte. Zijn publiek was groter dan hij eerst gedacht had. De zaal was niet alleen tot de laatste plaats bezet, maar er zaten ook studenten op de vloer en ze stonden tegen de wand achterin. Velen hadden een opengeslagen schrift op schoot en zaten met hun pen in de aanslag.

(Tjongejonge. Wat zou Ramanujan daarvan vinden?)

'Ik heb mezelf voor dit college een taak gesteld,' begon hij, 'die loodzwaar is en die ik als praktisch onmogelijk zou kunnen kenschetsen indien ik had besloten om te beginnen met me omstandig te verontschuldigen voor een mogelijk echec. Ik moet mezelf eigenlijk als nooit tevoren een soort beredeneerd oordeel vormen – en jullie proberen te helpen dat zelf ook te doen – van de meest romantische figuur in de recente geschiedenis van de wiskunde...'

Romantisch. Een woord dat zelden in zijn tak van wetenschap werd vernomen. Hij had het woord zorgvuldig gekozen en was van plan het te herhalen.

'Ramanujan was mijn ontdekking. Ik heb hem niet uitgevonden

– zoals andere genieën heeft hij zichzelf uitgevonden – maar ik was de eerste echt ter zake kundige persoon die iets van zijn werk onder ogen kreeg, en ik kan me nog met voldoening herinneren dat ik meteen inzag wat voor schat ik had gevonden.' Ja, een schat. Daar is niets verkeerd aan. 'En ik veronderstel dat ik nog steeds meer van Ramanujan weet dan wie dan ook, en nog steeds de grootste autoriteit ben op dit gebied.' Nou, dat zou door sommige mensen kunnen worden betwist. Door Eric Neville, bijvoorbeeld. Of, juister, door Alice Neville.

'Ik heb hem gedurende enkele jaren vrijwel elke dag gezien en met hem gesproken, en bovenal heb ik daadwerkelijk met hem samengewerkt. Ik ben hem meer verschuldigd dan wie ook ter wereld, op één uitzondering na, en mijn omgang met hem is het enige romantische voorval in mijn leven.' Hij keek naar de menigte. Zorgde dat voor enige beroering? Hij hoopte het. Sommigen keken even op van hun aantekeningen en hun fronsende blik kruiste de zijne. Een of twee studenten staarden hem vol empathie aan. Ze begrepen het. Ze begrepen zelfs die ene 'uitzondering'.

'Het probleem voor mij is dus niet dat ik niet genoeg over hem weet, maar dat ik te veel weet en voel, en niet onpartijdig kan zijn.'

Nou, hij had het gezegd. Dat woord. Hoewel ze natuurlijk geen van beiden in de zaal zaten – de een was dood, met de ander had hij al tientallen jaren geen contact meer – keken Gaye en Alice hem aan vanaf de achterste rij. Gaye keek goedkeurend, voor de verandering, maar Alice schudde haar hoofd. Ze geloofde hem niet.

Voel.

2

*D*e brief arriveert op de laatste dinsdag van januari 1913. Op zijn vijfendertigste is Hardy een gewoontemens. Elke ochtend maakt hij na zijn ontbijt een wandeling over het terrein van Trinity College – een wandeling in zijn eentje, waarbij hij tegen de kiezels van de paden schopt terwijl hij de details van de bewijsvoering waar hij aan werkt probeert te ontwarren. Als het mooi weer is denkt hij bij zichzelf: *Lieve God, laat het alstublieft regenen want ik kan vandaag echt geen zon gebruiken die door mijn ramen stroomt; ik wil duisternis en schemer zodat ik bij lamplicht kan werken.* Als het slecht weer is denkt hij: *Lieve God, kom alstublieft niet weer met de zon aan want die hindert me bij mijn werk, waarvoor ik duisternis en schemer en lamplicht nodig heb.*

Het is mooi weer. Na een half uur gaat hij terug naar zijn kamers, die riant zijn en recht doen aan zijn eminentie. Zijn appartement is over een van de poorten heen gebouwd die naar New Court voeren en heeft middenstijlen in de ramen waardoor hij de studenten kan gadeslaan die onder hem voorbijkomen op weg naar hun colleges. Zoals altijd heeft zijn bediende zijn stapeltje post op het rozenhouten tafeltje naast de voordeur gelegd. Niet veel interessants vandaag, zo te zien: een paar rekeningen, een briefje van zijn zuster Gertrude, een briefkaart van zijn collega Littlewood, met wie hij de eigenaardige gewoonte gemeen heeft om vrijwel alleen per briefkaart te communiceren, ook al woont Littlewood aan de volgende binnenplaats. En dan – afstekend bij de onopvallende, zelfs nietszeggende correspondentie, grof en groot en niet erg schoon, als een immigrant die net van de boot is gestapt na een eindeloos lange derdeklas overtocht – is daar de brief. De envelop is bruin en bezaaid met een assortiment onbekende postzegels. Eerst vraagt hij zich af of de brief verkeerd is bezorgd, maar de naam die op de voorkant staat geschreven, in een keurig handschrift van het soort dat een schooljuf genoegen zou doen, dat zijn zus genoegen zou doen, is de zijne: G.H. Hardy, Trinity College, Cambridge.

Omdat hij een paar minuten voorligt op schema – hij heeft de kranten al bij het ontbijt gelezen, de Australische cricketuitslagen bekeken, zijn vuist geschud bij een artikel waarin de opkomst van de automobiel wordt verheerlijkt – gaat Hardy zitten, waarna hij de envelop opent en het bundeltje papieren dat erin zit tevoorschijn trekt. Uit een of ander hoekje waar ze zich had verstopt duikt Hermione op, zijn witte poes. Ze springt op zijn schoot en terwijl hij begint te lezen aait hij haar hals en kramt ze haar nagels in zijn benen.

> Geachte heer,
> Met uw welnemen presenteer ik mezelf aan u als klerk op de boekhoudafdeling van de Port Trust, het haven- bedrijf van Madras, voor een jaarsalaris van slechts £ 20. Ik ben nu ongeveer 23 jaar. Ik heb geen universitaire opleiding genoten maar wel de normale middelbare- schoolopleiding. Daarna heb ik de vrije tijd die tot mijn beschikking stond aan wiskunde besteed. Ik heb niet het conventionele gebaande pad gekozen dat studenten aan de universiteit volgen, maar sla op eigen kracht een nieu- we weg in. Ik heb speciaal onderzoek gedaan naar op- klimmende reeksen in het algemeen en de resultaten die ik heb geboekt worden door plaatselijke wiskundigen als 'opzienbarend' betiteld.

Hij bladert door naar het einde van de brief – 'S. Ramanujan' is de naam van de schrijver – en gaat dan weer terug om de rest te lezen. 'Opzienbarend' is nog zwak uitgedrukt gezien de prestaties waarop de jongeman zich beroemt, concludeert hij. Zoals deze: 'Zeer onlangs kreeg ik een traktaat van u onder ogen getiteld *Ordes van oneindigheid* waarin ik op pagina 36 een bewering aantref dat er tot dusverre geen exacte formule is gevonden voor het aantal priemge- tallen tot aan enig gegeven getal. Ik heb een formule gevonden die de werkelijke uitkomst heel dicht benadert, met een verwaarloosbare afwijking.' Als dat zo is, dan wil dat zeggen dat die jongen heeft gedaan wat geen van de grote wiskundigen van de afgelopen zestig jaar is gelukt. Dan wil dat zeggen dat hij het theorema van de priemgetallen heeft verbeterd. En dat zou inderdáád opzienbarend zijn.

Ik wil u verzoeken om de bijgesloten pagina's door te nemen. Indien u ervan overtuigd bent dat er iets van waarde in zit, dan zou ik mijn stellingen, met het oog op mijn behoeftige omstandigheden, gaarne gepubliceerd zien. Ik heb niet de feitelijke onderzoeken beschreven noch de formules die ik heb gevonden, maar ik heb aangegeven welke methode ik volg. Gezien mijn gebrek aan ervaring zal ik uw adviezen zeer hogelijk waarderen. Ik verontschuldig me bij voorbaat voor de overlast die ik u bezorg.

De overlast die ik u bezorg! Hardy duwt Hermione tot haar ongenoegen van zijn schoot, staat op en loopt naar zijn ramen. Onder hem slenteren twee studenten in toga gearmd naar de poort. Terwijl hij hen gadeslaat denkt hij aan asymptoten, convergerende waarden die een som naderen die ze nooit zullen bereiken: een halve voet dichterbij, dan een kwart voet, een achtste... Het ene moment kan hij ze bijna aanraken als hij zijn hand uitsteekt en het volgende – zoeff! – zijn ze weg, opgeslokt door de oneindigheid. De envelop uit Indië heeft een merkwaardig luchtje aan zijn vingers achtergelaten, iets roetachtigs en iets wat volgens hem kerrie zou kunnen zijn. Het papier is inferieur. Op twee plaatsen is de inkt doorgelopen.

Dit is niet de eerste keer dat Hardy een brief van een onbekende krijgt. Ofschoon de zuivere wiskunde ver afstaat van de gewone wereld, oefent ze een raadselachtige aantrekkingskracht uit op zonderlingen van allerlei slag. Sommige mannen die Hardy hebben geschreven zijn gewoon gekken die beweren dat ze formules in handen hebben die de plaats van het verloren continent Atlantis aangeven, of dat ze cryptogrammen in de toneelstukken van Shakespeare hebben ontdekt die op een joods complot wijzen om de Britse staat op te lichten. De meesten zijn echter niet meer dan dilettanten die menen dat ze het bewijs van de beroemdste onopgeloste problemen hebben gevonden. *Ik heb de bewijsvoering rond van het Vermoeden van Goldbach waar al zo lang naar wordt gezocht* – het Vermoeden van Goldbach dat simpelweg stelt dat elk even getal groter dan twee kan worden uitgedrukt als de som van twee priemgetallen. *Het hoeft geen betoog dat ik huiver om mijn feitelijke bewijs te sturen uit vrees dat het in handen valt van iemand die het als het zijne zou kunnen publiceren...* De ervaring leert dat deze Ramanujan in die laatste categorie valt. *Met het oog op mijn behoeftige omstandigheden* – alsof er ooit iemand rijk is geworden van wiskunde! *Ik heb niet de feitelijke onderzoeken beschreven noch de formules die ik heb gevonden* – alsof alle hoogleraren van Cambridge daar met ingehouden adem op zitten te wachten!

Negen dichtbeschreven bladzijden vol wiskunde begeleiden de brief. Hardy gaat weer zitten en neemt ze door. Op het eerste gezicht duidt de complexe verzameling getallen, letters en symbolen op een redelijke vertrouwdheid met de taal van zijn discipline, maar er is iets raars mee zoals de Indiër die taal hanteert. Wat hij leest, bedenkt Hardy, is het equivalent van Engels zoals dat wordt gesproken door een buitenlander die het zichzelf heeft geleerd.

Hij kijkt op de klok. Kwart over negen. Hij ligt een kwartier achter op schema. Dus legt hij de brief weg, beantwoordt een andere brief (eentje van zijn vriend Harald Bohr in Kopenhagen), leest het laatste nummer van *Cricket*, lost alle puzzels op de pagina met 'Hersenbrekers' in *The Strand* op (dat kost hem – hij controleert het – vier minuten), werkt aan het concept van een verhandeling die hij samen met Littlewood schrijft en trekt, precies om een uur, zijn blauwe toga aan en begeeft zich op weg naar de eetzaal voor de lunch. God heeft zijn gebed genegeerd, zoals hij al hoopte. De zon is glorieus vandaag en warmt zijn gezicht, ook al moet hij zijn handen in zijn zakken steken. (Wat is hij toch dol op koude, heldere dagen!) Dan stapt hij de eetzaal in, en de duisternis daar dimt de zon zo grondig dat zijn ogen geen tijd hebben om zich aan te passen. Op een verhoging boven het kabaal van tweehonderd studenten, onder het wakend oog van

Byron en Newton en andere portretten van illustere Trinity-alumni, zitten een stuk of twintig professoren aan een lange tafel tegen elkaar te prevelen. Er hangt een lucht van zurige wijn en oud vlees. Links van Bertrand Russell is nog een stoel vrij en die neemt Hardy terwijl Russell hem met een knikje begroet. Dan wordt er een gebed in het Latijn gezegd; banken schuiven, kelners schenken wijn, de studenten vallen op het eten aan. Littlewood zit schuin tegenover hem, vijf plaatsen naar links, en is in gesprek geraakt met Jackson, een bejaarde hoogleraar klassieke talen – jammer, want Hardy wil het met hem over de brief hebben. Maar misschien is het maar goed ook. Als hij er wat langer over heeft nagedacht komt hij misschien tot de slotsom dat het allemaal nonsens is en behoedt hij zichzelf ervoor dat hij overkomt als een uilskuiken.

Hoewel het Trinity-menu in het Frans is geschreven, is het eten uitgesproken Engels: gepocheerde tarbot, gevolgd door een lams-kotelet met rapen en bloemkool, en een soort gestoomde pudding met een klonterige custardsaus. Hardy eet er maar weinig van. Hij heeft heel strikte opvattingen over voedsel, en de meest strikte is zijn afkeer van gebraden schapenvlees, die teruggaat tot zijn tijd in Win-chester, toen er nooit iets anders op het menu scheen te staan. En tar-bot is naar zijn mening het gebraden schaap van de vissenwereld.

Russell schijnt geen enkel probleem met de tarbot te hebben. Hoewel ze goede bekenden zijn, hebben ze niet veel met elkaar op – een type vriendschap dat Hardy veel gebruikelijker voorkomt dan doorgaans wordt verondersteld. In de eerste jaren dat hij hem mee-maakte droeg Russell een borstelige snor die, zoals Littlewood opmerkte, zijn gezicht een bedrieglijk dommige, zachtaardige uit-drukking gaf. Toen schoor hij hem af en kwam zijn gezicht als het ware op gelijk niveau met zijn karakter. Nu worden zijn ogen, die tegelijk scherp priemen en verstrooid staan, overschaduwd door welige wenkbrauwen, donkerder dan het haar op zijn hoofd. De mond ziet er bits en enigszins gevaarlijk uit, alsof hij zo kan bijten. Vrouwen adoreren hem – behalve een echtgenote heeft hij een hand-vol maîtresses – wat Hardy verbaast, aangezien een ander specifiek kenmerk van Russell zijn stinkadem is. De reikwijdte en de kracht van zijn intellect – zijn gedrevenheid om niet alleen de grootste wijsgeer van zijn tijd te zijn maar ook een diagnose van de menselijke natuur te stellen, filosofische verhandelingen te schrijven, de politiek in te gaan – imponeren Hardy maar ergeren hem ook, want de vraatzucht van een dergelijke geest kan soms op wispelturigheid lijken. Zo heeft hij bijvoorbeeld de afgelopen jaren niet alleen het derde deel van zijn kolossale *Principia Mathematica* gepubliceerd, maar ook een monografie getiteld *The Problems of Philosophy*. En toch heeft hij het deze middag niet over de principes van de wiskunde noch over de problemen van de filosofie. In plaats daarvan amuseert hij zichzelf (en Hardy geenszins) met het uitvoerig etaleren – compleet met schematische voorstellingen op een notitieblok – van zijn vertaling in logische symboliek van de *Deceased Wife's Sister Act*, de wet waarmee het huwelijk van een weduwnaar met de zuster van zijn vrouw wordt gelegaliseerd, waarbij Hardy de hele tijd zijn gezicht afgewend houdt om Russells penetrante adem niet te hoeven opsnuiven. Als Russell is uitgesproken (eindelijk!) begint Hardy om van onderwerp te veranderen over cricket: over *off-spinners* en *short legs*, over de kunst om een *hook* te maken en de onbezonnen strategie waardoor Oxford naar zijn mening zijn laatste wedstrijd tegen Cambridge verloor. Russell, even verveeld door cricket als Hardy door de *Deceased Wife's Sister Act*, neemt nog een kotelet. Hij vraagt of er nog nieuwe spelers voor de universiteit zijn van wie Hardy een hoge dunk heeft, en Hardy noemt een Indiër, Chatterjee van Corpus Christi College. Vorig jaar zomer heeft Hardy hem zien spelen in de wedstrijd van eerstejaars en vond hij hem heel goed. (En ook heel knap, al zegt hij dat er niet bij.) Russell eet zijn *gâteau avec crème anglaise*. Het is een hele opluchting als de proctor ten langen leste het dankgebed zegt en Hardy zich aan nog meer logische symboliek kan onttrekken en naar Grange Road wandelt voor zijn dagelijkse partijtje zaaltennis. Het geval wil dat zijn tegenstander deze middag een geneticus genaamd Punnett is, met wie hij soms ook cricket speelt. En wat vindt Punnett van Chatterjee? vraagt hij. 'Een uitmuntende vent,' zegt Punnett. 'Ze zijn daar heel serieus met cricket bezig, weet je. Toen ik in Calcutta was, stond ik uren naar de jongelui te kijken die aan het cricketen waren en de raarste dingen aten – een soort gepofte rijst met een kleverige saus erover.'

Punnett wordt afgeleid door herinneringen aan Calcutta en Hardy verslaat hem met gemak. Ze geven elkaar een hand en hij gaat terug naar zijn kamers, zich afvragend of zijn aandacht nu zo was getrokken door Chatterjees spel of door zijn knappe voorkomen, een heel Europese knapheid die te meer verrast door het contrast met zijn donkere huid. Intussen loopt Hermione te miauwen. De bediende heeft vergeten haar eten te geven. Hij mengt sardines uit een blikje met koude gekookte rijst en melk in haar kom terwijl ze met haar kopje langs zijn been wrijft. Als zijn blik op het rozenhouten tafeltje valt ziet hij dat er nog een briefkaart van Littlewood is gekomen, die hij net als de vorige negeert, niet omdat hij geen zin heeft om hem te lezen maar omdat het een van de grondbeginselen van hun samenwerking is dat geen van beiden zich ooit verplicht mag voelen om dringender zaken op te schorten teneinde de correspondentie van de ander te beantwoorden. Door zich aan die regel te houden, en aan soortgelijke andere, hebben ze een van de weinige geslaagde samenwerkingsverbanden in de geschiedenis van hun eenzame discipline opgezet, wat Bohr ertoe bracht om te schertsen: 'Engeland kan vandaag de dag bogen op drie vooraanstaande wiskundigen: Hardy, Littlewood en Hardy-Littlewood.'

Wat de brief aangaat, die ligt waar hij hem had weggelegd, op de tafel naast zijn gehavende rotan leesfauteuil. Hardy pakt hem op. Zit hij zijn tijd te verdoen? Misschien is het beter om hem gewoon in het haardvuur te gooien. Dat hebben anderen vast ook gedaan. Zijn naam is waarschijnlijk een van de vele op een misschien wel alfabetische lijst van befaamde Britse wiskundigen aan wie de Indiër de brief heeft gestuurd, de ene na de andere. En als de anderen de brief in het vuur hebben gegooid, waarom hij dan ook niet? Hij is een drukbezet man. G.H. Hardy heeft helemaal geen tijd om de losse aantekeningen van een onbekende Indische klerk te bestuderen... zoals hij merkt dat hij nu zit te doen, eigenlijk tegen zijn wil. Zo voelt het althans.

Geen details. Geen bewijsvoering. Alleen formules en beknopte

18

uitleg. Het meeste gaat hem volkomen boven de pet, dat wil zeggen, als het niet klopt heeft hij geen idee hoe hij dat moet vaststellen. Het lijkt in niets op de rekenkunde die hij kent. Er staan stellingen die hem volkomen verbijsteren. Wat bijvoorbeeld hiervan te denken:

$$1 + 2 + 3 + 4 + 5 + \ldots = -\tfrac{1}{12}$$

Zo'n uitspraak is je reinste waanzin. En toch zitten er hier en daar tussen de onbegrijpelijke vergelijkingen en de bizarre, niet met bewijzen gestaafde theorema's ook zaken die wel logisch zijn, en het zijn er voldoende om hem gaande te houden. Sommige van de oneindige reeksen herkent hij, bijvoorbeeld. Bauer had de eerste, die beroemd was om zijn eenvoud en schoonheid, in 1859 gepubliceerd:

$$1 - 5\left(\tfrac{1}{2}\right)^3 + 9\left(\tfrac{1\cdot3}{2\cdot4}\right)^3 - 13\left(\tfrac{1\cdot3\cdot5}{2\cdot4\cdot6}\right)^3 + \ldots = \tfrac{2}{\pi}$$

Maar hoe waarschijnlijk is het dat de ongeschoolde klerk die Ramanujan beweert te zijn ooit op die reeks is gestuit? Is het mogelijk dat hij hem op eigen houtje heeft ontdekt? En er is ook een reeks die Hardy nog nooit van zijn leven heeft gezien en die zich door hem laat lezen als een soort poëzie:

$$1 + 9\left(\tfrac{1}{4}\right)^4 + 17\left(\tfrac{1\cdot5}{2\cdot4}\right)^4 + 25\left(\tfrac{1\cdot5\cdot9}{4\cdot8\cdot12}\right)^4 + \ldots = \frac{2^{\frac{3}{2}}}{\pi^{\frac{1}{2}}\left\{\Gamma\left(\tfrac{3}{4}\right)\right\}^2}$$

Wat voor soort verbeelding zou dáármee op de proppen kunnen komen? En het wonderbaarlijkste is – Hardy neemt voor zover mogelijk de proef op de som op zijn schoolbord – dat de reeks lijkt te kloppen.

Hardy steekt zijn pijp aan en begint te ijsberen. In een mum van tijd is zijn wrevel omgeslagen in verbazing, zijn verbazing in geestdrift. Wat voor mirakel heeft de post hem vandaag gebracht? Iets wat hij in zijn stoutste dromen niet had verwacht. Een genie in het wild? Een beetje cru om het zo te stellen, maar toch…

Hardy geeft het zelf toe: hij heeft geluk gehad. Hij heeft er totaal geen probleem mee om aan iedereen te vertellen dat hij van nederige komaf is. Een van zijn grootvaders was arbeider in een metaalgieterij, de andere cipier in de districtsgevangenis van Northampton. (Hij woonde in Fetter Street.) Later ging die grootvader, van moederskant, in de leer bij een bakker. En Hardy – hij heeft er echt geen enkele moeite mee om het aan iedereen te vertellen – zou nu waarschijnlijk ook bakker zijn als zijn ouders niet het wijze besluit hadden genomen om leraar te worden. Ten tijde van zijn geboorte werd Isaac Hardy tot penningmeester van Cranleigh School in Surrey benoemd, en dat was dan ook de school die Hardy bezocht. Van Cranleigh werd hij naar Winchester gestuurd, van Winchester naar Trinity, glippend door deuren die normaliter voor hem gesloten zouden zijn geweest omdat mannen en vrouwen als zijn ouders de sleutels in handen hadden. Daarna stond niets zijn ontwikkeling in de weg en klom hij op naar de positie waarvan hij al jaren eerder had gedroomd en die hij verdient omdat hij begaafd is en hard heeft gewerkt. En hier had je een jonge man die ergens in de krochten van een stad woont waarvan de misère en het kabaal Hardy's verbeelding te boven gaan, iemand die zijn gave geheel en al op eigen kracht schijnt te hebben gecultiveerd, zonder enige scholing of stimulering. Een genialiteit waar Hardy eerder mee te maken heeft gehad. Littlewood is ook zo'n genie, meent hij, evenals Bohr. Maar zij kregen allebei van jongs af aan discipline en kennis bijgebracht om hun genialiteit een herkenbare gedaante te geven. Ramanujans genialiteit is woest en chaotisch, als een klimroos die zo geleid had moeten worden dat hij zich om een latwerk wond maar in plaats daarvan alle kanten op woekert.

Hij wordt overweldigd door een herinnering. Jaren geleden, toen hij een kind was, werd er op school een historisch schouwspel geënsceneerd, een 'Indische bazaar' waarin hij de rol van een meisje speelde dat was behangen met sieraden en in de Cranleigh-schoolversie van een sari was gewikkeld. Een vriendje van hem, Avery, was een met zijn hakmes zwaaiende Gurkha die hem naar het leven stond… Eigenaardig, hij heeft in geen jaren aan dat tableau gedacht, maar nu het weer in zijn herinnering opduikt dringt het tot hem door dat die nabootsing met plaksel en kleurpapier van het exotische oosten, waarin onverschrokken Engelsen ter meerdere glorie van het Britse Rijk tegen inlanders vochten, het beeld is dat bij hem wordt opgeroepen telkens als Indië ter sprake komt. Hij kan het niet ontkennen: hij heeft een vreselijk zwak voor kitsch. Zijn levensloop was bepaald door een flutroman. De normale gang van zaken was dat jongens die van Winchester af kwamen (de zogenoemde 'Wykehamists') naar New College in Oxford gingen, waarmee Winchester een nauwe band had. Maar toen las Hardy *A Fellow of Trinity* waarin de schrijver, 'Alan St. Aubyn' (in werkelijkheid een vrouw die Frances Marshall heette) de geschiedenis van twee vrienden beschreef, Flowers en Brown, allebei student aan Trinity College in Cambridge. Samen doorstaan ze een massa beproevingen tot de rechtschapen Flowers aan het einde van hun studie een aanstelling als stafmedewerker krijgt en de nietsnut Brown, die aan de drank is geraakt en zijn ouders tot de ondergang heeft gebracht, van de universiteit wordt gestuurd en missionaris wordt. In het laatste hoofdstuk denkt Flowers met weemoed aan Brown, ver weg tussen de wilden, terwijl hij na het avondmaal in de docentenkamer een glaasje port drinkt en een walnootje knabbelt.

Met name aan dat moment – met de port en de walnoten – haalde Hardy zijn hart op. Maar hoewel hij zichzelf voorhield dat hij als Flowers hoopte te worden, droomde hij van Brown, was Brown degene die in zijn dromen in bed dicht tegen hem aan lag.

En de grap is natuurlijk dat hij, nu hij op Trinity College woont – het echte Trinity, een Trinity dat niet in het minst op het verzinsel van 'Alan St. Aubyn' lijkt – nooit na het avondmaal naar de docentenkamer gaat. Hij neemt nooit een glaasje port met walnoten. Hij gruwt van port en walnoten. Dat is allemaal veel meer iets voor Littlewood. De werkelijkheid heeft de gewoonte om het beeld van een plek dat door je fantasie wordt opgeroepen uit wissen zodra je hem met eigen ogen hebt gezien – iets wat Hardy zeer bedroeft: hij weet dat het historische schouwspel op Cranleigh, opgesierd met anjers en blauwe banieren en met zorg gemaakte kindertekeningen van godinnen met meerdere paren wuivende armen, zal worden uitgewist als hij ooit naar Madras reist en zich onderdompelt in de heksenketel die de stad in werkelijkheid is. Avery, die fier op hem af komt gebeend met zijn kartonnen hakmes, zou worden uitgewist. En daarom kan hij nu, al is het maar voor even, genieten van een gefantaseerde Ramanujan die, ongeveer net zo gekleed als Avery destijds, in oriëntaalse pracht en praal zijn oneindige reeksen uitschrijft, ook al vermoedt hij dat de jonge man zijn dagen in feite slijt met het sorteren en stempelen van documenten, waarschijnlijk in een ruimte zonder ramen in een gebouw waarvan de sombere Engelse sfeer zelfs niet door de stralende zon van het oosten kan worden weggebrand.

Er zit niets anders op. Hij moet bij Littlewood te rade gaan. En deze keer niet per briefkaart. Nee, hij zal bij Littlewood langsgaan. Met de envelop op zak zal hij de wandeling – met al zijn veertig passen – naar trap D van Nevile's Court maken en op Littlewoods deur kloppen.

3

*E*lk hoekje van Trinity heeft een verhaal te vertellen. Trap D van Nevile's Court is waar lord Byron ooit verblijf hield met zijn huisdier, de beer Bruin, waarmee hij aangelijnd rondliep uit protest tegen het verbod om honden te houden.

Nu woont Littlewood er, misschien wel (Hardy weet het niet zeker) in dezelfde vertrekken waar Bruin ooit rondstoeide, op de eerste verdieping. Het is negen uur 's avonds – na het eten, met soep en zeetong en fazant en kaas en port – en Hardy zit op een harde canapé voor een zieltogend vuur, waar hij Littlewood gadeslaat die zich op zijn houten stoel op wieltjes afduwt tegen zijn bureau en over de vloer voortrolt zonder zijn ogen ook maar één keer af te wenden van het manuscript van de Indiër. Zal hij tegen de muur botsen? Nee: hij komt vlak bij de deur tot stilstand en slaat zijn gestrekte benen bij de enkels over elkaar. Sokken, geen schoenen. Zijn bril staat schuin op het puntje van zijn neus, waaruit zachte ademtochtjes ontsnappen en de haren van een snor in beroering brengen die, naar Hardy's mening, weinig aan zijn gezicht toevoegt. Maar dat zou hij nooit zeggen, ook niet als het hem werd gevraagd, wat nooit zal gebeuren. Ze werken nu al een aantal jaren samen maar dit is pas de derde keer dat Hardy Littlewood thuis opzoekt.

'"Ik heb een functie gevonden die exact het aantal priemgetallen tot *x* aangeeft,"' leest Littlewood voor. 'Jammer dat hij die niet geeft.'

'Ik vermoed dat hij mij hoopt te kunnen overhalen om terug te schrijven door het voor zich te houden. Als een lokkertje.'

'En ga je dat doen?'

'Daar neig ik wel toe, ja.'

'Ik zou het doen.' Littlewood legt de brief neer. 'Wat wil hij van je? Hulp om zijn materiaal te publiceren. Nou, als blijkt dat er wat in zit, dan kunnen we – en moeten we – hem helpen. Mits hij ons meer bijzonderheden verschaft.'

'En bewijzen.'

'Wat vind je trouwens van de oneindige reeksen?'

'Of ze zijn hem in een droom geopenbaard, of hij houdt een veel algemener theorema achter de hand.'

Met zijn kousenvoet duwt Littlewood zich terug naar zijn bureau. Buiten ritselen iepentakken voor het raam. Het is het uur waarop de winter zich, zelfs op een betrekkelijk zachte dag als vandaag, opnieuw doet gelden en de wind charges laat uitvoeren om hoeken, omhoog door kieren in vloerplanken, onder deuren door. Hardy zou willen dat Littlewood opstond om het vuur wat op te stoken, maar hij blijft zitten lezen. Hij is zevenentwintig en hoewel hij niet groot is wekt hij toch een indruk van forsheid, van massa, wat getuigt van de jaren dat hij heeft geturnd. Hardy daarentegen is tenger; zijn atletische kwaliteiten zijn meer die van een pezige cricketer dan van een lenige turner. Veel mensen, mannen zowel als vrouwen, hebben tegen hem gezegd dat hij knap is, maar toch vindt hij zichzelf afzichtelijk, wat de reden is waarom er geen enkele spiegel op zijn kamers hangt. Als hij in een hotel logeert hangt hij doeken voor de spiegels, zegt hij.

Littlewood is op zijn eigen manier een byroniaanse figuur, vindt Hardy, of althans zo byroniaans als een wiskundige maar kan zijn. Zo kuiert hij elke warme ochtend door New Court met enkel een handdoek om zijn middel geslagen om in de Cam te gaan zwemmen. Die gewoonte gaf enige aanstoot in 1905, toen hij negentien was en net op Trinity aangekomen. Weldra had het nieuws over zijn ontklede staat zich tot op King's College verspreid, met als gevolg dat Oscar Browning en Goldie Dickinson 's ochtends langs begonnen te komen, ook al stonden ze geen van beiden bekend als vroege vogels. 'Heerlijk hè, de lente?' zei O.B. dan tegen Goldie terwijl Littlewood naar hen zwaaide.

O.B. en Goldie zijn uiteraard allebei Apostelen. Russell en Lytton Strachey ook. En John Maynard Keynes. En Hardy zelf. Tegenwoordig is de geheimzinnigheid van het genootschap een beetje een lachertje, voornamelijk vanwege de recente publicatie van een nogal onnauwkeurige kroniek van de beginjaren. Iedereen die het interesseert weet nu dat de 'broeders' – die ieder een nummer hebben – tijdens hun bijeenkomsten op zaterdagavond 'walvissen' eten (sardines op toast) en dat een van hen een filosofische voordracht houdt waarbij hij op een ceremonieel 'haardkleedje' staat, en dat die voordrachten worden opgeborgen in een oude kist van cederhout die de 'Ark' wordt genoemd. Het is ook algemeen bekend dat de meeste Apostelen 'van het handje' zijn. De vraag is, weet Littlewood het ook? En zo ja, maakt het hem iets uit?

Hij staat nu op uit zijn stoel en loopt op die gedecideerde manier van hem naar het haardvuur. Vlammen schieten op uit de kolen als hij het opstookt. Hardy heeft het koud gekregen, en hij voelt zich toch al niet op zijn gemak in die kamer, met zijn spiegels en de Broadwood-piano en die geur die de lucht bezwangert, van sigaren en vloeipapier en bovenal van Littlewood – een geur van schone lakens en houtrook en nog iets anders, iets menselijks, biologisch, waar Hardy voor terugschrikt om het te benoemen. Dat is een van de redenen waarom ze per briefkaart communiceren. Je kunt het over Riemanns zètafunctie hebben in termen van 'bergen' en 'dalen' waar de waarden, uitgezet op een grafiek, stijgen en dalen, maar als je je echt die klim begint voor te stellen, de lucht opsnuift, naar water zoekt, dan ben je verloren. Geuren – van Littlewood, van de brief van de Indiër – hinderen het vermogen om door het wiskundige landschap te koersen, en daarom realiseert Hardy zich ineens dat hij zich niet lekker voelt en popelt om terug te gaan naar de beschutting van zijn eigen kamers. Sterker nog, hij is al opgestaan en wil net afscheid nemen als Littlewood zijn warme hand op zijn schouder legt. 'Blijf nog even,' zegt hij, en hij laat Hardy weer plaatsnemen. 'Ik wil je iets laten horen.' En hij legt een plaat op de grammofoon.

Hardy schikt zich. Er klinkt herrie uit de grammofoon. Meer is dat niet voor hem. Hij kan ritme en patronen vaststellen, een serie triolen en een soort thema, maar hij kan er niet van genieten. Hij hoort geen schoonheid. Misschien is dat te wijten aan een onvolkomenheid in zijn brein. Het zit hem dwars, zijn onvermogen om een kunstvorm te waarderen waar zijn vriend zo'n voldoening uit put. Idem dito met honden. Laat anderen maar doorbazelen over hun voortreffelijke eigenschappen, hun intelligentie en hun trouw. Voor hem zijn het irritante stinkbeesten. Littlewood daarentegen is dol op honden, net als Byron ooit. Hij is dol op muziek. Terwijl de naald krassend zijn weg over de plaat vervolgt, lijkt hij zelfs in een soort intense vervoering te raken; hij sluit zijn ogen, heft zijn handen, bespeelt de lucht met zijn vingers.

Ten slotte is de plaat afgelopen. 'Weet je wat dat was?' vraagt Littlewood terwijl hij de naald optilt.

Hardy schudt zijn hoofd.

'Beethoven. Het eerste deel van de *Mondschein Sonate*.'

'Prachtig.'

'Ik leer mezelf pianospelen, weet je. Maar ik ben natuurlijk geen Mark Hambourg, en dat zal ik ook nooit worden.' Hij gaat weer zitten, deze keer naast Hardy. 'Je weet toch wie me voor het eerst Beethoven heeft laten horen, hè? Die goeie ouwe O.B. Toen ik nog studeerde nodigde hij me vaak bij hem op zijn kamers uit. Misschien kwam dat door mijn aanzien als de beste wiskundestudent van mijn jaar. Hij had een pianola waarop hij de *Waldstein Sonate* voor me speelde.'

'Ja, dat wist ik, dat hij muzikaal was.'

'Merkwaardige vent, O.B. Heb je gehoord van die keer toen een gezelschap dames hem tegen het lijf liep nadat hij had gezwommen? Hij had alleen maar een zakdoek bij zich, maar in plaats van zijn geslachtsdelen te bedekken, hield hij hem voor zijn gezicht. "Iédereen in Cambridge zou mijn gezícht herkennen," zei hij.'

Hardy lacht. Ook al heeft hij het verhaal al honderd keer gehoord, hij wil Littlewood niet het genoegen ontnemen om te denken dat hij de eerste is die het hem vertelt. In Cambridge wemelt het van de verhalen over O.B. die net zo beginnen. 'Heb je gehoord van die keer dat O.B. met de koning van Griekenland dineerde?' 'Heb je gehoord van die keer dat O.B. naar Bayreuth ging?' 'Heb je gehoord van die keer toen O.B. met dertig jongens van Winchester in de trein zat?' (Hardy betwijfelt of Littlewood dat laatste verhaal heeft gehoord.)

'Maar goed, sindsdien tellen alleen nog Beethoven, Bach en Mozart voor mij. Als ik er wat bedrevener in word zijn dat de enige componisten die ik speel.'

Hij staat weer op, neemt de plaat van de grammofoon en stopt hem weer in zijn hoes.

Lieve God, laat hem alsjeblieft nog een plaat uitzoeken en op de grammofoon leggen. Ik ben echt in de stemming voor muziek, voor urenlang muziek.

De list werkt. Littlewood kijkt op zijn horloge. Misschien wil hij aan het werk, of een brief aan mevrouw Chase schrijven.

Hardy wil net Ramanujans brief pakken als Littlewood zegt: 'Vind je het goed dat ik die vanavond hier houd? Ik wil er nog wat nauwkeuriger naar kijken.'

'Natuurlijk.'

'Dan kunnen we het er morgenochtend misschien over hebben. Of anders stuur ik je een kaartje. Ik denk dat ik er wel een groot deel van de nacht zoet mee ben.'

'Zoals je wilt.'

'Hardy, even zonder gekheid, misschien moeten we overwegen om hem naar Engeland te halen. Of ten minste navraag doen. Ik begrijp dat ik misschien wat voorbarig klink...'

'Nee, dat zat ik ook te denken. Ik zou naar het India Office kunnen schrijven om te kijken of ze een potje hebben voor dit soort dingen.'

'Misschien is hij wel de man die de Riemann-hypothese kan bewijzen.'

Hardy trekt zijn wenkbrauwen op. 'Denk je?'

'Wie weet? Als hij dit allemaal in z'n eentje heeft uitgedokterd, betekent dat misschien dat hij vrijelijk allerlei kanten op kan gaan waar wij nooit aan hebben gedacht. Nou, nog een goeie avond, Hardy.'

'Goeienavond.'

Ze geven elkaar een hand. Hardy doet de deur achter zich dicht, haast zich de treden van Trap D af, steekt Nevile's Court over naar New Court en neemt de trap naar zijn voordeur. Drieënveertig stappen. Zijn bediende heeft zijn haardvuur brandende gehouden; Hermione ligt ervoor, ineengerold op haar favoriete voetenbankje, het blauwfluwelen met knopen. *'Capitonné,'* noemde Gaye, die dat soort dingen wist, die wijze van stofferen. Hij had zelfs een aparte hoes voor het bankje laten maken zodat Hermione kon krabben zonder het fluweel te beschadigen. Gaye was stapel op Hermione; in de dagen voor zijn dood had hij het erover om haar te laten portretteren – een haremkat, naakt op een reusachtige smaragd na die aan een satijnen lint om haar hals hing. Nu is de hoes zelf aan flarden.

Moeten ze de Indiër echt naar Engeland halen? Terwijl hij met dat idee zit te spelen begint Hardy's hart sneller te kloppen. Hij kan niet ontkennen dat het hem opwindt, het vooruitzicht om een jong genie aan armoede en anonimiteit te ontworstelen en te zien hoe het tot ontplooiing komt... Of misschien is het wel het beeld dat hij zich onwillekeurig voor de geest heeft geroepen dat hem opwindt, een visioen van Ramanujan als jonge Gurkha, zwaaiend met een hakmes. Een jonge cricketer.

Buiten komt de maan op achter zijn raam. Zo dadelijk zal de bediende met zijn avondwhisky komen, die hij vanavond in zijn eentje bij een boek zal opdrinken. Curieus – de kamer voelt leger aan dan gewoonlijk; wiens aanwezigheid mist hij? Die van Gaye? Littlewood? Een eigenaardige sensatie, deze eenzaamheid die voor zover hij weet geen object heeft, aan gene zijde waarvan geen luchtspiegeling van een gezicht zindert, geen stem maant. En dan dringt het tot hem door wat hij mist. De brief.

4

*H*ij probeert zich te herinneren wanneer het was begonnen. Vast nog voor hij er iets vanaf wist. Voor hij leerde dat het een van de grote problemen was, misschien wel het grootste van allemaal. Hij was elf, of twaalf. Het begon met mist.

De dominee van Cranleigh had hem meegenomen op een wandeling, op verzoek van zijn moeder, omdat hij zijn hoofd er niet bij leek te hebben in de kerk. Het was mistig buiten; hij kan zich nu indenken hoe het brein van de dominee naar een hogere versnelling schakelde toen hij op het idee kwam om de mist te gebruiken bij zijn uitleg van het geloof. De mist, en iets wat een jongen aansprak. Een vlieger.

'Als je in de mist gaat vliegeren, kun je je vlieger niet zien in de lucht. Maar toch voel je het touw trekken.'

'Maar als het mist is er geen wind,' zei Harold. 'Dus hoe kun je dan vliegeren?'

De dominee ging een stukje voor hem lopen. In de vochtige stilte fladderde en vervaagde zijn gestalte als die van een spook. Het was waar, er stond geen zuchtje wind.

'Ik gebruik het als een analogie,' zei hij. 'Ik neem aan dat je bekend bent met dat concept.'

Harold gaf geen antwoord. Hij hoopte dat de dominee zijn stilzwijgen voor een brave overpeinzing zou houden, ook al had de man in wezen net het laatste greintje gelovigheid bij de jongen weggewist. Want de feiten der natuur kon je niet loochenen. Bij mist was er geen wind. Kon je niet vliegeren.

Ze liepen terug naar zijn huis. Zijn zusje Gertrude zat in de salon te oefenen met lezen. Ze had het glazen oog toen nog maar een maand.

Mevrouw Hardy zette thee voor de dominee, een man van een

jaar of vijfentwintig met zwart haar en spichtige vingers. 'Zoals ik heb geprobeerd uit te leggen aan uw zoon, dient men zich net zo standvastig aan het geloof te wijden als aan elke wetenschap,' zei de dominee. 'We mogen niet toestaan dat we onszelf eruit wegredeneren. De natuur is een onderdeel van Gods wonder, en als we haar domein onderzoeken dienen we dat te doen met de intentie om Zijn glorie beter te begrijpen.'

'Harold is heel goed in rekenkunde,' zei zijn moeder. 'Op zijn derde kon hij al getallen in de miljoenen schrijven.'

'Om de reikwijdte van Gods glorie of de hevigheid van helse folteringen te berekenen, zul je nog veel grotere getallen moeten uitschrijven.'

'Hoe groot dan?' vroeg Harold.

'Groter dan jij in een miljoen levens zou kunnen becijferen.'

'Dat is niet zo groot, wiskundig gezien,' zei Harold. 'Niets is groot, als je het vergelijkt met de oneindigheid.'

De dominee nam een plak cake. Ondanks zijn uitgemergelde gedaante at hij met graagte, waardoor mevrouw Hardy zich afvroeg of hij misschien een lintworm had.

'Uw zoon is begaafd,' zei hij nadat hij had doorgeslikt. 'En hij is ook vrijpostig.' Toen wendde hij zich tot Harold en zei: 'God is de oneindigheid.'

Die zondag, zoals elke zondag, namen meneer en mevrouw Hardy Harold en Gertrude mee naar de kerk. Ze waren gelovig, maar wat er meer toe deed: meneer Hardy was penningmeester van Cranleigh School, en het was belangrijk dat de ouders van zijn leerlingen hem in de kerkbanken zouden zien. Om zichzelf af te leiden van de monotone dreun van de preek, ontbond Harold de nummers van de psalmen in hun priemfactoren. Zo bestond 68 uit $17 \times 2 \times 2$, en 345 uit $23 \times 5 \times 3$. Op het schrijfleitje achter zijn oogleden schreef hij de priemgetallen uit en probeerde hij enige logica te ontdekken in hun volgorde: 2, 3, 5, 7, 11, 13, 17, 19... Die scheen er niet te zijn, maar er móést orde in zitten want dat was juist het wezen van getallen: orde scheppen. Getallen máákten orde. Ook als die orde verborgen was, onzichtbaar.

De vraag was gemakkelijk genoeg te stellen, maar dat betekende niet dat het antwoord gemakkelijk te vinden zou zijn. Zoals hij snel leerde waren de stellingen die het eenvoudigst te poneren waren het moeilijkst te bewijzen. Neem de laatste stelling van Fermat, die verkondigde dat de vergelijking $x^n + y^n = z^n$ geen oplossingen voor gehele getallen n groter dan 2 kon hebben. Je kon de rest van je leven getallen in de vergelijking invoeren en aantonen dat van het eerste miljoen n'en er niet eentje de regel weersprak – en als je een miljoen levens had kon je misschien aantonen dat van het eerst miljard n'en er niet eentje de regel weersprak – en toch zou je dan nog niets hebben aangetoond. Want wie kon beweren dat heel, heel ver achter in de getallenrij, ver voorbij de reikwijdte van Gods glorie en de hevigheid van helse folteringen, niet die ene n zat die de regel wél weersprak? Wie kon beweren dat er geen oneindig aantal n'en was dat de regel weersprak? Daarvoor was bewijs vereist – onveranderlijk, onomstotelijk. Maar wat werden de berekeningen ingewikkeld zodra je begon te zoeken!

Hij bleef in beslag genomen door priemgetallen. Tot 100 – telde hij – waren het er 25. Hoeveel waren er tot 1000? Weer telde hij – 168 – maar dat kostte veel tijd. Op Cranleigh had hij in zijn eentje de verbluffend eenvoudige bewijsvoering van Euclides herhaald van de stelling dat er oneindig veel priemgetallen waren. Maar toen hij aan zijn wiskundeleraar op Winchester vroeg of er een formule bestond om het aantal priemgetallen tot een gegeven getal n te berekenen, wist de man dat niet. Zelfs op Trinity, de zetel van de Britse wiskunde, scheen niemand het te weten. Hij snuffelde rond en hoorde ten slotte van Love, een van de stafmedewerkers van Trinity College, dat de Duitse wiskundige Karl Gauss in 1792 – op zijn vijftiende – inderdaad met een dergelijke formule op de proppen was gekomen maar er geen bewijs voor had kunnen leveren. Later had een andere Duitser, Riemann, de geldigheid van de formule aangetoond, vertelde Love, maar hij was vaag over de bijzonderheden. Hij wist echter wel dat de formule niet helemaal klopte. Het aantal priemgetallen werd steevast te hoog geraamd. Als je bijvoorbeeld de priemgetallen van 1 tot 2.000.000 telde, kwam je tot de slotsom dat het er 148.933 waren. Maar als je het getal 2.000.000 in de formule invoerde, rolde eruit dat het er 149.055 waren. In dit geval werd het totaal aan de hand van de formule met 122 overschat.

Hardy wilde er meer over te weten komen. Zou het niet op zijn minst mogelijk zijn om Gauss' formule te verbeteren? Om de foutmarge te verkleinen? Tot zijn spijt ontdekte hij dat ze in Cambridge niet erg geïnteresseerd waren in dergelijke vraagstukken, die onder het nogal in ongenade gevallen kopje van de zuivere wiskunde vielen. De nadruk lag veeleer op de toegepaste wiskunde – de banen van planeten die door de ruimte raasden, astronomische voorspellingen, optiek, golven en getijden. Newton torende als een soort god boven alles uit. Anderhalve eeuw voor Gauss had hij een bittere twist met Gottfried Leibniz gevoerd over wie het eerst de infinitesimaalrekening had ontdekt. In Amerika en op het Europese vasteland was men het er sindsdien allang over eens dat Leibniz de ontdekking als eerste had gedaan maar dat Newton er onafhankelijk van hem ook op was gekomen, maar in Cambridge woedde de strijd nog net zo hevig alsof hij pas was ontbrand. Het was heiligschennis om Newtons claim dat hij de eerste was geweest aan te vechten. De universiteit was zelfs zo onwrikbaar loyaal aan haar beroemde zoon dat wiskundestudenten die met de rekening werkten rond 1900 nog steeds verplicht waren om zijn verouderde notatiesysteem met stippen boven de letters en zijn vocabulaire van 'fluents' en fluxierekeningen te gebruiken, in plaats van het eenvoudiger systeem – ontleend aan Leibniz – dat in de rest van Europa de voorkeur had. En waarom? Omdat Leibniz een Duitser was en Newton een Engelsman en Engeland nu eenmaal Engeland. Chauvinisme woog zwaarder dan waarheid, scheen het, zelfs in dat ene strijdperk waarin de waarheid absoluut geacht werd te zijn.

Het was allemaal heel ontmoedigend. Onder vrienden vroeg Hardy zich hardop af of hij niet naar Oxford had moeten gaan. Hij vroeg zich af of hij niet helemaal moest ophouden met wiskunde en overstappen op geschiedenis. Op Winchester had hij een opstel geschreven over Harold II, de zoon van Godwin, wiens dood in 1064 tijdens de Slag bij Hastings op het wandtapijt van Bayeux was afgebeeld. Het onderwerp van het opstel was de gecompliceerde kwestie van Harolds belofte aan Willem de Veroveraar om geen aanspraak op de troon te maken, maar wat Hardy echt fascineerde was dat Harold tijdens de slag een pijl in zijn oog had gekregen. Het was immers nog maar enkele jaren na Gertrudes ongeluk, en hij had een morbide obsessie met ogen die werden uitgestoken. En natuurlijk was er ook nog de overeenkomst van naam. Hoe dan ook, het hoofd van zijn school, Fearon, was zo ingenomen met het opstel dat hij het doorstuurde naar de examencommissie van Trinity College, en een van de examinatoren vertelde Hardy later dat hij net zo gemakkelijk een studiebeurs voor geschiedenis had kunnen krijgen als voor wiskunde. Hij hield dat zijn hele studie in zijn achterhoofd.

In zijn eerste twee jaar in Cambridge leidde hij een tweeslachtig leven. Aan de ene kant had hij de 'wiskunde-tripos', aan de andere de Apostelen. Het eerste was een examen, het tweede een genootschap. Slechts enkele Apostelen legden het examen af, maar niettemin ondermijnden ze de grondslagen ervan door het leven dat ze leidden in de vertrekken waar ze hun bijeenkomsten hielden.

Eerst de Apostelen. Uitverkiezing was uiterst geheimzinnig, en eenmaal 'geboren' moest de 'feut', zoals de nieuweling werd genoemd, zweren dat hij met buitenstaanders nooit over het genootschap zou praten. De bijeenkomsten vonden elke zaterdagavond plaats. Als actief lid – als een van de broeders – was je verplicht om het hele studiejaar elke bijeenkomst bij te wonen zolang je in Cambridge vertoefde. Als ten slotte een lid 'uitvloog' werd hij een 'engel', waarna hij alleen naar de bijeenkomsten van zijn keuze kwam.

Hardy werd in 1898 toegelaten. Hij was nummer 233. Degene die hem had voorgedragen, zijn 'vader', was de filosoof G.E. Moore (nr. 229). In die tijd bestond het genootschap naast Moore uit de actieve leden R.C. en G.M. Trevelyan (nrs. 226 en 230), Ralph Wedgwood (nr. 227), Eddie Marsh (nr. 228), Desmond McCarthy (nr. 231) en Austin Smyth (nr. 232). Meestal van de partij waren de engelen O.B. (nr. 142), Goldie Dickinson (nr. 209), Jack McTaggart (nr. 212), Alfred North Whitehead (nr. 208) en Bertrand Russell (nr. 224), die pas het jaar ervoor was uitgevlogen. Bijna alle leden kwamen van King's of

Trinity, en van hen hadden er slechts twee – Whitehead en Russell – de wiskunde-tripos gedaan.

En wat was die wiskunde-tripos? In essentie ging het om een eindexamen dat alle wiskundestudenten in Cambridge verplicht moesten afleggen; die verplichting bestond al sinds het einde van de achttiende eeuw. Het woord 'tripos' verwees naar het driepotige krukje waarop de kandidaat vroeger zat terwijl hij met zijn examinatoren over wijsgerige kwesties debatteerde, wat in het Engels met het werkwoord *to wrangle* werd aangeduid. Er was nu meer dan een eeuw verstreken en bij de tripos werd nog steeds de toegepaste wiskunde getest die in 1782 opgeld had gedaan. De studenten met de hoogste scores voor het examen werden nog steeds ingedeeld in een categorie van *wranglers* en daarbinnen gerangschikt naar puntentotaal; de wrangler met de hoogste score kreeg het predicaat *senior wrangler*. Na de wranglers kwamen de *senior optimes* en de *junior optimes*. Het rituele voorlezen van de namen en scores ging gepaard met veel ceremonieel en vond elk jaar op de tweede dinsdag in juni plaats in het senaatsgebouw. Om in Cambridge enige toekomst in wiskunde te hebben moest je tot de top-tien van wranglers behoren. Als je tot senior wrangler werd uitgeroepen kreeg je gegarandeerd een aanstelling bij de wetenschappelijke staf of, als je geen academische carrière ambieerde, een lucratieve betrekking bij de overheid of de rechterlijke macht. In zijn laatste jaar was Whitehead als vierde wrangler geëindigd, Russell als zevende.

De tripos had wel iets weg van een sportevenement, voorafgegaan door weddenschappen en gevolgd door festiviteiten. In de derde week van juni had niemand zoveel aanzien als de senior wrangler: straatventers en kioskhouders verkochten foto's van hem en op straat werd hij gevolgd door aspirant-studenten en meisjes die om zijn handtekening vroegen. Vanaf de jaren tachtig van de negentiende eeuw mochten er ook vrouwen aan het examen deelnemen, zij het dat hun score niet meetelde, en toen een vrouw in 1890 de senior wrangler versloeg, werd er in een alom gerespecteerde krant als *The New York Times* verslag gedaan van haar opzienbarende overwinning.

Sommigen – in het algemeen diegenen die er zelf geen ervaring mee hadden – vonden de tripos best amusant. O.B. bijvoorbeeld. Hij was van aanleg en beroep historicus maar dol op show. Daarom kon hij niet begrijpen waarom Hardy zo luidkeels bezwaar maakte tegen wat voor hem alleen maar een aardig stukje Cambridge-folklore was. Hij was met name gecharmeerd van de houten lepel, en dat was typerend voor O.B. Elk jaar op die tweede dinsdag in juni, als de arme stakker die de laagste score van allemaal had behaald – de hekkensluiter van de junior optimes – voor de rector magnificus knielde, lieten zijn vrienden van het dak van het senaatsgebouw een reusachtige, bontgekleurde lepel van bijna twee meter lang naast hem neer die rijkelijk was versierd met de insignes van zijn College en met strofen van komische verzen in het Grieks, in de trant van:

In wiskundige glorie en eer
Kan niemand zich meten met dees heer.
Senior Wrangler, wees maar bedroefd
Dat gij nimmer pap van dees lepel proeft!

Daarna sjokte de student zo deerniswekkend en gelaten als hij maar kon weg met de lepel. De rest van zijn leven zou hij bekendstaan als de houten lepel van dat jaar.

Op een keer, tijdens het borreluurtje na een bijeenkomst van de Apostelen, vroeg O.B. aan Hardy: 'Wat moet hij er eigenlijk mee doen, in zijn thee roeren?'

'Wie?' vroeg Hardy.

'De houten lepel.'

Hardy had geen zin om het over de houten lepel te hebben. Hij verfoeide de tripos en beschouwde de voorbereidingen ervoor als een ongewettigde belasting die hem afhield van zaken waaraan hij zijn energie veel liever zou hebben besteed, zoals de priemgetallen. Voor hem was de tripos een oefening in archaïsme. Als je het examen aflegde moest je niet alleen Newtons ouderwetse vocabulaire bezigen, maar ook de lemma's van zijn *Principia Mathematica* opzeggen waarvan de nummers aan je werden opgegeven, alsof het psalmen waren. Omdat die wiskunde maar door weinig hoogleraren werd gedoceerd, was er een bloeiende huisindustrie ontstaan van privéleraren die tripos-les gaven, met honoraria die stegen naarmate ze meer senior wranglers 'produceerden'. Die repetitoren waren in menig opzicht veel beroemder dan hun tegenhangers, de professoren. Webb was de beroemdste van allemaal, en dat was degene naar wie Hardy werd gestuurd.

Dat waren geen dagen waar hij met een warm gevoel aan terugdenkt. Drie keer per week, tijdens het studiejaar maar ook in de lange vakantie, moest hij stipt om kwart over acht 's morgens samen met vijf andere jongelui plaatsnemen in een kamer in Webbs huis die 's zomers klam en 's winters ijskoud was. Webb bracht er de hele dag in door, uur na uur, en onderwees er tot de schemer viel de ene na de andere groep van zes studenten terwijl mevrouw Webb stug en zwijgend in de keuken rondhing en voortdurend theewater opzette. Er zat nooit enige variatie in het rooster. De eerste helft van de bijeenkomst werd de lesstof erin gestampt, de tweede helft werd er geoefend tegen de klok. Hardy vond het een kolossale tijdverspilling, maar wat zijn lijdensweg nog verergerde was de overtuiging dat hij alleen stond in die mening. De andere jongens schenen, opgezweept door hun eerzucht, blind te zijn voor de dwaasheid van de hele onderneming. Hij wist destijds niet dat hoogleraren in Duitsland er een sport van maakten om de vragen op het examen in het belachelijke te trekken: 'Op een elastische brug staat een olifant met een verwaarloosbare massa; op zijn slurf zit een mug met de massa m. Bereken de trillingen van de brug als de olifant de mug in beweging brengt door te trompetteren.' Toch was dat precies het soort vraag waarin de tripos was gespecialiseerd en waarvoor generaties Cambridge-studenten hun kansen op een echte opleiding hadden verspeeld, net op het moment dat hun brein op zijn rijpst was voor allerlei ontdekkingen.

Later probeerde hij dat allemaal aan O.B. uit te leggen. Door de Apostelen waren ze, op een eigenaardige manier, vrienden geworden. O.B. maakte tegen Hardy nooit het soort wellustige grappen waar hij om berucht was, en hij probeerde ook nooit aan hem te

komen, maar hij had er wel een handje van om 's middags onverwachts bij Hardy binnen te vallen. Dan had hij het vaak over Oscar
Wilde, die zijn vriend was geweest en die hij zeer bewonderde. 'Vlak
voor zijn dood heb ik hem nog in Parijs gezien,' zei O.B. 'Ik zat in een
huurrijtuig en reed hem voorbij voor het tot me doordrong dat hij
het was. Maar hij herkende me. O, die smart in zijn ogen...'

In dat stadium van zijn leven wist Hardy niet veel meer van
Wilde dan de enkele geruchten die door de barricades hadden weten
te glippen die zijn leraren op Winchester hadden opgeworpen om
hun pupillen af te schermen van het nieuws over de processen. Nu
vroeg hij O.B. om hem het hele verhaal te vertellen, en O.B. gaf daar
graag gehoor aan: de gloriedagen, Bosies valsheid, de notoire getuigenissen van de kamermeisjes... Het was toen al enkele jaren geleden dat Wilde was gestorven, maar het schandaal was nog zo vers
dat men het niet waagde om met een van zijn boeken te worden
gezien. Niettemin mocht Hardy *The Decay of Lying* van O.B. lenen.
Toen hij met zijn hand over het omslag streek, leek er warmte van op
te stijgen, als van een strijkijzer. Hij verslond het boek en schreef
daarna in zijn sierlijke handschrift een passage over die erg veel
indruk op hem had gemaakt:

> Kunst is altijd alleen maar een uitdrukking van zichzelf.
> Kunst leidt een onafhankelijk leven, evenals de Rede, en
> volgt in haar ontwikkeling alleen haar eigen weg. Kunst
> is niet noodzakelijkerwijs realistisch in een tijdperk van
> realisme, noch spiritueel in een tijdperk van geloof. Ze is
> niet de creatie van haar eigen tijd maar meestal het
> tegendeel daarvan, en de enige geschiedenis die de kunst
> voor ons vastlegt is die van haar eigen voortgang.

Wat voor kunst geldt, geldt ook voor wiskunde, oordeelde hij. De
beoefening ervan mag niet door godsdienst of praktisch nut worden
gecorrumpeerd. Aan nutteloosheid ontleende wiskunde zelfs haar
luister. Stel bijvoorbeeld dat je de laatste stelling van Fermat bewees.
Wat zou je daarmee aan het welzijn van de wereld bijdragen? Hele-

37

maal niets. Door de vooruitgang in de scheikunde konden in katoen-
fabrieken nieuwe verfprocedés worden ontwikkeld. Natuurkunde
vond toepassingen in ballistiek en artillerie. Maar wiskunde? Dat
kon nooit een praktisch of militair doel dienen. In de woorden van
Oscar Wilde volgde ze 'in haar ontwikkeling alleen haar eigen weg'.
Haar nutteloosheid was geen beperking maar juist een bewijs van
haar onbegrensdheid.

Het probleem was dat hij steeds de kluts kwijtraakte als hij dat
tegenover O.B. onder woorden probeerde te brengen, zoals die
avond toen hij klaagde dat de wiskunde die tijdens de tripos werd
geëxamineerd volstrekt zinloos was.

'Ik snap jou niet,' zei O.B. tegen hem. 'De ene dag loop je te juichen hoe heerlijk nutteloos wiskunde is, en de volgende mor je dat
de wiskunde van de tripos geen enkel nut heeft. Welke Harold moet
ik nou geloven?'

'Dat bedoel ik niet op dezelfde manier,' zei Hardy. 'De lesstof
voor de tripos is niet nutteloos op de manier waarop de zuivere wiskunde dat is. Het is geen kwestie van toepasbaarheid. De wiskunde
van de tripos is uitstekend toepasbaar… maar gewoonweg ouderwets.'

'Latijn en Grieks zijn ook ouderwets. Moeten we die ook maar
wegdoen?'

Hardy probeerde zijn standpunt te vertalen naar een voorbeeld
dat O.B. zou begrijpen. 'Goed, luister,' zei hij. 'Stel je voor dat je examen doet in de geschiedenis van de Engelse literatuur en dat je daarbij je antwoorden moet opschrijven in het Middel-Engels. Het maakt
niet uit dat je daarna nooit van je leven meer een examen of wat dan
ook in het Middel-Engels hoeft te schrijven, maar toch moet je je antwoorden in het Middel-Engels geven. En dat niet alleen, de vragen
die je moet beantwoorden gaan niet over grote schrijvers, ze gaan
niet over Chaucer en Milton en Pope, nee, ze gaan over, weet ik veel,
een stel obscure dichters waar niemand ooit van heeft gehoord. En
je moet elk woord dat die dichters hebben opgeschreven uit je hoofd
leren. En die dichters hebben honderdduizenden afgrijselijk lang-
dradige gedichten geschreven. En bovendien moet je twaalf zes-

tiende-eeuwse beschouwingen over de aard van melancholie van buiten leren en elk hoofdstuk waarvan ze je het nummer opgeven kunnen opzeggen. Als je je dat voorstelt, dan krijg je misschien ook enig idee hoe het is om het tripos-examen te doen.'

'Dat klinkt best wel amusant,' zei O.B. 'Maar toch maak je volgens mij een kunstmatig onderscheid. Het ene type nutteloosheid verheerlijk je omdat je er genoegen in schept, en het andere type verketter je omdat je het saai vindt. Maar het komt op hetzelfde neer.'

Hardy zweeg. Het was duidelijk dat O.B. het niet begreep, het nooit zou begrijpen. Alleen een wiskundige kon het begrijpen. O.B. had geen idee hoe het was om te worden weggerukt van iets waarin je hartstochtelijk geloofde en te worden gedwongen je bezig te houden met iets wat je verfoeide. Evenmin begreep hij hoe onbillijk het was om verplicht te zijn je jarenlang in te spannen voor het verwerven van vaardigheden die je, zodra de tripos achter de rug was, nooit meer nodig had. O.B. leefde steeds meer voor uiterlijk vertoon: de petitfours die werden geserveerd en de muziek die werd gespeeld op zijn 'jours', waar matrozen zich mengden met professoren. Hij gaf niets om ideeën of idealen. Voor zover Hardy kon inschatten was zijn aanstelling als stafmedewerker van King's College alleen maar voor hem van belang omdat hij daardoor voor altijd een geborgen plekje binnen de universiteit had. De universiteit was zijn habitat. Dat gold voor de meeste Apostelen. Een paar jaar eerder had McTaggart over de hemel geschreven: 'Het zou even terecht over een College beweerd kunnen worden als het over het Absolute is beweerd: dat het een eenheid is, een eenheid van geest, en dat die geest alleen bestaat als iets persoonlijks.' Maar uiteraard is 'het Absolute een veel volmaaktere eenheid dan een College'. Met een dergelijke opvatting zou O.B. het waarschijnlijk niet eens zijn geweest, aangezien King's College voor hem de volmaakte eenheid was.

O.B. had niet veel op met McTaggart, wist Hardy, en hij moest ook niet veel hebben van McTaggarts 'religie', een soort antichristelijk christendom waarin platonische zielen opgaan naar een paradijs zonder God. Hardy deelde O.B.'s sentiment. Een van McTaggarts vele eigenaardige gedragingen was dat hij zijwaarts liep – een gewoonte die hij als schooljongen had ontwikkeld, toen hij dicht langs muren moest lopen om te voorkomen dat hij werd geschopt. Hij leed aan een lichte ruggengraatsverkromming en koerste op een plompe antieke driewieler door de straten van Cambridge. Jaren ervoor had hij op de Apostelavond een lezing gehouden getiteld 'Viooltjes of oranjebloesem?' waarin hij een welsprekende lans brak voor de liefde tussen mannen, die hij superieur achtte aan de liefde tussen mannen en vrouwen zolang er een duidelijk onderscheid werd gemaakt tussen 'lagere sodomie' en 'hogere sodomie'. Toen hij zijn voordracht voor het eerst hield sprak McTaggart zich resoluut uit voor de hogere sodomie en dat deed hij nog steeds, ondanks zijn recente huwelijk met een rondborstige meid uit Nieuw-Zeeland, Daisy Bird, die hij trots omschreef als zijnde 'niet in het minst vrouwelijk' en met wie hij alles deelde, zo vertelde hij de broeders, een voorliefde voor schoolknapen incluis.

Over het geheel genomen had Hardy meer met G.E. Moore. Ze leerden elkaar kennen in Hardy's eerste jaar aan Trinity College. De vader was vijf jaar ouder dan de feut maar leek even jong of zelfs jonger, wat een hele opluchting was. Hardy werd het al behoorlijk beu dat men hem voor een schooljongen aanzag. Moore was niet knap in conventionele zin, maar hij straalde een kinderlijke droefgeestigheid uit waardoor je de aandrang kreeg om je over hem te ontfermen en hem een tikje te geven, om door zijn haar te woelen dat zijn brede voorhoofd omrankte en zijn oren, die geen lelletjes hadden, te strelen en de uitdrukking van eeuwige verbazing van zijn mond te kussen. Niet dat Hardy ooit de kans kreeg om die uitdrukking weg te kussen. De enige intimiteit die Moore toestond was elkaars hand vasthouden. Hij was niet zo geporteerd voor seks, wat verbazing wekte aangezien een van de voornaamste beginselen van zijn eigen filosofie (een soort gelijktijdige uitbreiding en weerlegging van die van McTaggart) de overtuiging was dat genot het hoogste goed in het leven is. Vrijwel vanaf het moment van zijn geboorte in het Genootschap der Apostelen was hij erkend als een genie, een verlosser die uit de hemel der engelen was gestuurd om de broeders uit de lethargie van het fin de siècle op te wekken. Wanneer hij met Hardy door de weilanden van Grantchester wandelde, zijn kleine hand op een of andere manier slap en toch klampend, sprak hij over 'deugd'. Voor hem was deugd niet te definiëren maar tegelijk elementair, de enige grond waarin een theorie van de ethiek wortel kon schieten. En waarin lag deugd dan? In liefde en schoonheid. Wellicht bood Moore de Apostelen onbewust een morele rechtvaardiging voor activiteiten waarin de meesten van hen al vaardig waren: het inpalmen van mooie jongens en het verwerven van mooie dingen. Later lichtte de Bloomsbury-groep, bij wie hij in hoog aanzien stond, één enkel zinnetje uit zijn hele magnum opus, de *Principia Ethica*, dat ze op een voetstuk plaatsten en Moores filosofie noemden: '… persoonlijke genegenheid en esthetisch genoegen behoren tot ál de grootste, en vérreweg de grootste, deugden die we ons kunnen voorstellen…'

Genegenheid, genoegen: tijdens die wandelingen in Grantchester probeerde (en faalde) Hardy om Moore met behulp van zijn eigen woorden op het gras te krijgen. Als hun gestoei in teleurstelling en het afkloppen van paardenbloemen van pantalons eindigde, wat steevast het geval was, bracht Moore het gesprek op wiskunde. Dan verzekerde hij Hardy dat hij groot gelijk had dat hij zich liever op zuivere wiskunde richtte dan op toegepaste. Priemgetallen behoorden voor Moore tot het domein van de deugd, wat voor seks nooit was weggelegd.

Alle kalverliefdes zijn misschien wel gedoemd om je het gevoel te geven dat je bent misleid. Die van Hardy en Moore duurde slechts het eerste jaar van Hardy's lidmaatschap van de Apostelen. Toen leerde Moore Alfred Ainsworth kennen. Ze brachten hun eerste bezoek aan Ainsworth gezamenlijk, op een winterse avond, om te kijken of hij in aanmerking kwam als feut. Ainsworth had frisse wangen en een rookadem. Onder het praten gooide hij brandende lucifers op het karpet. Toen Hardy met Moore afscheid nam, merkte hij de brandplekjes op waarmee het kleed was bezaaid. Ze werden steeds talrijker, tot ze een verkoolde kring rondom Ainsworth' leesfauteuil vormden.

Het was de eerste en enige keer in zijn leven dat iemand hem de bons gaf voor een ander. Binnen enkele weken was Moores genegenheid voor Ainsworth uitgegroeid tot een regelrechte verliefdheid, hoewel de verhouding, net als met Hardy, nooit voorbij het stadium van elkaars hand vasthouden geraakte. Dat kwam deels omdat Ainsworth, in tegenstelling tot Hardy, een aversie had tegen lichamelijke intimiteit tussen mannen. Niettemin had een ander – iemand als John Maynard Keynes – hem vast wel met zachte dan wel drammerige hand in kunnen lijven. Weer was Moores preutsheid het knelpunt. Toen Moore op een bijeenkomst van de Apostelen werd gevraagd om liederen van Schubert te zingen (hij had een mooie tenorstem) wierp hij zich geestdriftig op de muziek en staarde hij de hele tijd dromerig naar Ainsworth. Maar daarna las hij een essay voor over de vraag of het mogelijk was om louter en alleen op grond van 'geestelijke kwaliteiten' verliefd op iemand te worden. De bochten waarin hij zich wrong! 'Ofschoon we dus kunnen erkennen dat de waardering van iemands houding tegenover anderen, of, om een voorbeeld te noemen, de liefde voor liefde, verreweg de waardevolste deugd is die we kennen, en veel waardevoller dan enkel de liefde voor schoonheid, toch kunnen we dat alleen erkennen op voorwaarde dat het eerste óók het laatste omvat, in diverse graden van openhartigheid.' Waarmee hij in wezen wilde zeggen dat hij nooit verliefd zou kunnen worden op iemand die lelijk was.

Als Hardy zichzelf niet lelijk had gevonden – en als Moore hem niet voor Ainsworth had ingeruild (die hijzelf ook mooi vond) – dan had hij misschien verontwaardigd of geamuseerd op het verraad gereageerd. In plaats daarvan sloeg hij het erbarmelijke schouwspel hoe Moore zijn eigen lust ondermijnde stoïcijns gade. Moore adoreerde Ainsworth en het was zonneklaar dat hij met hem naar bed wilde, maar hij weigerde daarvoor uit te komen, ook al ging hij zo ver dat hij naar Edinburgh verhuisde om bij Ainsworth te kunnen zijn, die daar lesgaf. Vervolgens trouwde Ainsworth met Moores zuster en keerde Moore terug naar Cambridge. Hardy wist niet wat hij tegen hem moest zeggen toen ze elkaar voor het eerst weer tegen het lijf liepen. Proficiat met het huwelijk van je zus met je grote liefde? Wat erg dat hij je aan de dijk heeft gezet? Het is je verdiende loon?

Het deed er niet toe. Hij had iets belangrijks van Moore geleerd: om zijn eigen weg te gaan. Zijn naam was met vooruitziende blik gekozen, bedacht hij vaak. Hardy was een harde, van nature taai en volhardend. Hij hield voet bij stuk. Als de Apostelen voorbij het christendom, conventies, 'de regels' konden zien, dan kon hij met evenveel gemak zijn aandacht over de stupiditeit van Engeland heen richten, als het ware, en over de stompzinnigheid die werd aangezien voor dominantie en de onwetendheid die werd aangezien voor superioriteit; over het zinnebeeldige Kanaal zelf heen. En waar kwam die aandacht, eenmaal begonnen aan die fantastische reis, ten slotte terecht? In Nedersaksen, in het stadje Göttingen, algemeen erkend als de hoofdstad van de zuivere wiskunde, de stad van Gauss en Riemann. Göttingen, waar hij nooit was geweest, was Hardy's ideaal. Terwijl in de kiosken van Cambridge foto's van de senior wrangler werden verkocht, waren in de winkels van Göttingen ansichtkaarten te koop met gesigneerde foto's van de grote professoren. Uit foto's van het stadje zelf bleek dat het mooi en oud en rijkelijk geornamenteerd was. Vanaf het *Rathaus* met zijn gotische bogen en statige torenspits strekten zich straten met kinderkopjes uit waaraan bakstenen huisjes als grootmoedertjes lagen te dutten, met witte balkons die als een beschorte buik vooruitstaken. In een van die huizen waren nog geen eeuw eerder de Zeven van Göttingen – van wie er twee de gebroeders Grimm waren – tegen de koning van Hannover in opstand gekomen, terwijl in een ander huis de grote wiskundige Georg Friedrich Bernhard Riemann een befaamde hypothese tevoorschijn had getoverd – uit wat? uit de ether? – over de verdeling van de priemgetallen. Ja, de Riemann-hypothese, die Hardy eens heeft geprobeerd uit te leggen aan de broeders, wat een vergissing was. Nog steeds onbewezen. Zo was hij met zijn voordracht begonnen. 'Het is waarschijnlijk de belangrijkste onbewezen hypothese uit de wiskunde,' zei hij vanaf het haardkleedje, wat een gemurmel van commentaar bij zijn gehoor teweegbracht. Daarna probeerde hij hen door de reeks stappen te leiden waarmee Riemann

43

een verband had vastgesteld tussen de schijnbaar willekeurige verdeling van de priemgetallen en iets dat de 'zètafunctie' heette. Eerst legde hij het theorema van de priemgetallen uit, Gauss' methode om het aantal priemgetallen tot een gegeven getal n te berekenen. Daarna, om aan te geven hoe ver Cambridge achterop was geraakt bij het vasteland, vertelde hij het verhaal van die keer toen hij, vlak na zijn komst naar Trinity College, aan Love had gevraagd of het theorema ooit was bewezen, waarop Love had geantwoord: ja, dat is bewezen, door Riemann – terwijl het in feite pas jaren later, na Riemanns dood, onafhankelijk van elkaar door Hadamard en De la Vallée Pousin was bewezen. 'Ziet u,' zei hij, ' zo provinciaals zijn wij nu.' Daarop stiet Lytton Strachey, een recente boreling (nr. 239) een hoog, smalend lachje uit.

Het probleem was wat Hardy de afwijking noemde. Met het theorema kwam het aantal priemgetallen tot n steevast te hoog uit. En ook al hadden Riemann en anderen formules aangedragen om de afwijking te verkleinen, toch was niemand erin geslaagd om haar helemaal uit te bannen.

Op dat punt deed de zètafunctie zijn intrede. Hardy schreef hem uit op een schoolbord:

$$\zeta(x) = \frac{1}{1^x} + \frac{1}{2^x} + \frac{1}{3^x} + \dots \frac{1}{n^x}$$

De veranderlijke grootheid was tamelijk rechtlijnig als je er gewone gehele getallen invoerde, maar wat gebeurde er als je een imaginair getal invoerde? En wat was een imaginair getal? Hij moest even een stukje terug. 'We weten allemaal dat $1 \times 1 = 1$,' zei hij. 'En hoeveel is -1×-1?'

'Ook 1,' zei Strachey.

'Correct. Dus de vierkantswortel van -1 bestaat niet, per definitie. Maar toch is het een heel nuttig getal.'

Hij schreef het op het bord: $\sqrt{-1}$. 'We noemen dit getal i.'

Hij wist waar dit heen zou voeren: een langdurige discussie over het fenomenale en het werkelijke. Als i buiten deze kamer, buiten deze zaterdagavond imaginair was, zei Strachey, dan moet *i* in deze kamer, op deze zaterdagavond, echt zijn. En waarom? Omdat in de wereld die niet deze kamer was en niet deze zaterdagavond, het tegenovergestelde waar was. Voor de broeders was alleen het leven van de bijeenkomsten werkelijk. Al het andere was 'fenomenaal'. Zodoende omarmden de Apostelen *i* zonder het flauwste benul te hebben wat het inhield.

Na de voordracht klopte O.B. hem op zijn rug. 'Zo God het wil, zul jij de man zijn die het gaat bewijzen,' zei hij, wat een moedwillige provocatie was: O.B. wist net zo goed als ieder ander dat Hardy God lang geleden had afgezworen, zelfs zo ver was gegaan om de decaan van Trinity toestemming te vragen om geen kerkdiensten bij te hoeven wonen. Daarna had hij, op aandringen van de decaan, aan zijn ouders geschreven dat hij niet meer gelovig was. Gertrude veinsde tranen, mevrouw Hardy huilde, Isaac Hardy weigerde tegen zijn zoon te praten. Enkele maanden later liep zijn vader longontsteking op en smeekte Hardy's moeder hem om op zijn besluit terug te komen. Om haar gerust te stellen stemde hij toe in een onderhoud met de dominee – dezelfde dunvingerige dominee die hem jaren eerder had meegenomen op een wandeling door de mist om over vliegeren te praten. Tijdens hun gesprek at de dominee chocolaatjes van een schaal. Op een gegeven moment viel het Hardy op dat de dominee niet erg subtiel naar zijn broek zat te gluren. Wel wel, dacht hij.

Zijn vader stierf de volgende avond. Vanaf die dag zette Hardy nooit meer een voet in een kapel van Cambridge. Zelfs als hij voor een of andere plechtigheid een kapel moest betreden, weigerde hij dat. Ten slotte moest Trinity hem een speciale ontheffing verlenen, maar tegen die tijd was de universiteit wat plooibaarder. Per slot van rekening was Hardy hoogleraar. En probeerde Oxford hem te strikken.

Onder het werk aan de hypothese moest hij nog wel eens aan zijn wandeling met de dominee denken. Zoekend naar bewijs dacht hij: dit is net rondtasten in de mist, erop gespitst of je het touw voelt trekken. Ergens hoog boven je zweefde de waarheid rond, absoluut, onaanvechtbaar. Als je het trekken voelde, had je het bewijs gevonden.

God had er niets mee te maken. Het bewijs was wat je met de waarheid verbond.

En hoe ging het met de tripos?

Halverwege zijn eerste jaar ging Hardy naar Butler, de rector magnificus van Trinity College, en deelde hem mee dat hij stopte met wiskunde. Hij wilde liever omzwaaien naar geschiedenis, teruggaan naar Harold II en de Slag bij Hastings, dan nog één minuut in Webbs naargeestige rothuis te verspillen.

Butler was gezegend met een vlug verstand. Hij draaide zijn trouwring een kwartslag (dat was zijn gewoonte) en stuurde Hardy naar Love voor een gesprek. Love zelf hield zich bezig met toegepaste wiskunde, maar hij herkende de bron van Hardy's passie en gaf hem een uitgave van Camille Jordans driedelige *Cours d'analyse de l'Ecole Polytechnique*. Dat was het boek, vertelde hij later, dat zijn leven veranderde, dat hem leerde wat het werkelijk betekende om wiskundige te zijn. Love wist hem er ook van te overtuigen dat hij zich, als hij alleen met wiskunde stopte om de tripos te ontlopen, nog veel totaler onderwierp aan de tirannie ervan dan wanneer hij gewoon zijn schouders eronder zette en het examen aflegde.

De *Cours d'analyse*, vertelde Hardy aan Littlewood, gaf de doorslag. Alleen al het besef dat het boek op zijn plank op hem wachtte stelde hem in staat om zich door Webbs lessen heen te slaan. Dus hervatte hij het programma van uit het hoofd leren, oefeningen doen en uit het hoofd leren, en toen juni aanbrak ging hij naar het triposexamen met het eerste deel van de *Cours d'analyse* in zijn jaszak gestopt, als talisman, en eindigde hij als vierde wrangler.

Daarna was Hardy vastbesloten om te zorgen dat de tripos werd afgeschaft, en jaren later morden dwarsliggers nog dat Hardy louter door verbittering werd gedreven omdat hij niet tot senior wrangler was uitgeroepen. Dat ontkende hij in alle toonaarden. En zijn besluit, een maand of zo later, om Cambridge voor Oxford te verruilen had ook niets te maken met het feit dat hij niet tot senior wrangler was uitgeroepen. Als hij tot senior wrangler was uitgeroepen, of tot zevenentwintigste wrangler, of tot houten lepel, dan had hij hetzelfde gedaan. Want de wrok die hij koesterde was niet gericht tegen de studenten die hoger dan hij hadden gescoord: hij was gericht tegen de tripos zelf, en meer in het algemeen tegen Cambridge, welks kleingeestigheid door de tripos werd belichaamd, en nog meer in het algemeen tegen Engeland, met zijn starheid en zijn zelfingenomen, onvoorwaardelijke geloof in zijn eigen superioriteit. Uiteindelijk moest hij door Moore worden overgehaald om te blijven. Engeland kon hij niet veranderen, hield Moore hem voor, maar misschien kon hij de tripos wel veranderen.

Vanaf dat moment werd de hervorming van de tripos zijn kruistocht. Hij voerde een campagne die gepassioneerd, intelligent en meedogenloos was, en ten slotte zegevierde hij, in 1910: niet alleen werd de tripos gemoderniseerd, ook werd het voorlezen van de uitslag afgeschaft. Wranglers en optimes slenterden niet langer in juni door de straten van Cambridge en er werden geen houten lepels meer neergelaten van het dak van het senaatsgebouw. De tripos werd gewoon een van de examens. Dat had allemaal niets te maken met zijn plaats als vierde wrangler, hield hij staande met een lichte ergernis in zijn stem. Per slot van rekening was Bertrand Russell zevende wrangler geweest, en die was – nou ja, Bertrand Russell. Als Hardy senior wrangler was geweest, dan had hij er net zo over gedacht. Dan had hij hetzelfde gedaan. Het was belangrijk voor hem dat buitenstaanders dat begrepen en geloofden.

5

*E*en week lang bestuderen Hardy en Littlewood de wiskundige bewerkingen. Ze zitten bij elkaar, bij Hardy of bij Littlewood, met de bladzijden van de brief van de Indiër voor zich uitgespreid, en schrijven de formules over op een schoolbord of op vellen van het dure, crèmekleurige 120-grams papier dat Hardy uitsluitend gebruikt voor wat hij 'gekrabbel' noemt. Onder het werk drinken ze thee of whisky; de hele gang van zaken wijkt sterk af van hun gebruikelijke routine van briefkaarten en brieven, maar dat schijnt de situatie te vereisen.

Ze hebben botsingen, en wanneer die zich voordoen krijgt Hardy het idee dat het eerder de onenigheid van echtgenoten is dan van samenwerkende geleerden. 'Jij bent altijd zo verdomd opgewekt aan het einde van de avond,' zegt Littlewood op een avond terwijl hij zijn jas staat aan te trekken.

'Wat is daar mis mee?'

'Dat is onrealistisch, dat is er mis mee. We zitten maar te ploeteren, er komt een moment dat we op moeten houden en dan zorg jij er altijd voor dat we ophouden als we denken dat we iets op het spoor zijn.'

'Nou en? Ik vind het fijn om te gaan slapen met het idee dat ik iets heb om de volgende ochtend naar uit te kijken.'

'En als we nou de volgende ochtend tot de ontdekking komen dat we een fout hebben gemaakt? Dat we ons hebben vergist? Dat overkomt ons de helft van de tijd.'

'Dan lossen we dat wel weer op.'

'Ik ga liever slapen in de wetenschap dat we er niet uit komen.'

'Goed, dan houden we op als we vastzitten. Dan kun je helemaal terneergeslagen weggaan. Wanhopig. Mistroostig. Heb je dat liever?'

'Ja. Hoop op het beste en verwacht het slechtste, dat is mijn motto.'

De meeste avonden zijn ze tot na enen op. Ze vlooien Ramanujans resultaten na, zien de logica in sommige en zoeken die vergeefs in andere, en verdelen de uitkomsten ten slotte grofweg in drie categorieën: zaken die al bekend zijn of eenvoudig uit bekende theorema's zijn af te leiden, zaken die nieuw zijn en alleen interessant omdat ze curieus of moeilijk zijn, en zaken die nieuw, interessant en belangrijk zijn.

Dat alles sterkt hen in hun overtuiging dat ze te maken hebben met een genie van een kaliber waarmee ze geen van beiden ooit, in fantasie laat staan in werkelijkheid, in aanraking zijn gekomen. Wat Ramanujan niet is geleerd heeft hij, in zijn eigenaardige idiolect, opnieuw uitgevonden. Sterker nog, voortbouwend op dat fundament heeft hij een bouwwerk geconstrueerd van een verbluffende complexiteit, originaliteit en buitenissigheid. In zijn antwoord geeft Hardy daar nauwelijks blijk van: hij probeert het zo sec mogelijk te houden. Wat de eerste groep uitkomsten betreft onthoudt hij zich ervan zijn verbazing te uiten en biedt hij Ramanujan alleen vertroosting wanneer hij schrijft: 'Nodeloos te zeggen dat indien uw uitspraken over uw gebrek aan scholing letterlijk dienen te worden genomen, het feit dat u dergelijke interessante uitkomsten opnieuw hebt achterhaald u geheel en al tot eer strekt. Niettemin dient u voorbereid te zijn op een zekere mate van teleurstelling dat u er niet als eerste mee komt.' Op de tweede en derde groep gaat hij uitgebreider in. 'Het is natuurlijk mogelijk dat sommige uitkomsten die ik bij 2) heb ingedeeld werkelijk belangrijk zijn, als voorbeelden van algemene methoden. U drukt uw uitkomsten steeds in zodanig bijzondere formules uit dat het moeilijk is dit met zekerheid vast te stellen.'

Ze zwoegden hard, Littlewood en hij, op die laatste zin. Eerst had Hardy 'eigenaardige' geschreven vóór 'formules', maar hij was bang dat Ramanujan daar aanstoot aan zou nemen. Hij streepte 'eigenaardige' door en schreef 'zonderlinge', wat nog erger was. Littlewood was degene die met 'bijzondere' aankwam; hij betwijfelde of Ramanujan de enigszins slinkse connotatie ervan (Hardy stelde zich

49

voor dat Lytton Strachey het woord gebruikte) zou oppikken.

'Het is onontbeerlijk dat ik me vergewis van de bewijsvoering van enkele van uw stellingen,' schrijft hij vervolgens. '*Alles* staat of valt met een strikte exactheid van de bewijsvoering.'

Zijn afronding is een mengeling van bemoediging en behoedzaamheid. 'Het lijkt mij zeer waarschijnlijk dat u een grote dosis werk hebt verricht die het waard is om te worden gepubliceerd, en indien u mij dat overtuigend kunt aantonen zal ik mij met veel genoegen inspannen om dat te bewerkstelligen.' Dan ondertekent hij de brief, stopt hem in een envelop, adresseert hem, laat hem frankeren en schuift hem, op de ochtend van 9 februari – de dag na zijn zesendertigste verjaardag – in de gleuf van de brievenbus buiten de poort van Trinity College. Toen hij klein was had hij een poos geloofd dat alle brievenbussen van de wereld door een stelsel van ondergrondse buizen met elkaar waren verbonden; dat de brief die je op de bus deed echt pootjes kreeg en naar zijn bestemming draafde. Nu stelt hij zich voor dat zijn brief aan Ramanujan zich voortrept door de ondergrondse gangen van Engeland, de Middellandse Zee oversteekt, door het Suezkanaal koerst en onvermoeibaar voortsjokt tot hij op een adres aankomt waarvan Hardy zich nauwelijks een beeld kan vormen: Boekhoudafdeling, Port Trust, Madras, Indië.

En nu hoeft hij alleen nog maar te wachten.

6

Nieuwe Collegezaal, Harvard University

Op de laatste augustusdag van het jaar 1936 schreef Hardy op het schoolbord achter hem:

$$1-\frac{3!}{(1!2!)^3}x^2+\frac{6!}{(2!4!)^3}X^4-\ldots=\left(1+\frac{X}{(1!)^3}+\frac{X^2}{(2!)^3}+\ldots\right)\left(1-\frac{X}{(1!)^3}+\frac{X^2}{(2!)^3}-\ldots\right)$$

'Ik ben ervan overtuigd dat Ramanujan geen mysticus was,' zei hij onder het schrijven, 'en dat godsdienst geen belangrijke rol in zijn leven speelde, behalve dan in puur materiële zin. Hij was een gewone hindoe uit een hoge kaste en hield zich, met een voor Indische inwoners van Engeland hoogst ongebruikelijke striktheid, steeds aan alle riten van zijn kaste.'

Terwijl hij die woorden uitsprak stond hij ze echter te betwijfelen. Hij draaide zijn riedel af, besefte hij: de geautoriseerde versie van zijn eigen mening, die conflicteerde met andere lezingen van Ramanujans verhaal, met name degene die in Indië de ronde deden, waar de vroomheid en toewijding van de jonge man aan de godin Namagiri een centrale, dramatische rol kreeg toebedeeld bij zijn wiskundige ontdekkingen.

Hardy kon dat niet geloven. Zijn atheïsme was niet slechts een aspect van zijn officiële identiteit, het was een aspect van zijn wezen, al sinds zijn jeugd. Toch moest hij erkennen dat hij met zijn uitspraken, nog terwijl hij ze deed, niet alleen de werkelijke situatie aanzienlijk versimpelde, maar ook zijn eigen gevoelens erover.

Hij had graag op dat moment zijn krijtje neergelegd, zich naar zijn toehoorders gewend en iets anders gezegd. Iets in de trant van:

Ik weet het niet. Vroeger dacht ik dat ik het wel wist, maar naar-

51

mate ik ouder word schijn ik steeds minder te weten, in plaats van steeds meer.

Vroeger geloofde ik dat ik alles kon verklaren. Ik heb eens, op verzoek van Gertrude, geprobeerd om de Riemann-hypothese uit te leggen aan een meisjesklas van St. Catherine's School. Dat was in de vroege lente van 1913, toen we nog op Ramanujans antwoord op onze eerste brief zaten te wachten. Ik meende echt dat het eenvoudig zou zijn om die meisjes stapsgewijs door de Riemann-hypothese te leiden, dat ik een fascinatie bij hen zou wekken die de rest van hun leven zou aanhouden. En dus gaf ik les aan die meisjes in hun gesteven boezelaars terwijl Gertrude stond toe te luisteren met juffrouw Trotter, de wiskundelerares, een jonge vrouw met een bleek gezicht en haar dat al helemaal wit was, ook al kon ze niet ouder dan dertig zijn geweest. De meisjes keken naar me op met blikken die hetzij zwijmelend of wezenloos of geringschattend waren. Eentje zat op haar haar te kauwen. De Riemann-hypothese mocht dan het belangrijkste onopgeloste vraagstuk van de wiskunde zijn, daarmee was het nog geen interessant onderwerp voor meisjes van twaalf.

'Stel je een grafiek voor,' zei ik, 'een gewone grafiek als elke andere met een x-as en een y-as. Laten we zeggen dat de x-as de lijn van gewone getallen is, met alle gewone getallen in volgorde achter elkaar, en dat de y-as de lijn van *imaginaire* getallen is, met alle veelvouden van i in volgorde achter elkaar: $2i$ – $3,47i$ – $4.678.939i$ enzovoort. In zo'n grafiek kun je, net als in elke andere grafiek, een punt tekenen en dat met lijnen verbinden aan punten op de twee assen. In dit geval heten de getallen die met die punten in het vlak corresponderen *complexe* getallen omdat elk ervan uit een echt deel en een imaginair deel bestaat. Je schrijft ze zo: $2i+1$. Of $4,6i+1736,34289$ of $3i+0$. Het deel met de i is het imaginaire gedeelte en correspondeert met een punt op de imaginaire as, terwijl het andere deel het echte gedeelte is en correspondeert met een punt op de echte as.

Dit is nu de Riemann-hypothese: je neemt de zètafunctie en voert er complexe getallen in. Dan kijk je naar je uitkomsten en zoek je op welke punten de functie de waarde nul krijgt. Volgens de hypothese zal op elk punt waarop de functie de waarde nul krijgt, het echte deel een waarde van $\frac{1}{2}$ hebben. Of, om het anders te zeggen, alle punten waarop de functie de waarde nul krijgt zullen een rij vormen langs de lijn van $\frac{1}{2}$ op de x-as, wat de *kritische lijn* heet.

Om de juistheid van de hypothese te bewijzen, moet je aantonen dat geen enkele zèta-nul ooit náást de kritische lijn ligt. Maar als je één zèta-nul kunt vinden die níét op die lijn ligt – één enkele zèta-nul waarvan het echte deel van het complexe getal níét $\frac{1}{2}$ is – dan zul je de onjuistheid van de Riemann-hypothese hebben aangetoond. Dus de helft van het werk is zoeken naar een bewijs – iets waterdichts, theoretisch – maar de andere helft van het werk is op nullen jagen. Nullen tellen. Kijken of er ook nullen náást de kritische lijn liggen. En nullen tellen, dat impliceert behoorlijk ingewikkelde wiskundige bewerkingen.

En wat heb je dan bereikt, als je het bewijs vindt? Dan heb je de afwijking in Gauss' formule geëlimineerd. Dan heb je de geheime ordening van de priemgetallen ontdekt.'

Dat was het, zo'n beetje. Ik liet natuurlijk een heleboel dingen weg: de zogenaamde triviale nullen van de zètafunctie, de behoefte om in termen van vier dimensies te denken bij het verkennen van het zètafunctie-landschap, en het meest cruciale: de ingewikkelde reeks stappen die van de zètafunctie naar de priemen en hun berekening leidt. Als ik dat had geprobeerd uit te leggen was ik vastgelopen, want er is een taal die wiskundigen alleen onder elkaar kunnen spreken.

Na de les applaudisseerden de scholieren beleefd. Niet erg lang, maar beleefd. Ik monsterde hun gezichten en zag uitdrukkingen van verveling en opluchting. Ze zaten al vooruit te denken, dat was duidelijk: aan hockeyen of aan Gertrudes les kunstzinnige vorming of aan een stiekem afspraakje met een jongen. 'Zijn er vragen?' vroeg juffrouw Trotter, haar stem zo kleurloos en ijzig als haar haar, en toen geen van de meisjes iets zei vulde ze de stilte met haar eigen woorden. 'Gelooft u in het diepst van uw hart dat de Riemann-hypothese waar is, meneer Hardy?'

Ik dacht erover na. Toen zei ik: 'Soms wel en soms niet. Er zijn dagen waarop ik wakker word in de vaste overtuiging dat het alleen maar een kwestie van nullen tellen is. Ergens moet een nul naast de lijn zitten. Maar er zijn ook dagen waarop er een flits van inzicht door me heen klieft en ik denk dat ik een stapje op weg naar het bewijs heb gezet.'

'Kunt u ons daar een voorbeeld van geven?'

'Nou, een paar weken geleden, op mijn ochtendwandeling – ik maak elke ochtend een wandeling – viel me opeens in hoe ik zou kunnen aantonen dat er een oneindig aantal nullen op de kritische lijn ligt. Ik haastte me meteen naar huis en schreef mijn ideeën op, en nu ben ik er heel dicht bij om het bewijs rond te krijgen.'

'Dus dat betekent dat u de Riemann-hypothese hebt bewezen,' zei juffrouw Trotter.

'Verre van dat,' zei ik. 'Het enige wat ik heb bewezen is dat er een oneindig aantal nullen op de kritische lijn ligt. Maar dat betekent niet dat er niet een oneindig aantal nullen níét op de kritische lijn ligt.'

Ik sloeg haar gade terwijl ze de drievoudige ontkenning probeerde te ontwarren. Toen keek ik naar Gertrude. Het was duidelijk dat zij het al had gesnapt nog voor ik het had toegelicht.

Na afloop liepen we samen naar huis. Ik zei tegen mijn zus: 'Daarom ben ik zo gegrepen door de brief van die Indiër. Als hij, zoals hij beweert, de afwijking substantieel heeft verkleind, dan is hij Riemann misschien op het spoor.'

'Ja,' zei Gertrude. 'Misschien is hij zelfs wel de man die Riemann kan bewijzen. Hoe zou je dat vinden als het hem lukte?'

'Daar zou ik ontzettend blij mee zijn,' zei ik. Ze meesmuilde. Natuurlijk trok ze mijn vertoon van onzelfzuchtigheid in twijfel, en terecht. We gingen het huis binnen, waar het een drukte van belang was aangezien er onder toezicht van moeder een heel leger dienstmeiden aan de schoonmaak was, zo leek het wel. Eentje zwabberde de vloer, een andere boende de ramen, een derde stond kussens uit te kloppen. Opeens zag ik de dienstmeiden als nullen van de zèta-functie. Ik stelde me voor hoe ze een rij vormden, als door magneten op de kritische lijn getrokken. Er is een verborgen geschiedenis waarin een monstrueuze huishoudster rondbeent die alles vernielt wat ze aanraakt. Volgens O.B. was een beroemd musicus doof geworden toen hij het advies van zijn huishoudster had opgevolgd om zijn oorpijn te behandelen door in ether gedrenkte watten in zijn oor te proppen. En dan had je natuurlijk nog Riemanns legendarische huishoudster (als je het verhaal mag geloven): toen ze hoorde dat hij was overleden gooide ze al zijn notities – een vermeend bewijs van de hypothese inbegrepen – in het vuur. Wat kan ik dat tafereel duidelijk voor me zien! Zomer 1866, warm weer, en dan die robuuste vrouw – in menig opzicht de belangrijkste figuur uit de geschiedenis van de wiskunde – die de bladzijden methodisch in de stinkende muil van de kachel stopt, het ene volgekrabbelde vel na het andere tot er, zoals de overlevering wil, een groepje Göttingse collega's van Riemann arriveert. Ze schreeuwen dat ze moet stoppen. Geduldig sorteren ze wat ze hebben gered, vurig hopend dat het bewijs haar schrikbewind heeft overleefd, terwijl op de achtergrond... wat doet ze? Moet ze huilen? Vast niet. Ik zie haar als struis en ordelijk. Energie zonder verbeelding. Ze gaat ongetwijfeld gewoon verder met haar bezigheden. Vloeren schrobben. De vaat doen.

Het ironische is natuurlijk dat Riemann er niet eens bij was. Hij was geen getuige van de enorme fik, zelfs niet in de dood. Hij was naar Italië gegaan in de hoop dat het zachtere weer heilzaam zou zijn voor zijn gezondheid. Hij was negenendertig toen hij stierf. Tering.

Denk je dat zijn huishoudster zich verbeeldde dat de papieren zelf misschien waren besmet?

De mensen hadden destijds zo weinig benul van infectie.

Ik kan die vrouw maar niet uit mijn hoofd zetten. Wat ik het monsterachtigste van haar vind is haar efficiëntie. Die heeft een bloeddorstig kantje. In gedachten probeer ik erbij te zijn, daar in Göttingen. Ik probeer haar later uit te leggen hoe belangrijk de documenten waren die ze heeft vernietigd. Als reactie staart ze me alleen maar aan, alsof ik een volstrekt onschuldige gek ben. Haar geloof in haar eigen rechtschapenheid is onaantastbaar. Dat is het Duitse karaktertrekje waar ik me voor de oorlog liever niet in verdiepte, omdat ik het niet kon verenigen met mijn droombeeld van het Duitse universiteitsstadje waar Gauss en Hilbert gearmd door de kasseienstraatjes kuierden, in weerwil van de feiten, in weerwil van de tijd, zelfs. Ideeën en idealen hebben een huiselijk luchtje, een beetje als koffie, maar toch ligt op de achtergrond altijd die huishoudster op de loer met haar ammoniak en haar lucifers.

7

*O*p zaterdagavond gaat Hardy naar de wekelijkse bijeen-komst van de Apostelen, die voor deze gelegenheid in King's College wordt gehouden, bij Jack Sheppard, de classicus. Hij gaat voornamelijk uit verveling, omdat hij vol ongeduld in afwachting is van Ramanujans reactie en hoopt dat de bijeenkomst hem zal afleiden van zijn gegis naar de inhoud ervan. In zijn jaszak heeft hij de eerste bladzijde van Ramanujans brief, zoals hij het eerste deel van Jordans *Cours d'analyse* bij zich had toen hij het tripos-examen ging afleggen.

Hij heeft de gewoonte om precies twintig minuten te laat op de bijeenkomsten te verschijnen. Zodoende vermijdt hij zowel de ongemakkelijke situatie om de eerste te zijn als het opzichtige vertoon om als laatste binnen te komen. Een stuk of vijftien mannen, in leeftijd variërend van negentien tot vijftig, staan bijeen op Sheppards oosterse tapijt en proberen zich intelligent genoeg voor te doen om tot zo'n uitgelezen gezelschap te mogen behoren. Sommigen studeren nog maar de meesten zijn engelen. (De aanwas van het genootschap is momenteel nogal gering.) Maar wat voor engelen! Bertrand Russell, John Maynard Keynes, G.E. Moore – met uitzondering van hemzelf zijn dit de mannen die Engelands toekomst bepalen, denkt Hardy. En waarom zou hij daar niet bij horen? Omdat hij maar een wiskundige is. Russell heeft politieke aspiraties, Keynes wil de Britse economie grondig hervormen, Moore heeft zijn *Principia Ethica* gepubliceerd, een werk dat door veel jongere Apostelen als een soort bijbel wordt beschouwd. Hardy's ambitie reikt echter niet verder dan het staven of ontkrachten van een hypothese die misschien maar door honderd mensen ter wereld wordt begrepen. Het is een onderscheid waar hij wel een beetje prat op gaat.

Hij telt de andere engelen in de kamer. Jack McTaggart is er, als een vlieg tegen de muur gedrukt, zoals gewoonlijk. Zo ook de kleine, beminnelijke Eddie Marsh, die als privésecretaris bij Winston Churchill in dienst is en daarnaast onlangs naam heeft gemaakt als een kenner van poëzie. Hij heeft net een bloemlezing gepubliceerd getiteld *Georgian Poetry*, met als een van de voornaamste dichters Rupert Brooke (nr. 247), die door iedereen heel knap wordt gevonden en op dit moment Marsh' avances ondergaat. Van de meer toonaangevende engelen zijn alleen Moore en Strachey absent, en Strachey, zo vertelt Sheppard aan Hardy, kan elk moment met de trein uit Londen arriveren. Want dit is geen gewone bijeenkomst. Vanavond zullen twee nieuwe Apostelen in het genootschap worden geboren. Een van die 'tweelingen', Francis Kennard Bliss, heeft naast een knap voorkomen zijn talent op de klarinet als aanbeveling. De andere, Ludwig Wittgenstein, is een nieuweling uit Oostenrijk via Manchester, waar hij heen is gegaan om een vliegtuig te leren besturen. Volgens Russell is hij een metafysisch genie.

Om zichzelf af te leiden en te vermaken speelt Hardy een spelletje. Hij wendt voor dat hij niet alleen naar de bijeenkomst is gekomen maar zowaar een kennis heeft meegebracht. Het doet er niet toe dat zoiets onbestaanbaar is, of dat de 'kennis' naar de naam Ramanujan luistert maar een frappante fysieke gelijkenis vertoont met Chatterjee, de cricketer; het spel wil dat de jonge man die naast hem staat de schrijver is van de brief in zijn zak, net van de boot uit Indië gestapt en erop gebrand om zich de mores van Cambridge eigen te maken. Hij draagt een flanellen broek die rimpelt onder het lopen, als water waar een bries overheen strijkt. Een baardzweem donkert zijn toch al donkere wangen. Ja, Hardy heeft Chatterjee nauwlettend bestudeerd.

Hij geeft zijn kennis een rondleiding door het huis. Tot voor kort woonde O.B. hier, die het had volgestouwd met bezoekende leden van de koninklijke familie, Louis xiv-meubilair, *Voi che sapete* en knappe vertegenwoordigers van de koninklijke marine. Toen werd O.B. echter tot zijn grote ontgoocheling op pensioen gesteld en tot rentenieren in Italië gedwongen, waarna Sheppard zijn kamers had overgenomen. Diens schamele ratjetoe aan huiselijke bezittingen oogt troosteloos en pover in een ruimte zo gewend aan praal. Een portret van zijn moeder, gezet en geringschattend, staart over de brede luie stoel naar een pianola die het niet doet. Aan de muur hangen foto's van Griekse beelden, allemaal naakt; aan verscheidene ontbreken ledematen, maar aan geen enkele, valt Hardy op, ontbreekt het precieuze ensemble van penis en ballen dat de Grieken zo elegant vonden, zeker vergeleken met de kolossalere, plompere aanhangsels die zo prominent in O.B.'s badinage figureerden en dat nog steeds doen in die van Keynes. En wat zou zijn Indische kennis van Keynes vinden? Op dit moment staat de rijzende ster van de Britse staathuishoudkunde een verrukt gehoor van studenten te informeren over het formaat van 'stijve tampen' in Brazilië vergeleken met die in Beieren. Wittgenstein staat alleen in een hoek naar een van de foto's te staren. Russell richt zich met een kwalijk riekend, omstandig betoog over de paradox van de leugenaar tot de arme Sheppard, die zich telkens moet afwenden, al was het maar om op adem te komen.

'Stel je een barbier voor die elke dag elke man in zijn dorp scheert die zichzelf niet scheert. Scheert de barbier zichzelf?'

'Dat lijkt me wel.'

'Dus dan is de barbier een van de mannen die zichzelf niet scheren.'

'Juist.'

'Maar je zei net dat hij zichzelf wel scheert.'

'O ja?'

'Ja. Ik zei dat de barbier elke man scheert die zichzelf niet scheert. Als hij zichzelf wel scheert, dan scheert hij zichzelf niet.'

'Goed, dan scheert hij zichzelf niet.'

'Maar je zei net van wel!'

'Hardy, kom me redden,' zegt Sheppard. 'Russell bindt me aan het spit en wil me gaan roosteren.'

'Ah, Hardy,' zegt Russell. 'Gisteren heeft Littlewood me over die Indiër van jou verteld, en ik moet zeggen dat het heel spannend klinkt. Op het punt om Riemann te bewijzen! Wanneer haal je hem hierheen?'

Hardy is nogal overdonderd om te horen dat Littlewood Ramanujan heeft staan ophemelen. 'Ik weet nog niet zeker of we dat wel doen,' zegt hij.

'O ja, ik heb over hem gehoord,' zegt Sheppard. 'Hij woont in een lemen hut en krast met een stok vergelijkingen op de muren, toch?'

'Niet helemaal.'

'Maar Hardy, misschien wil iemand je wel een poets bakken. Zou die Indiër van jou niet, weet ik veel, iemand uit Cambridge kunnen zijn die zich op een observatiepost in de rimboe van Tamil Nadu dood verveelt en de tijd probeert te verdrijven door jou voor de gek te houden?'

'Als dat zo is, dan is die vent een genie,' zegt Hardy.

'Of dan ben jij een dwaas,' zegt Russell.

'Komt dat soms niet op hetzelfde neer? Want als je intelligent genoeg bent om zoiets briljants als grap uit te halen... nou, dan schiet je je doel toch helemaal voorbij? Dan heb je, of je wilt of niet, bewezen dat je een genie bent.'

Sheppard moet lachen – een amechtige, meisjesachtige lach. 'Een raadsel dat Bertie waardig is!' zegt hij. 'En over raadsels gesproken, Wittgenstein zou ook eens bij jouw gekmakende barbier langs moeten gaan, Bertie. Moeten je die sneeën op zijn kin zien.'

Ze kijken. Er zitten inderdaad sneetjes, tamelijk evidente. 'Excuseer me even, wil je?' zegt Russell. Hij loopt naar zijn protegé, met wie hij zich zachtjes onderhoudt.

'De beste maatjes,' zegt Sheppard, zich naar Hardy toebuigend.

'Dat lijkt zo, ja.'

'Je weet toch dat Bertie zich tegen zijn uitverkiezing heeft verzet, hè?'

'Tegen Wittgensteins uitverkiezing? Ik dacht dat Bertie hem juist had voorgedragen.'

'Dat heeft hij ook. Maar hij zegt dat hij bang is dat Wittgenstein zo briljant is dat hij ons allemaal infantiele leeghoofden zal vinden en voor het lidmaatschap bedankt zodra hij is gekozen. We dachten natuurlijk meteen dat Bertie hem eigenlijk voor zichzelf wilde houden, maar nu begin ik te vermoeden dat hij misschien wel gelijk heeft. Moet je kijken hoe hij naar ons staat te staren!' Hij simuleert een toneelrilling. 'Alsof we een stel onnozele amateurs zijn. En wie zal zeggen dat we dat niet zijn, gezien het feit dat onze Keynes over Bulgaarse stijve tampen staat te wauwelen en zo? Heb je dat gehoord, trouwens? Híj wel, dat weet ik zeker.'

'Van wat ze mij verteld hebben zie ik voor hem geen reden om zich gekrenkt te voelen door praatjes over stijve tampen.'

'O, maar hij is heel gevoelig in die dingen. Hij heeft bijvoorbeeld een gruwelijke hekel aan graaf Békássy.'

'Wie is graaf Békássy?'

'Graaf Ferenc István Dénes Gyula Békássy. Hongaars. Vorig jaar geboren. Je zou wat vaker naar de bijeenkomsten moeten komen, Hardy.'

'Wie is het?'

Sheppard wijst naar een lange jonge man met donkere ogen, een smal snorretje, dikke Tartaarse lippen die zijn gelaatsuitdrukking tegelijk iets argwanends en zinnelijks geven. Hij staat met Bliss te praten, de klarinettist. Hij heeft één hand op Bliss' schouder en strijkt met de andere door zijn haar.

'De meesten van ons vinden hem wel innemend,' zegt Sheppard. 'Zelfs Rupert Brooke vindt hem innemend, wat grootmoedig van hem is aangezien het gerucht gaat dat hij achter Brookes vriendin aan zit. En ook achter Bliss.'

'Inderdaad, zo te zien. Maar toch verklaart dat niet waarom Wittgenstein zo'n hekel aan hem heeft.'

'Misschien is het een of andere Oostenrijks-Hongaarse rivaliteit van vroeger die omhoog komt borrelen. Of hij is jaloers. Ik heb gehoord dat de Witter-Gitter-man zelf ook nogal verkikkerd is op Bliss.'

G.E. Moore komt de kamer in. Hij is waarschijnlijk de meest invloedrijke Apostel uit de geschiedenis van het genootschap, maar desondanks stapt hij verlegen naar binnen. Hij is dik, met een open, vriendelijk, kinderlijk gezicht. Met omzichtige bescheidenheid schuift hij zichzelf tussen Wittgenstein en Russell in. Hij zegt iets, en daarbij kijkt hij naar Hardy en knikt.

Sheppard is weliswaar een paar jaar jonger dan Hardy, maar zijn haar wordt al wit. Hij heeft een engelachtig, pafferig gezicht, een zwak voor gokken en het soort aangeboren gevoel voor de klassieken dat waarlijker tot uitdrukking komt in dramaturgie dan in wetenschap. Als student was hij één keer bij Hardy thuis op de thee uitgenodigd, als onderdeel van de ingewikkelde procedure die de Apostelen hanteren om hun gelederen aan te vullen. Sheppards haar was toen nog blond. Hij had geen idee dat hij een feut was. Dat hadden ze geen van allen. Het taxeren en werven moest plaatsvinden zonder dat de feut in de gaten had dat hij werd getaxeerd of geworven; zijn 'vader' kreeg de lastige taak om zijn pupil door een reeks vraaggesprekken te leiden die de pupil nooit als zodanig mocht herkennen. Als de feut niet door de schouw kwam, werd het een 'abortus' en zou het – in theorie althans – nooit te weten komen dat het aspirant-lid was geweest. Als het echter wel door de schouw kwam, dan zou zijn ontdekking van het bestaan van het genootschap – wederom in theorie althans – samenvallen met de uitnodiging om er lid van te worden.

Sheppard gaat op een iel, gestoffeerd stoeltje zitten – nee, denkt Hardy, hij gaat niet zitten, hij strijkt neer. Hij gaat op stok. Sheppard heeft onmiskenbaar iets van een hen. Tegenwoordig is hij de spil waar alle activiteiten van het genootschap om draaien, niet omdat hij, zoals Moore, een reusachtige intellectuele impact heeft – intellectueel draagt hij niets bij – maar omdat men erop kan rekenen dat hij de walvissen rangschikt en het theewagentje in orde maakt en, het allerbelangrijkste, voor de Ark zorgt, die in wezen alleen maar een cederhouten kist is die jaren geleden door O.B. aan de Apostelen is geschonken en nu tot de rand is gevuld met de voordrachten die de leden in de loop van talloze zaterdagavonden hebben gehouden. Die voordrachten gaan terug tot het begin, toen Tennyson (nr. 70) en zijn kompanen over onderwerpen debatteerden als 'Hebben Shelley's gedichten een immorele inslag?' (Uit het verslag blijkt dat Tennyson dat niet vond.) Onderdeel van de inwijding van elke nieuwe Apostel is dat hij gelegenheid krijgt om de voordrachten in de Ark door te nemen, om zich te verdiepen in 'Is zelfbevlekking slecht als doel?' (Moore) en in 'Moet een schilderij begrijpelijk zijn?' (Roger Fry, nr. 214), in 'Wordt liefde gevoed door afwezigheid?' (Strachey) en natuurlijk in McTaggarts 'Viooltjes of oranjebloesem?'

Sheppard staat nu met Moore te praten. Over diens hoofd heen kijkt Moore naar Hardy. Sheppard haalt zijn horloge tevoorschijn. 'O jee, o jee,' zegt hij – en ineens schiet het Hardy te binnen aan wie Sheppard hem doet denken: aan het Witte Konijn in *Alice in Wonderland*. Dat witte hoofd, dat trekje met zijn neus... 'Waar blijft Strachey nou?' zegt hij, starend naar zijn horloge. 'Hij is te laat, veel te laat! Ik ben bang dat we maar zonder hem moeten beginnen.'

De kamer is inmiddels volgestroomd. Hardy telt negen engelen en zes student-broeders. Keynes laat zijn stijve tampen even los en voegt zich bij Sheppard en Moore naast de Ark, waar ze gedrieën het haardkleed uitrollen, dat in feite een oude kelim is. De conversatie van de mannen verstomt en Hardy neemt plaats op Sheppards weinig comfortabele velours sofa. Hij wil dat zijn pupil een goed zicht heeft op het voorlezen van de vloek.

De vloek is een oude Apostolische traditie. Tientallen jaren eerder had een Apostel genaamd Henry John Roby (nr. 134) op een zaterdagavond meegedeeld dat het hem speet maar dat hij het gewoonweg te druk had om de wekelijkse bijeenkomsten nog langer bij te wonen. De broeders waren diep verontwaardigd dat hij de regels zo met voeten trad, en dan ook nog op zo'n hooghartige toon, en ze royeerden hem als lid en besloten dat zijn naam daarna voor altijd zonder hoofdletters zou worden gespeld.

Tegenwoordig wordt de vloek bij elke geboorte uitgesproken als een waarschuwing. Doorgaans doet de vader dat, maar daar het nu om een dubbele geboorte gaat is de taak aan Keynes toegevallen. Terwijl de andere Apostelen stil en in gedachten verzonken toekijken, gaat Keynes voor de feuten staan, Wittgenstein een kop groter dan de breedgeschouderde Bliss met zijn roze wangen. 'Gelieve te beseffen dat de eed die jullie gaan afleggen heilig is,' waarschuwt hij. 'Nimmer zullen jullie aan enige buitenstaander het bestaan van het genootschap onthullen. Doen jullie dat toch, dan zal jullie ziel voor eeuwig kronkelen in folterende pijn.'

Dit element van de vloek heeft Hardy altijd bevreemd. Wat heeft geheimhouding met Roby (of roby) te maken? De man heeft het bestaan van het genootschap nooit aan anderen onthuld. Hij had een andere zonde begaan, namelijk nagelaten om het genootschap de achting te betonen die het toekwam. In de jaren erna hebben meer Apostelen dan Hardy kan opnoemen hun eed van geheimhouding gebroken en in memoires en brieven over de Apostelen geschreven of op feestelijke lunches aan hen gerefereerd. Geen van hen heeft echter de kennelijk veel ernstiger wandaad gepleegd om zijn lidmaatschap te verguizen. Tot dusver.

Terwijl Keynes de vloek voorleest staat de 'tweeling' zwijgend te luisteren, Wittgenstein uitdrukkingsloos en Bliss met een plechtig gezicht waarachter Hardy een onderdrukte neiging om het uit te schateren bespeurt. Dan stapt Keynes achteruit en staan de broeders op om de nieuwe leden (nrs. 252 en 253) met luid applaus officieel welkom te heten.

Het is in menig opzicht een mooi moment, en het wordt, zoals de meeste mooie momenten, onderbroken door een klop op de deur. Sheppard doet open en Strachey komt binnengestevend, vergezeld door Harry Norton (nr. 246). 'Daar heb je je wiskundige,' zegt Sheppard tegen Hardy, het zinnetje dat hij altijd tegen Hardy zegt wanneer Norton een kamer binnenkomt. Over het algemeen moet het genootschap niets van wetenschappers hebben, tenzij, zoals Sheppard het eens heeft gesteld, de wetenschapper in kwestie 'een heel aardige wetenschapper' is.

'Lieve schatten, we hebben echt een beestachtige reis achter de rug,' zegt Strachey terwijl hij zijn paraplu uitschudt. 'De trein heeft úren stilgestaan bij Bishops Stortford. Een lichaam op de rails, zeiden ze. Kun je je iets afgrijselijkers voorstellen? Als ik die brave Norton niet bij me had gehad om me bezig te houden, had ik misschien wel een stuip gekregen. En, wat hebben we gemist?'

'Het voorlezen van de vloek,' zegt Sheppard. 'We konden niet langer wachten.'

'O, wat jammer nu. Maar de voordracht niet, mag ik hopen.'

'Nee.'

'Mooi. Wie staat er vanavond op het haardkleed?'

'Taylor zou aan de beurt zijn maar hij heeft hem niet kunnen schrijven.'

'Godzijdank,' mompelt Norton. Wie er een voordracht houdt wordt door loten bepaald; als een Apostel op een bijeenkomst verschijnt zonder zijn voordracht (iets waarop zeer misprijzend wordt gereageerd), wordt een van de engelen gevraagd om in diens plaats een van zijn oude lezingen te houden die uit de Ark wordt opgevist. Vaak leest McTaggart dan zijn 'Viooltjes of oranjebloesem?' weer voor, en vanavond wekt hij de indruk dat hij dat graag nogmaals zou willen doen. Keynes en Moore schijnen echter andere plannen te hebben want die spitten nu het Ark-ief door.

Norton zegt: 'Die staan vast te bedenken hoe ze van Madame Cecils omissie kunnen profiteren om een goede indruk op Wittgenstein te maken. Ze zijn allemaal als de dood voor hem.'

'O ja?'

Hij knikt. Net als Sheppard doet Norton er alles aan om goed op de hoogte te blijven. Zoals Sheppard graag betoogt was Norton wiskundige tot hij door de wiskunde 'bijna tot een zenuwinzinking' werd gedreven, waarna hij zijn academische carrière min of meer had opgegeven en het grootste deel van zijn tijd in Londen ging doorbrengen waar hij bij de Bloomsbury-groep in het gevlij trachtte te komen. Nu telt hij onder zijn goede vrienden niet alleen Strachey maar ook de Stephen-zusters en dat ongrijpbare *objet du désir* Duncan Grant. Ondanks al zijn literaire aspiraties schijnt Norton echter niet echt iets te dóén. Dat verbaast Hardy – hoe hij in dat stralende milieu van artistieke mannen en vrouwen kan verkeren zonder zelf enige artistieke neiging te tonen. Zo blijft hij wat hij altijd is geweest – klein, aapachtig, rijk door handel en dus een handige bron van contanten wanneer de 'Bloomsberries' slecht bij kas zijn – en is hij toch ook minder dan hij is geweest omdat hij niet langer iemand met een stuwende passie is. Hardy mag hem wel, heeft zelfs ooit iets met hem gehad – maar dat was lang geleden.

Wat Taylor (nr. 249) betreft, dat is, zoals de broeders het noemen, Sheppards 'speciale vriend': een saai-knappe, humeurige, niet al te snuggere jonge man wiens enige aanspraak op aanzien – voor zover Hardy weet – berust op het gegeven dat hij de kleinzoon van de beroemde wijsgeer George Boole is. Op dit moment ziet hij er beslist gepikeerd uit, alsof zijn verzuim om met de beloofde voordracht op de proppen te komen de schuld van de Apostelen is en niet van hemzelf. Niemand begrijpt Sheppards gevoelens voor hem. Voor zover Hardy kan nagaan is de enige reden dat hij überhaupt als Apostel was uitverkoren het feit dat Sheppard het pijnlijk duidelijk had gemaakt dat hij er zwaar onder te lijden zou hebben – misschien wel door toedoen van Taylor – als de uitverkiezing niet door zou gaan.

Taylor staat nu met een chagrijnig gezicht te kijken hoe Moore eindelijk de gezochte voordracht uit de Ark opdiept, het manuscript doorbladert en zich dan op het haardkleed opstelt. McTaggart wendt zich af. 'Dus het wordt de baas zelf,' zegt Norton tegen Hardy. 'Nou ja, als er iemand een poging mag wagen om de Witter-Gitter-man te imponeren, dan is hij het wel, dunkt me.'

Ze nemen weer plaats op de sofa. Norton gaat rechts van Hardy zitten en Taylor links, hoewel die laatste in zijn verbeelding vervliegt en wordt vervangen door de Indische kennis in zijn flanellen pantalon. Hardy verbeeldt zich dat hij door het dunne omhulsel heen de warmte van een gespierd been kan voelen.

Moore schraapt zijn keel en declameert de titel van zijn stuk: 'Is bekering mogelijk?'

'O, dat ouwe verhaal,' zegt Hardy binnensmonds; hij herinnert zich de lezing van de eerste keer dat Moore hem had gehouden, nog voor de eeuwwisseling.

Eigenlijk is het geen oninteressante voordracht, dat wil zeggen, als je het geduld hebt om Moores ingewikkelde zinsbouw te ontwarren, wat Wittgenstein mogelijkerwijs niet lukt. Met bekering bedoelt Moore niet religieuze bekering maar een ervaring die verwant is aan het Tolstojaanse concept van opnieuw geboren worden: een mystieke transformatie van de geest die we regelmatig in onze jeugd ondergaan en daarna steeds minder vaak naarmate we ouder worden, tot we de middelbare leeftijd bereiken en die ervaring nooit meer hebben. De vraag die Moore stelt is of we onszelf kunnen dwingen een dergelijke 'bekering' ook in onze volwassenheid te ondergaan. Toen hij de voordracht voor het eerst hield geloofde hij zelf dat het hem één of twee keer was gelukt, wat Hardy verbaasde: beschouwde Moore dat werkelijk als zo'n prestatie? Als wiskundige werd Hardy elke dag 'bekeerd'. Elke dag had hij te maken met getallen die niet konden bestaan, liet hij zijn blikken rusten op dimensies die niet voor te stellen waren, somde hij oneindigheden op die niet geteld konden worden. Moore was echter te rationalistisch om zijn eigen mystiek zomaar te accepteren. Hardy's persoonlijke mening was dan ook dat Moore met zijn naarstige gespit naar zijn vermogen om zich te 'bekeren' alleen maar had bereikt dat hij het had lamgelegd.

'Tot besluit wil ik slechts deze vraag aan het genootschap voorleggen,' leest Moore voor, 'te weten, of het niet mogelijk is dat eenieder van ons, vanavond of op enig ander moment, deze waarlijke steen der wijzen zou kunnen vinden, die ware Wijsheid der Stoïcijnen, een vondst die voor hem die hem doet, en wellicht ook voor anderen, voor altijd het verreweg meest hinderlijke aspect zou kunnen wegnemen van de problemen en kwaden waar we mee te kampen hebben.'

Hij laat zijn hand met de paperassen zakken. Iedereen applaudisseert behalve Wittgenstein, die onaangedaan naar de Ark zit te staren. Moore stapt van het haardkleed en gaat in een van Sheppards krakkemikkige stoelen zitten. Keynes vraagt of iemand wenst te reageren.

Hardy voelt het knersen van kapotte veren. Taylor staat op en loopt naar het haardkleed. Strachey slaat een hand voor zijn ogen.

Lieve God, laat Taylor alstublieft heel lang praten, denkt Hardy. *Ik wil dolgraag horen wat hij te zeggen heeft.*

Deze keer werkt de list niet. Taylor praat. Hij praat en praat maar door. Tijd is van geen belang. Zoals bij muziek is het effect van traagheid onafhankelijk van het eigenlijke aantal minuten dat wordt opgeslokt. En wat zegt hij? Niets. 'Humanisme... ethiek... *cri de coeur...'* Als hij nog veel langer doorgaat, denkt Hardy, *onderga ik hier ter plekke nog een bekering.* Maar ten slotte gaat hij weer zitten. 'Dank u, broeder Taylor,' zegt Keynes. 'Zijn er nog anderen die iets willen zeggen?'

Tot Hardy's grote verbazing staat Wittgenstein op. Strachey laat zijn hand zakken. Wittgenstein loopt niet naar het haardkleed. Hij blijft waar hij is en zegt met zijn lichte Weense accent: 'Heel interessant, maar voor zover ik begrijp bestaat bekering alleen maar uit het afschudden van zorgen. Uit het verzamelen van moed om je niet te bekommeren om wat er gebeurt.'

Dan gaat hij weer zitten. Norton geeft Hardy een por in zijn zij.

'Dank u wel, broeder Wittgenstein,' zegt Keynes. 'Nou, als dat alles was, laten we dan stemmen over deze kwestie. De vraag is: kunnen we maandagochtenden veranderen in zaterdagavonden? Wie is voor?'

Diverse handen gaan de lucht in, waaronder die van Taylor, Békássy en, tot Hardy's verrassing, Strachey. Tot de tegenstemmers behoren Wittgenstein, Russell, Moore en Hardy zelf.

Het officiële gedeelte van de bijeenkomst is nu afgelopen. Met een geroezemoes als bij het startsein van de maaltijd in de eetzaal van de universiteit begeven de broeders zich naar de theewagen die Sheppards bediende, die al gewend is geraakt aan het merkwaardige doen en laten van de Apostelen, onopvallend naar binnen heeft gereden tijdens het voorlezen van de vloek. Marsh lonkt naar Brooke, Békássy streelt Bliss, Wittgenstein staat stuurs te staren, Sheppard probeert Taylor een walvis op te dringen die de laatste weigert. 'Ach, wat een theater allemaal, hè?' zegt Norton. 'Maar als ik eerlijk ben moet ik zeggen dat ik het niet erg had gevonden als de trein nog een uurtje langer was opgehouden. Het ware zelfs te prefereren geweest om Strachey over zijn depressie heen te helpen in plaats van Moore die oude voordracht voor de zoveelste keer te horen houden. En dan die leuteraar... wat een geleuter. Vind je het niet afschuwelijk?'

'Taylor is wel een beetje lang van stof, ja.'

'Je weet toch waarom Sheppard zo in de ban van hem is, hè? Hij heeft drie ballen.'

'Wie?'

'Madame Taylor. Echt waar. In het begin geloofde ik het ook niet, maar ik heb het opgezocht in een medische encyclopedie. *Polyorchidisme* is de technische term. Een zeldzame maar gedocumenteerde afwijking. Klaarblijkelijk kan Sheppard gewoon niet van hem afblijven – van ze afblijven.'

Hardy is niet opgewassen tegen de drie ballen. 'Goh,' zegt hij.

'Ik heb natuurlijk geen idee of ze alle drie volledig functioneren, en of ze even groot zijn, of wat voor effect dat heeft – de meesten van ons hebben er maar twee, met een soort, zeg maar, gleuf in het midden, als een vrucht, weet je, en zijn die van hem dan net zo, maar dan in drieën verdeeld? Als een drielobbige perzik, als je je dat kunt voorstellen? Of delen twee ballen een van de compartimenten? Of is de derde rudimentair, als een cyste? Heb jij wel eens iemand ontmoet met extra tepels? Ik heb eens iemand gekend die nog een tweede stel had, onder de normale, alleen zagen ze er niet uit als tepels, het waren alleen maar van die rode plekjes... Wie staat Békássy daar zo te betasten?'

Hardy's aandacht is niet zo elastisch als die van Norton. Hij staat de ballen nog te verwerken. 'Ik geloof dat het die klarinettist is. Bliss.'

'Ja, dat vermoedde ik al.' Norton slaakt een zucht. 'Persoonlijk geef ik de voorkeur aan hem, boven Békássy. Jij niet? Niet dat Békássy niet knap is, maar hij kan me toch niet erg opwinden, zoals hij dat Keynes wel doet. Onlangs vertelde Strachey – James, niet Lytton – dat Békássy Keynes op de laatste bijeenkomst zo had zitten ophitsen dat Keynes hem "op het haardkleed wilde nemen". Denk je ook niet dat onze voorbroeders daarbij beschaamd hun blikken zouden hebben afgewend?'

'Ongetwijfeld,' zegt Hardy, die zich een beeld van – en een mening over – Taylors anatomische curiosum probeert te vormen. Als het hem werd gevraagd zou hij best bereid zijn om te erkennen dat hij er geen bezwaar tegen zou hebben om de misvormde testes te aanschouwen, en hij is benieuwd of Taylor, gezien zijn exhibitionistische trekje, niet al een soort demonstratie heeft gegeven, of ze tot onderwerp van een bijdrage op het haardkleed heeft gemaakt. De metaforische implicaties! Zou één bal lager hangen dan de andere twee, zoals de drie gouden ballen aan de gevel van een pandjeshuis? Ja, misschien is dat wel het geheim waarmee Taylors aard verklaard kan worden, zijn chagrijnigheid zowel als zijn arrogantie. Want op zeker moment in zijn jeugd moet een huisarts de aandacht hebben gevestigd op zijn rariteit, hem voor het eerst ervan bewust hebben gemaakt dat hij niet als andere jongens was. Het is goed mogelijk dat zijn schoolmakkers hem hebben gepest. Hoe lang heeft hij die last van verlegenheid moeten torsen, de wetenschap dat wat de een afstoot zeer wel de ander kan aantrekken? En wat zegt het over Sheppard dat die zich voelt aangetrokken? Momenteel staan ze te kibbelen, wat niet ongebruikelijk is. Sheppard probeert zijn arm om Taylors middel te leggen, en die duwt hem van zich af. 'Ik ben niet lief, ik ben geen jongen en ik ben zeker niet van jou!' zegt hij, waarna hij zich op hoge poten terugtrekt naar de haard.

Norton stoot Hardy aan. 'Liedelwis,' zegt hij, een oud codewoord waarmee hij naar een grapje verwijst dat hij eens heeft verteld over een Chinees die pogingen doet om 'liefdestwist' te zeggen.

'Zeg dat wel.'

'En dat na al die jaren samen. Je zou echt je geloof in het huwelijk verliezen.'

Kennelijk is dit tafereel – dat nog extra door Sheppard wordt aangezet met de woorden: 'Cecil, ga nou alsjeblieft geen scène maken' – meer dan Wittgenstein kan verkroppen. Hij wendt zich vol weerzin af en ziet zich dan geconfronteerd met het even stuitende schouwspel van Békássy die Bliss, met zijn armen om diens middel en zijn kruis tegen diens achterste, naar het zitje bij het raam duwt. Dat is kennelijk de druppel. Wittgenstein zet met een klap zijn theekopje neer, trekt zijn jas aan en beent weg.

Er valt een stilte. 'Excuseer me even,' zegt Russell een paar tellen later, waarna hij zijn eigen jas pakt en ook vertrekt.

'Nou, dat is dan geregeld, lijkt me,' zegt Strachey, die aan komt lopen en zich bij Hardy en Norton voegt. 'Die zijn we kwijt.'

'Denk je?'

'Ik vrees van wel. Ik zal natuurlijk alles in het werk stellen om hem ervan te weerhouden als lid te bedanken, maar hoe moet ik hem ervan overtuigen dat dit een serieus, respectabel genootschap is, gezien al die malle dingen die vanavond zijn gebeurd? Wat zonde dat Madame zich er zo nodig mee moest bemoeien!'

'Maar Strachey,' zegt Norton, 'zou Herr Witter-Gitter zich niet moeten realiseren dat Cecil niet voor het hele genootschap staat, net zomin als Hardy, of ik, of – nou ja, wie dan ook? Als hij dat niet inziet valt er niets aan te doen.'

'Tja, maar die studenten van tegenwoordig... die maken niet wat je een onuitwisbare intellectuele indruk zou noemen. Daarom moeten we Wittgenstein erbij hebben. Om het niveau op te krikken. Weet je wat hij tegen Keynes heeft gezegd? Hij zei dat het leek of je toekeek hoe jonge mannen hun toilet maken, zoals Taylor en de anderen zaten te filosoferen. Onschadelijk maar obsceen.'

'Als hij opstapt, moet hij dan ook niet vervloekt en ge-roby-eerd worden?'

'Onzin. Je kunt iemand als Wittgenstein niet roby-eren. Hij zou hooguit óns kunnen roby-eren.' Strachey wendt zich tot Hardy. 'Het is niet meer zoals vroeger, hè? Vroeger discussieerden we over wat "deugdzaam" was. Of hield Goldie op het haardkleed een verhandeling over de vraag of we God tot lid moesten kiezen. En stemden we, volgens mij met grote meerderheid – jij zat natuurlijk bij de minderheid, Hardy – dat we God inderdaad moesten kiezen. En moet je zien wie we nu in plaats van God hebben. De leuteraar. Ik ben bang dat we onze beste tijd gehad hebben.'

Strachey lijkt gelijk te hebben. Op dit moment staat de drieballige Taylor bij het haardvuur te kniezen. Békássy en Bliss zitten bij het raam elkaars nek te strelen. Sheppard kijkt alsof hij elk moment in tranen uit kan barsten. Gelukkig kiest Brooke – die een intuïtie voor dat soort dingen heeft – dit ogenblik om met de tabakspot rond te gaan. Lucifers knetteren, pijpen worden aangestoken. In het verleden zouden ze allemaal tot drie uur 's nachts hebben staan praten en discussiëren, maar vanavond schijnt niemand daar animo voor te hebben en wordt de bijeenkomst kort na twaalven beëindigd. McTaggart rijdt weg op zijn driewieler en Hardy wandelt in zijn eentje terug naar Trinity. Het is buiten nog verrassend warm. Hij klopt op de brief in zijn zak en denkt aan zijn eigen brief. Is hij al door het Suezkanaal? Is hij aan boord van een schip dat de oceaan oversteekt? Of is hij al in Madras aangekomen, in het kantoor van het havenbedrijf, waar de echte Ramanujan hem maandagochtend zal ontvangen?

En nu, als op afroep, voegt zijn mysterieuze kennis zich bij hem: hij loopt met hem mee, in de pas, stap na stap. Als de echte Ramanujan werkelijk naar Cambridge komt, zou hij dan tot het genootschap worden toegelaten, als het eerste Indische lid van de Apostelen? Hardy zou zijn vader zijn, uiteraard. Maar wat zou Ramanujan van die intellectuelen denken, met hun zonderlinge rituelen en eigen taalgebruik? Hardy heeft er moeite mee om het imago dat mannen als Keynes en Moore voor de buitenwereld hebben te verenigen met deze jongensschoolsfeer waarin ze elke zaterdagavond rondstoeien, elkaar met troetelnaampjes aanspreken en kinderen eten verorberen en eindeloos, eindeloos over seks kletsen, en daarna over filosofie, en dan weer over seks. Schuine moppen, snoeverige toespelingen op vleselijke avontuurtjes. Maar hoeveel van hen hebben werkelijk ervaring? Vrijwel niemand, schat Hardy. Keynes wel. Hardy zelf ook, al zouden maar weinigen dat vermoeden. Brooke, maar voornamelijk met vrouwen. Ook een knelpunt. Hardy moet aan McTaggart denken die op zijn rammelende driewieler terugfietst naar de onvrouwelijke, apostolische Daisy. Want dat is het grote geheim van de Apostelen, en de grote leugen. De meesten van deze mannen zullen uiteindelijk trouwen.

Hij is net bij de poort van Trinity College als hij wordt ingehaald door Norton. 'Hallo, Hardy,' zegt hij – en de Indische geestverschijning vervluchtigt.

'Op weg naar huis?' vraagt Hardy.

Norton knikt. 'Ik loop nog wat rond. Na de bijeenkomst voelde ik me zo onrustig en gespannen. Ik kon nog niet naar bed... ik bedoel, ik kon nog niet gaan slapen.'

Hij knipoogt. Hij is niet knap. Hij gaat steeds meer op een aap lijken, hoe ouder hij wordt. Toch moet Hardy glimlachen bij de uitnodiging.

'Je kunt wel even binnenkomen voor een kop thee,' zegt hij terwijl hij aanbelt. Norton knikt instemmend. Dan zwijgen ze, opgeslokt door een stilte waarin een opgelaten compromis bezinkt: genoegen nemen met wat voorhanden is bij gebrek aan wat begeerd wordt. Er klinken voetstappen in het duister, een malicieuze, rancuneuze cupido slaat een trom en Chatterjee – de echte Chatterjee, uitgedost in zijn toga van Corpus Christi College – komt door Trinity Street gestapt. Zijn hakken stampen een ritmische mars op het plaveisel, en bij zijn nadering vloeien zijn gelaatstrekken steeds scherper ineen: een neus als een skihelling, lippen in een flauwe glimlach gekruld, wenkbrauwen die elkaar bijna maar net niet raken. Hij passeert op zo korte afstand dat Hardy het langszoeven van zijn toga kan voelen, de geur van kleerkasten kan inademen. Dan is hij voorbij. Hij kijkt niet eens naar Hardy. Chatterjee heeft gewoon geen idee wie hij is.

Op dat moment komt de portier. Die verkeert in de veronderstelling dat ze twee studenten zijn die nog laat buiten zijn en begint hen uit te foeteren, tot hij Hardy herkent. 'Goedenavond, mijnheer,' zegt hij terwijl hij de poort openhoudt, zijn gezicht enigszins rood aangelopen, om de waarheid te zeggen. 'Een aangenaam uitje?'

'Aangenaam genoeg, dank u. Goedenacht.'

'Goedenacht, mijnheer. Goedenacht, meneer Norton.'

'Goedenacht.'

Great Court is leeg op dit tijdstip, zo immens als een balzaal, het gazon glanzend in het maanlicht. Soms ziet Hardy zijn leven in Cambridge als verdeeld in kwadranten, ongeveer zoals het gazon van Great Court. Het ene kwadrant is wiskunde, en Littlewood, en Bohr. Het tweede is het genootschap van Apostelen. Het derde is cricket. Het vierde... Eigenlijk is dat het kwadrant dat het moeilijkst te omschrijven is, niet uit preutsheid – integendeel, het stoort hem dat Moore en anderen pogingen doen om de kwestie in filosofische gewaden te draperen – maar omdat hij niet weet welke woorden hij moet gebruiken. Als McTaggart het over de hogere sodomie heeft, probeert hij het lichamelijke, waarover Hardy geen enkele schaamte voelt, te versluieren. Nee, het probleem ontstaat als de kwadranten elkaar raken, zoals ze elkaar nu raken, met Norton aan zijn zijde, als ze zich getweeën steels naar New Court haasten, ook al is er niets ogenschijnlijks verdachts aan het feit dat hij een kennis thuis uitnodigt voor een kopje thee dat naar hij weet nooit zal worden gezet.

Ze bestijgen de trap en hij opent de deur. Hermione staat op van Gayes blauwe voetenbankje, kromt haar rug en steekt haar staart op ter begroeting. 'Hallo, poesie,' zegt Norton terwijl hij zich vooroverbuigt om Hermione te aaien en Hardy zijn vingers tegen zijn nek drukt en zich probeert te herinneren wanneer hij voor het laatst mensenhuid heeft gestreeld, en niet de vacht van een kat. Hij probeert het zich voor de geest te halen, maar het lukt niet.

8

Wanneer Littlewood uit Cambridge verdwijnt, wat hij nogal eens doet, gaat hij meestal naar Treen, in Cornwall, waar hij bij het gezin Chase verblijft, of juister gezegd, bij mevrouw Chase en haar kinderen. Hun vader – Bertie Russells arts – woont in Londen en komt eens in de maand of zo naar Treen. Hardy laat het wel uit zijn hoofd om naar de afspraken te informeren die Littlewood met mevrouw Chase, of met dokter Chase, of met beiden, heeft gemaakt. Dergelijke arrangementen zijn zeker niet uniek: Russell zelf schijnt er een met Philip Morrell te hebben getroffen, met wiens vrouw Ottoline hij een verhouding heeft die hij nooit helemaal geheim kan houden. De enige die onder de situatie lijdt schijnt Russells eigen vrouw te zijn.

Littlewood heeft geen vrouw. Ze zijn beiden gedoemd om als vrijgezel te sterven, veronderstelt Hardy; Littlewood omdat mevrouw Chase nooit van haar man zal scheiden, Hardy om meer voor de hand liggende redenen. Daardoor, denkt hij, kunnen ze zoveel moeitelozer samenwerken dan ze ieder met bijvoorbeeld Bohr zouden kunnen werken, die getrouwd is. Het is niet alleen een kwestie van het incidentele onaangekondigde nachtelijke bezoek; ze weten ook wanneer ze elkaar met rust moeten laten. Getrouwde mannen, heeft Hardy opgemerkt, proberen hem aldoor over te halen zich bij hun broederschap aan te sluiten. Het is hun levensdoel om het soort echtelijke huiselijkheid aan te prijzen waaraan ze zich hebben gebonden. Het zou niet mogelijk zijn om met een getrouwde man samen te werken, want een getrouwde man zou altijd opmerken – aanmerken – dat Hardy zelf niet is getrouwd.

Littlewood maakt nooit aanmerkingen op Hardy, en hij heeft het evenmin over Gaye. Hij is iemand die weinig moet hebben van regeltjes die bepalen waar men wel of niet over hoort te praten. Niettemin moet hij toegeven dat hij blij is dat Hardy hem liever geen deelgenoot maakt van wat mevrouw Chase 'de onsmakelijke details' noemt. Hij hoeft niet meteen voor Hardy op te komen, maar kan het zich wel veel gemakkelijker maken door hem op zijn minst als een abstractie te zien, vooral wanneer Jackson – de amechtige oude classicus wiens raadselachtige genegenheid voor Littlewood deze als een soort uitslag of eczeem ondergaat – aan de eettafel zijn mond bij zijn oor houdt en fluistert: 'Hoe kun je het verdragen om met hem samen te werken? Een normale vent als jij.'

Littlewood heeft een standaardantwoord op dat soort vragen, dat hij vaak krijgt. 'Elk individu is uniek,' zegt hij dan, 'maar sommige zijn unieker dan andere.' Hij zal er alleen verder op ingaan als de vragensteller iemand is die hij vertrouwt, iemand als Bohr, aan wie hij Hardy omschrijft als een 'niet-praktiserende homoseksueel'. Wat voor zover hij kan vaststellen geheel juist is. Afgezien van Gaye – wiens relatie met Hardy Littlewood met geen mogelijkheid zou kunnen analyseren – heeft Hardy bij zijn weten nooit een minnaar of minnares gehad en is hij alleen maar af en toe een poosje verliefd geweest op jonge mannen, onder wie enkele van zijn studenten.

Mevrouw Chase – Anne – vindt Hardy een tragische figuur. 'Wat een treurig leven moet hij leiden,' zei ze het afgelopen weekend in Treen tegen Littlewood. 'Een leven zonder liefde.' En ofschoon hij dat beaamde kon Littlewood het niet helpen dat hij stiekem bedacht dat zo'n leven ook zijn voordelen moest hebben; hij vindt vaak dat hij met een overdaad aan liefde worstelt: die van Anne en van haar kinderen, die van zijn ouders en van zijn broers en zussen. Het gebeurt wel eens dat al die liefde hem naar de keel grijpt, en op die momenten ziet hij Hardy's solitaire bestaan als een benijdenswaardig alternatief voor het overbevolkte leven waarvoor zijn getrouwde vrienden hebben gekozen, een leven vol echtgenotes, kinderen, kleinkinderen, schoonzonen en -dochters, schoonmoeders en -vaders, een donkere wolk van verplichtingen, behoeften, belemmeringen, wederzijdse verwijten. Steeds wanneer hij die vrienden in de provincie gaat opzoeken of bij hen thuis in Cambridge soupeert, keert hij opgelucht terug naar zijn eigen kamers, blij dat hij alleen in bed kan stappen en alleen wakker kan worden – maar in de wetenschap dat hij het volgende weekend niet alleen zal zijn. Misschien dat de regeling met Anne hem daarom zo goed uitkomt. Het is een weekendaffaire.

De eerste vrijdag van maart gaat hij naar Treen, zoals zijn gewoonte is. Regen houdt hem het grootste deel van de zaterdag en de zondag binnen. 's Maandags regent het nog steeds, en op het station hoort hij dat ergens onderweg een brug blank staat en dat zijn trein is omgeleid en twee uur te laat binnenkomt. Daardoor zit hij twee uur vast op Liverpool Street Station. Als hij eindelijk weer in Cambridge arriveert is het te laat voor het eten, regent het nog steeds en heeft hij de hele dag gereisd. Vloekend gooit hij zijn bagage op de vloer van zijn slaapkamer, pakt zijn paraplu en loopt naar de docentenkamer. Schimmige gestalten houden zich op in het gelambriseerde duister. Jackson groet hem met een knikje en wijst met zijn drankje naar een hoek van de kamer, waar hij tot zijn verrassing Hardy ontwaart die rechtop in een Queen Anne-fauteuil zit, met zijn handen op zijn knieën. Als Hardy hem in het oog krijgt springt hij op en haast zich naar hem toe.

'Waar zat je?' sist hij hem toe.

'In Treen. Mijn trein had vertraging. Wat is er?'

'Hij is gekomen.'

Littlewood blijft abrupt staan. 'Wanneer?'

'Vanmorgen. Ik loop je al de hele dag te zoeken.'

'Het spijt me. Wat schrijft hij?'

Hardy werpt een blik naar het haardvuur. Daar zit een groepje hoogleraren bij elkaar te roken. Tot Littlewood binnenkwam hadden ze het over zelfbestuur voor Ierland. Nu zwijgen ze, met gespitste oren.

'Laten we naar mijn kamers gaan,' zegt Hardy.

'Goed, als je me wat te drinken geeft,' zegt Littlewood. En dan draaien ze zich om en benen weg. Het regent pijpenstelen. Hardy is zijn paraplu vergeten en Littlewood moet de zijne boven hen beiden ophouden, wat tot een ongemakkelijke intimiteit leidt, ook al duurt die maar de minuut die het kost om naar New Court te lopen. Hardy doet de deur naar zijn trap open en rept zich naar binnen, duidelijk net zo opgelucht als de ander om van elkaar verlost te zijn. Littlewood schudt zijn paraplu uit en zet hem in de pot van Chinees aardewerk die hij zich van vroeger herinnert, toen Hardy met Gaye een suite in Great Court deelde.

'Ik heb alleen whisky,' zegt Hardy terwijl hij hem voorgaat de trap op.

'Precies wat ik nodig heb.'

Hardy doet de deur naar zijn woning open. 'Dag kat,' zegt Littlewood tegen Hermione, maar als hij bukt om haar kop te aaien, schiet ze weg.

'Wat is er met haar? Ik probeer alleen maar aardig te doen.'

'Je doet tegen haar alsof ze een hond is.' Hardy haalt de brief uit zijn zak. 'Nou, er is in elk geval één ding dat ik al had vermoed,' zegt hij. 'Ik ben niet de eerste aan wie hij heeft geschreven.'

'Nee?'

'Toe, trek je jas uit. Ga zitten, dan pak ik de whisky.'

Littlewood gaat zitten. Hardy schenkt de whisky in twee niet helemaal schone glazen, geeft er een aan Littlewood en leest dan voor.

'"Geachte heer, ik ben zeer verheugd na het doorlezen van uw brief van 8 februari 1913. Ik verwachtte een reactie van u in dezelfde trant als het antwoord dat een hoogleraar wiskunde in Londen me heeft gestuurd, waarin hij me aanraadde om de oneindige reeksen van Bromwich nauwlettend te bestuderen en niet in de valkuilen van opklimmende reeksen te stappen." Dat is Hill, vermoed ik. Maar goed: "Ik heb in u een vriend gevonden die mijn werk welwillend beziet. Dat is voor mij al enige bemoediging om door te gaan op de door mij ingeslagen weg."'

'Mooi.'

'Ja, maar nu komt het zorgwekkende gedeelte. "Ik lees meermalen in uw brief dat er onomstotelijk bewijs is vereist en zo, en u vraagt mij om mijn bewijsvoering toe te lichten. Als ik u mijn bewijsmethoden had onthuld, dan zou u ongetwijfeld de Londense hoogleraar navolgen. In feite heb ik hem geen enkel bewijs geleverd, maar wel enkele uitspraken naar aanleiding van mijn nieuwe theorie, zoals de navolgende. Ik heb hem meegedeeld dat de som van een oneindig aantal termen in de reeks: $1+2+3+4+\ldots = -\frac{1}{12}$, conform mijn theorie."'

'Ja, dat stond ook in de brief aan jou.'

'"Als ik u dit toelicht, dan zult u me meteen naar het gekkenhuis verwijzen als mijn eindbestemming. Ik ga hier alleen zo uitgebreid op in teneinde u ervan te overtuigen dat u mijn bewijsmethoden niet zult kunnen volgen als ik in één enkele brief aangeef hoe ik te werk ga."'

'Hij zit eromheen te draaien. Misschien is hij bang dat je zijn werk wilt stelen.'

'Dat dacht ik eerst ook, maar dan komt dit: "Dus wat ik in dit stadium wil, is dat eminente geleerden zoals uzelf erkennen dat er iets waardevols in mij schuilt. Ik kom al zowat om van de honger. Om mijn hersens intact te houden heb ik eten nodig, en dat is nu het allereerste waar ik me om bekommer."'

'Geloof je dat hij echt van honger omkomt?' vraagt Littlewood.

'Wie weet? Hoe lang kun je het in Madras uithouden met twintig pond per jaar? En dan besluit hij zo: "U kunt mij scherp veroordelen dat ik zwijg over de bewijsmethoden. Ik moet herhalen dat ik verkeerd begrepen zou kunnen worden als ik in een kort bestek mijn manier van werken zou uitleggen. Het is niet uit onwil van mijn kant maar omdat ik vrees dat ik niet alles in een brief kan verklaren. Het is niet mijn bedoeling om mijn methoden mee te nemen in het graf. Ik zal ze laten publiceren als mijn uitkomsten door eminente geleerden zoals u worden erkend." En dan volgen er – hoeveel? – tien pagina's met wiskundige bewerkingen.'

'En?'

'Nou, ik heb in elk geval uitgedokterd wat hij in de zin heeft met dat verdomde $1+2+3+4 = -\frac{1}{12}$.'

'Wat dan?'

'Dat zal ik je laten zien.' Met een snelle zwiep van de doek veegt Hardy zijn schoolbord schoon. 'Het is in essentie een kwestie van notatie. Die van hem is heel ongebruikelijk. Stel dat je $\frac{1}{2}$ wilt schrijven als 2^{-1}. Helemaal correct, zij het ietwat buitenissig. Wat hij hier nu doet is dat hij $\frac{1}{2^{-1}}$ schrijft als $\frac{1}{\frac{1}{2}}$, of 2. Daarna schrijft hij in diezelfde trant de reeks $1 + \frac{1}{2^{-1}} + \frac{1}{3^{-1}} + \frac{1}{4^{-1}} + ...$ als $\frac{1}{\frac{1}{1}} + \frac{1}{\frac{1}{2}} + \frac{1}{\frac{1}{3}} + \frac{1}{\frac{1}{4}} + ...$, wat natuurlijk neerkomt op $1+2+3+4+...$ Dus wat hij eigenlijk stelt is $1 + \frac{1}{2^{-1}} + \frac{1}{3^{-1}} + \frac{1}{4^{-1}} + ... = -\frac{1}{12}$.'

'Wat de Riemann-berekening is voor de zètafunctie waarin -1 is ingevoerd.'

Hardy knikt. 'Alleen geloof ik niet dat hij enig idee heeft dat het de zètafunctie is. Ik denk dat hij er zelf op is gekomen.'

'Ongelooflijk. Ik ben benieuwd wat er door hem heen gaat als hij erachter komt dat Riemann het als eerste heeft gedaan.'

'Ik heb zo'n vermoeden dat hij nog nooit van Riemann heeft gehoord. Hoe zou hij dat kunnen weten, daar in Indië? Ze lopen achter op Engeland, en kijk hoe ver Engeland achterloopt op Duitsland. En omdat hij autodidact is, is het logisch dat zijn notatie een beetje, eh – raar is.'

'Dat is waar, maar hij schijnt ook te beséffen dat het raar is. Waarom zou hij anders aankomen met dat zinnetje over het gekkenhuis?'

'Hij speelt een spelletje met ons. Hij vindt zichzelf geniaal.'

'Dat geldt voor de meeste genieën.'

Er valt een stilte. Littlewood neemt een slok whisky en slaat Hermione gade. Met haar staarblik – roofzuchtig en verwijtend en verveeld – brengt ze hem uit zijn doen. In feite voelt hij zich hier, in Hardy's territorium, net zomin op zijn gemak als Hardy in het zijne. Hij wordt nerveus van de kat, net als van de decoratieve prullaria, het voetenbankje met zijn harige franje en de buste op de schoorsteenmantel. Gaye, zo te zien.

Hij zet zijn glas neer, pakt de brief die Hardy heeft neergelegd en staat op. 'Vind je het goed als ik de traditie in ere houd en deze van je leen?' vraagt hij.

'Ga je gang. Jij hebt er waarschijnlijk meer geluk mee dan ik.'

'Ik zie niet in waarom.'

'Jij bent senior wrangler geweest.'

Littlewood trekt zijn wenkbrauwen op. *Waar komt dat opeens vandaan?*

'Laat hem dan maar aan Mercer zien,' zegt hij terwijl hij de brief teruggeeft, een beetje verrast door zijn eigen felheid.

Hardy kijkt of hij een klap heeft gekregen, maar Littlewood heeft zich al van hem afgewend, naar Hermione. 'Tot ziens, kat,' zegt hij.

Ze negeert hem.

'Ik denk wel eens dat ze doof is.'

'Dat is ze ook.'

'Wat?'

'Een recessief gen. De meeste witte katten zijn doof.'

'Ach ja, natuurlijk heb jij een kat die doof is,' zegt Littlewood. 'Ik had het kunnen raden.'

Hij loopt naar de deur en Hardy steekt zijn hand uit om hem tegen te houden. 'Neem me niet kwalijk,' zegt hij. 'Het was niet mijn bedoeling om je te beledigen, of… Hier, neem die brief nou maar.'

'Ik ben niet beledigd. Alleen maar stomverbaasd. Dat jij over zoiets moet beginnen. Ligt dat echt zo gevoelig bij je? Nog steeds?'

'Natuurlijk niet. Ik wou gewoon –'

'En je denkt toch niet dat het míj wat kan schelen? Ik heb net zo'n hekel aan dat hele gedoe als jij.'

'Dat weet ik. Het sloeg nergens op om dat te zeggen. Een armzalige poging tot een grapje. Pak alsjeblieft deze brief aan.'

Hij houdt hem op als een offerande. Schoorvoetend neemt Littlewood hem aan. Hardy ziet er vernederd uit, en Littlewoods ergernis smelt weg. Arme kerel! 'Zoals u wenst, mijnheer,' zegt hij om te laten blijken dat hij geen wrok koestert, en bootst een militair saluut na. 'Goedenacht.'

'Goeienacht,' antwoordt Hardy, zijn stem kil en mismoedig. Hij doet de deur dicht.

Littlewood is nog jong genoeg om, wanneer hij in zijn eentje een trap afdaalt, met twee treden tegelijk omlaag te springen. Hij moet aan Mercer denken – niet aan de Mercer van nu, maar zoals hij was toen ze allebei voor de tripos studeerden. In die tijd sprak Mercer alleen als er iets tegen hem werd gezegd. Als hij zat te schrijven deinde zijn hoofd met de regelmaat van een metronoom op en neer boven het papier. Littlewood zal de eerste zijn om toe te geven dat Mercers vreemde wijze van zich concentreren – zijn gave om zich kennelijk helemaal af te sluiten voor alles om hem heen – hem meer van de wijs had gebracht dan de toeren die zijn meer competitieve medestudenten soms hadden uitgehaald – vertoon dat was bedóéld om hem af te leiden. En wat had Hardy in 's hemelsnaam zo aantrekkelijk gevonden in Mercer? Niet dat hij de onsmakelijke details ervan wil weten, wat in dit geval waarschijnlijk niet eens seksdetails zijn maar de achtergrond van zijn verliefdheid, wat eigenlijk nog erger is. Littlewood weet dat omdat hij de begunstigde partij van verliefdheid is geweest: de uren die de arme drommels bezig waren om een glimlach te 'duiden', of een klopje op de schouder te interpreteren, of de verhulde strekking van het lenen van een pen te bepalen. Schoolmeisjeskolder. En de briefjes: 'Hoewel we elkaar nooit hebben gesproken en ik ongetwijfeld onzichtbaar voor je ben, waag ik het toch je ergernis te riskeren door je op het genoegen te wijzen dat ik zovele ochtenden heb beleefd als ik je gadesloeg bij het zwemmen…' Niettemin zou hij graag willen horen hoe die affaire met Mercer was begonnen, en waarom het was misgelopen.

De regen volhardt in zijn pluviale dans. Hij holt het hele stuk naar Nevile's Court zonder zijn paraplu op te steken. Hij vindt het een prettig gevoel hoe de waterdruppels langs zijn voorhoofd glibberen, en zou alleen willen dat hij niet zo'n honger had.

Eén ding om blij mee te zijn is de eenzaamheid. Als hij dat wil kan hij zo in bed stappen. Geen hersenschimmige geliefde zal hem in zijn dromen bezoeken. (En van wie zal Hardy dromen? Hij huivert bij de gedachte.) Of misschien gaat hij helemaal niet naar bed. Misschien blijft hij wel de hele nacht op om de brief van de Indiër te bestuderen. En als hij dat doet zal er niemand zijn die tegen hem uitvaart. Geen donkere gestalte in een nachtjapon met een kandelaar in de hand zal hem smeken om naar bed te komen. Geen kind zal hem roepen om haar na een nachtmerrie te troosten.

Hij stapt naar binnen. De stilte van zijn kamers is vertrouwd, opbeurend. Geen twee stiltes zijn gelijk, denkt hij; elke stilte heeft zijn eigen contouren en schakeringen want in elke stilte huist de afwezigheid van een geluid, en in dit geval is dat het geluid van een slechte piano-uitvoering van Mozart, of een prachtig gespeelde Beethoven, dat uit de hoorn van een grammofoon klinkt. Hij trekt zijn colbert uit en dan snuift hij Annes geur op, heel zwak nu. Dan schopt hij zijn schoenen uit, steekt zijn pijp aan en gaat zitten om de brief nogmaals te lezen.

9

*T*egen middernacht neemt de regen iets af. Hardy staat er in zijn pyjama naar te staren door het raam dat uitziet op de poort. Hij heeft zich de laatste tijd aangewend om tamelijk vroeg naar bed te gaan, maar vanavond spreekt het idee om te gaan slapen hem niet aan. Ondanks zijn stijgende opwinding over Ramanujans nieuwe brief heeft hij de smoor in gekregen door Littlewoods sneer over Mercer. Dat was natuurlijk zijn eigen schuld. Als hij zich niet had laten ontvallen dat Littlewood senior wrangler was geweest, was Littlewood nooit over Mercer begonnen. Het punt is dat Hardy niet herinnerd wil worden aan Mercer, die hij – het valt niet te ontkennen – min of meer heeft afgedankt. Toen Mercer vorig jaar was teruggekomen naar Cambridge, bijvoorbeeld, had hij Hardy een uitnodiging gestuurd om bij hem en zijn nieuwe bruid op bezoek te komen. Hardy had nooit gereageerd. Er was eigenlijk geen goede reden voor, afgezien van het feit dat Mercer niet meer aan Trinity College was verbonden. Anderzijds, je kunt Christ's College ook niet echt de andere kant van de wereld noemen.

Zijn nieuwe bruid. Wat zou Gaye daarvan hebben gevonden?

Bijna werktuiglijk schiet Hardy's blik door de kamer. Vanaf de schoorsteenmantel staart de buste op hem neer, met een air dat net zo misprijzend is als dat van Sheppards moeder. Het is een kleine buste, gemaakt toen Gaye vijftien was, en hij kijkt zoals altijd wat koket-sceptisch. Soms vraagt Hardy zich af wat er zou gebeuren als hij de buste aan diggelen gooide, of opborg in een kast, of cadeau gaf aan Butler die hem, gezien de omstandigheden, waarschijnlijk in een van zijn eigen kasten zou opbergen.

Het antwoord luidt uiteraard dat het geen enkel verschil zou maken. Gayes hand is in alles in de kamer te herkennen. Geef toe: hij had smaak. Hij had het Turkse tapijt uitgezocht en de chintz gordijnen in een badkuip vol thee gedrenkt zodat ze eruitzagen of ze jarenlang in een landhuis hadden gehangen. Hij had de geruite stof voor de kussens van Hardy's rotan fauteuil gekozen – dezelfde kussens waar Hardy nu op zit. Dat allemaal ondanks het feit dat Hardy met hem wilde breken. Arme Gaye, altijd zo aangetrokken tot martelaarschap! Het oude schilderij van Sint Sebastiaan dat boven zijn bed hing had een vingerwijzing moeten zijn. Het is nu weg, meegenomen door zijn broer, samen met al het andere dat enige waarde had.

En waarom had Gayes broer de buste niet meegenomen? Toen hij langskwam had Hardy hem weliswaar met opzet achter in een hoek van zijn slaapkamer gezet, niet de meest aangewezen plek om hem te zoeken, maar hij had hem niet verstopt. Daarna had hij nog jarenlang een brief van de familie verwacht met het dringende verzoek om de buste terug te bezorgen. Die brief was nooit gekomen. Misschien wilden ze Gaye net zo graag en snel vergeten als de rest van de wereld.

Rond één uur gaat hij naar bed, maar hij kan nog steeds niet slapen. Getallen wervelen door zijn hoofd, fragmenten die hij voor de tripos van buiten had geleerd, rare dingen van Ramanujan en de zètafunctie met zijn toppen en dalen en de piek die oprijst naar de oneindigheid als hij de waarde 1 aanneemt... Dat overkomt hem vaak. Soms is die slapeloosheid een goed voorteken, de aankondiging van een doorbraak de volgende ochtend, maar vaker wordt hij wakker met een rothumeur en is hij niet in staat om te werken. Waarom deelt hij Littlewoods beduchtheid voor valse hoop dan niet?

En dan, net als hij in slaap lijkt te vallen (al zal hij zich later realiseren dat hij al bijna twee uur had geslapen), klinkt er een klop op de deur. In een andere periode van zijn leven zou hij daar niet van hebben opgekeken. Een bezoeker om drie uur 's nachts zou routine zijn geweest. Nu echter schrikt hij van het geluid, raakt hij in paniek. 'Momentje,' roept hij terwijl hij zijn kamerjas aantrekt. 'Wie is daar?'

'Ik ben het. Littlewood.'

Hij doet de deur open. Littlewood beent naar binnen, druipend en zonder paraplu.

'Zijn berekening van de priemen klopt niet,' zegt hij.

'Wat?'

'O, neem me niet kwalijk. Heb ik je wakker gemaakt?'

'Dat geeft niet. Kom binnen.'

Zonder zelfs maar zijn jas uit te trekken loopt Littlewood naar het schoolbord, dat nog is bezaaid met Hardy's gekrabbel. 'Ik kon niet slapen, dus begon ik de brief over te lezen en – mag ik?'

'Natuurlijk.'

'Goed. Nou, volgens mij heeft hij het zo gedaan.' Hij veegt het bord schoon. 'Dit is zijn formule om het aantal priemen tot n te berekenen. Het is de gebruikelijke Riemanniaanse formule, behalve dat hij de termen heeft weggelaten die je met de nullen van de zèta-functie krijgt. En zijn uitkomsten – ik heb ze getest – zijn precies wat je zou krijgen als de zètafunctie géén niet-triviale nullen had.'

'Verrek.'

'Ik heb wel een vaag idee hoe de fout erin is geslopen. Hij zet alles op de validiteit van een aantal bewerkingen die hij op opklimmende reeksen loslaat, en daarbij vertrouwt hij op het voorgevoel dat het theorema klopt als de eerste uitkomsten juist zijn. En de eerste uitkomsten zíjn ook juist. Zelfs tot duizend geeft de formule exact het goede aantal. Jammer genoeg was er niemand in de buurt om hem te waarschuwen dat priemen de neiging hebben zich te misdragen als ze groter worden.'

'Maar toch, om de nullen weg te laten... dat is geen hoopvol teken.'

'Nou, dat ben ik niet met je eens, Hardy. Ik vind het een heel hoopvol teken.' Littlewood stapt dichterbij. 'Je moet je realiseren dat gewone wiskundigen dit soort fouten niet maken. Zelfs heel goede wiskundigen maken dit soort fouten niet. En als je zijn andere berekeningen bekijkt, over kettingbreuken en elliptische functies... dan wil ik toch geloven dat hij op z'n minst een Jacobi is.'

Hardy trekt zijn wenkbrauwen op. Dat is geen geringe lof. Sinds hij aan Trinity College is verbonden heeft hij voor zichzelf een ranglijst bijgehouden van de grote wiskundigen, waarbij hij ze elk in de categorie van een cricketer indeelt die hij bewondert. Hij acht zichzelf de gelijke van Shrimp Levison-Gower, Littlewood van hetzelf-

86

de kaliber als Fry, Gauss in de klasse van Grace, de beste speler uit de geschiedenis van de sport. Jacobi stond, de laatste keer dat Hardy hem had gerangschikt, ergens boven Fry maar onder Grace – in de buurt van de jonge, weergaloze Jack Hobbs – wat betekent dat Ramanujan de potentie heeft om een tweede Grace te worden, als Littlewood het bij het rechte eind heeft. Dan zou hij heel goed de Riemann-hypothese kunnen bewijzen.

'En de rest?'

'Ik heb nog geen kans gezien om die andere asymptotische formules te bestuderen, maar op het eerste gezicht lijken ze volstrekt origineel. En waardevol.'

'Maar geen bewijsvoering.'

'Volgens mij snapt hij niet precies wat een bewijs is, of dat het belangrijk is om bewijzen te leveren, omdat hij al die jaren in z'n eentje heeft gewerkt. En wie weet of hij wel toegang heeft tot boeken, en zo ja tot welke. Misschien heeft hij het nooit van iemand geleerd. Zou jij hem dat kunnen leren?'

'Ik heb nog nooit geprobeerd mensen te leren waaróm ze bewijzen moeten leveren. Mijn studenten hebben dat altijd gewoon... begrepen.'

Er valt even een stilte, waarvan Hermione profiteert door met haar kop langs Littlewoods been te wrijven. Als hij probeert haar op te tillen, zoekt ze snel dekking onder het voetenbankje.

'Eerst aanhalig doen en dan wegrennen, dat vrouwtje. Kom hier, poesie!'

'Ze kan je niet horen, weet je nog wel?'

'O ja, natuurlijk.' Littlewood kijkt naar de vloer.

'En wat doen we nu?' vraagt Hardy.

'Twijfel je daar nog aan? Haal hem naar Engeland.'

'Hij heeft niets gezegd over dat hij hierheen zou willen komen.'

'Natuurlijk wil hij hierheen komen. Waarom zou hij anders hebben geschreven? En wat heeft hij in Madras? Zijn baantje als kantoorklerk.'

'Maar als we hem hierheen halen, weten we dan wel wat we met hem aan moeten?'

87

'Volgens mij kun je beter vragen of hij wel weet wat hij met ons aan moet.' Littlewood schuift zijn bril omhoog over zijn neus. 'Heb je trouwens al iets van het India Office gehoord?'

'Nee, nog niet.'

'Nou, als je mijn advies wilt, wat je misschien niet wilt, dan is er maar één manier om het aan te pakken: probeer iemand naar Madras te sturen. En gauw. Ik meen dat Neville er in december een aantal colleges gaat geven.'

'Neville?'

'Je hoeft niet zo schamper te doen. Het is een geschikte vent.'

'Neville is een heel capabele wiskundige die nooit van zijn leven iets van belang zal doen.'

'De ideale afgezant, dus.' Littlewood lacht. 'Laten we hem inschakelen, goed? Als hij in Madras zit, kan hij die Ramanujan gaan opzoeken, hem aan de tand voelen, kijken wat hij precies wil en of hij is wat wij willen.'

'Maar is Neville wel zo oordeelkundig?'

'Als hij het niet is, dan is zijn vrouw het wel. Ken je Alice Neville? Een imponerende jonge vrouw.' Littlewood loopt al naar de deur. 'Ja, dat is het beste plan. Hoe luidt dat gezegde ook alweer? Als je Mohammed niet naar de berg kunt brengen, breng de berg dan naar Mohammed.'

'Verkeerde godsdienst,' zegt Hardy.

'Nou ja, Vishnu dan! Goeie God, Hardy, je bent wel een pietje precies, zeg.' Maar Littlewood moet lachen als hij het zegt, lachen als hij de trap afloopt, lachen als hij met een juichkreet het kletsnatte plaveisel van New Court op stapt.

10

Nieuwe Collegezaal, Harvard University

O p de laatste augustusdag van 1936 legde de vermaarde wis-kundige G.H. Hardy zijn krijtje neer en liep terug naar het spreekgestoelte. 'De echte tragiek van Ramanujan was niet zijn vroege dood,' zei hij. 'Het is natuurlijk een catastrofe als een genie jong sterft, maar een wiskundige is vaak relatief oud op zijn dertig-ste, en zijn dood is wellicht minder rampzalig dan het lijkt. Abel is op zijn zesentwintigste overleden, en hoewel hij de wiskunde onge-twijfeld nog veel meer zou hebben verrijkt, had hij eigenlijk geen groter genie meer kunnen worden. De tragiek van Ramanujan was niet dat hij op jonge leeftijd is gestorven, maar dat zijn genie tijdens zijn vijf onfortuinlijke jaren werd misleid, op een dwaalspoor werd gezet en tot op zekere hoogte werd misvormd.'

Hij zweeg even. Begrepen ze wel wat hij bedoelde? Zouden ze denken dat hij op de vijf jaren doelde die Ramanujan in Engeland had doorgebracht?

Nee, wilde hij zeggen, níét zijn jaren in Engeland. Ik bedoel de cruciale jaren vlak voor hij naar Engeland kwam, toen hij behoefte had aan scholing, net zoals een pasgeboren kind behoefte heeft aan zuurstof.

Of misschien – en hier deinsde hij terug, in de geest – bedoel ik wél zijn jaren in Engeland, die op hun eigen manier ook jaren van averij waren.

Hij had graag willen zeggen:

Zo weinig lijkt nog zeker. De woorden die ik vlak na zijn dood heb geschreven, als ik die nu teruglees dan vind ik ze ranzig van sen-timentaliteit. Ze stralen de radeloosheid uit van een man die schuld-gevoel en zelfverwijt tracht af te schudden. Ik heb geprobeerd om een deugd van zijn onwetendheid te maken, om mezelf en anderen ervan te overtuigen dat hij baat heeft gehad bij de jaren die hij in isolement had doorgebracht, terwijl ze in wezen een onoverkomelijke hindernis vormden.

Niets is hem ooit zomaar aan komen waaien, en je kunt onmogelijk doen alsof dat hem ten goede kwam. Hij was straatarm en woonde in een provinciestadje op meer dan een dag reizen van Madras. En hij ging weliswaar naar school (hij was van een hoge kaste) maar dat was een lijdensweg voor hem. Vanaf zijn vijftiende of zestiende werd hij als een paria bejegend. Het Indische onderwijsstelsel was in die tijd vreselijk rigide, veel rigider dan het onze, waarop het was gemodelleerd. In dat stelsel werd het wazige ideaal van 'veelzijdigheid' hoog aangeslagen; het was erop gericht om de massa's bureaucraten en technici af te leveren die toezicht moesten houden op het Indische rijk (onder onze supervisie, uiteraard). Waar het niet op gericht was, was het onderkennen van genialiteit, met al zijn blinde bezetenheid en zijn weigering om iets anders te zijn dan wat het is.

Ramanujan mislukte op de ene school na de andere omdat hij op de ene school na de andere al zijn vakken verwaarloosde, behalve wiskunde. Zelfs in wiskunde was hij soms middelmatig omdat de wiskunde die werd onderwezen hem verveelde en ergerde. Vanaf zijn kindertijd – vanaf zijn zevende of achtste – volgde hij de wegwijzers van zijn eigen verbeelding.

Eén voorbeeld zal volstaan. Toen hij elf was en op de gemeentelijke middelbare school van Kumbakonam zat, legde zijn wiskundeleraar uit dat je bij elk willekeurig getal dat je door zichzelf deelt als uitkomst 1 krijgt. Als je zestien bananen hebt en die verdeelt over zestien mensen, krijgen ze ieder één banaan. Als je 10.000 bananen hebt en die verdeelt over 10.000 mensen, krijgen ze ieder één banaan. Toen stond Ramanujan op en vroeg wat er gebeurde als je nul bananen over nul mensen verdeelde.

Ziet u, toen al, toen hij nog goed presteerde, begon de dwarsligger in hem zich te roeren.

Ik denk dat ik dat allemaal aanvoelde uit zijn eerste brieven. Hij was iemand die niet op zijn juiste waarde was geschat door de mensen die de prijzen uitdeelden, en dat stoorde hem zeer. Die afwijzing riep uiteraard twijfel aan zichzelf bij hem op, maar hij gaf vanaf het begin ook blijk van een zekere aanmatiging, van vertrouwen in zijn eigen talent, en ging er in stilte prat op dat hij daar boven iedereen uittorende. Als de wereld waarin hij leefde geen waardering voor hem had, dan lag dat aan die wereld, niet aan hem. Dus waarom zou hij dan meewerken? Dat is echter een heel eenzame soort triomf.

In dat opzicht was ik natuurlijk zijn tegenpool. Ik was de jongen die alle prijzen won, ook al verfoeide ik het moment van de prijsuitreiking met een heftigheid die tegenwoordig alleen nog gewekt kan worden door de aanblik van een kerkelijke processie. Als ik hoorde dat mijn naam werd afgeroepen en ten aanschouwe van de hele school naar voren moest lopen om mijn prijs in ontvangst te nemen, sloeg er zo'n golf van schaamte en zelfhaat door me heen dat ik trilde op mijn benen; dan wankelde ik in een soort roes het podium op, nam het boek of de trofee met klamme handen aan, knarsetandde om te voorkomen dat ik overgaf. Toen ik op Winchester zat was die eigenaardige variant van plankenkoorts zo erg geworden dat ik op examens bewust verkeerde antwoorden begon te geven om maar verschoond te blijven van de beproeving van de prijsuitreiking. Echter niet zo vaak – ik moet daar eerlijk in zijn – dat ik daarmee mijn toekomst op het spel zette, want ik smachtte naar het fiat van Oxford of Cambridge, de formele goedkeuring die Ramanujan werd onthouden.

Vanwaar die afschuw van prijzen? Ik denk dat het kwam doordat ik wist dat er met het speelveld was geknoeid, ook al excelleerde ik op dat groene gras. Het was zo opgezet dat alleen de rijken, de weldoorvoeden, de goedverzorgden erop mochten spelen. En, zoals mijn ouders me voortdurend inpeperden, ik behoorde niet tot hen. Ik bofte gewoon dat ik mee mocht doen. Talent zou de zoon van een mijnwerker in Wales niet baten: híj zou zijn leven in de mijnen slijten, ook al had hij het bewijs van de Riemann-hypothese in zijn hoofd. Mijn ouders bezwoeren me steeds om te bidden voor mijn eigen goede fortuin, en voor het hunne.

Misschien is het een teken van zwakte dat ik me aan de regels van het spel hield. Een toekomstige biograaf (als ik die verdien) zal me ongetwijfeld bekritiseren om dat gebrek aan lef. Want je kunt Ramanujan ook nog op een andere manier bezien: als de onverschrokken grote geest wiens genialiteit hem geen andere weg liet dan zijn instinct te volgen, met alle risico's van dien.

Toen ik in Cambridge aankwam vond mijn onverminderde afkeer van prijzen een nieuw doelwit in het tripos-examen. De studenten die ik het meest verfoeide waren degenen die, in tegenstelling tot Littlewood en mijzelf, een triomf bij de tripos als een doel op zich beschouwden en het behalen van het wranglerschap tot onderwerp van hun studie maakten. Om een halt toe te roepen aan dat systeem waarin zulke overspannen aspiraties en buitensporige behoeften werden gestimuleerd, stelde ik me ten doel om het tripos-examen te hervormen, zo niet totaal af te schaffen. En het wrange gevolg van mijn succes was dat de koortsachtige drang om een tripos-triomf te behalen nog nooit zo heftig was geweest als in 1909, het jaar waarin de laatste senior wrangler zou worden gekroond.

Wat me bij Eric Neville brengt, de man die volgens sommigen de eer toekomt Ramanujan te hebben overgehaald om naar Engeland te komen. Later zijn we vrienden geworden en dat zijn we nu nog steeds, ondanks zijn vrouw, maar in 1909 bestond Neville voor mij slechts in één hoedanigheid: als de man die dat jaar als favoriet werd beschouwd om senior wrangler te worden. Uiteindelijk werd hij tweede, en ik weet nog dat ik me een beetje verkneukelde bij de gedachte dat hij nooit meer van de teleurstelling zou bekomen. Hij wilde zo vreselijk graag de geschiedenis in gaan als de laatste senior wrangler.

Maar het is niet die tripos waaraan ik vanavond moet denken; nee, het betreft een eerder tripos-examen, dat van 1905, de tripos waarbij ikzelf (ik schaam me om het te bekennen) de rol vervulde die ik nu verguis: die van repetitor.

De jongen die ik klaarstoomde heette Mercer. James Mercer.

Hoe moet ik mijn zwak voor Mercer verklaren? Ik veronderstel dat ik me aanvankelijk tot hem aangetrokken voelde omdat hij net als ik een buitenbeentje was. Hij was van het University College in Liverpool naar Cambridge gekomen en dientengevolge ouder dan de andere studenten. Verlegen om zijn accent. De eerste keer dat hij bij me kwam hield hij zijn hand voor zijn mond.

En nu zie ik in dat ik nog verder terug moet gaan en u over Gaye moet vertellen. Inderdaad, mijn relaas is niet zozeer iets wat zich ontvouwt maar iets wat zich naar binnen opent, als Russische matroesjka's die een voor een uit elkaar worden gehaald. Nou ja, u zult me moeten vertrouwen dat we te zijner tijd terugkeren naar de tripos – en naar Ramanujan – en naar Mercer.

In welk jaar was dat? O ja, in 1904, wat betekent dat Gaye en ik een jaar samenwoonden in de suite, die suite waar ik nooit meer, zo lang ik leef, naar binnen zal stappen; prachtige kamers met uitzicht op Great Court.

Ik weet niet hoe ik hem nu moet noemen. Als we alleen waren, waren we Russell en Harold, maar in aanwezigheid van anderen waren we Gaye en Hardy. In die tijd en in die kringen noemden mannen elkaar altijd bij hun achternaam.

Ik heb hem leren kennen – ik ben vergeten hoe ik hem heb leren kennen. We kenden elkaar gewoon niet zo goed, en daarna kenden we elkaar wel goed. Zo ging dat in Cambridge. Misschien gebeurde het bij een toneeluitvoering – ik herinner me een studentenvoorstelling van Shakespeares *Driekoningenavond* waarin Strachey Maria speelde en Gaye Malvolio was en ik 'de criticus'. Ik was meestal de criticus. En Gaye en ik zaten daarna eindeloos te praten. De kleine, zachte mond en de donkere ogen met hun uitdrukking van kwetsbaarheid vermengd met ergernis wakkerden bij mij het verlangen aan om zoveel ik kon bij hem te zijn en tegelijkertijd niet te laten blijken hoe graag ik bij hem wilde zijn; om genoeg afstand te bewaren om mezelf niet bloot te geven. Want ik was in veel opzichten net als hij, vol kwijnende hunkering en toch vastbesloten om de overhand te krijgen die hij destijds nog had, voordat zowel Trinity College als ik hem de bons gaf. Dat was niet lang nadat G.E. Moore er met Ainsworth vandoor was gegaan, dus een slappe opstelling was natuurlijk wel het laatste wat ik mezelf toestond.

93

Ik zou daaraan toe moeten voegen dat ik toen niet wist hoe slap Gaye zelf was: slap en geniepig en gemelijk, in het bezit van die vlijmende schranderheid die zo vaak het tegendeel van kwetsbaarheid is. Uit zijn mond kwamen altijd van die volmaakt geconstrueerde spitsvondigheidjes, als juwelen of scarabeeën, des te overrompelender door de natte argeloosheid van de lippen die ze vormden.

Niemand zocht er iets achter dat we ervoor kozen om de suite te delen. In Cambridge was het destijds gebruikelijk dat jonge mannen 'onafscheidelijk' waren, dat ze als stelletjes optraden en als stelletjes met anderen omgingen. Gaye en ik waren geenszins de enigen. We gaven soupertjes dat eerste jaar, waarvoor we mensen als O.B. uitnodigden, die ons met een glimlachje bekeek en ons zijn zegen gaf. Moore en Ainsworth kwamen ook een keer souperen; we zaten gevieren voor het haardvuur en Ainsworth drukte zijn sigaretten op zijn bord uit. Gaye had meer met hem te bepraten dan ik. Ik zou hierbij moeten vermelden dat Gaye classicus was, en een hele goede, en dat Trinity College hem een schandelijk onrecht aandeed en zichzelf een zeer slechte dienst bewees door hem te ontslaan.

De suite bestond uit een zitkamer met ramen die uitkeken op Great Court en twee kleine slaapkamers, elk met een raam met uitzicht op de daken van New Court. Gewoonlijk hielden we de slaapkamerdeuren alleen dicht als er studenten op bezoek waren of wanneer een van ons in stilte wilde werken. Dat jaar vertaalde Gaye de *Physica* van Aristoteles, samen met een andere classicus die, nogal verwarrend, Hardie heette. Daardoor was de deur naar zijn slaapkamer meestal dicht, althans overdag.

Hermione was nog een jong katje. We hadden haar net van de zus van mevrouw Bixby gekregen, onze werkster. Die werkte op een boerderij in de buurt van Grantchester waar altijd een massa jonge poesjes voorhanden was. We hadden een andere kat gehad, Euclides, maar die was gestorven. We hadden het allebei heel druk, Gaye met zijn vertaling, ik met mijn promotieonderzoek en de diverse studenten die ik privéles gaf, onder wie Mercer. Mercer met zijn zeeglazen schoonheid – de schoonheid van een zwak gestel, chronisch en waarschijnlijk aftakelend. Je kon het aan zijn huid zien, aan

94

de tamelijk lusteloze manier waarop hij in zijn stoel zat. Zijn ogen waren van een oplichtend groengrijs waarover Strachey, onder anderen, zich een opmerking had laten ontvallen. Zelfs heden ten dage – en hij is al een aantal jaren dood – zijn het zijn ogen die me het meest zijn bijgebleven van hem.

Het was zes jaar geleden dat ik zelf het tripos-examen had afgelegd. In de tussentijd was er niets veranderd, behalve dat Herman nu de meest gewilde repetitor was in plaats van Webb. Hij voerde de studenten 'ingekorte samenvattingen', zoals iemand ze eens omschreef. In zijn model-Colosseum werden de aanstaande gladiatoren nog steeds gesommeerd om Newton te reciteren, om problemen tegen de klok op te lossen, om alles te leren wat er tweehonderd jaar geleden viel te weten over warmte, lunaire theorie, optica.

Mercer kwam bij mij omdat hij er, net als ik, niet tegen kon. Ik weet nog dat hij zijn handen zat te wringen. Letterlijk. Ik geloof niet dat ik dat ooit iemand echt had zien doen. Ik dacht dat het iets was wat mensen alleen in romans deden. Er stond koffie op tafel, Mercer wrong zijn handen, en op een gegeven moment begon hij te huilen. Ik wist ternauwernood iets te zeggen. Het was me toen niet opgevallen, maar de deur naar Gayes slaapkamer stond zeker open want Hermione kwam binnengehuppeld. Ze bekeek Mercer met een air van genadeloze onverschilligheid.

Hij vertelde me hoe het was. Het was alsof ik mezelf tegen Butler hoorde klagen, zes jaar eerder. De verveling. Het gevoel van verspilde energie, van verlamde verbeelding. (Zou Ramanujan het hebben aangekund?) Ik vroeg hoe de andere studenten het vonden, en hij zei: 'De meesten zien het gewoon als iets waarvoor ze hier zijn gekomen. Omdat hun vader zesde wrangler was geweest, of vijfde. Ze willen hun vader overtreffen en minister worden of zoiets. Maar ik kom uit Bootle. Mijn vader is maar boekhouder.'

En degenen die, net als hij, wiskundigen wilden worden? Hij had het over Littlewood, die ik toen alleen van zien kende. ('Van zien langskomen op weg naar de Cam,' brengt O.B. me in herinnering vanuit zijn graf.) Ik had van Barnes gehoord dat Littlewood goed was. Mogelijk net zo goed als ik. En wat vond híj van de tripos? 'Hij zegt dat het hele gedoe zonde van de tijd is, maar dat hij het als een spel ziet,' zei Mercer. 'Niet een spel waar hij veel plezier aan beleeft, maar het spel dat ze hier nu eenmaal spelen, dus hij heeft geen keus. Daardoor kan hij het aan. Hij zal het met al zijn kunnen meespelen omdat hij graag wint.'

Zo zaten we daar. Mercer wrong zijn handen, en ik vertelde over mijn eigen ervaring. Het was toen algemeen bekend hoe ik over de tripos dacht, hoe ik het examen verfoeide en het een stille dood toewenste, wat waarschijnlijk de reden was waarom Mercer bij me was gekomen. Intussen werd de koffie koud. Ik kan me niet precies voor de geest halen hoe of wat, maar op een gegeven moment moet ik zijn gegrepen door een vlaag van medeleven, want ineens bood ik aan om hem zelf te begeleiden. Ik leende hem ook mijn *Cours d'analyse*. 'Voor elk uur dat we aan de tripos verspillen, duiken we een uur in Jordan. We zullen de bittere pil met goede wijn wegspoelen.'

Mercer krabde aan zijn hoofd en vertrok, zonder zijn koffie te hebben gedronken en met een boek in zijn handen dat was geschreven in een taal die hij maar amper kon volgen. Door het raam zag ik hem over een straatsteen struikelen, al lezend onder het lopen. Dat was een goed teken.

Toen voelde ik een warme hand op mijn schouder; ik sloot mijn ogen.

'Wat moet het heerlijk voelen om een redder in de nood te zijn,' zei Gaye.

'Heb je mee zitten luisteren?'

'Hoe kon ik anders? Kan ik het helpen dat Hermione de deur had opengeduwd? En dan dat gejammer. Ik werd gewoon wéggerukt van Aristoteles. Ik moest even kijken of het wel goed ging.'

'Ik kon het heel goed alleen af.'

'Een expressief type, dat zeker.'

'Hij heeft het zwaar te verduren. Hij heeft mijn hulp nodig.'

'Goed. En hoe zit het met wat jij nodig hebt, Harold? Je eigen werk?' Gaye pakte Mercers kopje van tafel en dronk de koude koffie in één teug op. 'Een student klaarstomen voor de tripos. De tripos, nota bene! Na al die preken die ik je heb horen afsteken tegen dat verdomde –'

'Anders haalt hij het niet.'

'Is het jouw taak om hem te redden?'

'Iemand heeft mij ook gered.'

'Maar Love heeft jou geen les gegeven. Hij heeft je alleen maar naar Webb teruggestuurd.' Gaye zette het kopje neer. 'Als hij nou lelijk was –'

'Dat heeft er niets mee te maken.'

'Natuurlijk niet. Jij koestert een meer verheven erotische fantasie, dat je de schone maagd uit de muil van de draak redt. Of verbeeld je je dat hij zal doen wat jij niet hebt gekund?'

'Wat?'

'Dat hij zich als senior wrangler plaatst en boven op het karkas van het beest gaat staan en de jacht veroordeelt?'

'Je klinkt jaloers.'

'Dat ben ik ook – omdat je je niet op je echte werk kunt richten als repetitor van die –'

'Wat onzelfzuchtig van je.'

Gaye tilde Hermione op en streelde haar nek. 'Het is je eigen beslissing, uiteraard. Ik peins er niet over om me ermee te bemoeien, als je dat mocht denken.'

Hermione wurmde zich uit zijn greep en glipte terug door de deur die zij (of Gaye) eerder had geopend, de deur die naar zijn gedeelte van de suite leidde. Even later volgde Gaye haar.

Een half uur later stak hij zijn hoofd om de deur. 'Zullen we vanavond thuis eten?' vroeg hij, en nam het toen meteen terug. 'O nee, natuurlijk niet. Het is zaterdag. Jouw zaterdagen zijn gereserveerd.'

'Dat weet je toch, Russell.'

'Goh, ik ben zzo benieuwd wat zze toch al die zzaterdagavonden uitzzpoken, die zzchrandere jongelui?'

'Ik mag daar niets over zeggen.'

'Nee, natuurlijk niet. Natuurlijk mag je dat niet.'

Nu vraag ik mezelf: waarom heb ik hem nooit als lid voorgedragen? Destijds hield ik mezelf voor dat ik het hem wilde besparen dat hij het mikpunt van spot zou worden, een tweede Madame Taylor. Of misschien wilde ik het mezelf besparen dat ik als een tweede Sheppard werd gezien. Onder het juk.

De mogelijke reden waar ik van mezelf nooit bij stil mocht staan was dat Gaye, in tegenstelling tot Taylor, misschien wel geheel op eigen kracht in aanmerking kwam voor het lidmaatschap. En als hij een Apostel was, zou dat dan later enig verschil hebben gemaakt? Ik weet het niet. Ik weet het niet.

En waar was Ramanujan toen? In 1904 kwam hij net van de middelbare school en had hij een studiebeurs gekregen voor het Government College. Hij woonde nog in Kumbakonam en ik betwijfel of hij toen al ooit in Madras was geweest. Later vertelde hij me in een van zijn vrolijke buien – dat moet in het eerste jaar van de oorlog zijn geweest, want ik herinner me dat er in Nevile's Court soldaten op brancards lagen – dat het Government College toen 'het Cambridge van Zuid-Indië' werd genoemd.

Het begon allemaal voorspoedig. Hij koos fysiologie, Engels, Griekse en Romeinse geschiedenis. Maar toen kreeg hij Carrs *Synopsis of Pure Mathematics* in handen, het boek waarvan hij later zou zeggen dat het net zoveel voor hem betekende als Jordans *Cours d'Analyse* voor mij had betekend. Zoals hij toelichtte namen zijn ouders soms studenten in huis als kostganger om hun karige inkomen aan te vullen, en een van die studenten had het boek achtergelaten. Het is een verbijsterende gedachte dat dat boek voor hem het begin van alles was. Een paar weken geleden, voor ik me inscheepte voor de reis naar uw voortreffelijke land, heb ik het boek uit de bibliotheek van Trinity geleend. Ze hadden er één exemplaar van, stoffig van onbruik. De *Synopsis* is meer dan negenhonderd pagina's dik. Het boek is in 1886 gepubliceerd en was sinds 1902 niet meer uitgeleend.

Wat wás er dan met dat boek? Het was voedsel voor een uitgehongerde student. Ik kan Ramanujan buiten op de *pial* zien zitten, die veranda voor het huis van zijn moeder waar hij zo vaak nostalgisch over sprak: daar zat hij in de schaduw terwijl het straatleven voorbijparadeerde, en las hij pagina na pagina vol genummerde vergelijkingen. Hij vertelde me later dat hij dat boek van buiten had geleerd. Als er een Carr-tripos had bestaan, dan had hij elke vergelijking waarvan hem alleen het nummer werd opgegeven foutloos kunnen reciteren. Nummer 954: 'De *negenpuntscirkel* is de cirkel die wordt beschreven door de punten D, E en F, de voetpunten van de hoogtelijnen op de zijden van de driehoek ABC.' Nummer 5.849: 'Het product pd heeft dezelfde waarde voor alle geodetische lijnen die dezelfde kromme raken.' In totaal 6.165 vergelijkingen. En hij kende ze allemaal uit zijn hoofd.

Hij liet zijn andere vakken sloffen. Hij verwaarloosde geschiedenis en vermaakte zijn vrienden met zijn 'magische vierkanten':

1	2	-3
-4	0	4
3	-2	-1

of:

9	10	5
4	8	12
11	6	7

Kinderspel. De som van elke kolom geeft dezelfde uitkomst – verticaal, horizontaal, diagonaal. Het verbazingwekkende was dat Ramanujan zijn magische vierkanten in een paar seconden kon construeren. Bij Griekse geschiedenis zat hij ogenschijnlijk aantekeningen te maken aan zijn lessenaar maar in werkelijkheid magische vierkanten te ontwerpen. (Overbodig te zeggen dat hij zonder het te beseffen een meer algemeen theorema op het spoor was gekomen.) Of hij zat de priemgetallen in volgorde op te sommen, ook toen al zoekend naar een ordenend principe.

Hoe meer hij zich in wiskunde verdiepte, hoe minder aandacht hij aan zijn andere vakken besteedde. In fysiologie was hij het slechtst, naar hij zei omdat hij gruwde van ontleden. Volgens mij was het zo dat hij, zoals de meeste wiskundigen, gruwde van het lichamelijke. (Toen hij had zitten toekijken hoe zijn docent een paar zeekikkers met chloroform had verdoofd voor het ontleden, vroeg hij: 'Meneer, hebt u die zeekikkers gekozen omdat wijzelf allemaal vijverkikkers zijn?' Dat was typerend voor zijn spitse geest. Hij besefte toen al dat Kumbakonam een klein vijvertje was.) En toen deed hij het ook nog slecht in Engels, wat me verbaast omdat zijn mondelinge Engels foutloos was in de tijd dat ik hem meemaakte, en zijn schriftelijke Engels weliswaar geen Shakespeareallure had maar er zeker mee door kon. Niettemin kreeg hij aan het einde van zijn eerste jaar een onvoldoende voor zijn Engelse opstel. Ondanks zijn onmiskenbare gave voor wiskunde werd zijn studiebeurs ingetrokken. Zo waren de regels. Nu zou hij zelf voor zijn studie moeten betalen, of liever gezegd, zijn ouders zouden ervoor moeten betalen. En zijn ouders waren arm. Zijn vader deed iets administratiefs, zijn moeder deed thuis naaiwerk en zong in de plaatselijke tempel om de eindjes aan elkaar te knopen. Soms was er geen eten en moest hij bij schoolvrienden thuis mee-eten.

Dat was de eerste van een aantal keren dat hij van huis wegliep. Wat hij deed als hij de benen had genomen wilde hij me niet vertellen, alleen dat hij naar een andere stad ging, ten noorden van Madras. Vishakhapatnam. Binnen een maand was hij weer thuis.

Ik kan me geloof ik wel voorstellen hoe hij zich voelde: even kwaad op zichzelf als op het systeem – meedogenloos, onverzettelijk – waar zijn succes van afhing. Hij was van het Government College gestuurd omdat hij zich niet aan de regels wenste te houden, en het stak hem weliswaar dat hij werd geacht zich aan de regels te houden – zoals Littlewood zou opmerken, toen al besefte hij dat hij een genie was – maar hij verfoeide zichzelf ook om zijn eigen onmacht (of was het onwil?) om de brave student te zijn die hij werd geacht te zijn. Want wie was er in de buurt om hem gerust te stellen dat zijn vertrouwen in zijn eigen genialiteit geen ijdelheid of waandenkbeeld was?

En intussen, in Cambridge, kwam Mercer elke dag bij me. Ik hanteerde de stopwatch. Ik riep de nummers van Newtons lemma's af en hij zei ze op. Daarna deden we een stukje *Cours d'analyse*.

In het begin bleef Gaye op die middagen in zijn gedeelte van de suite. Soms liet hij de deur open. Op een keer, midden in de les, ben ik opgestaan om hem dicht te doen, en daarna liet hij hem nooit meer openstaan.

Ik was dat jaar aanwezig bij het voorlezen van de uitslagen van de tripos. Om negen uur 's morgens stond ik in het senaatsgebouw te midden van een dichte menigte waarin ik O.B. en Sheppard kon ontwaren, die vast op de favoriet had gewed. De galerij was gereserveerd voor dames. Studentes van Newnham en Girton stonden drie of vier rijen dik tegen de balustrade gedrukt. Ze hoopten ongetwijfeld, zoals elk jaar, op een herhaling van 1890, toen Philippa Fawcett de senior wrangler had verslagen en haar zusters hysterisch waren geworden. Sindsdien was er niet één vrouw zelfs maar in de buurt gekomen.

Iedereen stond door elkaar heen te praten. Ik moet vermelden dat de grootste kanshebbers voor senior wrangler niet aanwezig waren. Traditiegetrouw bleven ze tijdens het voorlezen van de uitslagen op hun kamer, waar ze wachtten tot hun vrienden hun het goede of slechte nieuws kwamen brengen. Toch lagen hun namen op ieders lip, en zodoende waren ze meer aanwezig dan wanneer ze er echt in levende lijve bij waren geweest.

De klok van Great St. Mary's Church begon negen uur te slaan en Dodds, de moderator, nam zijn plaats in vooraan op de galerij. Meteen bedaarde de menigte. Dodds was gekleed in het volle ornaat van zijn College en hield de bundel met uitslagen in zijn rechterhand geklemd. Hij liet het losmaken van het lint precies samenvallen met het luiden van de negende klokslag, en declameerde met theatrale statigheid: 'De resultaten van de wiskunde-tripos deel I, 1905.' Het werd doodstil. 'Senior wrangler: J.E. Littlewood, Trinity –'

Voor Dodds was uitgesproken barstte de massa uit in applaus. Dus Littlewood had Mercer geklopt! Een steek van teleurstelling schoot door me heen, die ik probeerde te verzachten door mezelf eraan te herinneren wat een afschuw ik van de tripos had. Ik keek naar Sheppard, die stond te fronsen. Hij had zijn geld vast op Mercer gezet uit loyaliteit met mij. Toen zei Dodds: 'Alstublieft, stilte alstublieft! Staat u mij toe verder te gaan – senior wrangler: J.E. Littlewood, Trinity College, *gelijkgesteld* met J. Mercer, Trinity College.'

Sheppards gezicht, vlak ervoor nog sip van ontgoocheling, klaarde op. 'Gelijkgesteld' betekende dat Littlewood en Mercer exact hetzelfde aantal punten hadden behaald. Ze waren gelijk geëindigd.

In weerwil van mezelf stiet ik een juichkreet uit. O.B. wierp me een beduusde, verstoorde blik toe. Ik hield mijn mond en luisterde terwijl de rest van de wranglers en optimes werd opgenoemd, de hele lijst af tot en met de houten lepel. Tegen die tijd was het grootste deel van de menigte naar buiten gegaan om te kijken hoe de senior wranglers in al hun glorie werden rondgeleid. Ik volgde. Niet ver van me vandaan zag ik Littlewood de lucht in gaan op de schouders van zijn vrienden. Was hij in vervoering? Ik betwijfelde het. Hoewel ik hem in die tijd amper kende, was het mijn inschatting dat zo'n triomf hem niet veel zou doen. Mercer was nergens te bekennen.

Het eigenaardige was dat iedereen vanaf het begin deed of Littlewood alleen had gewonnen. Mercer had net zo goed niet kunnen bestaan. Een week of zo later, bijvoorbeeld, ging ik de stad in – tamelijk heimelijk, moet ik bekennen – om Littlewoods foto te kopen, en hoorde ik tot mijn ergernis dat hij was uitverkocht. 'Maar ik heb er een heleboel van meneer Mercer, mijnheer,' zei de kioskhouder. 'In feite heb ik die van meneer Mercer flink afgeprijsd.'

Het was volstrekt logisch. Mercer was iel, tweeëntwintig, uit Bootle, terwijl Littlewood negentien was, blakend van gezondheid, en Cambridge-connecties had die meer dan een eeuw teruggingen. Philippa Fawcett was een nicht van hem. Zijn vader was in diens tijd negende wrangler geweest, zijn opa vijfendertigste.

O.B. had beide foto's. 'Moet je kijken hoe hij zijn benen wijd houdt,' zei hij bij de foto van Littlewood. 'Alsof hij niet het flauwste benul heeft dat hij er uitdagend bij zit. En dat is natuurlijk het verrukkelijke ervan – dat heeft hij ook niet.'

'Forse bobbel, ook,' mijmerde Keynes, die toevallig op bezoek was.

Ik probeerde niet naar de bobbel te kijken. In plaats daarvan concentreerde ik me op het gladgeschoren, langwerpige gezicht. De scheiding die door Littlewoods haar liep had met een lineaal getrokken kunnen zijn. Hij hield zijn smalle lippen opeengeklemd, zijn zware wenkbrauwen vragend opgetrokken. Alles bij elkaar straalde hij een soort ingehouden energie uit, alsof hij elk moment uit zijn stoel kon springen om een handstand te doen.

Mercer, daarentegen, zag er op zijn foto onzeker uit, bijna ijzig. Hij had donkere vlekken onder zijn ogen en hield een vinger tegen zijn voorhoofd waarvan hij de nagel tot op het vlees had afgeknaagd.

Wat kan ik u over Littlewood vertellen? Hoewel hij de schijnwerpers schuwde – misschien omdát hij de schijnwerpers schuwde – had hij wat jullie Amerikanen tegenwoordig 'sterpotentie' noemen. De ontdekkingen die hij deed konden spectaculair zijn. Zo bewees hij bijvoorbeeld, kort nadat onze samenwerking was begonnen, dat ergens voorbij $10^{10^{10}}$ het aantal priemen tot aan een bepaald getal n volgens de Priemgetalstelling niet te hoog wordt geschat maar juist te laag. Belangrijker nog, voorbij dat onvoorstelbaar verre getal alterneert de uitkomst oneindig vaak tussen te hoog en te laag geschat. Dat was iets verbijsterends om te bewijzen aangezien daarmee een veronderstelling werd ontkracht waaraan de meeste wiskundigen geen moment zouden hebben getwijfeld. Maar wat met name opmerkelijk was, was dat Littlewoods bewijs een verandering in de kosmos van de priemen onthulde die zo ver van het strijdperk van het normale menselijke calculeren lag verwijderd dat ze praktisch onmogelijk te bevatten was. Want het getal in kwestie – het getal waarna het aantal priemgetallen lager begint uit te vallen in plaats van hoger – is groter dan het aantal atomen in het universum.

Het was typerend voor Littlewood dat hij weinig heisa maakte over de ontdekking. Hij maakte sowieso weinig heisa over wat dan ook. Littlewood deed zijn naam eer aan. De eerste keer dat hij bij me kwam – ik bedoel dat hij bij me kwam met het serieuze idee om samen te gaan werken – had ik mijn zus op bezoek. We zaten net in mijn zitkamer te lunchen. Gertrude was lerares kunstzinnige vorming op St. Catherine's, Cranleighs meisjesannex, waar ze de redactie van de schoolkrant voerde waarin ze artikelen publiceerde en nu en dan een sarcastisch gedicht. Ze woonde bij onze moeder, wier gezondheid achteruitging en voor wier gemoedsrust ze religieuze sentimenten moest veinzen die ze niet had. Ze was niet wat u een aantrekkelijke vrouw zou noemen, en voor zover ik wist was ze ook niet erg in mannen geïnteresseerd. Maar zodra Littlewood binnenkwam vroeg ze of hij plaats wilde nemen en haalde ze een bord voor hem waarop ze de resterende eieren met bonen lepelde die we onder normale omstandigheden met ons tweeën hadden gedeeld. Littlewood nam de uitnodiging zonder aarzelen aan. Hij was van nature een gezelligheidsmens en ging er graag van uit dat als hij twee mensen mocht, die twee mensen elkaar ook mochten. Het verbaasde me ook niet dat hij eieren en bonen *tegelijk* naar binnen werkte, terwijl ik die ingrediënten zelf nooit met elkaar vermengde op mijn bord. En hij stelde Gertrude voortdurend vragen over haar school, haar leerlingen, de schoolkrant – vragen die ze met blozende, ja meisjesachtige ijver beantwoordde. Het was verwarrend om te zien. Mijn zus – doorgaans stug, zelfs streng – was duidelijk gecharmeerd. En Littlewood – ik zag onmiddellijk iets wat je in die tijd zelden meemaakte in Cambridge: hij hield meer van vrouwen dan van mannen. Hij hield van hun gezelschap en hij hield van hun lichaam. Flirten zat hem ingebakken, zelfs als de vrouw een niet erg bekoorlijke oude vrijster als Gertrude was. En Gertrude liet zich helemaal inpakken.

Tijdens het gesprek vroeg ik me steeds af of Littlewood Gertrudes glazen oog zou opmerken en ernaar zou informeren. Dat deed hij, meteen de volgende dag. 'Een ongelukje toen ze klein was,' zei ik, waarna hij, typisch Littlewood, het onderwerp beleefd liet varen en ik niet hoefde uit te leggen hoe het ongeluk was gebeurd.

En Mercer? Ik geloof dat hij toen al weg was, terug naar Liverpool. Hij kwam pas in 1912 weer naar Cambridge, en vanaf dat moment tot aan zijn dood heb ik hem amper gezien. Ik heb het idee dat hij zijn eigen onopvallendheid accepteerde met een deemoed waarvoor ik hem gepaste lof moet toezwaaien.

Littlewood heeft nooit gesnapt waarom ik Mercer aan zijn lot overliet. Ik geloof dat ik het zelf ook niet snapte. Stelt u zich een schrijver voor die zich schaamt voor de onvolwassenheid van een eerste versie. Hij stopt het verhaal in een la. Ergens weet hij dat er een dag zal komen dat hij het nogmaals opschrijft, en misschien wel beter. Alleen heeft hij geen idee wanneer, of hoe, of wie de held zal zijn.

DEEL TWEE

De kraai in de eetzaal

*E*r komt een brief van het India Office. Getekend C. Mallet, van het Secretariaat voor Indische Studenten.

Tot onze spijt kunnen we momenteel, zonder verdere informatie betreffende de kwalificaties van de student S. Ramanujan, en gezien de beperkte fondsen die ons Secretariaat ter beschikking staan, niets doen om u te helpen de student in kwestie naar Trinity College, Cambridge te halen...

Hardy frommelt de brief in zijn hand tot een prop. Hij wil Littlewood op de hoogte brengen, maar die is weer weg, natuurlijk. Het sirenenlied uit Treen. Het fascinerende raadsel dat mevrouw Chase heet. Littlewood is altijd weg als er een brief komt.

Hardy gaat de zaak aan de rector magnificus voorleggen. Henry Montagu Butler is nu bijna tachtig en heeft een blozend gezicht met een woeste witte baard waardoor hij net de Kerstman lijkt. Hij is ook een Apostel (nr. 130) maar komt niet meer naar de bijeenkomsten omdat hij zo sterk gekant is tegen roken. Hij is een toegewijde predikant van de Anglicaanse Kerk. Terwijl Hardy praat zit hij zoals altijd zijn trouwring rond te draaien aan zijn vinger, met nauwgezette rukjes van een kwartslag. Hij luistert aandachtig – zo schijnt het althans – als Hardy hem over de brieven vertelt, over het uitgebreide onderzoek dat hij en Littlewood hebben gedaan, over het antwoord dat ze hebben gestuurd en ten slotte over de mogelijkheid om de Indiër naar Cambridge te halen. Dat soort gesprekken is een marteling voor Hardy; als het aan hem had gelegen, had hij de verantwoordelijkheid graag doorgeschoven naar Littlewood. Als die ter plekke was geweest, uiteraard. Maar Hardy kent Butler. Als Littlewood bij hem was gekomen, had Butler gezegd: 'Dat is een zaak van Hardy. Als Hardy me iets te zeggen heeft, laat hij het dan zelf komen vertellen.'

Ze worden gescheiden door een immens eiken bureau. Van het hout stijgt een vage tabaksgeur op, de nalatenschap van voorgangers met vrijzinniger opvattingen over roken. Over het onvermijdelijke vloeiblok met inktpot heen praat Hardy tegen de serene stilte van Butlers rondwentelende ring, in de voortdurende hoop dat Butler aan een half woord genoeg zal hebben, zijn verzoek voelt aankomen en hem de beproeving om het in te kleden zal besparen. In plaats daarvan staart Butler omlaag naar het vloeiblok. Zit hij te dommelen? 'Nou, dat is allemaal heel interessant,' zegt hij wanneer Hardy is uitgesproken, 'maar wat wil je dat ik eraan doe?'

'Ik wil eigenlijk van u horen of Trinity College de fondsen zou kunnen fourneren om de jonge man naar Engeland te halen.'

'Fondsen? Bedoel je een studiebeurs? Maar uit je verhaal maak ik op dat de kerel niet eens is afgestudeerd.'

'Ik zie niet in waarom dat een bezwaar is. Als Newton ons zou schrijven, zouden we dan moeilijk doen over de vraag of hij wel was afgestudeerd?'

'Maar dat was hij wel degelijk, waar of niet? En ik meen me te herinneren dat er een tijd is geweest dat jij niet veel ophad met Newton.' Butler buigt zich over het immense bureau naar hem toe. 'Luister, Hardy, dit is allemaal heel boeiend, maar waar zijn je bewijzen dat de man een genie is? Ik vind het allemaal een beetje riskant klinken. Zou het bedrog kunnen zijn?'

'Dat betwijfel ik ten zeerste.'

'Dan zul je met harde bewijzen moeten aankomen. Ik ben niet van plan om de eerste de beste nikker tot Trinity toe te laten op grond van een brief.'

Dat woord: waarom voelt hij het als een klap in zijn eigen gezicht? Het is Ramanujan, niet Hardy, die door Butler voor nikker wordt uitgescholden. Plotseling vlamt er woede in hem op. Echt iets voor Hardy. Van schuchterheid en schroom springt hij naar verontwaardiging en slaat hij alle tussenliggende stadia over. Gaye heeft hem daar vroeger vaak mee geplaagd.

'Ik zal zoveel mogelijk bewijsmateriaal verzamelen,' zegt hij, 'maar als u weigert het oordeel van twee van uw eigen hoogleraren als toereikend te accepteren, dan zult u door andere argumenten waarschijnlijk evenmin overtuigd worden.' Dan staat hij op. 'Goeie genade, praktisch zonder enige scholing en helemaal op eigen kracht heeft de man de halve geschiedenis van de wiskunde opnieuw uitgevonden. Wie weet waartoe hij in staat is met de juiste ondersteuning?'

Butler vlecht zijn dikke oudemannenvingers dooreen. 'Een Indische Newton. Dat zou nog eens een curiosum zijn. Kom maar bij me terug als je meer weet. Want ik ben niet a priori tegen de komst van die man, Hardy, ook al schijn je daarvan uit te gaan. En ik vind dat ik ook niet als de kwaaie pier moet worden gezien vanwege mijn logische scepsis. Wat heb je me te bieden, per slot van rekening? Twee brieven.'

'Goed dan.'

Hardy maakt aanstalten om te vertrekken als Butler zegt: 'Ik neem aan dat je contact hebt opgenomen met het India Office?'

'Ja.'

'Hebben ze al gereageerd?'

'Ze willen meer informatie. Iedereen wil meer informatie. Littlewood wil erheen gaan om met iemand te praten. Een kennis van zijn broer.'

'Nou, laat het me weten als je meer hoort.'

'Bedoelt u dat als zij hun fiat geven, dat u dan ook akkoord gaat?'

'Je bent vastbesloten om mij als de boosdoener te zien, hè?'

'Ik vind dat zich soms momenten aandienen waarop men een gok moet wagen.'

'Toegegeven. Maar bedenk goed, als hij hierheen komt en het leidt allemaal tot niets, dan is Trinity alleen maar wat geld kwijt. Jij bent degene die met hem om zal moeten gaan, voor hem zal moeten zorgen, hem hoogstwaarschijnlijk onderdak zal moeten bieden.'

'Littlewood en ik zijn bereid om elke verantwoordelijkheid op ons te nemen die zijn komst met zich meebrengt.'

'Ik neem aan dat je hebt teruggeschreven op de tweede brief. Is er al antwoord?'

Hardy schudt zijn hoofd.

'Nou, laat het me weten als je bericht van hem krijgt. Ik ben erg benieuwd, mijns ondanks.'

'Dank u wel.' Hardy steekt zijn hand uit, die de oude man schudt. Dan loopt hij de deur uit, in dubio wie de grootste concessie heeft gedaan. Dat is Butlers gave, en daardoor houdt hij het al bijna vijftig jaar uit als rector magnificus.

*H*et blijkt dat C. Mallet van het India Office de kennis is van Littlewoods broer. Littlewood gaat op een dinsdagmorgen naar Londen en Hardy zit tot zijn terugkeer op hete kolen. Hij probeert natuurlijk om te werken, om zich te concentreren op het bewijs dat hij bijna rond heeft dat er een oneindig aantal nullen op Riemanns kritieke lijn ligt. Vandaag lijkt het echter of er een deur voor zijn neus is dichtgeslagen. Die regionen van de verbeelding waarin hij zich moet wagen als hij enige vooruitgang wil boeken – hij kan er maar geen toegang tot krijgen. Hij voelt zich net zo geblokkeerd als Moore bij die voordracht die hij had gehouden toen Wittgenstein op de bijeenkomst van de Apostelen was. De enige keer. Daarna was hij nooit meer gekomen.

Omdat hij niet kan werken maakt Hardy een langere wandeling over het terrein van Trinity College dan gewoonlijk. Het is een heerlijke aprilochtend, zonnig en koud, de weercombinatie die hij het fijnst vindt. Gisteren is er weer een epistel uit Indië gekomen, in antwoord op de brief waarvan Hardy nu spijt heeft dat hij hem had gestuurd en waarin hij had gepoogd om Ramanujan zo vriendelijk mogelijk gerust te stellen dat hij, Hardy, beslist geen snode intenties had met Ramanujans ideeën; trouwens, had Hardy geschreven, ook al zou hij proberen om Ramanujans uitkomsten onrechtmatig te gebruiken, dan nog zou Ramanujan Hardy's brieven in zijn bezit hebben waarmee hij de bedriegerij heel eenvoudig kon aantonen. Niet de verstandigste manoeuvre, zo bleek, want Ramanujan schijnt die tactische zet te interpreteren als een onderdeel van een veel bredere samenzwering om hem, een arme Indiër, het enige te ontfutselen wat hij koestert, zijn intellectuele eigendom. Bij wijze van antwoord had hij geschreven dat het hem 'bedroefde' dat Hardy hem ooit in staat had geacht tot een dergelijke argwaan:

Zoals ik in mijn laatste brief heb geschreven heb ik in u een welwillende vriend gevonden, en ik ben bereid om het weinige dat ik heb onvoorwaardelijk tot uw beschikking te stellen. Het was vanwege de oorspronkelijkheid van de methode die ik heb toegepast dat ik ook nu nog enigszins schroom om mijn eigen weg naar de formules die ik al heb gegeven, toe te lichten.

Schroom. Verschilt dat echt zoveel van trots?

Dus Hardy ijsbeert over de keurig onderhouden paden van Trinity College terwijl Littlewood, in Londen, naar de tearoom in South Kensington gaat waar hij en mevrouw Chase, de keren dat ze toevallig beiden in Londen vertoeven, elkaar treffen (maar dat had hij voor Hardy verzwegen). Anne reist alleen naar Londen als het absoluut moet. Ze is een kustmens, geen stadsmens. Achter een theepot en een schaaltje scones zit ze tegenover Littlewood, en als ze haar donkerbruine haar naar achteren strijkt vallen er zandkorrels op tafel. Ze is alleen in Londen op aandringen van haar man. Ze heeft de kinderen aan de zorg van een kindermeisje toevertrouwd. Chase gedoogt de verhouding van zijn vrouw met Littlewood zolang ze zich maar beschikbaar houdt voor de keren dat zijn carrière, zijn status van eminente Harley Street-huisarts, van hem verlangt om in het openbaar met een echtgenote aan zijn arm te verschijnen. Vanavond gaat het om een of ander liefdadigheidsbal. 'Ik heb geen idee wat ik aan moet trekken,' zegt ze tegen Littlewood terwijl de zandkorrels uit haar mouw vallen, uit haar rokzoom. Hij ziet geschitter van mica in de plooien van haar oorschelpen. Hij vindt dat geweldig aan haar, dat gruis van haar dat hij soms, op de terugweg van Treen naar Cambridge, op zijn tong voelt, tussen zijn tanden.

Ze is zongebruind, sproetig. Chase is ziekelijk bleek en zijn haar valt uit. Met betrekking tot Littlewood meet hij zich een pose van gekwelde berusting aan, maar Littlewood vermoedt dat de regeling hem net zo goed uitkomt als Anne. Misschien nog wel beter. Immers, zolang Littlewood Anne bezighoudt in Treen, heeft Chase zijn handen vrij om in Londen vermaak te zoeken dat hem door de aanwezigheid van vrouw en kinderen zou worden ontzegd. Vermaak, vermoedt Littlewood, dat meer in Hardy's straatje zou passen dan in het zijne.

Na wat gekeuvel over de ergerlijke noodzaak om een jurk te kiezen (blijkbaar houdt Anne een assortiment stadskleren in het huis van haar man in Cheyne Walk in reserve) verzinken zij en Littlewood in een vertrouwde, ontspannen stilte. Tussen hen doet zich nooit de behoefte aan loos geleuter voor waardoor zoveel stellen klaarblijkelijk worden geteisterd en tegelijk gestimuleerd. Zwijgen is voor hen een waarachtiger medium dan praten. Hoeveel uren hebben ze niet in de salon in Treen gezeten, met het geluid van wind en golven buiten, en het haardvuur, en Anne vlijtig aan het breien! Niet eens de stemmen van kinderen boven. Ze heeft twee kinderen, een jongen en een meisje, allebei uitzonderlijk rustig. Ze zeggen 'oom John' tegen Littlewood.

Hij kijkt op zijn horloge.

'Begint de tijd te dringen?' vraagt ze.

'Ik heb nog een paar minuten.'

'Waar moet je naartoe?'

'Naar het India Office. Ik heb daar een afspraak met iemand over die Indische jongen over wie ik je heb verteld.'

'Hardy's genie.'

'Precies.'

Ze staart bedaard, bedachtzaam, naar de schaal met scones. 'Het verbaast me dat je Hardy nooit hebt meegebracht naar Treen,' zegt ze.

Littlewood moet glimlachen. Het is waar, hij heeft Hardy nooit meegebracht. Wel anderen. Bertie Russell is een keer meegegaan. Maar Hardy nooit.

'Ik weet niet zeker of het wel iets voor hem is,' zegt hij.

'Je zou het kunnen vragen.' Ze zegt dat gemoedelijk. Hun omgang is merkwaardig gespeend van verwijten, misschien omdat ze beiden weten dat er nooit een huwelijk van zal komen. Al vroeg had Anne haar voorwaarden duidelijk gemaakt. Ze zou niet van haar man scheiden, enerzijds omdat hij dat niet wilde maar ook omdat ze zich, om puur persoonlijke redenen, gebonden acht aan bepaalde ouderwetse fatsoensnormen, ook al gelooft ze er niet in. Of misschien zou het juister zijn om te zeggen dat ze, ook al gelooft ze er niet in, toch hun rationele geest respecteert; door die na te leven zal de bestendiging van een ordelijke samenleving worden veiliggesteld. In bepaalde opzichten is Anne veel conservatiever dan Littlewood, ook al steekt ze thuis nooit haar haar op en loopt ze soms urenlang over het strand met haar schoenen in haar hand.

'Ik vind het heel raar dat ik nooit met Hardy heb kennisgemaakt,' zegt ze. 'Je zou immers kunnen stellen dat hij de belangrijkste persoon in je leven is... Toch?'

'O ja?'

'Nou ja –'

'Hardy is een rare vent. Weet je, Harry Norton heeft me eens verteld – misschien een jaar geleden, anderhalf jaar geleden – dat Hardy een roman aan het schrijven was, een misdaadverhaal, waarin een wiskundige de Riemann-hypothese bewijst en dan door een andere wiskundige wordt vermoord die zich de bewijsvoering toe-eigent. En het ongelooflijkste is dat Hardy volgens Norton met de roman was gestopt omdat hij er blijkbaar van overtuigd was dat ik mezelf in het slachtoffer zou herkennen.'

'En was Hardy dan de moordenaar?'

'Dat heeft Norton niet gezegd.'

Anne drinkt de rest van haar thee op. 'Jammer dat hij de roman nooit heeft afgemaakt. Misschien was het wel een doorslaand succes geworden.'

'Alleen als hij alle wiskunde eruit had gelaten.'

'En zou jij gegriefd zijn geweest dat je uit de weg werd geruimd?'

'Integendeel. Toen Norton het vertelde voelde ik me gevleid.'

Het is tijd om op te stappen. Zwijgend staan ze op en lopen de tearoom uit. In het begin, voor Anne het aan haar man had verteld, was hun relatie er een van intriges en vrees, de opwinding van overspel en de pijn van afscheid. Nu is hun affaire op zijn eigen manier net zo'n onderdeel van Annes ordelijke ideaal geworden als haar huwelijk. Ze voelen veel dingen aan zonder ze uit te spreken. Ze wil niet met hem trouwen. En hij, als hij heel eerlijk zou zijn, wil eigenlijk ook niet met haar trouwen, want dan zou hij zijn kamers op Trinity College moeten opgeven, zijn piano, zijn grammofoonplaten. Dan zou hij een huis moeten kopen, zoals Neville heeft gedaan, en het inrichten, en een dienstmeid en een kokkin in dienst moeten nemen om het huishouden te doen.

Hoe zou zijn werk in zo'n leven passen? Hoe zou Hardy erin passen?

Ze nemen afscheid op straat: geven elkaar een hand, een kus op elke wang waarin geen enkele wrok of wanhoop besloten ligt, geen enkel schrikbeeld van een onzekere toekomst maar eerder het stille besef dat ze elkaar weer zullen treffen, volgend weekend, in Treen, met het geluid van de golven op de achtergrond en de kinderen boven. Hij kijkt haar na als ze over het trottoir wegloopt, en als hij haar in de verte ziet verdwijnen zou hij kunnen zweren dat ze een spoor van zand achterlaat.

3

D ie avond is Littlewood te laat voor het eten. Aan de docententafel houdt Hardy de stoel rechts van hem vrij. De eerste gang met vis wordt opgediend. Bah, weer tarbot. Daarna het vlees. Gebraden hertenrug. Dat kan ermee door. Hij neemt een hap en vraagt zich af waar Littlewood in vredesnaam blijft. En dan komt hij binnengesneld, ondertussen zijn toga aantrekkend, en gaat hij naast Hardy zitten.

'Neem me niet kwalijk dat ik zo laat ben,' zegt hij.

'Wat is er gebeurd?'

Een kelner brengt wijn en vraagt Littlewood of hij vis wil. 'Nee, ik ga meteen door naar de... wat is het?'

'Hertenrug.'

'Goed.'

'En?'

'Problemen, ben ik bang.'

'Wat voor problemen?'

'Ik heb die man van het India Office gesproken, en het gaat niet door.'

'De zeikerds. Ze kunnen toch wel een paar pond uittrekken voor –'

'Nee, het gaat niet om het geld. We hebben nog een heel eind te gaan voor we ons het hoofd over geld hoeven te breken. Nee, het gaat om de Indiër. Hij wil niet komen.'

Hardy kijkt oprecht onthutst. 'Waarom niet, in 's hemelsnaam?'

'Godsdienstige bezwaren. Hij schijnt een heel orthodoxe brahmaan te zijn, en die mogen de zee niet oversteken.'

'Daar heb ik nog nooit van gehoord.'

'Ik ook niet, maar Mallet – zo heet die kerel – heeft het uitgelegd. Blijkbaar zien ze het als een soort bezoedeling om de zee over te steken. Het is net zoiets als met een weduwe trouwen. Je wilt je over-schoenen niet bij de haard van een ander te drogen zetten. En als je toch de zee oversteekt en later in Indië terugkomt, dan ben je perso-na non grata. Je familieleden verbieden je om bij hen thuis te komen. Je kunt je dochters niet uithuwelijken en geen begrafenissen bijwo-nen. Dan ben je een verstotene.'

'Maar het barst van de Indiërs in Cambridge. Die cricketer bij-voorbeeld.'

'Die is kennelijk van een andere kaste. Of hij is in elk geval niet zo orthodox als onze vriend Ramanujan. Hij is waarschijnlijk rijk, uit Calcutta of een andere kosmopolitische stad. Maar in het zuiden houden ze – althans volgens die Mallet – vast aan allerlei achter-haalde tradities en hebben ze overal regels voor. Wanneer je mag eten, wat je mag eten. Strikt vegetarisme. Weet je nog die opstand van 1857, toen Indische soldaten Britse officieren afslachtten omdat ze de papieren geweerpatronen niet wilden openbijten aangezien die met varkensreuzel waren ingesmeerd?'

Hardy kijkt wrevelig naar het vlees op zijn bord, alsof dat de schuld van alles is. 'Wat een idiotie, al dat religieuze gedoe.'

'Voor hem niet, klaarblijkelijk.'

Ze zitten zwijgend hun eten te vermalen, als herkauwers.

'Dus dat was het dan?' vraagt Hardy na een poosje. 'Het is over?'

'Waarschijnlijk wel, maar niet per se.'

'Hoe bedoel je?'

'Nou weet je, na dat gesprek met Mallet bedacht ik dat het mis-schien geen slecht idee was om hem op een biertje te trakteren. We raakten wat verder aan de praat en hij ging wat dieper op de zaak in. Ik vroeg hoe hij het allemaal te weten was gekomen, en toen zei hij dat er een onderhoud was geweest, in Madras, met een man die Davies heette.'

'Een onderhoud met Ramanujan?'

Littlewood knikt. 'Ramanujan was opgeroepen voor een gesprek met Davies, en hij had zijn baas van het havenbedrijf mee-gebracht, een oude man die kennelijk nog orthodoxer is dan hij. Nou wil het toeval dat Mallet die Davies goed kent. Zoals hij hem omschreef is Davies iemand die meteen ter zake komt. Mallet vermoedt dat Davies Ramanujan heeft overrompeld met zijn vraag – wil je naar Engeland gaan? – en dat Ramanujan zich in het nauw gedreven voelde. Misschien meende hij het inderdaad toen hij nee zei, maar het kan ook dat hij dat werktuigelijk heeft gezegd. Of omdat die oude man erbij was en hij hem niet voor het hoofd wilde stoten door de indruk te wekken dat hij die mogelijkheid zelfs maar overwoog.'

'Betekent dit dat hij wellicht overgehaald kan worden om zich te bedenken?'

'Mogelijk. Maar helaas werken jouw goede diensten in ons nadeel. Sinds jij hem hebt geschreven – omdát jij hem hebt geschreven – is zijn situatie aanmerkelijk verbeterd. Het schijnt dat sommige Britse ambtenaren daar zich opwerpen als amateurwiskundigen, en toen ze vernamen dat jij hem jouw zegen had gegeven, als het ware, kwamen ze in het geweer en gingen ze met jouw brief naar de universiteit om de mensen daar erop te wijzen dat Indië een nationale schat zou verspelen als ze niet uitkeken. En het noemen van jouw naam was genoeg om hen door de knieën te laten gaan. Had je enig idee dat je zoveel invloed hebt?'

'Totaal niet. En wat is de uitkomst?'

'Ze hebben hem een onderzoeksbeurs gegeven en hij heeft zijn baan bij het havenbedrijf opgezegd.'

'Hoeveel?'

'Dat wist Mallet niet. Naar onze maatstaven is het waarschijnlijk maar een schijntje, maar genoeg om hem op weg te helpen. Hij heeft ook nog een familie te onderhouden. Ouders, broers, een grootmoeder. En natuurlijk zijn vrouw.'

'Is hij getrouwd?'

Littlewood knikt. 'Ze is veertien.'

'Allemachtig.'

'Dat is normaal daar.'

Hardy schuift zijn bord van zich af terwijl Littlewood verder kauwt. Hij heeft geen trek meer in de hertenrug.

'Dus wat is de volgende stap?'

'De volgende stap is dat iemand naar Indië moet gaan om hem over te halen,' zegt Littlewood. 'Vrijwilligers?'

Hardy zwijgt.

'In dat geval,' zegt Littlewood met zijn mond vol vlees, 'staat onze vriend Neville wellicht voor een veel zwaardere taak dan hij heeft voorzien.'

4

N a het eten schrijft Hardy een briefje aan Neville, die hem en Littlewood voor de volgende zaterdag uitnodigt op de thee. Neville is vier maanden getrouwd en heeft net met zijn nieuwe bruid een huis in Chesterton Road betrokken, vlak bij de rivier. Zijn salon heeft het iets te keurig nette voorkomen van een ruimte die pas gemeubileerd is, in dit geval in de stijl van het Estheticisme, met William Morris-behang in donkerpaars en blauw en een zwart geverfd dressoir *à la Japonaise*. Midden in de kamer staat een eiken canapé met een rugleuning van spijlen en vaste tafeltjes aan weerszijden. Voysey, waarschijnlijk. Hardy en Littlewood werpen er een argwanende blik op en kiezen dan voor een tweetal met dezelfde tapestry beklede fauteuils die voor de canapé lijken terug te deinzen als twee Victoriaanse oude vrijsters voor een neo-expressionistisch schilderij. Ze komen ongetwijfeld uit een nalatenschap, net als de oude piano die tegen de verste muur staat.

Boeken liggen in stapels op de tafel tussen hen in: de laatste roman van H.G. Wells, *Alice's Adventures in Wonderland*, iets in het Duits over elliptische functies. Door de open ramen drijft de geur van rozen naar binnen, evenals de uitlaatgassen van een incidentele auto die voorttuft over Chesterton Road.

Er verschijnt een pafferige dienstmeid. 'Meneer en mevrouw komen zo dadelijk beneden,' zegt ze voor ze de keuken in waggelt om voor de thee te zorgen. Alsof Littlewood en hij een bejaard echtpaar zijn dat even bij de pasgetrouwde jongelui op visite komt, denkt Hardy. En waarom niet? Gezien de omstandigheden ligt het voor de hand om hen samen uit te nodigen. Kort geleden was er een portier bij hem gekomen die zich op zijn hoofd krabde omdat hij een brief had ontvangen die was geadresseerd aan 'Professor Hardy-Littlewood, Trinity College, Cambridge'.

Niet, zo wilde het geval, uit Indië. Die keer niet.

Ze zwijgen terwijl ze zitten te wachten. Littlewood heeft zijn benen over elkaar geslagen en draait kloksgewijs rondjes met zijn voet, fraai omsloten door zijn gepoetste schoen. 'Herbert, kom binnen!' roept een stem, en Hardy hoort een bal vallen en de voetstappen van een kind dat naar binnen holt.

En dan weerklinken opeens overal geluiden in het huis. De dienstmeid komt uit de keuken met de theebenodigdheden op een dienblad, en Neville en zijn bruid dalen de krakende trap af. Hardy en Littlewood staan op. Er worden handen geschud. Dan gaan ze allemaal zitten, de Nevilles tegenover hun gasten op de eiken canapé. Alice Nevilles haar is rossig, gefriseerd, opgestoken in een knot en enigszins vochtig. Hier en daar schieten losse sliertjes uit, als in opstand tegen de beteugelende haarspelden. Ze draagt een fluwelen jurk die weinig bijdraagt aan het verhullen van de omvang van haar boezem, en scheidt hetzelfde luchtje van maartse viooltjes af als Hardy's moeder.

Neville zit dichter tegen zijn vrouw aan dan een man die langer was getrouwd zou doen. Hij is vijfentwintig, heeft een kromme rug, een ovaal gezicht en een hoog voorhoofd waarover zijn haar, rechts van een zigzagscheiding opgebost, steeds omlaagvalt. Zo kippig dat hij zelfs door zijn bril met zijn ogen zit te knijpen. Terwijl de meid de kopjes ronddeelt werpt hij Hardy met opeengeklemde lippen een glimlach toe die zowel laconiek als monter is, snaaks maar zonder enige ironie. Je kunt dit van hem zeggen: in tegenstelling tot Littlewood of Bohr of trouwens elke andere vermaarde wiskundige die Hardy kent, is hij gelukkig. Haast zorgeloos. Misschien is dat de reden dat hij het nooit ver zal schoppen. Hij is niet geporteerd voor eenzaamheid, laat staan voor opofferingen. Hij houdt te veel van de wereld.

'Nou, ik heb die brieven gelezen,' zegt hij, 'en ik begrijp jullie opwinding.'

'O, echt waar,' zegt Littlewood. 'Daar ben ik erg blij om.'

'Er hebben zich wat ontwikkelingen voorgedaan sinds we elkaar voor het laatst hebben gesproken,' zegt Hardy.

'O ja? Dank je wel, Ethel.' Neville neemt een kopje aan.

Littlewood herhaalt wat hij in het India Office heeft vernomen over het verbod voor brahmanen om de zee over te steken. 'O ja,' zegt mevrouw Neville. 'Daar heb ik eens over gelezen. Mijn opa is in Indië geweest. Dank je, Ethel.'

'Alice gaat met me mee naar Madras,' verkondigt Neville trots.

'Ik vind het zo spannend. Ik heb een tante die avonturierster is geweest, ze is op safari in Afrika geweest en heeft in haar eentje heel China doorkruist, alleen met een vriendin.'

'Uw aanwezigheid in Madras zou van onschatbare waarde kunnen zijn, mevrouw Neville,' zegt Littlewood, zijn hoofd gebogen over zijn theekop.

Ze bloost. 'Ik? Hoezo? Ik ben toch geen wiskundige.'

'Maar u zult daar met z'n tweeën zijn, nietwaar, om als afgezant te dienen? En als u het mij toestaat, een knap gezicht kan een hoop verschil maken.'

'Kom kom, Littlewood, zo lelijk ben ik nou ook weer niet,' protesteert Neville.

'We zullen de kwestie van jouw charme overlaten aan het oordeel van de dames.'

'Hoe dan ook,' zegt Hardy, 'we weten niet precies hoe serieus hij was toen hij zei dat hij niet kon komen. Misschien was hij bang om de stamoudsten voor het hoofd te stoten, als het ware.'

'Er is één ding dat steeds duidelijker wordt, en dat is dat Ramanujan, om het zachtjes uit te drukken, nogal...'

'...gevoelig is.'

'Tja, nou, wat kunnen wij doen?'

'Maak een afspraak met hem. Kijk of hij echt zo'n genie is, en als blijkt van wel, probeer hem dan te overreden om te komen.'

'Maar hoe zouden we hem kunnen overhalen? Als zijn godsdienst het verbiedt –'

'We hebben reden om aan te nemen dat hij wat zijn godsdienst betreft wellicht flexibeler is dan de plaatselijke autoriteiten veronderstellen,' zegt Hardy.

'Is hij getrouwd?' vraagt mevrouw Neville.

'Zeker. Zijn vrouw is veertien.'

'Veertien!' zegt Neville. 'Nou ja, ik neem aan dat dat gebruikelijk is in Indië.'

'De bruiloft vindt gewoonlijk al plaats als de bruid en bruidegom een jaar of negen zijn,' zegt mevrouw Neville, 'maar de bruid blijft tot haar puberteit bij haar ouders wonen.'

'Wat een idee!' Neville legt zijn arm om Alice' schouders. 'Toen jij en ik negen waren, Alice, zou ik gillend voor je weggerend zijn. Voor elk meisje.'

'Je zou me verafschuwd hebben toen ik negen was. Ik was een spillebeen met vlechtjes.'

'Zoals Littlewood al zei,' zegt Hardy, 'is Ramanujans situatie een stuk verbeterd sinds ik hem heb geschreven. Niettemin schiet hij er niets mee op om daar te blijven. Hij moet ergens zijn waar hij kan samenwerken met mannen van zijn kaliber. Of misschien zou ik moeten zeggen, mannen die zijn kaliber benaderen.'

Neville trekt zijn wenkbrauwen op. 'Wat een lof,' zegt hij. 'Nou ja, we zullen alles doen wat in ons vermogen ligt.'

'Ja,' zegt mevrouw Neville. 'Ik zie er erg naar uit om kennis te maken met meneer Ramanujan. En misschien zelfs met mevrouw Ramanujan.'

'Met zijn moeder?'

'Met haar ook.'

Neville lacht en geeft zijn vrouw een kus op haar wang.

'Nou, wat denk je, zou hij het kunnen?' vraagt Hardy aan Littlewood terwijl ze Magdalene Street uit lopen.

'Als hij het niet kan, dan kan zij het wel.'

'Dat zeg je de hele tijd, maar ik ben bang dat ik het niet helemaal vat.'

'Nee, dat zal wel niet.'

Hardy kijkt hem aan.

'Dat meen ik niet echt,' zegt Littlewood. 'Het gaat erom dat zij een sterker ego heeft dan Neville. Let op mijn woorden, zij is in staat om mensen om te praten.'

'Neville is zo ontzettend... aardig.'

'Dat is waar, ja. Maar dat hoeft geen nadeel te zijn. Zoals we de laatste tijd hebben gemerkt is onze Indische vriend, in weerwil van al zijn poeha, snel op zijn teentjes getrapt. In dit stadium is misschien een zachtaardiger benadering vereist dan jij of ik zouden kunnen opbrengen.'

'Dat heb je heel kies geformuleerd.'

'Ik zeg niet dat wij botteriken zijn, of dat Neville een slappeling is... alleen dat... Nou, om te beginnen zijn ze min of meer van dezelfde leeftijd. Zitten ze in hetzelfde seizoen van het leven, zoals een kennis van mij het zou kunnen zeggen.'

Hardy glimlacht flauwtjes. Hij beseft dat hij niet hoort te zeggen dat hij weet wie die 'kennis' is.

Ze naderen Trinity College. Het is de tijd van dansfeesten, en studenten in avondkleding kuieren over straat, sommigen in gezelschap van jonge vrouwen in jurken met strakke taille en een sleep. De zon is net onder, het is zwoel, het avondmaal in de eetzaal wacht hen. Maar niet iemand tegen wie een van hen beiden te dicht aan schurkt, zoals Neville bij Alice deed. Althans niet vanavond.

Bij de poort nemen ze afscheid en keren ze ieder naar hun eigen kamers terug. Terwijl hij zich met Hermione in zijn stoel nestelt, voelt Hardy een siddering van schrik door zich heen schieten.

Het is Gaye. Niet zoiets griezeligs als een sprekende buste: hij doemt gewoon op uit het donker bij het raam, zijn handen achter zijn rug gevouwen. Dat doet hij soms.

'Harold,' zegt hij.

'Russell,' zegt Hardy.

Gaye buigt zich voorover en geeft Hardy een kus boven op zijn hoofd. Hij draagt een smokingjasje en zijn das van Westminster School. Zijn haar lijkt wel gelakt. 'Dus ik neem aan dat de Indiër niet komt,' zegt hij.

'Daar lijkt het wel op.'

'En hoe voel je je daaronder? Teleurgesteld? Opgelucht?'

'Teleurgesteld, uiteraard. Het is van essentieel belang dat hij naar Cambridge komt.'

'Ach toe nou, Harold. Een jongen uit een dorp waar je nog nooit van hebt gehoord, getrouwd met een kind en gebonden aan een godsdienst met doctrines die je volslagen abject vindt. En daar komt nog bij dat je hem nooit hebt gezien. Hij zou wel zo'n lelijk inteelttype kunnen zijn.'

'Hij is een genie, Russell. En hij kwijnt daar weg.'

Gaye klapt in zijn handen. 'Ach natuurlijk! Die oude neiging om mensen te redden. Die komt steeds weer bovendrijven. Wat zul je je goed over jezelf voelen, hoewel het ook iets van een last moet zijn.' Hij knipoogt. 'Jammer dat je mij niet kon redden.'

Hardy staat op waarbij hij Hermione van zijn schoot schudt. 'Russell –'

Maar Gaye is verdwenen. Hermione sluipt beduusd naar het donker waaruit haar baasje was opgedoken en waarin hij weer is opgegaan. Hij lijkt vastbesloten om in de dood datgene op te eisen wat hij in het leven zo zelden had: het laatste woord.

5

Nieuwe Collegezaal, Harvard University

*I*n het college dat hij niet gaf zei Hardy:
Als kind geloofde ik in meer dingen dan nu. Zo geloofde ik bijvoorbeeld in geesten. Dat was grotendeels aan mijn moeder te danken, die me toen ik heel klein was vertelde dat er in ons huis in Cranleigh een geest rondspookte. De geest van een meisje dat vele jaren eerder in mijn slaapkamer aan tyfus was gestorven, op de vooravond van wat haar trouwdag zou zijn geweest. Gertrude noch ik hebben die geest ooit gezien, die zich volgens mijn moeder in het algemeen welgezind gedroeg. Af en toe – maar alleen als mijn moeder in haar eentje thuis was – speelde de geest een tingelwijsje op de piano dat mijn moeder niet herkende en dat niet helemaal zuiver klonk, ook al was de piano net gestemd. Of de geest stampte met haar voet, als een kind in een boze bui. Plichtsgetrouw rapporteerde mijn moeder haar confrontaties met de geest aan ons (maar nooit aan mijn vader), en terwijl we luisterden imiteerden we de welwillende, meewarige lijdzaamheid van de gouvernante die het ongedurige kind met het hoofd vol sprookjes in bed stopt. Want ook toen al waren mijn zus en ik overtuigde rationalisten, en we namen als vanzelfsprekend aan dat onze moeder ook een rationalist was, dat ze die verhalen alleen vertelde om ons te vermaken en te betoveren, ofschoon ik op een keer thuiskwam uit school en haar verbijsterd en zo wit als een doek naar de piano zag staren.

Het eigenaardige ervan is dat ik meer in haar geest geloofde dan zijzelf, denk ik, ook al had ik het wezen dat in mijn slaapkamer was gestorven zelf nooit waargenomen, niet één keer. Als ik vandaag de dag zou worden gedwongen om een keuze te maken tussen het christendom en die occulte leer die aan de doden het vermogen toeschrijft om de levenden lastig te vallen en op te beuren, om cryptische boodschappen door te geven door het gordijn dat hun domein van het onze scheidt of zich in dieren of bomen of schrijftafels te manifesteren, dan zou ik het toch op geesten houden. Het denkbeeld dat een geest voort zou kunnen leven op deze aarde heeft een intuïtieve logica voor me die het beeld dat ons door het christendom wordt opgelegd over een vage, saaie hemel en een gruwelijke, fascinerende hel nooit zal hebben.

Niet dat ik zelf veel ervaring met geesten heb. De enige 'visitaties' die ik ooit heb gehad vonden plaats in de loop van het decennium volgend op de dood van mijn vriend Gaye. Telkens wanneer Gaye 'verscheen' trok ik eerst mijn eigen geestelijke gezondheid in twijfel en vroeg ik me af of ik naar het dichtstbijzijnde gekkenhuis moest rennen of naar Wenen. Vervolgens trok ik mijn eigen rationalisme in twijfel en vroeg ik me af of ik een telegram moest sturen aan O.B., die was aangesloten bij het Genootschap voor Parapsychologisch Onderzoek. Daarna trok ik mijn eigen twijfel in twijfel: wat was die verschijning tenslotte anders dan de late uiting van een oude impuls die ook het eenzame kind ertoe drijft om een denkbeeldig vriendje te verzinnen? Want ik miste Gaye vreselijk in die tijd; ik miste zijn stem, en zijn spottende toon, en zijn weigering om dwazen te dulden. Ik was niet krankzinnig. Ik riep hem niet aan in de hoop dat hij me zou opbeuren of geruststellen. Integendeel, ik wilde dat hij me de waarheid vertelde, ook als die genadeloos was. Als hij verscheen voelde ik me niet alleen minder eenzaam, maar werd ook een doctrine ontkracht volgens welke hij om een massa redenen in een peilloos, afschuwelijk Boschiaans hellerijk zou zijn beland, in plaats van in zijn smokingjasje en Westminster-das te mogen rondzweven boven Cambridge en onze capriolen met beduusde afstandelijkheid gade te slaan. In dezelfde trant vermoed ik dat mijn moeders geest, geveld op de vooravond van haar bruiloft, voor haar een huwelijksideaal belichaamde dat des te verlokkelijk was doordat het voor eeuwig was geconserveerd in het barnsteen van zijn aanstaande voltrekking.

Net als ik was Gaye atheïst. Volgens zijn eigen relaas dateerde zijn strijd met God van heel vroeg in zijn kindertijd. Volgens onze godsdienstige opvoeding werd God geacht een entiteit te zijn die dierlijk noch menselijk was, noch enige combinatie van die twee. En God was evenmin een plant. Die entiteit werd geacht te bestaan, zoals u of ik of de zon of de maan bestaan, maar niet zoals King Lear of Little Dorrit of Anna Karenina bestaan. En hij werd geacht een geest te hebben die niet veel verschilde van onze eigen geest maar meer omvatte, omdat daarmee hij en ik en al het andere in het universum was geschapen.

Gaye geloofde daar allemaal niets van. Ik ook niet. Ik heb nooit begrepen hoe iemand bij zijn volle verstand zoiets kan geloven. Het lijdt geen twijfel dat over honderd jaar alleen nog de meest primitieve volkeren de christelijke God zullen vereren, en dan zal ons ongeloof gerehabiliteerd worden.

Merkwaardig genoeg stond men in Cambridge heel afwijzend tegenover atheïsme, ondanks de veronderstelde vrijzinnigheid die er heerste. Zelfs onder de Apostelen waren er maar weinigen die ervoor uitkwamen atheïst te zijn. De broeders probeerden voortdurend hun religieuze scepsis in vage, 'emotionele' uiteenzettingen over 'God' en 'het paradijs' te verpakken. Die fluim McTaggart, bijvoorbeeld, met zijn knusse kleine Trinity College als hemel, en al die aartsengel-studenten die sodomie met elkaar bedreven terwijl serafijnen en cherubijnen kopjes thee serveerden. Of Russell, die zich ook een universum als Trinity voorstelde – afstandelijk, aanmatigend, volslagen inefficiënt. Hij was de mening toegedaan dat wat ertoe deed bij godsdienst niet het specifieke dogma was maar de gevoelens die aan het geloof ten grondslag lagen: gevoelens, in zijn woorden, 'zo diep en zo intuïtief dat ze onbekend blijven voor degenen wier leven erop gebouwd is.'

Zoals u ongetwijfeld al zult hebben geraden moet ik niets hebben van al die pogingen om de klerikalen te paaien. Christelijke devotie van elk soort is een gruwel voor het intellect, volgens mij. Ik geloof ook niet dat Ramanujan erg devoot was, in weerwil van alle nonsens die hij over de godin Namagiri uitkraamde en zo. Hij zei gewoon wat hem bij zijn opvoeding was geleerd, en als hij er al in geloofde, dan deed hij dat zoals ik in Gayes geest geloofde.

Wat ik nooit helemaal heb kunnen doorgronden is hoe God net zo werkelijk voor de ongelovige kan worden als voor de gelovige. Laat me een voorbeeld geven. In de lente van 1903, op een zonnige middag tijdens de opening van het cricketseizoen, ging ik naar Fenner's om naar een wedstrijd te kijken. Ik was in een goed humeur. Die dag scheen de wereld me lieflijk en weldadig toe, iets wat me maar zelden overkomt. Ik had echter nog maar net mijn plaats ingenomen of het begon te stortregenen. Ik had natuurlijk geen paraplu meegenomen. Verwensingen schoten door mijn hoofd en ik ging terug naar huis om me om te kleden.

De middag van de volgende wedstrijd was het net zulk mooi weer. Die keer besloot ik echter om op alles voorbereid te zijn. Ik nam niet alleen een paraplu mee – een enorme, geleend van Gertrude – maar trok ook een regenjas en overschoenen aan. En wat dacht u? De zon scheen de hele dag.

De middag van de derde wedstrijd gokte ik erop om de paraplu thuis te laten. Het regende weer.

De middag van de vierde wedstrijd nam ik niet alleen de paraplu, de regenjas en de overschoenen mee, maar ook nog drie truien, een dissertatie en een verhandeling die me door het Londens Wiskundig Genootschap was gevraagd te beoordelen. Voor ik vertrok zei ik tegen mijn werkster: 'Ik hoop maar dat het vandaag regent, want dan kan ik nog wat werken.' Die keer regende het niet en kon ik de hele middag naar het cricket kijken.

Vanaf die dag duidde ik de paraplu, de truien en het papierwerk aan als mijn 'God-afweergeschut'. De paraplu was daarbij met name belangrijk voor me. Om hem niet aan Gertrude terug te hoeven geven kocht ik een nieuwe voor haar, met haar initialen in het handvat gegraveerd.

Meestal won ik bij dat spelletje van God, maar soms won God van mij.

Zo zat ik eens 's zomers in de zon op Fenner's met mijn gebruikelijke arsenaal van truien en werk van het spel te genieten, toen de batsman ineens zijn bat neergooide en tegen de umpires klaagde dat hij het niet goed kon zien. Door een of andere weerkaatsing scheen er een verblindend licht in zijn ogen. De umpires zochten naar de oorzaak van het blikkerende licht. Glas? Er waren geen ramen aan die kant van het veld. Een automobiel? Geen weg.

Toen zag ik het: aan de zijlijn stond een gezette predikant met een kolossaal kruis dat rond zijn hals hing. Het zonlicht weerkaatste van het kruis. Ik vestigde de aandacht van een umpire op de wanstaltige versiering en de predikant werd heel beleefd gevraagd het kruis af te doen.

Die predikant: ik weet nog dat hij, ook al voldeed hij uiteindelijk aan het verzoek van de umpire, eerst een tijdje moest protesteren en redetwisten en ontkennen. Hij was niet van plan om zonder slag of stoot afstand van zijn kruis te doen. Uiteraard had hij een enorm achterste. Hij behoorde tot die categorie mannen die ik 'de dikkonten' noem, waarmee ik iets bedoel dat even spiritueel als lichamelijk is: een zekere zelfgenoegzaamheid die komt doordat je plaats in de wereld voortdurend wordt bevestigd. Doordat je nooit strijd hoeft te leveren of het gevoel hebt dat je een buitenbeentje bent.

Ik kan die uitdrukking niet op mijn eigen conto schrijven. Hij zwerft al sinds de achttiende eeuw rond op Trinity, en mij is verteld dat hij kan worden teruggevoerd op een geoloog die Sedgwick heette. 'Niemand,' zo heeft hij volgens de overlevering opgemerkt, 'heeft ooit succes in deze wereld geboekt zonder een dikke kont.'

De wereld is natuurlijk, nu en vroeger ook al, afgeladen met dikkontige wiskundigen, van wie de meesten beweren dat ze in God geloven. En hoe, heb ik me vaak afgevraagd, verenigen ze hun geloof dan met hun werk? De meesten proberen het niet eens. Ze bergen godsdienst gewoon op in de ene la en wiskunde in de andere. Dingen wegbergen in verschillende lades en niet nadenken over de tegenstrijdigheden is een klassiek trekje van de dikkonten.

Sommige wiskundigen zijn echter niet tevreden met die oplossing. Zij zijn in veel opzichten nog ergerlijker omdat ze wiskunde in termen van godsdienst proberen te verklaren, als een aspect van wat ze 'Gods magnifieke ontwerp' noemen. Volgens hen kan elke wetenschappelijke theorie samengaan met christendom omdat ze onderdeel is van een goddelijk plan. Zelfs Darwins ideeën over de evolutie, waarmee het bestaan van God schijnt te worden geloochend, kunnen in een doctrine worden gezwachteld waarbij God in de oersoep staat te roeren en met elke haal van zijn toverlepel het proces van mutatie en natuurlijke selectie initieert. En dan heb je nog de verhandelingen die de dikkonten zich om een of andere reden voortdurend genoopt schijnen te zien mij toe te zenden en waarin ze met ontologische godsbewijzen aankomen. Die gooi ik in de prullenbak, want al die pogingen om wiskunde tot een onderdeel van God te maken horen bij de pogingen om wiskunde núttig te maken, zo niet voor de staat dan wel voor de kerk. En dat kan ik niet dulden.

Slechts één keer in mijn leven, kan ik trots melden, heb ik een bijdrage aan de toegepaste wetenschap geleverd. Jaren geleden, voor Punnett en ik met elkaar gingen tennissen, speelden we altijd cricket. Op een middag na de wedstrijd vroeg hij of ik hem kon helpen met een probleem betreffende Mendel en diens erfelijkheidsleer. Een geneticus met de ongelukkige naam Udny Yule (de oorlog zou ons later tot vijanden maken) had een verhandeling gepubliceerd waarin hij aanvoerde dat indien dominante genen het altijd wonnen van recessieve, zoals Mendel had gesteld, na verloop van tijd een aandoening genaamd brachydactyly – die tot verkorte vingers en tenen leidde en door een dominant gen werd teweeggebracht – zich zou verbreiden tot de verhouding van mensen met en mensen zonder de kwaal drie op één zou bedragen. Ofschoon dat duidelijk niet zo was, wist Punnett niet hoe hij dat betoog kon weerleggen. Ik zag de oplossing echter meteen en schreef er een brief over aan het blad *Science*.

'Ik meng mij slechts schoorvoetend in een debat over kwesties waarin ik niet deskundig ben,' schreef ik, 'en ik had eigenlijk verwacht dat het eenvoudige argument dat ik hierbij wil aanvoeren bekend zou zijn bij biologen.' Dat was het natuurlijk niet, ook al volstond 'een snufje rekenkunde à la de tafels van vermenigvuldiging' (zoals ik het formuleerde) om aan te tonen dat Yule ongelijk had en dat de verhouding in feite constant zou blijven.

Tot mijn verbazing werd ik door dat briefje beroemd in kringen van genetici. Weldra begonnen ze mijn simpele bewijsvoering aan te duiden met 'Hardy's Wet', wat me geneerde omdat ik nooit van mijn leven zoiets monolithisch als een *wet* naar me genoemd wenste te hebben, en ook omdat de wet in kwestie een theorie ondersteunde die even vaak is gebruikt om Gods bestaan aan te tonen als aan te vechten.

Niettemin had ik één reden om blij te zijn. In de loop van de jaren had ik veel afkeurende krantenartikelen gelezen over wat de artsen toen net 'homoseksualiteit' begonnen te noemen: men klaagde over de 'alom heersende neiging' die 'hand over hand toenam' en voorspelde dat het menselijk ras bij verdere 'verbreiding' gevaar liep uit te sterven. Naar mijn vaste overtuiging is het natuurlijk uitermate wenselijk dat het menselijk ras uitsterft; dat zou zowel voor de planeet als voor de vele andere species die hem bewonen zeer heilzaam zijn, maar de wiskundige in mij kon het ook niet helpen dat hij bezwaar had tegen de misvatting die aan de waarschuwing ten grondslag lag. Het was dezelfde misvatting die door Hardy's Wet was ontzenuwd. Net zoals er, indien Udny Yule het juist had, ten slotte meer mannen en vrouwen met brachydactyly dan met normale vingers en tenen zouden rondlopen, zouden geïnverteerden, als de artikelen het juist hadden, weldra talrijker zijn dan normale mannen en vrouwen. In werkelijkheid blijft die verhouding natuurlijk constant.

Dat alles is echter niet wezenlijk waar het om gaat, wat mijns inziens de essentie is, datgene wat Ramanujan beter begreep dan wij allemaal.

Als een wiskundige aan het werk is – als hij, zoals ik het zie, 'in zijn werk duikt' – treedt hij een wereld binnen die hem ondanks al haar abstracte aspecten veel echter voorkomt dan de wereld waarin hij eet en praat en slaapt. Hij heeft daar geen lichaam nodig. Het lichaam, met al zijn verlokkingen, is een handicap. Het was dwaas van me, begrijp ik nu, om de tripos aan O.B. uit te willen leggen. Analogieën zijn maar beperkt bruikbaar, en in de wiskunde duurt het niet lang voor je het punt bereikt waarop ze het af laten weten.

Dat was de wereld waarin Ramanujan en ik het gelukkigst waren

– een wereld die net zo ver afstond van godsdienst, oorlog, literatuur, seks en zelfs filosofie als van die koude kamer waarin ik onder
Webbs toezicht voor de tripos oefende. Sindsdien heb ik van wiskundigen gehoord die waren gevangengenomen omdat ze dissident
of pacifist waren en de zeldzame eenzaamheid die de gevangenis
hun bood heerlijk vonden. Voor hen was de gevangenis een vrijstelling van de hectiek om zichzelf te voeden en uit te dossen en om geld
te verdienen en uit te geven, een vrijstelling zelfs van het leven, dat
voor elke ware wiskundige niet is waar het om gaat maar waardoor
het mis gaat.

Een lei en wat krijt. Dat is alles wat u nodig hebt. Geen piano's of
vingerhoedjes of spijkers of steelpannen. Geen mokers. Zeker geen
bijbels. Een lei en wat krijt en die wereld – de echte wereld – ligt voor
u open.

6

*H*et is drie dagen na nieuwjaarsdag, 1914, en Alice Neville – vierentwintig jaar oud en net in Madras gearriveerd – zit in haar eentje in de eetzaal van Hotel Connemara, waar ze met een kraai strijd voert om een plak cake. Achter haar staat een kelner met tulband die met een verenwaaier naar de kraai slaat in een poging hem terug te drijven naar het raam waardoor hij naar binnen is gevlogen. Telkens als de kelner de kraai wegjaagt, schiet de vogel in spiraalvlucht naar het plafond om zich, zodra de man zich heeft omgedraaid, weer omlaag te storten op de cake. De kraai schijnt een jennerig plezier in het spel te hebben. De kelner ook; hij zwaait met zijn waaier alsof het een zwaard is. En Alice eveneens, al probeert ze niet te lachen. Niet ver van haar vandaan zitten drie Engelse dames aan een ronde tafel die veel te groot voor hen is. Ze dragen hoeden die zijn opgesierd met kunstige bloemstukken en fronsen afkeurend en bekommerd terwijl ze toekijken hoe Alice met de kelner en de kraai zit te ginnegappen. Dan vliegt er een tweede kraai door een van de hoge ramen die met de precisie van een zwaardvechter op hun tafel af schiet. Meteen springen ze alle drie gillend op. Ze zijn gekleed naar de mode van vijfentwintig jaar geleden, ziet Alice: een hoge taille ingesnoerd met een keurslijfje, een rok met een *queue de Paris* en de zoom een centimeter boven de schoenpunt. Alice daarentegen draagt een ruimvallende jadekleurige jurk die over de grond sleept. Platte schoenen. ('Hoge hakken zijn een ramp als je reist,' had haar tante Daisy tegen haar gezegd.) Geen keurslijfje of korset. Haar haar is nog nat van het bad. Ze heeft geen hoed op en – misschien nog het meest scandaleus van alles – ze zit alleen in een zaal waarin alle aanwezigen, met uitzondering van het trio dames, mannen zijn. Alice is een fatsoenlijker meisje dan ze voorgeeft: ze is bijvoorbeeld nooit met een andere man dan haar echtgenoot naar

136

bed geweest, en dat is ze ook niet van plan. Niettemin schept ze een zeker genoegen in wenkbrauwen die vanwege haar worden opgetrokken.

Ze steekt een sigaret in haar mond en de kelner buigt zich, voor ze het kan vragen, naar haar toe om haar vuur te geven. Zijn nabijheid veroorzaakt een lichte huivering van genoegen bij haar die ze niet tracht te verhullen. Per slot van rekening is de kelner knap en donker, gekleed in een wit gewaad met rode en gouden sjerpen. Zijn hoffelijkheid jegens haar zal het trio dames vast danig ontstemmen. Ze hebben Alice ongetwijfeld al als een 'nieuwe vrouw' gekwalificeerd, ook al is de 'nieuwe vrouw' tegenwoordig in Engeland allang niet nieuw meer. In feite is de benaming tamelijk ouderwets, maar als die dames al hun hele leven of het grootste deel ervan in Indië wonen, zoals ze vermoedt, dan kun je verwachten dat ze een beetje achterlopen. Misschien denken ze wel dat ze een avonturierster is die onderzoek doet voor een reisverhaal, zo iemand als de schrijfster die zich 'Israfel' noemt, wier boek over Indië opengeslagen op Alice' tafeltje ligt, naast de belegerde plak cake. Israfel schrijft vermomd als man. (Alice weet alleen dat ze een vrouw is van tante Daisy, die zich in dezelfde kringen beweegt als de pseudonieme schrijver.) Voor Israfel zijn de Brits-Indiërs verfoeilijke 'ivoren apen' met een teint als 'gerookte haring of gekookte zeetong'. De doorsnee koloniale vrouw 'heeft nooit iets gelezen, gehoord of gedacht, en in plaats dat ze door die paradijselijke staat van leegheid een wezen vol charme wordt, raakt ze alleen maar afgestompt.' Hoe lovend beschrijft Israfel daarentegen de Indische vrouwen 'in bonte sari's, met zilveren enkelbandjes die loom aan hun donkere benen rinkelen, zilveren knopjes in hun neus en glanzende, onbezielde, met kohl omrande ogen!' Israfel vergaapt zich aan een Indische danseres met 'klatergouden rokken die schitteren van namaakjuwelen'. Ze vraagt: 'Denkt u dat zij ooit valse ponykrulletjes en schoenen met hoge hakken zal dragen?'

Alice zou beslist nooit valse ponykrulletjes of schoenen met hoge hakken dragen. Net als tante Daisy is ze een voorstander van aangepaste kleding, want als een vrouw echt schoenen met hoge hakken zou dragen, hoe kon ze dan rondzwerven door Madras, wat Alice van plan is, en wat ze al zou hebben gedaan als de hoteldirecteur haar niet zo dringend had bezworen om in plaats daarvan een rit met een *gharry* te maken die werd gemend door een hotelbediende, een man die Govindran heette, net zo donker en schonkig als zijn paard? 'Het is niet veilig, een Engelse dame in haar eentje in Madras,' had de hotelier tegen haar gezegd, waarna hij haar had toevertrouwd aan Govindran – te lelijk en devoot, kennelijk, om enige bedreiging te vormen. En dus heeft ze Madras niet, zoals ze had gehoopt, in haar eentje en te voet verkend, maar in het gammele rijtuig van een oude man met een vuile tulband die – als ze zegt dat ze uit wil stappen om wat rond te kijken, om haar rokken, al was het maar even, door het stof van Indië te slepen – op de grond naast zijn voertuig hurkt en op een blad kauwt dat zijn weinige tanden rood kleurt. Govindran is haar vaste metgezel op deze reis, meer dan de kelner die haar tegen kraaien beschermt, zelfs meer dan Eric, die ze sinds hun aankomst nauwelijks heeft gezien. Als ze Govindran iets vraagt, knikt hij geen ja of nee maar wiebelt met zijn hoofd op een manier die het midden houdt tussen de twee. In zijn bijzijn heeft ze omhooggetuurd naar kolossale tempels bezaaid met een keur aan fijn geschilderde afgoden, paarden en olifanten in bas-reliëf. Met verbazingwekkend gemak en zelfs iets van apathie heeft hij haar voorbij de rappe, blootsvoetse riksja-wallahs geloodst (iedereen in Indië die iets doet is blijkbaar een wallah) en de groepjes bedelaarskinderen afgeweerd die naar alles in het rijtuig graaien wat ze te pakken kunnen krijgen, en is hij door massa's mensen en koeien gekliefd – die laatste doorgaans kleurrijker versierd dan de eersten – alsof hij Mozes was die de Rode Zee spleet. Eén keer heeft hij halt gehouden en keken ze toe hoe een koe, getooid met sieraden en bellen en aan een paal gebonden, onverstoorbaar haar hooi stond te kauwen. Uit haar achterste vielen lustig grassige mestklodders, tussen haar poten kletterde een adembenemend scherp riekende urinestroom in het stof. Overal in Madras liggen koeienvlaaien waar je voorzichtig om heen moet stappen, en poelen koeienpis die volgens Eric door de plaatselijke bevolking met melk wordt gemengd en gedronken.

Wat Eric betreft, die is de hele dag weg om colleges te geven in het senaatsgebouw van de universiteit. Zoals de meeste Britse gebouwen in Madras is dat immens, opzichtig en, naar Alice' mening, lelijk zoals alleen Victoriaanse architectuur dat kan zijn. Hoeveel dierbaarder zijn haar niet de smalle straten van Triplicane, de Parthasarathy Temple met zijn afgoden als taartversieringen en de lage huizen met voordeuren waarboven geknakte kruisen zijn geschilderd om geluk te brengen! Swastika's heten ze. Dit is de wijk, weet ze, waar Ramanujan woont, misschien wel achter een van die met een swastika gemarkeerde deuren. Het senaatsgebouw, anderzijds, is een Victoriaans allegaartje waarin Italiaansachtige torenspitsen zijn gecombineerd met uivormige koepels en onvermijdelijke minaretten. De muren zijn van solide Britse rode baksteen, en ook al ziet Alice hier en daar iets wat naar de Indo-Arabische cultuur verwijst – in de imposante aula zijn de stenen pilaren net als de voorgevels van tempels met beeldhouwwerk van afgoden en dieren gedecoreerd – toch komt het uiteindelijke effect neer op dat van de zitkamer van haar grootvader, waarin op de Indische kleden die hij na zijn ambtsperiode in Jaipur mee naar huis had gesleept een ratjetoe aan taboeretjes en met pluche overtrokken haardschermen en logge kasten vol Worcester-servies stonden. Die kamer was volgestouwd met aardewerken potten en draperieën met franje en kanten antimakassars die gelig gevlekt waren door jaren van haarolie. Uit het behang met een dessin van driekleurige viooltjes wasemde een vage maar persistente geur van gekookt rundvlees. In haar dagboek had Alice geschreven: 'De zitkamer van mijn grootouders was illustratief voor het Britse kolonialisme: de exotische roofbuit getemperd en van zijn uitheemsheid ontdaan door wat er bovenop werd getast.' Ze heeft ambitie om te gaan schrijven. Ze heeft ambitie om een tweede Israfel te worden.

Eindelijk lijken de kelners de kraaien uit de eetzaal te hebben verjaagd. (Waarom hangen ze niet gewoon kralengordijnen op in het hotel?) De Brits-Indische dames staan onzeker bij hun tafel; het schijnt dat er in alle commotie een theekopje is omgestoten en nu wordt de tafel door diverse kelners opnieuw gedekt met schoon laken en tafelzilver. Zo te zien zijn twee van de dames achter in de vijftig, maar de derde is van Alice' leeftijd of misschien nog jonger. Helaas is haar gelaatsuitdrukking niet minder vitterig dan die van haar gezelschap. Ze spiedt met onverholen minachting door haar bril naar Alice, die daarop reageert door onverschrokken iets te drinken te bestellen. De kelner die ze nu als de hare beschouwt brengt haar een glas met geel vruchtensap en ijsblokjes.

Ondanks het feit dat het januari is, ondanks de waaiers en de open ramen, is de lucht verstikkend. Ze neemt een slok; er glijdt iets geleiachtigs door haar keel, tegelijk zerp en haast ondraaglijk zoet. Op Alice en de dames na is de eetzaal zo goed als leeg, wat niet echt verwonderlijk is. Wie zou immers de middagthee willen gebruiken in zulk drukkend weer? Van de weinige mannen die hier en daar in de zaal hun krant zitten te lezen drinkt er niet één thee. Alleen de dames drinken thee. Ze besmeren crumpets met boter. 'Sommige vrouwen kleden zich niet aan maar pakken zich in,' heeft Israfel geschreven. Alice' buren zijn, in Israfels woorden, 'op zodanige wijze ingepakt dat de knecht boven op het deksel moet gaan zitten om de hutkoffers dicht te krijgen.' Ze eten vast vis en gebraden schapenvlees bij het diner. Gisteravond had zij zelf aan de kok gevraagd een inheems gerecht voor haar en Eric te bereiden – 'wat de plaatselijke bevolking eet' was hoe ze het had geformuleerd – maar de kok, door wiens donkere huid ze had verondersteld dat hij Indisch was, bleek een Italiaan te zijn, en dus kregen ze spaghetti geserveerd.

Uit de handtas die naast haar stoel staat haalt Alice een vel papier en een pen. Ze hoopt dat haar buren zullen denken dat ze een hoofdstuk van haar reisboek schrijft, een hoofdstuk over hén, terwijl het in feite gewoon een brief aan een kennis is, een vrouwelijke kennis.

Beste mejuffrouw Hardy,
Naar alle waarschijnlijkheid heeft mijn man al contact
gehad met uw broer. Niettemin hoop ik dat u er geen
bezwaar tegen zult hebben dat ik u schrijf om u persoonlijk op de hoogte te brengen van onze veilige aankomst
in Madras. Ofschoon de tijd die u en ik in de weken voor

mijn vertrek met elkaar hebben doorgebracht kort was, kan ik u verzekeren dat ik al bij onze eerste ontmoeting meteen een zusterlijke genegenheid voor u voelde.

Is dat te overdreven? De waarheid is dat ze zich op het eerste gezicht door Gertrude uit haar doen gebracht voelde, zoals ze daar zat, met haar benen over de armleuning van de rotan fauteuil van haar broer, haar donkere rok over haar knieën getrokken en een witte kat op schoot. Ze zat te roken, met nonchalant aplomb rookringen naar het plafond te blazen. Haar lange haar was in aparte strengen gevlochten en werd door een complex, efficiënt stelsel van spelden op zijn plaats gehouden. Toen Hardy hen aan elkaar voorstelde – 'Mevrouw Neville, meneer Neville, mijn zus, mejuffrouw Hardy' – kwam Gertrude overeind en ging staan, nog magerder dan haar broer en iets groter. Een en al botten. Dun genoeg om Alice een gevoel van gêne te geven om haar niet door een korset ingetoomde heupen, de lichte bolling van haar buik, haar onbetamelijk uitpuilende borsten. Maar wat het onrustbarendst aan Gertrude was – het trof Alice toen pas – was haar linkeroog. Het bewoog niet mee met het rechter.

Ik hoop dat u geen aanstoot zult nemen aan mijn vrijpostigheid, noch er bezwaar tegen zult hebben als ik u tijdens mijn verblijf hier bij gelegenheid schrijf over aspecten van ons avontuur die wellicht aan mijn mans aandacht ontsnappen. Wiskundigen zijn briljanter dan de meeste andere mensen, maar moge de hemel ons bijstaan indien de heer Baedeker hun zou vragen zijn gidsen te schrijven!

Een goede zin. Maar zal Gertrude dat ook vinden? Gertrude, weet ze, schrijft verzen. Bijtende, puntige verzen. Verzen waaruit een zeker – nou, ambivalent gevoel spreekt over haar leven als lerares kunstzinnige vorming op een provinciale meisjesschool:

Er is een meisje dat ik niet kan velen.
Haar naam? Die zal ik niet met u delen.
Want mocht ik ooit haar ouders treffen,
Pas dan zal ik mijn stem verheffen!

Ze zegt: 'Rekenen heb ik nooit gekund,
En ook mijn pappa was het niet gegund!'
Ik zeg nog net niet: 'Je bent een sul,
Net als je pappa, ook zo'n onbenul!'

Toen Gertrude die verzen liet zien, gepubliceerd in haar school-krant, glimlachte Alice flauwtjes. Hoe kon ze toegeven dat zijzelf ook nooit kon rekenen? Zij, de vrouw van een wiskundige? Alice denkt dat Gertrude in het begin niets van haar moest hebben omdat ze alles was wat Gertrude niet was: vrouwelijk, vruchtbaar, bemind door een man van wie ze zelf ook hield. Of misschien moest Gertru-de niets van haar hebben omdat ze veronderstelde dat Alice vast niets van de provinciaalse bonenstaak Gertrude moest hebben. Dat zou belachelijk zijn geweest. De waarheid is dat Alice vanaf het begin alleen maar bewondering voor Gertrude heeft gekoesterd, om haar scherpzinnigheid, haar humor die zowel onderkoeld als venij-nig is. Hier had je een vrouw die, net als Israfel, domme mensen niet kon uitstaan, een vrouw zo dun als een uitroepteken en even empa-thisch. Er viel wel iets te zeggen voor onzichtbaarheid: Gertrude kon de wereld observeren vanuit de veilige beschutting van hoekjes waar Alice met haar brede heupen met geen mogelijkheid ooit in zou passen.

Tot mijn spijt moet ik zeggen dat ik nog niet het genoegen heb gehad om kennis te maken met de heer Ramanujan, maar mijn man heeft vandaag een afspraak met hem. Ik vermoed dat de heer Ramanujan dan ook de reden is waarom mijn man zo laat terug is voor het avondeten in het hotel!

Is dat hardvochtig, om Gertrude te herinneren aan wat ze nooit zal hebben maar wat zijzelf, Alice, wel heeft? Of juister gezegd, wat Gertrude heeft verkozen nooit te hebben? Want als ze een oude vrijster is, dan is ze dat hoofdzakelijk uit eigen vrije wil, meent Alice. Net als haar broer vindt Gertrude zichzelf veel lelijker dan ze in werkelijkheid is, en misschien is dat de reden waarom ze geen werk in Londen heeft gezocht maar ervoor heeft gekozen om geïsoleerd te midden van leerlingen te wonen die ze, als het meisje in het vers exemplarisch is, grondig verafschuwt:

> 'Voor mijn dictee heb ik een min-twee,
> En werkwoorden, daar kan ik ook niks mee.
> De toekomende tijd van *rego*
> Schrijf ik altijd als *regebo*.'

Haar broer is al net zo raar. Een paar maanden voor zij en Eric zich inscheepten naar Indië, was hij bij hen thuis op de thee geweest, samen met Littlewood: twee knappe mannen, beiden klein van postuur, de ene blond en de andere donker. Ze gedroegen zich als een getrouwd stel, had ze later tegen Eric opmerkt, en maakten elkaars zinnen af. 'Zeg dat nooit tegen Littlewood!' had Eric geantwoord.

Gedurende de hele theevisite had Hardy haar genegeerd. Hij deed haar nog het meest van alles denken aan een eekhoorn, waakzaam en bedrijvig en schuw, allemaal tegelijk. Hij sprak alleen met Eric en alleen over de Indiër, die naar hij beweerde een tweede Newton zou kunnen zijn. Littlewood deed tenminste nog zijn best. Hij had gezegd dat hij het William Morris-behang 'heel esthetisch' vond en haar gecomplimenteerd met haar jurk en gezegd dat ze op de reis van onschatbare waarde zou zijn voor haar man.

> Doe uw broer alstublieft mijn hartelijke groeten en laat
> hij ervan verzekerd zijn dat mijn man en ik alles in het
> werk zullen stellen om de heer Ramanujan over te halen
> naar Cambridge te komen. Dat gezegd zijnde meen ik

dat ik aan u, mejuffrouw Hardy, kan opbiechten hoezeer dat vooruitzicht me stoort. Net als u en uw broer beschouw ik mezelf niet als christen, in enige puriteinse zin, maar geeft ons besluit om buiten de perken van de georganiseerde godsdienst te leven ons ook het recht om andermans vroomheid als overbodig en onzinnig te bejegenen?

Als om haar te straffen slaat een kerkklok vijf uur. Nu is Eric toch echt laat. Hoewel de schemering nog moet vallen wordt het licht dat door de ramen schijnt diffuser. Ze ziet dat de mannen met de kranten aanstalten maken om op te stappen. De dames met hun kunstige hoeden zijn met hun handtassen in de weer en bereiden zich ongetwijfeld voor op hun terugkeer naar echtgenoten die in afwachting zijn van het avondmaal. En ineens beseft Alice dat zij de enig overgebleven klant in de grote zaal zal zijn zodra de dames weg zijn. De kelners zullen nooit hun ongeduld laten blijken en haar vuur blijven geven voor haar sigaretten; ze zullen doen alsof het hun niets uitmaakt dat zij alleen hen ervan weerhoudt om verder te gaan met hun werk, hen ervan weerhoudt om de theekopjes en lepeltjes te vervangen door vismessen en vorken en etensborden: de eindeloze wisseling van tafelgerei die duidt op de voortgang van ochtend naar middag naar avond, dag na dag... Iets om over te schrijven? Haar glas is nu goeddeels leeg. Wat er over is van de zerpe, zoete drank is door het gesmolten ijs lichtgeel geworden. Ze kijkt op haar horloge en ziet dat Eric een uur te laat is.

Die middag in Cambridge, toen ze gevieren bij Hardy thuis zaten – Hardy, Gertrude, Eric en zijzelf – had Hardy iets gezegd wat haar van haar à propos bracht. Dat was vlak voor het gesprek overging op het stemrecht. Eric zat over de Oostenrijker Wittgenstein te praten, dat die had gezegd dat hij het graag wilde weten als van iets kon worden bewezen dat het nóóit kon worden bewezen. 'Wat vind jij daarvan?' vroeg Eric aan Hardy. En Hardy antwoordde: 'Ik ben blij met elk bewijs. Als ik logischerwijs zou kunnen bewijzen dat jij over vijf minuten dood bent, dan zou ik het vreselijk vinden dat je dood-

ging, maar mijn verdriet zou zeer worden verzacht door mijn genoegen in het bewijs.'

Daarna was het even stil geweest, en toen moesten ze allemaal
lachen. Gertrude zat weer zijwaarts in de rotan fauteuil en lachte zo
hard dat de kat van haar schoot sprong.

> 'Maar ja, mijn ouders kunnen niet schrijven,
> En enkel maar in hun moerstaal kijven.'
> Lieve meid, waren ze beiden jong overleden,
> Dan hadden we dit jammerlijk fiasco vermeden!

Waar blijft Eric nou? Is hij overreden door een *gharry*? Ligt hij ergens
buiten bewustzijn in een ziekenhuis? Dan zouden de Brits-Indische
dames hulp kunnen bieden. Die kennen vast wel artsen, hoge ambtenaren. Maar ze zijn weg. Ze is alleen met de kelners. Ze kijkt
omhoog naar het plafond en ziet nog een kraai, die achten vliegt over
de balustrades. Er schiet haar een zinnetje van Israfel te binnen – 'de
vleesgeworden geest van de dans' – en dan maakt de kraai met een
soort boosaardige sierlijkheid een duikvlucht en scheert over haar
tafeltje. Daarbij valt haar glas om zodat het gelige vocht uitloopt over
de brief die ze zit te schrijven, over het boek en het tafellaken, en dan
in haar schoot drupt.

Onmiddellijk is de kelner terug met zijn waaier. Terwijl hij naar
de kraai mept komt een van zijn collega's de gemorste drank dep-
pen, hoofdschuddend verontschuldigingen mompelend. Voor het
eerst merkt ze zijn rode tanden op. 'Het geeft niet, niks aan de hand,'
zegt ze terwijl ze onzeker opstaat en boven haar, buiten bereik, de
kraai op en neer en rondzwiert.

Kijkt de vogel haar aan? Wil hij iets van haar? Op weg naar huis
na het bezoek aan Hardy had ze Eric naar Gertrudes starre linkeroog
gevraagd, en hij had geantwoord: 'Het is van glas. Een ongeluk toen
ze klein was, heb ik gehoord. En dan te bedenken dat ze ontzettend
aan hem gehecht is!'

Het vruchtensap heeft een grote vlek op haar jurk gemaakt. Hem
waarschijnlijk geruïneerd. Ze wil huilen of het uitschreeuwen, want

de waarheid is dat ze geen avonturierster is, alleen maar een jonge vrouw in een vreemde stad die nooit door de ongeplaveide stegen van Triplicane zal zwerven, nooit een inheems gerecht zal proeven, zelfs nooit dapper genoeg zal zijn om uit het waakzame zicht van Govindran te dwalen. Ze mist tante Daisy. Ze mist haar man. Ze mist een pop die ze als kind had.

Alice loopt weg van het tafeltje. Het is tijd om terug te gaan naar haar kamer, om zich te verkleden, om te proberen Israfel te redden. En toch wil ze nog niet terug naar haar kamer. Ze wil blijven waar ze is, bij de kelners in hun prachtige gewaden. Eric komt binnengestormd, en ze hoort hem amper als hij de weergalmende ruimte met zijn verontschuldigingen vult, met zijn enthousiasme, met de details van zijn ontmoeting met de Indiër; hij kan zich niet inhouden, de woorden tuimelen over elkaar heen. Ze pakt zijn hand beet als hij haar bij haar middel wil pakken en wijst naar het plafond. 'Moet je die kraai zien,' zegt ze. En hij kijkt omhoog.

'Hoe is die hier binnen gekomen?' vraagt hij. 'En wat is er met je jurk gebeurd?'

'Niks aan de hand,' zegt ze. Ze wil lachen zoals Gertrude lachte. Hand in hand lopen ze de eetzaal uit. Eric vertelt over de Indiër en Alice moet terugdenken aan dat moment waarop Hardy door de kamer liep en een van Gertrudes ogen hem volgde terwijl het andere op een buste op de schoorsteenmantel gericht bleef, zo strak en doordringend starend dat je had kunnen zweren dat het kon zien.

7

19 januari 1914
Hotel Connemara
Madras

Mijn beste mejuffrouw Hardy,

Duizendmaal dank voor uw vriendelijke reactie op mijn vorige brief, die net gisteren is aangekomen. Het doet me erg veel genoegen om te vernemen dat u goed herstelt van uw verkoudheid en ik hoop dat u, terwijl ik dit schrijf, geen last zult ondervinden van enige naweeën ervan. Evenzeer dank ik uw broer voor zijn vriendelijke groeten. Laat u hem alstublieft weten dat mijn man en ik er erg naar uitzien om hem na onze terugkeer in Engeland te spreken.

Ik ben bijzonder verheugd om te horen dat ik u heb weten te interesseren in de werken van Israfel; haar boek *Ivory Apes and Peacocks* heeft zoveel voor me betekend op deze reis. Ik hoop van harte dat u er evenveel plezier aan zult beleven als het mij heeft verschaft. Ik kan u helaas weinig over de ware identiteit van de auteur vertellen, behalve dat ze, ondanks de mannelijke *nom de plume*, in werkelijkheid een vrouw is. Mijn tante Daisy heeft haar eens kortstondig ontmoet, maar uit respect voor de wens van de schrijfster om anoniem te blijven heeft ze haar echte naam zelfs niet aan mij willen verklappen. Ik weet wel dat ze 'muzikaal' is en dat ze, naast andere werken, een serie 'muzikale fantasia' heeft gecomponeerd met portretten van onder anderen Paderewski, De Pachmann en Isaye. Gaat u vaak naar concerten? Misschien zouden we in een weekend dat we beiden in Londen zijn eens samen kunnen gaan. Het is jammer dat uw broer zo weinig belangstelling voor muziek toont. Men kan slechts hopen dat de heer Littlewood in dit opzicht een positieve invloed op hem zal blijken te hebben!

Door naar andere kwesties: ik weet dat mijn man de heer Hardy heeft geschreven om hem in te lichten over zijn ontmoetingen met het Indische genie Ramanujan. Van de vier besprekingen die tot dusver hebben plaatsgevonden, heb ik het voorrecht gehad er twee bij te wonen. De heer Ramanujan is klein maar stevig van gestalte, met een huid die minder donker is dan bij de meesten van zijn landgenoten, zij het uiteraard tamelijk zwart naar onze maatstaven. Zijn gezicht is rond, met wenkbrauwen laag boven zijn ogen, een brede, plompe neus en een smalle mond. Zijn ogen zijn frappant en donker – er zou een Israfel voor nodig zijn om ze te beschrijven. Zijn voorhoofd is kaalgeschoren en de rest van zijn haar is van achteren bijeengebonden in een soort staartje dat bekend staat als een *kudimi*. Hij kleedt zich op traditionele wijze, in een lang hemd en *dhoti*. Hij draagt geen schoenen, alleen de meest inferieure sandalen.

Zodra mijn man en ik met de heer Ramanujan hadden plaatsgenomen om de Indische thee te gebruiken, vervloog gelukkig elk bang voorgevoel dat zijn uiterlijke verschijning bij ons had kunnen oproepen. Zelden heb ik een man met zo'n gratie, charme, ingetogenheid en fijngevoelige manier van optreden ontmoet. Zijn Engels, hoewel enigszins getekend door het accent van zijn moedertaal, is vloeiend, zijn vocabulaire veel uitgebreider en nauwkeuriger dan dat van de doorsnee Britse arbeider. En ook al kan hij in het begin wat verlegen overkomen, zodra hij zich in gezelschap op zijn gemak voelt, gaan de sluizen open en blijkt hij een uiterst onderhoudende causeur te zijn.

Onze eerste ontmoeting vond plaats in de eetzaal van het senaatsgebouw van de universiteit – een gebouw, zou ik eraan toe kunnen voegen, mejuffrouw Hardy, van onvergelijkelijke lelijkheid. Mijn man bracht het gesprek op gang door de heer Ramanujan te vragen ons iets over zijn opleiding te vertellen. Een relaas vol frustratie, ontgoocheling en onrechtvaardigheid stroomde over zijn lippen. Hij komt uit een familie van hoge kaste maar weinig geld, en is opgegroeid in het stadje Kumbakonam, ten zuiden van Madras, in een armoedig huisje in een straat met de opmerkelijke naam Sarangapani Sannidhi. Hij is de oudste van drie zonen. De vader is boekhouder; uit het weinige dat de heer Ramanujan over hem heeft gezegd, begrepen we dat hij een zeer bescheiden, haast onbeduidend persoon is.

Voor zijn moeder daarentegen had hij slechts de hoogste lof. Hij legde uit dat ze, ondanks het feit dat ze slechts een zeer elementaire opleiding had genoten (een gebruikelijke misstand voor Indische vrouwen, zou ik eraan toe kunnen voegen), vanaf het begin zijn talenten intuïtief op hun juiste waarde had geschat en alles in het werk had gesteld om ze te cultiveren. Dat wil zeggen, ofschoon ze hem niet daadwerkelijk hulp kon bieden bij zijn studie, zorgde ze ervoor dat het stil was in huis als hij aan het werk was, dat zijn lievelingseten klaarstond enzovoort. Ze is ook, vertelde hij, een begaafd astrologe, en van jongs af aan had ze hem voorgehouden dat ze zijn horoscoop had getrokken en dat daaruit was gebleken dat hij tot grote daden was voorbestemd.

Helaas toonden zijn leraren niet zo'n consideratie! Misschien zijn waarlijk oorspronkelijke geesten altijd gedoemd om verkeerdelijk bejegend te worden. In het geval van de heer Ramanujan werd zijn verbijsterende talent vrijwel geheel genegeerd. Dat kwam deels doordat zijn passie voor wiskunde er bij hem al vanaf zijn eerste schooljaren toe leidde dat hij geringe aandacht besteedde aan de andere vakken waarin hij enige vaardigheid diende te demonstreren, met als gevolg dat hij het er bij de examens minder goed van afbracht dan nodig was voor het vlot doorlopen van de school.

Er was één verhaal dat hij vertelde dat me bijzonder trof. Bij wijze van wiskundeprijs kreeg hij eens een dichtbundel van Wordsworth. Dat boek, dat ieder van ons aan het hart zou hebben gedrukt, deed hem niets. Zijn moeder echter koesterde de bundel als een schat, en tot op de dag van vandaag heeft het boek een prominente plaats in het kleine huisje dat hij met haar, zijn broers, zijn grootmoeder en zijn vrouw deelt, in een armoedig onverhard steegje genaamd Hanumantharayan Koil.

Onfortuinlijk genoeg was die triomf een uitzondering in een schoolcarrière die eerder werd getekend door ontmoediging en mislukking dan door ondersteuning en succes. Nadat hij zijn tijd had uitgezeten op wat hier de 'middelbare school' wordt genoemd, werden de heer Ramanujan studiebeurzen toegekend, eerst voor het Government College in Kumbakonam en later voor Pachaiyappa's College in Madras. Beide keren werd hij zo totaal in beslag genomen door zijn eigen wiskundige onderzoeken dat hij zijn andere vakken verwaarloosde, met als gevolg dat hij zakte voor examens en zijn studiebeurzen verspeelde. Tegen die tijd was zijn exploratie van het wiskundige universum het enige wat voor hem telde.

Hij was nu stuurloos. Hij was uitgespuwd door het onderwijssysteem en aan zijn lot overgelaten in het huisje van zijn moeder in Sarangapani Sannidhi, zonder middelen van bestaan, inkomsten of vooruitzichten. Hoe, zult u wellicht vragen, bewaarde hij daarbij zijn gevoel van eigenwaarde? Waaruit putte hij het vertrouwen om door te zetten terwijl hij door elke overheidsinstantie was opgegeven? Dat was de volgende vraag die mijn man hem stelde.

De heer Ramanujan steunde met zijn hoofd op zijn hand en dacht even na. Toen keek hij mijn man recht aan en verklaarde dat hij geen eenvoudig antwoord kon geven. Er waren momenten, zei hij, dat zijn vertwijfeling zo hevig werd dat hij serieus overwoog om helemaal op te houden met wiskunde. Bij een of twee gelegenheden drong de gedachte aan zelfmoord zich bij hem op, maar daarna ontstak hij in toorn op de instellingen die hem als nietswaardig hadden bestempeld en werd hij ineens overstelpt door de aandrang om hun ongelijk aan te tonen.

Helaas sijpelde de energie die door dergelijke woede-uitbarstingen werd gewekt steeds na een paar dagen weer weg. Crucialer voor zijn doorzettingsvermogen was de niet aflatende steun van zijn moeder, die hem in zijn onderzoek naar zaken die haar begrip ver te boven gingen schraagde met haar vertrouwen en bijstand.

Er was nog een andere oorzaak voor zijn volharding in die magere, ongelukkige jaren, en dat was deze: hij bleef, simpelweg, bezeten van getallen. Als beursstudent had ook zijn wiskundestudie hem niet altijd kunnen bevredigen, omdat hij was gedwongen gebaande paden te bewandelen en zijn vruchtbare verbeelding op saaie oefeningen en het onderzoek van gebieden die hem weinig interesseerden te richten. Nu hij echter los van de academische wereld stond, kon hij doen wat hij wilde. Hij was niet langer gebonden aan onderwijsstelsels waarin hij net zomin geloofde als zij in hem. Hij mocht zijn dagen doorbrengen zoals het hem uitkwam: zittend op de veranda van het huis waarin hij zijn jeugd had doorgebracht, werkend aan formules en vergelijkingen op zijn lei (hij kon zich geen papier veroorloven), dromend en zijn inventiviteit botvierend. Hij vertelde me dat zijn vrienden vaak de spot met hem dreven om zijn zwarte elleboog; het duurde te lang, zei hij, om de lei met een doek schoon te vegen, dus gebruikte hij zijn elleboog!

Ik voel me genoopt om u nu duidelijk te maken, mejuffrouw Hardy, dat ons gesprek die middag niet precies verliep zoals ik heb beschreven. De heer Ramanujan scheen voortdurend van zijn eigen fascinerende verhaal te worden afgeleid door punten van wiskundig belang waaraan hij door een of andere anekdote werd herinnerd. Dan maakte hij mijn man daar deelgenoot van door reeksen cijfers en symbolen op stukken krantenpapier of inpakpapier te schrijven die hij bij zich heeft in zijn zak (nog een blijk van zijn armoede), en dan stortten zij tweeën zich in een dialoog waaruit ik totaal geen wijs kon, tot Eric merkte dat het mij duizelde en hij het gesprek voorzichtig terugleidde naar onderwerpen die ik wel kon bevatten. En ofschoon ik mijn mans welwillende beweegreden waardeerde, betreurde ik het ook dat de arme heer Ramanujan vanwege mijn aanwezigheid als leek een zeldzame kans miste om uit te weiden over zaken waarvan mijn man zonder enige twijfel veel beter op de hoogte was dan wie dan ook in zijn omgeving. De heer Ramanujan stelde zich bij die uitwisseling van wiskundige kwesties zo geanimeerd op dat ik ervan overtuigd raakte dat hij zichzelf een essentiële bron om zich aan te laven zou onthouden indien hij niet naar Engeland zou komen.

Toen vroeg ik hem naar zijn vrouw. Hij fronste. Zoals u wellicht weet, mejuffrouw Hardy, is de echtelijke staat in Indië een veel rituelere aangelegenheid dan in ons eigen land. Zo was Janaki (zo heet het meisje) nog maar negen jaar oud toen de heer Ramanujan met haar trouwde. Het huwelijk was door beide families gearrangeerd in overleg met astrologen. Vóór het huwelijk hadden de bruid en bruidegom elkaar maar één keer gezien. Erna keerde ze terug naar haar familie – wederom conform de traditie – en op haar veertiende vestigde ze zich in het huis van haar man.

Gezien de omstandigheden zou je kunnen denken dat de heer Ramanujan zijn vrouw als niet meer dan een accessoire of een beletsel zou beschouwen, maar tot onze verrassing sprak hij vol genegenheid over het meisje. Inderdaad, het huwelijk had verplichtingen met zich meegebracht – hij kon zich niet meer veroorloven om zijn dagen op de veranda door te brengen waar hij zich aan wiskunde wijdde; hij moest werk zoeken en geld verdienen – maar hoewel hij die verplichtingen erkende heeft hij nooit ook maar de geringste ergernis geuit over het meisje dat er de aanleiding van was. Gelukkig waren in de loop der jaren enkele heren – zowel Engelsen als Indiërs, van wie sommigen zelf amateurwiskundigen waren – tot het inzicht gekomen dat de heer Ramanujan geniaal was, zonder per se de aard van zijn genie te doorgronden. Op die heren was hij zich op zijn beurt gaan verlaten, niet enkel voor morele maar soms ook voor financiële steun. Een van hen bezorgde hem zijn baan als klerk bij het havenbedrijf, waardoor hij in staat werd gesteld om met zijn moeder en vrouw naar een woning in Triplicane te verhuizen, praktisch in de schaduw van de Parthasarathy Temple.

Op dat punt aangekomen moesten mijn man en ik een einde maken aan het gesprek met de heer Ramanujan, dat al bijna twee uur had geduurd. Alvorens afscheid van ons te nemen haalde hij echter twee notitieboeken met kartonnen kaft tevoorschijn die hij mijn man aanbood. Deze notitieboeken, legde hij uit, bevatten de resultaten van zijn wiskundige arbeid. Zou mijn man ze wellicht willen lenen om ze te bestuderen?

Verbluft sperde Eric zijn ogen open. Nee, zei hij terwijl hij de notitieboeken teruggaf, hij kon zoiets kostbaars niet met een gerust geweten in bewaring nemen. Maar de heer Ramanujan drong aan, en op de terugweg naar het hotel droegen we ieder een van de kostbare boeken. Wat zou er zijn gebeurd, vraag ik me nu af, als onze *gharry* door een riksja was aangereden, of als er plotseling een harde wind was opgestoken die de notitieboeken uit onze handen had gerukt? Later

zei mijn man dat hij het lenen van de boeken als het wonderbaarlijkste compliment beschouwde dat hem ooit was gemaakt.

Die nacht kwam Eric niet naar bed. Hij bleef op tot de dageraad
en las de notitieboeken bij kaarslicht. Toen ik de volgende ochtend
wakker werd, zei hij dat hij ze beschouwde als de waardevolste
ongepubliceerde documenten die hij ooit had mogen bestuderen.
Hij zag het niet langer als een lastige taak maar als zijn plícht om de
heer Ramanujan te overreden naar Cambridge te komen.

We troffen hem de volgende middag weer. Deze keer kwam hij
naar ons hotel. Hoewel hij zich in het begin slecht op zijn gemak
scheen te voelen door de erg Britse ambiance van de eetzaal, ont-
spande hij wederom zichtbaar zodra hij thee met ons zat te drinken.

Mijn man bracht nu de hamvraag ter sprake: zou de heer Ramanujan zijn eerdere besluit om niet naar Engeland te komen willen
heroverwegen? Ofschoon we zijn beduchtheid om een voorschrift
van zijn religie te overtreden begrepen, meenden we ook dat hij
zowel zichzelf als de wereld in zijn totaliteit een zeer slechte dienst
zou bewijzen als hij in Indië bleef.

Daarop staarde de heer Ramanujan ernstig in zijn theekopje. Ik
vreesde dat Eric buiten zijn boekje was gegaan, te veel doordramde.
Ik stond op het punt om excuses te mompelen toen de heer Ramanujan opkeek en vroeg: 'Heeft de heer Hardy mijn meest recente
brief niet ontvangen?'

Mijn man antwoordde dat hij dat niet wist. Hij had sinds onze
aankomst niets van de heer Hardy vernomen.

Toen zei de heer Ramanujan dat hij bang was dat de heer Hardy
wellicht zijn belangstelling voor hem zou verliezen als hij zijn laatste brief las, omdat die was geschreven in zijn eigen Engels; zijn vorige brieven 'waren niet in zijn taal opgesteld', zoals hij het formuleerde, maar 'geschreven door een hogere functionaris'. Daarna had
hij ze eigenhandig overgeschreven. Eric vroeg of die 'hogere functionaris' dezelfde was in wiens gezelschap hij naar het onderhoud
met de heer Davies van de Adviescommissie voor Studentenzaken
was gegaan. De heer Ramanujan beaamde dat. En toen kwam de aap
uit de mouw.

De situatie is wel en niet zoals uw broer vermoedde. De heer Littlewood had gelijk toen hij giste dat de heer Ramanujan nogal van zijn stuk was gebracht toen de heer Davies hem op de man af had gevraagd of hij naar Cambridge wenste te gaan. Hij kreeg echter geen kans om ja of nee te zeggen, want voor hij kon spreken antwoordde zijn superieur, de heer Iyer, voor hem. Het antwoord was een categorisch nee.

Hijzelf is nogal door de zaak in verwarring gebracht. Rationeel gezien geeft hij toe dat hij heel enthousiast is om naar Cambridge te komen. Tegelijkertijd heeft hij ernstige twijfels over de hele onderneming. Zou hij worden verplicht tot het afleggen van een examen, zoiets als de tripos? vraagt hij zich af. (Hij is blijkbaar doodsbenauwd voor examens.) Mijn man zei dat hij meende van niet maar dat hij dit aan de heer Hardy zou vragen.

Een urgenter probleem is zijn familie. Het schijnt dat zijn moeder er in de sterkst mogelijke bewoordingen tegen gekant is dat haar zoon naar Engeland reist. Enerzijds zijn haar bezwaren van religieuze aard: als orthodoxe brahmaan deelt ze de overtuiging van de heer Iyer dat de heer Ramanujan zichzelf tot een soort spirituele verdoemenis veroordeelt als hij de zee oversteekt. Een meer praktische overweging is echter – en daarin, mejuffrouw Hardy, voel ik onwillekeurig mee met de bekommernissen van een lijdzame moeder – dat ze voor zijn welzijn in Engeland vreest: ze maakt zich zorgen of hij wel tegen de Engelse winter zal kunnen, heeft visioenen waarin hij wordt gedwongen om vlees te eten enzovoort. Misschien is ze ook bang dat hij door Engelse vrouwen zal worden belaagd. (Ik speculeer slechts, op grond van de heer Ramanujans tegenzin om mij aan te kijken wanneer hij over zijn moeder spreekt.)

Dan is er de kwestie van Janaki, zijn jonge bruid. Ze heeft hem haar wens kenbaar gemaakt om hem naar Engeland te vergezellen, zo vertelde hij ons, en ofschoon hij heel goed de praktische moeilijkheid, zo niet de onmogelijkheid, begrijpt om haar mee te nemen, wil hij het kind niet teleurstellen. Zonder haar naar Engeland vertrekken zou bovendien betekenen dat hij haar alleen bij zijn moeder achterlaat, en aangezien de schoonmoeder in traditionele Indische families met ijzeren hand over de schoondochter regeert, maakt de heer Ramanujan zich uiteraard zorgen over de wrijving die in zijn afwezigheid tussen de twee vrouwen tot uitbarsting zou kunnen komen, vooral omdat de kleine Janaki nogal een opgewonden standje schijnt te zijn!

Zijn laatste bedenking – en dat die als laatste komt schijnt me veelbetekenend toe, mejuffrouw Hardy – is religieus van aard. Zeker, hij is, net als zijn moeder, bang voor de gevolgen, zowel sociaal als spiritueel, als hij de voorschriften van zijn kaste schendt en de zee oversteekt. Zijn beduchtheid op dat punt gaat echter veel verder dan louter godsdienstige scrupules.

Wat nu volgt zal u en uw broer ongetwijfeld vreemd in de oren klinken. Ik moet bekennen dat het in het begin ook op mijn man en mij vreemd overkwam, en niet alleen vanwege de diepe kloof die Indië van Engeland scheidt, maar ook omdat het aangeeft hoe diep de godsdienstige piëteit van de heer Ramanujan is geworteld. Niettemin vraag ik u om de volgende alinea's onbevooroordeeld te lezen.

Om de zaak heel eenvoudig te stellen, de heer Ramanujan schrijft zijn wiskundige ontdekkingen niet aan zijn eigen verbeelding toe, maar aan een godheid. Sinds zijn geboorte, gelooft hij, genieten hij en de andere leden van zijn familie de bescherming van een godin, Namagiri, wier geest in de tempel te Namakkal huist, vlak bij zijn geboorteplaats. Volgens de heer Ramanujan doet hij zijn wiskundige ontdekkingen door tussenkomst van Namagiri. Het is niet zo dat hij 'erop stuit' in de zin waarin wij dat woord gebruiken, noch dat ze 'op hem stuiten'. In plaats daarvan worden ze op hem overgebracht, meestal wanneer hij slaapt. Toen de heer Ramanujan dat proces beschreef, moest mijn man lachen en zei hij dat hij ook wel eens wiskunde had 'gedroomd'. Maar de heer Ramanujan stond erop om onderscheid te maken tussen gewone dromen en wat hij de 'visioenen' noemde die hem door Namagiri worden bezorgd. De godin, zo formuleerde hij het, 'schrijft de getallen op zijn tong'. Hij vreest dat Namagiri haar goddelijke patronage zal staken als hij naar Engeland komt, en hoewel hij inziet hoeveel Cambridge hem heeft te bieden op het vlak van erkenning, stimulering en scholing, toch vraagt hij zich heel vanzelfsprekend af wat hij met die voordelen zou opschieten als hij in ruil ervoor zijn toegang tot de bron van zijn ontdekkingen zou verliezen.

Hoe reageerden wij op die onthulling? Mijn man, moet ik bekennen, trok eerst zijn wenkbrauwen op; of dat uit scepsis of gewoon van verbazing was kan ik niet zeggen. Wat mij aangaat, ik voelde iets van teleurstelling knagen, wat ongetwijfeld te wijten is aan mijn eigen antigodsdienstige instelling. Het kwam me krankzinnig voor dat een zo briljante wiskundige weigerde om zijn ontdekkingen op zijn eigen conto te schrijven. Na afloop van de bijeenkomst (met de kwestie van de heer Ramanujans komst naar Cambridge nog in het ongewisse, zou ik eraan toe kunnen voegen) liet ik me tegenover mijn man ontvallen dat het me moeite kostte om het toeschrijven van zijn genialiteit aan een bron buiten hem te verenigen met de heer Ramanujans onmiskenbare trots op zijn eigen prestaties, om maar te zwijgen van zijn dringende wens om erkend en zelfs gerehabiliteerd te worden in de ogen van de Indische autoriteiten. Want als het waar was wat hij beweerde, dan dienden eventuele publicaties die zouden voortkomen uit de heer Ramanujans werk aan Namagiri te worden toegeschreven; dan dienden Namagiri's talenten te worden getaxeerd, diende Namagiri naar Cambridge te worden gehaald, ook al was het maar naar Girton of Newnham!

Mijn man maande me om niet al te veel te speculeren. Hij hield me voor (en terecht) dat we hier nog steeds vreemdelingen zijn en vooralsnog niet op de hoogte van alle facetten van de heer Ramanujans godsdienst. Het zou kunnen zijn dat de heer Ramanujan zich er alleen maar graag van vergewist dat wij ons realiseren hoe diep zijn geloof zit. Niettemin vermoed ik dat zijn angst om zijn moeder te mishagen nauw gerelateerd is aan zijn angst om de godin te mishagen. Ik zou willen dat ik u kon vertellen welke van de twee de zwaarstwegende of, als u mij toestaat, de reëelste angst is.

Dit is hoe de zaken er op dit moment voor staan. Morgen zal mijn man nogmaals met de heer Ramanujan van gedachten wisselen, alleen. We hadden gehoopt hem eerder te spreken, maar twee dagen geleden kregen we bericht dat hij zich genoopt had gezien om onverwachts naar zijn geboorteplaats af te reizen in gezelschap van zijn moeder. Ik ga ervan uit dat hij vanavond naar Madras zal terugkeren.

Het spijt me dat ik geen concreter nieuws kan sturen. Weest u er alstublieft van verzekerd – en vertelt u alstublieft uw broer dat hij erop kan vertrouwen – dat we het meteen per telegram zullen laten weten zodra we een definitief antwoord van de heer Ramanujan verkrijgen.

Mijn man doet u zijn hartelijkste groeten en vraagt me om de heer Hardy zijn dankbaarheid over te brengen voor het feit dat hem de rol van 'afgezant' is toebedeeld. We zenden u beiden eveneens onze beste wensen voor uw moeder en hopen dat ze zich beter voelt. Wat mij aangaat, ik verblijf, beste mejuffrouw Hardy,

Uw oprechte vriendin,
Alice Neville

20 januari 1914
Hotel Connemara, Madras

Beste Hardy,

Ik schrijf in haast omdat ik aanstonds naar het senaatsgebouw moet. Mijn vrouw, heb ik begrepen, correspondeert met je zus. Ze schrijft graag, dus laat ik het aan haar over om de bijzonderheden te vermelden. Het belangrijkste is dat ik de notitieboeken heb doorgewerkt en dat de inhoud ervan zeer opzienbarend is. De theorieën die niet oorspronkelijk van hem zijn getuigen van de meest productieve en, als ik het mag zeggen, de meest *subversieve* ideeën die reeds op het vasteland zijn ontwikkeld. Anderzijds maakt hij veel fouten. Als hij ermee instemt om te komen, zal ik proberen om aan Dewsbury, de secretaris van de universiteit hier, uit te leggen dat hij wegens zijn gebrek aan opleiding en zo nog niet de vaardigheid heeft ontwikkeld om valkuilen te ontwaren of dwalingen te vermijden, maar dat hij door het contact met de juiste methoden in Cambridge vast en zeker een van de grootste geleerden uit de geschiedenis van de wiskunde zal worden, een bron van trots voor de universiteit en voor Madras, enz. enz. Dan kunnen we hen wellicht overhalen om geld voor een studiebeurs te fourneren.

Iets wat jou mogelijk interesseert: toen ik hem vroeg welke boeken belangrijk voor hem waren geweest bij de ontwikkeling van zijn ideeën, noemde hij nota bene Carrs *Synopsis of Pure Mathematics*. Ken jij die gortdroge oude pil? Als dat het enige boek is dat hij heeft gelezen, dan is het geen wonder dat hij niet snapt hoe hij een bewijsvoering moet opstellen!

Ten slotte een vraag: een van zijn (vele) zorgen omtrent zijn komst naar Cambridge is dat hij gedwongen zou kunnen worden om examens af te leggen. Ik heb tegen hem gezegd dat ik jou om bevestiging zal vragen dat hij daarvan zal worden vrijgesteld, ook al weet ik zeker dat hij de tripos met wat begeleiding op zijn sloffen zou kunnen halen. Stel je eens voor dat hij in het verleden senior wrangler was geweest!

Groeten aan je zus, op wie mijn vrouw buitengewoon gesteld is geraakt.

Met de beste wensen,
E.H. Neville

8

'Weer die vermaledijde tripos,' zegt Hardy terwijl hij Nevilles brief neersmijt.

Gertrude kijkt van haar breiwerk naar hem op. 'Ik had al zo'n idee dat je daar het eerst over zou struikelen,' zegt ze. 'En, moet hij dat doen?'

'Natuurlijk hoeft hij dat niet te doen. Het is gewoon zonde dat hij zijn tijd verspilt door zich daar zorgen over te maken.'

'Dan hoef je Neville alleen maar te schrijven dat hij tegen Ramanujan moet zeggen dat hij de tripos niet hoeft te doen.'

'Maar het had niet eens aan de orde horen te komen. Neville had hem direct moeten vertellen dat hij het examen niet hoefde te doen.'

'Misschien wist hij dat niet. Of misschien wilde hij niet het verkeerde antwoord geven.'

'Dan had hij me moeten telegraferen. Het is allemaal opzettelijk, volgens mij. Hij was tweede wrangler in het laatste jaar van het oude systeem, weet je. Hij zit me vast te pesten.'

Gertrude hervat haar breiwerk. Het is een koude zaterdagmiddag aan het einde van januari. Ze zitten tegenover elkaar aan tafel, in de keuken van een nogal sjofele flat aan St. George's Square in de Londense wijk Pimlico die ze samen huren. Hardy logeert er als hij bezigheden heeft voor het Londens Wiskundig Genootschap, en leent hem soms uit aan vrienden. Gertrude gebruikt de flat om af en toe te ontkomen aan het voortdurende beroep dat hun naar seniliteit afglijdende moeder op haar doet. Nu en dan spreken ze er af voor een weekend in Londen, zoals nu, maar het slechte weer heeft hun de lust benomen om naar een toneelstuk of het British Museum te gaan. In plaats daarvan hebben ze de hele dag uit het raam gestaard naar de natte sneeuw die uit de hemel valt, en kranten en brieven gelezen, waaronder de twee van Eric en Alice Neville. Waar ze om de waarheid te zeggen veel meer plezier aan beleven dan aan het British Museum.

'Je hebt niet veel op met Neville, hè?' vraagt Gertrude na een poosje.

'Ach, ik mag hem wel,' zegt Hardy, 'maar ik vind hem gewoon niet erg... markant.'

Ze steekt het uiteinde van een van haar breinaalden in haar mond. 'Hij en Alice schijnen het heel goed te kunnen vinden met de Indiër,' zegt ze.

'Tja, nou, laten we hopen dat ze het niet zó goed met hem kunnen vinden dat ze hem uiteindelijk adviseren om maar thuis te blijven teneinde een mentale crisis te voorkomen.'

'O, nu je het zegt, wat vind jij van dat gedoe met die Namagiri?'

'Hij zegt wat hij hoort te zeggen. Om zijn moeder tevreden te stellen. Om de priester tevreden te stellen.'

'Hebben ze priesters bij de hindoes?'

'Of een equivalent daarvan.'

'Alice heeft wel een treffende beschrijving van hem gegeven. "Stevig", schrijft ze. Ik geloof niet dat ik ooit een dikke Indiër heb gezien.'

'Hoe hij eruitziet doet voor mij niet ter zake.'

'Nee, natuurlijk niet.'

'Maar jij schijnt het heel goed met Alice Neville te kunnen vinden. Wat is dat allemaal?'

'Ze heeft een oogje op me, zoals mijn leerlingen het zouden kunnen zeggen.'

'Uit wellust?'

'Harold, toe! Seks staat erbuiten. Ze is gewoon... verliefd op mijn schranderheid.'

'En hoe is die Israel, of hoe heet ze?'

'Israfel. Niet slecht. Goede beschrijvingen van Indië' – weer de breinaald in de mond – 'die worden ontsierd door een tikkeltje te veel pedanterie. Bijvoorbeeld haar gewoonte om steeds alles met Chopin te vergelijken.'

'Met Chopin?'

'Ja. Deze tempel is net Chopin, de Taj Mahal is net Chopin. Nogal idioot, in aanmerking genomen dat het om Indië gaat.'

'Nou ja, zoals mevrouw Neville zo ijverig te berde brengt, als muzikale onbenul weet ik niets van Chopin,' zegt Hardy. 'O, wat een rotweer!' Hij loopt het korte stukje naar de zitkamer, die spaarzaam gemeubileerd en steenkoud is. Buiten achter het beslagen raam staan de bomen op St. George's Square kaal en grimmig in het winterlicht. Automobielen en rijtuigen schieten voorbij, en mannen bieden vrouwen beschutting onder hun paraplu terwijl ze zich naar de voordeuren van huizen haasten.

Na een paar minuten loopt hij terug naar de keuken, waar hij ziet dat Gertrude zich niet heeft verroerd. Een halflege theekop staat op tafel naast de stapel kranten. Ze zit met haar breiwerk in haar stoel genesteld en snurkt lichtjes. Ze ziet er katachtig en voldaan uit.

Hij gaat tegenover haar zitten. Thuis, in het huis van zijn ouders, woonden ze min of meer in de keuken. Alles bij elkaar genomen zijn ze keukenmensen, hij en zijn zus, wat waarschijnlijk de reden is waarom ze deze flat hebben gekozen, die een piepkleine zitkamer heeft en nog kleinere slaapkamertjes maar een keuken waar je zowaar een tafel in kwijt kunt. En dus komen ze naar Londen, één of twee keer per maand; ze komen naar Londen zodat ze... in een keuken kunnen zitten. Hardy heeft een druk leven in Cambridge, vol vrienden en studenten en maaltijden en bijeenkomsten. Voor hem zijn deze weekends een rustpauze. Voor Gertrude, vermoedt hij, zijn ze ook een rustpauze, maar niet van werk: van verveling. Het is niet zo dat ze St. Catherine's verfoeit. Van hun ouders heeft ze de pedagogische aandrang geërfd. Niettemin weet hij dat het haar steekt dat ze haar leven moet vullen met jonge meisjes te leren tekenen en boetseren. Dat soort bezigheden kan een vrouw met haar intellect toch nauwelijks bevredigen, bedenkt Hardy wel eens met een zekere afstandelijkheid tijdens zijn ochtendwandelingen over het terrein van Trinity College.

Wat zou ze anders kunnen doen? Ze had al vroeg aanleg voor wiskunde getoond maar nooit de moeite genomen om die te cultiveren. Ze schrijft verzen van tamelijk triviale aard. Op een keer had hij in een la in het huis van zijn ouders een halve roman gevonden die ze had geschreven. Hij had de eerste paar pagina's gelezen en best goed gevonden, maar toen hij haar vertelde dat hij er toevallig op was gestuit en enkele zijns inziens bruikbare kritische opmerkingen maakte, had ze gebloosd, het manuscript uit zijn handen gerukt en de benen genomen naar haar slaapkamer. De roman is sindsdien nooit meer ter sprake gekomen (of gezien).

Voor hij haar met Littlewood zag flirten, had hij zich afgevraagd of ze lesbisch was. Hoe viel het anders te verklaren dat ze maar niet aan de man geraakte? Het is waar dat ze als balling in een landelijke enclave vol vrouwen weinig mogelijkheden heeft om mannen te ontmoeten, maar ze zou ook elders les kunnen geven. En Bramley is ook niet totaal verstoken van mannen. Er zijn mannen die lesgeven op St. Catherine's, en op Cranleigh (waarvan St. Catherine's de vrouwelijke tegenhanger is) hebben ze er een massa. Een enkeling onder hen zou zelfs normaal kunnen zijn.

In elk geval schijnt ze veel minder van Alice gecharmeerd te zijn dan Alice van haar. Eerder die middag had ze hem Alice' brieven uit Madras in hun geheel voorgelezen, waarbij ze haar voordracht af en toe onderbrak met een honend gesnuif om aan te geven dat ze het proza op die plekken bijzonder mal of hoogdravend vond. Arme Alice! Wat zou ze ontsteld zijn als ze vernam dat haar brief, zo duidelijk met uiterste zorg gecomponeerd, een bron van laatdunkende spot is geworden voor Hardy en die zus van hem, die ze zo door en door zegt te bewonderen! Gelukkig zal ze het nooit te weten komen. En trouwens, is het niet oog om oog, gezien de erg neerbuigende toon die Alice aanslaat als ze hém beschrijft? Met name die opmerking over concertbezoek! Zou ze terugschrikken als haar geliefde Ramanujan niet om muziek bleek te malen? Natuurlijk niet! Want niet om muziek malen zou in het geval van Ramanujan gewoon een bewijs te meer van zijn maniakale genie zijn...

'Stop!' zegt Gaye, plotseling tevoorschijn stappend uit een bezemkast. 'Genoeg gejeremieer. Je bent gewoonweg jaloers. Ramanujan is jouw ontdekking, en dus kun je het niet uitstaan dat de

Nevilles jouw territorium binnendringen.'

'Wat bespottelijk.'

'Dat is helemaal niet bespottelijk. Ze hebben nu een voorsprong op jou omdat ze hem hebben gesproken en zelfs op vertrouwelijke voet met hem zijn geraakt terwijl jij alleen maar een handjevol brieven hebt. Als je hem zo graag voor jezelf wilde houden, waarom ben je dan niet zélf naar Madras gegaan?'

'Daar had ik geen tijd voor.'

'Vergeet niet tegen wie je het hebt, Harold. Je had tijd kunnen maken. Maar je ziet er net zo tegen op als je ernaar uitkijkt. Daarom heb je Littlewood naar het India Office gestuurd en Neville naar Madras.'

'Ik heb hem niet gestuurd. Hij is uit eigen beweging gegaan.'

'Het komt op hetzelfde neer.'

Hardy wendt zijn blik af. Gayes scherpzinnigheid ergert hem na zijn dood haast net zo hevig als toen hij leefde. 'Ga toch terug naar je bezemkast,' zegt hij, maar als hij zich omdraait is de schim al weer verdwenen.

Hij kijkt naar Gertrude. Ze is wakker geworden en heeft haar breiwerk weer opgepakt.

'Nou ja, dan moeten we maar afwachten, lijkt me,' zegt hij.

'Waarop?'

'Op bericht van de Nevilles.'

'O, neem me niet kwalijk, ik had niet door dat we het daar nog steeds over hadden.'

'Het rare is dat het besluit hoogstwaarschijnlijk al genomen is. Iedereen daar weet het misschien al. En wij zitten maar op een brief te wachten.'

'Hij zei toch dat hij zou telegraferen?'

'Zou hij telegraferen als het slecht nieuws was?'

'Misschien hoor je maandag iets.'

'Ja,' zegt Hardy. Wat hij niet zegt is: Maar hoe moet ik de dagen tot maandag doorkomen?

27 januari 1914
Hotel Connemara, Madras

Mijn beste mejuffrouw Hardy,

Het telegram dat mijn man heeft gestuurd is ongetwijfeld al aangekomen, dus hebt u het blijde nieuws vernomen. Na een lang verblijf in zijn geboortestreek is de heer Ramanujan teruggekeerd naar Madras en heeft hij mijn man medegedeeld dat hij naar Cambridge zal komen. Hoewel ik niet precies van de bijzonderheden op de hoogte ben, veronderstel ik dat hij een aantal dagen in de tempel van Namakkal heeft doorgebracht, waar hij tot de godin Namagiri heeft gebeden om advies. Het grootste obstakel voor hem om tot een positief besluit te komen was echter zonder twijfel zijn moeder, en pas nadat die brave vrouw verkondigde dat ze een gunstige droom had gehad, was hij eindelijk in staat om zijn wensen met zijn geweten in overeenstemming te brengen. In die droom, zei zijn moeder, zag ze de heer Ramanujan in gezelschap van blanken en hoorde ze de stem van Namagiri die haar beval haar bezwaren te laten varen en de reis haar zegen te geven; in het geval van de heer Ramanujan, heeft Namagiri naar verluidt gezegd, kon het verbod op het oversteken van de zee worden opgeheven aangezien zijn reis naar Europa noodzakelijk was voor het realiseren van zijn lot.

Ik kan u niet zeggen met welk een dankbaarheid en blijdschap mijn man en ik van deze fortuinlijke reeks gebeurtenissen kennis hebben genomen. Volgens mijn man moeten we nu alles op alles zetten om te zorgen dat er voldoende fondsen beschikbaar komen, zowel in Madras als in Cambridge, om de overtocht van de heer Ramanujan te bekostigen en te garanderen dat aan zijn behoeften tegemoet wordt gekomen tijdens de periode dat hij aan Trinity College verbonden zal zijn.

We vertrekken over enkele weken, en misschien reist de heer Ramanujan met ons mee. Laat mij herhalen, mejuffrouw Hardy, hoezeer mijn man en ik ernaar uitzien om u en uw broer bij onze terugkeer te begroeten. Intussen verblijf ik,

uw toegenegen vriendin,
Alice Neville

164

DEEL DRIE

Vrolijke feiten over het kwadraat
van de hypotenusa

*E*r is besloten dat ze elkaar op een lunch zullen ontmoeten – de zondagse lunch ten huize van de Nevilles, waar Ramanujan de avond tevoren zal zijn aangekomen. Hardy heeft een hartgrondige hekel aan kennismakingsrituelen, het vormelijke handjeschudden, de clichévragen naar de reis en het keelschrapen erna. Als het mogelijk was (en misschien zal de natuurkunde het op een dag mogelijk maken) zou hij graag een toestel bezitten in de trant van de tijdmachine van H.G. Wells, maar dan bescheidener van opzet, zodanig ontworpen dat men over ongemakkelijke momenten heen naar een draaglijker toekomst kan springen. Stante pede. Met zo'n toestel zou je nooit hoeven te wachten tot de uitslag van een examen bekend werd gemaakt, of in te schatten of de nieuw aangekomen 'doctor' van Princeton University welwillend of afkerig op je avances zou reageren. In plaats daarvan kon je gewoon een hefboom overhalen of een knop indrukken en dan was je al in het bezit van de uitslag van je examen, of op weg naar bed met de welwillende 'doctor', of veilig thuis na te zijn afgewezen door de afkerige variant. En als je wist dat je die dingen niet hoefde door te maken, hoefde je er ook niet tegen op te zien. Zoals Hardy tegen deze eerste kennismaking opziet, deze eerste lunch met Ramanujan.

Waarom ziet hij ertegen op? Door te hoog gespannen verwachtingen, veronderstelt hij, als gevolg van te veel gebekvecht met allerlei instituties en te veel oponthoud en veel te veel brieven. Een dik dossier met brieven: van Neville, van Alice Neville, van diverse koloniale bureaucraten, van Ramanujan zelf. Het is uiteindelijk veel lastiger gebleken om het geld bijeen te sprokkelen om Ramanujan naar Engeland te krijgen dan om de man over te halen om te komen. Volgens Mallet was het hoogst onwaarschijnlijk dat er in Madras fondsen bijeengebracht konden worden die toereikend waren om een student in Cambridge te subsidiëren. Trinity College beloofde alleen maar om in overweging te nemen Ramanujan een studiebeurs te verstrekken als hij er eerst een jaar had doorgebracht. En er was geen sprake van dat het India Office zelf ook maar een stuiver bijdroeg. Mallet schreef zelfs aan Hardy dat Neville in zijn ogen een ernstige fout had begaan door Ramanujan aan te sporen naar Engeland te komen: er bestond nu 'het risico dat een student in Indië op de welwillende belofte van de heer Neville zou rekenen en zou menen dat het voor een hoogleraar uit Cambridge geen enkel probleem zou zijn om het vereiste bedrag in te zamelen.' Wat, buiten de £ 50 per jaar die hij en Littlewood bereid waren bij te dragen, voor deze hoogleraar uit Cambridge niet opging.

Hardy had echter net een brief aan Neville gestuurd waarin hij hem maande 'iets voorzichtiger te zijn', toen hij vernam dat Neville geheel op eigen houtje de universiteit van Madras had weten over te halen om Ramanujan een studiebeurs van £ 250 per jaar te verstrekken plus £ 100 kleedgeld, de kosten van zijn overtocht naar Engeland en een toelage om zijn familie in zijn afwezigheid te onderhouden. Wat Hardy door het India Office als volstrekt onmogelijk was voorgespiegeld, had Neville in drie dagen geregeld.

Neville de held.

En nu is Ramanujan in Engeland en heeft Hardy hem nog steeds niet met eigen ogen gezien, moet hij nog steeds afwachten of hij in werkelijkheid enige gelijkenis vertoont met het beeld in zijn hoofd – een beeld waaraan de beschrijvingen die de beide Nevilles hebben verstrekt ongetwijfeld zullen hebben bijgedragen, evenals (hij kan het niet ontkennen) de eindeloos fascinerende aanblik van de cricketer Chatterjee. Niet dat het gemakkelijk is geweest om uit die fragmentarische en niet altijd complementaire aanwijzingen een gezicht te componeren waarop zijn geestesoog even kan rusten. Neville is niet bepaald wat je een rasschrijver zou noemen. 'Tamelijk gezet, nogal donker,' had hij gezegd toen hij terug was uit Madras. Tja, en verder? Groot? Nee, niet groot. Snor? Mogelijk. Neville kon het zich niet herinneren. Hardy overwoog om het aan mevrouw Neville te vragen maar was bang dat hij zich dan in de kaart zou laten kijken, dat hij iets van gretigheid zou laten doorschemeren wat zij, in tegenstelling tot haar man, wel zou registreren; zo gis was ze wel. Dus heeft hij zijn mond gehouden en gepoogd zich te behelpen met het weinige dat hem is gegund.

Het geval wil dat Hardy deze week in Londen is, alleen in de flat in Pimlico. Ramanujan is ook in Londen. Zijn schip is dinsdag afgemeerd. Neville is hem met zijn broer, die een automobiel heeft, gaan afhalen, waarna ze hem meteen naar Cromwell Road 21 hebben gebracht, tegenover het Natuurhistorisch Museum. Daar zijn de burelen van de Indische Bond gevestigd, die er ook enkele kamers heeft die beschikbaar worden gesteld aan Indische studenten die net van boord komen, teneinde hun overgang naar het Britse leven te vergemakkelijken. Hardy is voor Pasen naar Londen gegaan en er gebleven – hij was toe aan wat afwisseling, had hij tegen zijn zus gezegd. En als hij in de loop van die week een paar keer toevallig langs het Natuurhistorisch Museum is gekomen, waar zijn blik toevallig naar de overkant van Cromwell Road schoot, naar nummer 21, en hij de Indiërs die de voordeur in en uit liepen opmerkte, nou, wat dan nog? Het is normaal dat hij benieuwd is of hij Ramanujan herkent, dat hij kijkt of er een gezicht overeenstemt met het beeld in zijn hoofd. Een genie. Hoe ziet een genie eruit? Hoe ziet Hardy zelf eruit? Niet echt als een typische wetenschapper met verfomfaaid haar die, als hij al eens in een *Punch*-cartoon voorkomt, gewoonlijk verstrooid over de kop van zijn pijp zit te staren, zijn colbertje scheef dichtgeknoopt en zijn schoenveters los. Er deinen tekentjes boven zijn hoofd, een wolk van Griekse letters, uitroeptekens, logische symbolen, allemaal bedoeld om aan te geven hoe ver hij af staat van wereldse beslommeringen en in een domein vertoeft dat tegelijk te ingewikkeld en te saai is om je naar binnen te wagen. De wetenschapper in die cartoons is achtenswaardig maar lachwekkend. Genie en grap. Terwijl Hardy er een van het soort is die door mensen met een sterk 'ons'-gevoel beschouwd zou worden als 'ons soort'.

En Ramanujan? Als Hardy op Cromwell Road staat, tegenover nummer 21, dan heeft hij geen idee. Misschien gaat hij naar binnen of komt hij naar buiten. Misschien niet. En Hardy voelt er niets voor om Neville te vragen of die hem en Ramanujan naar Cambridge wil vergezellen, ook al weet hij dat Neville zaterdag naar Londen komt om Ramanujan op te halen. Hij wil niet de indruk wekken, zelfs niet indirect, dat zijn houding tegenover deze gedenkwaardige gebeurtenis allesbehalve blasé is. Per slot van rekening is G.H. Hardy een belangrijk man, met veel belangrijke dingen aan zijn hoofd. Niettemin loopt hij zaterdagmorgen nog een laatste keer langs het Natuurhistorisch Museum voor hij zich naar Liverpool Street Station begeeft om zijn trein te nemen.

Weer in Cambridge gaat hij terug naar de beschutting van zijn kamers, naar Hermione en zijn rotan fauteuil en de buste van Gaye. Ramanujan, weet hij, zal bij de Nevilles logeren tot er accommodatie voor hem in Trinity College is gevonden. Iedereen is het erover eens – er worden veel opmerkingen over gemaakt in de eetzaal – dat de Nevilles het allervoortreffelijkst hebben aangepakt en veel meer dan hun plicht hebben gedaan. Een paar dagen geleden was er zelfs nog een classicus op Hardy afgestapt om hem te feliciteren met de rol die hij had gespeeld om 'Nevilles Indiër naar Cambridge te halen'. Hardy had zuinigjes geglimlacht en was doorgelopen.

Op de dag van de lunch spreekt hij met Littlewood af in Great Court, waar hij hem fluitend aantreft. 'Een grote dag voor ons,' zegt Littlewood als ze de poort uit lopen en King's Parade op stappen. 'Na al die moeite hebben we hem eindelijk hier.'

'Inderdaad,' antwoordt Hardy. 'En nu moeten we bedenken wat we met hem gaan doen.'

'Dat lijkt me geen probleem. Laat hem op dezelfde weg doorgaan. O, en leer hem om een bewijsvoering op te zetten.'

'Ja, dat zeker.' Hardy trekt zijn kraag dichter om zijn hals. De wind verkilt zijn botten terwijl de zon zijn gezicht verwarmt. Zo'n combinatie van tegenstellingen heeft een kalmerende uitwerking op hem, zodanig dat zijn opwinding vrijwel is weggeëbd als ze Chesterton Road bereiken. Zodra Nevilles huis echter in zicht komt, begint zijn hart te bonzen. Het is weer precies hetzelfde als vroeger wanneer hij een prijs had gewonnen. Als hij alleen was zou hij misschien wel omkeren en zich terugreppen naar Trinity en de Nevilles een briefje sturen dat hij zich niet lekker voelt. Maar ja, Littlewood is bij hem. Die zal geen moment bevroeden hoezeer hij door paniek wordt overmand.

Ethel, de dienstmeid, doet open nadat hij heeft aangeklopt. Hardy heeft haar sinds de theevisite van vorige herfst niet meer gezien. In de tussentijd is ze aangekomen: ze ziet eruit als een ongebakken brood. De zitkamer waarin ze hen voorgaat baadt in daglicht waardoor het paarse behang een macabere, haast begrafenisachtige indruk wekt en de vuile vlekken op het vensterglas en het fijne laagje stof op de mahoniehouten wandtafels in het oog springen. Aan dat effect, van zonlicht in een kamer die bedoeld is om mooi uit te komen in het donker, beleeft Hardy een intens plezier. Even is hij zo afgeleid dat hij niet merkt dat Neville overeind komt van de Voysey-canapé, zijn hand uitsteekt ter begroeting en Hardy naar de oudevrijster-fauteuils dirigeert uit een waarvan een donkere gestalte oprijst. Dit is Ramanujan.

Het toestel om de tijd te laten verspringen werkt: het moment is voorbij nog voor hij met zijn ogen kan knipperen.

Bekende namen – waaronder die van hemzelf – worden herhaald. Ze geven elkaar een hand (die van Ramanujan is droog en glad) en opeens schalt er een andere stem – de stem van een begenadigd redenaar, de stem van een schooldirecteur – uit Hardy's keel. Een hartelijke verwelkoming. Een klapje op Ramanujans rug, die warm en vlezig is. Ramanujan lijkt zelfs nog nerveuzer te zijn dan Hardy. Zweet parelt op zijn voorhoofd: dat is het eerste detail dat Hardy opvalt. Zijn huid heeft de kleur van koffie met melk en is getekend door de pokken. Hij heeft geen snor. In plaats daarvan zit er een schaduwzweem dat van een afstand voor een snor zou kunnen worden aangezien, want Ramanujans neus (plomp, geprononceerd) steekt ver omlaag en raakt bijna zijn bovenlip. Hij is niet zo klein en ook niet zo gezet als Neville had gesuggereerd. De schijn van klein en gezet wordt eigenlijk door zijn kleren gewekt: een tweed kostuum dat een maat te klein is, een boord die zo strak om zijn hals zit dat hij lijkt te worden gewurgd. Het jasje, waarvan alle knopen dicht zijn, spant om zijn buik. Zelfs de schoenen schijnen zijn voeten samen te persen.

Littlewood wordt voorgesteld, wat vlotter verloopt. Dan nemen ze allemaal plaats en komt mevrouw Neville binnen, een en al verontschuldigingen dat ze was opgehouden en groeten aan Gertrude en vragen over Gertrude. Ze gaat naast haar man zitten, die zijn arm over de rugleuning van de canapé legt zodat zijn vingers lichtjes haar nek beroeren.

Er valt een ongemakkelijke stilte die niemand schijnt te kunnen verbreken, tot weer die schooldirecteurenstem uit Hardy's keel dreunt. 'Wel, meneer Ramanujan, hoe was uw reis?'

'Heel aangenaam, dank u,' zegt Ramanujan.

'Hoewel hij de meeste tijd zeeziek is geweest,' valt mevrouw Neville in.

'Alleen de eerste week.'

'En hoe vindt u het tot dusver in Engeland?' vraagt Littlewood.

'Ik moet bekennen dat ik het nogal koud vind.'

'Dat verbaast me niets,' zegt Neville. 'Het is vandaag waarschijnlijk wel een graad of 37 in Madras.'

'Voor ons is dit warm weer, meneer Ramanujan,' zegt mevrouw Neville.

'Maar hoe dan ook,' zegt Hardy, 'ik ben ervan overtuigd dat de Nevilles het u naar de zin hebben gemaakt.' (Wat een imbeciel gekwebbel! Elke cel van zijn lichaam komt ertegen in opstand. Hij wil zijn kleren afrukken, ruiten ingooien.)

'Zeer zeker, ja. Ze zijn erg vriendelijk voor me geweest.'

'Hij heeft vannacht zijn deur niet dichtgedaan! Ik heb hem vanmorgen gevraagd: Waarom hebt u uw deur niet dichtgedaan? Maar Alice herinnerde me eraan dat de Indische gasten in ons hotel in Madras nooit hun deur dichtdeden.'

'Eric, breng meneer Ramanujan niet in verlegenheid.'

'Dat is niet mijn bedoeling. Ik stel alleen maar een vraag. Waarom houden Indiërs niet van dichte deuren?'

'In onze woningen hebben we geen deuren om dicht te doen.'

'Terwijl wij Engelsen alles achter gesloten deuren doen!' zegt

Littlewood lachend en aan zijn enkel krabbend.

'Ja, ik ben bang dat we een preuts volk zijn,' zegt Alice. 'Ik heb gehoord dat de kleren van vrouwelijke paspoppen in de Londense warenhuizen alleen door vrouwen mogen worden verwisseld.'

'Is dat zo?' vraagt Hardy.

'De tijden veranderen, natuurlijk. Zo denk ik dat ik met redelijke zekerheid kan stellen dat van de mensen hier aanwezig – van de mensen die Engels zijn – niemands ouders in één en dezelfde slaapkamer sliepen.'

De stilte die op deze veronderstelling volgt is er ook een bevestiging van. Neville kucht van gêne. Wat een vrijpostig type is die Alice, denkt Hardy, of probeert ze althans te zijn! Gelukkig kondigt Ethel op dat moment aan dat de lunch kan worden opgediend. Ze houdt een deur open en ze lopen gevijven achter elkaar de eetkamer in, die aan de achterzijde van het huis ligt. Hier is het meubilair net als het behang door William Morris ontworpen. De stoelen hebben een rugleuning met spijlen en een biezen zitting. Wat de ronde tafel aangaat, Hardy ziet aan de wijze waarop die is gedekt dat mevrouw Neville dit als een belangrijke gebeurtenis beschouwt. Ze heeft uitgepakt met zilveren bestek, het beste trouwservies en gesteven witte servetten. In het midden staat een boeket lentebloemen, grasklokjes en viooltjes en krokussen, in een geribbelde kom.

Ethel gaat rond met een fles wijn, die Ramanujan beleefd afslaat. Ongetwijfeld nog zo'n verbod van zijn dwaze godsdienst.

En zijn vegetarisme? Een akelig moment is Hardy bang dat mevrouw Neville een traditionele zondagslunch heeft klaargemaakt – een groot braadstuk en Yorkshirepudding en twee soorten groente en piepers om de buitenlander te verwelkomen en hem kennis te laten maken met Engelse gewoonten. Wat zal hij dan doen? Hardy houdt zijn hart vast bij het vooruitzicht dat de arme Indiër zelfs de aardappels zal moeten weigeren omdat die samen met het vlees zijn gekookt, tot hij zich voorhoudt dat mevrouw Neville in Indië is geweest en heel goed zal weten dat Ramanujan vegetariër is en op zijn minst apart voor hem zal hebben gekookt.

Het blijkt dat ze nog een stap verder is gegaan. 'Vooruitlopend op uw komst heb ik me in de vegetarische keuken verdiept, meneer Ramanujan,' zegt ze.

'Tot grote ergernis van de kokkin,' voegt Neville er lachend aan toe.

'Eric, alsjeblieft. De laatste keer dat mijn man en ik in Londen waren, hebben we in een vegetarisch restaurant gegeten – restaurant Ideal in Tottenham Court Road – en daar hebben we een heerlijke maaltijd gekregen.'

'Behalve het vlees ontbrak er alleen nog wat smaak aan.'

'En ik heb een vegetarisch kookboek gekocht. Ik hoop dat het resultaat u zal smaken.'

Ramanujan wiebelt met zijn hoofd op een wijze die zowel ja als nee zou kunnen betekenen. Dat men zoveel moeite voor hem doet schijnt hem de woorden te benemen. Gelukkig komt Ethel precies op dat moment weer binnen met een soepterrine. Linzensoep – niet slecht, zij het wat flauw – wordt gevolgd door een salade, waarna mevrouw Neville naar de keuken verdwijnt om even later terug te komen met een kolossale zilveren schaal die is afgedekt met een stolp. Ze zet hem plechtig op tafel. 'Vandaag hebben we iets bijzonders als hoofdgerecht,' zegt ze. 'Vegetarische gans.'

Met een zwaai tilt ze het deksel op. Midden op de schaal ligt een grote bruine bult omringd door gekookte aardappels en wortels en steeltjes peterselie. Ramanujans ogen sperren zich open als hij het gerecht gadeslaat. Ook zijn mond gaat open. Dat ontlokt mevrouw Neville een sprankelende lach. 'Weest u maar niet bang, meneer Ramanujan,' zegt ze. 'Het is geen echte gans. Er is geen enkel soort gevogelte aan te pas gekomen, dat verzeker ik u. We noemen het alleen vegetarische gans omdat het – zeg maar – een soort namaakgans is. Een namaak gevulde gans.'

'Ziet u, Ramanujan,' zegt Neville, 'wij Engelsen zijn in de grond holenmensen. Als wij onze zin kregen zouden we met onze tanden het rauwe vlees van botten knagen, en als we vegetarisch voedsel eten proberen we bijgevolg nabootsingen te maken van het soort dingen waarnaar we smachten. Vegetarische gans, vegetarische worst, vegetarische pastei met rundvlees en niertjes.'

Dat menu wordt onthaald op een ontstelde stilte. 'Denkt u dat ik een grapje maak? Ik heb dat kookboek van Alice ingekeken en dat zijn allemaal authentieke recepten.'

Ramanujan moet blozen, maar er is een lachje op zijn gezicht gekropen. Neville zit hem te plagen, ziet Hardy, en dat vindt hij wel leuk.

'Noem het gerecht zoals u wilt,' zegt mevrouw Neville terwijl ze de bult aansnijdt. 'Het is gewoon pompoen gevuld met brood, salie en appels, uit de oven.'

Damp ontsnapt uit de eerste snede, samen met de doordringende geur van kaneel. De eerste portie wordt afgesneden, op een bord gelegd en voor Ramanujan neergezet.

'Maar toch is er één ding wat ik niet begrijp,' zegt Littlewood terwijl de overige borden worden rondgedeeld. 'Waarom zou een vegetariër in 's hemelsnaam imitatievlees willen eten? Ik dacht dat het er juist om ging om... nou ja... géén vlees te eten. Om groente te eten.'

'Ik persoonlijk eet liever dit dan een bord koude gekookte rapen,' zegt Neville, zich gretig op zijn eten stortend. 'Heerlijk, lieveling.'

'Dank je, Eric. En wat vindt u ervan, meneer Ramanujan?'

'Heel smakelijk, mevrouw,' zegt Ramanujan, nog niet helemaal op zijn gemak met de vork, ziet Hardy. Primitief gereedschap, gemaakt om vlees te doorboren. Arme kerel. Hij is vast niet aan dergelijke smaken gewend. Hardy zelf is niet aan dergelijke smaken gewend. De pompoenmoes gaat hem nog meer tegenstaan door de weeïge zoetheid van de kaneel.

De maaltijd wordt afgesloten met sagopudding, waarna het gezelschap weer naar de zitkamer gaat voor koffie – die Ramanujan tot Hardy's genoegen met grote geestdrift accepteert. Zoals mevrouw Neville vervolgens op haar Baedeker-toon uitlegt, is koffie heel populair in Madras, zelfs nog populairder dan thee, ook al is het bereidingsproces anders: gekookt samen met de melk en daarna gezoet. Ze drinken hun kopje leeg en met overdreven verontschuldigingen – misschien is het van tevoren met Neville afgesproken – verklaart ze dat ze zich 'met wat huishoudelijke dingen moet gaan bezighouden' en verlaat de kamer. Nu zullen ze wel geacht worden om het over wiskunde te gaan hebben, meent Hardy. Allemachtig, wat gruwelijk allemaal! Nog erger dan het loze gekwebbel! Wat zou hij graag de benen nemen, en hij vraagt zich af of Ramanujan die aandrang ook voelt. Maar dan stelt Neville een vraag over de zètafunctie aan Ramanujan, die vervolgens een omstandige uiteenzetting begint te geven, eerst aarzelend maar dan met toenemend aplomb. Hij lijkt kennis te hebben genomen van Hardy's bewijsvoering – net gepubliceerd – dat er een oneindig aantal nullen op de kritieke lijn ligt.

Pas nu heeft Hardy de tegenwoordigheid van geest om hem echt te zíén. De donkere, onderzoekende ogen met zware oogleden spieden rond van onder een hoog, gerimpeld voorhoofd. Het haar is kort maar dik en weelderig. Misschien omdat mevrouw Neville er niet meer bij is heeft hij zijn jasje open gedaan, met als gevolg dat hij er een stuk gemakkelijker bij zit. Hij vertelt dat hij geïnteresseerd is geraakt in wat hij 'hogelijk samengestelde getallen' noemt. Littlewood vraagt wat hij bedoelt. 'Daarmee bedoel ik getallen die zo ver af liggen van priemgetallen als maar mogelijk is,' zegt Ramanujan. 'Een soort antipriemen.'

'Fascinerend,' zegt Littlewood. 'Kunt u ons een voorbeeld geven?'

'24.'

Hardy trekt zijn wenkbrauwen op.

'Geen enkel getal onder 24 heeft meer dan 6 delers: 22 heeft er 4, 21 ook 4, 20 heeft er 6. Maar 24 heeft er 8; 24 kan gedeeld worden door 1, 2, 3, 4, 6, 8, 12 en 24. Dus ik definieer een 'hogelijk samengesteld getal' als een getal dat meer delers heeft dan alle getallen die ervoor komen.'

Wat een merkwaardige geest! Wat een merkwaardige, pionierende geest!

'En hoeveel van die getallen hebt u berekend?'

'Ik heb elk hogelijk samengesteld getal geïnventariseerd tot aan 6.746.328.388.800.'

'En bent u ook tot enige conclusie gekomen over die getallen?' vraagt Neville.

'Eh, ja. Ziet u, je kunt een formule opstellen voor een hogelijk samengesteld getal N –' Hij maakt een graaiende beweging met zijn vingers alsof hij naar een onzichtbare pen grijpt, waarop Neville opstaat en zegt: 'Wacht even.' Dan gaat hij de kamer uit en komt een paar tellen later terug met een schoolbord op poten en krijt. Ramanujan gaat onbeholpen naast het bord staan. 'Goed,' zegt hij. 'Als we N beschouwen als een hogelijk samengesteld getal, dan kun je de volgende formule voor N opstellen.'

En weg is hij. Aan het schoolbord verdwijnt elke verlegenheid die hij over Engels spreken zou kunnen voelen, net zoals Hardy's onbehagen vervluchtigt. Ze zijn een andere wereld binnengestapt, en wanneer Alice Neville een uur later van boven aan de trap naar beneden tuurt, ziet ze vier mannen die ze amper herkent en die een taal spreken die ze wel nooit zal kunnen begrijpen.

2

Alice wandelt de gang door en stapt de logeerkamer binnen, waarvan de deur door Ramanujan op een kier is gelaten. Zijn hutkoffer – donker leer, vrijwel zonder schaafplekken – staat keurig gepakt op de vloer. Het bureaublad is leeg, de waskom schoon. Het bed schijnt niet beslapen te zijn. Hoe kan dat? Ze voelt onder de dekens en realiseert zich dat de lakens niet zijn beroerd. Heeft hij dan op de vloer geslapen? Of misschien boven op de beige chenille sprei, die hij nadat hij wakker was geworden heeft gladgetrokken? Er is geen enkele onbekende geur de kamer binnengedrongen, alsof Ramanujan in zijn bescheidenheid zelfs de uitwasemingen van zijn lichaam heeft geblokkeerd. Ze ruikt alleen de propere geur van de geschrobde houten vloer en de koude lentelucht.

Eerder die week, toen ze de kamer voor Ramanujan in orde maakte, drong de vraag zich bij haar op wat hij van het harde hoge bed zou vinden, van het geverniste bureau, de muren zonder enige decoratie, op enkele reproducties van Benozzo Gozzoli na die ze op huwelijksreis in Italië op de kop hadden getikt. In Madras had Ramanujan geen bed, weet ze. Zoals de meeste Indiërs sliepen hij en zijn familieleden op matrasjes die overdag werden opgerold en weggeborgen. Elk leeg stuk vloer kon dienstdoen als slaapkamer. En nu is hij hier in Engeland, waar de bomen net beginnen uit te botten, en om te slapen moet hij op een bed klimmen. Wat moet hij daar niet allemaal van denken? Zou het ongewone hem naar de keel vliegen? Rolt hij zich helemaal op? Verstopt hij zich ervoor? Of komt hij in dit vreemde hoge bed tot de ontdekking dat er een nieuwe Ramanujan – een versie van hemzelf die alleen maar in het buitenland tot leven kan worden gewekt, zoals er een nieuwe versie van Alice in Indië tot leven was gewekt – begint uit te botten, net als bij de bomen?

Ze duwt de deur dicht. Beneden verheffen de mannen hun stem van opwinding en ongeduld. Niemand zal haar komen storen als ze de koffer opent, naar de netjes opgevouwen kleren staart en naar de notitieboeken die er boven op liggen. In een toilettas – ook nieuw, passend bij de koffer – treft ze een haarborstel aan, haarwater, tandpoeder en een tandenborstel. Ze tast onder de kleren en trekt een boek tevoorschijn getiteld *Gids in Engelse etiquette voor de Indische heer*, een foto van een jong meisje dat naar ze veronderstelt zijn vrouw is en een klein onhandig voorwerp dat, als ze het uit het overhemd rolt waarin het is gewikkeld, een koperen beeldje van Ganesha blijkt te zijn, de olifantgod van de hindoes, de god van succes en wijsheid, van nieuwe ondernemingen en een voorspoedige start, van literatuur. Ramanujans Ganesha heeft een dikke buik en draagt een kroon. In de eerste van zijn vier handen houdt hij een strop, in de tweede een drietand, in de derde een gebroken slagtand om mee te schrijven en in de laatste een roos. Zijn slurf kronkelt om een zoete versnapering en rechts van hem zit de rat waarop hij rijdt, zoals mensen op paarden rijden.

Waarom haalt Ramanujan hem niet uit de koffer? Zet hij hem niet naast de waskom op het bureau? Waarom hangt hij zijn ongemakkelijke kleren niet uit, legt hij zijn haarborstel en tandpoeder niet klaar, slaat hij de dekens niet open zodat hij tussen de lakens kan kruipen? Ze zou willen dat ze die dingen voor hem kon doen. Ze weet dat ze die dingen niet voor hem durft te doen. Hij mag haar graag – dat is wel duidelijk – maar hij is te verlegen om openlijk genegenheid te tonen. En hoe kan ze hem daartoe dwingen?

Heel secuur stopt ze het boek en het beeldje van Ganesha weer in de hutkoffer, die ze dicht doet en op slot klikt. Dan gaat ze op bed zitten, waardoor ze de volmaakt gladgetrokken sprei kreukt. Ze denkt aan de mannen beneden en heel even krijgt ze zomaar het gevoel alsof ze van eenzaamheid zou kunnen sterven.

Waarom doet het haar zoveel? Waarom is het zo belangrijk voor haar dat hij in haar huis verblijft? Het zou Israfel niets uitmaken. Die zou ernaar uitzien om hem te lozen, om hem over te dragen aan Trinity College en dan opgelucht in haar handen te klappen en te zeggen: 'Nou, dát hebben we ook weer gehad, gelukkig.' Maar Alice is niet Israfel, en dus wordt ze overspoeld door droefheid.

Heel langzaam komt ze overeind. Ze strijkt de kreukels glad die ze in de sprei heeft gemaakt – genoeg om iets van netheid te scheppen, niet genoeg om voor Ramanujan te verhullen dat er iemand op zijn bed heeft gezeten. Dan loopt ze weer de gang op. De zon gaat onder. De mannen zitten nog steeds te praten. Ze zou thee voor hen moeten zetten. Dat weet ze. Ze zou naar beneden moeten gaan om wat biscuits op een schaal te leggen en het water op te zetten. Maar ze verroert zich niet.

3

*R*amanujan blijft zes weken bij de Nevilles logeren. Er zijn regelmatig etentjes waarvoor tal van Trinity-coryfeeën worden uitgenodigd, zodat die eindelijk een blik kunnen werpen op de 'Hindoerekenaar', zoals een van de kranten hem onlangs heeft genoemd. Russell komt, net als Love, Barnes, Butler. Op een avond wordt Hardy gevraagd om Gertrude mee te brengen. Tegen die tijd is het afschuwelijke eten bij de Nevilles zo'n vast roddelonderwerp geworden op Trinity dat Hardy zo verstandig is om Littlewood en zijn zus eerst op een maaltijd bij hem thuis te onthalen zodat ze ongestraft een gebrek aan eetlust kunnen aanvoeren wanneer ze worden gedwongen om het hoofd te bieden aan de nieuwste aberratie – vegetarische forel, vegetarisch gehakt met aardappelpuree – die uit het kookboek van mevrouw Neville is opgeduikeld.

Vanavond staat hun echter een verrassing te wachten. In plaats van een vleeskarikatuur te hebben bereid, verkondigt mevrouw Neville dat ze een vegetarische curry heeft klaargemaakt, dankzij de recente levering van bepaalde specerijen die uit Londen waren besteld. 'In de heer Ramanujans vaderland zouden we natuurlijk met onze handen eten,' zegt ze tegen Gertrude, 'maar zoals ik hem heb uitgelegd hebben de meeste Engelsen net zoveel moeite met die gewoonte als hij in het begin met zijn vork had. En nu bent u al behoorlijk bedreven met ons eetgerei, nietwaar, meneer Ramanujan?'

Ramanujan wiebelt met zijn hoofd. Het heeft een poosje geduurd voor Hardy aan dat curieuze gebaar van hem was gewend, een soort geschommel vanaf de hals dat, heeft hij inmiddels geconcludeerd, een voorlopig ja betekent. Vergis u niet: Hardy voelt niets dan dankbaarheid jegens de Nevilles. Ze hebben Ramanujan opgevangen en gezorgd dat hij zich thuis voelt, ze hebben hem de achterafstraatjes van Cambridge en de gangen van Trinity College leren doorkruisen, ze hebben hem gevoed en onderdak geboden en schijnen bereid dat te blijven doen voor zolang zijn verblijf duurt. Dat gezegd zijnde ergert het Hardy nogal hoezeer ze hem, in elk geval in het bijzijn van anderen, als hun eigendom behandelen, als een intelligente huisaap die wordt afgericht om zich als mens te gedragen. En kijk! Vanavond, bij wijze van traktatie voor de aap, eten we bananen als maaltijd! Nou ja, dat is misschien iets te hardvochtig. Maar het staat vast dat Alice Neville probeert Gertrude te imponeren door een curry klaar te maken. Om een of andere reden schijnt het voor Alice van het grootste belang te zijn om een positieve indruk op Gertrude te maken.

Hardy wendt zich opzij om een blik op zijn zus te werpen. Er valt geen enkele reactie op haar gezicht te lezen. Met niemand ter wereld voelt hij zich inniger verbonden dan met Gertrude, en toch kan hij in bepaalde fundamentele opzichten niet goed wijs uit haar. Wat zou ze bijvoorbeeld van het interieur van de Nevilles vinden, dat ze monstert zoals ze alles monstert, onaangedaan en zonder commentaar? Littlewood flirt met haar elke keer als ze elkaar treffen. Wat kan hij in haar zien? Ze is knokig en plat van voren en draagt een bruine hobbezak van een jurk, nieuw noch modieus. Dus misschien is dat het wel – misschien is het haar volslagen gebrek aan verlegenheid dat hem aantrekt. Door dezelfde eigenschap heeft Hardy zich ooit tot Littlewood aangetrokken gevoeld.

Ze nemen plaats voor het diner. De rijst wordt opgediend in een aardewerken kom, de curry – die soepig en gelig is en waarin stukjes ondefinieerbare groente dobberen – in een zilveren terrine. 'In Madras zou een dergelijke curry natuurlijk veel pittiger gekruid zijn, mejuffrouw Hardy,' zegt mevrouw Neville. 'Ik heb enige aanpassingen verricht om de Engelse maag tegemoet te komen.'

Dat heeft ze inderdaad. De curry is zo mogelijk nog laffer dan de versies die Hardy's moeder wel eens had klaargemaakt. Niettemin vormt het gerecht een welkome afwisseling met vegetarische gans. Ramanujan zelf, merkt hij op, valt er zowaar enthousiast op aan, ongetwijfeld blij met zelfs dit flauwe aftreksel van het eten dat hij gewend is. En intussen babbelt mevrouw Neville maar door over Madras en de Indische manier van eten – waarbij het voedsel in een soort pannenkoekje wordt gewikkeld – terwijl Neville haar gadeslaat, geamuseerd en gelaten. Ramanujan zwijgt en wiebelt alleen maar af en toe met zijn hoofd. Het moet voor hem net zo duidelijk zijn als het voor Hardy is dat de voorstelling in wezen voor Gertrude is bedoeld. Vrouwen zijn zulke ondoorgrondelijke wezens, zich zo bewust van elkaar als potentiële concurrenten, bondgenoten of prooi! Als je hen geen van beiden kende, zou je kunnen menen dat Gertrude wel afgunstig zou zijn op Alice: Gertrude, de verpersoonlijking van de Engelse vrijgezelle schooljuf. En toch is het daarentegen Alice die naar Gertrudes goedkeuring hunkert. Waarom? Misschien verbeeldt ze zich dat Gertrude een toonbeeld van koele, mondaine spitsvondigheid is, de belichaming van een wereld waarin Alice zich, gegeven haar situatie, jammerlijk slecht op haar gemak zou voelen. Het maakt ook niet uit dat Gertrude helemaal niet zo'n soort vrouw is, dat ze in feite net zo geïntimideerd zou zijn door Virginia en Vanessa Stephen of door Ottoline Morrell als Alice. Want het is Gertrudes kracht dat ze goed in spelletjes is. Als je de bal krijgt moet je ermee wegrennen, weet ze. En dus speelt ze in Alice' bijzijn de rol die haar is toebedeeld. Ze is terughoudend en enigszins neerbuigend, en weigert gedurig om de kus van goedkeuring te geven waar Alice naar snakt. Die onthoudt ze haar, en bijgevolg vervloekt Alice zichzelf dat ze de liefde van een man nodig heeft om zichzelf te kennen.

Beide vrouwen volgen Ramanujan met argusogen. Het lijkt wel of elk facet van de Indiër, zelfs zijn genialiteit, voor hen een odeur heeft die net zo exotisch en pikant is als het eten dat Alice beschrijft. En wordt hij uit zijn doen gebracht door hun blikken, al was het maar een beetje? Hij kan niet aan dergelijke attenties gewend zijn. Hij is gewend aan eenzaamheid.

Elke ochtend, nadat mevrouw Neville voor zijn ontbijt heeft gezorgd en toegezien op passende kleding voor de geldende weersomstandigheden, steekt hij de Cam over en wandelt hij over Midsummer Common. Dan neemt hij King Street, Sussex Street en Green

Street naar Trinity College. Een wandeling van een half uur, in schoenen waarvan hij nog steeds blaren op zijn voeten krijgt. De rest van de ochtend werken hij en Hardy samen, meestal met zijn tweeën maar soms is Littlewood er ook bij. Ze werken aan Riemann. Hardy heeft inmiddels onomstotelijk vastgesteld dat er een oneindig aantal nullen op de kritieke lijn ligt, maar zoals hij tegen juffrouw Trotter had gezegd betekent dat nog niet dat er niet ook een oneindig aantal nullen níet op de kritieke lijn ligt. Dus eigenlijk heeft Hardy nog niets bewezen, alleen maar een stap in de goede richting gezet.

Zijn eerste taak is om aan Ramanujan uit te leggen waarom diens eigen verbetering van de priemgetalstelling niet klopt. Dat blijkt nogal wat tact te vergen. Aan de ene kant moet Hardy hem ervan overtuigen waarom zijn redenering niet sluitend was, en met name duidelijk maken dat een nauwkeurigheid tot op 1000 gehele getallen in de wiskunde niets betekent. Aan de andere kant wil hij Ramanujan niet ontmoedigen. Hij wil dat hij begrijpt waarom zijn misser – en het is een misser – in sommige opzichten bewonderenswaardiger is dan al zijn triomfen, want alleen al voor het formuleren van het probleem waarop hij in Kumbakonam dankzij zijn verbeelding was gestuit hebben de beste wiskundigen van Europa een eeuw nodig gehad. En geen van hen – Hadamard niet, Landau niet, Hardy niet – heeft het opgelost. Misschien kan Ramanujan het wel.

Helaas is hij ongeduldig. Hij popelt om er een publicatie aan te wijden, vertelt hij Hardy, zodat hij de mensen in Madras die hem hebben gesteund kan laten zien dat ze hun tijd en geld niet hebben verkwist. En er is nog meer aan de hand, weet Hardy zeker. Geen enkel mens, hoe spiritueel ontwikkeld ook, is vrij van ijdelheid. Zelfs Ramanujan moet ervan dromen om met zijn succes te pronken ten overstaan van degenen die hem niet op zijn juiste waarde hadden geschat, en hun daarmee net zo'n gevoel van nietswaardigheid te bezorgen als ze hem hadden gegeven. En niet enkel de kleingeestige provinciale bureaucraten die zijn studiebeurzen in Kumbakonam hadden ingetrokken. De drang strekt zich uit tot Cambridge zelf.

Zo had Hardy al vroeg het idee gehad – eigenlijk al vanaf de dag dat hij Ramanujans eerste brief had gekregen – dat hij niet de eerste gezaghebbende wiskundige was aan wie Ramanujan had geschreven. Hij heeft er nu naar gevraagd en inderdaad bevestigd gekregen dat Ramanujan, lang voor hij Hardy had geschreven, twee van diens collega's in Cambridge had aangeschreven, Baker en Hobson. Geen van beiden had de moeite genomen om te reageren.

De volgende morgen wil Ramanujan alles te weten komen wat hij kan over Baker en Hobson. Wanneer en waar geven ze college? Als hij het aan de portier van hun College vraagt, kan hij er dan achter komen waar ze wonen? Hardy vertelt het hem, zij het met tegenzin. Niet dat hij bang is dat Ramanujan met de twee mannen, die hijzelf geen van beiden persoonlijk kent, in de clinch zal gaan. Daar is hij veel te verlegen voor. Maar Hardy acht hem er wel toe in staat om krantenberichtjes over zijn komst naar Engeland onder hun deur te schuiven.

Het blijkt geen sinecure te zijn om hem les te geven. De eerste twee of drie ochtenden probeert Hardy hem uit te leggen wat een bewijsvoering is, maar Ramanujans aandacht dwaalt voortdurend af. In veel opzichten is hij nog steeds het kind dat magische vierkanten bedacht om zijn schoolvriendjes te vermaken. Hij weigert zich op Riemann te concentreren, zoals Hardy graag zou willen, maar laat zijn geest naar twintig kanten tegelijk zwerven, en hoewel Hardy hem bij de les probeert te houden, durft hij de vlucht van zijn associatieve verbeelding die tot onverwachte ontdekkingen zou kunnen leiden niet te hinderen.

Op een ochtend zitten ze bijvoorbeeld over π te praten. Hardy weet dat Ramanujan in de eenzame jaren die hij op zijn moeders *pial* had doorgebracht een groot aantal formules had ontworpen, waaronder enkele om de waarde van π mee te benaderen. Sommige van die formules troffen Hardy als heel opmerkelijk, al was het maar omdat ze zo zonderling waren. Bijvoorbeeld:

$$\pi = \frac{63}{25} \times \frac{17 + 15\sqrt{5}}{7 + 15\sqrt{5}}$$

Of:

$$\frac{1}{2\pi\sqrt{2}} = \frac{1103}{99^2}$$

Tegenwoordig is Ramanujan iets geavanceerders op het spoor. Op eigen kracht heeft hij ontdekt dat het met behulp van zogenaamde modulaire vergelijkingen mogelijk is om nieuwe, ongelooflijk snelle benaderingen van π te ontwerpen: reeksen die in een verbluffend tempo convergeren en de rekenaar in staat stellen om in heel korte tijd de waarde van π tot een gigantisch aantal decimalen uit te schrijven. En hoe is hij aan die vergelijkingen gekomen? Om zichzelf te vermaken stelt Hardy zich voor dat Ramanujan in de logeerkamer van de Nevilles lag te slapen en dat Namagiri – donkerhuidig, voor zijn geestesoog, met een Cleopatra-pony en geverfde wangen en dertig armen – geduldig de formules op zijn tong schreef. Wat moet die godin een genie zijn, dat ze kan doen wat Moore niet kon: op haar gemak door ongerepte wouden van de geest dwalen en terugkomen met juwelen en schatten! Hardy begint vaag tussen het gebladerte een pad te ontwaren dat van Ramanujans mislukte poging om de priemgetalstelling te verbeteren naar de Riemann-hypothese loopt en misschien nog verder. De vraag is of zijn eerzucht hem zal helpen of hinderen terwijl hij dat pad verkent? Of om het anders te stellen: zal Namagiri, nu Ramanujan de zee heeft overgestoken, hem volgen?

Zo brengen ze hun ochtenden door, en 's middags gaat Ramanujan naar colleges of terug naar het huis van de Nevilles, waar hij wie weet wat met mevrouw Neville doet tot de zon ondergaat en die gruwelijke etentjes zich aandienen, minstens een of twee keer per week. Wat mevrouw Neville Ramanujan te eten geeft als er geen gasten bij zijn, daar durft Hardy niet eens naar te gissen.

Op een avond stelt hij voor dat Littlewood en hij Ramanujan meenemen naar het avondmaal in de eetzaal van Trinity. Ze halen hem op bij de Nevilles en wandelen met hem weg terwijl mevrouw Neville hem in de deuropening staat uit te zwaaien, even bezwaard als elke moeder die haar kind voor het eerst naar school stuurt.

Neville wacht hen op in Trinity, waar Ramanujans komst met belangstelling wordt begroet. Hij draagt voor het eerst zijn toga. Diverse mannen verwelkomen hem, en ofschoon het niet gebruikelijk is – hij is geen lid van de wetenschappelijke staf – mag hij voor deze gelegenheid tussen Littlewood en Hardy aanschuiven. Omdat de kok op de hoogte is gesteld van zijn vegetarisme, wordt er een onappetijtelijke schotel van gekookte aardappels, wortels en rapen voor hem neergezet die hij argwanend bekijkt. Wie kan het hem kwalijk nemen? Anderzijds, hij is hier vanavond niet voor het eten gekomen.

Russell zit tegenover hen. Hij wil dolgraag Ramanujans mening horen over onafhankelijkheid voor Indië, de suffragettebeweging, zelfbestuur voor Ierland. Tegen een dergelijk verhoor blijkt Ramanujan niet opgewassen. Zijn antwoorden zijn warrig en gejaagd, met name als het over de suffragettes gaat, aangezien hij het woord niet eens kent. En hoe kan van hem worden verwacht dat hij een mening over vrouwenkiesrecht heeft als hij uit een land komt waar de meeste vrouwen niet eens kunnen lezen of schrijven? Het is niet zo dat Russell hem zit te provoceren of te pesten; hij zit alleen maar mis. Voor Russell is Ramanujan juist het tegendeel van de exotische gast die hij voor Gertrude en Alice is: hij is een afgezant uit een ander deel van de wereld, en Russell hengelt ongetwijfeld naar zijn opvattingen in de hoop hem voor zijn nog stroef lopende karretje te spannen om een nieuw Engeland te creëren. Dat is echter een zinloze onderneming, zoals Russell zelf al snel schijnt in te zien, want hij verandert van onderwerp. Hij vraagt naar het onderzoek waar Ramanujan aan werkt.

Nu ontspant de Indiër zich. Hij praat over enkele van de modulaire benaderingen van π die hij heeft ontworpen, waaronder een vergelijking die een waarde voor π levert met acht decimalen in het allereerste lid. Russell is opgetogen. Als er één onderwerp is dat hem van politiek kan afleiden dan is het wel wiskunde, en het gesprek redt de avond.

Na afloop wandelen Hardy en Littlewood met Ramanujan en Neville mee terug naar Chesterton Road. Onderweg zegt Ramanujan weinig. Hij hinkt vanwege zijn knellende schoenen. En als hij uitgeput is, is dat geen wonder. Ook al is het wat hij het liefst van alles wilde, of wat hij beweerde het liefst van alles te willen, toch moet het hem duizelen om zo snel van de eenzaamheid van zijn moeders *pial* naar de commotie van Trinity's eetzaal te schakelen. En dat allemaal ten gevolge van een brief die Hardy even achteloos weg had kunnen gooien als de andere mannen hadden gedaan aan wie hij was gestuurd, in welk geval Ramanujan zich nog steeds in Madras zou bevinden en nog steeds op het kantoor van het havenbedrijf zou werken.

Misschien wordt het hem te veel – alsof een schipbreukeling, na jaren op een onbewoond eiland te hebben doorgebracht, ten slotte wordt gered en te horen krijgt dat hij voortaan, als beloning voor zijn ontberingen, al zijn maaltijden in het Savoy Hotel mag nuttigen. En wat gebeurt er dan? Hij wordt ziek van zo'n overdaad aan machtig voedsel omdat zijn maag gewend was geraakt aan bladeren en distels en vis die hij met zijn handen had gevangen. In dezelfde trant overleefde Ramanujan jarenlang op het karigste dieet van bevestiging. Dus: hebben ze zich vergist door te veronderstellen dat zijn maag zijn eetlust wel aan zou kunnen?

Mevrouw Neville is voor hen opgebleven als ze bij haar huis aankomen. 'Dag lieveling,' zegt Neville, en geeft haar een kus op haar wang. 'Ik ben bang dat we de arme Ramanujan vanavond zwaar op de proef hebben gesteld. Vragen, vragen, vragen!'

'Het was heel stimulerend,' zegt Ramanujan.

'Hoe is het met uw voeten?' vraagt Alice.

'Goed, dank u.'

'Nou ja, u bent weer thuis.' Ineens kijkt Alice geschrokken naar Hardy, alsof ze zich een emotie heeft laten ontglippen die ze liever voor hem verborgen had gehouden. Dwaas. Hij heeft het allang door.

Later, op de terugweg naar Trinity, bespreekt hij de kwestie met Littlewood. 'Ik heb wat moeite om te doorgronden wat ze voor hem voelt,' zegt hij. 'Aan de ene kant stelt ze zich heel moederlijk op, maar ze lijkt ook wel een beetje verliefd op hem te zijn.'

'Bij vrouwen komt dat vaak op hetzelfde neer,' zegt Littlewood.

'Wat, moederliefde en –'

'Precies. Heel gebruikelijk.'

'Maar Neville heeft geen flauw benul.'

'Natuurlijk wel. Maar hij is er gewoon niet zo mee bezig. Je kent Neville toch.'

'Dus volgens jou hebben ze geen –'

'O, misschien wel. Wie weet? En wat zou het dan ironisch zijn! Want is dat niet juist waar elke Indische moeder het bangst voor is, als haar zoon het land uit gaat? Verleiding door een verdorven buitenlandse dame? Maar wie had ooit gedacht dat het Alice zou zijn?'

Hardy fronst. Hij weet niet zeker of Littlewood een grapje maakt en hij wil er niet voor uitkomen dat hij het niet zeker weet.

'Nou ja,' zegt hij na een poosje, 'als je het mij vraagt, hebben ze geen verhouding. Ik bedoel, moet je nagaan: Alice met haar onverklaarbare toewijding aan Neville, Ramanujan die nog een kind lijkt. En niet erg in vrouwen geïnteresseerd, voor zover ik kan beoordelen.'

'Dat weet je nooit zeker. Maar hoe het ook zit, ik hoop maar dat hij het naar zijn zin heeft. Want vanavond maakte hij een erbarmelijke indruk.'

'Hij wordt overdonderd door menigtes.'

'Hij zou weg moeten bij de Nevilles. Naar Trinity verhuizen. Ik heb het nagevraagd, en aan het einde van het studiejaar zou er een kamer in Whewell's Court vrij moeten komen.'

Wat slim van Littlewood! Als ze Ramanujan dicht in de buurt hebben zal immers niet alleen hun samenwerking gemakkelijker te regelen zijn, maar zal dat ook voorgoed een aantal complicerende factoren elimineren, zoals daar zijn mevrouw Neville, haar vegetarische kookboek, haar etentjes.

'Zullen we het onderwerp morgen aankaarten?' vraagt hij.

'Laten we dat doen,' zegt Littlewood. 'Misschien blijkt dan uit zijn reactie wel wat we willen weten.'

4

*E*en regenachtige middag in Chesterton Road. Het vuur knettert. Alice en Ramanujan zitten tegenover elkaar aan tafel naar een half voltooide legpuzzel te staren, een oude uit haar jeugd. Vijfhonderd stukjes. Sinds ze aan de puzzel bezig zijn is er gaandeweg een beeld opgedoemd tegen de donkere houtnerf: twee heren in Victoriaanse kledij die aan een tafel zitten die wel iets wegheeft van de tafel waaraan Alice en Ramanujan zitten. Op de vloer ligt een oosters tapijt met een patroon in warme rode en gele tinten. Een derde man, gekleed in het tenue van een herbergier, staat links van de tafel. Is dit een taveerne? Mogelijk houdt een van de mannen een glas vast. Jaren geleden, toen ze een jaar of veertien was, had een zakenrelatie de puzzel aan haar vader cadeau gedaan. Die had er geen belangstelling voor, zodat hij uiteindelijk naar de kinderkamer verhuisde waar Alice en haar zusje Jane nog steeds hun huiswerk deden. Elk jaar of zo deden ze een kranige poging om de puzzel helemaal te leggen, maar dan werden ze afgeleid door de leuke vormen waarin veel stukjes waren gestanst: het zijaanzicht van een hoofd, een hond, een hartje, een halvemaan. Soms kwamen ze zo ver dat ze de rand en een hoek van het tapijt klaar hadden, en dan verloor Jane haar geduld en blies ze hard op tafel waardoor de stukjes op de vloer zeilden. Want Jane was opvliegend van aard. Zij was de wildebras van de twee en Alice degene die op haar knieën de ravage van haar zusjes razernij moest opruimen. Misschien had ze daarom, toen hun vader overleed en hun moeder het huis van de hand deed, de puzzel opgeëist en meegenomen naar Chesterton Road. Toen Ramanujan kwam logeren had ze hem tevoorschijn gehaald. Hij had nog nooit een legpuzzel gezien. Ze had amper tijd om hem uit te leggen wat het was of hij had zich er al op gestort.

En nu zit hij hier naar de drie Victoriaanse heren te staren met een stukje in de vorm van een piepklein pompoentje met de kleuren van het tapijt in zijn rechterhand. Hij bestudeert het tapijt even – nog verre van klaar, alsof ratten er gaten in hebben geknaagd – en past dan, met een zwierig gebaar dat haar aan vliegtuigen doet denken, het stukje op zijn plaats. Het pompoentje verdwijnt terwijl er weer een stukje tapijt ontstaat. Dat was nogal een teleurstelling voor Alice toen ze jong was, want met het leggen van de puzzel raakte ze ook de leuke vormen kwijt.

'Hebt u een methode bedacht?' vraagt ze aan Ramanujan, terwijl ze hem eigenlijk zou willen vragen: 'Helpt Namagiri u ook met puzzels?'

'Ik zou het geen methode willen noemen,' zegt hij, 'maar ik heb wel eh… een aanpak. Dat wil zeggen dat ik, als ik de omlijsting klaar heb, de stukjes van dezelfde kleur verzamel en van daaruit verder ga.'

Alice moet een glimlach onderdrukken. Wat grappig, denkt ze, om samen met een van de grootste genieën uit de geschiedenis van de mensheid aan tafel te zitten en te zien hoe hij helemaal opgaat in een legpuzzel! En haar man, de wetenschapper van Trinity College, is geen haar beter. Ze weet best dat Eric, zodra hij vanmiddag thuiskomt, zodra hij zich heeft afgedroogd en een kop thee heeft gedronken, aan deze tafel gaat zitten en tot het avondeten met Ramanujan aan de puzzel zal werken. Als kinderen zullen ze aan de slag gaan. Zonder er verder bij stil te staan. En Alice zal er geen bezwaar tegen hebben, maar toch zal ze zich verplicht voelen om van tafel op te staan. Om hen alleen te laten. En waarom? Ze weet het niet precies. Al met al is het fijner als ze alleen is met Ramanujan. Dan kan ze met hem praten op een manier die haar nooit lukt als Eric erbij is.

Hij houdt nu een stukje vast dat wel een zeekreeftje lijkt, of iets kreeftachtigs. Zoals altijd draagt hij een colbertje met stropdas. Hij heeft zijn schoenen niet aan. Alice had al snel in de gaten gekregen dat ze hem pijn deden en zachte pantoffels voor hem gekocht. Ze had hem verteld dat het in Engeland gebruikelijk is om die in huis te dragen. Om hem op zijn gemak te stellen had ze ook voor zichzelf en voor Eric pantoffels gekocht, en nu dragen ze ze alle drie. De enige van het huishouden die geen pantoffels draagt is Ethel.

Niettemin moet Ramanujan de gevreesde schoenen aantrekken als hij het huis uit gaat. Ze weet wat een kwelling het voor hem is om naar Trinity te lopen met zijn tenen zo bijeengeperst, en ze zou willen dat het warm genoeg voor hem was om sandalen te dragen. Maar zou hij dat wel doen, als het kon? Ze heeft in de stad andere Indiërs gezien in kledij die meer bij hun herkomst past. Ze heeft er Ramanujan eens naar gevraagd, en die antwoordde dat hij, toen hij het besluit had genomen om naar Engeland te komen, door Littlehailes, een van zijn begunstigers in Madras, in het zijspan van diens motorfiets naar Spencer's was gereden, het chique oudste warenhuis van de stad, waar Ramanujan nog nooit een voet over de drempel had gezet. Daar werden hem overhemden, pakken, pantalons aangemeten. Hij was naar een Engelse barbier gebracht die zijn *kudimi* had afgeknipt, iets wat hij pas toestond nadat zijn vrouw en moeder naar Kumbakonam waren vertrokken.

'Hoe voelde u zich toen?' vroeg Alice, denkend aan het boek dat ze in zijn hutkoffer had gezien, *Gids in Engelse etiquette voor de Indische heer*. En na even nadenken antwoordde hij: 'Ik voelde me alleen maar potsierlijk in die kleren. Maar toen de barbier mijn *kudimi* had afgeknipt, moest ik huilen. Het was net of ik mijn ziel verloor.'

Het kreeftje dat Ramanujan in zijn hand heeft landt op tafel, en bij die beweging schiet er een steek van empathie door Alice waardoor ze letterlijk overeind springt. Ramanujan kijkt op. 'Lieve hemel,' zegt Alice, want bij het opstaan zijn er enkele stukjes van de puzzel verschoven.

'Geeft niks,' zegt Ramanujan, die ze weer op hun plaats legt.

Ze loopt naar de piano. Het is een oude Broadwood met lantaarntjes aan weerszijden, geërfd van haar grootvader. De laatste tijd is ze in Ramanujans bijzijn begonnen te spelen – eenvoudige stukken, want ze kan het niet zo goed. 'Greensleeves', een menuet van

Händel, een paar impromptu's van Schubert. En gisteren had ze de muziekboeken doorgebladerd die ze samen met de piano heeft geërfd en was ze op de muziek van *The Pirates of Penzance* gestuit. Het is een vereenvoudigde partituur, bedoeld om bij optredens thuis te gebruiken. Ze had 'Poor Wandering One' gespeeld maar er niet bij gezongen.

Nu slaat ze de muziek open bij het lied van de generaal-majoor. Ze oefent de melodie even, en dan steekt een onverwachte vlaag van bravoure de kop op en eigenlijk zonder voorbereiding zingt ze:

I am the very model of a modern Major-General,
I've information vegetable, animal, and mineral,
I know the kings of England, and I quote the fights historical,
From Marathon to Waterloo, in order categorical.

Ramanujan zit aan tafel naar haar te kijken.

'Meneer Ramanujan, kom bij me zitten aan de piano,' zegt Alice. 'Ik heb zo'n idee dat u dit lied wel aardig zult vinden.'

Aarzelend staat hij op. Alice maakt plaats voor hem op de kruk en hij gaat zitten, zo dichtbij dat ze de warmte van zijn lichaam kan voelen maar niet zo dichtbij dat hun kleren langs elkaar strijken. 'Dit lied komt uit een beroemde *opera buffa* getiteld *The Pirates of Penzance*. De zanger is een officier die probeert indruk te maken op een stel piraten, maar eigenlijk gaat het erom dat hij erg vol van zichzelf is. Luister.'

I'm very well acquainted, too, with matters mathematical,
I understand equations, both the simple and quadratical,
About binomial theorem I'm teeming with a lot o' news
With many cheerful facts about the square of the hypotenuse.

'Het wordt natuurlijk veel sneller gezongen als het wordt gespeeld zoals het hoort,' vervolgt Alice. 'En door een man.'

Ramanujan zit naar de partituur te kijken. 'Binomiaal theorema,' zegt hij op een toon die pret of hoon zou kunnen uitdrukken.

'Daarom dacht ik dat u het wel aardig zou vinden,' zegt Alice.
'Toe, laten we het samen zingen.'

'Zingen? Ik kan niet zingen.'

'Hoe weet u dat? Hebt u niet in de tempel gezongen?'

'Jawel, maar... Ik heb nog nooit een Engels lied gezongen.'

'Nou ja, ik kan ook niet zingen, en wie kan ons horen? Alleen
Ethel. Dus we zingen het samen. Ik tel tot drie. Een, twee, drie...'

Ze zingt en tot haar grote genoegen valt Ramanujan in:

> I'm very good at integral and differential calculus;
> I know the scientific names of beings animalculous;
> In short, in matters vegetable, animal, and mineral,
> I am the very model of a modern Major-General.

'Ziet u wel, dat deed u heel goed.'

'O ja?'

'U hebt een prachtige tenor. En nog beter, een heel goed gehoor.
Misschien hebt u wel een absoluut gehoor.'

Ramanujan kijkt naar zijn schoot. Hij hijgt. Zweet parelt op zijn
voorhoofd, zoals altijd wanneer hij gelukkig is.

'Nou vooruit,' gebiedt Alice, 'laten we doorgaan. We maken het
lied af en daarna zingen we het helemaal samen.'

Ramanujan haalt diep adem.

'Een, twee, drie –'

> I know our mythic history, King Arthur's and Sir Caradoc's,
> I answer hard acrostics, I've a pretty taste for paradox,
> I quote in elegiacs all the crimes of Heliogabalus,
> In conics I can floor peculiarities parabolous.

'Parabolische rariteiten!' herhaalt Alice, en ze beginnen allebei te
lachen. Ze lachen als kinderen. Buiten stroomt de regen neer. Op
tafel ligt de puzzel, sereen, roerloos, schijnbaar tevreden in zijn half
voltooide staat. Alice wiebelt met haar tenen, behaaglijk in haar pantoffels, net als Ramanujan, neemt ze aan.

En dan gaat plotsklaps de deur open. Ze staan allebei opgelaten op, alsof ze midden in iets onbetamelijks worden betrapt. 'Dag, lieveling,' zegt Neville terwijl hij binnenkomt, zijn voetstappen gevolgd door andere voetstappen. Die van Hardy en Littlewood.

'Dag,' zegt Alice en loopt werktuiglijk naar haar man toe om zijn kus in ontvangst te nemen.

'Ik heb Hardy en Littlewood meegebracht voor een kopje thee. Ik hoop dat je er geen bezwaar tegen hebt.'

'Natuurlijk niet.'

'Wat hebben jullie uitgespookt? De puzzel, zie ik. Ze zijn hard bezig aan een legpuzzel, Hardy. En wat is dat? De piano staat open! Heb je Ramanujan leren spelen?'

'Nee, zingen.' Alice belt om Ethel terwijl Neville naar de piano loopt om te kijken wat voor muziek er klaarstaat.

'Het lied van de generaal-majoor,' zegt hij. 'Zeg Ramanujan, hebt u zich aan Gilbert en Sullivan gewaagd?'

Ramanujan zwijgt. Hij gaat stijfjes op de canapé zitten.

'Mevrouw Neville, u weet me elke keer weer te verbazen,' zegt Littlewood. 'Wat bewijst u ons een grote dienst door Ramanujan met allerlei Engelse dingen kennis te laten maken! Terwijl wij altijd alleen maar met hem over wiskunde praten.'

Alice gaat tegenover Ramanujan in een van de oudevrijsterfauteuils zitten. 'Hoe komt het dat je zo vroeg thuis bent?' vraagt ze terwijl Ethel binnenkomt met de theespullen.

'Fantastisch nieuws. Littlewood heeft woonruimte gevonden voor Ramanujan. In Whewell's Court. Hij kan volgende week verhuizen.'

Wat drukt haar gezicht uit? Niets, hoopt ze. Niet dat haar man het zou opmerken als haar gezicht wel iets uitdrukte. Achter zijn beminnelijkheid is hij verstrooid en alleen maar met zichzelf bezig, weet ze.

Hardy zou het echter wel opmerken. Dat is wat haar beklemt. Dat hij iets in haar gezicht leest en het aan Gertrude vertelt.

En Ramanujan? Merkt díé iets op? Ethel overhandigt hem zijn thee en hij staart in zijn kopje. Neemt melk en roert.

Alice glimlacht. Later zal ze daar trots op zijn, maar op dit moment is het net of een verbolgen meisje haar wangen heeft volgezogen met lucht en de kleine puzzelstukjes die de wereld vormen op de vloer heeft geblazen.

Ze pakt haar thee aan. 'Wat een geweldig nieuws,' zegt ze. 'Dan hoeft u niet meer zo ver te lopen, meneer Ramanujan. Dat zal zoveel beter zijn voor uw voeten.'

5

Mijn beste mejuffrouw Hardy,

Ik hoop dat u het niet impertinent van me zult vinden als ik u in vertrouwen schrijf over een kwestie die u en mij, althans op het eerste gezicht, niet direct aangaat. Op aanraden van de heer Hardy zal de heer Ramanujan binnenkort mijn huis verlaten, waar hij tot volle tevredenheid zes weken heeft gewoond, om naar een kamer in Trinity College te verhuizen.

Ik kan niet genoeg benadrukken hoe sterk ik ervan overtuigd ben dat dit een rampzalige stap zou zijn. Hier wordt de heer Ramanujan goed verzorgd. Ik zorg ervoor dat hij alle melk en fruit krijgt die hij wenst, en ik zie er nauwlettend op toe dat aan al zijn behoeften wordt voldaan, zowel wat betreft voeding als anderszins. Hoe wordt hij geacht zich op de universiteit te voeden? Hij kan niet tegen het eten en zegt dat hij voor zichzelf gaat koken, op een gaskomfoor.

Ofschoon ik begrip heb voor de wens van de heer Hardy om de heer Ramanujan dichter in de buurt te hebben zodat ze meer uren van de dag aan wiskunde kunnen wijden, ben ik ook bang dat uw broer verzuimt rekening te houden met de noodzaak om te zorgen dat de heer Ramanujan ook nog een leven buiten de wiskunde heeft. Hij heeft een heel lange reis gemaakt en tracht zich aan te passen aan een wereld die hemelsbreed verschilt van de zijne. Hij mist zijn vrouw en familie. Het is toch zeker een half uur lopen per ochtend waard als hij dientengevolge zowel gezonder als gelukkiger is.

Ik weet dat u aanzienlijke invloed op uw broer hebt en wil u vragen om de heer Ramanujans zaak bij hem te bepleiten. Ik verzoek u tevens om mijn naam in dit verband niet te noemen, noch het feit dat ik u heb geschreven.

Ik verblijf, als steeds, uw dierbare vriendin
Alice Neville

'Nou, wat vind je daarvan?' vraagt Gertrude terwijl ze de brief neerlegt.

'Mijns inziens bevestigt dit alleen maar wat we steeds hebben vermoed,' zegt Hardy.

'Te weten?'

'Dat ze verliefd op hem is.'

Hij trekt aan zijn pijp. Het is een zaterdagmorgen in juni en ze zitten in de keuken van de flat aan St. George's Square. Littlewood is bij hen, een dagje naar Londen gekomen voor een rendez-vous met Anne, ook al heeft hij dat niet verteld. Hij zit aan tafel te doen of hij *The Times* leest, maar hij heeft aandachtig geluisterd terwijl Gertrude de brief voorlas en zich afgevraagd hoe ze zo achteloos voorbij kan gaan aan mevrouw Nevilles dringende verzoek om de brief voor zich te houden.

'Ik vind dat dit echt de doorslag geeft,' zegt Hardy. 'Hij moet zo snel mogelijk naar Trinity verhuizen.'

'Waarom is dat zo urgent?' vraagt Littlewood.

'Dat lijkt me duidelijk. Zolang hij onder het dak van de Nevilles vertoeft, zit hij ook onder mevrouw Nevilles duim. Hij heeft zijn vrijheid nodig.'

'Maar misschien is hij daar wel gelukkig. Je hebt dat leuke huiselijke tafereeltje gezien, Hardy. Het haardvuur en de puzzel en de piano. Ik vond het er heel knus uitzien.'

'Verstikkend, is het woord dat ik zou gebruiken.'

'Dat is het alleen voor jou. En ze heeft gelijk over het eten.'

'Dat zie ik niet in. Ramanujan lijkt er volstrekt geen bezwaar tegen te hebben om voor zichzelf te koken. Ik kreeg zelfs de indruk dat hij er eigenlijk wel naar uitziet. Dan krijgt hij weer eens wat anders dan die afschuwelijke kost die mevrouw Neville steeds uit het *George Bernard Shaw Cookbook* haalt, of hoe het ook mag heten.'

'Dat zal ik uiteraard niet bestrijden.'

'Dat mag ik hopen. Jij bent degene die een kamer voor hem heeft gevonden.'

'Maar toch vraag ik me onwillekeurig af of het uiteindelijk niet beter voor hem is om onder Nevilles dak te blijven wonen en verzorgd te worden –'

'– door een vrouw met een morbide erotische obsessie.'

Daarop schiet Gertrude in de lach. Haar lach verrast Littlewood; hij is hoger en helderder dan hij had verwacht.

'Wat is daar zo grappig aan?'

'Jullie tweeën,' zegt ze, en ze moet weer lachen.

'Hoezo?' vraagt Hardy. 'Waarom zijn we grappig?'

'Heeft een van jullie beiden ook overwogen om hem te vragen waar hij zélf wil wonen?'

6

Ramanujans hutkoffer is gepakt. Hij staat bij de voordeur van Chesterton Road 113, naast de eigenaar, die stijf in de houding staat, alsof hij een militaire of religieuze ceremonie bijwoont. Voor hem staan de Nevilles en Ethel. Iedereen is voor de gelegenheid gekleed. Niemand draagt pantoffels.

Zo dadelijk zal Nevilles oudere broer in zijn Jowett aan komen rijden, dezelfde auto waarmee ze Ramanujan hadden afgehaald toen zijn schip was afgemeerd. De broer zal het weekend blijven logeren. 'En dan te bedenken dat het nog maar – hoe lang, Alice, zes weken geleden is?'

'Zeven,' zegt Alice.

'Zeven weken. Ik moet zeggen, Ramanujan, het voelt alsof je er altijd bent geweest.'

Ramanujan staart naar zijn schoenen. Zijn voorhoofd is bezaaid met druppeltjes zweet.

'We zullen je hier missen, nietwaar, dames?' Neville legt zijn arm om Alice heen, die rilt. Maar tot ieders verrassing is het Ethel, de dienstmeid, die in tranen uitbarst.

'Toe, Ethel, alsjeblieft,' zegt Alice, haar ogen dichtknijpend.

'Neem me niet kwalijk, mevrouw,' zegt Ethel. 'Het zal gewoon niet meer hetzelfde zijn in huis, zonder meneer om fruit voor te snijden.'

'Ik kan jullie één ding verklappen,' zegt Neville lachend. 'Ik verwacht vanavond een groot stuk gebraden schapenvlees als diner.'

Daar moeten ze allemaal om lachen. Ethel haalt een zakdoekje uit haar zak en snuit haar neus.

Dan klinkt er getoeter. 'Daar is Eddie,' zegt Neville, en hij trekt de deur open om te zwaaien. 'Precies op tijd, zoals altijd!' roept hij, en dan wendt hij zich tot Ramanujan. 'Nee, eerlijk waar, we zullen je hier missen. Wij allemaal.'

'Maar ik zal niet zo ver weg zijn,' zegt Ramanujan. 'Alleen maar op de universiteit.'

'Dat is waar, en je mag komen eten wanneer je maar wilt. Nietwaar, Ethel? Ik verzeker je dat jij je laatste vegetarische gans nog niet hebt klaargemaakt.'

'O, meneer!' zegt Ethel terwijl ze haar handen voor haar gezicht slaat.

Eddie Neville komt binnen. Hij is een joviale man met een blozend gezicht, een oudere versie van Eric. Hij geeft Ramanujan een harde klap op zijn rug, en dan hijsen de broers de hutkoffer omhoog en dragen hem naar de auto. Ramanujan wendt zich tot Alice.

'Ik dank u uit de grond van mijn hart voor uw vriendelijkheid,' zegt hij. 'En niet alleen ik, ook mijn moeder dankt u.'

'O ja?'

'Ja. Dat schreef ze in een brief en ze vroeg me dat aan u over te brengen.'

'En Janaki?'

'Van Janaki heb ik geen brief gekregen, maar ik weet zeker dat zij u ook zou bedanken.'

Dan geven ze elkaar een hand. Allemaal heel onschuldig en amicaal. En, houdt Alice zich voor, het is niet zo dat hij zelf niet weg wil. Hij had kunnen weigeren.

Als de mannen zijn vertrokken lijkt het doodstil in huis. Ethel verdwijnt naar de keuken, ongetwijfeld om een begin te maken met de bereiding van het gevraagde braadstuk. En Alice kan niet ontkennen dat haar het water enigszins in de mond loopt bij het vooruitzicht van vlees na zo'n lang hiaat.

Ze loopt door de zitkamer naar de piano. Haar blik valt even op de puzzel op tafel... en dan stokt haar adem. Is het mogelijk?

Jawel. Hij heeft hem afgemaakt. Hij moet het grootste deel van de nacht zijn opgebleven. Daar zijn ze: de ouderwets ogende gasten, de herbergier. Op tafel ligt de hoge hoed en ernaast staat een glas. Vloerplanken reiken tot de kwastjes aan de rand van het tapijt. En toch – ze buigt zich over tafel en houdt angstvallig haar adem in. Juist, er klopt iets niet. Er ontbreekt een stukje. In de linker benedenhoek, waar het kleed ophoudt en de vloerplanken beginnen, piept de houtnerf van de tafel tevoorschijn. Het echte hout en het hout van de plaat zijn zo eender van tint dat je het niet zou zien als je niet aandachtig keek. Maar Alice ziet het wel, en dan herinnert ze zich de heftige vlagen van razernij van haar zusje en haar eigen gegrabbel op de vloer erna. Het ligt natuurlijk voor de hand dat er ooit een stukje is zoekgeraakt. Eigenlijk is het een wonder dat er niet meer zoek zijn.

Met haar vinger traceert ze de omtrek van het gat. Ze denkt aan de oude kinderkamer, de canapé en de verschoten bloemengordijnen. Op een of andere manier moet er één stukje, bruin met zwarte strepen, zijn achtergebleven toen ze ze de laatste keer in hun doos deed. Het lege vormpje houdt ze nu in de kom van haar handen, en dan doet ze die open en laat ze het los, de kamer in: de contour van een vlinder.

7

Nieuwe Collegezaal, Harvard University

*E*rgens halverwege de jaren twintig (zei Hardy tijdens het college dat hij niet gaf) kwam mevrouw Neville bij me op bezoek. Ik zat toen al een aantal jaren in Oxford, en Neville in Reading. We waren in hetzelfde jaar weggegaan uit Cambridge, in 1919 – ik omdat ik de buik vol had van Trinity College na al het gedoe met Russell, Neville omdat zijn aanstelling niet was verlengd. Volgens mij vermoedde hij terecht dat het een vergelding was voor het feit dat hij zich de jaren ervoor vierkant tegen de oorlog had uitgesproken. Haast net zo vierkant als Russell.

We hadden geen contact gehouden, maar ik had via Littlewood vernomen dat de Nevilles een kind hadden gekregen, een jongetje, en dat de baby was gestorven nog voor hij een jaar oud was. Littlewood en ik publiceerden in die tijd samen verscheidene verhandelingen per jaar die het resultaat waren van onze onderlinge correspondentie. We zagen elkaar hooguit eens in de paar maanden.

Ik moet hierbij vermelden dat ze niet zomaar onaangekondigd mijn kamers in New College kwam binnengestevend. Ze had eerst een briefje gestuurd waarin ze meedeelde dat zij en Neville een dag naar Oxford zouden komen, waar hij een gastcollege aan een van de andere Colleges zou geven. Neville zelf zou het heel druk hebben, maar zij had wat tijd tot haar beschikking en hoopte langs te kunnen komen. Ik antwoordde dat ze natuurlijk welkom was.

Ik droeg mijn bediende op om thee en sandwiches te regelen bij de centrale keuken, en de beleefde vijf minuten na het afgesproken tijdstip belde mevrouw Neville aan, iets gezetter dan ze in haar jonge jaren was geweest maar nog steeds met die enigszins vochtige indruk die ze altijd maakte, alsof ze net uit bad kwam. De diverse spelden en naalden waarmee haar nog steeds rode haar was door-stoken konden het nog steeds niet goed in toom houden. Haar parfum – van maartse viooltjes – was hetzelfde als vroeger, hetzelfde dat mijn moeder gebruikte.

Ze ging tegenover me zitten, en na enkele minuten van dodelijk vervelende hoffelijke conversatie (ik had het niet over de dode baby) kwam ze ter zake en verklaarde ze dat ze enkele weken ervoor een Indische wiskundige op bezoek had gehad. Hij heette Ranganathan en was recentelijk in Engeland gearriveerd om het functioneren van de Reading-bibliotheek te bestuderen. Net als Ramanujan kwam deze Ranganathan uit Madras, en toen hij had vernomen dat Neville in Reading werkte had hij gevraagd of hij met hen over Ramanujan mocht komen praten, die in de jaren na zijn dood onder wiskundigen uit Madras blijkbaar een mythische figuur was geworden. En Ranganathan had zich voorgenomen om Ramanujans biografie te schrijven.

Zoals van mevrouw Neville viel te verwachten had ze ter voorbereiding op het bezoek Indische koffie gezet en een Indische zoetigheid bereid waarvan ze het recept in een van haar kookboeken had gevonden. Ze vermeldde dat expliciet tegen mij, wat ik, besef ik nu, had moeten herkennen als voorbode van de uitbarsting die zou volgen; in Cambridge had ze steeds geprobeerd om mijn vriendschap met Ramanujan te ondermijnen door te betogen hoeveel beter ze hem 'begreep'. En in het geval van Ranganathan moet die manoeuvre vruchten hebben afgeworpen want hij was heel openhartig tegen haar. Hij arriveerde op het vastgestelde tijdstip bij haar thuis, vertelde ze, en droeg een tulband. Daar stond ze gewoon versteld van, zei ze, want vroeger had Ramanujan in Cambridge vaak tegen haar geklaagd dat hij het een kwelling vond om een hoed te dragen. Zou hij het niet prettiger hebben gevonden om een tulband te dragen? vroeg ze.

Voor ik kon antwoorden vervolgde ze haar verhaal. Nadat ze de tulband had verwerkt, had ze blijkbaar aan Ranganathan gevraagd of hij in Engeland ooit enig probleem had ondervonden als hij een tulband droeg. Hij had geantwoord dat slechts bij twee gelegenheden iemand een opmerking over zijn hoofdtooi had gemaakt. De ene keer was in Hyde Park, bij de Speakers' Corner, toen de man die een redevoering ten gunste van Ierse onafhankelijkheid stond af te steken naar hem wees en iets zei in de trant van dat zijn 'vriend uit Indië' zich bij de onderdrukking van een slavenvolk door Engeland vast wel iets zou kunnen voorstellen. De andere keer was toen Ranganathan in een trein naar Croydon zat die stapvoets reed vanwege herstelwerkzaamheden aan het spoor; de koelies staarden door het raam naar hem en riepen 'Meneer A.!', de naam die destijds in kranten werd gebruikt voor een Indische prins die in een rechtszaak was verwikkeld. Van geen van beide voorvallen raakte hij in het minst van streek, zei Ranganathan, waarop mevrouw Neville hem had gevraagd waarom de arme Ramanujan dan zijn tulband niet had mogen dragen. Ranganathan antwoordde dat men destijds in Madras wellicht aannam dat een man die met een tulband door de straten van een Engelse stad liep zou worden uitgelachen of zelfs gestenigd. Per slot van rekening waren maar weinigen van Ramanujans Indische steunpilaren ooit in Engeland geweest, en zijn Engelse beschermheren waren er al vele jaren weg.

Dat alles verkondigde mevrouw Neville op een toon die gaandeweg steeds geagiteerder werd, zelfs beschuldigend – alsof ik medeschuldig was aan de verordening dat Ramanujan geen tulband mocht dragen, terwijl het mij in feite niets had uitgemaakt als hij met een tulband had rondgelopen. Voor ik haar dat kon vertellen ging ze echter van de tulband over op de *kudimi*, het door zijn godsdienst voorgeschreven plukje haar dat Ramanujan voor zijn vertrek had laten afknippen. Had Ranganathan zijn *kudimi* nog? had ze hem gevraagd, en hij bevestigde dat en deed zijn tulband af om haar het plukje te laten zien, waarop haar ogen volschoten met tranen, zei ze, zoals ook nu haar ogen volschoten met tranen. 'Waarom was hij in 's hemelsnaam gedwongen om het af te knippen?' vroeg ze. 'Hij zou zoveel gelukkiger zijn geweest als hij het had mogen behouden.' Maar weer kreeg ik niet de kans om te reageren want toen begon ze over kleren. Ranganathan droeg weliswaar westerse kleren, maar hij had haar verteld dat hij thuis zijn *dhoti* droeg en dat zijn hospita daar geen enkel bezwaar tegen had. En mevrouw Neville voegde daaraan toe dat zij er ook geen bezwaar tegen zou hebben gehad als Ramanujan zijn *dhoti* had gedragen toen hij bij haar logeerde. En waarom had hij zijn *dhoti* niet in Trinity College mogen dragen? 'Dit komt u wellicht voor als een onbeduidende kwestie, meneer Hardy,' zei ze, 'maar voor Ramanujan had dat het verschil uitgemaakt tussen geluk en misère.'

Houd u alstublieft in gedachten dat ik tot dan toe aan dat zogenaamde 'gesprek' zo goed als geen woord had bijgedragen. Mevrouw Neville had me niet de kans gegeven. Nu zat ze echter haar ogen te betten en ik profiteerde van die korte cesuur in haar tirade door te zeggen: 'Ik ben het volstrekt met u eens. Ramanujan zou ongetwijfeld veel gelukkiger zijn geweest als hij zichzelf die concessies had toegestaan.'

Ze keek me verrast aan. 'Zichzelf toegestaan!' zei ze. 'Veronderstelt u dat hij er enige keus in had?'

Ik zei: 'Er wonen al jarenlang Indiërs in Cambridge. Hij had Indische vrienden. Sommigen droegen een tulband. Hij had hun voorbeeld kunnen volgen. Op Trinity droeg hij trouwens meestal pantoffels, geen schoenen.'

'Ik heb hem die pantoffels gegeven,' zei ze, haast afgunstig.

'Dat was aardig van u,' zei ik.

Ze wrong haar zakdoek zowat aan flarden. 'Het was een vreselijke misstap dat hij naar de universiteit verhuisde. Ik weet zeker dat hij nooit ziek was geworden als hij bij mij was blijven wonen. Dan zou hij nu misschien nog leven.'

Dus daar kwam het in wezen op neer. Ik keek haar aan met het meelevende ongeloof dat men voor krankzinnigen reserveert. En in zekere zin wás ze op dat moment ook krankzinnig, geloof ik. Vrouwen zijn zo geneigd om dingen door elkaar te halen. Misschien rouwde ze via Ramanujan wel om de dood van haar eigen kind.

Hoe dan ook, ze had gezegd wat ze op het hart had en liet zich verder niet kennen. Ze werd ineens heel opgewekt, heel vriendelijk, alsof er het half uur ervoor helemaal geen sprake was geweest van een gespannen verstandhouding. Wat was het leuk om mij weer eens te zien. Was ik gelukkiger in Oxford dan in Cambridge? Eric had haar gevraagd om zijn groeten over te brengen en te zeggen hoezeer het hem speet dat hij geen gelegenheid zou hebben om langs te komen.

En toen vertrok ze weer, met achterlating van haar geur van maartse viooltjes. Het is wrang en grievend dat zelfs de meest onterechte, belachelijke beschuldigingen toch een vlijmende steek achterlaten – van wat? Schuldbesef? Nee, niet precies. Twijfel. Want nu had ze me het idee ingeprent dat ik, door Ramanujan naar de universiteit te halen, zijn dood had teweeggebracht, of in elk geval verhaast. Zo'n denkbeeld is natuurlijk waanzin. Wat had zijn verblijfplaats immers met zijn ziekte te maken? En toch, misschien... als hij uit de buurt van de vele mannen was gehouden die gedurende de oorlogsjaren tijdelijk op Trinity College verbleven... als hij niet zijn eigen eten was gaan koken... Ziet u wel? Als de splinter van de twijfel eenmaal onder de huid zit, krijg je hem er niet meer uitgedrukt. Ze had haar werk voortreffelijk gedaan.

Maar nu loop ik vooruit op mijn eigen verhaal; ik ben niet alleen doorgestoten naar de jaren van Ramanujans ziekte maar nog verder, terwijl ik u eigenlijk wilde vertellen over die eerste gelukkige weken voor de oorlog uitbrak, weken die voor mij zijn gecomprimeerd in het beeld van hem zoals hij op zijn pantoffels over New Court schommelde. En nu begrijp ik dat het door de pantoffels kwam dat ik aan het bezoek van mevrouw Neville moest denken. Omdat zij ze aan hem had gegeven, zoals ze mij zo bits voorhield.

Schommelen is natuurlijk geen aardig werkwoord. Het is ook geen geheel en al accurate beschrijving van de manier waarop Ramanujan liep. Als hij enigszins leek te waggelen, dan ben ik ervan overtuigd dat dat voornamelijk kwam door zijn strakke kleren die, zoals ik al heb gezegd, te klein voor hem waren. Op dat punt zijn mevrouw Neville en ik het helemaal eens: Ramanujan was in de wieg gelegd om een *dhoti* te dragen, of een ander wijd kledingstuk. In ruimvallende kleren zou hij er even vorstelijk hebben uitgezien als die 'Meneer A.' voor wie de koelies Ranganathan hadden aangezien. In Engelse kleding, daarentegen, oogde hij inderdaad een beetje potsierlijk.

Hoe dan ook, het was een buitengewoon mooie zomer, die laatste zomer voor de oorlog, zoals u vast al talloze malen zult hebben gehoord: nooit tevoren hadden zoveel bomen hun bloesems zo geurig laten vallen, enzovoorts. Het geval wilde dat Ramanujan zijn kamers betrok toen de meifeesten in volle gang waren, afgeleverd in Whewell's Court door Nevilles broer in die vreselijke automobiel van hem. Diezelfde dag werd de uitslag van de tripos gepubliceerd, de namen nu gewoon in een kolom onder elkaar. Littlewood en ik namen Ramanujan mee om te gaan kijken, en hij bestudeerde ze nauwgezet. Het leek allemaal in niets op vroeger, toen het senaatsgebouw was volgestroomd met een grote menigte die naar het voorlezen van de uitslag kwam luisteren... Ik had daar een einde aan gemaakt, vertelde ik hem, een prestatie waarop ik in mijn ogen terecht trots was. En Ramanujan begreep die trots, denk ik, hij die zo door examens was ontgoocheld en in het nauw gedreven.

Omdat het weer zo uitzonderlijk mooi was wandelden Littlewood en ik met hem naar de Cam om naar de voorbijglijdende punters te kijken, naar de mannen in flanellen pantalons en universiteitsblazers, naar de meisjes in vrolijke jurken en met kleurige Japanse parasols. Later vertelde hij me dat hij het allemaal niet erg opzienbarend had gevonden – hij was gewend aan de vrolijke kleuren van de vrouwensari's in Kumbakonam, en was zelf de heilige rivier Cauvery afgezakt in boten die niet zo veel van onze punters verschilden. Langs de oevers van de Cam zaten overal mensen te picknicken. We keken een poosje naar de roeiwedstrijden van studententeams – die hij nogal saai scheen te vinden – en gingen toen naar Fenner's voor een cricketwedstrijd, Cambridge tegen de Free Foresters. Het spijt me te moeten melden dat hij net zo weinig belangstelling voor het cricket toonde als voor de roeiwedstrijden. En 's avonds woonden we een tamelijk frivole voorstelling bij die door de Footlights Dramatic Club op de planken werd gebracht, een revue getiteld *Kwam het door de kreeft?* waarbij Ramanujan tot mijn verbazing hartelijk om de dwaze liedjes en sketches moest lachen. Hij had een heel markante lach, luid genoeg om van op te schrikken, waarna hij zijn hand voor zijn mond sloeg.

Als hij nog in leven zou zijn, ben ik ervan overtuigd dat hij u zou kunnen vertellen of het inderdaad door de kreeft kwam. Dat was het soort zaken dat hij onthield. Ik kan u alleen zeggen dat ik altijd met een gelukkig gevoel aan die periode zal terugdenken, en in het bijzonder aan de aanblik van Ramanujan die met zijn gezicht naar de zon gekeerd over New Court komt aangelopen, op weg naar mijn kamers. Het was een schouwspel dat me voldoening en een zeker gevoel van trots gaf, want ik wist dat hij daar alleen dankzij mij liep, dat hij zonder mij nooit over die kasseienpaadjes zou hebben gewandeld.

's Ochtends kwam hij meestal rond halftien opdagen. Dan staarden hij en Hermione even naar elkaar, waarna we koffie dronken en wat keuvelden voor we aan de slag gingen. Voelde hij zich al wat thuis in zijn kamers? Dat gaat best goed, dank u. En beviel het hem om voor zichzelf te koken? Zeker, dank u. Hij kocht elke week groente op de markt (toegegeven, in het begin vond hij ze raar en smakeloos, maar daar raakte hij aan gewend) en daarnaast kon hij rijst en rijstmeel en specerijen bij een winkel in Londen bestellen. Een vriend in Madras had hem ook een speciale kookpot gestuurd, ik ben vergeten hoe hij die noemde, gemaakt van koper met een binnenwand van zilver, waarin hij een van zijn lievelingsgerechten bereidde, een dunne, pikante linzensoep die *rasam* werd genoemd. In zijn geboortestreek hadden de mensen een zwak voor eten dat zowel zurig als pikant was. In het begin probeerde hij zijn eten de juiste zurige smaak te geven door er citroensap bij te doen, maar onze citroenen waren volgens hem lang niet zo zuur als die in Indië. Gelukkig kon er elk ogenblik een andere kennis uit Madras arriveren, een jongeman die ook wiskunde kwam studeren in Cambridge, die een grote voorraad tamarinde bij zich zou hebben, het favoriete zuurmiddel van thuis, waarmee Ramanujan in staat zou zijn om zijn *rasam* haast net zo lekker te maken als zijn moeder.

Een van de keren dat we koffie zaten te drinken, merkte hij de buste van Gaye op. 'Wie is die man?' vroeg hij. En ik legde uit dat hij een dierbare vriend was, misschien wel de beste vriend die ik ooit had gehad, en dat hij was gestorven, waarop Ramanujan ernstig naar zijn schoot staarde. Hij had ook vrienden gehad die waren gestorven, zei hij. Gelukkig was hij zo beleefd om niet te vragen hóé Gaye was gestorven.

En dan, na de koffie, gingen we aan het werk. In die begintijd hamerde ik steeds op het belang van het opstellen van een bewijsvoering – vergeefse moeite, begrijp ik nu. Dergelijke normen moeten vroeg meegegeven worden aan wiskundigen; in het geval van Ramanujan was het al te laat, besefte ik. Niettemin bleef ik het proberen.

Ik heb heel specifieke denkbeelden over bewijsvoering. Ik ben van mening dat een bewijs mooi en voor zover mogelijk beknopt dient te zijn. Een mooi bewijs hoort net zo rank te zijn als een ode van Shelley, en net als een ode hoort het een soort onmetelijkheid te impliceren. Ik probeerde Ramanujan daarvan te doordringen. 'Een goed bewijs moet een combinatie zijn van *onverwachts, onontkoombaar* en *sober*,' hield ik hem voor. Er is geen beter voorbeeld dan Euclides' bewijs dat er een oneindig aantal priemgetallen is, een bewijs waar ik u nu doorheen zal loodsen, net zoals ik hem er zoveel jaren geleden doorheen heb geloodst, niet omdat u het niet kent (ik zou u beslist niet voor het hoofd willen stoten door een dergelijke onwetendheid te suggereren) maar omdat ik de aandacht wil vestigen op aspecten van het bewijs waaraan uw professoren bij hun onderricht wellicht voorbij zijn gegaan.

Dit is uiteraard een bewijs door *reductio ad absurdum*, en dus beginnen we door het tegendeel aan te nemen van wat we willen bewijzen: we nemen aan dat er een *eindig* aantal priemgetallen is, en we noemen de láátste priem, de gróótste priem, P. We moeten ook bedenken dat elke niet-priem per definitie in priemen kan worden ontbonden. Om een willekeurig voorbeeld te geven, 190 kan worden ontbonden in 19x5x2.

Aangenomen dus dat P het grootste priemgetal is, kunnen we de priemen in volgorde uitschrijven, van de kleinste tot de grootste. Die reeks zal er dan zo uitzien:

$$2, 3, 5, 7, 11, 13, 17, 19, 23 \dots P$$

Daarna kunnen we een getal Q nemen dat 1 groter is dan alle prie-men die met elkaar zijn vermenigvuldigd. Dat wil zeggen:

$$Q = (2 \times 3 \times 5 \times 7 \times 11 \times 13 \dots \times P) + 1$$

Hierbij is Q een priemgetal of het is het niet. Als Q een priem is, is dat in strijd met de aanname dat P het grootste priemgetal is. Maar als Q geen priem is, moet het kunnen worden gedeeld door priemen, en dat kan niet een van de priemen zijn van de reeks tot en met P. Dus moet de priemdeler van Q een priem zijn die groter is dan P, wat eveneens in strijd is met onze oorspronkelijke aanname. Bijgevolg bestaat er geen grootste priem. Er is een oneindig aantal priemen.

Ik kan u niet zeggen hoeveel plezier ik nog steeds, ook vandaag weer, beleef aan de schoonheid van deze bewijsvoering; in de korte maar buitengewone tocht die erin wordt beschreven, van een schijn-baar redelijke vooronderstelling (dat er een grootste priem bestaat) tot de onontkoombare maar totaal onverwachte conclusie dat de vooronderstelling foutief is. En ik zou liegen als ik zei dat Ramanu-jan geen oog had voor de schoonheid van het bewijs. Hij begreep die schoonheid en hij waardeerde haar, maar zijn waardering had veel weg van die van mij voor de romans van de heer Henry James. Dat wil zeggen, ik bewónder ze maar ze zijn me niet dierbaar. In dezelf-de trant heb ik nooit het gevoel gehad dat bewijzen Ramanujan erg dierbaar waren. Wat hem dierbaar was waren de getallen zelf. Om hun oneindige flexibiliteit en tegelijk hun strikte orde. Om de mate waarin natuurwetten, waarvan we er vele nauwelijks doorgronden, ons vermogen om ze te manipuleren intomen. Littlewood vond hem een anachronisme. Volgens Littlewood hoorde hij thuis in het tijd-perk van de formules, dat een eeuw geleden is geëindigd. Als hij een Duitser was geweest, geboren in 1800, dan zou hij de geschiedenis van de wereld hebben veranderd. Maar hij was te laat geboren, en aan de verkeerde kant van de zee, en ook al heeft hij dat nooit toe-gegeven, ik ben ervan overtuigd dat hij dat besefte.

Het was volgens mij een innig gelukkige periode voor Ramanu-jan, wat mevrouw Neville daar ook tegenin mocht brengen. En die was overigens zeker niet uit beeld verdwenen. Ik herinner me bij-voorbeeld dat ze Ramanujan eens voor een weekend meesleepte naar Londen, om samen met Gertrude een bezoek aan het British Museum te brengen. Wellicht heeft hij vrienden gemaakt. Soms zag ik hem in gezelschap van andere Indiërs. Maar bovenal was hij aan het werk, en nog voor de zomer publiceerde hij zijn verhandeling over modulaire vergelijkingen en benaderingen van π.

Soms zocht ik hem op in zijn kamers, die zich op de begane grond van Whewell's Court bevonden. Het was er buitengewoon netjes en er stond praktisch niets qua bezittingen, afgezien van het onvermij-delijke bed met commode en, verrassenderwijs, een pianola die het niet deed. Hij leefde ascetisch, als zo'n hindoemysticus over wie je wel eens leest. Uit het keukentje kwam altijd een geur van kerrie en die geklaarde boter waar Indiërs zo dol op zijn en die ze *ghee* noe-men. Als er in die tijd een vleugje kommer over onze gesprekken neerdaalde, kwam dat doordat zijn vrouw naliet hem brieven te stu-ren. Het ging niet op dat het arme kind ternauwernood kon schrij-ven: hij smachtte ernaar om iets van haar te horen, en bovendien hebben ze in Indië blijkbaar schrijvers en dergelijke naar wie je toe kon gaan als je wilde dat ze een brief voor je schreven. Van zijn moe-der kwamen regelmatig brieven, de bladzijden dicht beschreven met een schrift dat voor mij even raadselachtig was als de taal der theorema's voor elke niet-wiskundige moet zijn. Zijn vrouw schreef echter nooit, ook al schreef hij haar eens per week, zonder manke-ren.

Je vraagt je af wat er zou zijn gebeurd als de oorlog niet was uit-gebroken. Velen vragen zich dat af, om allerlei redenen. Er is uiter-aard geen antwoord op.

DEEL VIER

Alles wat het eiland te bieden heeft

I

*D*uitsland valt België binnen, en eerst bekruipt Hardy hetzelfde gevoel als wat hij over een mooi bewijs heeft: het uit-
breken van de oorlog schijnt tegelijk *onontkoombaar* en *onverwachts*.
Vrijwel iedereen die hij spreekt beweert nu dat hij het heeft zien
aankomen, maar als hij de afgelopen maand de revue laat passeren
staat hem alleen bij dat Russell had gezegd dat hij het zag aankomen.
In plaats daarvan werd het gesprek aan tafel in de eetzaal gedomi-
neerd door binnenlandse crises – stakingen, onrust in Ulster. De
moorden in Sarajevo lokten natuurlijk wel wat commentaar uit,
maar Servië was zo ver weg! Een achtergebleven landje. Niets wat
daar gebeurde kon Cambridge beroeren.

Russell daarentegen was in alle staten. Het grootste deel van juli
pendelde hij heen en weer tussen Londen en Cambridge en verkondigde hij overal dat hij niemand kende die voor de oorlog was, dat
iedereen die hij had gesproken het een onzinnig idee vond om ten
strijde te trekken. Alsof de publieke opinie ooit invloed had gehad
op de besluitvorming van de overheid. Alsof iets niet zou gebeuren
als je maar zei dat het nooit kon gebeuren.

De dag nadat het nieuws bekend werd gemaakt, kwam hij midden in Great Court achter Hardy aan geholdt. 'Dus het is zover,' zei
hij, zonder enig leedvermaak in de trant van 'Heb ik het niet
gezegd?' maar op een toon die tegelijk geschokt en terneergeslagen
was. 'Alles waar we in geloven is naar de haaien.' En nu worden er
oorlogsverklaringen uitgedeeld als waren het visitekaartjes.

Het duizelt Hardy. Oorlog met Duitsland betekent immers oorlog
met Göttingen, zijn geliefde Göttingen, het land van Gauss en Riemann. Maar Duitsland is België binnengevallen en op weg naar
Frankrijk. Om België te beschermen moet Engeland een alliantie aan-
gaan met Rusland – dat woeste, autocratische Rusland – en dat alle-

maal om Duitsland te verslaan, het land van Göttingen, het land van Gauss en Riemann... Hoe gepast dat alleen Russell het ergste had voorspeld! Hardy's verbeelding tolt rond in een kolk van eindeloos teruggeredeneer, de barbier die alleen de mannen in zijn stad scheert die zichzelf niet scheren. En die stad (waar anders?) is Göttingen.

Zodra de oorlog is verklaard, verandert de toon onder zijn kennissen van wegwuiven naar ontkennen. In plaats van elkaar gerust te stellen dat Groot-Brittannië neutraal zal blijven, beginnen ze elkaar gerust te stellen dat de oorlog, als hij werkelijk uitbreekt, snel voorbij zal zijn. Afgelopen voor Kerstmis. Zo heeft de minister van Buitenlandse Zaken lord Grey bijvoorbeeld toegegeven dat er geheime besprekingen met Frankrijk zijn gevoerd. Zouden die tot een snelle wapenstilstand kunnen leiden? Opbeurende woorden weergalmen door New Court en Nevile's Court, maar daarachter kan Hardy het slappe, onophoudelijke gewauwel van vertwijfeling horen.

'Dit betekent het einde,' zegt Russell. Hij is net terug van weer een trip naar Londen. De dag voor de oorlog uitbrak werd hij naar Londen geroepen door zijn minnares, Ottoline Morrell, aangezien haar man een toespraak tot het parlement zou houden waarin hij er bij de Britse regering op aandrong om het land niet in oorlog te storten. Russell slaagde er niet in om toegang tot de publieke tribune te krijgen; hij ijsbeerde op en neer over Trafalgar Square en was ontzet om de mannen en vrouwen die onder de leeuwen zaten hun geestdrift en zelfs hun vreugde te horen betuigen over het vooruitzicht van oorlog. 'Het is niet meer zoals eerst,' zegt Russell, sprekend over de reacties van de 'doorsnee' burger. Maar zelfs hier in Cambridge, waar zogenaamd niemand doorsnee is, klinkt ondergronds gerommel van patriottisme. Zelfs onder de broeders. Rupert Brooke, bijvoorbeeld, heeft gezegd dat hij bereid is om zich als vrijwilliger te melden – 'vast en zeker onder invloed van die afgrijselijke Eddie Marsh,' zegt Russell – terwijl Butler alle voorzieningen van Trinity College in dienst van de oorlogsinspanningen heeft gesteld. 'Dit is het einde,' herhaalt Russell, en daarna gaat hij terug naar Londen omdat hij het niet kan verdragen om te ver van het middelpunt van alles vandaan te zijn. 'Hoe gruwelijk het ook is,' zegt hij, 'ik moet het nieuws weten zodra het naar buiten komt.'

De ironie ervan is natuurlijk dat het nieuws vaak eerder naar buiten komt op Trinity dan op de burelen van *The Times*. De broeders hebben benijdenswaardige connecties – Keynes op het ministerie van Financiën, Marsh via Churchill met Downing Street 10. Norton schrijft aan Hardy dat hij Marsh in Londen op een feest heeft gezien, 'rondparaderend in rokkostuum, onberispelijk, genietend van zijn belangrijkheid'. Brooke was bij hem. 'Hij woont bij Marsh in diens flat. Hij heeft de Bloomsbury-kliek en jongens afgezworen ten faveure van mannelijkheid en uniforms. Maar is het niet geestig dat hij uitgerekend Edwina tot zijn leidsvrouw heeft gekozen?'

En intussen houdt de zomer maar niet op. Dat is het hartverscheurende ervan. Cambridge is min of meer leeggestroomd voor de lange vakantie. Littlewood zit in Treen en komt waarschijnlijk pas terug als dokter Chase daar neerstrijkt. Hardy verdeelt zijn weken tussen Trinity en het huis van zijn moeder in Cranleigh. Op Trinity gaan er soms dagen voorbij waarin hij niemand anders ziet dan Ramanujan, met wie hij wandelingen langs de rivier maakt en soms aan de oever gaat zitten. Heliotropisch van nature heft de Indiër zijn gezicht naar de zon steeds wanneer die tussen de wolken door schijnt. Eerlijk gezegd is Hardy blij met de rust. Het lijkt onvoorstelbaar dat het einde van de wereld zich in zo'n jaargetijde zou kunnen voltrekken.

Hij probeert Ramanujan zoveel mogelijk echt te zíén. Zoals hij, van opzij gezien, in de schaduw voor de rivier staat, zijn armen op zijn rug over elkaar geslagen en zijn buik ietsje uitpuilend, zou hij het silhouet van een Victoriaanse heer kunnen zijn, uit zwart papier geknipt en op een witte achtergrond geplakt. Beheerst en gedisciplineerd, een zekere mate van afstandelijkheid of misschien zelfs ongrijpbaarheid: dat zijn zijn opvallendste karaktertrekken. Behalve wanneer ze het over wiskunde hebben, zegt hij zelden iets uit zichzelf, en als hij wordt ondervraagd put hij zijn reacties meestal uit een voorraadje standaardantwoorden dat hij vast op dezelfde winkelexpeditie in Madras heeft aangeschaft als waarop hij van pantalons, sokken en ondergoed was voorzien, zo komt het Hardy voor. Antwoorden als:

'Ja, dat is heel mooi.' 'Dank u, mijn moeder en vrouw maken het goed.' 'De politieke situatie is inderdaad heel ingewikkeld.' Want tja, daar zit hij, in zijn Engelse kleren, in dit Engelse land, en Hardy ziet nog geen kans om door zijn pantser van beschaafde ondoorgrondelijkheid te dringen. Slechts heel af en toe laat Ramanujan zich iets ontschieten en glipt er een vlaag van vertwijfeling of passie naar buiten (Hobson! Baker!), en dan voelt Hardy de ziel van de man als een raadselachtige, snel verschietende tinteling onder zijn huid.

Ze hebben het op die middagen voornamelijk over wiskunde. Bepaalde integralen, elliptische functies, diofantische approximaties. En natuurlijke priemen en hun duivelse neiging om verwarring te zaaien; Hardy wil zich ervan vergewissen dat Ramanujan dat nooit uit het oog verliest. Zo heeft Littlewood bijvoorbeeld onlangs weer een belangrijke ontdekking gedaan betreffende de verbetering die Riemann had aangebracht in Gauss' formule voor het tellen van priemen. Tot voor kort gingen de meeste wiskundigen er als vanzelfsprekend van uit dat Riemanns versie altijd een nauwkeuriger schatting zou geven dan die van Gauss. Nu heeft Littlewood echter aangetoond dat Riemanns versie weliswaar nauwkeuriger is voor het eerste miljoen priemen, maar dat Gauss' versie daarna soms toch nauwkeuriger is. Maar alleen soms. Die ontdekking is van ontzaglijk belang voor een stuk of twintig mensen. Helaas bevindt de helft van die mensen zich in Duitsland.

Tijdens hun wandeling vraagt hij Ramanujan of hij het verhaal van Riemanns vreselijke huishoudster kent, en als Ramanujan met zijn hoofd wiebelt, vertelt hij het. 'Maar dat verhaal is natuurlijk vast verzonnen,' besluit hij.

'Hoe oud was hij toen hij stierf?'

'Negenendertig. Hij is aan het Lago Maggiore aan tuberculose gestorven. Dus waarom zou de huishoudster zich genoodzaakt hebben gevoeld om zijn papieren te verbranden? Het lijkt allemaal een verdacht handige manier om te zeggen: "Zeker, het bewijs bestaat, je hoeft het alleen maar te ontdekken."'

Ramanujan is even stil. Dan vraagt hij Hardy naar Göttingen, en Hardy vertelt hem de weinige dingen die hij van de stad weet: hij beschrijft het *Rathaus* met op de gevel het sierlijk uitgevoerde devies 'Buiten hier bestaat geen leven', en de kasseienstraatjes waarover in zijn verbeelding Gauss en Riemann – nu verlost van de kluisters van de tijd – voortkuieren, discussiërend over de hypothese. Om de paar passen blijven de twee geleerden staan wanneer Riemann op een cruciaal punt in zijn verloren bewijsvoering belandt, en dan splitst de stroom voorbijgangers zich zoals een rots een beek splitst. Evenzo blijven Hardy en Ramanujan af en toe staan als ze het over wiskunde hebben, alleen zijn er in deze tijd van het jaar weinig voorbijgangers om te hinderen.

Hij vraagt Ramanujan naar zijn jeugd. Had hij geschaakt? Weer wiebelt de Indiër met zijn hoofd. Hij had pas leren schaken toen hij in Madras woonde, zegt hij. Maar toen hij nog heel klein was speelde hij met zijn moeder een spel met achttien stukken: vijftien ervan waren schapen en drie waren wolven. 'Als de wolven een schaap hadden omsingeld, aten ze het op, maar als de schapen een wolf omsingelden, kon die niet meer van zijn plaats komen.'

'Dan lijkt het me tamelijk moeilijk voor de schapen om te winnen,' zegt Hardy.

'Ja. Maar ik slaagde er al snel in om een kansberekening voor het spel op te stellen, en daarna won ik altijd van mijn moeder, ongeacht of ik de wolven of de schapen speelde.'

'Vond ze dat vervelend?'

'Nee, helemaal niet.'

'Hoe oud was je toen?'

'Zes. Vijf, misschien.'

Het verbaast Hardy niet. Op zijn vijfde versloeg híj zijn moeder met schaken.

'Allebei mijn ouders waren wiskundig aangelegd, zoals ze dat noemen,' zegt hij. 'Met name mijn moeder. Niet dat ze ooit de kans heeft gekregen om haar gave te ontwikkelen. Ze was onderwijzeres.'

Ramanujan zwijgt.

'En jouw ouders?'

'Dat zijn arme mensen. Ze hebben geen scholing gehad. Mijn vader is een *gumasta*, een eenvoudige boekhouder.'

Ze blijven staan om naar de rivier te kijken. Er glijden geen punters voorbij. Hardy hoort vogelgefluit, het zachte geruis van takken in de wind. Ramanujan wendt zich naar hem toe en kijkt hem aan, wat hij zelden doet, en Hardy staat versteld van zijn ogen, zo zwart en diep. Zulke ogen, denkt hij, zouden zelfs de meest starre geest tot slechte poëzie aanzetten: *Glanzende poelen van gesmolten erts, / Poorten naar een peilloze wereld...* 's Nachts werkt hij soms in zijn hoofd aan het gedicht, dat hij nooit opschrijft.

'Hardy, klopt het dat de Duitsers in België hele dorpen in brand steken?' vraagt hij.

'Dat staat in de kranten.'

'En dat ze de kinderen doden en de oude mensen uit de weg ruimen?'

'Dat heb ik gehoord.'

Ramanujan fronst. 'Ik maak me zorgen om twee jonge mannen uit Madras die hier komen studeren. Ananda Rao en Sankara Rao. Ze brengen veel eten voor me mee, waaronder tamarinde.'

'Er is geen enkele reden om je zorgen te maken,' zegt Hardy. 'Niemand zal een Brits passagiersschip aanvallen.'

'Maar ze reizen niet met een Brits schip. Ze reizen met een Oostenrijks schip. Ze waren van plan om naar Oostenrijk te gaan en dan per trein hierheen te komen. Wat zal er nu met hen gebeuren?'

'O, een Oostenrijks schip.' Er vliegt een roodborstje voorbij. 'Nou ja, als ze in Triëst afmeren, kunnen ze gewoon... Ik zie niet in waarom iemand hen lastig zou vallen. Het zijn per slot van rekening studenten.'

Weer fronst Ramanujan. 'Vannacht droomde ik dat ze opgesloten zaten in een brandend dorp,' zegt hij. 'Ik zag ze verbranden.'

'O, ik denk niet dat hun dat zal overkomen. Ze zullen wel uit de buurt van België blijven.'

Stilte nu. Ze wandelen verder. Ramanujan houdt zijn blik op de grond voor hem gericht. En als Hardy naar hem opzij gluurt, stelt hij zich even een afschuwelijke vraag en verfoeit hij zichzelf dat die zelfs maar bij hem opkomt. Maakt Ramanujan zich werkelijk zorgen om het lot van de jonge mannen, of om dat van zijn tamarinde?

D e vrijdag nadat de oorlog is verklaard neemt Hardy deel aan een excursie naar Leintwardine Manor, op de grens met Wales, om een openluchtvoorstelling van *De Storm* bij te wonen. Alice Neville had het reisje begin juli georganiseerd, nog voor iemand bevroedde dat er oorlog ophanden was. Ze heeft familie in de buurt van Leintwardine, en de opbrengst van de voorstelling komt ten goede aan een of andere liefdadigheidsinstelling waarmee ze connecties hebben. Donderdags had Hardy haar nog een briefje gestuurd met de vraag of ze het uitstapje onder deze omstandigheden misschien niet liever wilde afgelasten, en ze had geantwoord dat ze daar geen aanleiding toe zag. 'Er wordt niet gevochten in Herefordshire, voor zover ik weet,' schreef ze tot Hardy's ergernis en teleurstelling, want hij had gehoopt dat de oorlog hem op zijn minst een goed excuus zou geven om geen dingen te doen waar hij geen zin in had.

En dus wordt er die vrijdagochtend verzameld in het huis van de Nevilles, samen met Ramanujan, Littlewood, Nevilles broer Eddie en Eddie Nevilles vriend de heer Allenby. Van alle genodigden heeft alleen Gertrude afgezegd, zich beroepend op een gefingeerde verkoudheid. Ramanujan en de Nevilles zullen met Eddie in diens Jowett meerijden, Hardy en Littlewood met meneer Allenby in diens Vauxhall.

Eenmaal onderweg maakt de stad snel plaats voor het weidse platteland. Het is mooi weer, maar Hardy heeft zo'n last van het lawaai en de stank van de Vauxhall dat hij niet van het uitzicht kan genieten. Hij zit in zijn eentje achterin. Littlewood zit voorin met Allenby, die rode wangen en een onderkin heeft. Net als de oudste Neville woont hij in Noord-Londen, in High Barnet. Ze zijn alle twee lid van een automobielclub; 'verzot op autorijden,' zegt hij tegen Littlewood, die

knikt en glimlacht op die irritante, geijkte manier van hem – Littlewood, met zijn verbluffende vermogen om zich overal thuis te voelen, hoe akelig de omstandigheden ook zijn. Hardy daarentegen
merkt dat hij zich naarmate hij ouder wordt steeds minder op zijn
gemak voelt wanneer hij zich buiten de muren van Trinity College
waagt. Hij heeft nooit om auto's gegeven en Allenby is niet wat je een
behoedzame chauffeur zou noemen. Hij neemt de bochten met een
onstuimigheid waarvan Hardy's hart in zijn keel klopt, en onderwijl
zit hij boven de herrie van de motor uit met Littlewood te lachen en
te kletsen en krijgt Hardy hallucinaties van geweerlopen die uit de
heggen langs de weg omhoogsteken. Uren vervliegen tot weken, dan
jaren, en de geweerlopen lijken hem met elke kilometer dringender in
zijn zij te porren tot Allenby ten langen leste stilhoudt voor Leintwardine Manor. Hardy wordt uit de auto gelaten. Hij heeft zo lang op de
achterbank gezeten dat zijn benen aanvoelen of ze elk moment onder
hem kunnen bezwijken. Hij moet naar de wc. Hij strompelt naar
Ramanujan, die er nogal voldaan uitziet, zij het wat stoffig.
    'Genoten van de rit?' vraagt hij.
    Ramanujan glimlacht alleen maar. 'Het landschap was schitte-
rend,' zegt hij – weer zo'n uitvoorraadleverbaarantwoord.
    Een bezoek aan het toilet gevolgd door een groot glas bier in een
nabije pub zorgen voor enig herstel van Hardy's evenwicht. De zon
gaat inmiddels onder en de groep gaat op weg – deze keer te voet,
goddank – naar het landhuis. Een schitterend gazon golft van het
huis naar een tennisbaan waar een geïmproviseerd toneel is opge-
bouwd met voetlichten en al. Sommige toeschouwers, voornamelijk
oude vrouwen, zitten op klapstoelen terwijl anderen in groepjes zitten te picknicken – en warempel, het verbaast Hardy niet dat Alice
ook een picknick heeft meegebracht, een allegaartje van haar vegetarische misbaksels die ze op een doek van verschoten rode tijk
begint uit te stallen. Kordaat verdeelt ze de versnaperingen en geeft
ze een bord van iets dat met iets anders is gevuld door aan meneer
Allenby, die er met een verblufte uitdrukking naar staart. Een ander
bord geeft ze door aan Hardy. Terwijl hij het onderzoekend bekijkt
registreert hij, als van grote afstand, flarden van gesprekken over

Shakespeare, Alice' liefdadigheidsorganisatie, Vauxhalls versus Jowetts. Wat moet het een inspanning vergen om de conversatie weg te voeren van het onderwerp dat zich voortdurend opdringt, alsof je probeert een magneet weg te houden van een pool! En waarom doen ze zoveel moeite? Waarom zijn ze hier eigenlijk?

Hij begint net boter op een stuk brood te smeren – het enige eetbare dat hij nog wel naar binnen kan krijgen – als hij zijn naam hoort roepen. Hij kijkt op. Harry Norton komt op hem af gebeend, in gezelschap van Sheppard, Taylor, Keynes en, een paar passen daarachter, graaf Békássy.

Hardy staat op. Kruimels vallen van zijn broek op het gras. Later zal hij korzelig bedenken dat er iets onontkoombaars in dat soort samenlopen van omstandigheden zit, en dat het willekeurige ervan daardoor niet wordt ontkend maar juist bevestigd. Vandaar dat 331, 3.331, 33.331, 333.331 en $3.333.331$ priemen zijn maar $33.333.331$ niet.

'Dag Hardy,' zegt Norton. 'Wat ter wereld brengt jou naar deze contreien?'

'Dat zou ik ook aan jou kunnen vragen.'

'Wij komen voor Bliss, uiteraard. O, neem ons niet kwalijk als we je storen –'

'Bliss?'

'Je kent Bliss toch?' Norton buigt zich dichterbij. 'De nieuweling. Hij speelt Caliban en zijn broer speelt Ferdinand. We zijn hier om samen met Békássy mee te maken hoe zijn jongen zijn moment in de schijnwerpers beleeft. Nietwaar, Feri?'

Békássy, tegen wiens rug Keynes net zijn hand legt, knikt.

'Ik had geen flauw idee dat Bliss meespeelde,' zegt Hardy. 'Wij zijn hier omdat mevrouw Neville... Neem me niet kwalijk. Mag ik de heer Norton voorstellen? Mevrouw Neville...'

Grr, de gruwel van het kennismakingsritueel! Terwijl Hardy de namen afraffelt kruisen de hoe-maakt-u-hets elkaar als zwaarden, en wordt het vereiste 'Wilt u niet bij ons komen zitten?' gevolgd door het voorgeschreven 'Nee, dat kunnen we echt niet...' 'Er is genoeg te eten, hoor.' 'Nu ja, als u het zeker weet...' 'Natuurlijk. Neemt u plaats.'

En dan, voor Hardy doorheeft wat er gebeurt, wordt er ruimte gemaakt; een tweede picknickkleed, een blauwe, wordt uitgespreid. *Rakende kwadranten.* Sheppard laat overmoedig elke schijn van discretie varen, wijst naar Ramanujan en fluistert tegen Taylor, die moet gapen. Zijn haar ziet er in het avondlicht nog witter uit dan bij hem thuis in King's College. Wat zou Ramanujan van die curieuze mannen vinden? Vat hij het wijzen van Sheppard op als een blijk van zijn faam ('de Hindoerekenaar') of van zijn onmiskenbare buitenlandse herkomst? Zijn donkere huid? Zijn plompe neus?

Borden worden weggeruimd. Met die vreselijke geanimeerde nieuwsgierigheid van hem schuift Sheppard naar Ramanujan toe om hem de gebruikelijke vragen te stellen – begint hij zich al thuis te voelen, heeft hij het naar zijn zin op Trinity – maar ook enkele van een uitgesproken apostolischer aard, zoals: 'Gelooft u als hindoe dat de hemel plaats kan bieden aan zowel aanbidders van uw goden als die van onze God?'

'Er zijn veel christenen in Indië,' zegt Ramanujan. 'En moslims. Over het algemeen respecteren de volgelingen elkaars geloof, al is het onvermijdelijk dat zich soms conflicten voordoen.' (Antwoord aangeschaft in Spencer's, prijs 1 roepie.)

'Natuurlijk, natuurlijk. Maar toch zullen hindoes er vast bepaalde opvattingen over hebben, bijvoorbeeld als ze christenen een kerk zien binnengaan, of joden een synagoge.'

'Het is mijn persoonlijke mening dat alle godsdiensten in min of meer gelijke mate waar zijn.'

'Werkelijk?' zegt Keynes. 'Wat fascinerend. Jammer dat McTaggart er niet bij is.' Hij en Sheppard zitten nu vorsend naar Ramanujan te blikken, alsof hij een feut is. Is hij een feut? Is dit allemaal doorgestoken kaart? Waarom is Hardy dan niet ingelicht? En wie is de vader?

De avondschemer valt. Voetlichten flitsen op, de menigte bedaart, het toneelstuk begint. Uit het donker achter het toneel komt de jonge Bliss op. Zijn knappe uiterlijk komt vreemd genoeg nog beter uit door de kromme rug die hij opzet, de lompen en vegen schmink op zijn gezicht. Geen slechte Caliban, al met al. Hardy knijpt zijn ogen dicht als Bliss een stuk tekst declameert waar Gaye met name dol op was:

> Toen gij hier kwaamt,
> Streelde gij mij, en hieldt gij mij in eer;
> Gaaft gij mij vruchtennat, en leerde mij
> De naam van 't grote en 't kleine licht,
> Dat brandt bij dag en nacht; toen hield ik van u,
> En wees u alles wat het eiland bood,
> Zoutgroeven, bronnen, dor en vruchtbaar land:
> Vervloekt, dat ik het deed!

Hardy kijkt opzij naar Békássy. Tranen glinsteren onder die zware huzarenoogleden. Dus zo ziet dat eruit, echte liefde of kameraadschap of hoe je het ook noemen wilt tussen mannen! Wat Hardy met Gaye meende te hebben, wat hij soms in zijn dromen nog steeds heeft. En zal hij het ooit weer hebben? Die oude hunkering naar liefdesromantiek, naar hartstocht, schijnt weer in hem wakker te zijn geschud, misschien wel omdat de wereld op zijn eind loopt; hij kijkt weifelend om zich heen, zich afvragend of er vanavond iemand is, iemand hier die…

Dan eindigt het eerste bedrijf. Norton staat op om te gaan roken en Hardy volgt hem. Ze staan dicht bijeen, buiten gehoorsafstand van de picknickers.

'Eerlijk waar, Harry, ik had geen flauw idee dat Bliss meespeelde,' zegt Hardy. 'Het is puur toeval dat we hier zijn.'

'Echt iets voor jou, om zo je licht onder de korenmaat te zetten,' zegt Norton. Maar toch, je had hem op z'n minst aan míj kunnen voorstellen. Soms denk ik wel eens dat je vergeet dat ik ook een wiskundige ben.'

'Alleen omdat jij het zelf vergeet.'

'Ja, ja. ik weet het. Het komt gewoon doordat ik bijna het gekkenhuis in werd gedreven toen ik probeerde te promoveren.'

'Sheppard schijnt er erg happig op te zijn om hem te leren kennen.'

'Sheppard is een onverbeterlijke kletskous.' Norton blaast rook uit.

Ze zwijgen even, en dan zegt Norton: 'Walgelijk gedoe hè, die oorlog?'

Hardy moet bijna lachen. Nadat het onderwerp zo omzichtig is omzeild, komt het als een opluchting om het zo direct – en zo terloops! – aangesneden te horen worden.

'Het verbaast me dat Keynes weg kon, met die baan van hem bij Financiën.'

'Hij doet het ter wille van Békássy.'

'Hoe dat zo?'

'Heb je het niet gehoord? Békássy gaat terug naar Hongarije om dienst te nemen in het leger. Om tegen Rusland te vechten. Naar verluidt hebben we volgende week oorlog met Hongarije, dus als hij voor die tijd het land niet uit is, zal hij worden geïnterneerd. Keynes heeft natuurlijk alles geprobeerd om het hem uit zijn hoofd te praten, maar Feri wilde er niets van horen. Dus nu heeft Keynes zich bereid verklaard om zijn overtocht te betalen, aangezien de banken dicht zijn en Feri niet aan zijn geld kan komen. Maar hij is er helemaal kapot van. Wij allemaal.'

'En Bliss?'

'Die zegt dat hij ook in dienst gaat, dat hij het voorbeeld van Rupert Brooke volgt. Romantisch idee, hè, de geliefden die als vijanden tegenover elkaar komen te staan? We hebben Feri hier mee naartoe genomen omdat het vanavond eigenlijk zijn laatste kans is om Bliss te zien voor hij vertrekt.'

Hardy kijkt naar het landhuis waar de acteurs waarschijnlijk hun kleedkamer hebben ingericht. Békássy stapt tevoorschijn uit een zijdeur.

'Hoe nobel allemaal,' zegt Norton.

'Wat, dat ze hun dood tegemoet gaan?'

'Nee, dat ze hun respectievelijke vaderland gaan verdedigen.'

'Ik gruw van deze oorlog. Ik kan niet geloven dat er intelligente mensen zijn die deze oorlog niet verafschuwen.'

'Nou, naar wat ik van Keynes heb gehoord, heeft Moore zich nog niet uitgesproken voor of tegen de oorlog. En McTaggart heeft zich al rabiaat anti-Duits opgesteld.'

'Dezelfde man die "Viooltjes of oranjebloesem?" heeft geschreven?'

'Maar je moet toegeven dat de moffen behoorlijk bruut blijken te zijn. Een kille oorlogsmachine. Ik heb gelezen dat ze kinderen doodsteken met hun bajonet.'

'Dat is maar propaganda.'

'Het zou me niet verbazen, met Nietzsche en dat hele *Übermensch*-gedoe. Niet elke Duitser is een Goethe, Hardy.'

'Ze proberen hun belangen veilig te stellen. Ze zijn bang voor Rusland, net zoals wij bang voor hen zijn. De gevreesde Duitse marine. Iedereen zit in de rats, iedereen reageert vooruitlopend op wat de ander doet vooruitlopend op wat de ander al vooruitlopend doet.'

'Zoiets als dat eindeloze terugredeneren van gevolg naar oorzaak van Russell.'

'Precies.'

De voetlichten flitsen aan om het einde van de pauze aan te kondigen.

'We moeten weer terug,' zegt Norton. 'Zeg, blijf je hier overnachten?'

Hardy knikt. 'De Nevilles logeren bij haar nicht. Met de rest brengen we de nacht door in een of andere herberg. In Knighton, geloof ik.' Hij blaast rook uit. 'En jij?'

'Bij een of andere kennis van de kakelaar. Althans, daar gaan Sheppard en Keynes en de kakel en ik naartoe. Misschien krijg ik dan eindelijk *die drie stuks* te zien. Tristan en Isolde, wie weet?' Norton slaat zijn ogen neer. 'Jammer dat wij niet... nou...'

Maar het tweede bedrijf staat op het punt van beginnen. Ze drukken hun sigaret uit en lopen terug naar de tennisbaan voor de rest van het toneelstuk. Dat maar doorgaat. En doorgaat. Al met al de traagste uitvoering van *De Storm* die Hardy ooit heeft moeten uitzitten. Als het eindelijk is afgelopen zijn zijn benen onder hem in slaap gevallen, maar wanneer hij op zijn horloge kijkt ziet hij dat er slechts twee uur zijn verstreken. In feite is de voorstelling tamelijk vlug voorbij.

En dan komt het afscheidnemen, misschien nog folterender voor hem dan het kennismaken. Ramanujan zou vast wel een vergelijking kunnen opstellen om T te berekenen, de hoeveelheid tijd die het kost voor iedereen eindelijk opstapt, gebaseerd op A, het aantal aanwezigen, en I, de interruptievariabele, waarmee de tijdsduur die elk afscheid vergt natuurlijk met een onbepaald interval wordt vermenigvuldigd. En o, dat gezever! – *Zo aangenaam... We moeten gauw weer afspreken... Heel boeiend om over uw automobielclub te horen* – eindeloos gezever voordat Norton eindelijk een kus op Alice' wang drukt, en Littlewood Keynes een hand geeft, en Békássy wegsnelt naar het landhuis om Bliss te zoeken, met wie hij ongetwijfeld weldra het duister van de zomernacht, het donker overhuifde bos in zal vluchten.

Eindelijk is het voorbij. Hardy stapt in Allenby's vreselijke automobiel die hem en Littlewood naar Knighton brengt, naar de George & Dragon Inn, waar ze vernemen dat er iets fout is gegaan: in plaats van vijf kamers voor hen gereed te houden, zoals Alice had verzocht, heeft de herbergier er maar twee gereserveerd. Hij heeft niet eens vijf kamers! De ene kamer heeft een tweepersoonsbed, en Eddie Neville en Allenby verklaren zich opgewekt bereid om dat te delen. Wat de andere kamer betreft: 'Er staan twee grote bedden in, meneer,' deelt de herbergier Hardy mee. 'Beslist ruim genoeg voor de drie heren.'

'Ik vind het best, hoor,' zegt Littlewood.

Het zal eens niet! En Ramanujan? Zijn uitdrukking is ondoorgrondelijk. Misschien maakt het hem niets uit. Slapen ze bij hem thuis in Indië niet waar het uitkomt, door elkaar heen, over de hele vloer?

En dus gaat de herbergier hen met een kaars in zijn hand voor naar de kamer, die zich op de zolder bevindt en spartaans en muf is. De twee grote bedden staan tegenover elkaar, het ene tegen de wand op het noorden en het andere tegen de wand op het zuiden. Er is geen elektrisch licht. In plaats daarvan zorgt de kaars die de herbergier op de schoorsteenmantel zet voor een knus, flakkerend schijnsel in de kamer.

Littlewood rekt zich uit. 'Nou, dat was een verrekt vermoeiende voorstelling,' zegt hij terwijl hij zijn vest uittrekt. 'Ik weet niet hoe het met jullie is, maar ik ben bekaf.'

Waarna hij, met de onbekommerdheid waar hij om bekend staat, zijn kleren uitrukt, de dekens van een van de bedden terugslaat en gaat liggen. Kennelijk zonder te overwegen om zich te wassen. 'Slaap lekker,' zegt hij, en in een mum van tijd ligt hij te snurken.

Hardy en Ramanujan, min of meer aan hun lot overgelaten, kijken elkaar aan.

'Ik geloof dat de badkamer beneden is,' zegt Hardy.

'Bedankt,' antwoordt Ramanujan. Hij opent zijn valiesje en haalt er een toilettas en een pyjama uit. Dan doet hij de slaapkamerdeur open en stapt stilletjes naar buiten.

Hardy blaast adem uit. Nu heeft hij de tijd om naar de wc te gaan en snel, stiekem, zijn pyjama aan te trekken. Daarna neemt hij de twee bedden in ogenschouw, het ene keurig opgemaakt, het andere een rommeltje vanwege Littlewoods uitgespreide, naakte gestalte. Littlewood heeft de dekens tot net onder zijn navel omlaaggeschoven. Even slaat Hardy het rijzen en dalen van zijn middenrif gade, laat zijn blik over zijn nauwelijks behaarde borst dwalen... O, welk bed moet hij nemen? Als hij bij Littlewood in bed stapt, zal hij geen oog dicht doen. Maar als hij in het lege bed kruipt, schuift hij het keuzeprobleem alleen maar door naar Ramanujan. En wat zal die doen?

Dan hoort hij ergens een deur opengaan – misschien de badkamerdeur beneden – gevolgd door voetstappen op de trap.

Zonder er verder over na te denken maakt hij zijn keuze. Hij stapt in het lege bed.

Vijf minuten verstrijken. Hij telt ze. De kamerdeur gaat open en weer dicht. Hij hoort de vloerplanken kraken onder blote voeten. Dan is het even stil, waarna Ramanujan blaast – hard – en Hardy het sissen van de kaars hoort en ruikt. De kamer smoort in donker. Hij voelt het gewicht van een ander lichaam op de matras neerzijgen, die naast hem omlaaghelt. Lakens en dekens spannen over zijn ribbenkast. Hij ruikt wol, buitenlucht – en dan dringt het tot hem door wat er is gebeurd. Ramanujan is niet ín bed gestapt maar alleen maar eróp. Hij ligt boven op de sprei en het beddengoed, met zijn jas over zijn bovenlijf gedrapeerd.

Nou, wat raar! Hardy weet niet goed hoe hij dát nu moet interpreteren. En toch, moet hij bekennen, vindt hij het een fijn gevoel zoals het beddengoed door Ramanujans gewicht over hem wordt aangetrokken en op hem drukt en hem omhult. Het is alsof hij in een cocon ligt gewikkeld.

Hij valt in slaap en wordt, zo lijkt het, even later wakker en ziet door het raam de ochtend gloren.

'Harold,' zegt een stem – die van Ramanujan? Nee. Het is Gaye maar.

Hij zit op de rand van het bed. 'Nou, moet je jou daar nou zien liggen,' zegt hij. 'Dat was me het nachtje wel, hè?'

'Hoe bedoel je?'

'Een drama op het toneel en ook nog eentje achter de schermen. Ik bedoel, dat is het soort toneelstuk dat Shakespeare had moeten schrijven, en had kunnen schrijven, zij het niet om te worden opgevoerd, uiteraard. Je weet wel, soldaten annex geliefden, in twee kampen gescheiden door oorlog. Als iets uit de Griekse poëzie.'

'Jij bent de classicus.'

'Ik ben altijd dol geweest op *De Storm*.' Gaye haalt iets uit zijn zak wat op een vijl lijkt. 'En Bliss heeft een heel acceptabele Caliban neergezet, vind je niet? Niet briljant maar… acceptabel.'

'Zit je je nagels te vijlen?'

'Groeien de nagels van een dode? Je weet vast nog wel wat ik altijd zei: je moet Shakespeare gespeeld zien worden om hem echt te vatten. En wat een poëzie! Luister.' Hij legt zijn hand tegen zijn maag. '"Toen hield ik van u, en wees u alles wat het eiland bood…" Eigenlijk net zoals jij je Indische vriend alles hebt gewezen wat dit eiland te bieden heeft, Harold. "Zoutgroeven, bronnen, dor en vruchtbaar land…" En dan aan het eind, die genadeloze slotstrofe: "Vervloekt dat ik het deed!" Daarmee wordt alles tenietgedaan wat ervoor komt, want Caliban erkent dat hij heeft liefgehad, wat nobel

is, maar omdat hij heeft liefgehad heeft hij verloren wat hem het dier-
baarst is. "Vervloekt dat ik het deed!"'

Hardy gaat bijna rechtop zitten. Hij begint bijna te redetwisten,
maar hij weet dat Gaye weg zal zijn en hem niet zal horen.

Echt iets voor Gaye om hem zo achter te laten: de woorden blijven hangen en hij krijgt nooit de kans om te antwoorden.

3

*E*ind augustus. Niet ver van het huis van de Nevilles heeft het Derde Bataljon van het Korps Karabiniers (Iers) zijn tenten opgeslagen op Midsummer Common. Om zeven uur wordt Alice wakker door het geluid van hun exercities, waarbij de dienstdoende officier zijn commando's met een zwaar Iers accent brult. Eric is al de deur uit en zit in zijn werkkamer op de universiteit. Ze ontbijt met Ethel, die haar een briefkaart laat zien die haar zoon haar uit Woolwich Arsenal in Londen heeft gestuurd. Hij zit bij de vrijwillige landweer. De hele ochtend is Ethel met veel kabaal in de keuken in de weer terwijl Alice aan het raam van de eetkamer zit, naar de soldaten kijkt, wacht – waarop? Op het einde van de wereld? Op een bezoekje van Ramanujan?

Hij komt vlak na elven. Onaangekondigd. Als ze hem hoort aankloppen, schikt ze zich ingetogen op de pianokruk en wacht ze tot Ethel hem binnenleidt. Ze wil niet dat hij ziet hoe blij ze is om hem te zien, of hoe blij ze is dat Eric er niet is. De legpuzzel ligt waar hij hem heeft achtergelaten. Tot Ethels grote ergernis (en Erics vermaak) wil ze niet hebben dat hij uit elkaar wordt gehaald. Ze serveert hem koffie – ze heeft Ethel geleerd om de melk op Madraswijze te koken – en dan gaan ze samen achter de piano zitten. Ze leert hem liederen. Ze is hem *Greensleeves* aan het leren.

> Your vows you've broken, like my heart,
> Oh, why do you so enrapture me?

Er klinkt opeens een salvo geweervuur – de soldaten oefenen op de Common. 'Waarom doen ze dat nou altijd als ik zit te spelen?' vraagt Alice chagrijnig. 'Nou, opnieuw dan maar.'

Your vows you've broken, like my heart,
Oh, why do you so enrapture me?
Now I remain in a world apart
But my heart remains in captivity.

Wie ziet hij voor zich als hij die woorden zingt? Janaki? Telkens als hij op bezoek komt vraagt ze of hij iets van zijn vrouw heeft gehoord, en elke keer zegt hij nee. In het begin gaf hij voor dat het hem niet dwars zat. 'Ik weet zeker dat ik volgende week een brief krijg,' zei hij dan. En als er dan geen brief kwam zei hij: 'De oorlog heeft ongetwijfeld een nadelige invloed op de postbezorging.' Maar er arriveren wel steeds brieven van zijn moeder.

Weer geweervuur. En geen brief. 'Het betekent waarschijnlijk niets,' zegt Alice. 'Misschien is ze op bezoek bij haar familie.'

'Dat zou ze me wel hebben verteld.'

'Heeft uw moeder het over haar in haar brieven?'

'Nee.'

'Zou u het aan uw moeder kunnen vragen?'

'Dat zou niet… Nee, dat zou ik niet kunnen.'

Hij zet zijn elleboog op de houten rand van de piano – voorzichtig, zodat hij niet tegen de toetsen komt. Dan steunt hij met zijn hoofd op zijn hand. Wat hunkert ze ernaar om hem door zijn zwarte haar te strijken! Maar ze zou hem net zomin aanraken als bekennen dat ze een vlaag van hoop, ja zelfs van vreugde, voelt oplaaien telkens als hij vertelt dat hij nog steeds niets van Janaki heeft gehoord. Want als Janaki hem in feite de bons heeft gegeven, of de benen heeft genomen, of dood is, dan zal hij haar, Alice, meer dan ooit nodig hebben. En als hij haar nodig heeft, zal hij vaker komen, misschien zelfs weer bij hen intrekken.

Als hij weer weg is haalt ze de spelden uit haar haar. Ze borstelt het. Ze bekijkt zichzelf in de spiegel. 'Je bent een afschuwelijke vrouw,' zegt ze, en ze voelt dat het waar is. Ze heeft afschuwelijke dingen bedacht. Ze heeft bijvoorbeeld gedacht: wat jammer dat Eric zulke slechte ogen heeft! Want als hij normaal, goed kon zien, zou hij dienst kunnen nemen en naar Frankrijk gaan. Dan zouden onbekenden ontzettend aardig tegen haar doen, wetende dat ze een man had die in Frankrijk vocht. Dan zou ze alleen zijn in huis. Dan zou ze alleen met Ramanujan kunnen zijn.

Het is niet zo dat ze verliefd op hem is. Of althans, ze is niet verliefd op hem zoals ze dat op Eric was (of is). Want Erics aantrekkingskracht is zijn vertrouwdheid. Vanaf het begin voelde ze zich tot hem aangetrokken juist omdat hij zo eenvoudig te peilen was. Hij was het spreekwoordelijke open boek, de zinnen geschreven met de grote, duidelijke drukletters van een kinderleesboek. In dat opzicht had hij niet sterker kunnen verschillen van haar zus Jane, een vrouw vol lagen en listen wier woorden vaak als lokaas of valkuil dienden. Eric daarentegen was niet tot intriges in staat. Bebrild en maagdelijk en permanent opgewekt, leefde hij voor zijn werk – het vooruitzicht om 's morgens weer naar zijn werk te gaan was al genoeg om hem een groot deel van de nacht uit de slaap te houden – en voor het bedrijven van de liefde, waarin hij onbeholpen is. Maar hij doet zijn best. Hij is nu langzamer dan vroeger. Hij wacht op haar. Haar irritatie ten spijt wordt ze toch geroerd door zijn gegrom van genot en zijn dankbaarheid na afloop. Eigenaardig genoeg zijn het juist de facetten van haar mans karakter die haar het meest ergeren – zijn verstrooidheid en zijn sulligheid – die bij haar de meeste tederheid wekken.

En dan heb je Ramanujan. Bij Ramanujan is niets, of zo goed als niets, eenduidig. Hij is het tegendeel van een kinderleesboek: een tekst geschreven in een taal die ze niet kan lezen. Zelfs als hij bij haar is, zelfs als hij fysiek naast haar zit, kan ze zijn gedachten niet raden. Erics gedachten kan ze gemakkelijk raden, en ze raadt ze bijna altijd goed. Ramanujan daarentegen ziet ze als een dichte deur waarachter onnoemelijke schatten liggen. Dingen waarnaar ze niet kan gissen. Mysterieuze oosterse liefdestechnieken en occulte overleveringen en een bepaalde oerwijsheid. Specifieke details moet ze ontberen; ze heeft alleen een vaag idee van een ambiance die heel anders is dan die van haar woonkamer: een tent van specerijkleurige stoffen waarin stukjes spiegel opblikkeren, geparfumeerd met jasmijnbloemblaadjes die in een zilveren schaal liggen te drogen.

Ze heeft wel eens het gevoel dat haar leven is gereduceerd tot een aaneenschakeling van hoopvolle verwachting en bekommernis. 's Ochtends zit ze te piekeren of hij zal komen. Als hij niet komt zinkt ze weg in vertwijfeling. Als hij wel komt begint ze zich, vrijwel vanaf het moment dat hij de kamer binnenstapt, zorgen te maken over wat ze moet doen als hij weggaat. En als hij dan weggaat slaat de ontzetting toe, kil en naargeestig als winterschemer.

De volgende ochtend wordt ze, zoals steeds, wakker door het stemgeluid van de bataljonscommandant en realiseert ze zich dat ze er niet meer tegen kan, tegen het wachten, de geweersalvo's. Zonder iemand in te lichten, zelfs Ethel niet, pakt ze haar paraplu en hoed, loopt naar het station en stapt in de eerste de beste trein naar Londen. Het perron staat vol jonge mannen op weg om zich bij hun regiment te voegen. Slechts een enkeling is in uniform. *Elke dag loopt het reservoir jongelui van Cambridge iets verder leeg*, bedenkt ze als ze in een coupé met drie van die jonge mannen plaats neemt, eentje in donker kaki en de andere twee in colbert met ceintuur en dubbele rugplooi. Die laatste twee bespreken op geanimeerde toon het nieuws uit België, alsof de oorlog een voetbalwedstrijd is, terwijl de jongen in kaki lusteloos uit het raam staart.

Alice wil geen aandacht trekken en opent haar handtas en haalt *The Times* eruit. 'Vrijwel alle mensen die ik heb ondervraagd hadden verhalen over Duitse gruweldaden te melden,' leest ze. 'Hele dorpen, zo vertelden ze, waren te vuur en te zwaard verwoest. Een man die ik niet heb gesproken had aan een functionaris van de Katholieke Kring verteld dat hij met zijn eigen ogen had gezien hoe Duitse militairen de armpjes van een baby afhakten die zich aan de rokken van zijn moeder vastklampte.'

Piepend en knarsend rijdt de trein het station uit. Alice laat haar krant zakken en kijkt naar buiten, naar de rails die wijken voor een andere trein die in tegenovergestelde richting gaat, en dan naar de achterkant van armetierige huizen. In een ervan staat een kind naar een regenboog te kijken. De lusteloze jonge man pakt een boek uit zijn pukkel: *De planetenoorlog* van H.G. Wells. Een van Erics lievelingsboeken. En inderdaad, wat zal er gebeuren als Duitsland Engeland binnenvalt? Zal die jongen haar beschermen? Zal ze door de moffen worden verkracht? Zullen ze de arme Ramanujan met een bajonet doodsteken? Ze zou dat soort vragen niet moeten stellen, weet ze. Ze is tenslotte een pacifist. En deze jongens – het zouden studenten van Eric kunnen zijn, van die jongelui die hij soms mee naar huis brengt voor een kop thee en differentiaalgeometrie.

Ze leest verder:

> Alle mannen met wie ik heb gesproken waren het erover eens dat de Duitse soldaten, afgezien van hun zware geschut en overweldigende aantallen, niets vreeswekkends hadden. Ze omschrijven hun gedrag als te onmenselijk voor een beschaafd volk, en de meesten van hen hadden gezien hoe Belgische dorpelingen vóór de Duitsers werden opgesteld om als schild voor hen te dienen. Eén man verklaarde dat het een favoriete manoeuvre van de Duitsers is om Belgische dorpelingen de doodschrik op het lijf te jagen door hen vlak voor hun zware geschut voort te drijven, terwijl ze daar door de hoge opstelling van de kanonnen eigenlijk veilig zijn. Het is hun ervaring dat de Duitsers het Rode Kruis niet ontzien: in feite wachten ze tot de gewonden worden opgehaald, en dan openen ze het vuur.

Op Liverpool Street Station gooit ze de krant in een afvalbak. Ze neemt een taxi naar St. George's Square, naar een adres dat ze vlak voor haar vertrek heimelijk in Erics agenda heeft opgezocht. Niet dat ze reden heeft om aan te nemen dat Gertrude daar zal zijn, maar toch, ze hoopt van wel. Ze moet met iemand praten, met een vrouw.

Ze rekent af met de chauffeur en loopt naar het gebouw. Het is smal en hoog, één van een reeks panden die te dicht opeen staan gedrongen, als boeken samengeperst op een plank. Het houtwerk van de ramen moet nodig geschilderd worden. Naast een van de deurbellen (van brons, die nodig gepoetst moet worden) staat de naam 'Hardy'. Ze belt aan en even later gaat tot haar opluchting de deur open en staat Gertrude voor haar, gekleed in een tamelijk grauwe japon, knipperogend van verrassing.

'Mevrouw Neville,' zegt ze.

'Hallo,' zegt Alice. 'Ik hoop dat u het niet erg vindt dat ik zomaar aan kom, maar ik – ik moest gewoon even weg uit Cambridge.'

'Maar mijn broer is er niet.'

'Dat weet ik. Ik kom ook niet voor uw broer.'

Gertrude lijkt niet bijzonder in haar schik om dat te horen. 'O, nou, kom binnen,' zegt ze aarzelend, en maakt ruimte in de nauwe gang. 'Ik ben bang dat ik u niet veel heb aan te bieden,' voegt ze eraan toe terwijl ze een smalle trap beklimmen waarvan de treden kraken onder Alice' schoenen.

'Dat hoeft ook helemaal niet.'

'En de flat is niet erg opgeruimd.'

'Dat geeft echt niets.'

Ze gaan samen naar binnen. Gertrude doet de deur dicht en gaat Alice dan voor door een zitkamer die bedompt en nagenoeg ongemeubileerd is naar een keuken met een bruine gegranuleerde linoleum vloer en een tafel die bezaaid ligt met kranten. 'Gaat u zitten. Wilt u thee?'

'Graag, dank u.' Alice zet haar hoed af. Ze kan niet zeggen hoe het komt, maar om een of andere reden voelt ze zich kolossaal in die ruimte. Niet omdat hij zo klein is of omdat zij zo groot is, maar omdat ze bij elke beweging ergens tegenaan komt. Eerst stoot ze met haar elleboog het afdruiprek omver. Dan stoot ze haar hoofd tegen het deurkozijn. Daarna trekt ze de stoel die Gertrude heeft aangewezen onder de tafel uit en bonkt ze hem per ongeluk tegen de muur.

'Lieve help,' zegt ze, 'ik hoop maar dat ik geen butsen maak.'

'Dat geeft niet. Wilt u melk?'

Ze had niet moeten komen.

'Ja, alstublieft.' Gertrudes *Times* ligt toevallig opengeslagen bij het artikel over de gruweldaden in België. 'Hebt u dat gelezen?' vraagt Alice.

'Ja, ik heb het net uit.'

'Ik vraag me af of we al die verhalen wel moeten geloven – of Duitse soldaten echt de handjes van baby's afhakken.'

'Ik kan het best geloven, van het volk dat ons *Struwwelpeter* heeft geschonken.'

'Wie?'

'Piet de Smeerpoets. Dat is een Duits boek met kinderverhalen. In een van die verhalen komt een duimzuigende jongen voor, en zijn moeder waarschuwt hem dat als hij op zijn duimen blijft zuigen de grote lange kleermaker ze met zijn grote scherpe schaar komt afknippen, en hij gaat door met duimzuigen en kijk aan, de grote lange kleermaker komt en knipt inderdaad zijn duimen af.'

'Wat gruwelijk.'

'De illustraties zijn echt fantastisch, met vuurrood bloed dat uit de stompjes spuit.'

'En dat geven ze aan kinderen te lezen?'

'Tja, waarom denkt u dat Duitse soldaten nooit duimzuigen?'

Gertrude zet de kop thee voor Alice neer, gaat tegenover haar zitten, slaat haar armen over elkaar. Ze maakt opeens een ongeduldige indruk, alsof ze wil zeggen: goed, alle gekheid op een stokje, waarom kom je me storen? En inderdaad, waarom komt Alice haar storen?

'U zult zich wel afvragen wat ik hier kom doen,' zegt ze. 'Eerlijk gezegd weet ik het zelf ook niet precies. Cambridge is gewoon… het is er momenteel nogal triest.'

'Dat heb ik gehoord, van mijn broer.'

'De trein hierheen zat vol jonge mannen. Studenten. Elke dag loopt het reservoir jongelui van Cambridge iets verder leeg.'

Geen reactie. En Alice ging zo prat op dat zinnetje.

'Vlak bij ons huis heeft een bataljon zijn tenten opgeslagen. Uit Ierland. Elke ochtend bij het krieken van de dag doen ze hun exercities.'

'En uw man?'

'Die redt zich wel. Op Trinity staan de bedden van de gewonden buiten in Nevile's Court opgesteld. Officieren dineren in de eetzaal.'

'Dat heb ik van mijn broer gehoord.'

'En gaat meneer Hardy vrijwillig onder dienst?'

'Hij zegt dat hij nog geen besluit heeft genomen, maar het valt niet mee om je hem in uniform voor te stellen. En meneer Neville?'

'Die heeft slechte ogen.' Alice nipt van haar thee en voegt er dan aan toe: 'Eigenlijk is het jammer want hij is heel moedig. Hij kan heel goed zwemmen. Vorige winter is hij in de Cam gesprongen om een kind van de verdrinkingsdood te redden.'

Waarom vertelt ze dat? Gertrude snapt ongetwijfeld best dat Eric nooit vrijwillig dienst zou nemen, ook al had hij arendsogen. Hij steekt zijn pacifisme niet onder stoelen of banken. En toch lijkt het opeens van belang dat Gertrude weet dat hij geen lafaard is. 'Pas geleden hoorde Eric iemand zeggen: "Als het zo doorgaat loopt Trinity helemaal leeg, op Hardy en een stel Indiërs na."'

'Dat lijkt me nogal overdreven.'

'Misschien... Maar je verstand zou er toch bij stil staan als hij en meneer Ramanujan over een paar maanden als enigen nog over zouden zijn op Trinity?'

'Uw man zit er dan ook nog. En de rector magnificus.'

'Dat is waar. Ik zat te overdrijven.'

'En hoe maakt meneer Ramanujan het?'

'Zo goed als mogelijk is, neem ik aan. Niet dat ik hem tegenwoordig vaak zie.'

'U bedoelt sinds hij niet meer onder uw dak vertoeft?'

'Hij komt natuurlijk op bezoek, een paar keer per week. Ik leer hem zingen.'

'Zingen?'

'Hij heeft een mooie stem. Gisteren heb ik hem *Greensleeves* geleerd.'

'Dat zou ik graag willen horen.'

'Hij is natuurlijk veel te verlegen om voor onbekenden te zingen. Alleen voor mij.'

'Het is fijn om te weten dat hij zo'n goede vriendin in u heeft getroffen, mevrouw Neville.'

Alice kijkt op. Tot dusver heeft ze Gertrudes blik weten te ontwijken, maar nu kijkt ze in die verontrustende ogen. Het rechter tuurt haar vorsend aan terwijl het linker… hoe zal ze het zeggen? Het zweeft.

En opeens, zonder erbij na te denken, vraagt ze: 'Hoe is het gekomen?'

'Wat?'

'Hoe bent u uw oog verloren?'

Gertrude lijkt overeind te schieten van haar stoel. Als een kat. Goed zo. Vanaf het moment dat ze binnenstapte voelt Alice al de drang om het heft in handen te nemen. Om haar te laten verschrikken. Goed zo.

'Ik hoop dat u het niet erg vindt dat ik het vraag.'

'Denkt u dat u de eerste bent die het vraagt?'

'Nou –'

'Dat bent u niet. De mensen vragen het de hele tijd. Met name vrouwen.'

Tot Alice' verrassing legt Gertrude haar armen, die ze over elkaar had geslagen, in haar schoot.

'Als u het echt wilt weten, het is gebeurd toen ik negen was. Harold sloeg me met een cricketbat in mijn gezicht. Per ongeluk. Hij sloeg me finaal buiten westen. Toen ik weer bijkwam lag ik in het ziekenhuis en was het weg. Het oog was weg. Dat was alles.'

'Wat vreselijk.'

'Tja. Ik was nog zo jong dat ik me nauwelijks kan herinneren hoe het ervoor was. Daarna was het natuurlijk het belangrijkste om Harold te ontzien.'

'Hoezo?'

'Omdat het een ongeluk was, nietwaar, en hij zo ontzettend dol op cricket was, moesten we voorkomen dat hij zich verantwoordelijk of schuldig zou voelen. Dus werd me opgedragen om het er nooit over te hebben.'

'Door uw vader?'

'Mijn moeder.'

'Vond u dat erg?'

'Alleen in het begin, maar daarna begreep ik dat het eigenlijk heel verstandig van haar was. Ze had zich namelijk vast voorgenomen dat niemand van slag zou raken. We wisten toen al dat Harold een genie was. We wilden absoluut niet dat deze gebeurtenis hem zou hinderen in zijn ontwikkeling. En ik had er zelf ook baat bij. Doordat ik vanaf het begin moest doen alsof er niets was gebeurd, kon ik dat tot mijn modus operandi maken, zeg maar.'

'Laat het eens zien.'

'Wat?'

'Dat oog. Haal het er eens uit, zodat ik het kan zien.'

Gertrude moet lachen.

'Wat is daar zo grappig aan?' vraagt Alice.

'Dat iedereen die het wil zien denkt dat ze de eerste is die vraagt of ze het mag zien.'

'Zijn het altijd vrouwen?'

'Altijd. Maar goed, mij best. Maar kijk alstublieft een andere kant op terwijl ik het eruit haal.'

Alice wendt haar blik af. Ze hoort, of verbeeldt dat zich, een soort losdraaien, een plop en een floep, en dan zegt Gertrude: 'Goed. U mag u omdraaien.'

Alice draait zich om. Gertrude zit met haar rug naar haar toe. Ze houdt haar rechterhand achter haar rug, de vingers gekromd om… iets.

Het ding wordt van Gertrudes hand doorgegeven aan die van Alice. Alice bekijkt het. Het oog is wit en bol en zwaarder dan ze had gedacht – het formaat van een grote knikker, met de iris en de pupil iets uitstulpend. Wat een mooi stukje vakmanschap is het, het bruin perfect passend bij Gertrudes echte oog, het wit doorschoten met ragfijne rode lijntjes om de indruk van adertjes te wekken!

'Mag ik het nu terughebben?'

'Hoe gaat het in zijn werk? Hoe doet u het erin?'

'Je trekt gewoon je ooglid omhoog en duwt het erin. De oogkas sluit er helemaal omheen.'

'Is het een vervelend gevoel?'

'Het was een beetje raar, in het begin, dat wezensvreemde, enorme ding. Maar je went eraan. Nu denk ik er amper meer aan. Mag ik het nu terughebben, alstublieft?'

'Droogt het ook uit? Moet u het smeren of zo?'

'De traanklieren zijn niet aangetast. Mag ik het nu terug?'

Weer steekt Gertrude haar arm uit achter haar rug. Alice legt het oog in haar hand.

'Niet kijken.'

Alice doet haar eigen ogen dicht. Dan zegt Gertrude: 'Klaar,' en als Alice weer kijkt ziet ze Gertrudes gezicht tegenover zich aan tafel. Het lijkt of er een uitdrukking van hartelijkheid, zelfs genegenheid over is gekomen.

'Nou, bent u tevredengesteld?' vraagt ze

'Zeker, dank u wel.'

'Goed. Ik ben blij dat we dat gehad hebben.' Ze kijkt naar het keukenraam. 'Het wordt nog een mooie dag, hè? Wat zou u ervan vinden om naar de dierentuin te gaan?'

'De dierentuin?'

'Ja, waarom niet?'

'Ik zou het een geweldig idee vinden,' zegt Alice. En ze staat op, en bonkt daarbij opnieuw met haar stoel tegen de al beschadigde muur.

4

*E*r is een kamer, een flat, een plek waar ze soms heen gaan als ze allebei in Londen zijn. Meestal op aandringen van Littlewood. Net als C. Mallet van het India Office is de eigenaar een kennis van zijn broer. Ze blijven daar een uur of twee en als ze weggaan lijkt Anne moeite te hebben om haar ondergoed in orde te brengen. Omdat de flat vlak bij Regent's Park ligt, lopen ze naar de dierentuin, waar ze op een bank gaan zitten voor een kooi waarin een Bengaalse tijger ijsbeert. Het is de laatste dag van september en Littlewood heeft haar net verteld dat hij over een maand vertrekt, mogelijk naar Frankrijk. Hij gaat als tweede luitenant onder dienst bij de Royal Garrison Artillery. 'Het schijnt dat ik nuttig kan zijn bij artillerieberekeningen,' zegt hij. 'Ballistiek. Hardy zal wel paf staan als hij het hoort.'

'Ik zou willen dat je het niet had gedaan.'

'Ik heb overwogen om het niet te doen. Maar toen bedacht ik dat het niet lang meer zal duren of we hebben er zelf helemaal niets meer over te zeggen. De dienstplicht komt eraan, dat kan ik je verzekeren. Churchill heeft het parlement al toestemming gevraagd.'

'Hoe weet je dat?'

'Van Hardy. Churchills secretaris is een van zijn Apostelen.'

Anne steekt een sigaret op. Tegenover hen in de kooi gaat de tijger aan zijn enorme poot liggen likken. Net als Hardy's kat, alleen ruikt deze veel muskusachtiger. Littlewood bedenkt dat ongeduld ongeveer zo moet ruiken. Er nadert een kind met haar kindermeisje om naar de tijger te staren. Ze klampt zich vast aan de hand van het kindermeisje. Blijft op veilige afstand.

'Wanneer zien we elkaar weer?'

'Met een beetje geluk zit ik over een paar maanden in Londen. Of vlak in de buurt. Woolwich, waarschijnlijk.'

'Maar kun je dan naar Treen komen?'

'Niet zo vaak als nu, ben ik bang.'

Ze pakt zijn hand. Ze dringt haar tranen terug. Ineens springt de tijger op en stoot een kwaadaardig gebrul uit. Het kind schrikt en begint te huilen. Het kindermeisje voert haar weg, naar de olifanten.

'Wat zal er van je worden?' vraagt Anne huilend.

'Lieverd, dit is nergens voor nodig. Er zal me niets overkomen.'

'Maar als ze je nou naar het slagveld sturen? Ik heb de verslagen gelezen.'

'Maar dat is het hem juist, ze zullen me niet naar het slagveld sturen. Ze sturen mannen als ik niet naar het slagveld. Wij zijn te waardevol achter de schermen.'

'Neem me niet kwalijk.' Ze pakt een zakdoek uit haar handtas en veegt haar tranen weg. 'Ik voel me zo dom. Misschien komt het door de kinderen. Ze vragen allemaal dingen, snap je. Dit is gewoon – dit is zo afschuwelijk. Niet te geloven dat ik dit aan mijn kinderen moet uitleggen.'

'Dat is inderdaad rot voor je.'

'En intussen gaat Hardy gewoon door met zijn werk... Ik begrijp dat híj zich niet verplicht heeft gevoeld om vrijwillig dienst te nemen.'

'Misschien doet hij dat alsnog. Ik weet dat hij erover zit te denken.'

'Waarom kun jij dan niet net als hij doen? Afwachten?'

'Als ik het uitstel, krijg ik misschien niet zo'n veilige post.'

'Maar kan Hardy, met al zijn connecties, er dan niet voor zorgen dat je die wel krijgt?'

'Zo ver reikt zijn invloed niet, ben ik bang. Ik zit niet in die kringen. Hij kan zichzelf waarschijnlijk wel buiten schot houden.'

'En hij beweert dat hij niet zonder jou kan werken!'

'Je kunt het hem niet kwalijk nemen.'

'Waarom niet? Ik moet het toch iemand kwalijk nemen?'

'Neem het dan Kitchener kwalijk. Neem het Churchill kwalijk. Je hebt Hardy zelfs nog nooit gezien.'

'Alleen omdat jij me nooit –'

'Sst. Daar komt zijn zus aan.'

Anne kijkt op. Twee vrouwen komen over het pad naar de tijgerkooi geslenterd. Zonder erbij na te denken trekt ze haar hand uit die van Littlewood. Hij gaat staan.

'Mejuffrouw Hardy, mevrouw Neville. Wat een leuke verrassing.'

Gertrude werpt Anne een monsterende blik toe. 'Dag meneer Littlewood,' zegt ze. 'Wat brengt u naar de dierentuin?'

'Gewoon – een heerlijke middag. En jullie?'

'Het is een soort ritueeltje van ons, als ik in Londen ben,' zegt Alice.

'O, mag ik u voorstellen aan mevrouw Chase?'

Anne staat nu ook op. Ze moet Gertrudes hand met haar linkerhand schudden omdat de zakdoek in haar rechterhand zit gebald.

'Mag ik de dames een kopje thee aanbieden?' vraagt Littlewood, als altijd de galante heer, als altijd klaar om zich aan te passen aan wat op zijn weg komt.

'O nee hoor,' zegt Alice. 'We willen jullie niet storen.'

'U stoort ons niet.'

'Nou, als u het zeker weet…'

'Nee, we moeten verder,' zegt Gertrude beslist, en ze pakt Alice bij haar arm. 'Leuk om u weer eens te zien, meneer Littlewood. En aangenaam kennis te maken, mevrouw…'

'Chase.'

'Chase. Goedendag.'

Ze lopen door. Een stukje verder houden ze stil voor de olifanten, waar ze als serieuze wetenschappers naar turen. Ze lijken niet te praten.

Littlewood en Anne gaan weer zitten en opeens begint Anne te lachen. Ze moet zo hard lachen dat ze weer haar tranen moet wegvegen.

'Wat is er nu weer met je?'

'Niets… maar het lijkt gewoon zo grappig… Nou ja, wat maakt het uit? Als ze alles raden?'

'Het spijt me om het te zeggen, lieverd, maar we zijn niet echt een staatsgeheim.'

'Dat weet ik. Daarom moet ik zo lachen.'

'Waarom wilde je niet even theedrinken?'
　'Omdat ze duidelijk ruzie hadden, of zo.'
　'Wie is zij dan?'
　'Kun je dat niet zien?'
　'O!... Maar hij stelde haar voor als mevróúw Chase.'
　'En hoe zou Russell Ottoline Morrell voorstellen, denk je?'
　Ze komen bij het vleermuizenhok. Gertrude heeft een uitdrukking van ondeugende geamuseerdheid, maar voor Alice is het alsof er een nieuw idee is geboren. Russell en mevrouw Morrell. Littlewood en mevrouw Chase.
　Nou ja, waarom ook niet?
　Ze neemt zich op datzelfde moment voor dat ze mevrouw Chase wil leren kennen. Ze zal haar opsporen. Die vrouw met het bruine haar en de zongebronsde huid en die blik – zeg maar – die flonkerende blik, zou Alice het noemen – zelfs in tranen, een soort flonkerende uitstraling – dat is een vrouw met wie ze kan praten. Dat is het soort vrouw zoals zij misschien uiteindelijk zou kunnen worden, als ze haar best doet en geluk heeft.

5

Nieuwe Collegezaal, Harvard University

*I*n dat college dat hij niet gaf zei Hardy:

Er bestaat tegenwoordig mijns inziens een betreurenswaardige tendens – die nog sterker zal worden naarmate de jaren verstrijken, vermoed ik – om Ramanujan af te schilderen als zo'n mystiek vat waarin het ondoorgrondelijke oosten zijn essentie heeft gegoten. Dat is geen verrassing. Per slot van rekening hebben we hier een jonge man die, tot hij zich inscheepte op een boot naar Engeland, nog nooit schoenen had gedragen, die weigerde het voedsel in de eetzaal van Trinity College te nuttigen uit angst voor de onreinheid ervan, die publiekelijk beweerde dat de formules die hij ontdekte door een godin op zijn tong waren geschreven. Hij poogde ook niet om die mythe rondom zijn persoon te ontkrachten – integendeel, hij spande zich in om hem te cultiveren – en daarom zal zijn nalatenschap voor hen die hem niet hebben gekend altijd gehuld zijn in de geur van wierook en tempels. Hoe kunnen degenen onder ons die hem wel hebben meegemaakt uitleggen dat de mythe niets te maken heeft met de man zoals we hem kenden?

De Ramanujan die ik heb gekend was bovenal een rationalist. Ondanks zijn incidentele excentrieke gedragingen was hij in mijn bijzijn nooit minder dan verstandig, nuchter en schrander. Van nature was hij een agnosticus, waarmee ik bedoel dat hij niet iets specifiek goeds of iets specifiek slechts zag in het hindoeïsme of in welke andere godsdienst dan ook. Zoals hij ons die avond in Leintwardine vertelde, toen we naar *De Storm* gingen, waren alle godsdiensten voor hem in min of meer gelijke mate waar. In het hindoeïsme zoals ik het begrijp is de naleving van riten veel belangrijker dan daadwerkelijk geloven. Geloven, als concept, behoort bij het christen-

dom. Het is een onderdeel van de kwalijke poging van het christendom om zijn volgelingen te knechten door hen de stralende droom
van een nieuw Jeruzalem voor te houden, een beloning die wordt
uitbetaald als vergoeding voor een vroom leven. En alleen maar
voor de vorm meedoen is niet voldoende. De christen moet met heel
zijn hart aanvaarden dat God bestaat, wil hij in de hemel komen.

Het lot van de hindoe in het hiernamaals hangt daarentegen
geheel en al af van zijn gedrag. Als hij de voorschriften naleeft, zal
hij reïncarneren als lid van een hogere kaste. Als hij de voorschriften
schendt, zal hij terugkeren als een kever of een onaanraakbare of een
onkruid of iets dergelijks. Het doet er niet toe wat hij gelooft. Zo
komt het dat de hindoe, wanneer hij zich aan bepaalde geboden en
restricties houdt omwille van wat gepast en geëigend is en niet
omdat hij de doctrines van zijn godsdienst als letterlijk waar aanvaardt, zich niet als een huichelaar gedraagt op de manier waarop ik
dat bijvoorbeeld zou doen als ik de dienst zou bijwonen of zou deelnemen aan de eucharistieviering of de Heer voor mijn avondeten
zou bedanken.

Ik kan wel raden hoe mevrouw Neville op deze uitspraak zou
reageren. Ze zou zeggen: 'Nou, Hardy, als dat zo is, waarom at hij
dan niet gewoon vlees? Zeker toen de oorlog begon en het zo moeilijk werd om ingrediënten uit Indië te krijgen, waarom verkoos hij
toen om zijn gezondheid te ruïneren in plaats van de voedingsvoor-
schriften van zijn godsdienst te overtreden? Dat moet toch zijn
geweest omdat hij geloofde.'

Nee, mevrouw Neville, dat kwam niet omdat hij geloofde. Hij
bleef in de eerste plaats vegetariër omdat vegetarisme een tweede
natuur van hem was. Hij had nooit van zijn leven vlees gegeten en
vond het een weerzinwekkend idee om dat te doen. Bovendien was
hij bang dat zijn moeder hem, als hij terugging naar Madras, het
leven zuur zou maken als ze erachter kwam dat hij westerse
gewoonten had aangenomen. Want Komalatammal, zoals ze heette,
was beslist niet de vrome, toegewijde figuur die de Indische bewonderaars van haar zoon van haar hebben gemaakt. Dit moet voor eens
en altijd duidelijk gesteld worden. Integendeel, ze was wat mijn

oude werkster mevrouw Bixby 'een echt rotwijf' zou hebben genoemd. Ze was een gewiekste, bezitterige uitbuiter. Het zou me niet verbazen om te horen dat ze andere Indische studenten in Cambridge als spionnen gebruikte om te zorgen dat haar zoon niet van het rechte pad afweek. Misschien heeft ze hem ook met occulte middelen belaagd, of gedreigd hem te belagen.

Een bewonderaar van Ramanujan heeft me onlangs een foto van haar gestuurd. Daarop zit een heel klein vrouwtje in een heel grote stoel, zo groot dat haar blote voeten ternauwernood tot de vloer komen. Ze heeft een gemeen, bits gezicht, niet dom op de manier waarop, zeg, een schaap een domme kop heeft, nee, in dit gezicht schemert iets van primitieve intelligentie door. Ze staart brutaal in de camera alsof ze de macht ervan wil tarten, of de kijker wil verlammen, door hem de zwarte stip in te trekken die tussen haar ogen zit geverfd. Nee, het is geen foto waar ik lang naar kan kijken.

Laat me een kort overzicht van haar leven geven. Ze is afkomstig uit een arme maar ontwikkelde familie van brahmanen. Haar vader was een soort lagere gerechtsfunctionaris en zoals in Indië te doen gebruikelijk hadden haar ouders haar uitgehuwelijkt. Volgens de informatie die ik heb vergaard lukte het haar de eerste jaren van haar huwelijk niet om zwanger worden, en dus besloten haar vader en grootouders in te grijpen door tot de godin Namagiri te bidden. Naar verluidt had de grootmoeder al een vaste relatie met Namagiri. Ze ging af en toe in een trance en dan sprak de godin via haar . Bij een van die gelegenheden had ze verkondigd dat als Komalatammal een zoon baarde, ze ook via hem zou spreken. Dus vielen ze op hun knieën en baden tot de godin om Komalatammal vruchtbaarheid te schenken en warempel, negen maanden later beviel ze van een jongetje.

Wanneer ze het daarna over haar zoons conceptie had, riep Komalatammal steevast de naam van de godin aan. Ze had het nooit over haar echtgenoot, Kuppuswamy, al moest hij er ook iets mee te maken hebben gehad. Maar Kuppuswamy protesteerde niet. Naar wat ik heb gehoord was hij een gedweeë nietsnut die er al vroeg de voordelen van inzag om zijn vrouw niet voor de nietsontziende voeten te lopen. Want Komalatammal was vreselijk eerzuchtig. Al vroeg, zo wil het verhaal, trok ze haar zoons horoscoop en leidde ze daaruit af dat hij hetzij wereldberoemd zou worden en jong zou sterven of onbekend zou blijven en een hoge leeftijd zou bereiken. Naar wordt beweerd was ze tamelijk bedreven in zowel astrologie als numerologie. Ze moet tot de conclusie zijn gekomen dat ze, als de kans bestond dat hij jong zou sterven, van zijn gaven moest profiteren zolang het kon. Vanaf het moment dat hij blijk gaf van zijn voorlijke wiskundige ontwikkeling, vanaf zijn derde of vierde, riep ze dan ook zijn hulp in bij de diverse numerologische bewerkingen waaraan ze zich overgaf om haar eigen toekomst te duiden en om te bewerkstelligen dat haar vijanden kwaad geschiedde. Met de vader onnozel grijnzend op de achtergrond ploeterden moeder en zoon samen voort, hun band in menig opzicht intiemer dan die tussen echtgenoten.

Het zal geen verbazing wekken dat Komalatammal ook voorgaf kundig te zijn in het uitleggen van dromen en dat ze die vaardigheid had doorgegeven aan haar zoon, die later beweerde er bedreven in te zijn. Ik twijfel er niet aan dat het laatste gedeelte van die uitspraak, dat Ramanujan bewéérde er bedreven in te zijn, helemaal juist is, want het was echt iets voor hem om te doen of hij paranormale vermogens had als hij daarmee zijn maatschappelijke positie kon waarborgen of een vriend kon helpen. Vrijwel alle zogenaamde voorspellingen zijn immers niets meer dan inductieve redenaties opgesmukt met een zigeunersjaaltje.

Twee voorbeelden uit brieven die me zijn toegestuurd door Ramanujans Indische kennissen zullen toereikend zijn.

In de eerste schrijft de heer M. Anantharaman dat zijn oudere broer eens, in het Kumbakonam van hun jeugd, een droom die hij had gehad aan Ramanujan had beschreven. Volgens Ramanujans uitleg betekende de droom dat er eerdaags iemand in het straatje achter hun huis zou sterven, en zowaar, een paar dagen later overleed daar een oude dame die er woonde.

Laten we deze zaak eens onder de loep nemen. Ramanujan had zowat zijn hele leven in Kumbakonam gewoond. Hij zal de meeste mensen in het stadje hebben gekend en via zijn moeder op de hoogte zijn geweest van hun financiële tegenspoed, het wel en wee van hun huwelijk en de diverse kwalen waaraan ze leden. Stelt u zich dan eens voor dat Ramanujans moeder hem op een dag meedeelt dat de oude mevrouw X, die in het straatje achter de gebroeders Anantharaman woont, het niet lang meer zal maken. De volgende dag wordt hem gevraagd om een droom uit te leggen. Het zou geen enkel paranormaal talent vergen om het ophanden zijnde verscheiden van deze oude vrouw te voorzien en verkondigen.

Het tweede voorbeeld is afkomstig van de heer K. Narasimha Iyengar, die ook afkomstig is uit Kumbakonam en een poos met Ramanujan een onderkomen in Madras deelde. In zijn brief beschrijft deze heer zijn voorbereidingen op een examen aan het Madras Christian College en zijn vrees om voor het wiskundeonderdeel ervan te zakken. Hij herinnert zich dat Ramanujan op de dag van het examen 'instinctief aanvoelde' dat ze elkaar moesten spreken en dat hij hem toen voorzag van 'profetische tips' ten gevolge waarvan hij voor het wiskunde-examen wist te slagen met de vereiste minimumscore van 35 procent. Zonder tussenkomst van Ramanujan, beweert de heer Iyengar, zou hij zijn gezakt.

Dit is natuurlijk een wat subtieler geval. De heer Iyengar suggereert dat de 'tips' voor het examen aan Ramanujan werden doorgegeven door een macht buiten hem. Misschien werden ze wel op zijn tong geschreven. Maar in feite zal Ramanujan, als wiskundige en ervaren slachtoffer van het Indische onderwijssysteem, precies hebben geweten wat voor soort vraagstukken de heer Iyengar waarschijnlijk op zo'n examen voorgelegd zou krijgen. Door die vraagstukken geduldig toe te lichten en zijn inzicht toe te schrijven aan goddelijke interventie, wist hij de zorgen van de jongeman te verlichten en hem het zelfvertrouwen in te boezemen dat hij nodig had om een beter resultaat te behalen. Want hij was bovenal – en dat wordt vaak vergeten – een lieve man.

Ik kom met deze voorbeelden omdat ik wil benadrukken dat Ramanujan weliswaar de rol van vrome hindoe speelde en zelfs aanspraak maakte op bovennatuurlijke vermogens, maar dat hij in feite totaal niet ontvankelijk was voor de luimen van de zogenaamde godsdienstige emotie. Hij was een rationalist in hart en ziel. Dat moge als een oxymoron klinken, maar naar mijn mening is het een perfecte omschrijving. Indien hij bij gelegenheid op de waarheid bezuinigde, dan deed hij dat omdat hij de voor- en nadelen had afgewogen en tot de slotsom was gekomen dat het was geboden om zonder echt te liegen toe te staan dat bepaalde verkeerde indrukken door bleven sudderen. U zult zich bijvoorbeeld herinneren dat het hem, toen het op de reis naar Europa aankwam, door een zeer goed van pas komende 'droom' mogelijk werd gemaakt om het brahmaanse verbod op het oversteken van de zee te omzeilen. Zijn moeder had die droom. Ook zij is volgens mij bij lange na niet het eerbiedige schepsel dat men van haar heeft gemaakt. Integendeel, ze zag de voordelen voor zichzelf van zijn reis naar Engeland, en net zoals ze zijn gave had uitgebuit toen hij klein was door hem te dwingen haar bij haar numerologische activiteiten te helpen, probeerde ze niet alleen een zekere mate van faam uit hem te zuigen als de heilige moeder van de 'Hindoerekenaar', maar ook een zekere hoeveelheid pecunia na zijn dood.

Ja, mevrouw Neville, ik hoor u. U protesteert. Ik vel een te hardvochtig oordeel over de arme vrouw. Ze had veel offers gebracht voor haar zoon en hard gezwoegd om voor zijn opleiding te betalen en voor hem te zorgen. Ze had een onwankelbaar geloof in zijn genialiteit, ook toen alle deuren in zijn gezicht werden dichtgeslagen. Dat is allemaal waar. En toch was ze een inhalige, egoïstische vrouw.

Dat is nergens evidenter dan in haar omgang met zijn kindbruidje Janaki.

Van Janaki zelf heb ik een onduidelijke indruk. Ramanujan scheen erg op haar gesteld te zijn. Hij noemde haar 'mijn huis'. Toen hij na lange tijd in Cambridge nog steeds niet één brief van haar had ontvangen, zei hij tegen Chatterjee, de cricketer: 'Mijn huis heeft me niet geschreven.' 'Huizen schrijven niet,' antwoordde Chatterjee opgewekt – wellicht niet zo'n aardig grapje want het was voor Ramanujan een bron van verdriet dat de verwachte brieven maar niet kwamen, maar ik kan niet zeggen of dat kwam omdat hij het meisje miste of vreesde dat zijn moeder haar had omgebracht. Volgens de heer Anantharaman kende Ramanujan 'geen echtelijk geluk' met Janaki, aangezien ze in zijn woorden 'zeer miserabel' was. Maar de heer Anantharaman maakte me er ook op attent dat Ramanujan kort voor zijn huwelijk een operatie had moeten ondergaan wegens een waterbreuk – een zwelling van de balzak veroorzaakt door de ophoping van sereuze vloeistoffen – waarna hij meer dan een jaar niet in staat was om seksueel actief te zijn. Andere bronnen suggereren dat Komalatammal weigerde het paar met elkaar te laten slapen en de waterbreuk als excuus aanvoerde. Ze wilde Ramanujan waarschijnlijk helemaal voor zichzelf. Ik kan u niet zeggen of hij die gedwongen onthouding, wat er ook de oorzaak van moge zijn geweest, als een vloek of een zegen beschouwde.

Hoe dan ook, hij moet redelijk goed in staat zijn geweest om te gissen wat er thuis voorviel. Zelfs in het gunstigste geval is de Indische schoonmoeder een tiran die volgens de traditie permissie heeft om haar arme schoondochter terecht te wijzen en zelfs te slaan, om haar te dwingen allerlei vervelende karweitjes te doen en om haar vrijelijk te straffen. Op haar beurt wordt van de schoondochter verwacht dat ze haar schoonmoeder respectvol bejegent, dat ze zich aan haar onderwerpt en zonder protest elke belediging en mishandeling slikt die zij haar laat ondergaan. De vergelding zal later komen, weet ze, als ze zelf een zoon heeft die trouwt en ze de kans krijgt om diezelfde wreedheden tegen háár schoondochter te begaan. Zo gaat de cyclus door, generatie na generatie, in nagenoeg elk Indisch huishouden. En als u de omstandigheden in aanmerking neemt – Komalatammals wispelturigheid, de afwezigheid van de bemiddelende zoon en echtgenoot, de jeugdigheid en opstandige aard van de schoondochter – nou, dan kunt u zich wel voorstellen wat een kruitvat dat huis in Kumbakonam moet zijn geweest.

Ik weet zeker dat Ramanujan een voorgevoel van dit alles heeft gehad: van de giftige uitvallen, de inferieure sari's, de emmers met drek. De arme Kuppuswamy, nu vrijwel blind, was voornamelijk bezig om rondvliegende pannen te ontwijken. En de hele tijd – dat is het wrange van alles – schreef het arme kind wel degelijk brieven aan haar man, lange klaagbrieven waarin ze hem smeekte om te regelen dat ze naar Engeland kon komen, al was het maar om aan het despotisme van haar schoonmoeder te kunnen ontsnappen. Maar Komalatammal onderschepte de brieven en verscheurde ze voor ze op de post werden gedaan, net zoals ze Ramanujans brieven aan zijn vrouw onderschepte voor die ze in handen kon krijgen. Eén keer probeerde Janaki een briefje in een pakket levensmiddelen te smokkelen dat voor Ramanujan was bestemd, maar Komalatammal viste het eruit voor het pakket werd opgestuurd. U kunt zich de uitbrander voorstellen die Janaki toen ongetwijfeld heeft gekregen.

Het was een onduldbare situatie en Ramanujan voelde zelfs op die afstand de onaangename gevolgen ervan aan. Later liet zijn moeder zich ontvallen dat haar wrok jegens Janaki te wijten was aan bepaalde eigenaardigheden in de horoscoop van het meisje die haar familie opzettelijk had weggemoffeld voor het huwelijk. Als de horoscoop op de juiste manier werd geïnterpreteerd, bleek er kennelijk uit dat het Ramanujans dood zou versnellen als hij met Janaki trouwde. Haar ouders wisten dat de kansen van hun weinig begerenswaardige dochter om een echtgenoot te vinden daardoor slonken en namen hun toevlucht tot bedrog om van haar af te zijn. Al zouden ze niet lang van haar af zijn, zo wilde het geval.

Ik zou willen dat ik destijds net zo goed had ingezien als nu hoezeer hij leed. Met dezelfde krachtige intuïtie die hij in vroeger dagen als een voorspellende gave had gepresenteerd, moet hij de afschuwelijke taferelen in Kumbakonam hebben 'voorzien'. Hij kon echter niets doen. Door de aanvallen van Duitse onderzeeërs kon hij niet naar huis. En intussen probeerde hij, bij gebrek aan brieven, de stilte te lezen, wat zelfs in het gunstigste geval een riskante onderneming is. Dat weet ik aangezien ik het vaak zelf heb geprobeerd. Wanneer degenen van wie je graag hoort niet kunnen of willen spreken, spreek je voor hen, net zoals Gaye in onze jonge jaren voor de kat sprak en dingen zei als: 'Ik voel me niet erg lekker,' of 'Hardy, wat ben je hardvochtig dat je mijn buikje niet wilt aaien.' In dezelfde trant heeft Ramanujan vast voor Janaki gesproken en op zijn beurt antwoord gegeven aan diezelfde Janaki die, voor zover wij weten, niet de minste gelijkenis vertoonde met het meisje dat hij in Indië had achtergelaten.

En dat was nog maar één van zijn vele zorgen. De oorlog beangstigde hem, net als ons allemaal. De etenswaren waar hij naar snakte, in het bijzonder de verse groenten die een hoofdbestanddeel van zijn dagelijkse maaltijd vormden, waren steeds moeilijker verkrijgbaar. En hij vertelde me dat hij sommige Engelse gewoonten heel vreemd vond. Het valt niet op een aardige manier te zeggen: hij vond ons viezeriken. Zo hoorden we eens in een tearoom een vrouw klagen dat de werkende klasse stonk omdat ze maar eens per week in bad gingen. 'Zouden ze maar, net als wij, elke dag een bad nemen!' zei de vrouw. Ramanujan keek me ontsteld aan. 'Bedoelt ze daarmee te zeggen dat jullie maar één keer per dag een bad nemen?' vroeg hij.

Onze lichamelijke verzorging was niet het enige wat hem bevreemdde. Waarom blijven kinderen niet bij hun ouders wonen als ze getrouwd zijn? vroeg hij me. Hielden ze niet van hun ouders? Zouden ze niet eenzaam zijn? Ik antwoordde dat Engelsen grote waarde hechten aan onafhankelijkheid, en ook dat vond hij een vreemd concept. Hij was eraan gewend om overal te slapen in een klein huisje dat met veel mensen werd gedeeld, en hij vond het zelfs raar om een kamer voor zich alleen te hebben.

De herfst liep op zijn einde en het weer begon koud te worden, kouder dan hij ooit had meegemaakt. Dat is waarschijnlijk het aspect van zijn Engelse ervaring dat ik me het moeilijkst kan inbeelden – ik die vanaf mijn vroege kindertijd gewend ben aan de grillen van de winter: verkleumde vingers, gesprongen lippen, de worsteling om de deken te dwingen een paar extra graden warmte te geven. Kleren, die hij altijd louter als een soort versiering had beschouwd, een manier om het lichaam op te smukken en tegelijk zijn eerbaarheid te behoeden, moest hij voor het eerst als beschermende lagen tegen de oprukkende winter gebruiken. Niet alleen had hij te kampen met die vreselijke knellende schoenen maar ook met handschoenen, sjaals, overschoenen, zware overjassen, hoeden. Regen kende hij van de moessons, maar dat was warme regen die damp en vocht bracht.

255

Hier echter kon zelfs de korte wandeling naar New Court een gevecht zijn met rukwinden die vlagen natte sneeuw en hagel in zijn ogen joegen en de stok van de paraplu braken die ik hem had gegeven. Het was een beproeving om een bad te nemen. Geen wonder dat de Engelsen naar zijn idee zo vies waren, want wie kon meer dan één bad per dag doorstaan als de temperatuur in de badkamer onder het vriespunt lag?

Als hij 's morgens bij me kwam, keek ik hoe hij zich uit zijn wintertooi pelde en dan gaf ik hem koffie, die hij dankbaar en in grote doses dronk. Ik toastte crumpets voor hem in het vuur. Hij leek het nooit warm genoeg te kunnen krijgen. Ikzelf gedijde in koud weer: 's morgens voelde ik me monter en energiek, mijn wangen rood van een fikse wandeling. Ramanujan daarentegen zag er vaal uit. Hij sliep niet goed, vertelde hij. Misschien had ik dat als een waarschuwing moeten zien, maar er was in die oorlogsdagen zoveel dat de aandacht afleidde!

Onoplettendheid: het eeuwige excuus van de schooljongen. Ik keek net ergens anders naar. De andere jongen sloeg mij het eerst, ik heb het niet gehoord, meneer. Welk recht heb ik om me er nu op te beroepen als ik het zelf nooit van een student zou accepteren?

Nee, wat ik hier aanbied zijn geen excuses. Het is een bekentenis.

DEEL VIJF

Een afschuwelijk gedroom

*A*ls september aanbreekt is het op Trinity College een andere wereld. Whewell's Court is een kampement. Elke ochtend als Ramanujan naar Hardy gaat, moet hij langs stapelbedden en tenten en een onderofficiersmess manoeuvreren. Nevile's Court is een openluchthospitaal. Gewonde soldaten met bebloed verband om hun hoofd en ledematen liggen in keurige rijen op ijzeren veldbedden onder de arcades van de Wren Library. Ertegenover is van de zuidelijke galerij een operatiezaal gemaakt, met een reeks lampen die aan het plafond zijn opgehangen.

Hardy blijft zoveel mogelijk thuis. Overal marcheren soldaten. In Great Court predikt Butler voor de troepen en maant hij hen om Franse verleidsters te weerstaan. Kolonels en kapiteins in kaki dineren in de eetzaal van Trinity en proosten met champagne als een van hen zich de volgende ochtend moet inschepen. Dat schouwspel vindt Hardy zo weerzinwekkend dat hij zich aanwent om in zijn eentje thuis te eten. Eieren met toast. Het voedsel van zijn jeugd. Als hij zich toch buiten waagt, merkt hij dat hij onweerstaanbaar naar de arcades van de bibliotheek wordt getrokken, naar de soldaten die nog geen maand ervoor fris en vrolijk rondliepen. Nu komen er elke dag tientallen bij, koortsig van geïnfecteerde wonden, ziek van tetanus, tyfus, nekkramp. Als hij langs komt vragen ze om sigaretten, die hij zeer tot misnoegen van de zusters uitdeelt. De zusters zien hun patiënten niet graag roken.

Er zijn verder weinig anderen, wat bij Hardy een wat triestig gevoel wekt dat hij zich uit zijn kindertijd herinnert, een triestheid die ook om de septemberdagen hing voor de school begon, elke dag iets korter dan de vorige, toen het leek of de hele wereld behalve hij iets te doen had, ergens heen moest. Als hij nu langs de rivier wandelt komt hij nooit iemand tegen. Littlewood is weg, als tweede lui-

tenant in de Royal Garrison Artillery. Keynes werkt op het ministerie van Financiën. Russell is overal toespraken tegen de oorlog aan
het houden. Rupert Brooke heeft dankzij de tussenkomst van Eddie
Marsh een officiersaanstelling gekregen bij Churchills Royal Naval
Division. Békássy is in Hongarije, Wittgenstein in Oostenrijk. Het
doet er niet toe dat ze voor de andere kant vechten. Wat ertoe doet
is dat ieder zijn vaderland verdedigt en zodoende deelneemt aan
een glorieus, oeroud mannelijkheidsritueel. Zo legt Norton het
althans uit. Norton ziet het als zijn taak om dingen uit te leggen. Hij
ziet het als zijn taak om ze te begrijpen.

Op een weekend komt hij uit Londen terug naar Trinity. Hij
draagt de geur van Bloomsbury met zich mee, vindt Hardy, iets van
de pedante melancholie van een besloten kringetje. Hij vraagt Hardy
wat hij gaat doen als de dienstplicht wordt ingevoerd, en Hardy antwoordt: 'Dan ga ik onder de wapenen, lijkt me.'

'Bedoel je dat je geen dienst gaat weigeren, als gewetensbezwaarde?'

'Ik wijs gewetensbezwaarden als categorie af,' zegt Hardy, waarmee hij bedoelt dat hij Norton als categorie afwijst, en Bloomsbury
als categorie, en het beeld dat voor zijn geestesoog opdoemt van
Strachey en Norton en Virginia Stephen (tegenwoordig Woolf) die
in hun Londense kamers vol boeken naar de regen buiten staren en
mompelen: 'Wat afschuwelijk allemaal!' Strachey weigert om het
over de oorlog te hebben, hoort hij van Norton. Hij zit 's avonds boeken te lezen die hem zo ver als mogelijk is wegvoeren van de oorlog.
Momenteel is hij bijvoorbeeld *Memoirs of the Lady Hester Stanhope* aan
het lezen. Waarom vervult het Hardy met zo'n walging als hij zich
voorstelt hoe Strachey rechtop in bed zit, ongetwijfeld met een
slaapmuts op, met de memoires van de achttiende-eeuwse 'woes-
tijnkoningin' open op schoot? Hij is zelf geen haar beter. Zijn besloten kringetje is New Court, en in plaats van lady Hester Stanhope
leest hij *Portret van een dame* van Henry James nog een keer.

Wat Norton betreft – nou, als er iets wijst op de mate waarin hij
zich van de wereld heeft afgesloten, dan is het wel dat Hardy's
schimpscheut volstrekt niet tot hem doordringt. Hij zegt domweg

dat híj zich zeker als gewetensbezwaarde zal afficheren, mocht dat nodig zijn. Niet omdat zijn geweten zo bezwaard is, meent Hardy, maar gewoon om zichzelf te beschermen. Hoe moet Hardy daarop reageren? Het komt hem voor dat hij en zijn oude makker elke dag minder tegen elkaar te zeggen hebben, ook al slapen ze af en toe nog samen.

Wat hem het meest bezighoudt is de vraag hoe hij zichzelf moet noemen. Is hij een pacifist? Zijn afwijzing van deze schandalige oorlog is beslist even categorisch als die van Russell, en toch kan hij niet beweren dat hij élke oorlog afwijst. Hij zou meevechten in een gerechtvaardigde oorlog. Dus de vraag is: is deze oorlog, ondanks het begin ervan, nu een gerechtvaardigde oorlog gewórden? Als hij bij de gewonde soldaten gaat zitten raken ze niet uitgepraat over de gruweldaden in Leuven, over het plunderen en platbranden van huizen, winkels, boerderijen en, het ergst van alles, de bibliotheek, de beroemde bibliotheek, even befaamd om zijn verzameling zeldzame, kostbare boeken als de bibliotheek in welks schaduw ze nu liggen. Het is merkwaardig: weinig mannen hier hebben een opleiding genoten. De meesten kunnen niet eens lezen, stelt Hardy zich voor. En toch schijnt de plundering van de bibliotheek hen tot in het diepst van hun ziel te hebben geschokt. 'Om een bibliotheek tot de grond toe af te branden,' zegt Hardy tegen Moore, met wie hij nu door de arcades van Nevile's Court kuiert zoals ze vroeger door de weilanden van Grantchester kuierden, maar hij kan de zin niet afmaken. Wie zou zo'n zin kunnen afmaken? Bij alles wat is verbrand moeten ook Duitse boeken hebben gezeten, werken van Goethe en Novalis en Fichte. En wie heeft die in brand gestoken? De landgenoten van Goethe en Novalis en Fichte.

Het is de kunst om te proberen een gevoel van evenwicht te bewaren, en daarbij helpt het om brieven te schrijven.

Aan Russell, die een rondreis met colleges door Wales maakt, schrijft hij: 'Hoe is het mogelijk dat Engeland ernaar snakt om Duitsland te vermorzelen en vernederen? Wat we moeten hebben is vrede onder billijke voorwaarden.'

Aan Littlewood, met wie hij zo goed mogelijk probeert te blijven

261

samenwerken, schrijft hij: 'Het blijkt moeilijker dan ik had verwacht om hem te onderrichten. Zijn geest is net die van Isabel Archer en stuift voortdurend alle kanten op. Ik kan hem nooit langere tijd bij één onderwerp houden.'

Aan Gertrude, die hij nu veel minder vaak kan zien dan voorheen, schrijft hij: 'Zeg alsjeblieft tegen moeder dat ze zich geen zorgen moet maken. Als ik al word opgeroepen, zal ik hoogstwaarschijnlijk op medische gronden worden afgekeurd – *entre nous*, ik hoop van niet, maar zeg dat niet tegen haar.'

Ramanujan schrijft ook brieven. Hij schrijft aan allebei zijn ouders. 'Er is geen oorlog in dit land,' deelt hij zijn moeder mee. 'Er wordt alleen oorlog gevoerd in het buurland. Dat wil zeggen dat er een oorlog gaande is in een land dat net zo ver weg ligt als Rangoon van Madras is verwijderd. Talloze mensen zijn hier uit ons land gekomen om zich bij het leger aan te sluiten. Zevenhonderd radja's zijn hier uit ons land gekomen om oorlog te voeren. Ontelbare mensen hebben onder de huidige oorlog te lijden. Het kleine land België is bijna verwoest. In elke stad staan gebouwen die vijftig tot honderd keer waardevoller zijn dan die in de stad Madras.'

Zijn brief aan zijn vader is veel korter. 'Ik heb al het tafelzuur,' schrijft hij. 'U hoeft niets meer te sturen. Stuur me geen andere dingen meer, afgezien van wat u nu stuurt. Het gaat me goed. Laat de afvoergoot niet overlopen zoals meestal. Plavei de plaats met bakstenen. Het gaat me goed.'

2

*D*ie herfst begint Ramanujan te publiceren. Zijn 'Modulaire vergelijkingen en benaderingen van π' verschijnt in *The Quarterly Journal of Mathematics*. Om het te vieren neemt Hardy hem mee naar een pub, waar hij weigert iets te drinken. Hij vertelt Hardy dat hij bezig is aan een omvangrijke verhandeling over hogelijk samengestelde getallen. Zijn formule is ingenieus en typisch Ramanujaans (een adjectief dat volgens Hardy weldra in het spraakgebruik zal worden opgenomen), en ziet er zo uit:

$$n = 2^{a_2} \times 3^{a_3} \times 5^{a_5} \times 7^{a_7} \times \ldots p^{a_p}$$

waarin n het samengestelde getal is en $a_2, a_3, a_5 \ldots a_p$ de machten zijn waartoe de achtereenvolgende priemen moeten worden verheven zodat het getal als een veelvoud van priemen kan worden geschreven. Als we bijvoorbeeld het hogelijk samengestelde getal 60 nemen, kunnen we dat schrijven als

$$60 = 2^2 \times 3^1 \times 5^1$$

Hierbij geldt dat $a_2 = 2$, $a_3 = 1$ en $a_5 = 1$. Als we het grootste samengestelde getal nemen dat Ramanujan heeft gevonden, 6.746.328.388.800 (hij schrijft het op een stukje krantenpapier; hij heeft zijn Indische gewoonte om stukjes papier te hamsteren niet afgeleerd), kunnen we dat weergeven als

$$6.746.328.388.800 = 2^6 \times 3^4 \times 5^2 \times 7^2 \times 11 \times 13 \times 17 \times 19 \times 23.$$

Wat Ramanujan heeft weten te bewijzen is dat a_2 voor elk hogelijk samengestelde getal altijd groter of gelijk is aan a_3, dat a_3 altijd groter of gelijk is aan a_5 enzovoorts. En voor elk samengesteld getal – voor een oneindige massa samengestelde getallen – is de laatste coëfficiënt altijd 1, met twee uitzonderingen: 4 en 36. In menig opzicht zijn het de uitzonderingen die Hardy het meest intrigeren omdat ze, nogmaals, laten zien hoe notoir weerbarstig getallen zijn jegens de ordeningsdrang die door hun eigen aard wordt opgeroepen. Steeds wanneer je dicht bij het punt denkt te komen waarop je het geheel in al zijn heerlijke symmetrie kunt overzien – het paleis dat opdoemt uit de herfstmist, met al zijn statige etages, zoals Russell het eens had omschreven – krijg je door de wiskunde een bal toegeworpen die je niet kunt raken. Dat is de reden waarom Hardy, ondanks alle bewijzen van het tegendeel, weigert om zonder bewijsvoering te accepteren dat de Riemann-hypothese klopt. De getallen 4 en 36 komen al vroeg, maar met de zètafunctie zouden de uitzonderingen zo oneindig ver kunnen liggen, zo ongrijpbaar ver weg voor het menselijke vermogen om te tellen, dat Hardy ze ternauwernood kan bevatten. Zoals Ramanujan door bittere ervaring heeft geleerd – zoals elke wiskundige door bittere ervaring heeft geleerd – laat de wereld van de wiskunde geschipper noch gesjoemel toe. Je kunt er niet vals spelen. Je wordt altijd betrapt.

Hoe dan ook, Hardy heeft nog nooit iemand meegemaakt die de getallen zo door en door kent als Ramanujan. 'Het lijkt wel of elk geheel getal een persoonlijke vriend van hem is,' had Littlewood al vroeg gezegd, een grapje waarmee naar Hardy's mening geen recht werd gedaan aan de erotiek van het werken met getallen, de warmte die ervan afstraalt, hun kwiekheid en onvoorspelbaarheid en soms hun gevaarlijkheid. Als peuter had Hardy van zijn moeder een serie genummerde blokjes gekregen, en daarna klaagde ze dat hij ze alleen maar tegen elkaar sloeg, de 7 tegen de 1, de 3 tegen de 9. Wat ze verzuimde in te zien was zijn behoefte, toen al, om door te dringen tot het geborrel van leven erbinnen. Aantrekking en afstoting, eufonie en kakofonie. Al spoedig had hij ze allemaal kapotgemaakt behalve de 7. Zijn hele leven is 7 zijn lievelingsgetal geweest. Ondanks zijn atheïsme heeft hij ontzag voor de mystieke allure ervan, net zoals hij ontzag heeft voor de minder heilzame associaties die twee andere getallen hebben, getallen die hij weigert uit te spreken, laat staan op te schrijven. Het gaat daarbij niet om specifieke bijgelovigheden, maar hij is ervan overtuigd dat de getallen zelf een boosaardige walm afgeven. Ook andere getallen – die door de meeste mensen als volstrekt goedaardig worden beschouwd – verfoeit hij: 38. En 404. En 852. Op weer andere is hij verzot. Hij is verzot op vrijwel alle priemen. Hij is verzot op 32.671, om redenen die hem ontgaan. En nu Ramanujan hem kennis heeft laten maken met de hogelijk samengestelde getallen, is hij daar ook verzot op, en van die hogelijk samengestelde getallen is hij het meest verzot op 4 en 36 omdat die niet aan Ramanujans regel gehoorzamen – 4 en 36 en 9, de brug tussen die twee, 9 wat 3^2 is. Hij steekt de brug over en stapt velden in waarvan hij weet dat Ramanujan er al heeft rondgestruind. Voor zover hij kan zien groeit er niets eetbaars. Ze zijn onvruchtbaar of kaalgeplukt.

3

*I*n *The Times* staat de officiële bevestiging: de helft van de mannen in Cambridge is ten oorlog getrokken. 'Tot de 50 procent van degenen die zijn achtergebleven behoren vele buitenlanders en oosterlingen,' leest Hardy. 'Vele anderen vallen onder de leeftijdsgrens of zijn door artsen afgekeurd vanwege lichamelijke gebreken.'

En hij dan?

Uit *The Times* verneemt hij ook dat georganiseerde sporten voorlopig door de universiteit zijn opgeschort: 'Er zijn geen mannen, er is geen animo voor de rivier of de speelvelden.' Nou, voelt hij zich verlokt om te schrijven, er is minstens één man die wel animo voor cricket heeft – en inderdaad, voor minstens één man is het vooruitzicht van een lente zonder cricket bijna te onverdraaglijk om bij stil te staan. Maar ook al schrijft hij de brief over in het net, hij verstuurt hem niet.

Overal waar hij gaat ziet hij Indiërs, maar nooit zonder hun toga en baret, misschien om te waarborgen dat niemand vraagtekens zet bij hun aanwezigheid hier. In de gunstigste omstandigheden zouden ze zenuwachtig zijn, maar door de oorlog schijnt hun beschroomdheid nog te zijn toegenomen. Zo ziet hij op een middag als hij over de Corn Exchange loopt hoe de baret van een Indische jongeman in de toga van King's College door een windvlaag van zijn hoofd wordt gerukt. Geamuseerd en begaan volgt hij de komische capriolen van de jongen die achter de baret aanholt, zich bukt om hem te pakken en hem dan weer – speels, wreed – verder ziet wervelen in de wind. Ten slotte belandt de baret bij Hardy's voeten. Hij pakt hem op, slaat het stof eraf en overhandigt hem aan de Indiër, die buiten adem is van het rennen. De Indiër bedankt hem en haast zich terug.

Even later ziet Hardy hem weer, op de hoek van Trinity Street en Bridge Street, in gezelschap van drie landgenoten. De ene is Chatterjee, de knappe cricketer wiens evenbeeld (het schijnt een eeuwigheid geleden) hij aan Ramanujan had toegedicht. De tweede heeft een lange, gekromde gestalte en draagt een bril en een tulband. De derde is Ramanujan zelf. Hij wiebelt met zijn hoofd naar Hardy. Wat hoort Hardy terug te doen? Zwaaien? Naar hem toe gaan om hem te begroeten? Hij kiest er deze keer voor om alleen te zwaaien.

De volgende ochtend vraagt hij Ramanujan wie er bij hem waren. 'Chatterjee,' zegt Ramanujan. 'Hij komt uit Calcutta. En Mahalanobis, ook uit Calcutta, die natuurwetenschap studeert aan King's College. En Ananda Rao.'

'O ja,' zegt Hardy. 'Is dat niet degene die op een Oostenrijks schip naar Engeland zou komen? Ik herinner me dat je bang was dat het niet zou lukken.'

'Hij heeft een heel avontuurlijke reis gehad. Toen hij met Sankara Rao in Port Said aankwam, was de oorlog begonnen. In de buurt van Kreta werden ze onder vuur genomen door een Engels schip dat hen gelastte te stoppen. Gelukkig voerde hun schip geen wapens. Als het schip wapens had gevoerd en hun bemanning had teruggeschoten, zouden ze tot zinken zijn gebracht.'

'Wat gebeurde er daarna?'

'Iedereen werd gevangengenomen en naar Alexandrië gebracht, waar het schip werd geconfisqueerd. De Indiërs en Engelsen werden met een ander schip naar Engeland gestuurd. En zo kwamen hij en Sankara Rao hier veilig aan.'

'En de tamarinde?'

'Die was ongeschonden.'

'Wat maak je daar ook alweer mee?'

'*Rasam*. Dat is een dunne linzensoep. Heel pikant en heel zuur. De Engelsen in Indië noemen het "peperwater". Als je wilt zal ik het eens voor je maken, Hardy. Het smaakt nu echt als *rasam*. Dat deed het niet toen ik jullie citroenen gebruikte.'

'Ik zou het graag willen proeven.'

'Misschien ga ik een etentje geven en wat vrienden uitnodigen. Chatterjee en Mahalanobis, wellicht.'

'Dat zou ik graag meemaken,' zegt Hardy. Maar Ramanujan bedenkt zich of vergeet dat hij het heeft aangeboden want enigszins tot Hardy's spijt blijft de uitnodiging uit.

4

Nieuwe Collegezaal, Harvard University

Op de laatste augustusdag van 1936 begon het daglicht buiten te verflauwen toen Hardy zijn denkbeeldige college vervolgde en ondertussen vergelijkingen op het bord schreef en een wel uitgesproken uiteenzetting over hypergeometrische reeksen hield.

Ik vraag me af (zei hij niet) of ik vanavond aan u – jonge Amerikanen, door uw vader grootgebracht met een gevoel van triomf, en terecht, vol van het besef dat u de oorlog hebt gewonnen en er profijt van hebt getrokken – of ik aan u kan overbrengen hoe donker en verloren en vreemd die jaren voor Engeland waren. Voor mij was het enerzijds een drukke tijd, met talloze dingen tegelijk bezig en proberend talloze dijken te dichten, als het ware, maar anderzijds ook een eentonige, treurige tijd waarin het nooit leek op te houden met regenen en er altijd ruimschoots gelegenheid was om te tobben en te speculeren, hoe vol de dagen ook mochten zijn. Want we wilden dolgraag het gevoel hebben dat ons leven en de wereld waarin we leefden echt waren, in weerwil van de door de overheid gesanctioneerde verzinsels die ons stelselmatig door de kranten werden voorgeschoteld. Zo kregen we bijvoorbeeld in de herfst van 1915 te horen dat Servië in Engeland voortaan 'Serbia' zou heten, opdat het rechtschapen Servische volk niet zou menen dat we hen 'serviel' vonden. Advertenties voor 'oorlogsuitrustingen per ommegaande' deelden krantenpagina's met annonces voor automobielen. Omdat de meeste sportwedstrijden min of meer gedwongen waren opgeschort, begon de pers de oorlog met een cricketwedstrijd te vergelijken. Een zekere kapitein Holborn van de artilleriedivisie maakte er een gewoonte van om een voetbal naar vijandelijk gebied te schieten alvorens de aanval in te zetten. Dat werd als loffelijk gedrag beschouwd. Zelfs de puzzels in The Strand kregen oorlogsgerelateerde namen: 'Spionnen trainen', 'Mijnen vermijden'. Wat me er niet van weerhield om ze op te lossen.

Nu weten we natuurlijk hoe het echt zat. We hebben de memoires en de brieven, getuigenissen van de verschrikking die Frankrijk was, van de ratten en de luizen en de rondvliegende afgerukte ledematen. Degenen onder ons die er niet bij zijn geweest hebben niet het recht, niet de permissie om erover te schrijven. En we weten ook wat een buitensporige verspilling het was ('verliezen' was de bureaucratische term voor de manschappen die er op het slagveld doorheen werden gejaagd) en hoe achterlijk de oorlog was in opzet en uitvoering, en hoe achterlijk we oorlogje speelden.

Ofschoon de rationalist in mij destijds probeerde de misleidingstactiek van de propaganda in het oog te houden, putte de sentimentalist in mij genoegen en soms troost uit het denkbeeld dat de oorlog een soort vrolijk spel was. 'Allemaal dikke pret,' zoals Rupert Brooke het eens karakteriseerde. Het hielp ook niet erg toen Brooke in zijn brieven lyrisch deed over zwemmen met de 'naakte, voortreffelijke' mannen van zijn regiment. Brooke kon zichzelf daardoor natuurlijk ook naakt en voortreffelijk vinden, wat ik nooit zou hebben gekund, maar toch, dat idee om naakt met een korps knappe jongelingen te zwemmen – ik kan niet veinzen dat het me niet opwond. Als jongen had ik verhalen over oorlog en glorie en victorie verslonden. Ik was een beetje verliefd op de jonge prins Harold. Toen hij bij Hastings die pijl in zijn oog kreeg, zou ik zo graag bij hem zijn geweest om zijn wonden te verzorgen en hem in mijn armen te wiegen. Ik had vroeger een heel sterk erotisch visioen – ik geloof dat ik me daarin inleefde toen ik mezelf voor het eerst wellustig betastte – waarin ik gewond op een slagveld lag, mijn kleren half afgerukt, en twee officieren, van wie eentje een dokter, me op een brancard tilden en een tent in droegen waar ze mijn resterende kleren uittrokken tot ik naakt was... De fantasie reikte nooit verder dan dat moment. Wat er daarna zou gebeuren kon ik me niet voorstellen. En nu, in de eerste jaren van de oorlog, keerde dat visioen terug, sterker dan ooit, misschien omdat ik in de tussenliggende jaren dingen had meege-maakt die me in staat stelden om de fantasie verder door te trekken, voorbij dat punt waarop mijn kleren werden uitgetrokken, tot de dokter zich over me heen boog om me te kussen, en ook voorbij dat moment...

Ik beeldde me de mogelijkheid van mijn eigen dood in, verlus-tigde me er zelfs in. Als ik de lijsten met gesneuvelde inwoners las die in *The Cambridge Magazine* werden gepubliceerd, probeerde ik mijn naam tussen die van de mannen van Trinity College te voegen die ik uiteraard allemaal had gekend, al was het maar van zien, en van wie ik er een aantal als student had gehad. Hardy tussen Grant-ham en Heyworth. Wat klonk dat mooi! Grantham, Hardy, Hey-worth. En de namen van de regimenten! Alleen in Engeland konden ze poëzie maken van de naamgeving van hun regimenten: *Seventh Seaforth Highlanders, First Royal Welsh Fusiliers, Ninth Sherwood For-esters*, vermoedelijk onder commando van Robin Hood en met Broe-der Tuck en alle andere leden van die jolige bende.

Ziet u, de gevechtshandelingen met al hun verschrikkingen speel-den zich af in Frankrijk. In Trinity College waren de nachten stil genoeg voor dromen. Ik probeerde mezelf aan te praten dat ik genoot van de stilte, maar in werkelijkheid miste ik het dronken gezang waardoor ik vroeger werd gewekt, en de filosofische discussies onder mijn ramen, de zwaarmoedige verklaringen die zwijmelend werden afgelegd zoals alleen jonge mensen dat kunnen. Dat was altijd de sfeer geweest van de eerste weken van het nieuwe semester. Je kon samen met de jongelui zwelgen in hun pas verworven vrijheid, de vrijheid om laat op te blijven en te redetwisten en te zeggen: 'Als de jeugd over is, is het leven over. Ik zal mezelf ombrengen als ik der-tig word.' (Degene die dit standpunt verwoordde is niet ouder dan negentien geworden, weet ik toevallig.) Ik miste zelfs de rituelen die ik vroeger had beweerd te verafschuwen: de lichtzinnige dandy's die de kamers van de serieuze blokkers binnenvielen, hun serviesgoed aan diggelen smeten en de stukken in New Court gooiden. Want er waren nu geen dandy's meer – de frisse stoere knapen waren weg, aan het oorlogvoeren – en maar weinig blokkers, want velen van hen waren ook onder de wapenen, en van degenen die overbleven scheen niemand het hart te hebben om te zingen of te redetwisten.

In het begin van die winter zat ik op een ochtend thuis met Hermione op schoot te lezen, wachtend op Ramanujan. Ik keek op en zag de eerste sneeuw vallen, en opeens werd ik ontroerd en bedroefd door de argeloosheid van die sneeuw, zo volstrekt onwetend van de toestand van de wereld. Want het was goed mogelijk dat de sneeuw ook over het verscheurde boerenland van Frankrijk en België viel, en in de loopgraven waarin de soldaten op misschien wel hun laatste zonsondergang wachtten. De sneeuw viel op Nevile's Court, waar de gewonden er op hun veldbedden naar lagen te staren, en in Cranleigh, waar mijn moeder, half buiten zinnen, er door haar slaapkamerraam naar keek, en mijn zus door het raam van een klaslokaal waarin meisjes in schooluniform een bloemenvaas schilderden. Ik tilde Hermione van mijn schoot, stond op en liep naar het raam. Het was buiten nog zo warm dat de sneeuw niet bleef liggen: hij smolt zodra hij de grond raakte. En daar stond Ramanujan onder me op de binnenplaats. De vlokken smolten op zijn gezicht en sijpelden langs zijn wangen omlaag. Hij stond daar zeker vijf minuten in die houding, en toen drong het tot me door dat dit vast de eerste keer van zijn leven was dat hij sneeuw zag.

Hij kwam boven en we gingen aan het werk. Ik kan niet precies zeggen waar we aan werkten. Het is zo lastig om je dat bij Ramanujan te herinneren want hij was altijd met twee of drie dingen tegelijk bezig, of hij had weer een droom gehad en iets zonderlings om mij deelgenoot van te maken. Waren we bijvoorbeeld al met de theorie van de ronde getallen bezig? Dat was zoiets waarin hij dagen achtereen helemaal kon opgaan: alle getallen van 1 tot 1.000.000 naar rondheid ordenen. 'Zie je, 1.000.000 is heel rond, Hardy,' zei hij op een dag tegen me. 'Het heeft 12 priemfactoren, maar als je alle getallen tussen 999.991 en 1.000.010 neemt is het gemiddelde maar 4.' Ik mocht me hem graag voorstellen op zijn kamer terwijl hij dergelijke lijsten zat te maken. Hij deed echter veel meer dan dat. Hij legde het fundament voor de asymptotische formules voor rondheid die we later zouden perfectioneren.

Tegen half oktober was de laatste gewonde uit Nevile's Court overgeplaatst.

Er werden nieuwe hospitaalvoorzieningen gebouwd op de cricketvelden van Clare College en King's College – zo'n beetje de beste velden van de stad, merkte ik destijds mismoedig op.

Toch ging ik het hospitaal bezoeken. De eerste keer nam ik Ramanujan mee. De afdeling met gewonden strekte zich meer dan een kilometer uit en bestond uit tien zalen met ieder zestig bedden. Het raarste was dat al die zalen maar drie muren hadden. Waar de vierde muur had moeten zitten was de zaal open, met uitzicht op wolken en gazons.

Ik vroeg een van de zusters waarom de vierde muur van elke zaal ontbrak. 'Dat is voor frisse lucht,' zei ze terwijl ze over haar armen wreef om warm te worden. 'Frisse lucht blaast bacillen weg. En ook hoofdpijn en futloosheid.'

'En wat gebeurt er als het regent?'

'Daarvoor hebben we jaloezieën. Eerlijk gezegd werken die niet zo goed, maar dat geeft niet. Deze mannen zijn gewend om buiten te slapen, en onder veel slechtere omstandigheden.'

Niet ver van ons vandaan begon een soldaat te jammeren. Zijn woorden klonken onbegrijpelijk. Misschien was het een Belg. De zuster ging hem verzorgen en ik keek naar de mannen, van wie de meesten in een cocon van lakens en verband waren gewikkeld. Hoe zouden ze warm blijven in de winter? vroeg ik me af. Of misschien was het daar juist om te doen. Misschien redeneerde men dat ze niet erg bereid zouden zijn om naar het front terug te gaan als het hun hier te gerieflijk werd gemaakt. Ik kon me voorstellen dat een dergelijke gedachtegang in militaire kringen opgeld deed.

Nadien gaf Ramanujan uiting aan zijn verbijstering over de ontbrekende muur. 'Tuberculosepatiënten worden ook zo behandeld,' zei ik tegen hem, uiteraard zonder enig idee te hebben wat ons te wachten stond. 'Frisse lucht! Frisse lucht! Engelsen geloven heilig in de heilzame werking van frisse lucht.'

'Maar wat gebeurt er als het regent?'

'Dan worden ze nat.'

Die middag, jawel hoor, ging het regenen. Het goot van de regen. Ik kon niet thuis blijven zitten kijken naar de stortbui, dus pakte ik mijn paraplu, de plu die ik van Gertrude had gestolen, en ging terug naar de afdeling met gewonden. De zuster was nu met de jaloezieën aan het worstelen die rammelden en klapperden in de wind. Aan haar voeten vormde zich een plas regenwater. Ze had overschoenen aangetrokken. Bij harde windvlagen werden de mannen die het dichtst bij de jaloezieën lagen besproeid met stuifregen. Sommigen vloekten of lachten en anderen bleven stil liggen, zich blijkbaar niet bewust van de slagregens.

De stilste – ik merkte hem toen pas op – was een jongen met donkerblond haar en groene ogen. Haar dat maar iets donkerder was dan dat op zijn hoofd krulde uit zijn nachthemd. Ik stapte behoedzaam op hem af. 'Mag ik?' vroeg ik terwijl ik de paraplu boven zijn hoofd opstak.

'Ik geloof niet dat ik u daarvoor moet bedanken,' zei hij.

'Waarom niet?' vroeg ik.

'Omdat het ongeluk brengt als je binnenshuis een paraplu opsteekt,' zei hij.

'Niet deze paraplu,' zei ik. 'Dit is een geluksplu. En trouwens, we zijn hier niet echt binnenshuis. We zijn, zeg maar… op de drempel, toch? Tussen binnen en buiten.'

'Bent u professor?'

'Ja. Hoe wist u dat?'

'U praat als een professor.'

'O ja?'

'U zegt allemaal van die idiote dingen.'

Het deed me plezier dat hij me jong genoeg vond om me te plagen. Ik vroeg of ik even bij hem mocht zitten.

'Er staat nergens dat het verboden is,' zei hij. Ik ging in de stoel zitten die naast zijn bed stond en deed mijn best om de paraplu stil te houden.

'Hoe heet u?' vroeg ik.

'Thayer,' zei hij. 'Infanterie. Birmingham. Ik heb een granaatscherf in mijn been gekregen bij Ayper.'

274

'Ayper?'

'Weet u wel, in België.'

'O, Ieper.'

'Ja, *Ie-puh*.'

'Hebt u pijn?'

'Niet in dat been. Ik voel niks in dat been. Ze zeggen dat ik vijftig procent kans heb om het te verliezen.' Hij keek ineens naar me op. 'Is het een slecht teken dat ik geen pijn voel? Betekent dat dat ik mijn been als verloren moet beschouwen? Want van de mensen hier krijg je van niemand een eerlijk antwoord.'

'Ik wou dat ik het wist,' zei ik, 'maar ik ben alleen maar wiskundige.'

'Ik ben nooit goed geweest in staartdelingen.'

'Ik ook niet.' Ik zei dat zonder aan de uitwerking te denken die dit op hem zou kunnen hebben. Hij moest lachen.

'Hebt u ergens anders pijn, afgezien van uw been, bedoel ik?'

'Ik heb alleen hoofdpijn. Een soort gebonk. Vanaf het moment van de explosie.' Hij wees naar een kom naast het bed waarin een natte lap lag. 'De zuster drenkt hem in heet water en legt hem op mijn voorhoofd, en dat lijkt te helpen. Zou u haar kunnen vragen of ze het nu kan doen? Hij is nu helemaal koud.'

'Natuurlijk,' zei ik. En ik stond op om de zuster te halen, maar die was nog steeds in een dapper maar uitzichtloos gevecht met de jaloezieën gewikkeld, een worsteling waaruit ze met tussenpozen door het gegil van een patiënt werd weggeroepen.

Ik keek de zaal door. Er waren nog een paar andere zusters in de weer met patiënten. Toen viel mijn oog op een kachel in de hoek. Op een van de kookplaten stond een pan water waaruit damp opsteeg.

'Momentje,' zei ik. Ik zette de paraplu zo goed mogelijk klem op de stoel zodat hij de jongen al was het maar een beetje droog bleef houden. 'Ik ben zo terug,' zei ik. En toen pakte ik de lap uit de kom en liep ermee naar de kachel, waar ik hem in het hete water doopte en uitwrong.

'Daar ben ik weer,' zei ik bij terugkomst. 'Mag ik?'

Hij stak met een soort ridderlijke lijdzaamheid zijn kin op. Heel voorzichtig streek ik zijn haar naar achteren, pakte toen de lap en legde hem over zijn voorhoofd. Hij huiverde en slaakte een hoorbare zucht van verlichting.

Die hele middag bleef ik bij hem zitten. Hij praatte tegen me, niet omdat hij zo'n belang in me stelde, besefte ik, maar omdat hij dingen te vertellen had en ik wel wilde luisteren. Ik moet daar eerlijk over zijn. Hij praatte over de frontlinie, en over de ratten die zo groot als honden waren, en over het merkwaardige feit dat je de vijand vrijwel nooit zag – 'nooit een mof gezien', was hoe hij het verwoordde – maar zijn onheilspellende nabijheid wel voortdurend voelde. Je wist gewoon dat hij er was, in zijn eigen loopgraaf, nog geen tweehonderd meter verderop, en als er af en toe enig teken van leven van de andere kant van het niemandsland kwam – als je een flard gezang hoorde of rook dat er eten werd klaargemaakt – kwam dat als een schok.

'Wat voor gezang?'

'Moffenliedjes. En één keer – dat was zo raar – hoorde ik een radio, met een Brits programma. Een blijspel. En ze zaten erom te lachen.'

Onafgebroken bleef de regen omlaag komen. Mannen kreunden en jammerden en vroegen – bedelden – om een sigaret. Om de twintig minuten ging ik zijn lap opwarmen in het hete water. Het vervelende was dat de paraplu, klem gezet op mijn stoel, steeds omviel terwijl ik naar de kachel was, zodat de regen klitten maakte in zijn haar en zijn dekens doorweekte. Dan deed ik mijn best om hem droog te krijgen, waarna ik weer ging zitten en de paraplu stil probeerde te houden, ook al ging mijn arm er pijn van doen. Ik nam me vast voor dat er geen druppel water op hem terecht zou komen, afgezien van het water in de lap op zijn voorhoofd.

Eindelijk nam het noodweer af. De uitgeputte zuster kon haar overschoenen uittrekken en bijkomen met een kop thee. Thayer rekte zich uit en zijn ogen vielen zowat dicht. Op dat moment zou ik alles hebben gedaan om hem te beschermen. Ik zou de hele nacht zijn gebleven en de paraplu omhoog hebben gehouden, maar ik was bang dat mijn langdurige aanwezigheid ongepast zou worden gevonden, hetzij door de zuster of door Thayer zelf. Dus pakte ik mijn paraplu en zei: 'Nou, ik stap maar weer eens op.' En tot mijn verrassing vroeg hij of ik de volgende dag terug wilde komen. En of ik, voor ik wegging, nog één keer de lap wilde natmaken en op zijn voorhoofd leggen.

Ik zei dat ik dat natuurlijk wilde doen – zowel de lap bevochtigen als de volgende dag terugkomen. En ik ging ook terug. Twee weken lang ging ik elke dag terug. We praatten honderduit. Hij vroeg wat voor soort wiskunde ik deed, en ik probeerde Riemann aan hem uit te leggen, en tot mijn stomme verbazing begreep hij waar het in grote lijnen om ging. Of we hadden het over cricket. (Hij deelde mijn bewondering voor Shrimp Levison-Gower.) Of hij vertelde me over zijn moeder en zijn zussen, en over zijn vriend Dick Tarlow, die met een van zijn zussen verloofd was geweest en in Ayper aan stukken was gereten, en over dat hij hem zo miste, en dat zijn zus hem ook zo miste.

Thayer verloor uiteindelijk zijn been toch niet. Toen ik op een middag bij het hospitaal kwam met een cadeautje voor hem – het eerste cadeau dat ik durfde mee te brengen, *De tijdmachine* van H.G. Wells – kreeg ik van de zuster te horen dat hij net was ontslagen en naar zijn familie in Birmingham was gestuurd om een paar weken uit te rusten voor hij weer terugging naar het front. Een maand of zo later stuurde hij me een van die afschuwelijke briefformulieren die de regering destijds aan soldaten uitdeelde, met een vinkje voor de regel die luidde 'Ik word naar het hoofdkwartier gestuurd. Brieven volgen zo spoedig mogelijk.' Alleen uit zijn handtekening onderaan – J.R. Thayer – bleek enig verband tussen het formulier en de jongen die het had ingevuld.

Die winter was het gruwelijk koud – zo koud dat ik het niet meer over mijn hart kon verkrijgen om bezoekjes aan het hospitaal te brengen, uit angst om met te veel leed te worden geconfronteerd en me hopeloos onmachtig te voelen om die te verlichten, net zomin als het mijne. Thayer had ik tenminste geholpen zich wat beter te voelen, ook al heb ik hem nergens anders aangeraakt dan op zijn voorhoofd, waarop ik steeds die warme, natte lap legde. Omwille van hem bad ik in die dagen om regen. Elke ochtend als ik opstond bad ik God om regen. Soms willigde hij mijn wens in, waar ik de pest over in had. Ik was bang dat hij mij doorhad. Meestentijds echter scheurden de wolken niet open, en soms scheen de zon zelfs door de immense vlakte waar de zuidmuur van de hospitaalafdeling had moeten zitten, wat de soldaten opbeurde en sommigen een lach ontlokte. Op die dagen was ik blij met mijn paraplu, die ik dichtgevouwen tegen de muur achter Thayers bed kon zetten. Dichtgevouwen had hij geluk gebracht. En open – wie weet wat hij open had gebracht?

Ik moet bekennen dat ik nu zelf bang ben om er ooit achter te komen.

5

*I*n maart 1915 stuurt Russell hem een briefje waarin hij hem meedeelt dat hij D.H. Lawrence voor een bezoek aan Trinity College heeft uitgenodigd. Of Hardy zin heeft om na het avondeten bij Russell thuis een glaasje sherry met hen te komen drinken?

De meeste officieren zijn nu vertrokken, dus gaat hij die avond naar de eetzaal. Een man van wie hij aanneemt dat het Lawrence is zit aan tafel tegenover Russell en naast Moore. Hardy zit te ver weg om hun gesprek te kunnen horen, maar hij kan wel opmaken dat het stroef verloopt. Er vallen lange stiltes waarin de met een goede spijsvertering gezegende Moore met smaak verder eet en Lawrence met een stuurse uitdrukking op zijn langwerpige gezicht naar zijn bord zit te staren. Hardy heeft geen van zijn boeken gelezen maar wel veel over de schrijver gehoord: over zijn jeugd in een mijnstadje bij Nottingham, de jaren dat hij onderwijzer op een lagere school was en zijn recente huwelijk met een *zaftige* Duitse die zes jaar ouder is, een gescheiden vrouw en dochter van een baron. Wat zal hij van die Trinity-mannen denken die onder het toeziend oog van Byron en Newton en Thackeray in hun vlees zitten te zagen? Zien ze er potsierlijk uit in hun toga's? Is hij onder de indruk? Vervuld van walging?

Zoals verzocht arriveert Hardy rond negenen bij Russell. Er zijn al enkele anderen aanwezig: A.A. Milne, voormalig hoofdredacteur van *The Granta* en nu bij *Punch*, en Winstanley, die zich erop toelegt om meer over de geschiedenis van Trinity College te weten dan wie ook, en op dat moment tegen Lawrence de expert staat uit te hangen over de bouw van de Wren Library in 1695. Moore is er ook, en Sheppard (godzijdank zonder madam Cecil), die zijn beurt afwacht om de schrijver aan te spreken.

Wat Hardy het meest imponeert aan Lawrence is zijn uitgemergelde voorkomen. Om zo graatmager te zijn, daar moet je aan werken. Met zijn grote hoofd en kromme rug zou hij door kunnen gaan voor een ondervoede gargouille. Zijn haar is dik en bruin en lijkt op de ouderwetse manier te zijn geknipt, door een bloempot op het hoofd te plaatsen. Dat hoofd heeft een merkwaardige vorm, breed uitdijend bij het voorhoofd en dan taps toelopend naar een kin waarvan de spitsheid nog wordt benadrukt door een puntbaard. Hij zegt niet veel. Hij lijkt heel aandachtig te luisteren, op dat moment naar Russell, die net per post een artikel heeft ontvangen dat Edmund Gosse aan het begin van de oorlog voor *The Edinburgh Review* heeft geschreven. 'Luister,' zegt Russell. '"Oorlog is de grote vuilnisman van de rede. Oorlog is het onovertroffen ontsmettingsmiddel, en zijn rode bloedstroom is de Condy's Fluid die de stilstaande poelen en verstopte kanalen van het intellect schoonspoelt."' Hij smijt het artikel neer. 'Heeft iemand van u ooit een fles Condy's Fluid gezien, in het echt? Ik moest het aan mijn werkster vragen. Ze heeft me er een laten zien, met paarsachtig spul. Ze zegt dat ze het gebruikt om "geuren weg te krijgen". En dat van een man die in geen tien jaar meer uit Londen is weggeweest! Wat weet hij ervan? Wat weten wij ervan?'

'Oorlog is niet nobel,' zegt Lawrence. 'Deze abstracte haat tegen een gefantaseerde mensenverslindende Duitse reus – er zijn nobeler dingen om voor te leven en te sterven.'

Dan zwijgt hij weer. Is het noemen van de mensenverslindende reus te wijten aan de invloed van de Duitse echtgenote? Naar wat Hardy heeft gehoord heeft ze haar eerste echtgenoot, ook een Engelsman, de bons gegeven om met Lawrence te trouwen.

'Gosse is een zak,' zegt Russell. 'En Eddie Marsh is nog een graadje erger. Die wringt zich in allerlei bochten om maar helemaal opgetut met Churchill naar feestjes te kunnen gaan. Het zijn minderwaardige onderkruipers die uit hun spleten het donker in komen gescharreld, die over lijken krioelen en ze met hun slijm bezoedelen.'

'Kom, kom, Bertie,' zegt Milne. 'Zó slecht zijn ze vast niet.'

'Zo slecht zijn ze wel.'

'Nou, nou, wat een treurnis alom!' zegt Sheppard. 'Terwijl het doel van deze avond eigenlijk is om de heer Lawrence in Cambridge te verwelkomen.' En daarmee stapt hij op Lawrence af en begint met hem over zijn boeken te praten. En hij is echt een lust voor het oog, met zijn gave om een gesprek voort te loodsen. Of hij de boeken daadwerkelijk heeft gelezen is irrelevant: het punt is dat hij op fenomenale wijze de indruk wekt dat hij ze heeft gelezen. En hij heeft in elk geval íéts gelezen, want nu begint hij Lawrence uit diens eigen werk citaten voor te schotelen. '*Zonen en Minnaars* is natuurlijk een meesterwerk,' zegt hij, 'maar ikzelf zal altijd een zwak houden voor *The White Peacock*, en dat hoofdstuk aan het begin, "A Poem of Friendship", met de twee jongens die in het water ravotten en elkaar naderhand afdrogen!' Hij schraapt zijn keel. '"Hij zag dat ik vergat om verder te gaan met hem te drogen, en lachend pakte hij me beet en begon me stevig droog te wrijven, alsof ik een kind was, of liever een vrouw die hij beminde en niet vreesde. Ik gaf me willoos over aan zijn handen, en om me beter vast te kunnen houden legde hij zijn armen om me heen en drukte me tegen zich aan, en het heerlijke gevoel van onze naakte lichamen tegen elkaar was buitengewoon."' Sheppard haalt diep adem. 'Wat een taal! Zoals u hoort heb ik het van buiten geleerd.'

Deze onverwachte declamatie wordt met stilzwijgen begroet. 'Dank u,' zegt Lawrence en draait zich dan om.

Dan stelt Russell hem aan Hardy voor, wiens hand hartelijk, hartstochtelijk, te lang, door Lawrence wordt vastgegrepen. Misschien is hij gewoon opgelucht om verlost te zijn van Sheppard met zijn suggestieve voorstellinkje. Het is vast veel aangenamer om te luisteren hoe Hardy, op Russells verzoek, over de Riemann-hypothese staat te bazelen. En warempel, zelfs als Russell zich heeft teruggetrokken om met Winstanley te babbelen, is Lawrence niet bij hem weg te slaan; hij buigt zich dicht naar hem toe, klampt zich aan hem vast als ware hij een reddingssloep. En hoe ironisch is dát wel niet, gezien Hardy's eigen – hoe zal hij het zeggen – voorkeuren? Evengoed gaat hij enigszins prat op de misvatting; als Lawrence hem voor normaal aanziet, als hij hem niet op één lijn stelt met Sheppard, des te beter.

En intussen houdt Sheppard op de achtergrond maar niet op met declameren. Het is niet te geloven. Niemand schenkt enige aandacht aan hem. Hij weet dat Lawrence kranig zijn best doet om niet te luisteren en toch staat hij daar met een welhaast bijtende spot te declameren: '"Het bevredigde enigermate de onuitgesproken, ondefinieerbare hunkering in mijn ziel, en dat gold ook voor hem."'

'Er moet een staatsomwenteling komen,' zegt Lawrence tegen Hardy. 'Alles moet worden genationaliseerd – alle industrieën, alle communicatiemiddelen. En het grondbezit ook, uiteraard. In één klap. En dan krijgt eenieder zijn loon, of hij nu ziek of gezond of oud is. Als hij wordt verhinderd om te werken, krijgt hij toch zijn loon. Hij hoeft niet bang te zijn voor armoede.'

Sheppard: '"Toen hij me helemaal warm had gewreven liet hij me los, en we keken elkaar aan met een stille lach in onze blik, en onze liefde was voor even volmaakt, volmaakter dan elke liefde die ik nadien heb gevoeld, voor man zowel als vrouw."'

Lawrence: 'En elke vrouw zal ook haar loon ontvangen tot ze overlijdt, of ze nu werkt of niet, zolang ze maar werkt wanneer ze daartoe in staat is.'

Sheppard: '"De koele, vochtige geur van de ochtend, de ingespannen roerloosheid van alles, van de hoge blauwige bomen, de natte, openhartige bloemen" – Is dat niet schitterend? "Openhartige bloemen" – "van de argeloze nachtvlinders, open- en dichtgevouwen in de gesneefde zwaden, vormde een volmaakte ambiance voor medegevoel."'

Lawrence: 'Maar nu leven we nog gevangen in een schulp, en die schulp is een gevangenis voor ons leven. Als we de schulp niet openbreken, keert ons leven zich in zichzelf, maar als we de schulp kapot kunnen slaan, is alles mogelijk. Dan en dan alleen zullen we beginnen te leven. Dan kunnen we het huwelijk en de liefde en alles onder de loep nemen, maar tot dan zitten we opgesloten in de harde, levenloze, ondoordringbare schulp.'

Hardy doet een imitatie van Ramanujan en wiebelt met zijn hoofd. Lawrence fronst. 'U moet geduld met me hebben. Ik weet dat mijn taalgebruik soms niet helder is.'

Hardy verwacht niet Lawrence nog eens te zien, maar de volgende middag, als hij Great Court oversteekt, hoort hij zijn naam roepen, en als hij zich omdraait ziet hij Lawrence op zich af komen hollen op zijn ooievaarspoten.

'Wat een zegen,' zegt hij terwijl hij Hardy bij zijn arm grijpt. 'Ik heb een afgrijselijke ochtend gehad. Mag ik alstublieft een eindje met u oplopen?'

'Natuurlijk.'

'Het was een van de ergste crises van mijn leven.'

Ze wandelen in de richting van de rivier. Hardy voelt zich tegelijk gevleid en in verlegenheid gebracht door de gretigheid waarmee Lawrence zich aan hem vastklampt. 'Ik weet niet of Keynes een vriend van u is,' zegt hij, 'en mocht hij dat zijn en u krijgt een afkeer van mij dan is dat betreurenswaardig, maar ik moet mijn hart luchten, anders wordt het mijn einde.'

'Wat u zegt zal tussen ons blijven. Dat spreekt vanzelf.'

'Russell wilde me aan hem voorstellen – aan Keynes,' zegt hij. 'Dus gingen we vanochtend bij hem op bezoek, maar hij was er niet. Het was heel zonnig en Russell zat net een briefje aan hem te schrijven toen Keynes met slaapoogjes uit de slaapkamer kwam gestrompeld. Hij was in... pyjama. En toen hij daar zo stond flitste er een besef door me heen. Ik kan het niet beschrijven. Ik kreeg een vreselijk gevoel van weerzin, als van rottend vlees. Een gier geeft hetzelfde gevoel.'

'Jeetje.'

'En de pyjama...' Hij huivert. 'Gestreept. Die afschuwelijke muf ruikende mannetjes, mannen die mannen beminnen, ze geven me een gevoel van bederf, van rotting. Ze roepen dromen over zwarte torren bij me op. Over een tor die bijt als een schorpioen. In de droom trap ik hem dood, een reusachtige tor. Ik vermorzel hem en dan schiet hij weg, maar daarna komt hij terug en moet ik hem weer doodtrappen.'

'Wat vreselijk... en in een gestreepte pyjama...'

'Ik heb veel over sodomie nagedacht. Liefde is dit: je gaat naar een vrouw om jezelf te leren kennen, en als je jezelf kent om het onbe-

283

kende te verkennen, wat de vrouw is. Je waagt je op de kusten van het onbekende en legt voor de hele mensheid bloot wat je ontdekt. Maar bij zowat alle Engelsen gaat een man naar een vrouw, hij neemt een vrouw en herhaalt alleen maar een bekende reactie, is niet op zoek naar een nieuwe reactie. En dat is gewoon zelfbevlekking. De doorsnee ontwikkelde Engelsman gaat naar een vrouw om te masturberen. En sodomie ligt gewoon nog dichter bij masturbatie omdat er twee lichamen zijn in plaats van één maar wel met hetzelfde oogmerk. Een man met een sterke geest heeft te veel respect voor het andere lichaam, dus blijft hij onzijdig. Celibatair. Zoals Forster, bijvoorbeeld.'

Ze zijn met een boog weer terug op Trinity. De hele weg zijn ze niemand tegengekomen, maar nu stappen er twee militairen voorbij, student-militairen met een uniform onder hun toga. 'Wat zijn ze afstotelijk,' zegt Lawrence. 'Ik moet aan dat zinnetje van Dostojevski denken: "insecten aan wie God zinnelijke begeerte schonk". Het ene insect dat het andere bestijgt – mijn God, die soldaten! Zo afstotelijk. Als luizen, of bedwantsen. Leid me weg van hen!' Hardy leidt hem naar Nevile's Court en eindelijk laat hij Hardy's arm los. 'Ik voel me nu veel beter,' zegt hij. 'De band van bloedbroederschap is cruciaal.' Dan doet hij een stapje dichterbij. 'Hoe houdt u het hier uit? Ik verafschuw Cambridge, met zijn geur van verrotting, van stilstaande moerassen. Kom bij Frieda en mij op bezoek. We wonen in Greatham, in Sussex. De lucht is schoon, het eten eenvoudig. Kom ons opzoeken.'

'Dat zal ik doen,' zegt Hardy, over zijn arm wrijvend, die gevoelloos is geworden. En dan schudt Lawrence zijn hand – zijn handdruk is zo slap, zo krachteloos, zo klam dat Hardy terugdeinst – en verdwijnt hij door de deur die naar Russells trap voert.

Zwarte torren in gestreepte pyjama's…

6

Weer komt hij Ramanujan met diens Indische vrienden tegen. Deze keer zitten ze aan de rivier. De schaduw van een olm biedt hem de gelegenheid om hen wat beter te bekijken. De gekromde man met de tulband leest de anderen iets hardop voor. De jongste – degene wiens baret was afgewaaid – heeft gevoelige, schichtige ogen als van een hert. Als hij Hardy in de gaten krijgt wendt hij zijn blik af.

De volgende morgen zegt Ramanujan: 'Ananda Rao kijkt erg tegen je op.'

'Waarom?'

'Omdat hij wiskunde studeert en jij de beroemde wiskundige bent. De beroemde Hardy. Maar hij is te verlegen om zich voor te stellen.'

'Dat hoeft hij helemaal niet te zijn.'

'Ik zal het tegen hem zeggen, maar hij zal niet luisteren. Hij is nog zo jong.'

'Zeg maar tegen hem dat hij altijd bij me langs mag komen.'

Hardy slaat zijn notitieboek open om aan te geven dat het tijd is om aan de slag te gaan.

'Ananda Rao is een werkstuk aan het voorbereiden voor de Smith-prijs.'

'O, goed zo.'

'Zou ik ook een werkstuk kunnen insturen voor de Smith-prijs?'

'De Smith-prijs is voor studenten. Jij bent al een stuk verder.'

'Maar ik ben niet afgestudeerd.'

'Dat is waar. Die eis hebben ze in jouw geval laten varen.'

'Ik zou graag afstuderen.'

'Nou, ik denk dat we dat wel kunnen regelen.'

'Hoe dan?'

'Je zou op een onderzoek kunnen afstuderen, bijvoorbeeld. Misschien op je verhandeling over hogelijk samengestelde getallen. Dat zul je aan Barnes moeten vragen.'

De volgende morgen zegt Ramanujan: 'Ik heb het aan Barnes gevraagd en hij gaat akkoord. Ik kan afstuderen op mijn onderzoek naar hogelijk samengestelde getallen.'

'Mooi zo.'

'Dus dan mag ik ook een onderzoek insturen voor de Smith-prijs?'

'Maar je bent lichtjaren verder dan de Smith-prijs! Waarom zou je je druk maken om de Smith-prijs?'

'Jij hebt hem ook gewonnen.'

'Prijzen hebben niets te betekenen. Die staan alleen maar op de schoorsteenmantel te verstoffen.' Dan houdt hij zich in. Want hoe kan hij de zinloosheid van prijzen overbrengen aan iemand die er zo onder gebukt is gegaan dat hij ze is misgelopen?

'Hardy, mag ik je om een gunst vragen?' vraagt Ramanujan.

'Wat dan?'

'Ik vroeg me af of je me wilt toestaan... als ik de komende drie dagen niet kom.'

'O? Waarom kom je dan niet?'

'Chatterjee heeft me uitgenodigd om met hem naar Londen te gaan.'

'Naar Londen?'

'Met hem en Mahalanobis en Ananda Rao. Hij heeft een pension gevonden met een heel aardige kostvrouw die volgens hem uitstekend vegetarisch eten serveert.'

'En wat gaan jullie in Londen doen?'

'We gaan naar *De tante van Charlie*.'

'*De tante van Charlie*!' Hardy onderdrukt een lach. 'Nee, natuurlijk. Ik bedoel, ja. Je zou eens wat meer van Engeland moeten ontdekken dan alleen de wandelgangen van Trinity College.'

'Dank je wel. Ik beloof dat ik in Londen doorga met mijn werk. Ik zal 's morgens vrijaf hebben.'

'Dat hoeft helemaal niet. Hou gerust een poosje op met werken. Daar wordt je hoofd helder van.'

'Nee, ik zal elke ochtend werken, van acht tot twaalf.'

Vier dagen later is hij terug bij Hardy's haardvuur.

'En, hoe was het in Londen?'

'Heel plezierig, dank je.'

'Heb je genoten van *De tante van Charlie*?'

'Ik heb erg gelachen.'

'Wat heb je verder nog gedaan?'

'Ik ben naar de dierentuin geweest.'

'De dierentuin in Regent's Park?'

'Ja. Daar ben ik Littlewood en zijn vriendin tegengekomen. We zijn thee gaan drinken.' Hij wiebelt met zijn hoofd. 'Ze is heel aardig, de vriendin van Littlewood.'

'Dat heb ik gehoord.'

'En na de thee hebben ze me meegenomen naar Winnie.'

'Wie is Winnie?'

'Winnie is een zwarte-berenwelp uit Canada. Ze is meegebracht door een soldaat. Haar naam is een afkorting van Winnipeg, niet van Winifred. Maar de brigade van de soldaat werd naar Frankrijk gestuurd en nu woont Winnie in de dierentuin.'

'En hoe is ze?'

'Ze is heel tam. Iemand van de dierentuin was haar aan het voeren. Ik ben wel een uur naar haar blijven kijken, samen met Littlewood en zijn vriendin.'

'Dus nu ga je zeker vaker naar Londen?'

'Ik denk het wel. Het pension was heel gerieflijk. Het is in Maida Vale.'

'Heel gunstig gelegen voor de dierentuin.'

'En de kostvrouw – mevrouw Peterson – heeft zichzelf Indisch leren koken. Ze heeft zelfs op een avond *sambar* klaargemaakt. Nou ja, een soort *sambar*.'

'Dat zal je moeder wel plezier doen.'

'Zeker. Mag ik je om raad vragen in een triviale kwestie?'

'Natuurlijk.'

'In de trein terug liet Mahalanobis ons een vraagstuk uit *The Strand Magazine* zien. Elke maand publiceren ze een wiskundige puzzel en deze kon hij niet oplossen.'

'Welke dan?'

Ramanujan diept een tijdschriftenknipsel op uit zijn zak en geeft het aan Hardy. 'Puzzelen in een dorpsherberg'; het decor is Hardy bekend: de Red Lion Inn in het dorp Little Wurzelfold. Maar nu hebben de stamgasten het over de oorlog.

> 'Laatst sprak ik met een heer over het stadje Leuven, dat door de Duitsers is platgebrand,' zei William Rogers tegen de andere dorpelingen die rondom het haardvuur van de herberg zaten geschaard. 'Hij zei dat hij het goed kende omdat hij daar vroeger vaak op bezoek ging bij een Belgische kennis. Hij vertelde dat het huis van zijn kennis in een lange straat stond met de huisnummers een, twee, drie, enzovoorts aan de ene kant, en dat de som van alle huisnummers die eraan voorafgingen precies even groot was als de som van alle huisnummers die erop volgden. Idioot, hè? Hij zei dat hij wist dat er meer dan vijftig huizen aan die kant van de straat stonden, maar minder dan vijfhonderd. Ik vertelde dit aan de dominee, en die pakte een potlood en berekende het huisnummer van de Belg. Ik heb geen idee hoe hij het heeft gedaan.'

'En, wat is de oplossing?' vroeg Hardy. 'Dat zou niet zo moeilijk moeten zijn, voor jou.'

'De oplossing is dat het huis nummer 204 is in een totaal van 288. Maar dat is niet het interessante eraan.'

'Wat dan wel?'

'Dat het een kettingbreuk is. Het eerste lid is de uitkomst van het gestelde vraagstuk, maar elk volgend lid is de uitkomst voor hetzelfde soort betrekking tussen twee huisnummers naarmate het aantal huizen toeneemt naar oneindig.'

'Heel goed.'

'Ik denk dat ik wel een verhandeling over kettingbreuken zou willen publiceren. Misschien wel over deze kettingbreuk, want met mijn theorema zou ik de puzzel kunnen oplossen ongeacht het aantal huizen. Zelfs in een oneindige straat.'

Een oneindige straat met Belgische huizen, denkt Hardy. En Ramanujan die door de puinhopen loopt te ijsberen, met zijn kettingbreuk als een sextant voor zich uit. En alle huizen in brand.

'Me dunkt dat het een voortreffelijke verhandeling zou opleveren,' zegt hij.

'Zou het een verhandeling kunnen zijn waarmee ik de Smithprijs kan winnen?' vraagt Ramanujan.

7

*H*et heeft een heel eigenaardige uitwerking op Hardy als hij Ramanujan samen met Chatterjee gadeslaat. Het staat hem nog bij dat hij zich, voor hij Ramanujan ontmoette, een beeld probeerde te vormen van hoe Ramanujan eruit zou kunnen zien, en dat hij toen Chatterjee voor zich zag. Nu is Ramanujan sámen met Chatterjee en is het of hij naar twee incarnaties van dezelfde persoon kijkt. Hoe hij ook zijn best doet, hij kan zich het beeld van de docentenkamer dat hij zich na het lezen van *A Fellow of Trinity* had gevormd niet meer voor de geest halen; het is door de echte docentenkamer verdrongen. Chatterjee echter blijft wel aanwezig, en zolang hij er is zal het beeld van Ramanujan dat Ramanujan door zijn komst had moeten uitwissen ook voortbestaan.

Is hij jaloers? Het is niet zo dat hij de zomerdagen mist, toen hij alleen met Ramanujan langs de oevers van de rivier slenterde. En hij misgunt hem zeker zijn nieuwe vrienden niet, maar toch kan hij het niet helpen dat hij het gevoel heeft dat hij... wat? Er niet bij hoort? Hij probeert rationeel te blijven. Hij vraagt zichzelf: wat wil je dan? Dat de Indiërs je uitnodigen om mee te gaan op een van hun uitstapjes naar Londen? Een kamer delen met Ramanujan in het pension van mevrouw Peterson? Met hem naar de dierentuin gaan om naar Winnie, het zwarte-berenwelpje uit Canada te kijken en thee te drinken met Littlewood en mevrouw Chase?

Zeker niet. Hij heeft immers zijn eigen flat. Zijn eigen leven.

Telkens wanneer ze elkaar in het openbaar tegenkomen, gebaart Ramanujan naar Hardy, en dan knikt Hardy en lopen ze door. Maar op een middag in Great Court zwaait Ramanujan zowaar. Dan rest Hardy geen andere keus dan het grasveld over te steken, waarna Ramanujan hem aan zijn vrienden voorstelt. Chatterjee heeft een stevige handdruk, Mahalanobis maakt een buiging en Ananda Rao durft hem niet aan te kijken. Ze praten even over de veldtocht naar Gallipoli en dan zegt Chatterjee: 'Zeg, ik moet ervandoor. Tot ziens, mijn beste Jam.'

'Tot ziens,' zegt Ramanujan.

Mijn beste Jam?

'Is dat een bijnaam?'

'Zo noemen ze me.'

Mijn beste Jam. Voor zover Hardy vermoedt houdt Ramanujan niet eens van jam. Hij heeft het tenminste steeds afgeslagen als Hardy het aanbood. In het woord zit inderdaad een zwakke echo van zijn naam, en zelfs een stukje anagram. Komt de bijnaam daar dan vandaan? En heeft Hardy het recht om hem te gebruiken nu hij hem heeft gehoord?

'Mijn beste Jam.' Hij probeert het uit als hij weer thuis is. 'Beste Jam.' Hij kan de woorden nauwelijks over zijn lippen krijgen.

'Waarom maak je je daar zo druk om?' vraagt Gaye. 'Indiërs geven elkaar altijd van die stomme bijnamen. Pookie en Bonky en Oinky en Binky. Het is kostschoolgedrag.'

Hardy draait zich om. Gaye zit geknield naast de haard en aait Hermione.

'Hoe kom jij daar zo deskundig in?'

'Ik luister.'

'En wat hoor je dan?'

'Dat jij jaloers bent. Geef het maar toe.'

'Ik ben niet jaloers!'

'Dan ben je afgunstig. Je wilt zijn vrienden hebben. Met name die cricketer… En dat kan ik je niet kwalijk nemen.'

'Je hebt het helemaal mis. Zo ging het ook altijd toen je nog leefde, Russell, je dacht altijd dat ik op iedereen verliefd was. Je deed daar zo absurd over.'

'Hoe zit het dan wel?'

'Ik ben alleen maar benieuwd waar dat koosnaampje vandaan komt. En het feit alleen al dat hij een koosnaam hééft – dat lijkt me helemaal niets voor hem.'

'Of misschien is hij niet de man die jij voor ogen hebt, of moet ik zeggen die jij graag in hem ziet?'

'Ik wil niemand anders in hem zien dan hij is.'

'Dat wil je wel, Harold. Je wilt dat hij een deemoedige kluizenaar is, bezeten van zijn werk, want dan hoef je geen moeite te doen om hem rond te leiden. Dan maakt hij geen inbreuk op jouw leven. Maar als hij jóú in het duister laat tasten vind je dat vervelend, wat behoorlijk hypocriet is, als je het mij vraagt, gezien het feit dat jij geen poot hebt uitgestoken om de arme vent in jouw eigen, zeg maar, sociale kringetje te introduceren.'

'Dat is niet waar. Littlewood en ik hebben hem meegenomen naar de eetzaal van Trinity en hij vond het vreselijk. Hij kan niet tegen het eten. We hebben het geprobeerd. Wat kun je verder nog doen als je iemand iets aanbiedt en hij wil het niet?'

'Nou, ik kan niet zeggen dat het me verbaast.' Gaye aait Hermiones hals, zodat ze begint te spinnen. 'Je hebt met mij immers hetzelfde uitgehaald.'

'Wat heb ik uitgehaald?'

'Dat weet je best. Datgene waar je niet over mag praten. Dat zaterdagavondgedoe.'

'O, dat.'

'Ja, dat.'

'Dat was een totaal andere situatie.'

'O ja? Je hebt mij toen buitengesloten. Net zoals je hem nu buitensluit.'

'Maar hij wil er niets mee te maken hebben.'

'Goed.' Gaye laat Hermione los en staat op. 'Nou, het is duidelijk dat je het allemaal prima weet, dus dan ga ik maar weer, goed?'

'Ga nog niet weg.'

'Waarom niet? Wat heeft het voor zin om te blijven als je kennelijk geen belang stelt in wat ik te zeggen heb? Het was net zo toen ik nog leefde, Harold. Je liet me uitspreken maar je luisterde nooit.'

Hij loopt weg. Hermione test haar klauwen op het karpet. Dan zegt Hardy: 'Wacht even.'

'Wat?'

'Je zei eerder dat je wilde dat ik iets toegaf. Wat was dat?'

'Dat je hem helemaal voor jezelf wilt houden. Dat je bang bent om hem kwijt te raken.'

'Goed. Ik wil hem helemaal voor mezelf houden. Ik ben bang om hem kwijt te raken. Ziezo. Ben je tevreden?'

'En dat je het graag met de cricketer zou willen doen.'

'En ik zou graag met de cricketer over cricket praten, en dan zien we wel wat daaruit voortkomt.'

Gaye glimlacht. 'Ik ben blij dat je het hebt gezegd. Het is een pak van mijn hart om je eens een keer de waarheid te horen spreken.'

'Klinkt dat jou als de waarheid in de oren?' vraagt Hardy. 'Mij niet. Maar ja, sinds de oorlog is begonnen klinkt niets meer als de waarheid.'

8

*D*e pan, net zo een als zijn moeder zijn hele jeugd heeft gebruikt, is gemaakt van geplet koper dat aan de binnenkant is verzilverd. Het recept is ook van zijn moeder. Eerst weekt hij de tamarindemoes in kokend water. Dan kneedt hij de moes met zijn vingers om al het vocht eruit te knijpen. Hij doet linzen en kurkuma en water in de pan en laat het pruttelen tot de linzen zijn stukgekookt en hij een soort gele brij overhoudt. Hij roert de linzen door tegen het klonteren, voegt dan heet water toe en laat de soep rusten zodat de vaste deeltjes naar de bodem zinken. Dan zeeft hij de soep en houdt het residu apart om er *sambar* van te maken. Bij de soep doet hij gemalen koriander en komijn, chilipoeder, suiker, zout en het tamarindesap, en dan laat hij alles nog een kwartier doorkoken. Dan is de *rasam* klaar; hij zal later worden afgemaakt met een garnering van in *ghee* geroosterd mosterdzaad.

Thuis maakte zijn moeder de *rasam* elke dag vers, maar daar heeft hij geen tijd voor. En hij kan al die *rasam* ook niet in één dag opeten, dus bereidt hij hem aan het begin van de week zodat hij hem de hele week bij de hand heeft en hem kan opwarmen wanneer hij er trek in heeft. Zodoende hoeft hij niet lang afgeleid te worden van zijn werk.

Zijn vrienden ruiken de geur telkens als ze bij hem op bezoek komen. Soms biedt hij hun een kom aan. Ze praten of werken samen, en intussen wordt het zilverlaagje aangetast door de tamarinde in de *rasam*, waardoor het koper aan de oppervlakte komt en het lood wordt uitgeloogd. Als hij het lood niet proeft komt dat waarschijnlijk doordat het pikante chilipoeder en de zurige tamarinde sterk genoeg zijn om smaken te verhullen die nog veel bitterder zijn.

Zo verstrijken de maanden. Hij eet zijn *rasam* over rijst of drinkt hem uit een kom. De pan staat stil op het komfoor.

9

*R*ussell komt bij Hardy om te vertellen dat Rupert Brooke dood is – iets wat Hardy al uit *The Times* heeft vernomen. Hij komt zonder kloppen binnen en onderbreekt een gesprek dat Hardy met Sheppard voert. '"Monter, onbevreesd, veelzijdig, zeer gecultiveerd, met een klassieke symmetrie van lichaam en geest..."' leest Russell hardop voor. 'En ze zeggen dat Winston Churchill dit heeft geschreven!'

'Ik bespeur een ontegenzeglijk Edwardiaanse pen achter die woorden,' zegt Sheppard.

'Ze rieken naar wat onze vriend de heer D.H. Lawrence Edje Moerasstilstand zou kunnen noemen,' voegt Hardy eraan toe.

'Heel geestig. Een goed gekozen moment om grapjes te maken, nu er een jonge vent dood is. En met Eddie Marsh' pootafdrukken over zijn hele lijf.'

Hardy kijkt naar zijn schoot. Hij heeft eigenlijk nooit veel op gehad met wat hij de laatste tijd 'de Rupert Brooke-cultus' heeft horen noemen. Voor hem was Brooke niet meer dan een knappe, tamelijk fletse jonge man die iets verwaands en losgeslagens uitstraalde en op de onverwachtste momenten de meest scabreuze opmerkingen kon maken, gericht tegen joden en homoseksuelen, ofschoon hij op bijeenkomsten van de Apostelen vaak verhalen opdiste over naar bed gaan met jongens toen hij jong was en over het verlies van zijn maagdelijkheid aan een andere jongen. Brooke was erg gesteld op James Strachey en volstrekt niet op Lytton. Hij scheen voortdurend seksloze affaires met vrouwen te hebben en schreef in Hardy's ogen banale, sentimentele gedichten. En nu is hij dood. Valt dat Marsh te verwijten?

Sheppard gelooft van niet. 'Geef toe, Bertie, je bent erg hard voor Eddie,' zegt hij.

'Hij had hem net zo goed kunnen ombrengen. Hij heeft hem ver-
leid, in zijn chique kringen geïntroduceerd, aan premier Asquith
voorgesteld, hem aangepraat om een grote held te worden. Woonde
Brooke niet in Eddies flat?'

'Maar Brooke heeft zelf dienst genomen.'

'Eddie heeft die officiersaanstelling voor hem geregeld.'

'Alleen omdat hij er zo op aandrong. Hij zou sowieso zijn
gegaan.'

'Jawel, maar zo vlug?'

'Misschien heeft Eddie wel geprobeerd om hem te beschermen,'
zegt Hardy. 'Misschien heeft hij wel geprobeerd om hem de veilig-
ste aanstelling te bezorgen die hij kon vinden.'

'Niet dat het veel heeft geholpen. Brooke was erop gebrand om
te sterven,' zegt Sheppard.

'En dat is hem nu gelukt – door een zonnesteek, zoals *The Times*
ons meedeelt,' zegt Hardy.

'Blijkbaar toch niet, in feite,' zegt Russell. 'Dat dachten ze inderdaad in het begin, maar het was bloedvergiftiging door een muggenbeet.'

'Een muggenbeet!'

'Een zonnesteek is veel betere propaganda.'

'Geveld door Phoebus' glorieuze stralen,' declameert Sheppard.
'Begraven, net als Byron, waar Helleens licht zijn graf beschijnt, ver
van huis.'

'En dan te bedenken dat hij nooit een slagveld van dichtbij heeft
gezien.'

'Nee? Ik dacht dat hij in Antwerpen was geweest.'

'Dat klopt, maar zijn bataljon heeft daar niet gevochten.'

'Doodgestoken door een mug op weg naar Gallipoli. Wat spijtig,
terwijl hij er zo naar hunkerde om te worden neergeschoten, of opgeblazen door een mijn.'

'Hij heeft die oorlogsgedichten wel snel weten te publiceren.'

'Heb je ze gelezen?'

'Jazeker.' Hij reciteert:

Ik wend me, als zwemmers springend in het schone,
Graag af van een wereld die oud en koud is, afgemat.
Weg van de zieke harten, niet beroerd door eergevoel,
Weg van de halfmannen met hun schunnig gezang,
Weg van die kleingeestige liefdeloze leegte!

'Ik neem aan dat wij die halfmannen zijn, met ons schunnige gezang,'
zegt Hardy.
'Springend in Condy's Fluid, zal hij bedoelen,' zegt Russell terwijl hij de necrologie in zijn vuist verfrommelt.

10

*B*ij wijze van stil, triest protest zet de treurende Ethel nog steeds koffie op de Madras-manier: gekookt met melk en suiker. Zelfs als Neville zich beklaagt – 'Kunnen we niet gewoon normale koffie krijgen?' – zet ze hem toch op die manier.

'Er is niets aan te doen,' zegt Alice tegen hem. 'Je kent Ethel. Als ze zich eenmaal iets in haar hoofd heeft gehaald…'

Ethel is een struise vrouw met een rood gezicht van een jaar of vijftig, zo te zien, al zou ze ook jonger kunnen zijn. Ze komt uit Bletchley en gaat daar elke woensdag heen om haar dochter te bezoeken, die in een korsettenfabriek werkt. Er is nooit gewag gemaakt van een echtgenoot.

'Is er nog nieuws van haar zoon?' vraagt Neville aan Alice.

'Ze heeft het er niet over en ik vraag er niet naar. Hij zal wel in Frankrijk zitten.'

'Arme jongen. Nou ja, ga verder.'

Vanwege de slechte ogen van haar man heeft Alice zich aangewend om hem elke ochtend hardop voor te lezen uit de kranten. '"Afgelopen zaterdag is de firma Methuen & Co., uitgevers in Essex Street, Strand, voor de politierechter in Bow Street gedagvaard om ten overstaan van Sir John Dickinson te bepleiten waarom 1.011 exemplaren van de roman *De regenboog* van de hand van de heer D.H. Lawrence niet zouden mogen worden vernietigd,"' leest Alice voor. 'We moeten ons exemplaar goed bewaren, Eric. Dat zou wel wat waard kunnen worden. "De gedaagden betuigden spijt over het feit dat het boek was uitgegeven, en de politierechter beval de vernietiging van de boeken en veroordeelde de gedaagden in de kosten, zijnde tien pond tien shillings."'

'Dus ze zijn gewoon gezwicht?'

'Dat verbaast me niets, gezien de stemming van tegenwoordig.

"De heer H. Muskett van het commissariaat van politie zei dat de gedaagden, gerespecteerde uitgevers met een gevestigde reputatie, zich niet tegen de vordering verzetten. Het boek in kwestie was één massa obscene gedachten, denkbeelden en handelingen, verpakt in een taal die naar hij veronderstelde in sommige kringen als een artistieke en intellectuele prestatie zou worden beschouwd."'

'Zoals in Chesterton Road 113.'

'Het komt vast door die saffische scène. Met die twee vrouwen.'

'Alice, daar hoor jij helemaal niets van af te weten.'

'Sst. Ethel.'

'Je begint er zelf over!' Neville smeert boter op toast. 'Hoe dan ook, die aanklacht van obsceniteit is maar een voorwendsel. Het gaat er eigenlijk om dat het boek zo openlijk tegen de oorlog is.'

'Is het echt zo gevaarlijk geworden om tegen de oorlog te zijn?'

'Ik ben bang van wel.' Hij krimpt ineen vanwege de mierzoete koffie. 'En het helpt ook niet dat hij met een moffin is getrouwd. Is er nog nieuws over dat Derby-gedoe?'

'Ja, er staat hier een berichtje.'

'En? Wat zeggen ze?'

Alice leest het artikel snel door en antwoordt dan: 'Er staat niets nieuws in. Alleen maar meer geharrewar.' Dat zegt ze om haar man te ontzien, want in werkelijkheid wordt er in het artikel een kwestie aangeroerd die hen beiden erg verontrust. Conform de bepalingen van de Derby-regeling kunnen mannen van onder de eenenveertig zich vrijwillig 'bereid verklaren' om dienst te nemen zonder zich daadwerkelijk op te geven. Het artikel gaat over de volgorde waarin de 'Derby-mannen', zoals ze worden genoemd, zullen worden opgeroepen. Om de ongerustheid van getrouwde mannen weg te nemen – en om te zorgen dat ze zich melden – heeft premier Asquith de garantie gegeven dat er geen enkele getrouwde man zal worden opgeroepen voordat alle alleenstaande mannen, ook zij die zich nog niet hebben gemeld, zijn opgespoord en naar het front gestuurd. Dat heeft geresulteerd in een plotselinge toename van het aantal geregistreerde huwelijken.

Neville heeft zich niet voor vrijwillige dienstneming gemeld.

Moore ook niet. Anderen die ze kennen hebben het wel gedaan. Je kunt een Derby-man herkennen aan de armband die hij draagt, grijs met een rood kroontje. In het geval van Neville is het natuurlijk van geen enkel praktisch belang of hij zich meldt of niet: hij ziet zo slecht dat hij bij de medische keuring al zou worden weggestuurd. Maar zijn weigering om zich aan de formaliteiten te onderwerpen is al genoeg om afkeuring te wekken, want het doel van de Derby-regeling (althans volgens de cynici) is om weigeraars zo onder druk te zetten dat ze het als een schande zouden ervaren om zich niet te melden. Het is een verkapte vorm van dienstplicht. Dwang is aan de orde van de dag. Zo heeft Neville gisteren gehoord dat James Strachey ontslag heeft genomen bij *The Spectator* in plaats van zich voor de dienst te melden, zoals zijn hoofdredacteur had geëist. En die was nog wel een neef van hem! Op Trinity College is het weliswaar allemaal nog niet zo erg, maar toch, Neville weet drommels goed dat het met elke dag dat hij zich niet op het rekruteringskantoor meldt steeds riskanter voor hem wordt. Butler heeft duidelijk gemaakt hoe sterk hij tegen elke pacifistische activiteit op de universiteit is gekant. Hij houdt zorgvuldig bij welke docenten lid zijn van het Verbond voor Democratisch Bestuur en de Bond tegen de Dienstplicht. Neville is evenals Russell aangesloten bij beide, maar in tegenstelling tot Russell heeft hij geen reputatie die hem beschermt.

'Het duurt niet lang meer of je valt op als je geen armband draagt,' zegt hij.

'En Hardy? Heeft die zich gemeld en bereid verklaard?'

'Ik weet het niet. Waarom vraag je dat?'

'Zomaar. Ik ben gewoon benieuwd of hij de moed heeft om naar zijn overtuiging te handelen... de moed om zich niet te melden.'

In werkelijkheid hoopt Alice natuurlijk dat Hardy zich wél gaat melden en dat hij, als alleenstaande man, zal worden opgeroepen. Hoe eerder hoe beter.

'Naar wat ik heb gehoord zal hij niet gaan vechten, wat er ook gebeurt,' zegt Neville. 'Hij heeft een of andere aandoening.'

'Wat voor aandoening?'

'Hoe moet ik dat weten, lieveling? Ik ben zijn dokter niet. Ethel, mag ik nog wat toast?'

'Maar je weet wél dat hij een of andere aandoening heeft –'

'Dat is het gerucht. Dat heb ik in de docentenkamer gehoord.'

'Van wie?'

'Dat weet ik niet meer. Van Chapman, geloof ik.'

'Vraag het eens na. Zoek uit wat er met hem aan de hand is. Misschien is hij wel van plan om een medisch ontheffingsbewijs te kopen. Ik heb gehoord dat je ze op de zwarte markt voor vijftien pond kunt kopen en –'

'Rustig, rustig!' Neville leunt over de tafel en pakt de hand van zijn vrouw. 'Alice, wat is dit allemaal? Waarom ben je zo in alle staten over Hardy?'

Ze trekt haar hand terug. 'Ik ben niet in alle staten. Ik zou alleen willen dat hij de knoop doorhakt en een standpunt inneemt.'

Neville zet zijn bril af en wrijft de glazen schoon. 'Dit heeft met Ramanujan te maken, nietwaar?'

'Gedeeltelijk. Gedeeltelijk heeft het met hem te maken, dat zal ik niet ontkennen. Ik heb steeds de indruk gehad dat Hardy hem beschouwt als – ik weet het niet – als een soort rekenmachine waar hij alles van waarde uit wil halen voor hij kapot gaat. En verder kan het hem niets schelen of de arme kerel gelukkig is, of hij nog andere behoeften heeft, of hij het uithoudt met het koude weer. Hij beult hem af als een brouwerspaard.'

'Nou, ik heb ze pas nog samen gezien en Ramanujan scheen het uitstekend te maken.'

'Wat? Wat heb je gezien?'

'Ze maakten een wandeling en Ramanujan liep te glimlachen. Te lachen. Trouwens, hij is heus niet vierentwintig uur per dag met wiskunde bezig, hoor. Hij is vorige week nog naar Londen geweest.'

'O ja? Met wie? Heeft Hardy hem meegenomen?'

'Nee, hij is met een paar andere Indiërs gegaan.'

'O. Nou, dat is fijn voor hem.'

'En hij is verhuisd. Hij woont nu in Bishop's Hostel.'

'Waarom?'

'Om dichter bij Hardy te zijn, denk ik.' Neville staat op. 'Je hoeft je helemaal geen zorgen om hem te maken, Alice. Het gaat prima met hem.'

'Kon ik dat maar geloven.'

Hij buigt zich over haar heen. 'Mijn lieve moedertje,' fluistert hij in haar haar. 'Wat jij nodig hebt is een kind. Een miniatuur Eric Haroldje –'

'Dat ligt niet uitsluitend in onze handen.'

'Meer dan je denkt. Je weet wel wat ik bedoel.' Neville zwijgt even om het effect te verhogen. Ze wendt haar blik af. Dan geeft hij haar een klopje op haar hoofd, alsof zíj het kind is. 'Nou, ik moet ervandoor.'

'Tot vanavond.'

Hij kust haar op haar wang, aarzelt even en kust haar dan op haar mond. Zijn hand ligt in haar nek.

Ethel komt binnen en ze wijken uiteen.

'Je kunt afruimen, hoor,' zegt Alice. Dan staat ze op van tafel en loopt naar de zitkamer. De puzzel ligt er nog steeds, na al die tijd. Ze staat ernaar te kijken. Bevend. Waarom? Ze vervloekt al die mannen – Hardy, Eric, Ramanujan. Hardy gaat niet weg. Ramanujan wel. Misschien wordt Eric wel gedwongen om weg te gaan. Verdomme.

Ze kijkt naar de puzzel, naar de dandyachtige heren en de herbergier die hun glazen aanreikt. Nog drie mannen. Hoelang zitten die al hier? Een jaar? Anderhalf jaar? Bewaakt, beschermd door haar? En waarom?

Opeens schiet haar hand uit en kiepert de puzzel op de vloer. Het is gebeurd voor ze zich kan inhouden. Dus zo voelt dat – dit is wat Jane moet hebben gevoeld op die middagen in de oude kinderkamer. Uitzinnig van razernij.

Alice' hart bonst. Stukjes puzzel – enkele of twee tegelijk, in elkaar hakend – tuimelen over het vloerkleed en grotere lapjes van de plaat, tien of twintig stukjes aaneen, hangen en vallen dan over de rand van de tafel, als puin bij een aardverschuiving. En terwijl ze vallen, zinkt er ook iets in haar. De consequenties. Altijd weer de consequenties.

Als Ethel binnenkomt zit ze op haar knieën de stukjes bijeen te graaien.

'De puzzel van meneer Ramanujan,' zegt Ethel.

'Een ongelukje,' zegt Alice. 'Ik stootte tegen de tafel.'

'Laat mij dat maar doen, mevrouw.' Ethel zijgt ook op haar knieën.

'Dank je wel. O kijk, dit stukje heeft de vorm van een theepot.'

'Ik moet zeggen dat ik blij ben dat hij weg is. Nu kan ik tenminste het mahonie poetsen.'

'Echt waar?' Alice houdt op en kijkt naar Ethel. 'Ben je daar echt blij om?'

'Stofnesten zijn het, meer niet,' zegt Ethel. Efficiënt trekt ze de grote stukken uit elkaar en veegt de restanten op een hoop. Als zij en Alice klaar zijn zal niets erop wijzen dat hier enig geweld heeft plaatsgevonden. En als Eric ernaar vraagt zal Ethel Alice niet tegenspreken als die tegen hem zegt: 'We vonden dat het hoog tijd werd om hem op te ruimen.'

11

Zelfs voor haar – zelfs voor een vrouw die in een *gharry* door Madras heeft gereden en Israfel leest – is het een stoutmoedige zet. Dat weet ze. Het is al heel wat om de trein naar Londen te nemen en onaangekondigd bij een vrouwelijke kennis op de stoep te staan, maar om – als vrouw, als echtgenote van een stafmedewerker – op klaarlichte dag over de binnenplaatsen van Trinity College te lopen en, in het volle zicht van hoogleraren en studenten in toga, door de deur naar trap D van Bishop's Hostel te stappen, dat gaat nog veel verder.

Ze kan niet verklaren wat haar bezielt, alleen dat de fatsoensnormen waaraan ze in haar jonge jaren was onderworpen onder de gegeven omstandigheden niet meer voor haar schijnen te gelden. Het is allemaal heel simpel: hij komt niet bij haar op bezoek, dus gaat ze naar hem toe. Ze voelt vreemd genoeg geen enkele schroom. Als in een droom bestijgt ze de trap en klopt ze op de deur waarvan ze weet dat het de zijne is.

Als hij opendoet wordt ze door de blik van verbijstering op zijn gezicht wakker geschud uit haar droom. Lieve hemel, wat doet ze? Maar het is nu te laat.

'Mevrouw Neville,' zegt hij.

'Dag,' zegt ze. 'Ik hoop dat ik u niet stoor.'

'Nee. Komt u binnen.'

Hij deinst achteruit, laat haar binnen en doet de deur vlug achter haar dicht. Pas dan dringt het tot haar door dat hij op zijn Indisch is gekleed, met een wijd hemd en een lichtlavendelblauwe *dhoti*. Op zijn voorhoofd zit het kenteken van zijn kaste, aan zijn voeten zitten de pantoffels die ze hem heeft gegeven. Zijn benen zijn gespierder dan ze zou hebben gedacht, en hariger.

'Ik hoop dat ik niet ongelegen kom.'

'Nee, helemaal niet. Mag ik u een kopje thee aanbieden?'

'Graag, dat lijkt me heerlijk. Indische thee?'

Hij wiebelt met zijn hoofd en verdwijnt dan in het provisiehok waarin hij zoals ze ziet een geïmproviseerd keukentje heeft opgezet. De kamer is schoon en sober. Zijn hutkoffer staat in de hoek en verder is er weinig meubilair: een bureau met een stoel en een oude leunstoel van haar eigen zolder. Door een half openstaande deur ziet ze het bed, strak opgemaakt. Niets aan de muren. Het enige decoratieve voorwerp dat ze kan ontwaren is het beeldje van Ganesha dat ze had ontdekt toen ze in zijn koffer snuffelde. Het staat nu op de schoorsteenmantel boven de haard.

'U hebt een mooie woonruimte hier,' zegt ze.

'Dank u.'

'Ik heb begrepen dat u pas bent verhuisd.'

'Ja. In Whewell's Court woonde ik op de begane grond. Hier op de tweede verdieping.'

'En dat vindt u prettiger?'

'Het is minder lawaaiig.'

Ze bekijkt het boek dat in de leunstoel ligt. Het is in het Tamil geschreven. 'Wat bent u aan het lezen, meneer Ramanujan?'

Hij komt uit het provisiehok geschoten. 'Niets bijzonders.'

'Een wiskundige tekst?'

'Nee, het is de *Panchangam*. Wat wij een *Panchangam* noemen. Een soort almanak.'

'Wat interessant.' Ze pakt het boek en bladert het door. 'Waarvoor gebruikt u het?'

'Het is gewoon een oude traditie,' zegt hij. 'In de *Panchangam* wordt voor het hele jaar de positie van de sterren en de maan aangegeven. Thuis raadplegen ze het boek om de gunstigste dag en tijd te bepalen voor... belangrijke gebeurtenissen.'

'Zoals?'

'Bruiloften. Begrafenissen.'

'Maar u hebt hier toch geen bruiloften of begrafenissen?'

'Nee, dat niet alleen. Ook reizen. Wat zijn de gunstigste dagen om te reizen, en om niet te reizen, enzovoorts.'

'Bedoelt u dat u op bepaalde dagen wel of juist niet naar Londen zou willen gaan?'

Hij wiebelt met zijn hoofd.

'Of zou verhuizen?'

Hij zwijgt.

'O, ik klink vast afschuwelijk,' zegt Alice. 'Alsof ik u ondervraag. Dat is niet mijn bedoeling. Ziet u, meneer Ramanujan, ik ben niet zoals de anderen. Ik wil het echt weten.'

Ze kijkt hem aan. Hij kijkt terug; hij knippert met zijn ogen maar wendt zijn blik niet af.

Dan fluit de ketel. 'Excuseert u mij even,' zegt hij. Hij gaat terug naar het provisiehok waaruit hij even later weer opduikt met twee kopjes op een dienblad.

'Neemt u plaats.'

'Waar gaat u dan zitten?'

'Hier.'

Dus gaat zij in de leunstoel zitten en hij, niet ver van haar, op de vloer. In kleermakerszit. Aan haar knieën, min of meer. Hij overhandigt haar een kopje thee.

'Draagt u thuis altijd uw *dhoti*?'

'Niet wanneer ik bezoek verwacht.'

'Dan is het maar goed dat ik u niet heb laten weten dat ik zou komen.'

Hij moet glimlachen en probeert dat te verhullen.

'Zou u uw *dhoti* ooit naar een college dragen, meneer Ramanujan? Of als u naar meneer Hardy gaat?'

'O, nee. Natuurlijk niet.'

'Waarom niet?'

'Dat zou niet gepast zijn.'

'U mag hem gerust dragen als u bij mij op bezoek komt.'

'Het spijt me dat ik u de laatste tijd niet heb bezocht. Ik heb het heel druk gehad met mijn werk.'

'Natuurlijk. En daarvoor bent u ook hier. Om te werken.' Ze zet haar kopje neer. 'Weet u, meneer Ramanujan, ik meende het toen ik zei dat ik niet zoals de anderen ben. Zoals Hardy en zelfs zoals – mijn man. De anderen geloven niet in uw godsdienst. En ze menen dat u er zelf ook niet in gelooft. Dat u uw... rituelen alleen opvoert uit gewoonte, of om uw landgenoten tevreden te stellen. Maar ik geloof echt dat u gelovig bent. En ik ben erin geïnteresseerd. Echt geïnteresseerd. Wat jammer dat ik uw taal niet begrijp! Dan zou u me sterrenwichelarij kunnen leren.'

'Daar ben ik niet deskundig in.'

'Ik hoop dat ik u niet krenk dat ik het vraag. En ik vraag het niet zomaar uit nieuwsgierigheid. Ziet u, meneer Ramanujan, ik wil zo graag in iets geloven... Vooral tegenwoordig, met de oorlog. Het lijkt of al die oude zekerheden, dat als je maar leefde zoals het hoorde en je braaf je groente opat... maar dat is geen enkele garantie meer, nietwaar? Want al die jonge mannen, de meeste jonge mannen... Maar als je sterrenwichelarij zou kunnen, als je de toekomst zou kunnen voorspellen –'

'Dat kun je niet aan anderen leren.'

Ze buigt zich naar hem toe. 'Vertel me eens over de eerste keer dat u die droom had?'

'Welke droom?'

'Toen Namagiri op uw tong schreef.'

'De eerste keer was het niet Namagiri in mijn droom. Het was Narasimha.'

'Wie is Narasimha?'

'Een incarnatie van Vishnu, met een leeuwenkop.' Ramanujan zet zijn theekopje naast zich op de vloer. 'Neem me niet kwalijk, ik moet dat uitleggen. In het hindoeïsme kan een god zich in vele gedaanten openbaren. Narasimha is een van de gedaanten die Vishnu kan aannemen. De vierde gedaante. De boze gedaante. Welnu, er was eens een boze koning genaamd Hiranyakasipu die Vishnu verfoeide. Hij had veelvuldig boete gedaan teneinde van Brahma de gunst van onsterfelijkheid te verkrijgen, maar Brahma stond hem alleen de mogelijkheid toe om de omstandigheden van zijn dood te kiezen. Toen antwoordde Hiranyakasipu dat hij verkoos om door dier noch mens te worden gedood, overdag noch 's nachts, binnen noch buiten zijn huis, op aarde noch in het luchtruim, door middel van een bezield noch een onbezield wapen. Hij meende dat hij Vishnu te slim af was en nu toch onsterfelijk zou zijn, en riep zichzelf uit tot koning van de drie werelden. Hij wist echter niet dat zijn zoontje, Prahlada, zeer toegewijd was aan Vishnu. Toen Hiranyakasipu daar achter kwam probeerde hij het jongetje te doden. Hij probeerde hem in kokend water te laten werpen en te verbranden en zich van hem te ontdoen, maar Prahlada werd beschermd door zijn toewijding aan Vishnu. Toen, in de avondschemer, sloeg Hiranyakasipu vertoornd een pilaar stuk in zijn paleis, en uit die pilaar kwam Narasimha gesprongen. Omdat hij half mens en half leeuw was, was hij dier noch mens, en omdat het schemerde was het overdag noch 's nachts. Ze vochten en toen legde Narasimha de boze koning op de drempel van het paleis – wat binnen noch buiten was – over zijn knieën, wat op aarde noch in het luchtruim was, en met zijn nagels, wat bezielde noch onbezielde wapens waren, scheurde hij Hiranyakasipu aan stukken.'

'Wat een buitengewoon verhaal.'

'Mijn grootmoeder heeft dat verhaal heel vaak verteld toen ik klein was. Ze zei dat bloeddruppels die je in je droom zag het teken waren van Narasimha's genade. Dat was de eerste keer. De bloeddruppels vielen, en toen was het net of… of perkamentrollen zich voor mijn ogen ontrolden en de prachtigste, ingewikkeldste wiskunde openbaarden. Eindeloze perkamentrollen. Eindeloze formules. En toen ik wakker werd haastte ik me om op te schrijven wat ik had gezien.'

'Hoe oud was u toen?'

'Ik was tien.'

'En sindsdien?'

'Het gaat altijd zo. Wat ik in de dromen zie is onbegrensd. Er komt nooit een einde aan de rollen.'

'Wat moet dat mooi zijn,' zegt ze. 'De perkamentrollen die zich openbaren.'

'O, nee. Het is afschuwelijk.'

'Afschuwelijk? Hoezo?'

'Wat ik de wereld kan bieden is maar een greintje van wat ik op de rollen lees. Er is altijd nog zoveel meer dat ik niet kan overschrijven! En elke keer als ik het moet achterlaten lijkt het of ik word verscheurd. Het is echt een afschuwelijk gedroom.'

Hij slaat zijn blik neer terwijl hij dat zegt. Hij huilt niet. Hij houdt zijn handen stil in zijn schoot gevouwen.

'U gaat er erg onder gebukt, hè?'

Hij geeft geen antwoord.

Dan staat ze op. Ramanujan staat ook op, misschien omdat hij denkt dat ze van plan is om te vertrekken, en kijkt haar aan. 'U bent niet veel groter dan ik,' zegt ze. 'Maar een paar centimeter.' En net zoals eerder haar hand was uitgeschoten en de puzzel van tafel had geveegd, steekt ze nu haar hand uit om die tegen zijn wang te leggen.

Hij verstrakt en verroert zich niet.

Ze stapt dichterbij. Hij verroert zich nog steeds niet.

Ze legt haar hand in zijn nek, net zoals Eric eerder die ochtend zijn hand in haar nek had gelegd. Ze voelt vocht en warmte en prikkende stekelhaartjes. Ze trekt hem naar zich toe en hij verzet zich niet als ze zijn lippen tegen de hare drukt. Maar hij kust haar ook niet terug. Hij staat doodstil. Hun lippen raken elkaar, maar het is geen kus.

Wat moet ze nu doen? Ze voelt dat ze de macht heeft om hem naar de slaapkamer te leiden, hem op het bed neer te drukken, zijn *dhoti* en haar rokken omhoog te sjorren en hem te bestijgen, en dat hij niet zou protesteren. Maar hij zou haar ook niet aanmoedigen. Hij zou haar noch aanmoedigen noch weerhouden.

Zijn adem is warm en smaakt naar de thee. Zijn lippen zijn droog. Ze gaan nog steeds niet open.

Ten slotte stapt ze achteruit. Het lijkt of hij iets wil gaan zeggen en ze legt haar vinger tegen haar mond – een universeel gebaar, hoopt ze. En hij zwijgt. Hij verroert zich niet.

Ze loopt langzaam van hem vandaan, alsof ze zich nergens meer voor hoeft te haasten. Dan doet ze de deur open en laat zichzelf uit.

12

Nieuwe Collegezaal, Harvard University

*D*e armband is gemaakt van staalkleurige wol (zei Hardy in het college dat hij niet gaf) en getooid met een glanzend kroontje in keizerlijk scharlaken. Ik heb hem maar één of twee keer gedragen. Als ik hem in Cambridge om had gedaan, zou ik alleen maar de goedkeuring hebben geoogst van mensen die ik verafschuwde.

Hij ligt nu links in de tweede la van boven in een kast van walnotenhout die al in mijn bezit is sinds ik voor het eerst naar Trinity College kwam, nog in de negentiende eeuw. In dezelfde la liggen een paar crickethandschoenen van Gaye en een cricketbal, plus enkele tennisballen waarmee we vroeger binnenskamers cricket speelden, met een wandelstok als bat. En ook onze verzameling treinkaartjes. Gaye en ik deelden een passie voor alles wat met het spoor te maken had. We maakten er vroeger een spel van om routes tussen heel ongebruikelijke plaatsen te bedenken – tussen Wolverhampton en Leipzig, bijvoorbeeld – en dan te kijken wie de reis met de meeste overstappen kon uitstippelen. We waren verzot op de ondergrondse, en toen de Bakerloo Line in 1906 werd geopend gingen we meteen naar Londen, alleen maar om die te nemen.

Er liggen geen brieven in de la. We hebben elkaar nooit brieven geschreven. Er liggen ook geen kattenhalsbandjes in, of lege potjes waar vroeger antiwormenmiddeltjes in hadden gezeten. De dingen die je bewaart – ik neem aan dat je ze bewaart om ze, als je oud bent, liefdevol in je handen te houden zodat je de bries van nostalgie langs je gezicht voelt strijken. Wat niemand je vertelt is dat herinneringen ophalen wel het laatste is wat je wilt doen als je oud bent. Dat wil zeggen, gesteld dat je nog weet waar je al die zooi hebt weggeborgen.

Ik heb me bij de rekruteringsdienst gemeld op de allerlaatste dag dat het nog kon, de dag voor de Derby-regeling werd beëindigd. Dat was half december 1915. Ik heb het in Londen gedaan zodat geen van mijn vrienden in Cambridge me zou zien. Tegen die tijd scheen het onontkoombaar dat de dienstplicht zou worden ingevoerd, en ofschoon niemand van de regering het met zoveel woorden zei waren de meesten van ons ervan overtuigd (ten onrechte, naar bleek) dat we te zijner tijd een voorkeursbehandeling zouden krijgen als we ons nu meldden voor vrijwillige dienstneming. Bovendien had Littlewood me geschreven dat hij vanwege zijn wiskundige talenten was vrijgesteld van artillerie-exercities en belast met het verbeteren van de nauwkeurigheid van de tabellen voor het bereik van luchtafweergeschut. Hij zou niet uit Engeland weg hoeven. Ik veronderstel dat ik hoopte dat ik in het ergste geval ook zo'n soort post zou krijgen – wat het dilemma opriep of ik er, omwille van mijn eigen veiligheid, mee in moest stemmen mijn capaciteiten in te zetten voor het voeren van een oorlog waarin ik niet geloofde. Aangenomen, uiteraard, dat mij werd gevraagd dat te doen. Ze zouden me evengoed voor straf naar Frankrijk kunnen sturen omdat ik me zo laat had gemeld.

Ik weet nog dat ik, de avond dat ik me ging aanmelden, vijf uur moest wachten in een lange rij, in guur weer met natte sneeuw. Toen ik eindelijk in het rekruteringskantoor stond was het al ver na middernacht en waren de vrouwelijke vrijwilligers door al hun formulieren heen, dus moest ik de volgende ochtend terugkomen en weer vijf uur wachten. Het was de bedoeling dat de medische keuringen ter plekke werden verricht, maar het was tegen die tijd zo hectisch dat ze moesten vervallen. In plaats daarvan kregen we te horen dat we zouden worden gekeurd als we werden opgeroepen of voor de commissie moesten verschijnen die besliste of ons vrijstelling werd verleend.

Anderen weigerden, natuurlijk. Nadrukkelijk. Neville, James Strachey, Lytton Strachey. Ik had ook kunnen weigeren, maar ik zag mezelf niet jaren doorbrengen op Ottoline Morrells boerderij, zoals sommige 'Bloomsberries' zouden doen, al 'boerend' en met elkaar krakelend. En het vooruitzicht om in de gevangenis te belanden, waar Lytton doodgemoedereerd toe bereid scheen, stond me evenmin aan. Als ik kon kiezen tussen de gevangenis en de loopgraven, dan gaf ik de voorkeur aan de loopgraven.

Waarom? Ik veronderstel dat het door de oorlogsromantiek kwam die mij met de paplepel was ingegeven. Er hing geen soortgelijke romantiek rond de Wormwood Scrubs-gevangenis. Weinigen onder u, vermoed ik, kunnen zich inbeelden hoe het was om op te groeien in een wereld die nog geen weet had van de Grote Oorlog, maar dat was de wereld van mijn jeugd, waarbij oorlog thuishoorde in het verre verleden of in een ver land: in Afrika of Indië. De voorstellingen die we van oorlog hadden kwamen uit boeken die we als kind lazen, waarin jongens die amper ouder waren dan wijzelf een wapenrusting droegen en een strijdros bereden en met een zwaard vochten. En omdat de regeringsministers dezelfde boeken hadden gelezen als wij, misbruikten ze dat collectieve erfgoed bij het demoniseren van de Duitsers. De Duitsers, zo hielden ze ons voor, verzamelden stelselmatig de lijken van Engelsen en gebruikten het vet erin voor talg. Ze hadden twee Canadese soldaten gekruisigd. Ze hielden Franse vrouwen als blanke slavinnen in hun loopgraven. Ze stamden af van barbaren, net zoals wij van ridders afstamden.

Vreemd... Vandaag de dag heb ik zo weinig duidelijke herinneringen meer aan die maanden! Ik had het vast druk – ik weet dat door mijn agenda's te raadplegen – maar toch, als ik eraan terugdenk zie ik mezelf voortdurend en uitsluitend voor mijn raam op Trinity College staan, naar buiten starend naar de regen. Dat kan natuurlijk niet. Uit mijn agenda van 1916 blijkt bijvoorbeeld dat ik vanaf januari elke week wel een dag of wat in Londen was. Agenda's zijn alleen maar handig als wegwijzer voor het geheugen. En kijk, ik zie nu dat ik Ramanujan toevallig een keer tegen het lijf ben gelopen in Kensington Gardens, waar de overheid, als onderdeel van haar onvermoeibare campagne om het thuisfront ervan te doordringen dat de oorlog op rolletjes liep en dat de frontlinie een soort landelijk, stoer vakantiekamp was, een 'loopgraventoonstelling' voor het publiek had uitgegraven om te bezichtigen en zelfs om in af te dalen.

Die loopgraven waren een farce. Ze waren keurig en droog, zigzag-vormig met versterkte wanden en een schone bodem van loopplan-ken. Er stonden stapelbedden en stoelen en keukentjes in. Een paar soldaten die met verlof thuis waren uit een wereld die tegelijk beangstigend ver weg was en toch hemelsbreed zo dichtbij dat de inwoners van Devon het artillerievuur in hun keuken konden horen, kwamen die dag de loopgraven bekijken. En die soldaten moesten lachen. Ze verwaardigden zich niet eens om iets te zeggen. Ze keken alleen maar omlaag in de loopgraven en begonnen te lachen.

In die namaakloopgraaf zag ik Ramanujan staan, turend naar de wand op die eigenaardige manier van hem, als een spook. Hij was alleen. Ik klopte hem op zijn rug om hem te verrassen en hij schrok op. 'Hardy,' zei hij met een glimlach. Hij scheen blij om me te zien.

Toen we eruit waren geklommen vroeg hij naar de echte loop-graven. 'Klopt het dat de soldaten er de hele dag in moeten blijven?' vroeg hij.

'En ook een groot deel van de nacht.'

'En dat de loopgraven helemaal doorlopen van de Belgische kust naar Zwitserland? Ik heb gehoord dat je ondergronds door heel Frankrijk kunt lopen als je dat wilt.'

'Misschien zou dat theoretisch kunnen, maar ik betwijfel of het in de praktijk kan.'

We kuierden samen het park uit, Ramanujan met zijn handen in zijn zakken gestoken tegen de kou. Hij logeerde weer in Maida Vale, in het pension van zijn dierbare mevrouw Peterson. Opgetogen beschreef hij de route die hij naar Kensington had genomen. Hij was zijn tocht begonnen in het splinternieuwe Maida Vale-station van de ondergrondse en was toen op Paddington Station van de Bakerloo Line overgestapt op de District Line. Hij vertelde dat hij de onder-grondse had bestudeerd en nu wist welk station het diepst lag, wat de langste afstand tussen stations was en wat de kortste. Hij vertel-de over een aanplakbiljet waar zijn oog die dag op was gevallen en dat ik zelf ook had gezien. Onder de afbeelding van kinderen die in een schemerige weide speelden stonden de woorden:

Hij vroeg of dat als geestigheid was bedoeld, en ik zei dat ik veron-derstelde van wel – een soort 'galgenhumor', een uitdrukking die ik toen voor hem moest toelichten.

Als we daarna allebei toevallig in Londen waren, gingen we soms samen op pad. Waar we ook heen gingen, hij stond er altijd op dat we de ondergrondse namen, ook als het sneller was met een taxi of een bus. Ik maakte nooit tegenwerpingen. Hoe had ik dat kunnen doen, gegeven het feit dat ik als kind had gedroomd dat brieven via ondergrondse tunnels uit zichzelf van de ene brievenbus naar de andere reisden? Jules Vernes *Reis naar het midden van de aarde* was mijn lievelingsboek geweest. Nu ging ik naar Foyle's en kocht het boek voor hem, dat hij in één nacht verslond – en geen wonder! Opeens deelden we een half onderaardse wereld. Loopgraven sne-den als metrolijnen dwars door Europa terwijl mijnwerkers onder de Duitse loopgraven gestaag tunnels en schachten groeven die ze met springstof vulden. Met honderdduizenden kilo's springstof, ook al wisten we dat destijds niet.

Op een middag gingen we met de ondergrondse naar de dieren-tuin. Dat was Ramanujans andere passie. Hij scheen alle dieren per-soonlijk te kennen en ging zelfs zo ver dat hij excuses maakte voor de giraffen. 'Hun geur is stuitend,' zei hij, 'maar de oppassers zeg-gen dat wij voor hen net zo erg stinken als zij voor ons.' Toen stelde hij me voor aan Winnie, het berenwelpje uit Canada waarop hij zo gesteld was geraakt en waarover hij nu alles scheen te weten wat er te weten viel: dat de moeder in Quebec was doodgeschoten en de welp door de moordenaar van haar moeder was gevangen en ver-volgens verkocht aan een militair van de Canadian Mounted Rifles, een veearts die Colebourn heette. Toen Colebourn dienst nam stak Winnie samen met hem de Atlantische Oceaan over en bleef bij hem in het hoofdkwartier van zijn brigade op Salisbury Plain, waar ze de mannen overal volgde en uit hun hand at. Colebourn wilde Winnie meenemen naar Frankrijk maar zijn commandant gaf geen toestemming voor een beer aan het front, en dus werd de welp naar de Londense dierentuin gestuurd tot haar baas uit de oorlog zou terugkeren.

Het is mogelijk dat mijn herinneringen aan de vele bezoekjes die Ramanujan en ik aan haar kooi hebben gebracht zijn vertekend door latere gebeurtenissen, met name door de transformatie van Winnie in Winnie-the-Pooh. Milne, die ik altijd zal zien als Russells literaire vriend en hoofdredacteur van *The Granta*, jong en kwiek en pienter, is nu uiteraard beroemd om een serie boeken over een beer en een speelgoedbig en een ezel, boeken die ik heb gelezen en waaraan ik, dat wil ik best toegeven, veel meer plezier heb beleefd dan aan de meeste zogenaamde serieuze literatuur die de laatste decennia is verschenen. (Geef mij maar Milne in plaats van Virginia Woolf!) Hoe dan ook, als ik me die bezoekjes voor de geest haal zie ik Winnie zwart, zoals ze was, niet goudbruin zoals haar naamgenoot, maar ik zie haar ook met haar poot honing uit een pot scheppen die een oppasser voor haar ophoudt. Zou het kunnen dat een dergelijk tafereel ooit heeft plaatsgevonden?

Ik kom er niet achter. Zoveel blijft wazig. Droom en werkelijkheid versmelten en ik kan niets in de juiste chronologie onthouden. Wanneer werd de *Lusitania* tot zinken gebracht? En in welke volgorde kwamen de veldslagen? Ieper I en II, de Somme, Bergen, Loos, Passendale. En de namen van de doden – Brooke, Békássy, Bliss. Wat een allitererend trio. *Brooke, Békássy, Bliss.* Ziedaar, de muziek van de teloorgang.

Elke week las ik de dodenlijsten en probeerde ik goed te onthouden welke mannen die ik kende aan het front waren opgeblazen, wie er werd vermist, wie er was verminkt. Elke week meer namen, de meeste maar vagelijk bekend, gekoppeld aan gezichten die langssnelden in Great Court... Hebt u wel eens stilgestaan bij het curieuze feit dat de bevolking van het dodenrijk voortdurend toeneemt terwijl ons aantal op aarde min of meer constant blijft? Ik meende vroeger dat het in die jaren vreselijk druk moet zijn geweest in het vagevuur, met al die jonge mannen die sneuvelden. Het moet op een station van de ondergrondse hebben geleken waar vanwege een kosmische seinstoring nooit treinen binnenliepen zodat het perron steeds voller stroomde. Allemaal op één perron: huilend, woedend, vol smart wachtend op de treinen die hen naar het godsgericht en, misschien, de eeuwige rust zouden brengen. Hier op aarde daarentegen waren er minder jongelui dan er hadden moeten zijn. Overal waar een jongen had moeten staan stond een kruis, en een huilende moeder die graag nog meer zonen opofferde voor de glorie van Engeland.

En ondertussen – wat moet ik mezelf druk beziggehouden hebben! Als ik de agenda's doorneem ontdek ik dat ik op verschillende momenten secretaris was van a) de afdeling Cambridge van het Verbond voor Democratisch Bestuur en b) het Londens Wiskundig Genootschap. Dat de eerste van deze clubs, hoewel geenszins zo radicaal als de Bond tegen de Dienstplicht, als subversief werd beschouwd zal geen opzien baren: tijdens de oorlog werd elke groepering die zich inzette voor vrede als subversief beschouwd. De tweede lijkt misschien wel de minst voor de hand liggende organisatie ter wereld om de aandacht van de regering te wekken, laat staan de argwaan. Het Londens Wiskundig Genootschap had zich echter altijd ingespannen voor de vrije uitwisseling van ideeën over landsgrenzen heen, en bleef dat doen toen de oorlog uitbrak. 'Wiskunde kent geen volkeren. Voor wiskunde is de hele beschaafde wereld één land,' was de befaamde uitspraak die de Duitse wiskundige David Hilbert later zou doen. Dat was in 1917 een nog veel radicaler denkbeeld dat allicht de haat jegens de Ander, waar de populariteit van de oorlog op stoelde, zou kunnen ondermijnen. Als het mogelijk was geweest hadden wij van het Londens Wiskundig Genootschap graag publicaties in Duitse periodieken verzorgd, en we streefden er dan ook naar om in zoveel niet-Engelse bladen te publiceren als we maar konden. Ik zie nu dat ik tussen 1914 en 1919 ongeveer vijftig verhandelingen heb gepubliceerd, sommige met Ramanujan, andere met Littlewood, en haast allemaal in het buitenland: in *Comptes Rendu*, in *The Journal of the Indian Mathematical Society*, in *The Tohoku Mathematical Journal* en in dat tijdschrift met de fantastische naam *Rendiconti del Circulo Matematico di Palermo*. Wat vanuit het standpunt van de oorlogszuchtige chauvinisten nog verwerpelijker was, ik publiceerde ook vaak in *Acta Mathematica*, waarvan de Zweedse hoofdredacteur de vermetelheid had om artikelen van Duitsers en Engelsen in dezelfde nummers af te drukken. Ik was zelfs medeauteur van een boekje, samen met de Hongaar Marcel Riesz, dat we als correspondentie hadden geschreven. Ons motto, in het Latijn, besloot met: 'Auctores Hostes Idemque Amici'. *De auteurs, vijanden en vrienden tegelijk.* Dat alleen al volstond waarschijnlijk om mijn naam op een overheidslijst van binnenlandse onruststokers te krijgen.

En hoe zat het met dat andere genootschap, het geheime genootschap waar ik was 'uitgevlogen' maar welks activiteiten ik bleef volgen, zij het soms met tegenzin? Het strompelde voort, zo'n beetje. Elk jaar hielden we een diner in Londen. Op dat van 1915 werd op Rupert Brookes nagedachtenis geproost, maar het geschil dat was gerezen, zoals tussen Dickinson en Moore aan de ene kant en McTaggart aan de andere, kon niet worden bijgelegd. Dickinson en Moore beschouwden McTaggart als een verrader van de vrede. McTaggart beschouwde Dickinson en Moore als verraders van Engeland. Ze bleven aan tafel zo ver mogelijk uit elkaar zitten en weigerden ook maar één woord met elkaar te wisselen.

Het enige wat ons verbond was rouw. Van de drie omgekomen jongens was Békássy de tweede die sneuvelde, een paar maanden na Brooke, een jaar of zo voor Bliss. Norton was degene die me het nieuws kwam brengen en me vertelde hoe erg ik het moest vinden, ook al had ik die arme liefdesverdrietige huzaar amper gekend! Norton had met name in die periode de hebbelijkheid om ervan uit te gaan dat zijn eigen smart, vreugde, ontzetting, hunkering – kiest u maar welke emotie u wilt – noodzakelijkerwijs ook die van alle anderen moest zijn. Hij begon zijn zinnen vaak met 'Vind je het niet...?' of 'Ben je niet...?' Irritant genoeg als de zin luidt: 'Vind je het niet een heerlijk citroentaartje?' (Ik moet niets hebben van citroentaart.) Maar als de zin luidt: 'Ben je niet zielsbedroefd om die arme Békássy?' dan had ik hem wel een klap kunnen geven. Want wat zeg

317

je dan? Nee, dat ben ik niet, en ik verzoek je om jouw voorgekauw-
de reacties niet aan me op te dringen? De waarheid was dat ik Békássy's dood een enorme stommiteit vond. Als zoveel anderen had hij
zich in zijn hoofd gehaald dat de oorlog een nobeler mens van hem
zou maken, dat hij moest gaan omdat het bij 'het eerbare leven' hoorde om te gaan, zoals hij tegen Norton had gezegd. Maar toen hij in
afwachting was van het moment dat hij naar het front zou worden
gestuurd, schreef hij dat hij niet wilde nadenken over de vraag
waaróm hij was gegaan: 'Ik wil me erin verliezen en vergeten wat ik
denk.' En omdat hij van adel was ging hij natuurlijk bij de cavalerie.
Volgens Norton had hij drie rode rozen op het hoofd van zijn paard
bevestigd omdat die voorkwamen in het familiewapen, en toen was
hij naar het Russische front gereden, ongetwijfeld op een 'trouw ros',
telg van generaties Békássy-paardenadel, en daar was hij gesneuveld.

En nu hadden ze een crisis (met Norton had je altijd een crisis):
moesten ze het aan Bliss vertellen of niet? Niemand wist precies
waar Bliss uithing – in Frankrijk of nog in Engeland, in opleiding –
en of het wel een goed idee was om hem het nieuws mee te delen dat
zijn grote liefde dood was, gezien het feit dat hijzelf in dienst zat. Ik
probeerde behulpzaam te zijn. Ik probeerde Bliss' broer te vinden –
nu uiteraard vermaard als componist, ook al word ik geacht, gezien
mijn even vermaarde onmuzikale oor, daar niets om te geven.
Arthur Bliss zat echter al in Frankrijk, en ik durfde de ouders er niet
in te mengen, dus gaf ik het op. Ik heb geen idee of Bliss ooit heeft
vernomen dat Békássy dood was. Hij sneuvelde zelf later aan de
Somme, gedood door een granaatscherf die in zijn hersens sloeg.

Ik kan me niet erg druk meer maken om die doden als ik er tegenwoordig aan denk. Te veel anderen zijn omgekomen wier leven
meer zou hebben betekend. Ik vermoed dat er trouwens niets van
belang uit die drie mannen zou zijn voortgekomen.

Eén sterfgeval in die jaren trof me wel heel diep, en dat was de
dood van Hermione. Als Sheppard er vandaag bij was zou hij me nu
in de rede vallen om te verklaren dat mijn verdenkingen in deze
kwestie 'paranoïde' zijn. (Zoals zoveel anderen is hij een aanhanger

van psychoanalyse geworden en doorspekt hij zijn gesprekken graag met het bijbehorende jargon.) Op mijn beurt zou ik tegen hem zeggen dat hij veel te zeer genegen is om uit te gaan van het beste in mensen. Want de feiten zijn onomstotelijk. Hermione is plotseling overleden aan een spijsverteringsstoornis die nooit is gediagnosticeerd, en ik ben ervan overtuigd dat het door vergif kwam. Ik weet zeker dat iemand haar vergiftigde vis of vergiftigd vlees heeft gegeven. Dat zou geen enkel probleem zijn geweest: ik deed mijn deur nooit op slot. En ze stierf in het begin van 1916, net toen ik samen met Moore en Neville actief betrokken raakte in een oorlog met het bestuur van Trinity College.

Dit is wat er gebeurde. Zoals ik heb verteld was ik secretaris van de afdeling Cambridge van het Verbond voor Democratisch Bestuur, een betrekkelijk gematigde organisatie met als officiële doelstelling om actie te voeren voor een rechtvaardig vredesakkoord als de oorlog voorbij was en erop aan te dringen dat de regering in de toekomst geen geheime 'afspraken' meer met bondgenoten zou maken zonder het parlement de gelegenheid te geven om erover te stemmen. Als doelstelling was dat natuurlijk hopeloos naïef omdat we ons baseerden op de veronderstelling dat de oorlog snel over zou zijn. Toen duidelijk werd dat de oorlog niét snel over zou zijn, begonnen we binnen het Verbond – althans voor onszelf – te denken in termen van een onbesliste strijd en een op onderhandelingen gestoelde vrede. Dat was om het zacht uit te drukken een impopulaire strategie, en toen het gerucht de ronde ging doen dat we in het geheim eigenlijk naar een staakt-het-vuren met de Duitsers streefden, begon de mening post te vatten dat ons Verbond helemaal niet was wat het voorgaf te zijn maar integendeel een radicale groepering behelsde die eropuit was om de Engelse intenties te ondermijnen.

Niet verrassend was de afdeling Cambridge heel actief. Aan het einde van 1915 hadden we al een aantal besloten vergaderingen gehouden en een openbare bijeenkomst belegd in de Guildhall. De problemen begonnen nadat we een betrekkelijk onschuldige aankondiging in The Cambridge Magazine hadden geplaatst met de mededeling dat we onze jaarlijkse algemene vergadering in Little-woods appartement zouden houden en dat Charles Buxton zou spreken over 'Nationaliteit en het Vredesakkoord'. Littlewood zat toen weliswaar in Woolwich, maar hij was ook lid van het Verbond – meer leden van ons droegen een uniform dan u zou verwachten – en hij had het goedgevonden dat we zijn leegstaande kamers voor de vergadering zouden gebruiken. Buxton was deskundig aangaande de Balkan, en zijn vrouw Dorothy maakte elke week een selectie van artikelen uit de buitenlandse pers die ze in een rubriek in *The Cambridge Magazine* publiceerde om tegenwicht te bieden aan het denigreren van Duitsers en de niet-aflatende chauvinistische oorlogszucht in *The Times*. Met andere woorden, het was allemaal heel open en eerlijk, zij het een beetje tegen de regering gericht. De vergadering ging echter niet door. Een week na de aankondiging verscheen er een brief in hetzelfde tijdschrift. De schrijver ervan was de secretaris van het bestuur van Trinity College, en in de brief maakte hij bekend dat het bestuur had besloten het Verbond voor Democratisch Bestuur te verbieden op het grondgebied van de universiteit vergaderingen te houden. Aan de publicatie van die brief was geen contact met ons persoonlijk voorafgegaan, waaruit we concludeerden dat de mededeling niet alleen was bedoeld voor ons als leden van het Verbond op Trinity College, maar voor heel Cambridge. Op de dag toen we als eerstejaars studenten op Trinity College waren aangekomen, had Butler ons voorgehouden 'dat de universiteit studenten zou voeden zoals God de mussen voedt'. Nu schenen zelfs vreedzame andersdenkenden niet langer te worden getolereerd.

Moore had zijn eigen oplossing. Een week later publiceerde hij een soort 'redelijk voorstel' in *The Cambridge Magazine* waarin hij de 'bevlogen' actie van het bestuur toejuichte en opperde dat het bestuur in diezelfde trant 'alle diensten in de kapel van de universiteit tot het einde van de oorlog diende op te schorten' op grond van de overweging dat 'jonge mannen bij de diensten van de christelijke kerken gemakkelijk blootgesteld zouden kunnen worden aan normen en waarden die net zo gevaarlijk zijn voor hun patriottisme als wat ze op een vergadering van het Verbond voor Democratisch Bestuur te horen zouden kunnen krijgen.' Ik vond het een meesterzet om zo de huichelachtigheid van het bestuur te benadrukken: hoe immers kon een institutie die voorgaf te zijn gegrondvest op christelijke beginselen een organisatie onderdrukken die naar vrede streefde? Een contradictie! *Reductio ad absurdum.* Wat ik destijds niet begreep was dat gezagsdragers als onderdeel van hun training leren in te schatten wanneer het raadzaam is om gewoon hun mond te houden. Er werd gezwegen, en alras lieten de lezers – dat wil zeggen, zij die schrander genoeg waren om Moores Swiftiaanse intentie te doorzien – de aandacht van die storm in een glas Trinity-water afdwalen naar dringender zaken van politieke triomf en loopgravennederlagen.

Niettemin voelden we ons verplicht om toch iets te ondernemen, en in januari riepen Neville en ik een bijzondere stafvergadering bijeen om te protesteren tegen de uitsluiting van het Verbond door het bestuur. Terugkijkend lijkt het relaas van wat er voorviel net een klucht, wat misschien wel typerend is voor dergelijke bijeenkomsten. Eerst stelden we een resolutie voor 'dat de vergadering van mening is dat een stafmedewerker van de universiteit gerechtigd hoort te zijn om leden van een vereniging als gasten op zijn kamers te ontvangen die zijn uitgenodigd ter bevordering van de doelstellingen van die vereniging, die illegaal noch immoreel zijn.' Voor er over deze resolutie kon worden gestemd werd er echter een amendement ingediend 'dat de frase "in beslotenheid" voor de woorden "zijn uitgenodigd" dient te worden ingevoegd'. Dat werd aangenomen met 41 tegen 2 stemmen. (Ik was een van de tegenstemmers.) Daarna werd er een tweede amendement ingediend 'om aan het slot van de resolutie het zinnetje "mits de belangen van de universiteit daardoor niet worden geschaad" toe te voegen'. Dat amendement werd met 28 tegen 14 stemmen aangenomen. Dus nu luidde de resolutie: 'De vergadering is van mening dat een stafmedewerker van de universiteit gerechtigd hoort te zijn om leden van een vereniging als gasten op zijn kamers te ontvangen die *in beslotenheid* zijn uitgenodigd ter bevordering van de doelstellingen van die vereniging, die illegaal noch immoreel zijn, *mits de belangen van de universiteit daardoor niet worden geschaad.'*

Neville en ik sloegen dat allemaal als het ware met open mond gade. Het was verbijsterend: met een soort bureaucratische omzichtigheid en middels een debat dat even wrokkig was als de brief die het bestuur naar het tijdschrift had gestuurd, hadden de stafmedewerkers ter vergadering de originele resolutie in een verklaring weten te transformeren die slechts uitblonk in volstrekte krachteloosheid. En dat allemaal door het toevoegen van twaalf woorden. Democratie mag dan onze enige optie zijn, maar door de lankmoedige opstelling ervan verlang je wel eens naar een tolerante dictatuur.

Ik weet nog dat ik op die vergadering tussen Butler en Jackson, de classicus, in zat, die toen tegen de tachtig moet hebben gelopen en zowel bijziend als tamelijk doof was. Ik herinner me dat ik midden in een uiteenzetting zat – een reactie op de toevoeging van dat laatste zinnetje, het zinnetje waardoor de resolutie werd ontkracht – toen ik in de rede werd gevallen door Jackson, wellicht omdat hij me niet kon zien noch horen spreken. 'Ik ben een oude man,' zei hij, 'en ik hoop dat de oorlog nog vele jaren na mijn dood mag doorgaan.' Dat is wat hij zei, ik zweer het.

De volgende middag trof ik Hermione dood aan. Of ze ondraaglijke pijnen heeft geleden die de doodsstrijd evenaarden van de soldaten die in hun eentje stierven, achtergelaten in niemandsland, zal ik nooit weten omdat ik het grootste deel van de dag in kwestie in Londen was en pas laat terugkeerde. Ik zag haar roerloos voor een plasje braaksel liggen. Ze zag er vredig uit en lag ongeveer net zo uitgestrekt als in haar slaap, niet op haar geliefde voetenbankje maar wel er vlakbij. Er lag ook braaksel op het voetenbankje, een keurig hoopje. Hermione was altijd een heel nette poes geweest.

Ik droeg haar lijkje naar de rivier en begroef haar dicht bij de plek waar Gaye en ik Euclides hadden begraven. En toen nam ik me voor om Trinity College de rug toe te keren zodra ik de kans kreeg.

Euclides was minder plotseling gestorven. Hij had wormen. We waren met hem naar de dierenarts gegaan, die uitlegde dat de wormen van zijn maag naar zijn slokdarm kropen zodra hij probeerde te eten, zodat ze hem bijna verstikten. De dierenarts gaf ons een poedertje dat we in melk oplosten. Helaas moest hij steeds overgeven als we probeerden de melk met het poeder door zijn keel te krijgen.

Mijn herinnering aan die middag voor hij stierf is veel helderder dan de meeste dingen die ik nog van de oorlog weet. Leonard Woolf was bij ons op bezoek, samen met een kerel die Fletcher heette en ons een weerzinwekkend verhaal vertelde. In een circus in Frankrijk had hij een vrouw gezien, een reuzin met blote borsten, die in een vuurrode lange onderbroek rondkroop door een kuil en met haar tanden ratten ving en doodbeet. Het staat me niet meer precies bij waarom Fletcher met dat verhaal kwam aanzetten, alleen dat het een felrealistisch relaas was dat hij lardeerde met steeds dezelfde zegswijzen – 'Het was echt te walgelijk', 'Het was echt te smerig voor woorden' – waartoe hij in gesprekken steevast zijn toevlucht nam. Toen hij was uitverteld stond Euclides tot onze verbazing op en begon achteruit te lopen, wat Gaye de vraag ontlokte of achteruitlopen een slecht voorteken was bij een kat. Niemand scheen het te weten. Toen namen Woolf en Fletcher afscheid en waren Gaye en ik alleen met Euclides, die doorging met achteruitlopen door de kamer, tegen muren botste en meubilair omgooide. We durfden hem niet tegen te houden, zoals je een slaapwandelaar niet wakker durft te maken, en als Gaye een enkele keer probeerde hem om te draaien, ging hij binnen een mum van tijd weer achteruitlopen.

Ten slotte liep hij tegen de deur van mijn kamer aan en zakte in elkaar. We droegen hem naar zijn mandje en probeerden weer om hem zijn medicijn te geven. Weer braakte hij het uit.

Kort daarna wensten Gaye en ik elkaar welterusten. We deelden de suite al een jaar maar hadden nog niet één nacht bij elkaar in bed geslapen. Die avond kwam hij echter mijn kamer binnen, maakte me wakker en vroeg: 'Harold, mag ik bij je in bed komen?' En ik zei dat hij dat natuurlijk mocht. En toen omhelsde hij me van achteren – we waren allebei in pyjama maar toch kon ik, toen hij me omhelsde, voelen dat hij een erectie had en ermee tegen mijn achterste duwde. En ik duwde terug.

323

Zo lagen we daar een uur of zo, afwisselend duwend en sluime-rend, tot Gaye klaagde dat zijn linkerarm sliep, waarna we van hou-ding wisselden en ik duwde en hij terugduwde. Toen ging mijn rech-terarm slapen. De hele nacht bleven we van positie veranderen als onze respectievelijke armen begonnen te slapen.

Die nacht stierf Euclides. We begroeven hem de volgende och-tend vlak bij de rivier. Maar die nacht, en vele nachten erna, kwam Gaye bij mij slapen. Als er anderen bij waren bleven we elkaar 'Gaye' en 'Hardy' noemen, maar privé begonnen we elkaar 'Russell' en 'Harold' te noemen.

Weldra gingen de pyjama's uit.

DEEL ZES

Partitie

I

Ramanujan maakt weer *rasam* in zijn provisiehok. Het is half januari 1916. Hij draagt twee truien en een wollen sjaal die, zo vertelt Hardy hem, speciaal voor hem is gemaakt door een schrijver die wordt geplaagd door acute slapeloosheid ten gevolge van oorlogsangsten, en die is gaan breien om de lange nachten door te komen. Nu maakt de schrijver meer dan twintig sjaals per week die hij voor het merendeel naar de troepen in Frankrijk stuurt. Deze heeft hij echter speciaal voor Ramanujan gemaakt toen hij van diens problemen met de Engelse winter hoorde. De sjaal is groen en oranje – 'nee, niet groen en oranje,' verbeterde Hardy zichzelf toen hij hem aan Ramanujan overhandigde, 'mint en saffraan. Strachey stond erop dat ik het mint en saffraan noemde.' In feite is het groen meer de kleur van bananenbladeren dan van muntblaadjes, en mist het oranje de goudachtige schakering van saffraan. Het doet denken aan rijpe mango's of kurkuma. Het geval wil dat Ramanujan net op dit moment kurkuma in een kom schept. De linzen voor de *rasam* zitten in een tweede kom. Als hij ze doorzoekt op gruisjes, zoals zijn moeder hem heeft geleerd, morst hij er een aantal op het tafelblad. Terwijl hij ze bijeenveegt telt hij ze. Zeven linzen. Op hoeveel manieren kun je zeven linzen verdelen? Nou – hij probeert het uit – je zou ze in zeven porties van elk 1 linze kunnen opdelen, of in één portie van 6 en één van 1, of in één van 5 en twee van elk 1, of in één van 5 en één van 2, of in één van 4 en één van 3, of in één van 4 en één van 2 en één van 1, of in drie van elk 2 en één van 1, of...

In totaal op 15 manieren. Ja, je kunt 7 linzen op 15 manieren verdelen.

En op hoeveel manieren kun je 8 linzen verdelen?

Bedachtzaam pakt hij één linze uit de kom en legt hem op tafel bij de andere.

Acht porties van elk 1, één portie van 7 en één van 1, één portie van 6 en één van 2, één portie van 6 en twee van elk 1...

Op 22 manieren.

En 9 linzen?

Op 30 manieren.

Hij gaat door, steeds een linze verder. Hij eet niet. Het is ver na middernacht als hij het aantal manieren heeft berekend waarop je 20 linzen kunt verdelen, en dan liggen er overal linzen: uitgespreid op tafel in keurige formaties, op de vloer, onder het gaskomfoor. Sommige linzen, zal hij weldra ontdekken, zijn naar zijn bed gemigreerd. Ze blijven hangen in de wolvezels van de sjaal die door de bekende schrijver is gebreid. Het hele jaar erna zal zijn werkster ze in haar stofblik vinden als ze veegt. In 1994 zal een student werktuigbouwkunde uit Jakarta een verloren contactlens proberen terug te vinden en een linze uit de spleet tussen twee vloerplanken opdiepen.

De *rasam* wordt niet gekookt.

Op 627 manieren.

2

*I*n de ochtend gaat hij naar Hardy. Als hij zijn jas uittrekt vallen er linzen uit de voering.

'Wat is er?' vraagt Hardy. 'Je ziet er doodmoe uit.'

'Ik heb gisteravond gekookt. Ik ga een etentje geven. Volgende week dinsdag. Ik vraag me af of je me wilt vereren met je aanwezigheid.'

'Natuurlijk,' zegt Hardy. 'Ter gelegenheid waarvan?'

'Chatterjee gaat trouwen.'

'O, echt waar? Wat fijn voor hem. Nou – ronde getallen.'

'Ja, ronde getallen.'

Hardy stapt naar het schoolbord. Hij probeert Ramanujan zo ver te krijgen dat hij aantoont dat vrijwel alle getallen n uit ongeveer log log n priemfactoren bestaan. Hardy is vastbesloten om die bewijsvoering tot een goed einde te brengen, niet alleen omdat het resultaat hun eerste gezamenlijke publicatie gaat worden maar ook omdat hij dan het idee zal hebben dat het hem eindelijk is gelukt om Ramanujan tot zijn eigen religie te bekeren: de religie van het bewijs.

Het probleem is zoals gewoonlijk dat Ramanujan weigert zich te concentreren. Hij zit met zijn pen te spelen en voortdurend zijn neus te snuiten.

'Is er echt niets met je?' vraagt Hardy.

Ramanujan wiebelt met zijn hoofd.

'Ik vraag het omdat je een beetje afwezig lijkt. Komt dat door het etentje?'

'O, nee. Door de linzen.'

'De linzen?'

'Voor de *rasam*.' En Ramanujan legt uit dat hij de ingrediënten voor zijn *rasam* had klaargezet en linzen was gaan tellen, en daardoor begon hij over partities na te denken.

Dit is niet de eerste keer dat ze het over partities hebben. De partitietheorie houdt hen zelfs al bezig – zij het te hooi en te gras – sinds Hardy in Ramanujans eerste brief een bewering over een thètareeks tegenkwam waarvan de onjuistheid tot een totaal nieuwe, opzienbarende invalshoek van het probleem leidde. Het is gemakkelijk om p(n) te berekenen, het partitiegetal van een getal, wanneer n 5 is of 7; de moeilijkheid is dat p(n) in duizelingwekkende mate toeneemt als je naar hogere getallen opklimt. Het partitiegetal van 7, bijvoorbeeld, is 15, en het partitiegetal van 15 is 176. En wat is het partitiegetal van 176?

476.715.857.290.

En wat zou dan het partitiegetal van 476.715.857.290 zijn?

'En waar hebben de linzen je heen gevoerd?'

'Ik heb een idee voor een formule waarmee het partitiegetal van een getal kan worden berekend. Ook van heel grote getallen.' Hij staat op. 'Mag ik?'

'Natuurlijk.' Hardy veegt het schoolbord schoon en Ramanujan neemt zijn plaats in. Hij begint diagrammen te tekenen: stipjes die linzen voorstellen. Daarna schrijft hij de thètareeks uit zijn eerste brief uit. Dan wijst Hardy hem op een genererende functie die door Euler is uitgewerkt en die heeft geleid tot de machtreeks

$$1 + \Sigma \, p(n)x^n = \prod_{n=1}^{\infty} \left(\frac{1}{1-x^n} \right)$$

En weg zijn ze. Op het schoolbord verschijnen de eerste ruwe termen van de formule. Wat ze proberen te construeren zou je je kunnen voorstellen als een machine waarin je een balletje stopt waarop een geheel getal is geschilderd – n – dat even later weer tevoorschijn komt met een tweede geheel getal erop – p(n). Maar wat voor permutaties moet het balletje tijdens zijn reis ondergaan! En wat voor onverwachte elementen moeten er bij de constructie van de machine worden betrokken! Imaginaire getallen, π, trigonometrische functies. Weer blijkt een simpele vraag een ontzettend ingewikkeld antwoord te vergen.

Tegen het middaguur is Hardy uitgeput, in vervoering. Hij wil pauzeren om te lunchen en daarna meteen weer verder werken, maar Ramanujan sputtert tegen. 'Ik moet eerst nog wat andere dingen doen,' zegt hij.

'O, nou, goed,' zegt Hardy op een toon die zwanger is van ongeduld. 'Maar probeer dan morgenochtend vroeg te komen. Dit is heel enerverend. We zijn echt iets op het spoor.'

De volgende ochtend komt Ramanujan laat opdagen, onverzorgd en met een eigenaardig zurige lucht om zich heen.

'Ik was met de *rasam* bezig,' zegt hij bij wijze van verontschuldiging.

'Ik dacht dat je die allang had gemaakt.'

'Dat was ik ook van plan, maar de linzen –'

'Ik snap niet waarom het opeens zo'n onderneming blijkt te zijn om die *rasam* te maken,' zegt Hardy terwijl hij het schoolbord schoonveegt.

'Maar dit is geen gewone *rasam*. Het is een heel verfijnde *rasam*. Met tomaten. En ik moet er veel van maken.'

'Laten we ophouden over koken en verder gaan met belangrijker zaken, goed?' En Hardy begint te schrijven. Hij wil het over Cauchy's integraaltheorema hebben, en over enkele ideeën die hij zich heeft gevormd over de eenheidscirkel in het complexe vlak die op het eerste gezicht geen enkele relatie met partities schijnen te hebben maar wel degelijk licht zouden kunnen werpen op de weg die ze zoeken. Hij praat en Ramanujan zegt vrijwel niets, al lijkt hij wel aandachtig te luisteren. Het lijkt of hij helemaal wordt geobsedeerd door het etentje. Als Hardy later vraagt wat hij gaat klaarmaken, wil hij geen antwoord geven. Het is echter duidelijk dat er esoterische ingrediënten benodigd zijn, want de volgende ochtend knijpt hij ertussenuit – met achterlating van het meest summiere briefje – om pas die middag terug te keren met drie uitpuilende papieren zakken in zijn armen (zoals de portier aan Hardy rapporteert). Zou hij naar Londen zijn geweest? En wie is hij verder nog van plan uit te nodigen, behalve Chatterjee en diens verloofde?

'Mejuffrouw Chattopadhyaya komt ook,' zegt Ramanujan. 'Ze

studeert ethica aan Newnham en is de zuster van een gerenom-
meerde dichteres. En Mahalanobis.'

'En Ananda Rao?'

'Ik heb overwogen om hem te vragen, maar hij is te onvolwassen.'

'En de Nevilles?'

Ramanujan aarzelt. 'Ik denk niet dat dit het soort gelegenheid is
dat mevrouw Neville erg zal aanspreken.'

'O? Volgens mij zou het haar heel erg aanspreken.'

'Nee, vast niet. Ik weet het zeker.'

Hardy besluit om daar niet verder op door te gaan.

3

De dagen erna is Ramanujan vreselijk bezig met het etentje. Hij kan zich nergens anders op concentreren, tot grote frustratie van Hardy. Immers, wie weet hoe lang de fase van gistende scheppingskracht waarin hij zich nu bevindt nog duurt? Dergelijke episodes zijn notoir veranderlijk. De ene dag word je wakker, klaar om het beste werk van je leven te leveren, en de volgende merk je dat je inspiratie en je energie zonder enige aanwijsbare oorzaak zijn vervlogen. Hij zou willen dat Ramanujan dat begreep. Hij beseft echter ook dat hij Littlewood veel meer armslag zou geven indien hij met hém te maken had. Het succes van zijn samenwerking met Littlewood is in hoge mate te danken aan hun bereidheid om elkaar speelruimte te geven. Dus waarom bekruipt hem bij Ramanujan steeds het gevoel dat de Indiër hem voortdurend en onvoorwaardelijk met zijn genie ten dienste moet zijn, als beloning voor het feit dat hij hem naar Cambridge heeft gehaald? Het is volstrekt onbillijk om dat van hem te eisen, realiseert hij zich. Ramanujan heeft per slot van rekening ook zijn eigen behoeften, zoals iedereen hem steeds voorhoudt. En sommige van die behoeften hebben niets met wiskunde te maken.

Eindelijk is het dinsdag. Het verbaast Hardy niet dat hij Ramanujan die ochtend helemaal niet te zien krijgt. Hij werkt in zijn eentje en doet daarna de puzzels in het nieuwe nummer van *The Strand Magazine*. Na de lunch, die hij in de eetzaal gebruikt, heeft hij met Neville en Russell een overleg over de ontluikende crisis binnen het Verbond voor Democratisch Bestuur. Neville zegt niets over het etentje. Is het mogelijk dat hij er niets over heeft gehoord?

De schemer valt. Hardy neemt een bad, scheert zich, poetst zijn schoenen en trekt zijn colbert met stropdas aan. Hij wil net weggaan als hem te binnen schiet dat hij Hermiones waterbakje nog moet vullen – en dan schiet hem te binnen dat Hermione dood is. Het bakje staat nu op de schoorsteenmantel, naast Gayes buste die hem van-avond nog furieuzer aanstaart dan gewoonlijk. 'Tja, wat moet ik dan?' vraagt hij. 'Ik ben nog niet klaar voor een andere kat, ook al heeft de zus van mevrouw Bixby...' Maar hij is het beu om met de doden te praten, dus loopt hij de trap af, stapt de frisse lucht van New Court in, wandelt in één minuut naar Bishop's Hostel en bestijgt de nagenoeg identieke trap die naar Ramanujans kamers leidt. Aan de andere kant van de deur mompelen stemmen in een onherkenbare taal. Hij klopt aan en Ramanujan – zijn gezicht glan-zend geboend, zijn jasje trekkend bij de knopen en om zijn bovenlijf spannend – laat hem binnen.

Meteen houdt alle conversatie op. Hardy kijkt stomverbaasd rond. De leunstoel en het bureau zijn aan de kant geschoven om plaats te maken voor stoelen uit de eetzaal rondom een lange eetta-fel gedekt met een wit laken, ongetwijfeld ook voor deze gelegen-heid van de universiteit geleend, en couverts met tafelkaartjes. De tafel is zo groot, en de kamer zo klein, dat er nauwelijks plaats is om te staan. Ramanujans gasten zijn naar hoeken of tegen muren gedre-ven. En ze zijn doodstil.

Ramanujan leidt Hardy naar een van hen, een vrouw met don-kere huid van achter in de twintig, elegant gekleed in een groen met blauwe sari doorschoten met gouddraad.

'Mag ik je mejuffrouw Chattopadhyaya voorstellen?' zegt hij.

Mejuffrouw Chattopadhyaya steekt haar hand uit. 'Hoe maakt u het?' zegt ze.

'Heel goed, dank u,' zegt Hardy. 'En u?'

'Heel goed, dank u.'

Zo wellevend allemaal! In plaats van zijn hand uit te steken maakt Mahalanobis (met tulband) een buiging, maar toch is de uit-wisseling van beleefdheden praktisch identiek aan wat Hardy net met mejuffrouw Chattopadhyaya heeft opgevoerd. Chatterjee, daarentegen, die wel uit een mondainer milieu zal komen, groet hem op de informele manier van doen van iemand die op kost-school heeft gezeten: een klap op de rug en een ouwejongensbegroeting, waarna hij zijn verloofde voorstelt, mejuffrouw Rudra (wat een namen hebben die Indiërs!), die een jonge, frisse mond heeft waarnaar ze voortdurend haar hand heft, als om een giechelbui te onderdrukken. Ze zit op de plaatselijke lerarenopleiding, verkondigt Chatterjee trots. Ze gaan aan het einde van de maand trouwen. Het is lastig, met hun familie zo ver weg... Bij de verwijzing naar familie legt mejuffrouw Rudra haar hand tegen haar mond terwijl Chatterjee, zijn slanke, gespierde lijf aan het oog onttrokken door lagen colbert en overhemd, zijn hand op haar rug legt.

Ramanujan is intussen naar het provisiehok gegaan waaruit een rijke melange van geuren komt gedreven: zurig, rokerig, het scherpe van komijn en de muffe zoetheid van gemalen koriander. Hardy volgt hem naar binnen. Het tafeltje is overladen met eten: niet alleen de *rasam* in zijn verzilverde pan, maar gestoomde witte hompen (rijst?) en driehoekjes van gevulde deegwaren, en yoghurt met komkommer en tomaten, en gebakken aardappelen en een rode stoofpot.

'En dat heb je allemaal op één enkele gaspit klaargemaakt?'

Ramanujan knikt.

'Geen wonder dat je het zo druk hebt gehad.' Hardy wrijft zich in de handen. 'Het ruikt allemaal heerlijk. Dat heb je geweldig gedaan, mijn vriend.' Hij geeft Ramanujan een klopje op zijn rug, en die verschrikt helemaal. 'Rustig maar! Wees maar niet zenuwachtig, dat is nergens voor nodig. Je bent onder vrienden.'

'Ik heb de *pongal* laten aanbranden.'

'Dat geeft niets. Dat vindt niemand erg.'

'Maar ik heb er erg veel werk aan gehad. Er is maar één winkel in Londen die de mungbonen heeft. Mevrouw Peterson heeft ze voor me opgespoord.'

'Het maakt niet uit.'

'En de rijst is te ver doorgekookt.'

'Echt, het maakt niet uit. Het belangrijkste zijn de mensen om je heen.'

'Nou ja, niets aan te doen. We moeten door.' Dan loopt hij het provisiehok uit met Hardy in zijn kielzog. 'Het eten is klaar,' zegt hij, haast bedroefd. 'Zullen we gaan zitten?'

Weer houdt alle conversatie op. De gasten nemen plaats. Ramanujan draagt de pan met *rasam* naar binnen en lepelt de soep – hoe noemden de Engelsen het ook alweer, had hij gezegd? Peperwater? – in kommen.

Hardy proeft. De vloeistof in zijn lepel is dun, roodachtig bruin en lijkt wel tien geuren af te geven waarvan hij er geen enkele kan benoemen. Hij ruikt iets zuurs, en iets zoets, en iets heets, en een zekere modderigheid, tenminste hoe hij zich voorstelt dat modder smaakt. 'Mijn complimenten,' zegt mejuffrouw Chattopadhyaya. Mejuffrouw Rudra wiebelt met haar hoofd. Chatterjee eet snel en klakkeloos, Mahalanobis zo welgemanierd dat het aan onverschilligheid grenst. Ramanujan eet helemaal niet.

Opeens springt hij overeind. 'O, ik heb de papadums vergeten!' zegt hij, en schiet het provisiehok in om terug te komen met een mandje brosse wafels. 'Nu zijn ze koud.'

'Dat geeft niets,' zegt Hardy terwijl hij de zijne in stukken breekt. Hij heeft zijn soep op. Ze hebben allemaal hun soep op, behalve mejuffrouw Rudra, die uiterst langzaam eet. Niet dat ze weinig eet – ze eet haar kom leeg – maar meer dat ze elke hap langer in haar mond weet te houden dan Hardy ooit iemand heeft zien doen. Wat zal ze een beproeving zijn als echtgenote!

De *rasam* wordt ten tweeden male opgediend. Het gesprek gaat over op cricket, een onderwerp waarvan Mahalanobis verrassend goed op de hoogte blijkt te zijn. Dat Chatterjee thuis is in cricket komt natuurlijk niet als een verrassing. Hij praat over de geschiedenis van het spel in Indië, de grote spelers die hij als jongetje bewonderde, de *maidan* van Calcutta. Onderwijl luisteren de vrouwen, mejuffrouw Rudra voor de verandering zonder hand voor haar mond. De kommen zijn leeg. 'Wie wil er nog voor een derde keer opgeschept hebben?' vraagt Ramanujan.

'Daar zou ik geen nee tegen zeggen,' zegt Hardy.

'Dat is heel vriendelijk van u, meneer Ramanujan, maar ik moet bedanken,' zegt mejuffrouw Chattopadhyaya.

'Mejuffrouw Rudra?'

Ze slaat haar handen voor haar mond en schudt nee met haar hoofd.

'Juist. Heel goed.'

Ramanujan duikt het provisiehok weer in. Hardy begint zijn lievelingscricketers op te noemen zoals Levison-Gower, over wie Chatterjee minder lovend blijkt te zijn dan zou moeten. Er ontspint zich een gemoedelijke discussie. De dames glimlachen. Dan hoort Hardy een deur dichtklikken, of hij meent dat te horen.

Even doet iedereen er het zwijgen toe en valt het gesprek stil. Hardy kijkt behoedzaam over zijn schouder het provisiehok in.

'Is hij weggegaan?' vraagt Mahalanobis.

'Misschien had hij iets uit de universiteitskeuken nodig,' oppert Chatterjee.

Ze wachten. Ten slotte staat Hardy op en doet de deur naar de gang open.

'Hij is nergens te bekennen,' zegt hij.

Er valt een onbehaaglijke stilte. Er zijn bepaalde mogelijkheden die de mannen niet in het bijzijn van de dames naar voren willen brengen, dus verrast het Hardy nogal om mejuffrouw Chattopadhyaya te horen zeggen: 'Zou er niet iemand naar beneden moeten gaan, naar de toiletten? Misschien heeft hij hulp nodig.'

'Ik ga wel,' zegt Chatterjee.

'Ik ga met je mee,' zegt Mahalanobis, en ze lopen de deur uit om enkele minuten later alleen terug te komen.

'Hij is niet op het toilet,' zegt Chatterjee.

'Wat kan er zijn gebeurd?' vraagt mejuffrouw Chattopadhyaya.

Er wordt nog een expeditie georganiseerd. De drie mannen laten de dames achter en lopen met ferme pas naar de universiteitskeuken. Nee, de heer Ramanujan is niet geweest, rapporteert de chef-kok. Dus gaan ze naar de portiersloge.

'Hij is een kwartier geleden weggegaan,' meldt de portier.

'Waarheen?'

'Hij heeft niet tegen me gesproken, maar ik moet wel zeggen dat ik het raar vond dat hij geen overjas aan had.'

'Welke kant is hij op gegaan?'

'In de richting van King's Parade.'

Hardy beent door de poort van de universiteit en kijkt in beide richtingen de straat door. Geen spoor van Ramanujan.

'Hij is verdwenen,' zegt Chatterjee, op meer verraste dan ongeruste toon.

'Wat kunnen we verder nog doen?' vraagt Mahalanobis.

'Niets,' zegt Hardy. En ze gaan terug naar Ramanujans kamer, waar de dames op hen wachten.

Het dilemma is nu wat ze met al het eten moeten doen. Moeten ze het inpakken? Niemand weet het zeker.

Uiteindelijk laten ze het maar staan. Ramanujan zal later ongetwijfeld terugkomen. Als ze het eten opbergen of weggooien, is hij misschien gekrenkt.

Het spreekt vanzelf dat ze niet verder eten.

Onder aan de trap nemen de leden van het verblufte gezelschap afscheid van elkaar en gaan ieder huns weegs.

Hardy – nog steeds hongerig – zou willen dat hij die derde kom *rasam* nog had gekregen.

4

De volgende morgen meldt Ramanujan zich niet bij Hardy. 'Merkwaardig,' zegt Hardy tegen niemand, maar hij gaat toch maar van start. Hij leest de kranten, werkt zo goed als hij kan aan de partitieformule, merkt dat hij zich niet kan concentreren, neemt *The Cambridge Magazine* ter hand en gooit het dan opzij. Wat irritant! Het momentum van borrelen en gisten is aan het wegsijpelen, hij voelt het. Er kan belangrijk werk verloren gaan en dat is allemaal de schuld van Ramanujan. Maar het heeft geen zin om erover te piekeren, dus pakt hij *The Cambridge Magazine* weer van de vloer. Sinds enkele maanden redigeert mevrouw Buxton – echtgenote van Charles Buxton, die op die noodlottige vergadering van het Verbond voor Democratisch Bestuur een lezing zou houden – een rubriek getiteld 'Berichten uit de buitenlandse pers' met uittreksels van artikelen uit tientallen buitenlandse kranten, waaronder die van de vijand. Ze heeft toestemming weten te krijgen om ze uit Scandinavië te importeren, vertaald in het Engels. De *Neue Freie Presse* (het voornaamste dagblad uit Wenen), de *National Tidende* (een conservatieve krant uit Kopenhagen), *Vorwärts* (het blad van de Duitse sociaaldemocraten)… Wat lopen de reacties op de oorlog uiteen, wat meent elk kamp het gelijk aan zijn kant te hebben! Zijn blik dwaalt naar de annonces. In de Victoria Cinema draait *Under the Red Robe*, in één programma met *His Soul Reclaimed* ('een zeer Dramatische Episode uit het leven in de Hogere Kringen') en een reportage over '20.000 Duitsers krijgsgevangen gemaakt in Champagne'. Chivers' Olde English Marmalade, officiersuniformen bij Joshua Taylor & Co, 'Gezondheid über Alles' in Le Strange Arms & Gold Links Hotel, Hunstanton. Door het raam ziet hij dat de zon is doorgebroken. Een wandeling dan maar, waarom niet? Dus trekt hij zijn jas aan, gaat naar beneden, komt toevallig langs Bishop's Hostel.

Op Ramanujans overloop komt hij een werkster tegen. 'Hij is nergens te bekennen, meneer,' zegt ze. 'En dan al dat eten dat verspild wordt.'

'Waarom eet u het dan niet op?'

Ze bloost. 'O, meneer, het zijn wel rare dingen die hij eet. Dat durf ik niet, hoor.'

'Wilt u het me laten weten als hij terug is? Of u kunt het ook tegen mevrouw Bixby zeggen.'

'Natuurlijk, meneer.'

Die avond in de eetzaal vraagt Russell wat er is gebeurd. 'Ik vermoed dat hij naar Londen is,' zegt Hardy. 'Niets om ons zorgen om te maken.' Maar als hij later teruggaat naar New Court treft hij de jonge Ananda Rao aan onder aan zijn trap, in zijn toga met baret.

'Hij is niet in Londen,' zegt Ananda Rao. 'Ik heb een telegram naar mevrouw Peterson gestuurd. Hij is niet in haar pension.'

'Ik zou me maar geen zorgen maken. Ik weet zeker dat er niets aan de hand is.'

Ananda Rao verroert zich niet. Hoopt hij dat Hardy hem zal vragen om binnen te komen? Zou Hardy dat moeten doen, hem vragen om binnen te komen?

'Nou, goedenavond,' zegt hij ten slotte.

'Goedenavond, meneer,' zegt Ananda Rao. En hij draait zich om. Ligt er iets van spijt in zijn blik als hij naar de poort loopt?

Hardy doet de deur dicht. Een gemiste kans, wellicht, maar ook al is dat zo, het is beter om die niet te grijpen. Hij is per slot van rekening een student. En zoals Ramanujan zelf had gezegd, 'onvolwassen'.

5

Vier dagen verstrijken zonder enig levensteken van hem. Ten slotte zegt Hardy tegen mevrouw Bixby dat ze Ramanujans werkster toestemming moet geven om de gerechten van het etentje, die beginnen te stinken, weg te gooien. Hij stuurt Chatterjee een briefje met de vraag of hij al iets heeft gehoord. 'Ik heb niets gehoord,' antwoordt Chatterjee, 'maar mensen die Ramanujan beter kennen dan ik hebben me verteld dat dergelijke verdwijningen niet ongewoon voor hem zijn. Hij heeft dit al eens eerder gedaan.'

Dan arriveert er een ander briefje, van mevrouw Neville.

Beste meneer Hardy,

Ik ben erg van streek om van mijn man te horen over meneer Ramanujans 'etentje' van afgelopen week en zijn daaropvolgende verdwijning. Wat me echter nog veel meer van streek maakt dan de vraag waardoor zijn verdwijning is teweeggebracht (een kwestie waarover ik slechts kan speculeren) is de indruk die ik heb dat er niets wordt gedaan. Is het niet bij u opgekomen dat hij misschien ziek of gewond ergens langs de weg ligt? Had hij geld bij zich toen hij wegging? Moet de politie niet worden verwittigd?

Bericht mij alstublieft zo snel mogelijk welke stappen zijn ondernomen. Als ik niet voor het einde van de dag van u heb gehoord zal ik zelf stappen ondernemen om de politie te verwittigen.

Alice Neville

Bemoeizuchtig wijf. Wat gaat het haar aan, trouwens? Maar hij schrijft het verlangde antwoord.

> Mevrouw Neville,
> Hoewel ik uiteraard begrip heb voor uw bezorgd-
> heid omtrent het welzijn van de heer Ramanujan, wil ik
> u dringend verzoeken om geen overhaaste conclusies te
> trekken. Hij is een volwassen man en heel wel in staat
> om voor zichzelf te zorgen. Bovendien heb ik de indruk
> dat het niet ongebruikelijk voor hem is om van tijd tot
> tijd te 'verdwijnen'. Een genie heeft vaak vreemde
> gewoonten. Tot er gerede aanleiding toe is, kan ik niet
> inzien wat het baat om contact op te nemen met de
> politie, nog afgezien van het feit dat het vernederend
> kan zijn voor de heer Ramanujan en hem in de overtui-
> ging kan sterken dat hij in ons land niet vrij is om te
> gaan en staan waar hij wil en te doen en laten wat hij
> wil.
>
> G.H. Hardy

Daarop komt geen reactie, althans niet van Alice. Maar wel van Gertrude.

> Lieve Harold,
> Alice is in een staat van opperste ongerustheid over
> Ramanujan, en jouw briefje heeft die amper weggeno-
> men. Kun je niet iets doen om haar zorgen te verlichten?
> En zo niet, wil je me dan beloven het niet nog erger voor
> haar te maken?
> Ze is erg gevoelig en bekommert zich oprecht om
> Ramanujan.
>
> Je liefhebbende zus,
> Gertrude

Wel wel, wat is dat allemaal? En dat van Gertrude, nota bene! Heeft Alice haar op een of andere manier voor zich gewonnen? Gertrude kan niet tegen hysterie, weet hij. Dus hoe komt het dat ze opeens Alice Nevilles pleitbezorger is geworden?

Het gedrag van vrouwen zal hem wel zijn hele leven blijven verbazen.

6

Dinsdag, een week na het etentje, wordt er bij Hardy aangeklopt. Hij doet open en ziet Chatterjee staan.

'Ik heb een telegram van Ramanujan gekregen,' zegt Chatterjee.

'Goddank. Waar zit hij?'

'In Oxford.'

'Wat doet hij daar?'

'Dat vertelt hij niet. Hij vraagt me alleen om hem vijf pond te sturen.'

'Allemachtig!'

'Het adres is een pension. Ik vermoed dat hij de rekening en zijn treinkaartje terug naar Cambridge moet betalen.'

'Heb je het gestuurd?'

Chatterjee kijkt naar de vloer. 'Ik zou het over een week kunnen sturen,' zegt hij, 'maar op dit moment heb ik geen vijf pond over... de voorbereidingen voor de bruiloft... ik zou twee pond kunnen missen...'

'Geen nood,' zegt Hardy. 'Ik stuur het wel. Wat is het adres?'

Chatterjee geeft hem een stukje papier. Ze lopen samen naar het telegraafkantoor. 'Laat het me alsjeblieft weten als je iets van hem hoort, goed?' zegt Hardy later als ze weer buiten staan.

'Natuurlijk. Fijn dat je hem uit de brand helpt.'

'Het spijt me van het etentje... Ik hoop dat mejuffrouw Rudra niet ontstemd was.'

'Ze is een eenvoudig meisje. Dat soort dingen deert haar niet.'

Ze geven elkaar een hand en gaan uiteen. Hardy keert terug naar zijn kamer. Die hele middag en avond weerstaat hij de aanvechting om langs Bishop's Hostel te wandelen of – nog sterker – om de dienstregeling van de spoorwegen te raadplegen en op het station op treinen uit Oxford te wachten.

In plaats daarvan vraagt hij mevrouw Bixby om Ramanujans werkster te vragen haar op de hoogte te stellen zodra hij terug is.

'Hij is gisteravond laat teruggekomen, meneer,' zegt mevrouw Bixby de volgende morgen tegen hem.

'Mooi. Dank u wel,' zegt Hardy. Dan gaat hij druk in de weer om de kamer het aanschijn te geven dat hij Ramanujan in de tussentijd geen moment heeft gemist. Kranten opengeslagen op tafel, getallen op het schoolbord, papieren op het bureau.

Zoals verwacht wordt er rond negenen aangeklopt. Hardy doet de deur open.

'Goedemorgen,' zegt Ramanujan.

'Goedemorgen,' zegt Hardy.

Ramanujan stapt naar binnen. Hij heeft een prop in zijn hand van wat een beduimelde krantenpagina blijkt te zijn, uit *The Daily Mail* gescheurd. 'Ik geloof dat ik enkele verbeteringen in de partitieformule heb aangebracht,' zegt hij.

'Uitstekend. Ik ben heel benieuwd.'

Ramanujan strijkt de pagina uit *The Daily Mail* glad. De kantlijnen, ziet Hardy nu, heeft hij in zijn bekende, keurige handschrift volgepriegeld met getalletjes en symbooltjes. 'Het is nog lang niet af, maar met lage waarden krijg ik uitkomsten die tamelijk dicht bij p(n) liggen. Een afwijking van ongeveer vijf procent.'

'Die uitkomsten heb ik ook zo'n beetje gekregen toen je weg was en ik in m'n eentje ben doorgegaan.'

'O ja? Nou, dan...' Ramanujan vouwt de krantenpagina op en gaat zitten. Hardy gaat tegenover hem zitten.

'Het probleem is dat we een tabel met hoge waarden nodig hebben voor accurate berekeningen waarmee we de uitkomsten van de formule kunnen vergelijken.'

'Inderdaad.' Hardy zwijgt even. Dan zegt hij: 'Ramanujan, ik wil me niet met je zaken bemoeien, en je bent ook geenszins verplicht om te antwoorden, maar... Nou, we hebben ons allemaal nogal zorgen gemaakt toen je opeens was vertrokken. Waarom ben je naar Oxford gegaan?'

Ramanujan kijkt in zijn schoot. Hij wrijft zich in zijn handen.

'Het kwam door de dames,' zegt hij na een poosje.

'De dames?'

'Mejuffrouw Rudra en mejuffrouw Chattopadhyaya. Ze wilden het eten dat ik offreerde niet aannemen.'

'Maar ze hebben het toch wel aangenomen?'

'Ik heb hun een derde kom *rasam* geoffreerd en die wilden ze niet aannemen. Ik was gekwetst en gekrenkt en ben radeloos naar buiten gelopen. Ik wilde niet teruggaan. Niet terwijl zij daar waren. Maar ik had wat geld op zak, dus ging ik naar het station en nam de eerste de beste trein naar Oxford.'

'Maar de dames hadden al twee kommen gegeten. Ik weet niet hoe het in Indië toegaat, maar je moet onthouden dat de dames hier, in Engeland althans, ons graag willen doen geloven dat ze, zeg maar, een kleinere maag hebben. Ze hebben het idee dat het onbeleefd zou zijn, onvrouwelijk, om te veel te eten.'

'Ik ben meer dan een week bezig geweest met het bereiden van die maaltijd. Ze hebben me beledigd. Ik kon niet lijdelijk toekijken terwijl –'

'Maar je had het mij toch kunnen laten weten. Het kwam gewoon heel slecht uit dat je weg was.'

'Ik heb mijn tijd niet verlummeld. Zoals ik al zei heb ik de formule verbeterd. En als we nu een aantal hoge waarden voor de functie kunnen vinden, dan zouden we hem kunnen toetsen.'

'O, daar hoef je je geen zorgen om te maken. We zullen het aan majoor MacMahon vragen.'

'Wie is majoor MacMahon?' vraagt Ramanujan.

'Dat zul je gauw genoeg zien,' zegt Hardy. 'Hij wil heel graag kennis met je maken.'

7

Wie ís majoor MacMahon? Hij is het soort man dat misschien het best getypeerd kan worden aan de hand van zijn titels. Hij is, of was, onder andere adjunct-hoofd van de afdeling Standaardmaten van het ministerie van Handel, lid van het *Comité International des Poids et Mesures*, algemeen secretaris van de Britse Vereniging voor de bevordering van Wetenschap, lid van de Koninklijke Academie van Wetenschappen, voormalig voorzitter van zowel het Londens Wiskundig Genootschap als het Koninklijk Astronomisch Genootschap, lid van het Permanente Comité voor Zons- en Maansverduisteringen en bestuurslid van het Koninklijk Genootschap voor de bevordering der Schone Kunsten.

Majoor MacMahon is de zoon van brigadegeneraal P.W. MacMahon. Hij heeft een paar jaar bij de artillerie in Madras gezeten, waar hij deelnam aan een beruchte strafexpeditie tegen de Jawaki Afridi's in Kasjmir. Na zijn terugkeer in Engeland werd hij benoemd tot wiskundedocent aan de militaire academie van Woolwich, waar Littlewood nu zit te ploeteren. Daarna heeft hij het leger vaarwel gezegd en nu woont hij met zijn vrouw aan Carlisle Place in de Londense wijk Westminster. Hij heeft gigantische bakkebaarden en zou de eerste zijn om te vertellen dat hij nergens meer van geniet dan van een goed glas port en een partijtje biljarten.

In maart 1916 gaat Hardy met Ramanujan bij hem op bezoek. Als ze bij zijn huis komen gaat de dienstmeid hen niet voor naar de zitkamer maar naar de biljartkamer, met Indische kleden op de vloer die naar alle waarschijnlijkheid tijdens die beruchte inval in Kasjmir zijn geroofd. Al het meubilair – de sofa, de Queen Anne-fauteuil op zijn klauwpoten, zelfs het biljart – druipt van gouden en rode franje. Boven de haard staart een hertenkop omlaag met die blik van minachting gemengd met verveling waarin taxidermisten zich schij-

347

nen te specialiseren. Ramanujan kijkt ernaar en wendt zich dan af, duidelijk uit zijn doen.

'Heb je nog nooit een jachttrofee gezien?' vraagt Hardy.

Hij schudt van nee.

'In Engeland doden ze dieren voor de sport. Ik zeg "ze" omdat ik zelf nooit aan zo'n barbaarse vorm van verstrooiing zou meedoen.'

'En eten ze het hert dan op?'

'Soms wel.'

Dan komt majoor MacMahon de kamer binnen, vergezeld door mevrouw MacMahon, die meteen verkondigt dat ze helemaal niets van wiskunde snapt en naar de keuken moet om toezicht te houden op het bottelen van het een of ander. Dan laat ze de mannen alleen. De majoor gebaart Hardy en Ramanujan om plaats te nemen op de sofa. Hij opent een sigarendoos, haalt er een sigaar uit en steekt hem op; dan houdt hij de doos op naar Hardy en Ramanujan, die allebei weigeren. 'Nou, dan rook ik maar in m'n eentje,' zegt hij met een zweem van lichte geringschatting. 'Wel, meneer Ramanujan' – rook in diens richting blazend – 'ik heb begrepen dat u een kei bent in rekenen. Zoals Hardy u wellicht heeft verteld ben ik zelf ook tamelijk goed in hoofdrekenen. Zullen we een wedstrijdje doen?'

'Een wedstrijd?'

'Ja, een wedstrijd.' De majoor staat weer op en trekt een schoolbord op wielen uit de hoek. 'Luister, Hardy, ik wil dat u het volgende doet. Ik wil dat u een getal opschrijft, welk getal u maar wilt, en dan kijken we wie van ons het als eerste kan ontbinden.' Hij gooit Ramanujan een krijtje toe dat de Indiër niet weet op te vangen. 'U komt hier naast mij staan. Als u het antwoord hebt, schrijft u dat op het bord.'

Maar Ramanujan kruipt over de vloer op zoek naar het krijtje, dat onder de sofa is gerold. Pas als hij het heeft opgeraapt loopt hij naar het bord.

'Goed,' zegt de majoor, zich in zijn grote handen wrijvend. 'Het eerste getal?'

'Even kijken... 2.978.946.'

Er verstrijken enkele seconden. Dan beginnen beide mannen met hun krijtje te krassen.

De majoor is het eerst klaar – het antwoord is $2 \times 3^2 \times 167 \times 991$ – al ligt Ramanujan niet veel achter.

'Scheelt het te weinig om te zeggen wie er heeft gewonnen?' vraagt Hardy.

'Ik denk dat de majoor me heeft verslagen,' zegt Ramanujan.

'Dan gaan we door.' En Hardy geeft nog een getal op. En daarna nog een. Meestal wint de majoor.

Ten slotte schrijft Hardy het getal 4.324.320 op.

Meteen geeft Ramanujan het antwoord: $2^5 \times 3^3 \times 5 \times 7 \times 11 \times 13$.

'Dat is niet eerlijk, Hardy,' zegt de majoor. 'Dat is een van zijn hogelijk samengestelde getallen. Dat is in zijn voordeel.'

'Ik zie niet in waarom dat iets uitmaakt,' zegt Hardy, 'maar het klopt dat hij ze heeft becijferd tot – tot hoeveel?'

'Tot 6.746.328.388.800,' zegt Ramanujan.

'Mooi, maar u hebt er eentje over het hoofd gezien,' zegt de majoor.

'Heeft hij er eentje gemist?'

'Ik heb ernaar uitgekeken om u dit te vertellen.' En dan tast de majoor in de zak van zijn jasje en diept een verfrommeld stuk papier op. '29.331.862.500,' leest hij voor. Hij overhandigt het papier aan Ramanujan, die er met een verslagen blik naar staart.

'Hoe hebt u dat gevonden?' vraagt Hardy.

'Dat is mijn specialiteit,' zegt de majoor. 'Daarom zijn jullie bij mij gekomen.'

Combinatoriek is een oude wetenschap. Zoals de majoor uitlegt ligt de oorsprong ervan in Ramanujans land, in een Indische verhandeling uit de zesde eeuw voor Christus genaamd de *Sushruta Samhita*. 'Het is eigenlijk deels een kookboek,' zegt de majoor. 'Ze nemen de zes verschillende smaken, dat zijn bitter, zoet, zout, pikant... Verdomme, wat is de vijfde? Even kijken. Bitter, zuur, zoet, zout, pikant...'

'Zerp?'

349

'Ja, zerp. Dank u.' Terwijl hij praat legt hij de ballen klaar voor een spelletje biljart. 'Maar goed, dus in die verhandeling worden de zes smaken gecombineerd, eerst één met elk van de andere, dan twee met elk van de andere, dan drie, en uiteindelijk kom je op vierenzestig mogelijke combinaties als je ook de mogelijkheid van de Engelse kookkunst nog meetelt – geen smaak. Ha! En dat is in wezen enumeratieve combinatorische analyse. Alleen zijn onze methoden tegenwoordig natuurlijk wat meer geperfectioneerd.' De majoor stoot een bal in een zak. Hij mikt weer, mist en overhandigt de keu aan Ramanujan.

'Hebt u wel eens gebiljart?'

'Nee.'

'Het is heel eenvoudig. U houdt de stok zo' – hij gaat achter Ramanujan staan en zet hem in de juiste lijn – 'en mikt op de witte bal.'

Ramanujan concentreert zich. Verbazingwekkend bedreven richt hij, stoot, en krijgt een bal in de zak. 'Bravo!' roept de majoor applaudisserend. 'Nog eentje.' Weer mikt Ramanujan, maar deze keer stuntelt hij en scheurt hij bijna het groene laken met zijn keu. De witte bal stuitert over de rand van het biljart en rolt dan verder over de vloer tot hij tegen een van de klauwpoten van de fauteuil botst.

'Geeft niet,' zegt de majoor en raapt de bal op. 'Het is pas uw eerste keer.'

Ramanujan zegt dat hij liever wil toekijken en leren, dus neemt Hardy de stok van hem over. Terwijl zij spelen, praten ze over partities. Hardy en Ramanujan hebben hun zinnen gezet op een theorema: dat apparaat waar je de biljartbal met een getal erop in stopt om hem er even later uit te zien komen met een ander getal erop. Omdat het theorema wordt afgeleid uit een asymptotische formule zal het getal naar alle waarschijnlijkheid niet exact zijn; het zal afgerond moeten worden. Dat zit Ramanujan meer dwars dan Hardy. 'De grote fout van jonge wiskundigen die met een numeriek probleem worden geconfronteerd is dat ze niet goed kunnen inzien waar accuratesse essentieel is en waar niet,' zegt Hardy.

'Je zou combinatoriek ook als een apparaat kunnen beschouwen,' zegt de majoor, 'maar dan een ander soort apparaat. Hebben jullie gehoord van de analytische machine van Charles Babbage? Hij heeft hem nooit gebouwd. Combinatoriek is zoiets als dat apparaat dat Babbage nooit heeft gebouwd. En de dochter van Byron – zij was wiskundige, nietwaar, ze werkte samen met Babbage – heeft erover gezegd' – de majoor schraapt zijn keel terwijl hij richt – '"We zouden heel toepasselijk kunnen stellen dat de Analytische Machine algebraïsche patronen weeft, net zoals het jacquardweefgetouw bloemen en bladeren weeft." Mooi gezegd, wat geen verrassing is uit de mond van Byrons dochter.' Hij stoot en schiet een bal in een zak. 'Dat is ook wat ik doe. Ik weef patronen. Ik heb mijn eigen analytische machine – hierbinnen.' Hij tikt tegen zijn schedel.

'En heb ik het goed begrepen dat u de laatste tijd partitiegetallen weeft?' vraagt Hardy.

'Dat hebt u inderdaad juist. Ik baan me een weg omhoog langs de getallen, grofweg, en sla er hier en daar wat over.'

'En hoe ver bent u?'

'Gisteren heb ik de berekening van p(n) voor 88 voltooid.'

'Hoe lang hebt u daarover gedaan?'

'Een paar dagen.'

'En wat was de uitkomst?'

'Verwacht u van mij dat ik dat uit mijn hoofd weet?' De majoor grinnikt. Dan legt hij zijn rechterhand op zijn borst, steekt zijn linkerarm uit en declameert: '44.108.109.'

'44.108.109,' herhaalt Ramanujan. Zoals hij daar staat lijkt het of hij het getal liefkoost.

'Een man naar mijn hart,' zegt de majoor terwijl hij hem op zijn rug klopt.

8

*T*e midden van alle grote tragedies steken de kleine met een eigenaardige aandoenlijkheid af. Zo verneemt Littlewood bijvoorbeeld dat het spook van de armoede nu bij de hospita's van Cambridge op de stoep staat omdat er nog maar zo weinig studenten zijn om kamers aan te verhuren. 'Het zal echter velen in hun rampspoed tot troost zijn,' leest hij hardop voor uit *The Cambridge Magazine*, 'om te ontdekken dat het volkomen terecht en in strikte overeenstemming met de wetten van zowel de logica als de economie is dat de hospita's nimmer zo gastvrij zijn geweest.'

Anne moet niet lachen. Het is laat in de ochtend in de flat bij Regent's Park. Ze zit aan de andere kant van de kamer haar haar op te spelden, met een schacht zonlicht tussen Littlewood en haar in die het raam als een sabel doorklieft.

'Als je het mij vraagt zouden ze gewoon bordelen van al die pensions moeten maken,' zegt hij.

'Dat is wel een beetje harteloos van je,' zegt ze terwijl ze een haarspeld uit haar mond pakt. 'Die vrouwen zijn afhankelijk van studenten voor hun levensonderhoud.'

'Het was maar een grapje,' zegt hij. 'Waar is je gevoel voor humor gebleven?'

'Ik vind maar weinig dingen grappig, tegenwoordig.'

'Als je niet meer kunt lachen word je krankzinnig, is mijn devies,' zegt hij. Hij steekt een sigaret op. Anne is bijna aangekleed, maar hij zit nog in zijn onderbroek en flanelletje. Hij stelt het moment zo lang mogelijk uit waarop hij zijn uniform aan moet trekken, want zodra hij zijn uniform aantrekt zal zijn verlof echt voorbij zijn en moet hij terug naar Woolwich. En dat niet alleen, dan moet Anne terug naar Treen. Als 'moet' het juiste woord is. Het lijkt wel of ze popelt om weg te gaan. Je zou toch denken (denkt hij) dat ze het heerlijk zou vinden om drie dagen met mij te hebben, maar in plaats daarvan heeft ze zich de hele tijd zorgen zitten maken. Om de kinderen. (Een van de kinderen had kiespijn.) Om de honden. Om de mogelijkheid dat haar man erachter komt dat ze helemaal niet bij haar zus in Yorkshire op bezoek is. En ze heeft ook weinig zin in seks gehad, wat op zichzelf geen ramp is – ze zijn ver voorbij het stadium waarin seks een noodzaak voor hen is – maar je zou toch hopen dat ze zich realiseert dat hij, na al die weken opgesloten met een stel mannen, de kans om zijn handen over het lichaam van een vrouw te laten glijden zou waarderen. Wat Anne hem maar mondjesmaat heeft toegestaan. Is haar liefde voor hem voorbij?

De gedachte doorboort hem zoals de bundel zonlicht het raam doorboort, klieft door hem heen en komt er aan de andere kant weer uit. Dat kan niet. Dat kan niet.

Ze is klaar met haar haar. Hij drukt de sigaret uit en steekt de volgende op. 'Heb je zin om te ontbijten?' vraagt hij.

'Nee, dank je, dan kom ik te laat voor de trein.'

'Thee dan?'

'Bah, ik word al misselijk bij de gedachte.'

Hij moet lachen. 'Je zou bijna denken dat je zwanger was.'

'Dat ben ik ook, in feite.'

De sigaret bungelt aan zijn lip. 'Wat zei je daar?'

'Ik wou het nog niet vertellen, maar nu jij erover begint –'

'Zwanger!'

'Je hoeft niet zo verrast te doen. Dat gebeurt bij vrouwen.'

'Maar hoe kan –'

Ze knoopt haar blouse dicht. 'Ik weet dat jongens van jouw generatie zijn opgegroeid in vrijwel totale onwetendheid van de natuurwetten, Jack, maar echt, je zou toch verwachten dat je zo langzamerhand –'

'Doe niet zo belachelijk – Natuurlijk weet ik wel –' Hij staat op, kijkt rond alsof hij iets is vergeten. En dan dringt het tot hem door wat hij is vergeten: zijn vreugde. 'Lieverd!' zegt hij. En hij omhelst haar. 'Dat is geweldig, fantastisch!'

'Rustig aan.' Ze duwt hem van zich af. 'Dit maakt alles een stuk ingewikkelder.'

'Hoezo?'

'Arthur.'

'Je wilt toch niet zeggen dat Arthur en jij –'

'Natuurlijk niet. Doe niet zo stom. Arthur en ik hebben niet meer – nou, al jaren niet meer. En dat is ook het probleem. Hij zal meteen weten dat jij de vader bent. Dus het zou een beetje penibel kunnen worden.'

'Moeten we dan niet trouwen?'

Ze kijkt hem recht aan. 'Weet je wel wat je zegt, Jack?'

'Nou, waarom niet? Arthur en jij – zoals je zelf zegt hebben jullie niet meer –'

'Maar je hebt het nog nooit eerder over trouwen gehad.'

'Dat is waar. Maar nu –'

'Omdat ik zwanger ben?'

'Nee, natuurlijk niet. Maar doordat je zwanger bent – besef ik pas hoeveel ik van je houd, hoe belangrijk het is. Dit.'

'Je zou dat met wat meer overtuiging kunnen zeggen.'

'Ik ben er helemaal van overtuigd.'

'Zo klink je niet.'

Ze heeft gelijk. Zo klinkt hij niet. Snel, hij moet een reden bedenken om te voorkomen dat ze hem gaat verachten.

'Dat komt alleen doordat het zo'n verrassing is. Ik heb nog nauwelijks kans gehad om het te laten bezinken.'

Ze trekt haar jasje aan. 'Laten we één ding duidelijk voor ogen houden,' zegt ze. 'Ik ben niet van plan om van Arthur te scheiden of om met jou te trouwen. En als je de situatie goed overdenkt, zul je zien dat ik gelijk heb. Jij en ik zijn niet voor het huwelijk geschapen – althans niet met elkaar. We zijn ervoor geschapen om buiten de regels om te leven.' Opeens legt ze haar hand tegen zijn wang. 'Niet omdat ik niet van je houd. Misschien wel omdat ik te veel van je houd.' Of misschien – dat zegt hij niet – omdat je te veel van Treen houdt, omdat je te veel van dit leven van jou houdt waarin ik kom en ga. Waar ik in en uit stap maar nooit permanent bij hoor. Je wilt

354

mij er niet permanent bij. En als ik eerlijk moet zijn wil ik er ook niet permanent bij horen.

'Wat zal Arthur ervan vinden? Zal hij kwaad zijn?'

'Waarschijnlijk wel. Maar ja, daar valt dan verder weinig aan te doen, toch?' Ze pakt haar hoed. 'Het kind zal als het zijne worden opgevoed. Het zal hem, Arthur, als zijn vader beschouwen, en jou als oom Jack. Net als de andere kinderen.'

Littlewood legt zijn hand tegen zijn voorhoofd. Tot zijn eigen stomme verbazing staat hij te huilen. 'Ik weet niet wat ik moet zeggen,' zegt hij. 'Ik weet niet hoe ik eraan moet wennen.'

'Je bent aan ergere dingen gewend geraakt. Wij allemaal.' Ze geeft hem een kus op zijn voorhoofd. 'En nu moet ik weg anders mis ik de trein.'

'Maar het is ook mijn kind!' Hij zegt dat alsof het net tot hem is doorgedrongen.

'Ons kind,' verbetert ze.

'Zal er dan niets veranderen?'

'O, alles zal veranderen.' Ze staat nu bij de deur. 'Maar het zal niet noodzakelijkerwijs slechter worden.'

'Anne –'

'Nee,' zegt ze resoluut, ineens onbuigzaam. En dan is ze weg.

9

Zonder Anne lijkt de flat armzalig, onvoorstelbaar. Een plek voor afspraakjes, niet alleen van hemzelf. Andere mannen komen hier ook, weet hij. Met andere vrouwen. En wie weet, met andere mannen.

Hij wast zich zo vlug als hij kan, trekt dan zijn uniform aan en pakt zijn tas in. Op weg naar beneden passeert hij een vrouw die een doos met boodschappen draagt. Ze monstert hem alsof ze wil zeggen: ik weet best uit welke flat jij komt. Ze heeft een rode moedervlek op haar linkerwang, een soort permanente blos die hij merkwaardig aantrekkelijk vindt. Maar als hij aanbiedt haar met de boodschappen te helpen zegt ze nee, dank u, en haast zich langs hem heen de trap op.

Hij stapt naar buiten. Het is koud en het regent een beetje. Een windvlaag treft hem als een vuist in zijn gezicht, als de mokerslag die hem te wachten staat, weet hij, die hij verdient en zelfs wenst. Weldra is de linkerkant van zijn gezicht gevoelloos. Hij loopt – de ene naamloze straat na de andere – en dan blijft hij staan en kijkt op zijn horloge. Vier uur en twintig minuten tot hij in Woolwich terug moet zijn, één uur en twintig minuten tot hij Hardy in een tearoom bij het British Museum treft, zeven minuten tot Anne in haar trein stapt. Hoe wordt hij geacht zich op te stellen tegenover Hardy – dorre, seksloze Hardy – en over wiskunde te praten, of over het beleid op Trinity College, of over cricket, nu Anne een scheur in het weefsel van zijn leven heeft gereten? Zijn leven: een vlak dat zich uitrekt zonder te scheuren, een vlak 'waarvan de ruimtelijke eigenschappen onder halfcontinue deformatie onveranderlijk blijven'. Topologie. Zo heeft hij er tot vanmorgen over gedacht. Maar toen maakte Anne een scheur dwars door het midden. Hij moet een biertje hebben. Hij kan niet naar de afspraak met Hardy zonder een biertje.

Hij gaat de eerste pub binnen die hij tegenkomt. Dankzij de Wet op de Verdediging van het Koninkrijk zijn de pubs tegenwoordig alleen 's middags van twaalf tot halfdrie open en 's avonds van half-zeven tot elf. Hij slaat een pint achterover en bestelt er nog een. Hij denkt: wat ben ik voor haar? Voor hem is zij een mysterie. Dat is ze altijd geweest. Ze hebben elkaar min of meer toevallig leren kennen, toen hij met vakantie in Treen was. Er werd een tuinfeest gehouden en daar was ze met Chase, die van Russell over Littlewood had gehoord en een gesprekje aanknoopte. Chase wilde duidelijk indruk maken, maar het was zijn vrouw, die nietsvermoedend met een hond aan het spelen was, die de meeste indruk maakte. Terwijl Chase stond te praten liet ze de hond op zijn achterpoten staan en hield ze hem zo – hij telde – zeker vijfenveertig seconden omhoog door als een goochelaar vlak voor zijn snuit iets denkbeeldigs tussen haar vingers te laten bungelen. Ze had een bruine huid met sproe-ten. Op een of andere manier leken schoenen niet bij haar te passen. Ze scheen zozeer onderdeel te zijn van de kust waar ze op uitkeken, van de woeste branding en het zand en de rotsen, dat hij ervan uit-ging dat ze in Treen was geboren en getogen, maar in feite was ze in de Midlands opgegroeid en pas na haar huwelijk met Arthur naar Treen gekomen, naar het huis van zijn familie. 'Niemand gelooft het,' zei ze tegen hem toen ze eindelijk met elkaar in gesprek raak-ten, 'maar tot mijn zeventiende had ik nog nooit de zee gezien. En toen kwam ik hier, en zodra ik uit de trein stapte wist ik dat ik de plek had gevonden waar ik thuishoorde. Ik vind mezelf een enorme bofkont. Ik heb een theorie dat er voor ieder van ons een plek in de wereld is waar we thuishoren, maar dat maar heel weinig mensen die plek ooit vinden omdat God grillig is. Nee, niet grillig. Kwaad-willig. Hij verstrooit ons lukraak over de aarde, hij zet ons niet neer op onze plek. Zo zou je kunnen opgroeien in Battersea en nooit beseffen dat je ware plek, de enige plek waar je thuishoorde, een dorpje in Rusland was, of een eiland voor de kust van Amerika. Ik denk dat daarom zoveel mensen zo ongelukkig zijn.'

'En bent u gelukkig nu u uw plek hebt gevonden?' vroeg hij.

'Ik zou nog gelukkiger zijn als ik niet iets anders had moeten opgeven om deze plek te vinden. Maar misschien zijn we allemaal wel tot dergelijke concessies veroordeeld.'

De ochtend na hun ontmoeting moest hij tot zijn grote spijt terug naar Cambridge, maar hij wilde dolgraag weer naar Treen, en toen hij haar een paar weken later schreef dat hij wilde komen, nodigde ze hem uit om bij haar te logeren. En toen stond hij bij haar op de stoep, en het kwam heel goed uit – het leek destijds verdacht goed uit te komen – dat Arthur er niet was: op het laatste moment moest hij dat weekend voor een medisch spoedgeval in Londen blijven.

'Jij bent mijn plek,' zei hij die nacht tegen haar. Het was waar. Hoe fijn hij het ook vond in Treen, dat was niet waar hij thuishoorde. Hij hoorde bij Anne. Ze leek een verlengstuk van de kust, alsof een strand voor de avances van een zeegod was gevlucht en een menselijke gedaante had aangenomen en zich op wankele zandbenen had opgericht. In die mythe die Littlewood verzon kon je de strandnajade herkennen aan het zand dat ze overal achterliet, ongeacht hoe ver ze het binnenland in trok, het zand dat je, als een spoor van broodkruimels, terug kon volgen naar de klippen en stranden van Cornwall. Op een of andere manier wist hij die eerste nacht al dat hij de rest van zijn leven, of een groot deel ervan, zou proberen om dat spoor terug te volgen naar de oorsprong.

Daarna schikten ze zich in een routine voor hun overspel. Kiezen voor elkaar impliceerde routine, voor hen allebei. Vrijdags nam hij meestal de trein naar Treen. Dan haalde ze hem af van het station en zette ze hem een laat souper voor in de zitkamer. De volgende dag om klokslag acht uur koffie op bed, daarna 's morgens werken op de met ramen afgesloten veranda, waar hij op een kapotte stoel zat met zijn voeten op een houtblok en zijn papieren op hun plaats werden gehouden door stenen van het strand. Om twaalf uur ging hij twintig minuten zwemmen, niet meer en niet minder. Daarna lunchen en rusten. Dan 's middags nog een keer zwemmen of, als het buiten te koud was, een wandeling. Na de thee patiencen. Na het patiencen avondeten met bier. Na het eten nog meer kaartspelletjes, soms met de kinderen. Meer bier.

Meer bier! Dat is wat hij nodig heeft! Hij bestelt een derde pint.

In die weekends voor de oorlog sliep hij altijd in een logeerkamer op de derde verdieping, een eind van de kinderen vandaan. Nadat ze hen naar bed had gebracht kwam ze daar bij hem, en dan ging ze vlak voor de dageraad terug naar haar eigen kamer. Arthur placht het derde weekend van de maand te komen (dat was een soort stilzwijgende afspraak) en dat ene weekend had Littlewood dan net een of andere dringende verplichting waardoor hij niet kon komen (dat was ook een stilzwijgende afspraak). Het was duidelijk dat ze met Arthur tot een vergelijk was gekomen, dat er in het holst van de slaapkamer die ze deelden (voor zover hij wist deelden ze die) een woordenwisseling was geweest, misschien wel met beschuldigingen over en weer, dat er onderhandelingen waren gevoerd en voorwaarden overeengekomen. Wat die voorwaarden precies inhielden vroeg hij niet: het lag in hun pact besloten dat hij er niet naar zou vragen. En protesten zouden evenmin worden gedoogd. Hij voelde dat Anne een zekere verevening, een balans van genietingen en opofferingen als onvermijdelijk accepteerde omdat ze geloofde dat een dergelijke balans tot de normale orde der dingen behoorde. Anne wilde Treen en ze wilde Littlewood. Ze kreeg beide, maar ze wilde niet zeggen hoeveel ze daarvoor moest opgeven.

En nu is ze zwanger.

Hij drinkt zijn derde pint op en kijkt op zijn horloge. Nog een half uur tot zijn afspraak met Hardy. Vervelend. Dus rekent hij af en stapt de kou weer in. De wind slaat hem weer in het gezicht. Nu is het zijn rechterwang die gevoelloos wordt. Hij steekt een straat over. Een automobiel rijdt voorbij, zo dichtbij dat hij het metaal rakelings langs zijn huid voelt scheren. De chauffeur schreeuwt tegen hem: 'Stomme idioot, kijk uit waar je loopt!'

Je zou dat met wat meer overtuiging kunnen zeggen.

Zou hij dat echt hebben gekund? Hij veronderstelt van wel. *Trouw met me*, had hij kunnen zeggen, op zijn knieën. Als hij had aangedrongen, zou ze dan zijn gezwicht? Ze had hem alleen die ene wenk gegeven, heel even een deur geopend die hij misschien verder open had kunnen wrikken, maar dat had hij niet gedaan, en nu is die deur weer dicht, beseft hij. Zijn kans is verkeken en de strandnajade is weer terug naar haar kust.

Er zoeft nog een automobiel voorbij. Aan de overkant van de straat loopt een vrouw met een hond die op de hond lijkt die Anne zo lang op zijn achterpoten overeind had gehouden, had gedresseerd. Zo heeft ze hem ook gedresseerd.

En waar is zíjn plek? De plek waar hij zelf thuishoort, met of zonder Anne?

Hij blijft staan en knijpt zijn ogen dicht. Hij ziet een open haard, een raam met oud glas waardoorheen hij architraven en de schimmen van bomen kan ontwaren. Trinity College is heel oud. Het was er al honderden jaren voor hij door de poort kwam gestommeld. Het zal er ongetwijfeld nog honderden jaren zijn nadat zijn doodkist diezelfde poort uit is gedragen. (Tenminste, als er sowieso iets blijft bestaan, als hij niet sneuvelt in de oorlog, als de Duitsers de oorlog niet winnen.) Is Trinity dan waar hij thuishoort? Als dat zo is dan is het een illusie. Die kamers die hij zijn thuis noemt zijn alleen van hem in dezelfde zin als het stuk marmer uit het keizerlijke Rome dat hij vroeger uit het Forum heeft gepikt van hem is. Zulke dingen overleven ons. We pikken ze in, bieden ze onderdak, bieden onszelf onderdak erin. Maar alleen voor een poosje. En toch beschouwt hij die kamers als zíjn thuis.

Het is merkwaardig, maar toen hij jong was bekommerde hij zich amper om God. Toen leerde hij Anne kennen, en Hardy, en nu is hij ervan overtuigd dat God op Zijn troon Zijn vrije uurtjes verlummelt met het uitzetten van de routes waarlangs Zijn onderdanen het snelst hun ongeluk tegemoet gaan. Dat Hij mensen in het wilde weg over de aarde verstrooit, dat Hij samenspant met de natuur om het bij cricketwedstrijden te laten regenen. En wat heeft Hij voor Littlewood in petto? Liefde voor een vrouw die hij nooit mag bezitten gecombineerd met gehechtheid aan een plek die nooit van hem mag zijn. Een soort gedoemde, eeuwige vrijgezellenstaat.

Weer kijkt hij op zijn horloge. Kwart voor een. Straks zit hij weer tegenover Hardy. Ziet hij ertegenop? Nee. Tot zijn verrassing merkt hij dat hij er eigenlijk wel naar uitkijkt. Want hij zal nooit met Anne trouwen. Hij zal nooit een kind hebben dat zijn eigen naam draagt. Maar Hardy – Hardy gaat nergens heen. Hardy is permanent. Echtgenote of medewerker, het komt op hetzelfde neer. En er is werk aan de winkel. Altijd, altijd werk aan de winkel.

10

*H*ij komt als eerste bij de tearoom aan, neemt een tafeltje en ziet door het raam hoe Hardy, met bolhoed en regenjas, naar de deur kuiert. Kuiert, ja – dat is precies het goede woord voor Hardy. Hij is laconiek en glad, als een otter. Hij stapt naar binnen, doet zijn paraplu dicht, gebaart met zijn kin. 'Littlewood,' zegt hij terwijl hij zijn handschoenen uittrekt en hem een hand geeft. Zo droog, die hand. Wat nogal in tegenspraak is met het otter-denkbeeld. Een magere wig van een man, een en al scherpe kanten. Hoe zou het zijn om hem te omhelzen? Hij huivert bij de gedachte.

'Neem me niet kwalijk dat ik te laat ben. Ik stap net uit de trein.'

'Maakt niet uit.'

'Alles goed met je, mag ik hopen?'

Zo'n opmerking laat geen ruimte voor mogelijke antwoorden. 'Alles goed.'

'Mooi.'

'Ik wil je iets laten zien.' Littlewood grijpt in zijn tas. 'Dit is mijn eerste ballistische verhandeling. Vers van de pers. Zie je dat stipje onder aan de laatste pagina?'

'Ja, wat is dat?'

'Een piepklein sigmaatje. De laatste regel hoorde te luiden: "Bijgevolg dient σ zo klein mogelijk te worden gemaakt."' Littlewood leunt achterover. 'Nou, de drukker heeft zich goed van zijn taak gekweten. Hij heeft vast alle drukkerijen van Londen afgestroopt om zo'n kleine sigma te vinden.'

Hardy moet zo hard lachen dat de serveerster zich omdraait en hem een blik toewerpt.

'Ik ben blij dat je het geestig vindt,' zegt Littlewood. 'Dat mis ik wel, iemand om me heen die snapt waarom dat geestig is.'

'Misschien kom ik binnenkort ook bij jullie werken. De dienst- plicht lijkt onafwendbaar.'

'En dat uit de mond van de secretaris van het Verbond voor Democratisch Bestuur! Hoe gaat het daar trouwens mee?'

'Er is een hoop commotie op de universiteit. Butler probeert iedereen eruit te werken die iets met ons te maken heeft. Het gerucht gaat dat hij Neville wil lozen. En intussen mogen we geen van allen bezwaar maken omdat hij drie zonen aan het front heeft. Butler. De arme ziel is in alle staten. Hij kan zich nergens op concentreren en luistert nauwelijks als je wat tegen hem zegt.' De serveerster meldt zich. 'O ja, dag. Earl Grey, alstublieft.'

'En u, meneer?'

'Hetzelfde. Wil je er wat bij, Hardy?'

'Nee, ik hoef niets.'

Littlewood ergert zich aan de manier waarop Hardy dat zegt. Als híj nu wel iets bestelt – en wat ziet het gebak er aanlokkelijk uit! – zal Hardy hem vast berispend aankijken. En het is waar dat Littlewood sinds hun laatste ontmoeting een paar pondjes is aangekomen, maar ja, wat wil je? Hij is nu in dienst. Je kunt niet slank blijven op afstands- tabellen en legeraardappels.

'Alleen thee dan.'

'Goed, meneer.' De serveerster loopt weg.

'Ik moet de laatste tijd vaak aan onze vriend Ramanujan den- ken,' zegt hij. 'Ik wist nooit zeker of ik al die praatjes van hem over wiskundedromen wel moest geloven, maar toen had ik pas gele- den een droom waarin ik zo helder als glas de oplossing van een vraagstuk voor me zag, en natuurlijk was ik het de volgende och- tend vergeten. Dus heb ik een schrijfblok en een pen naast het bed gelegd, en toen het weer gebeurde werd ik wakker en heb ik het opgeschreven, waarna ik weer ging slapen. En de volgende och- tend keek ik op het schrijfblok, en weet je wat ik had opgeschre- ven?'

'Wat?'

'"Higaam, bigaam, mannen zijn polygaam. Hogaam, bogaam, vrouwen zijn monogaam."'

Deze keer moet Hardy niet lachen.

'En, wat brengt je deze keer naar de stad?'

'Iets voor het Wiskundig Genootschap. We proberen een Duitse natuurkundige te helpen die niet uit Reading weg kon komen. Ze hebben hem nu geïnterneerd.'

'Wat goed van je.'

'Nou ja, er zitten ook Engelsen vast in Duitsland, en de Duitsers proberen hen ook te helpen.'

'Het is een rare gedachte dat wij hier zitten en zij daar, in vijandige kampen.'

'Het is alleen een verandering van teken. Triviaal. Van plus in min en van min in plus.'

'Denk je dat dat het enige is?'

'Deze oorlog is een farce.'

'Maar als de Duitsers winnen –'

'Dat zou wel eens heel goed voor Engeland kunnen zijn.'

Littlewood moet glimlachen. 'Er is één ding wat ik wel mis: om jou exorbitante uitspraken te horen doen. Je weet dat exorbitante uitspraken niet zijn toegestaan in Woolwich.'

'En terecht. Die horen thuis in Cambridge.'

'Eigenlijk mis ik dat aspect van Cambridge niet. De schrandere conversatie, de snedigheden die over en weer vliegen. Al die oppervlakkigheid.'

'Is het dan beter in Woolwich?'

'Het heeft daar in elk geval een zekere onopgesmukte oprechtheid. Je hebt daar een taak en die voer je uit.'

'Pas op, Littlewood, je begint al als een ingenieur te klinken.'

'Ik zie mezelf best als ingenieur eindigen. Ik reken erop dat ik de gave kwijtraak als ik tegen de veertig loop, en wat is dan het alternatief? Uitgebloeide wiskundigen leveren uitstekende universiteitsvoorzitters op.'

'Ik zie jou wel als universiteitsvoorzitter voor me.'

'Ik word nog liever doodgeschoten.'

'Met het werk dat je nu doet zul je zeker het geweer kunnen richten.'

'Ja, dat wel. Al ben ik niet echt een scherpschutter. Daarom laten ze me dingen op papier uitwerken.'

De serveerster brengt de thee. Twee vrouwen zitten met heel rechte rug aan het tafeltje naast hen. Er is net een gebaksstandaard voor hen neergezet met drie plateautjes vol sandwiches, scones, crumpets en die rozijnengebakjes die Littlewood zo lekker vindt.

Waarom eten ze niet? Met bestudeerde nonchalance nippen de dames van hun thee, wisselen een paar woorden, negeren de lekkernijen. Ze doen geen suiker in hun thee. Waarschijnlijk is er ook geen suiker in de gebakjes gebruikt, en ook geen eieren want het is oorlogstijd, en Hardy heeft een tamelijk dure tearoom uitgekozen waarvan de clientèle erg op uiterlijkheden is gericht. De hemel verhoede dat deze vrouwen zouden worden aangezien voor arbeiders die veel en snel moeten eten, willen ze hun werk goed doen! Of dat ze zouden worden beschouwd als mensen die de gedragsregels om zich te matigen die vanwege de oorlog gelden niet naleven, althans niet in het openbaar. Wie weet wat ze thuis allemaal hebben verstopt? In tearooms van de werkende klasse – er is er een in Woolwich waar Littlewood vaak komt – doen alle klanten suiker in hun thee.

Als dit soort dingen Hardy al dwarszit dan laat hij dat niet merken. Hij schenkt de thee in. Hij vraagt niet om suiker. Nu hij erover nadenkt, heeft Littlewood Hardy ooit suiker in zijn thee zien doen? Het lijkt of hij zich al zijn hele leven aan zijn eigen regels om zich te matigen houdt.

'Je krijgt de groeten van Ramanujan, trouwens,' zegt Hardy.

'En hoe staat het met hem?'

'Wel goed, geloof ik. Ik wou dat ik hem tot grotere concentratie kon aanzetten.'

'Maar dwing hem niet tot te grote concentratie. Is hij gelukkig?'

'Eerlijk gezegd maakt hij een wat neerslachtige indruk. Dat komt misschien doordat hij zoveel leest. Ik heb het idee dat hij eindelijk begint in te zien hoeveel hij niet weet.'

'Dan zou hij misschien niet zoveel moeten lezen.'

'Maar dan nog is hij te intelligent om niet te zien wat in Indië voor hem verborgen bleef. Het dringt nu tot hem door dat hij een handicap heeft. Juist datgene wat altijd zijn visitekaartje is geweest – zijn gebrek aan scholing – hij begrijpt nu hoe dat hem heeft benadeeld.'

'Wat heeft Klein ook alweer gezegd? De wiskunde heeft meer vorderingen gemaakt door mensen met intuïtie dan door mensen met strikte methodieken.'

'Dat kon Klein makkelijk zeggen, met zijn achtergrond.'

'Volgens mij moeten we Ramanujan gewoon met een schrijflei in een lege kamer zetten en hem laten bedenken wat hij wil.'

'Kon dat maar. Maar het probleem is dat hij eerzuchtig is, ondanks de godin Naamgierig en de dromen en alles. Weet je dat hij nog steeds tegen me loopt te zeuren over de Smith-prijs? Een studentenprijs! En hij gaat afstuderen. God nog toe, hij is vastbesloten om die titel mee terug te nemen naar Indië.'

'Zo'n afstudeertitel is van grote waarde in Indië.'

'Dus liever een titel dan het bewijs van de Riemann-hypothese? Liever een titel dan onsterfelijkheid?'

'Wat is onsterfelijkheid?'

'Degene die de Riemann-hypothese bewijst zal onsterfelijk zijn.'

'Het verschil tussen een belangrijke ontdekking en een gewone ontdekking is een verschil van genre, niet van graad.'

'Ah, maar is het verschil tussen een verschil van genre en een verschil van graad een verschil van genre of een verschil van graad?'

'Het antwoord is elementair.' Littlewood staart even in zijn thee en zegt dan: 'Hardy, een paar jaar geleden – ik heb het er destijds nooit over gehad, maar toen vertelde Norton me dat je een roman aan het schrijven was. Een misdaadroman.'

'Dat is belachelijk.'

'Nou, volgens hem was je daarmee bezig. En in die roman bewijst het slachtoffer de Riemann-hypothese en steelt de moordenaar het bewijs en beweert dat het van hem is.' Littlewood drinkt zijn kopje leeg. 'Het is een prima thema.'

'En wanneer word ik dan geacht tijd hebben om romans te schrijven?'

'Ik zou niet willen dat je dacht dat, nou dat het me zou storen als je een personage op mij zou baseren, bijvoorbeeld. De moordenaar, misschien. Je zou het ballistische aspect erin kunnen verwerken. En het sigmaatje.'

'Je moet nooit naar Norton luisteren. De helft van wat hij zegt is de fantasie van een gestoorde. We moeten meer melk hebben.' Hardy kijkt over zijn schouder. 'Ik wou dat ik de aandacht van die serveerster kon trekken! Ze kijken altijd de andere kant op als je ze wil wenken! Volgens mij doen ze dat opzettelijk.'

'Heb je haast?'

'Nee, maar ik ben nog niet in de flat geweest.'

'Anne is zwanger.'

Hardy is even stil en slikt.

'Je hoeft niet te doen alsof je niet van ons af weet. Ze heeft het me vanmorgen verteld.'

'Tja, ik weet niet precies wat ik moet zeggen... Zijn felicitaties hier op hun plaats?'

'Beslist niet. Ze wil niet met me trouwen. Ze staat erop om bij haar man te blijven.' Hij steunt zijn hoofd in zijn handen. 'O, Hardy, wat moet ik doen? Ik wil ook niet met haar trouwen. Ik zie ons niet samenwonen zoals de Nevilles in Chesterton Road... Maar ik hou van haar. En het kind. Is het verkeerd van mij dat ik wil dat het kind mij als zijn vader kent?'

'Nee, dat is niet verkeerd... Maar als ze niet met je wilt trouwen, wat kun je er dan verder aan doen?'

'Niets. Ik kan helemaal niets doen.' Hij strijkt met zijn hand door zijn haar. 'Nou ja, genoeg erover. Ik moest het gewoon aan iemand vertellen. Ik hoop dat je het niet erg vindt.'

'Natuurlijk niet.' Weer probeert Hardy de serveerster te wenken. Hij steekt zijn arm op en Littlewood pakt hem beet en drukt hem zachtjes neer op het tafeltje.

'Nog niet. Nog even. Blijf nog even een paar minuten bij me. Ik heb honger.' En dan wuift Littlewood naar de serveerster. Ze komt meteen.

'Die gebakjes zien er vreselijk lekker uit,' zegt hij. 'Die met de rozijnen. Daar wil ik er wel eentje van, alstublieft. Jij ook, Hardy?'

'Nee, ik denk niet –' Hij kucht. 'Ach nou ja, waarom ook niet?'

'Heel goed, officier,' zegt de serveerster tegen Littlewood, en ze loopt achteruit weg met haar blik op zijn gezicht gericht.

En Littlewood knipoogt.

*V*an de tearoom slaat Hardy links af om naar het station van
de ondergrondse te lopen. In zijn zak zit een brief van Thayer. De brief heeft niet veel om het lijf, maar in Thayers brieven staat
nooit veel meer dan de elementaire informatie (wanneer hij verlof
heeft, op welke dag hij in Londen zal zijn) en de elementaire vraag:
hoe laat zal hij naar Hardy's flat komen 'voor de thee'? Hardy weet
niet of Thayer dat eufemisme gebruikt omwille van de censoren of
om een of andere norm van hemzelf hoog te houden; hij weet alleen
dat hij het gedoe om Thayers brieven te beantwoorden – de reactie
die hij naar een militair adres moet sturen en alleen bestaat uit het
voorstel voor een tijdstip voor de 'thee', alsof hij een welwillende
oudtante was of zo – even opwindend als ergerlijk vindt.

Hoe dan ook, het systeem schijnt te werken. Ze zijn nu drie keer
in de flat in Pimlico bijeengekomen voor een rendez-vous in de voor-
middag. De eerste keer was Hardy gespannen en nam hij zelfs de
moeite om biscuits te kopen, om water te koken en de theespullen
klaar te zetten, wat allemaal volstrekt onnodig bleek. Er werd geen
thee geschonken: de deur was nog niet dicht of Thayer wierp zich op
Hardy, hulde hem in de natte-wolstank van zijn zware overjas, pers-
te zijn mond tegen die van Hardy zodat hun tanden tegen elkaar
klakten. En toen lagen ze op de vloer en werden kleren zo ruw afgerukt dat Hardy knopen kon horen knappen. Dat Thayer van achteren genomen wilde worden, zoals bleek, kwam niet als een verrassing. Keynes had hem op het curieuze feit gewezen dat haast alle
soldaten die met verlof thuis waren de passieve rol wilden spelen als
ze met flikkers omgingen. 'Nou ja, ik klaag niet, maar dat is toch een
beetje vreemd, nietwaar?' had Keynes gezegd. 'Ik zou hebben
gedacht dat zíj erin wilden zodat ze zichzelf konden voorhouden dat
ze niet écht van de verkeerde kant waren, dat ze alleen maar een

gelegenheid te baat namen, goedkoper dan hoeren en zo – maar nee hoor.' In plaats daarvan wilden ze 'kijken hoe het voelde', zoals een van Keynes' scharrels het had verwoord. Het was alsof ze, na zoveel weken in de loopgraven, na te hebben gedood en zelf bijna te zijn gesneuveld, een extremere variant van erotische stimulatie behoefden dan normaal geslachtsverkeer verschafte. En Hardy was best bereid om Thayer ter wille te zijn toen die op zijn knieën ging zitten en zijn achterste in de lucht stak, ondanks het feit dat hij eigenlijk nog nooit sodomie had bedreven (al had hij dat aan geen van zijn vrienden toegegeven, ook niet aan Keynes) en zijn seksuele repertoire beperkt was gebleven tot enkele niet met name genoemde 'flagrante onbetamelijkheden' die bij wet minder streng werden bestraft. Aftrekken en afzuigen, zij het in Hardy's geval veel meer van het eerste dan van het tweede, dankzij zijn moeder die hem had ingeprent dat ziektekiemen voornamelijk door de mond het lichaam binnenkomen. Gaye had hem erom uitgelachen.

En wat zou Gaye ervan hebben gevonden als hij hem die eerste middag met Thayer bezig had gezien, ook op zijn knieën, lustig rammend terwijl Thayer onder hem kronkelde en gromde? Voorwaar, hij moest het er wel behoorlijk goed van af hebben gebracht, getuige het gekreun en gevloek van Thayer – zo behoorlijk dat hij zich even afvroeg of hij misschien toch eens moest proberen om het met een vrouw te doen. Maar nee. Waar hij echt van genoot was niet zozeer het neuken zelf als de kennelijke spasmes van genot die Thayer onderging. Thayer maakte zich van hem los, ging op zijn rug liggen en legde zijn benen over Hardy's schouders. Nu zat het litteken van de granaatwond op zijn linkerbeen vlak bij Hardy's mond, rood en kartelig, en terwijl hij zich in Thayer stortte kon hij het niet helpen dat hij zijn tong erlangs liet glijden. Thayer gilde en kwam klaar. Hardy kwam ook klaar. 'Verdomme,' zei Thayer terwijl hij op zijn ellebogen achteruitschoof over de vloer. 'Dat stomme been van me.'

'Heb ik je pijn gedaan?'

'Nee, het komt door de houding waarin ik lig.' Toen stond hij op. Hij leek veel naakter na dan tijdens de daad. 'Kan ik me even wassen?' vroeg hij. En Hardy zei dat hij zich natuurlijk mocht gaan wassen.

En daarna – tóén wilde hij thee. Dat was het raarste. Je zou hebben gedacht dat hij zich zo snel mogelijk uit de voeten had willen maken, dat hij zou zijn overweldigd door schaamte of afgrijzen om zijn eigen gulzige passiviteit, maar niets daarvan. Hij trok zijn uniform weer aan en ze zetten zich aan de thee met biscuits en Thayer praatte. Hij praatte weer over zijn zussen en zijn ouders en over een meisje dat Daisy heette met wie hij een paar jaar, eh, ze kenden elkaar al een paar jaar en hoewel er niets mondeling of schriftelijk was afgesproken was het toch de bedoeling – maar nu, met de oorlog, was het dan wel fair van hem om met haar te trouwen als het er dik in zat dat ze weduwe zou worden? Maar als ze wachtten tot de oorlog voorbij was – en wie kon raden wanneer dat zou zijn? – zou het vrij laat zijn om nog een gezin te stichten, waar of niet? En hij wilde kinderen. Hij wilde een zoontje dat hij Dick kon noemen, naar zijn vriend Dick Tarlow.

Hardy luisterde. Ze hadden evengoed weer in het hospitaal kunnen zijn, met de regen die door de jaloezieën joeg en het cricketveld buiten. Toen zweeg Thayer en keek op zijn horloge en zei: 'Nou, ik ga er weer eens vandoor. Ik moet de trein naar Birmingham halen.' En hij stond op, en Hardy stond op, en ze liepen naar de deur waar Thayer zijn overjas aantrok en zich naar hem toe wendde. Wat Hardy zich in het hospitaal niet had gerealiseerd was hoe groot hij was. Hardy greep naar zijn portefeuille. 'Zeg, wil je niet wat –' Thayer hield zijn hand tegen en schudde nee met zijn hoofd. 'Toe,' zei Hardy.

'Nee,' zei Thayer en stak zijn hand uit. Ze gaven elkaar manhaftig een hand. Opeens trok Thayer hem weer naar zich toe en kuste hem deze keer zo hard dat er bloed vloeide. 'Ta-da,' was het laatste wat hij zei, tegelijk met een militaire groet, voor hij zich op zijn hakken omdraaide en de trap af hobbelde.

Dat gebeurde daarna nog twee keer. Toen was er gisteren weer een brief gekomen. Er werden telegrammen over en weer gestuurd. Vandaag hebben ze om twee uur afgesproken en Hardy wil graag naar de flat om het bed en zichzelf in gereedheid te brengen voor Thayer arriveert.

Van Ramanujan heeft hij de gewoonte overgenomen om overal met de ondergrondse heen te gaan. Op Russell Square neemt hij de Piccadilly Line naar South Kensington en stapt dan over op de District Line, die hij tot Victoria Station neemt. Op het station koopt hij een pakje biscuits (van Bath Oliver, het merk dat Thayer het lekkerst vindt, heeft hij geleerd) en een bosje bloemen om op de keukentafel te zetten. Het is een zonnige maar koude middag, en hoewel het vooruitzicht om Thayer te zien hem vervult met wat hij best vreugde wil noemen, wordt zijn stemming gedrukt door een besef van narigheid in de wereld, in zijn leven, in Littlewoods leven. Het lijkt er steeds meer op dat je alleen maar van die korte verzetjes hebt voor zich weer narigheid aandient. En wat zijn vreugde om Thayer te zien nog verhevigt, elke keer als hij de man ziet, is natuurlijk het gezegende feit dat Thayer nog niet dood is.

Er bloeien wat krokussen op St. George's Square. Hij trekt zijn handschoenen uit en plukt er een paar die hij bij het boeketje stopt dat hij heeft gekocht. Dan huppelt hij de trap naar zijn flat op. Hij fluit een wijsje – wat? Iets onnozels, iets wat hij zeker ergens op de radio heeft gehoord:

> Want België gaf de Kaiser van katoen:
> Van Europa kreeg hij keihard op zijn billen
> Op zijn troon zitten deed zeer,
> En van ons krijgt hij nog meer,
> Dus zitten zal hij daarna nooit meer willen.

Hij kijkt op zijn horloge. Halftwee. Nog een half uurtje tot Thayer aanbelt.

Hij doet de deur open. Een vrouw slaakt een gil. Vanuit de deur naar de keuken staat Alice Neville hem met haar hand op haar borst aan te gapen.

12

'*A*llemachtig,' zegt Hardy.
   'Wat laat u me schrikken,' zegt Alice.
'Wat doet u hier?'
'Heeft Gertrude het niet verteld?'
'Wat?'
'Dat ik hier logeer.'
'Dat heeft ze me beslist niet verteld.'
'Sinds vorige week,' zegt Alice. 'Ze zei dat ze u had geschreven om te zeggen –'
'Gertrude weet dat ik haar brieven niet altijd lees.' (Dat is waar; een neveneffect van zijn samenwerking met Littlewood.)
Alice begint heel zachtjes te huilen. 'Ik heb haar nog zo gewaarschuwd dat dit zou kunnen gebeuren,' zegt ze. 'Ik heb tegen haar gezegd dat u het vervelend zou vinden als u erachter kwam.'
'Hou op, in godsnaam –'
'Maar ze zei dat de flat evenzeer van haar was als van u, en zolang ik in haar slaapkamer sliep – en dat u alleen in het weekend komt, terwijl ik voor het weekend terugga naar Cambridge en –'
'Ik kom niet alleen in het weekend. Wat is dat voor belachelijke veronderstelling?' (Maar het is waar dat hij de laatste keer dat hij Gertrude had gezien tegen haar had gezegd dat hij alleen in het weekend zou komen.)
'Dan moet u het zelf maar aan Gertrude vragen.'
'O, hou in 's hemelsnaam op met huilen.'
Ze houdt niet op met huilen. Ze haalt een zakdoek uit haar zak en brengt hem naar haar neus. En intussen staat Hardy dwaas genoeg nog steeds in het halletje, met de deur open en terwijl de buren misschien wel meeluisteren.
'Luister, dit is nergens voor nodig. Toe, hou op – hou alstublieft op

met uw gejammer.' Hij doet de deur achter zich dicht, hangt zijn jas aan de haak, loopt langs haar heen de keuken in en legt de in een natte krant gewikkelde bloemen op tafel. 'Ik kan niet tegen dat gejammer.'

'En hoe denkt u dat ik me voel? Ik ben hier gewoon met mijn eigen dingen bezig en dan vliegt de deur open en komt u – ik had wel in mijn peignoir kunnen staan.'

'Gelukkig niet, zeg.' Hij gaat zitten. Zij blijft staan.

'Waarom bent u hier trouwens?' vraagt hij.

'Ik werk samen met mevrouw Buxton,' zegt ze.

'Mevrouw Buxton?'

'Van de "Berichten uit de buitenlandse pers" in *The Cambridge Magazine*. Ik ben een van haar vertalers.'

'Uit welke taal?'

'Zweeds en Duits.'

'Zweeds! Waar hebt u dat dan geleerd?'

'In Zweden. Ik heb daar als meisje gewoond. Mijn moeder is half Zweeds. Ik spreek ook Frans, maar mevrouw Buxton heeft meer hulp nodig bij Duits dan bij Frans omdat ze meer uit de Duitse pers publiceert en ze meer dan genoeg Franse vertalers heeft. Gertrude werkt ook voor haar. Die doet Frans.'

'Ik wist daar niets van.'

'Als u de moeite had genomen om haar brieven te lezen zou u dit allemaal wel hebben geweten.'

Hardy kijkt naar de tafel. Nu hij begrijpt waarom Alice in Londen is, schaamt hij zich een beetje om zijn reactie op haar aanwezigheid in zijn flat. Hij kan immers niet anders dan grote waardering voor mevrouw Buxton hebben. Haar rubriek in het blad is zo'n beetje de enige bron van informatie over wat er werkelijk in de wereld gaande is. 'Een onverschrokken dame,' had Russell pas nog in de eetzaal gezegd. 'Ze bewijst ons een grote dienst door een alternatief voor al die lariekoek in *The Times* te bieden.' Dus als Alice voor mevrouw Buxton werkt – nou, dan moet hij haar prijzen.

'Wilt u niet gaan zitten?' vraagt hij.

'Nee, dank u.'

'Of ik zou thee kunnen zetten.'

'Of ík zou thee kunnen zetten.'

'Wie van ons tweeën het ook zet, een kopje thee lijkt me wel op zijn plaats.'

'Ik zet het wel.' Alice loopt naar het fornuis waar ze de ketel vult; vrouw-zijn troeft eigenaar-zijn af.

'En waar doet u al dat vertaalwerk?' vraagt hij even later.

'Voor een groot deel hier,' zegt ze. Haar ogen zijn nu droog. 'Maar meestal zit ik 's morgens in Golders Green. Daar wonen de Buxtons, in Golders Green. Daar hebben ze hun hoofdkwartier. Ik haal er de artikelen op die mevrouw Buxton aan mij toewijst, en dan werk ik daar – als er plaats is, het kan er heel druk zijn – of ik neem mijn werk mee naar hier. Ik heb een bureau in Gertrudes kamer gezet. Met woordenboeken.'

'Bedoelt u dat u de hele week hier bent? Hoe lang gaat dat al zo?'

'Nog maar een week. We moeten allemaal werk te doen hebben, meneer Hardy. Zeker in deze donkere tijden.'

'Jawel, maar hoe vindt Neville het dat u weg bent?'

'Hij begrijpt het. Ik moet mijn steentje bijdragen.'

'Maar vindt hij het niet erg dat u niet bij hem bent?'

Ze veegt haar handen af aan een theedoek. 'Heus, meneer Hardy, het is niet nodig om van die weinig subtiele wenken te geven,' zegt ze. 'Het is duidelijk dat mijn aanwezigheid hier u niet aanstaat. Goed, dan zal ik –'

'Nee hoor, dat is niet zo.'

'– dan zal ik natuurlijk, zodra het me schikt, een ander onderkomen zoeken, maar gezien het tijdstip, en het feit dat het blad morgen ter perse gaat en ik morgenochtend een artikel in moet leveren, hoop ik dat u me zult toestaan om nog één nacht onder uw dak te verblijven.'

'Dat is prima, luister –'

'In de slaapkamer van uw zus, uiteraard, waarvoor ik haar ook huur betaal, zou ik eraan toe kunnen voegen.'

'Mevrouw Neville, toe. Het is prima. Het is goed als u hier blijft. Ik wilde u niet – het was gewoon ook voor mij een beetje een schok om u hier te zien. Ik – ik had het niet verwacht.'

Ze blijft bij het fornuis staan, met rechte rug, terwijl de ketel fluit.

'Ik hoef u niet te zeggen dat ik er niet over zou peinzen om iets te doen wat u in uw vrijheid zou kunnen belemmeren of u overlast kan bezorgen.'

'U hindert me niet. Gertrude heeft gelijk, gewoonlijk ben ik hier alleen in het weekend. Vandaag is een uitzondering. En ik ben natuurlijk een groot bewonderaar van mevrouw Buxton – iedereen bewondert mevrouw Buxton – en ik wil alles doen wat in mijn macht ligt om haar, en u, in een heel lofwaardig streven te steunen.'

'Waarvoor we, dat hoeft geen betoog, geen geldelijke vergoeding ontvangen.'

'Dat hoeft geen betoog.'

'Nou, ik ben blij dat u het zo ziet.' Ze draait het gas dicht en schenkt het kokende water in de pot. 'En het spreekt natuurlijk vanzelf dat ik u niet voor de voeten zal lopen, meneer Hardy. Na de thee sluit ik me op in Gertrudes slaapkamer. Ik zal muisstil zijn. U zult niet eens merken dat ik er ben.'

Plotseling gaat de bel. Hardy springt op. 'O, hemel,' zegt hij.

'Wat is er?' vraagt Alice.

'Een kennis – een afspraak. Het was me ontschoten.'

'Nou, laat haar binnen. Of hebt u liever dat ik –'

'Nee, ik doe wel open. Laat maar.' Hij rept zich naar de deur en is er eerder dan Alice. 'Er wordt iets bezorgd. Ik loop wel even naar beneden.' Hij trekt de deur achter zich dicht en schiet omlaag naar de hal. Hij trekt de voordeur open en ziet Thayer staan, met een brede grijns, in de regen. Met regen in zijn haar.

'Thayer,' zegt hij.

'Hallo, Hardy,' zegt Thayer. Hij wil naar binnen stappen maar Hardy verspert hem de weg.

'Wat is er?'

'Ik ben bang –' Hardy stapt naar buiten en trekt de deur achter zich dicht. 'Ik ben bang dat er een complicatie is gerezen,' zegt hij terwijl hij zijn stem laat dalen. 'Het is namelijk zo' – hij buigt zich naar Thayer toe om te fluisteren – 'dat ik deze flat met mijn zus deel, en zonder het tegen mij te zeggen heeft ze hem uitgeleend – een kennis van haar slaapt in haar kamer. Dus ik ben niet alleen. Er is daar een dame.'

Thayers gezicht betrekt. 'O, juist,' zegt hij. 'Een dame.'

Hardy knikt en schudt tegelijk met zijn hoofd; zonder zich ervan bewust te zijn bootst hij Ramanujan na, realiseert hij zich later. 'Echt waar, het is een vriendin van mijn zus,' zegt hij. 'Uit Cambridge. Ze werkt in Londen, en Gertrude heeft haar zonder het tegen mij te zeggen –'

'Nou, dat is fijn geregeld, hè? En dan te bedenken dat ik per trein uit Birmingham kom, alleen maar om –'

'Het spijt me. Het spijt me vreselijk. Als ik enig idee had gehad dat ze hier was –'

'Tuurlijk.' Thayer glimlacht weer, maar deze keer spottend. 'Nou, dat was het dan, lijkt me. Bedankt.'

Hij draait zich om. Hardy legt zijn hand op zijn arm. 'Wacht even,' zegt hij. 'Als je even wacht – even denken – we zouden ergens anders naartoe kunnen gaan. We zouden later kunnen afspreken in – een hotel.'

'Een hotel? Wat denk je dat ik ben, een of andere sloerie?'

'Zo bedoel ik het niet.'

'Je had kunnen zeggen: "Het spijt me, Thayer, *de vriendin van mijn zus* is er, vanwege *de vriendin van mijn zus* ben ik bang dat ik je niet meer dan een kop thee kan aanbieden, kom boven en ga zitten om even warm te worden en dan stel ik je voor aan *de vriendin van mijn zus* voor je weer in de trein stapt –'

'Het spijt me.'

'"Vriendin van zus, dit is Thayer, van het First West Yorks Regiment. Thayer, dit is vriendin van zus." "Hoe maakt u het?" "Hoe maakt u het?" Maar in plaats daarvan is het "Ik schaam me om je aan mensen voor te stellen, wacht maar hier beneden op straat en dan treffen we elkaar later in een hotel."'

'Wees alsjeblieft niet zo boos –'

'Nou, loop naar de hel.'

'Wacht, toe – het spijt me, dat had ik moeten doen. Ik heb er niet bij nagedacht. Natuurlijk mag je boven komen.' Hij hoest. 'Ik begin opnieuw. Thayer, wil je alsjeblieft boven komen en –'

'Te laat.'

'Wil je niet boven komen voor een kop thee?'

'Jullie rijkelui, jullie snappen er niks van, hè? Je kunt het niet gewoon overdoen als je het eerst hebt verkloot. Probeer dat eens in de loopgraven met je reet vol moffengranaten.'

Weer legt Hardy zijn hand op Thayers arm. Thayer duwt hem weg. 'Blijf van me af!'

'Het spijt me, ik wou dat –'

Thayer draait zich om en steekt de straat over naar het plein.

'Thayer –' roept Hardy. Hij is zowat in tranen, zoals daarnet Alice in tranen was. 'Thayer, toe nou –'

'Nee,' roept Thayer over zijn schouder.

'Thayer, wacht nou even.'

En op dat moment, net als hij op het punt staat om achter hem aan te gaan, komt er een politieagent langs die de geur van onenigheid opsnuift en op Hardy af loopt. 'Alles in orde, meneer?' vraagt hij. 'Valt die kerel u lastig?'

'Nee, er is niets aan de hand, dank u wel,' zegt Hardy.

'Valt u hem lastig?' roept de agent tegen Thayer.

'Hém? Lástig?'

'Nee, het is niets.' Hardy plooit zijn gezicht in een masker van normaalheid. 'Dank u wel, agent. Goedemiddag.'

Hij draait zich om en stapt weer naar binnen.

13

Voor Alice heeft de naïviteit van haar man iets hartverscheurends. Hij heeft geen idee. Erger nog, hij heeft niet door dat hij geen idee heeft. Terwijl zij alles volkomen doorheeft – te volkomen.

Dit weekend, bijvoorbeeld, zit ze in de kamer die ze is gaan beschouwen als Ramanujans kamer – de logeerkamer, nu ingericht als werkkamer waar ze haar vertalingen kan maken – als hij op zijn tenen binnenkomt en zijn handen op haar schouders legt. Ze verstijft. 'Maak me alsjeblieft niet zo aan het schrikken,' zegt ze.

'Neem me niet kwalijk,' zegt hij. 'Ik kreeg ineens aandrang om mijn mooie vrouwtje even beet te pakken.'

'Goed, maar de volgende keer als je weer aandrang voelt, klop dan eerst, wil je?'

'Natuurlijk, lieveling. Wat ben je aan het vertalen?'

'Een artikel.'

'Waarover?'

'Over Engeland en vrede.'

'Wat zeggen ze erover?'

'Dat wij de vrede traineren.'

'Laat me eens kijken.' Hij leest over haar schouder: '"Engeland beschuldigde Duitsland in juli 1914 van oorlogszucht, maar sinds eind augustus 1914 heeft ze herhaald dat Duitsland vrede zou willen maar dat het nog geen tijd is." Zou het niet beter zijn om te zetten "dat de tijd nog niet rijp is"?'

'Mevrouw Buxton wil dat we de vertalingen zo letterlijk mogelijk houden.'

'Ah, mevrouw Buste. Die mijn vrouw weglokt om vijf dagen per week in haar bordeel te werken.'

'Ja, Eric, ik weet dat je het heel grappig vindt.'

379

'En wie weet wat voor rare types mannen je daar wordt geacht te bedienen?'

'Dank je wel, Eric. Als je het niet erg vindt –'

'Je zit altijd maar te werken! Kun je niet een paar uurtjes vrij nemen?'

'En al die uren dan dat jij aan het werk was toen je promoveerde? Talloze uren zat ik alleen, en heb ik ooit geklaagd?'

'Maar lieveling –'

'Dat is echt waar. Je kunt niet van mij verwachten dat ik de rest van mijn leven ga zitten niksen en dag en nacht voor je klaarsta.'

'Goed, lieveling.'

'En het is heus niet zo dat ik de hele week ga winkelen of naar concerten ga. Dit is belangrijk werk. Het is oorlogswerk, min of meer.'

'Goed, dat is duidelijk. Alleen – nou, je bent tegenwoordig zo vaak weg dat ik – en als je dan terug bent sluit je je de hele tijd hier op. Als ik niet beter wist zou ik denken dat je me probeert te ontlopen.'

Ze sluit haar ogen. Dus eindelijk heeft hij het door. Ze is bijna opgelucht.

'Maar ik weet natuurlijk wel beter…'

Verdomme.

'Neem me niet kwalijk, ik ben vreselijk zelfzuchtig.' Hij kroelt met zijn neus door haar haar. 'En je hebt gelijk, je hebt geduld met me gehad, al die jaren. En nu zal ik geduld met jou hebben.'

Hij sluipt achteruit, overdreven op zijn tenen, doet de deur achter zich dicht, opent hem weer en gluurt naar binnen.

'Kan ik je iets brengen? Een kopje thee?'

'Nee, niets.'

'Iets te eten?'

'Nee, ik hoef niets, Eric.'

'Goed, dan.' Zijn stem een fluistering. En weer sluit hij de deur.

Alice haalt diep adem. Dan kijkt ze naar de pagina die voor haar ligt – de vertaling – en ziet ze een vlek aan het einde van de zin waar ze mee bezig was. Haar pen is zeker uitgeschoten toen Eric haar verraste.

Nou, hij is in elk geval weg.

Hoe is het toch mogelijk dat de waarheid na al die tijd nog steeds niet tot hem doordringt, dat hij niet onderkent – ja – dat ze hem heeft verlaten, gaat verlaten?

En waarom? Houdt ze niet meer van hem?

Toen ze pas voor mevrouw Buxton werkte gaf ze zichzelf als reden dat ze het geen dag meer kon uithouden om samen met Ethel in dat huis opgesloten te zitten terwijl er angstaanjagend dichtbij een oorlog woedde. Eric deed zijn best om luchtig te lijken maar hij kon niet verhullen dat hij zich zorgen maakte. Ze wist dat hij problemen met Butler had vanwege zijn verzet tegen de oorlog. Ze begreep dat hij kans liep zijn baan als stafmedewerker kwijt te raken. Ze had er bewondering voor dat hij stoïcijns vasthield aan zijn idealen – hoe kon ze dat niet hebben? – en toch, ondanks het respect dat ze voor hem had kon ze het niet verdragen dat hij aan haar kwam. Zelfs nadat haar dagdroom waarin Ramanujan verliefd op haar werd op een grote afgang was uitgedraaid, kon ze het niet verdragen dat hij aan haar kwam. En hij was ongelooflijk onnozel.

Hij vroeg haar wat er mis was. Verbaal klaagde ze alleen over verveling, over haar wens om iets te doen en niet alleen maar wat in huis te lanterfanten. Hij opperde allerlei mogelijkheden. In Cambridge had het Vrouwenhulpkorps pogingen in het werk gesteld om vrouwen in te zetten bij het maken van speelgoed. Andere vrouwen werkten als treinconductrice of op het land. Ze probeerde niet om zijn naïviteit te lachen. Wat ze natuurlijk wilde gaan doen was schrijven – felle, indirecte essays waarin met de Engelse zelfgenoegzaamheid over de oorlog werd afgerekend zonder de oorlog maar één keer te noemen; dat soort dingen. Maar ook al had ze het talent ervoor, ze had niet de juiste connecties. Ze bewoog zich niet, zoals tante Daisy en Israfel, in literaire kringen. En dus bleef ze thuis en werd ze hoe langer hoe prikkelbaarder, tot ze op een ochtend een briefje van Gertrude kreeg die haar op de meest terloopse toon vertelde dat ze in haar vrije tijd vertalingen voor mevrouw Buxton was gaan doen. En omdat Alice, net als haar man, veel waarde was gaan hechten aan de 'Berichten uit de buitenlandse pers', bedacht ze natuurlijk meteen dat zij misschien ook wel een handje kon helpen met vertalen. Immers, hoeveel Engelsen zouden er zijn die Zweeds kenden?

Zo was het begonnen. Ze schreef terstond aan Gertrude, die de volgende dag antwoordde dat Alice zo snel mogelijk naar Londen moest komen. Gertrude had mevrouw Buxton over haar verteld, had haar vaardigheid in zowel Zweeds als Duits ter sprake gebracht, en mevrouw Buxton had haar dringend verzocht om Alice' hulp in te roepen. En wat was dat stimulerend, om je nuttig te voelen, voor iets, voor iemand! En dus nam ze op zaterdag de trein naar Londen en de ondergrondse naar Golders Green, waar de Buxtons woonden. Gertrude deed open en liet haar binnen. Het huis gonsde van bedrijvigheid: typemachines, stemmen die discussieerden in talen waarvan ze er maar een enkele herkende. Een klein jongetje stormde voorbij – het zoontje van de Buxtons. Toen ging Gertrude haar voor naar de zitkamer, waar het een chaos was: overal, ook op grote delen van de vloer, lag het bezaaid met krantenknipsels, en op de stoelen en banken en in kleermakerszit op het vloerkleed zaten mannen en vrouwen elkaar in tal van talen hardop voor te lezen en gedurig de dunne bladzijden van woordenboeken en naslagwerken om te slaan en mogelijkheden op elkaar uit te proberen. Een man die aan een Italiaans artikel werkte vroeg aan een vrouw die zat te typen: 'Hoe zou jij *magari* vertalen?'

'Misschien?'

'Nee, dat zou *forse* zijn. *Magari* is meer – eventueel ook.'

'Hoe luidt de zin?'

Maar voor Alice hem de zin kon horen oplezen – en haar Italiaans was goed genoeg om er een mening over te kunnen geven – had Gertrude haar meegenomen naar de eetkamer, waar twee vrouwen tegenover elkaar aan een tafel zaten die net als de vloer van de zitkamer bezaaid lag met kranten. Een van de vrouwen stond op. Haar gezicht was mooi en streng, een beetje als een Wedgwood-vaas; ze was elegant maar comfortabel gekleed in een lange rok en een blouse waarvan de gecreneleerde patronen aan gebrandschilderde ramen in kerken deden denken. 'U bent zeker mevrouw Neville,' zei ze terwijl ze haar hand uitstak. 'Welkom, gaat u zitten, alstublieft. Mag ik u mijn zus voorstellen? Eglantyne Jebb.'

De zus stond op. Ze was tegelijk mannelijker en gereserveerder dan mevrouw Buxton, en het effect van haar stevige handdruk werd enigszins ondermijnd door haar onwil om Alice aan te kijken. Als ze sprak gebaarde ze met haar handen voor zich uit, en Alice vermoedde dat ze dat meer deed om haar gezicht aan het oog te onttrekken dan om haar woorden te benadrukken.

Mevrouw Buxton daarentegen was een baken van rust te midden van het pandemonium waarin haar huis was veranderd, een pandemonium waar ze opgewekt zij het met een ondertoon van spijt voor uitkwam toen ze tegen Alice zei: 'Ik verontschuldig me voor de wanorde hier. De kranten zijn net binnen. U leest Duits, nietwaar?'

'En Zweeds.'

'Uitstekend. Zweeds gaat me boven de pet. Daar kan ik geen touw aan vastknopen. Maar Duits kan ik goed genoeg lezen om op z'n minst een mening te kunnen geven over de vertalingen die worden gemaakt door mensen die de taal veel grondiger kennen dan ik.' Ze sloeg een nummer van *Vorwärts* open. 'Misschien kunt u ons helpen door uw mening te geven, mevrouw Neville. Een nogal arrogante lezer klaagt in een ingezonden brief dat we het woord *Ausnahmegesetze* verkeerd hebben vertaald. Dat is niet het soort woord dat je in een woordenboek vindt. Hoe zou u het vertalen?'

Alice verstarde op haar stoel. Werd ze heel subtiel op de proef gesteld?

'Nou, even denken. *Ausnahme* betekent – uitzondering, geloof ik, en *Gesetze*, eh, wetgeving? Dus: uitzonderlijke wetgeving?'

Mevrouw Buxton glimlachte. 'Precies. Zie je wel? Ik zei toch dat hij ongelijk had, Eglantyne?' Ze geeft een brief aan Alice door. 'Na enkele alinea's met schoorvoetende lof laat deze briefschrijver, ene meneer Marx, zich nogal hautain ontvallen dat we het woord naar zijn mening verkeerd hebben vertaald en dat er "noodwetgeving" had moeten staan. Maar "noodwetgeving" zou in het Duits zoiets als *Notstandsgesetze* zijn.' Ze sloeg de krant dicht. 'Zo ziet u maar dat je heel goed moet opletten, mevrouw Neville. En hoe hard we ook werken, er heeft altijd wel iemand iets te klagen. Maar toch, het moet gedaan worden.'

'Ik kan u niet zeggen hoezeer ik de integriteit van uw initiatief bewonder,' zei Alice.

'Dank u,' zei mevrouw Buxton, waarna ze opeens uitriep: 'Lieve hemel, ik heb u niets te eten of te drinken aangeboden. Hebt u ergens zin in? Ik heb hier gelukkig twee vrouwen die, omdat ze niet kunnen typen en geen andere taal dan Engels spreken, hebben aangeboden om de keuken te bestieren. Iets wat mijn man en kinderen hogelijk waarderen, zou ik eraan toe kunnen voegen. Ziet u, ik heb ontzettend veel geluk. Er zijn zoveel mensen die graag willen helpen. Wel, wat kunnen we u aanbieden?'

'Ik hoef helemaal niets,' zei Alice, 'maar dank u voor het aanbod. Eigenlijk ben ik er nogal op gebrand om aan de slag te gaan.'

'Dat is fantastisch. Nou, u zou met dit stuk uit de *Vorwärts* kunnen beginnen. Dat zal heel goed van pas komen bij mijn discussie met de heer Marx omdat zowel het omstreden *Ausnahmegesetz* als *Sondergesetz* erin voorkomt, en dat laatste ligt dichter bij de betekenis waar hij het over heeft.'

'Ik ben heel blij dat ik deze kans krijg,' zei Alice terwijl ze de krant aannam.

'Ik ben bang dat u over een paar dagen wel anders piept. Dan wilt u misschien wel gillend wegrennen! Maar dat geeft niets. Hoeveel minuten of uren u ons ook gunt, we zullen er dankbaar voor zijn.'

'Ik zal niet gillend wegrennen,' zei Alice, en ze wilde eraan toevoegen: dit is de plek waar ik naartoe ben gerend, maar ze zweeg.

Dus dit is haar leven geworden: vijf dagen in Londen waar ze in Gertrudes flat logeert en dan het weekend thuis in Cambridge. Ze komt vrijdags laat aan en vertrekt zondags laat. Twee nachten is het maximum wat ze met Eric kan verdragen. Als om haar aanwezigheid te vieren is Ethel in het weekend uitgebreide maaltijden gaan koken, met grote stukken vlees en gebraden fazant en een eend met kerriesaus die haar met enige weemoed terug doet denken aan de tijd toen ze voor Ramanujan kookten. Ze kan het allemaal niet naar binnen krijgen. In Londen wordt haar leven gekenmerkt door een

384

gecultiveerde soberheid. Ze drinkt slappe thee en eet sandwiches die uit de dunst denkbare plakjes kaas tussen de dunst denkbare sneetjes brood bestaan. Nu en dan een sinaasappel. Ze is afgevallen, wat Eric verstoort. 'Ik houd van een vrouw met wat vlees op haar botten,' zegt hij met een klap op haar niet langer mollige derrière.

Ze negeert hem. Hoe kan ze uitleggen wat er door haar heen gaat aan een man die ternauwernood zijn eigen verdriet begrijpt? Misschien zou ze tegen hem kunnen zeggen: 'Eric, wat jij voelt is smart, omdat je vrouw, van wie je houdt, niet meer van jou houdt', en dan zou hij het begrijpen. Maar als ze tegen hem zou zeggen: 'Ik kan het momenteel niet verdragen om in alle comfort te eten en te slapen, ik moet zonder laarzen en paraplu door de kou lopen, ik moet in een slecht verwarmde flat op een bed slapen waar mijn rug zeer van doet' – zou hij dan bij machte zijn om die behoefte aan boetedoening, aan straf te begrijpen? Een behoefte, wellicht, om een fractie – al was het maar een fractie – van het lijden te ervaren dat de soldaten ondergaan. Of een behoefte om zichzelf te ontlasten van die afschuwelijke smaak in haar mond, die smaak van thee op Ramanujans adem toen ze haar lippen tegen de zijne drukte en hij… hij daar alleen maar stond.

Niet te bevatten dat ze zoiets heeft gedaan. Dat ze zichzelf zo te schande heeft gemaakt. Dat is iets wat ze nooit aan Eric zou kunnen vertellen.

En als ze het niet aan Eric kan vertellen, als ze niet tegenover hem onder woorden kan brengen – laat staan tegenover zichzelf – wat ze die middag voelde toen ze van Trinity College naar huis liep, hoe kan ze dan aan hem uitleggen waarom ze behoefte heeft aan de ascese van Gertrudes smalle bed, in die troosteloze flat?

Hardy is niet meer teruggekomen. Niet meer sinds dat ene bezoek. En zij heeft ook niet aan Gertrude gevraagd of ze met haar broer over Alice' verblijf daar heeft gesproken.

Eigenaardig dat ze het tijdens die ene nacht, de nacht dat zij en Hardy allebei in de flat sliepen, niet één keer over Ramanujan hebben gehad. Ze is niet begonnen over het etentje waarvoor ze zo nadrukkelijk niet was uitgenodigd. Of over Ramanujans verdwij-

ning en latere terugkeer. Of over de nogal korzelige correspondentie waartoe zijn verdwijning had geleid.

Eric heeft het ook nooit over Hardy. Of over Ramanujan. Hoe
komt dat? Komt het misschien doordat hij zonder het te beseffen
aanvoelt dat hun namen een zeker onbehagen bij haar oproepen? Hij
moet ze toch alle twee meemaken. Hardy elke dag. Als ze het niet
over wiskunde hebben zullen ze het wel over politiek hebben, over
Russells weigering om zijn mond te houden, over de bijna moedwillige pogingen die hij doet om Butler te provoceren. Eric vertelt
Alice graag over wat zich allemaal op Trinity afspeelt, maar om een
of andere reden noemt hij daarbij nooit Hardy's naam.

De schemer valt. Ze is blij. Nog één nacht, nog één dag en dan kan
ze weer terug naar Londen. Ze hunkert ernaar om terug te gaan naar
Londen. En niet alleen omdat ze daar tegenwoordig gelukkiger is
dan hier, maar ook omdat iemand haar leven is binnengestapt wier
aanwezigheid alleen al genoeg is om Alice' besef van mogelijkheden
aan te wakkeren. Vooruitzichten van genoegens, zij het vaag, rijzen
voor haar op telkens als ze diegene ziet. Die persoon die ze vorige
week voor het eerst bij mevrouw Buxton thuis zag. Een nieuweling.
'Ach, Alice,' zei Dorothy – ze tutoyeren elkaar nu – 'ik vraag me af
of jij deze dame even wilt rondleiden. Ze komt werk ophalen om
mee naar huis te nemen. Ze woont in Cornwall en spreekt vloeiend
Italiaans.'

Alice draaide zich om. Voor haar stond mevrouw Chase, stralend
en heel zwanger. Littlewoods vriendin, die zij en Gertrude in de dierentuin waren tegengekomen.

'Wij kennen elkaar,' zei Alice.

Het gezicht van mevrouw Chase vertrok van verwarring. 'Neem
me niet kwalijk, is dat zo?' vroeg ze. 'Mijn geheugen is tegenwoordig een zeef. Het is raar, maar dit is de derde keer dat ik in verwachting ben en elke keer gebeurt er iets heel vreemds. De laatste
keer had ik voortdurend dorst.'

'Het geeft niets, hoor,' zei Alice. 'Ik ben Alice Neville. We zijn
elkaar eens in de dierentuin tegengekomen, jaren geleden, lijkt het
wel. Ik was samen met Gertrude Hardy.'

Herinnering, en toen een ontwakend besef dat in de ogen van mevrouw Chase te zien was. Maar ook een fijne herinnering?

'Natuurlijk,' zei ze met een glimlach. 'Wat leuk om u te zien.'

En ze stak haar hand uit en nam Alice bij haar arm en raadselachtig genoeg, aangrijpend genoeg, gaf ze haar een kus op haar wang.

14

Nieuwe Collegezaal, Harvard University

*E*ind 1916 hadden we de partitieformule rond. Hij zag er zo uit:

$$p(n) = \sum_{1}^{v} A_q \phi_q + O\left(n^{-\frac{1}{4}}\right)$$

waarin

$$Aq(n) = \sum_{(p)} \omega_{p,q} e^{-\frac{2np\pi i}{q}}$$

$$\phi_q(n) = \frac{\sqrt{q}}{2\pi\sqrt{2}} \frac{d}{dn}\left(\frac{e^{c\lambda_n/q}}{\lambda_n}\right)$$

De som geldt voor p's die positieve gehele getallen zijn kleiner dan q en zonder gemeenschappelijke deler daarmee; v is van de orde van $\sqrt{n}$, $\omega_{p,q}$ is een bepaalde 24^q-eenheidswortel en

$$C = \frac{2\pi}{\sqrt{6}} = \pi\sqrt{\tfrac{2}{3}}, \lambda_n = \sqrt{n - \tfrac{1}{24}}$$

Als ik de formule tegenwoordig opschrijf denk ik: wat een buitengewone creatie! Het is net zo'n circusbeer die zo is gedresseerd dat hij een automobiel op zijn neus kan laten balanceren, of zoiets. Er schittert iets in elke barokke winding, maar die schittering verdoezelt het moeizame proces waarmee we ertoe zijn gekomen, een proces dat soms op proefondervindelijke waarneming was gebaseerd, alsof we in een zaal stonden waarvan de wanden met tienduizenden lichtschakelaars waren bezet en we elke schakelaar moesten uitproberen om een heel specifieke lichtintensiteit te krijgen. De ene schakelaar bracht ons in de buurt, en dan probeerden we een andere en was het licht verblindend schel of werd het schemerig in de zaal. Niettemin kwamen we er in de loop van weken steeds dichterbij, en toen, haast zonder dat we het doorhadden, kregen we het licht op een dag nagenoeg goed.

Nu moet ik me weer tot de mystieke factie richten die zonder een zweem van ongeloof Ramanujans bewering aanvaardt dat zijn rekenkundige vondsten zich in dromen aan hem openbaarden, of dat de formules door een godin op zijn tong werden geschreven. Ik ben ervan overtuigd dat hij dat zelf geloofde, net zoals ik ervan overtuigd ben dat hij nu en dan uit het diepst van zijn verbeelding schatkisten opdook waarin fonkelende edelstenen glinsterden terwijl wij, de rest van de wiskundigen, met onze pikhouwelen noest in de diamantmijnen stonden te hakken. Toch is de tussenkomst van een godin niet werkelijk onontbeerlijk om geregeld (wat de arme Moore niet was vergund) naar regionen van de geest te reizen waaruit de meesten van ons worden geweerd. Integendeel, we maken allemaal wel eens van die 'mirakels' mee.

Ik zal een voorbeeld geven. Eenieder van u die hem kent zal beamen dat Littlewood van alle wiskundigen zo ongeveer de minst 'mystieke' is. Toch heeft zelfs Littlewood mij eens, toen hij aan het $M_i<(1-c)M_2$-vraagstuk voor reële trigonometrische polynomen werkte een voorval beschreven waarbij 'zijn pen spontaan een formule opschreef' die de sleutel tot het bewijs bleek te zijn. Volgens Littlewood speelde die episode zich 'vrijwel geheel buiten het bewustzijn' af, een bewering die, indien de psychoanalyse tijdens de oorlog in zwang was geweest, de aanhangers ervan heel belangwekkend zouden hebben gevonden. Destijds zou het echter alleen van belang zijn geweest voor aanhangers van het spiritisme. En dat is precies wat ik bedoel. Als ik heden ten dage zou verkondigen dat een godin formules op míjn tong schreef, dan zou u mij de kortste weg naar het gesticht wijzen. Maar Ramanujan was een Indiër en derhalve werd hij als een 'visionair' bestempeld, zonder acht te slaan op de prijs die hij voor zijn visioenen moest betalen en hoe hard hij moest zwoegen om tot die visioenen te geraken.

De formule is weliswaar voortgekomen uit een van de hypothe- sen die hij uit Indië had meegebracht, maar men mag niet vergeten dat de reis van die eerste hypothese naar het eindproduct zwaar en lang was. Het was een proces van verfijning, en hoewel terecht kan worden gesteld dat we het niet tot een goed einde hadden kunnen brengen als ik niet bepaalde technische kennis had aangedragen die ik bezat en hij niet, moet ik benadrukken dat mijn bijdrage niet alléén maar technisch was. Ik heb mijn eigen portie visioenen bijgedragen.

Ik weet nog dat het Kerstmis was toen we de formule rond kre- gen. Ik was in Cranleigh, in het huis waarin ik was opgegroeid, het huis dat mijn moeder met mijn zus deelde en waarnaar ik op feest- dagen terugging. Mijn moeder was toen al verscheidene jaren ster- vende. Om de paar maanden scheen ze met één been in het graf te staan, zag ze de engelen wenken, en dan, te elfder ure, werd ze door iets weggetrokken van de rand, en voor we het wisten was ze uit bed en ging ze thee zetten en stelde ze voor om een spelletje vint te doen. Ze was verslingerd aan dat spel. Kent iemand het nog? Het was Rus- sisch van oorsprong, een variant op contractbridge. (Men heeft me verteld dat 'vint' in het Russisch 'schroef' betekent.) Die kerst speel- den we het elke dag, urenlang, met mevrouw Chern, onze buur- vrouw en vriendin van moeder, als vierde speler. Mevrouw Chern speelde vals, volgens mij. Ik vraag me af of moeder het merkte.

Ik heb misschien al vermeld dat ze een zeker wiskundig talent bezat, een talent, spijt het me te zeggen, dat ze op latere leeftijd uit- sluitend aanwendde voor het spelen van vint, wat tenminste nog het voordeel heeft dat het een onschuldig tijdverdrijf is, in tegenstelling tot het occulte onheil waaraan Ramanujans moeder zich bezondig- de. En het strekte moeder tot eer dat ze heel goed was in vint. Bijna net zo goed als ik. Dat jaar kreeg ik het idee om een boek te schrijven over hoe je met vint kon winnen, en daar genoeg geld mee te ver- dienen om mijn baan als docent op te geven. Ik stelde me ten doel, zo vertelde ik Russell, om een miljoen punten te scoren zodat ik later, als mensen me vroegen wat ik in de Grote Oorlog had gedaan, kon zeggen dat ik de leider van de vint-competitie was geworden en de wereld had verrijkt met mijn deskundigheid. Maar ik heb dat boek nooit geschreven, evenmin als ik de misdaadroman over de Riemann-hypothese heb geschreven, en als mensen me nu vragen wat ik tijdens de Grote Oorlog heb gedaan, zeg ik: 'Ik heb op Ramanujan gepast.' Misschien schrijf ik ze alle twee nog eens, in mijn kindsheid.

Maar ik dwaal af. Om terug te keren naar partities: die kerst stuurde Ramanujan me een briefkaart uit Trinity College met het laatste stukje van de puzzel en het verzoek om het definitieve bewijs op te stellen. MacMahon, die werkelijk een schat van een man was, had hem toen voorzien van een getypte kopie met waarden die hij voor p(n) had berekend tot n=200, en Ramanujan had zijn vergelijkingen gemaakt. De formule was niet exact maar gaf wel de juiste uitkomst als hij op het dichtstbijzijnde hele getal werd afgerond. Het verschil was echter buitengewoon klein. In het geval van n=100, bijvoorbeeld, gaf onze formule een waarde voor p(n) van 190.569.291,996. De werkelijke waarde was 190.569.292, een verschil van 0,004, om precies te zijn.

Ramanujan was in de wolken met de resultaten. Hij noemde ze 'frappant', wat ongewoon expressief was voor zijn doen. Het was zulk opwindend nieuws dat ik het aan moeder vertelde, tegen wie ik het zelden over mijn werk had, maar omdat de kwestie niets met vint had te maken reageerde ze slechts met een air van gemaakte afwezigheid en zei ze iets in de trant van 'Wat leuk' voor ze terugslofte naar de kaarttafel.

Maar ziet u, in wezen was ze zo kien als wat. Die afwezigheid kwam haar goed te pas, en als een onderwerp haar verveelde nam ze er haar toevlucht toe. Door haar ziekte kon ze allerlei dingen uithalen die ze nooit had kunnen uithalen als ze goed gezond was geweest. En intussen danste mijn arme zus naar haar pijpen, kwam ze aan elke gril van haar tegemoet en lukte het haar nooit om onderscheid te maken tussen echte en gefingeerde klachten. Arme Gertrude. In dat opzicht was ze veel goedgeloviger dan ik.

Was de affaire-Russell toen al in volle gang? Ik geloof van wel. Of nee: de meeste verwikkelingen – zijn arrestatie, de rechtszaak, zijn ontslag door Trinity – moeten zich aan het einde van de zomer en het begin van de herfst hebben voorgedaan, want ik herinner me nog dat er daglicht over mijn schouder viel toen ik tijdens de thee een van zijn brieven zat te lezen; met Kerstmis zou het rond theetijd al donker zijn geweest, een duisternis die nog werd verdiept doordat de straatlantaarns in oorlogstijd niet aan mochten. Het geheugen (mijn geheugen, althans) heeft de gewoonte om op categorie te ordenen, niet op datum. Het is alsof een oersecretaresse gebeurtenissen uit hun normale volgorde heeft geplukt en daarna heeft gearchiveerd onder kopjes als 'Ramanujan', 'De oorlog', 'De affaire-Russell', zodat ik nu, om de chronologie helder te krijgen, eerst uit elk dossier de relevante details van een moment in de tijd moet spitten en die naast de details van een ander moment moet leggen die uit de verschillende dossiers zijn opgediept. En als ik dan die gecompliceerde reconstructie heb voltooid, ben ik er niet eens zeker van dat ze conform de waarheid is.

Overigens, als u hier op Harvard al van deze episode hebt gehoord, dan komt dat waarschijnlijk alleen omdat ze lichtjes aan de geschiedenis van uw eigen illustere universiteit raakt. Want in 1916 werd Russell niet alleen door Trinity College ontslagen, maar werd hem tevens door het ministerie van Buitenlandse Zaken een paspoort geweigerd, en dat betekende dat hij de betrekking die Harvard hem had aangeboden niet kon aanvaarden. Wat hem allemaal uitstekend uitkwam.

Ik zal proberen zo beknopt mogelijk te zijn. Russell is niet, zoals algemeen wordt verondersteld, door Trinity ontslagen nadat hij tot een gevangenisstraf was veroordeeld, maar al twee jaar daarvoor, in feite. Zijn tweede arrestatie volgde op een artikel dat hij voor *The Tribunal* had geschreven en dat naar men vreesde de verhoudingen tussen Engeland en de Verenigde Staten zou kunnen verstoren. Zelf geloof ik dat hij dat artikel juist had geschreven met het dóél om gevangenisstraf te krijgen en zo voor eens en altijd te bewijzen dat hij bereid was om ontberingen te doorstaan die de ontberingen van de mannen aan het front minstens zouden benaderen, zo niet evenaren. Want het was lastig voor iemand in zijn positie om niet te worden bestempeld als een man die zich aan zijn plichten onttrok, en de gevangenis zou de manhaftigheid van zijn verzet illustreren.

Maar daarmee loop ik op de zaken vooruit. Ik denk niet dat Russell in 1916 al aan de gevangenis dacht. Wat hij had gedaan was dat hij in een brief aan *The Times* had erkend dat hij de schrijver was van een pamflet dat door de Bond tegen de Dienstplicht was gepubliceerd. Dat pamflet bevatte wat de regering als opruiende en mogelijk ongeoorloofde taal beschouwde, dus toen Russell verkondigde dat hij het had geschreven, had de Kroon geen andere keuze dan hem te vervolgen. De aanklacht luidde dat Russell in het pamflet uitspraken had gedaan die 'de rekrutering en de discipline van Zijne Majesteits strijdkrachten zouden kunnen schaden'. Dat was precies wat hij wilde, want nu kon hij het proces als een zeepkist voor zijn pacifisme gebruiken. Door vervolging en zo mogelijk een veroordeling uit te lokken hoopte hij zowel de aandacht te vestigen op de onrechtvaardige bejegening die principiële dienstweigeraars hadden te verduren als een groter publiek voor zijn tirades te trekken.

Het probleem was dat zijn tirades zijn beoogde publiek boven de pet konden gaan. Tijdens het proces was hij geheel en al de logische denker en ontkrachtte hij het betoog van de aanklager alsof het een bedrieglijke wiskundige argumentatie was. Toen hij bijvoorbeeld de voornaamste aanklacht tegen hem aan de orde stelde – dat het pamflet de rekrutering schaadde – wees hij erop dat alleenstaande mannen ten tijde van de publicatie van het pamflet al onder de dienstplicht vielen maar getrouwde mannen niet. Het pamflet zou dus alleen een nadelige invloed kunnen hebben op getrouwde mannen die overwogen om vrijwillig dienst te nemen en derhalve, *ex hypothesi* (Russell gebruikte die term werkelijk) geen gewetensbezwaarden waren. Russell resumeerde dat het pamflet dergelijke mannen alleen maar voorhield dat ze het risico van twee jaar dwangarbeid liepen indien ze verkozen om als gewetensbezwaarden te 'poseren'. 'Het lijkt me niet waarschijnlijk dat kennisname van dat gegeven zo iemand ertoe zal aanzetten om voor te wenden dat hij een gewetensbezwaarde is terwijl hij dat *de facto* niet is.' Een Trinity-student zou misschien diep onder de indruk zijn van deze redenering, maar een burgemeester werd er vast alleen maar door geïrriteerd.

En geïrriteerd raakte de burgemeester er inderdaad door. Ik zou zelfs zeggen dat de strategie een volkomen averechts effect had, met het gevolg dat Russell schuldig werd bevonden en een boete van £ 100 kreeg, die hij weigerde te betalen. En het merkwaardige ervan is dat hij gemakkelijk onder de aanklacht uit had kunnen komen. De Kroon stond ongelooflijk zwak in het geding. Ik vermoed nu dat het spel dat Russell speelde in feite veel subtieler was dan wij dachten, dat hij onderkende hoe zwak de aanklager stond en er opzettelijk voor had gekozen om de burgemeester op stang te jagen zodat hij gegarandeerd zou worden veroordeeld. Omdat hij weigerde de boete te betalen zou de inboedel van zijn kamers op Trinity worden geveild. De kranten zouden verslag doen van de veiling en hij zou gezien worden als een martelaar.

Ik betwijfel echter ten zeerste of hij er rekening mee hield dat het College van Bestuur van Trinity hem daadwerkelijk zou ontslaan. Ik hield er in elk geval geen rekening mee. Het is immers heel iets anders om een pacifistische groepering toestemming te weigeren om op het terrein van de universiteit bijeen te komen dan om het professoraat in te trekken van iemand die zo eminent, gerespecteerd en beroemd was als Bertrand Russell. En ofschoon het College van Bestuur volgens de reglementen van de universiteit het récht had om een hoogleraar die wegens een misdrijf was veroordeeld te ontslaan, was het daartoe niet verplícht. Er stond het Bestuur een keuze open, en door déze keuze toonde het zijn despotische, lafhartige aard, ondermijnde het – misschien wel voor altijd – de fundamenten van intellectuele vrijheid waarop de universiteit was gegrondvest en wekte het de toorn van wetenschappers binnen en buiten Cambridge.

Maar het was nóg erger. Van de elf leden van het College van Bestuur die tegen Russell stemden waren er vijf Apostelen – onder wie McTaggart en Jackson. Ik vind nog steeds dat die akelige klootzak McTaggart had moeten worden vervloekt en ge-roby-eerd voor wat hij had gedaan, want roby had alleen maar gevonden dat het genootschap zijn tijd niet waard was terwijl McTaggart zich tegen een broeder had gekeerd die hem vroeger als een mentor had beschouwd. Dat jaar liep ik, als ik McTaggart langs een muur zag schuifelen of op zijn krakkemikkige driewieler voorbij zag komen, telkens de andere kant op uit angst dat ik, als we oog in oog met elkaar stonden, mijn zelfbeheersing zou verliezen en hem een schop zou geven. Eindelijk begreep ik waarom andere jongens op school het zo onweerstaanbaar verleidelijk hadden gevonden om hem te schoppen.

Als Russell al was aangedaan dan leek hij daar gauw genoeg overheen te zijn. Sterker nog, binnen enkele dagen zei hij tegen me dat zijn ontslag het beste was wat hem had kunnen overkomen omdat het, zoals hij het stelde, 'de doorslag gaf'. Nu zou hij voor eens en altijd van Trinity verlost zijn en kon hij door het land reizen en 'voedsel voor de geest' bieden aan arbeiders en mijnwerkers en dergelijke. Of hij daar echt in geloofde of het alleen maar op een akkoordje had gegooid met zijn trots kan ik niet zeggen, maar hij ging inderdaad op reis, naar Wales en andere plekken, om voordrachten te houden. En als ik hem af en toe in Londen zag, scheen hij Trinity niet in het minst te missen. Ik kon hem geen ongelijk geven. Ik gruwde zelf ook van Trinity.

Inderdaad, ik gruwde van Trinity. Ik zeg dat nu zonder spijt of gêne, ook al ben ik in de tussentijd naar Oxford gegaan en weer teruggekeerd. Door Russell te ontslaan was het College van Bestuur echt te ver gegaan, vonden we allemaal, maar we waren verdeeld over hoe we moesten reageren. Sommigen (onder wie ikzelf) waren van mening dat militante actie was geboden, anderen meenden dat we ons koest moesten houden tot de oorlog voorbij was. Uiteindelijk kwamen we tot een compromis. In plaats van een verklaring in krachtige bewoordingen in *The Cambridge Magazine* namen we genoegen met een in zwakke bewoordingen gestelde kennisgeving die alleen binnen de universiteit circuleerde:

Ondergetekenden, docenten aan Trinity College, zien ervan af om tijdens de oorlog actie te ondernemen in deze kwestie, maar wensen geboekstaafd te zien dat ze misnoegd zijn over de maatregel van het College van Bestuur om de heer Russell zijn professoraat te ontnemen.

Wat me achteraf gezien verbijstert is dat we zelfs met deze verwater-de tekst maar tweeëntwintig handtekeningen ophaalden. Het waren voornamelijk de stafmedewerkers die dienst hadden genomen, dege-nen wier handtekening het meeste gewicht in de schaal zou hebben gelegd, die weigerden te tekenen. En Russell maakte het niet gemak-kelijker voor ons toen hij de portier van Trinity aanschreef met het ver-zoek om zijn naam uit het register van de universiteit te schrappen. Dat een dergelijk gebaar als provocerend werd beschouwd zal u wel-licht bevreemden, maar in het Trinity van die tijd werd elke daad die als een uiting van minachting voor tradities kon worden uitgelegd, heel serieus opgevat. Daardoor scheelde het niet veel of we hadden de hele handtekeningenactie afgeblazen, redenerend dat het geen zin had om onze toekomst op het spel te zetten door Russell te helpen als hij zelf niet geholpen wilde worden. Want hij had het in die tijd gewel-dig naar zijn zin, bier drinkend met zijn nieuwe mijnwerkersmakkers in Wales en het bed delend met drie vrouwen tegelijk, al kan ik me niet voorstellen hoe ze zijn adem konden verduren.

Wat vond Ramanujan van dit alles? Was hij zich wel bewust van het gebeuren? Wist ik het maar. Had ik het maar aan hem gevraagd. Maar dat heb ik nooit gedaan.

De meest absurde episode in de affaire, die Russell ook de groot-ste voldoening schonk, was zonder twijfel de veiling van zijn spul-len. Die was nodig, zult u zich herinneren, vanwege zijn weigering om de boete te betalen. Vanaf het begin hield hij de gang van zaken echter slinks onder controle. Vergeet niet dat hij twee woningen had. Naast zijn kamers op Trinity had hij ook nog een flat in Londen. Op een of andere manier had hij het hof weten over te halen om die flat met rust te laten en alleen beslag te leggen op het huisraad in Trini-ty. Ik vermoed dat het veilen van de inboedel op Trinity vanuit zijn gezichtspunt dubbel voordelig was: die hele vertoning zou zijn reputatie bevestigen en hem tevens ontlasten van de noodzaak om terug te gaan naar Trinity College en zelf zijn kamers, waar hij in elk geval uit moest, te ontruimen. Zo hoefde hij niet eens zijn lezingen-tournee door Wales te onderbreken. Bovendien – dat beweerde hij althans aanvankelijk – gaf hij eigenlijk niets om zijn eigendommen op Trinity. De waarheid was dat ze niets waard waren. Onder normale omstandigheden zouden ze nooit de £ 110 hebben opgebracht (de boete van £ 100 plus £ 10 aan kosten) die Russell moest betalen wilde hij de gevangenis ontlopen, want het waren afzichtelijke spullen, opzettelijk uitgekozen (meenden Norton en ik) om het soort gemaakte onverschilligheid jegens zijn omgeving te illustreren die een intellectueel betaamde, volgens Russell.

Als ik nu de advertentie voor de openbare verkoop doorlees (de oersecretaresse heeft hem heel vriendelijk bewaard) sta ik echt versteld van de onbeschaamdheid ervan. De veilingmeesters, de firma Catling & Son, waren experts in het soort taalgebruik dat erop was gericht om de begeerte van antiekhandelaars en roofzuchtige verzamelaars te prikkelen. U moet namelijk begrijpen dat de meeste spullen smakeloos en waardeloos waren; daarom moesten Norton en ik zo lachen toen we een foeilelijk tafeltje omschreven zagen als een 'theewagen van coromandelhout, bezet met 10 vergulde medaillons', of Russells gehavende bureau getransformeerd tot een 'elegante schrijftafel van walnotenhout', of de morsige vloerkleden bestempeld als 'superbe Turkse tapijten'. Van Russells meubilair was maar één ding de moeite waard – een Chippendale-sofa met zes poten – en die heb ik uiteindelijk zelf gekocht.

Elke vrolijkheid die deze advertentie had kunnen wekken smoorde echter al na de eerste alinea, want meteen na de opsomming van 'ruim dertig ons verzilverd bestek en vaatwerk, een gouden herenhorloge met ketting' laste de firma Catling & Son een witregel in en kondigde – de tekst gecentreerd en in kapitalen gezet – het *pièce de résistance* aan: 'COLUMBIA UNIVERSITY BUTLER GOLD MEDAL, toegekend aan Bertrand Russell, 1915'. En daarna de boeken: *Handelingen van de Academie van Wetenschappen, Notulen van het Londens Wiskundig Genootschap,* de complete werken van Blake, Bentham en Hobbes, *Baldwins Filosofisch & Psychologisch Lexicon, Cambridge Moderne Geschiedenis.* Om iemands medaille te verkopen! En zijn boeken! Zelfs Russell moet een steek hebben gevoeld bij het vooruitzicht om dat alles te verliezen, een steek die genoeg pijn deed om zijn wens dat álles van de hand werd gedaan te heroverwegen, want enkele dagen voor de veiling plaatsvond schreef hij dat hij het weliswaar niet erg vond om afstand te doen van de boeken over filosofie en wiskunde, maar dat hij de literaire werken niet graag kwijtraakte. En ofschoon – een volgende nuancering – hij het niet erg vond om afstand te doen van de boeken over filosofie en wiskunde, wilde hij de complete werken van de grote filosofen toch graag in zijn bezit houden aangezien ze van zijn vader waren geweest. En dan was er ook nog het theetafeltje waaraan hij overdreven verknocht scheen te zijn. Maar de medaille mocht weg. Dat zou goede kopij opleveren, dat embleem van zijn overzeese faam dat zou worden omgesmolten en als onbewerkt goud op de markt gebracht. Daar kon hij geen weerstand aan bieden.

Op de ochtend van de veiling vroeg ik Ramanujan of hij zin had om mee te gaan, en hij zei dat hij wel wilde. Het was zo'n warme dag waar ik in vredestijd veel meer genoegen aan zou hebben beleefd want mijn hoofd stond helemaal niet naar zon en lommer en rivier. Ik wilde treurigheid die op zijn minst de treurigheid van de Somme zou benaderen. En ik denk dat anderen dat ook zo voelden, want toen we bij de Corn Exchange aankwamen zagen we dat er slechts een kleine menigte op de veiling was af gekomen. Norton was er, natuurlijk, met pen en papier in de hand want hij deed de boekhouding van de inboedel en moest opschrijven hoeveel de kavels opbrachten. Er waren geen vertegenwoordigers van de pers, zelfs niet van *The Cambridge Magazine*. Ook de veilingmeester scheen aan te voelen hoe armzalig de hele onderneming was want er zat geen enkele overtuiging in zijn geratel en hij liet de hamer zonder enige bezieling neerkomen. Als Russell erbij was geweest, zou hij enorm teleurgesteld zijn geweest, denk ik.

De eerste kavel was al verkocht, meldde de veilingmeester. Die bestond uit het tafelzilver, het horloge met ketting, de medaille en dat theetafeltje waar Russell zo aan gehecht scheen, en was betaald met de opbrengst van de collecte die Morrell en Norton hadden gehouden om erop in te kunnen schrijven. De meeste boeken waren inmiddels ook teruggetrokken, zodat alleen nog het meubilair, het beddengoed, de vloerkleden en wat snuisterijen overbleven die achter uit lades waren opgeduikeld. Dat bracht in totaal ruim £ 25 op. Ik kreeg de Chippendale-sofa voor iets meer dan £ 2; ik kon het niet nalaten om zo, op een subtiele manier, mijn gram te halen. Norton kocht een stel Deense tafelkleden en Ramanujan bood tot mijn verbazing op een portretje van Leibniz waarvan ik me herinnerde dat ik het op Russells schoorsteenmantel had zien staan, tussen twee zilveren kandelaars. Niemand deed een tegenbod en hij kreeg het portretje praktisch voor niets.

Na afloop maakten we gedrieën een wandeling langs de rivier. 'Die tafelkleden geef ik natuurlijk terug aan Russell,' zei Norton.

'Waarom?' vroeg ik. 'Een stel tafelkleden vol theevlekken. Hij weet waarschijnlijk niet eens meer dat hij ze had.'

'Het gaat om het principe,' zei Norton. 'Jij geeft hem toch ook die sofa terug, neem ik aan?'

'Nee. Ik denk dat hij bij mij veel beter staat dan bij hem,' zei ik. 'Misschien laat ik hem wel opnieuw bekleden. Ik zat aan een *toile de Jouy* te denken, blauw op wit. Zou dat niet aardig zijn voor de afwisseling, Ramanujan, als we aan de partitieformule zitten te werken?'

Ramanujan zweeg. Hij wist duidelijk niet wat een *toile de Jouy* was.

'Meneer Ramanujan vindt onze Britse gepreoccupeerdheid met meubilair en decoratie vast een beetje merkwaardig,' zei Norton.

'Nu je het daarover hebt, waarom heb je dat portretje van Leibniz gekocht?'

'Leibniz was een beroemde wiskundige. Maar als jullie vinden dat het moet, geef ik het natuurlijk terug aan de heer Russell.'

'Nee, hou het maar. Als hij het had willen bewaren dan had hij het wel tegen Norton gezegd.'

We gingen op een bank zitten. Een paar zwanen stapten uit de rivier het gras op. 'Gemene rotbeesten,' zei Norton, en hij begon een verhaal te vertellen over een zwaan die hem en zijn moeder had aangevallen toen hij klein was. Voor hij daarmee klaar was kreeg Ramanujan een hoestbui. Hij stond op en zei: 'Neem me niet kwalijk, ik ben bang dat ik terug moet naar mijn kamers,' waarna hij wegstrompelde.

'Dat was raar,' zei ik terwijl ik hem nakeek. 'Zou hij zich niet lekker voelen?'

'Dat lijkt me duidelijk!' zei Norton.

'Hoe bedoel je?' vroeg ik.

'Is het je niet opgevallen? De laatste weken ziet hij eruit of hij elk moment de geest kan geven.'

Ik staarde naar de zwanen. Hun nuffige schoonheid en de nauwgezette aandacht die ze aan hun eigen witte donskleed besteedden waren zo in strijd met woeste onverschrokkenheid. Ze dreven langs en schenen zich niet van onze aanwezigheid bewust te zijn, maar ik wist dat dat een waanidee was, de eeuwige misvatting van wezens met ogen van voren jegens wezens met ogen opzij. We maakten steeds de fout om te denken dat hun perspectief ook dat van ons was, om vijandige waakzaamheid aan te zien voor achteloosheid. Zeker, ze hielden ons in de gaten.

We stonden op en liepen terug naar de universiteit. Misschien mag het je worden vergeven als uiterlijke veranderingen bij degene met wie je een groot deel van je tijd doorbrengt je ontgaan. Norton zag hem minder vaak en had er meer oog voor.

'Het komt waarschijnlijk doordat hij te hard werkt,' zei ik. 'Soms is hij de hele nacht op en vergeet hij te eten.'

'Dat zou kunnen,' zei Norton, 'maar vind je niet dat hij toch eens naar een dokter zou moeten?'

'Waarom?'

'Nou, voor alle zekerheid.'

'Ja, maar als ik hem vraag of hij zich niet lekker voelt zal hij ontkennen dat er iets aan de hand is. Dan zal hij zeggen dat hij geen dokter nodig heeft. En ook al krijgt hij rust voorgeschreven, dan zal hij toch doorgaan. Hij is geobsedeerd door zijn werk.'

'Van zo'n obsessie met je werk kun je een zenuwinstorting krijgen,' zei Norton, zeker terugdenkend aan zijn eigen ervaring.

We namen afscheid in New Court en ik ging terug naar mijn kamers, waar ik die avond over Ramanujan nadacht zoals ik dat al enige tijd niet meer had gedaan. Het was waar, er scheen voortdurend een waas van treurigheid rondom zijn vormelijke beleefdheid te hangen. Lag het zoals gewoonlijk aan het weer? Aan het probleem om eten te vinden dat naar zijn zin was? Als hij niet Ramanujan was geweest zou ik hem hebben gevraagd wat eraan scheelde, maar omdat hij wel Ramanujan was zou hij antwoorden dat er niets mis was terwijl er in wezen een heleboel mis was, ook al zou ik de details daarvan pas later vernemen.

Zoals ik al heb verteld kreeg hij maandenlang niet één brief van zijn vrouw Janaki maar wel vaak brieven van zijn moeder. Nu schijnt het dat er in de loop van die zomer eindelijk een brief van Janaki was gearriveerd, een heel verontrustende brief waarin ze hem meedeelde dat ze niet meer in Kumbakonam was maar in Karachi, in het huis van haar broer, met wie ze binnenkort terug zou gaan naar hun geboortedorp omdat hij in het huwelijk zou treden. Kon Ramanujan haar geld sturen voor een nieuwe sari om naar de bruiloft te dragen? En met wat voor vreemde mengeling van wrok en opluchting begroette hij de brief! Want eindelijk, na twee jaar, erkende Janaki zijn bestaan, en dan nog alleen om hem om geld te vragen. Er werd met geen woord over de vele brieven gerept die hij aan haar had geschreven en waarvan hij veronderstelde dat zij ze had genegeerd, terwijl hij er later achter kwam dat ze in wezen door zijn moeder waren onderschept. Dat het meisje nooit iets van zich liet horen – wat eigenlijk was te wijten aan het feit dat ze ternauwernood kon schrijven – interpreteerde hij als onverschilligheid. Dus stuurde hij het geld, maar knarsetandend. Komalatammal nam Janaki's vlucht natuurlijk te baat om haar nog verder zwart te maken. Dat huwelijk van haar broer, schreef ze aan Ramanujan, was maar een smoes. De onfortuinlijke waarheid was dat Janaki een slecht meisje was, een slechte schoondochter, een slechte echtgenote. Mogelijk suggereerde Komalatammal dat er sprake was van een andere man. Janaki's werkelijke reden om weg te lopen – om aan de tirannie van haar schoonmoeder te ontkomen die haar tot het breekpunt had gedreven – werd door Komalatammal verhuld of niet begrepen.

O, die vrouw! Had Janaki het maar allemaal aan Ramanujan uitgelegd! Maar dat deed ze niet, misschien omdat ze er de noodzaak niet van inzag, of omdat ze zich niet realiseerde dat Komalatammal de feiten zou verdraaien om haar eigen positie te versterken, of omdat ze ervan uitging dat Ramanujan haar redenen wel zou raden.

En het maakte het er voor haar ook niet beter op toen ze na afloop van haar 'bezoek' aan haar broer besloot om in het huis van haar ouders te blijven in plaats van terug te gaan naar dat van haar schoonmoeder. Die 'echtbreuk' gaf Komalatammal de ammunitie die ze nodig had, maar ondanks al haar vermeende occulte krachten bezat ze niet genoeg psychologisch inzicht om te begrijpen dat Ramanujans verhouding met haarzelf ernstiger door haar gekonkel werd bedreigd dan die met zijn vrouw. Hij moet Komalatammals wanhopige pogingen om zich tussen hem en Janaki in te wringen zelfs op die afstand hebben aangevoeld. Waar hij haar vroeger elke week had geschreven, deed hij dat toen nog maar eens in de maand, en daarna eens per twee maanden, en vervolgens helemaal niet meer.

Dus u begrijpt dat hij zorgen had waar ik nauwelijks weet van had, maar ook al had hij me enigszins in vertrouwen genomen dan had ik er waarschijnlijk amper acht op geslagen, om eerlijk te zijn. Net als hij hield ik mijn aandacht vooral op wiskunde gericht. Wat er overschoot werd door de affaire-Russell opgeslokt. Niet dat ik hem werk opdrong. Ramanujan en ik waren één in onze toewijding aan een taak waarbij de noodzaak om te eten en zelfs de noodzaak om lief te hebben wegviel. Ik ben geneigd om te zeggen dat onze verbondenheid juist sterker werd door alle gevoelens die niet waren geoorloofd, want als we aan het werk waren vervaagde en vervluchtigde en verdween de eigenaardige melange van mededogen en irritatie en ontzag en verbijstering die het *idee* van hem bij mij wekte. Ik vermoed dat wat ik voor hem betekende ook verdween. In zo'n ambiance stoorde ik me aan alles wat het werk dreigde te belemmeren. Toch werkten we maar hooguit vier uur per dag met elkaar, dus bleven er twintig over waarin we niet samen waren.

Mevrouw Neville had ongelijk toen ze me ervan beschuldigde dat ik, in laatste instantie tot groot gevaar voor hemzelf, Ramanujans verdriet negeerde. Als ze spitsvondiger of intelligenter was geweest dan had ze de juiste beschuldiging kunnen uiten, namelijk dat ik zijn verdriet niet respectéérde. Ik schikte me in zijn verdwijningen, zijn slechte humeur, zijn perioden van weerspannigheid. Ik nam niet de moeite om te bedenken wat erachter stak. Of als ik wel bedacht wat erachter stak, dan deed ik dat vanuit mijn eigen frustratie wanneer zijn gedrag ons werk hinderde.

Om een voorbeeld te noemen: die herfst haalde hij eindelijk zijn afstudeertitel. Ik schreef een gloedvol rapport over zijn progressie naar Madras. Ik droeg zelfs een van zijn verhandelingen voor aan het Filosofisch Genootschap van Cambridge, al kwam hij zelf niet naar de bijeenkomst. Had ik hem uitgenodigd? Waarschijnlijk niet. Ik ging er waarschijnlijk van uit dat hij te verlegen was om erbij te willen zijn.

Toch werd hijzelf of zijn behoefte aan goedkeuring niet bevredigd door de titel, zoals ik had gehoopt. Integendeel. Het behalen van dat embleem van succes – een paar letters die hij nu voor zijn naam mocht zetten – scheen zijn drang naar nog meer trofeeën alleen maar aan te wakkeren. En wat was de volgende trofee die hij kon najagen? Het scheen dat Barnes, die intussen weg was uit Cambridge, voor zijn vertrek tegen Ramanujan had gezegd dat die erop kon rekenen dat hij in het najaar van 1917 tot wetenschappelijk medewerker van Trinity College zou worden benoemd. Ik was er niet zo zeker van. Zijn faam was sterk aan de mijne gelieerd, en ik stond destijds niet echt goed aangeschreven op Trinity. Bovendien hadden ze nog nooit een Indische stafmedewerker gehad. Ik voelde er echter weinig voor om al die zaken aan hem uit te leggen. Ik wilde hem geen aanleiding geven tot nog meer kopzorgen, maar ik kon me ook niet aansluiten bij de verzekeringen die Barnes hem had gegeven. Omdat Ramanujan, geconfronteerd met onzekerheid, de gewoonte had om te gaan drammen, begon hij vrijwel dagelijks de kwestie van zijn benoeming ter sprake te brengen, net zoals hij eerder steeds over de Smith-prijs was begonnen.

Begrijpt u alstublieft dat zijn eerzucht op zich mij niet dwarszat. Ik had begrip en waardering voor die eerzucht omdat ik zelf ook ambitieus was. In die tijd had je namelijk een opeenvolging die als het ware garant stond voor de betrouwbaarheid van een wiskundige: de Smith-prijs leidde naar een aanstelling op Trinity, de aanstelling leidde naar het lidmaatschap van de Koninklijke Academie van Wetenschappen. Indien ik zelf had gefaald die onderscheidingen binnen te halen – en in mijn geval kwamen ze allemaal na het geëigende verloop van tijd, 'op schema' – dan was ik overweldigd door een acute aanval van twijfel aan mezelf en verbolgenheid. Dus waarom misgunde ik Ramanujan dezelfde behoefte aan bevestiging? Ik veronderstel omdat ik voelde dat in zijn geval geen enkele prijs, hoe eervol ook, voldoende zou zijn om de hunkering te onderdrukken. Maar waarnaar hunkerde hij dan precies? Laten we die hunkering definiëren door ons voor te stellen dat ze niet bestond, bij wijze van *reductio ad absurdum*. Kon je een gelukkig mens zijn nadat er jarenlang deuren in je gezicht waren dichtgesmeten? Of wekten die jaren onvermijdelijk een honger die door geen enkele hoeveelheid medailles kon worden gestild? Geen wonder dat ik die honger niet kon verenigen met Ramanujans veronderstelde spiritualiteit, die smeltkroes waarin naar hij beweerde zijn ontdekkingen tot leven werden gewekt! Er waren twee verschillende vragen: de ene had met oorzaken te maken en de andere met gevolgen.

Nu ik ouder ben sta ik wat stoïcijnser tegenover die dingen. In Cambridge werd ons geleerd om ons leven als een treinreis volgens een vaste route te zien, van het ene station naar het volgende, tot we ten slotte bij een glorieuze laatste halte arriveerden, het eindpunt van de spoorlijn dat in wezen het begin van alles was. Vanaf dat moment zouden we ons in een warme gloed van rust en behaaglijkheid koesteren, van institutioneel geautoriseerd comfort. Dachten we. Want hoeveel manieren zijn er in feite niet om te ontsporen! Hoe vaak verandert de dienstregeling niet of gaan de conducteurs staken! Hoe gemakkelijk is het niet om in slaap te vallen, om als je wakker wordt te ontdekken dat je het station hebt gemist waar je had moeten overstappen, of dat je al die tijd in de verkeerde trein hebt gezeten! Al die kopzorgen die we hadden… hoewel al die kopzorgen natuurlijk geen enkele zin hebben want dit is het bitterste geheim van allemaal: dat alle treinen naar dezelfde plek rijden. Op zeker moment moet dat ook tot Ramanujan zijn doorgedrongen.

Maar goed, de ochtend na de veiling kwam hij bij me, zoals gewoonlijk. Ik nam hem deze keer aandachtig op en schrok ervan hoe ingevallen zijn wangen waren, ook al had hij nog steeds zijn gezette figuur. Vlezige halve maantjes zwollen op onder zijn ogen, lichter dan de donkere huid eromheen. Anders dan wat ik tegen Norton had gezegd vroeg ik hem of hij zich wel lekker voelde, of hij een dokter nodig had, maar zoals ik had verwacht wuifde hij mijn vraag weg. 'Ik heb niet zo goed geslapen,' zei hij. 'Ik lag na te denken over...' Wie zal het zeggen? Waarschijnlijk over een of ander detail van het partitietheorema. En toen waren we weer weg.

Ik heb nooit neiging gehad om diep naar beweegredenen en mechanismen te graven. Wiskunde heeft zich altijd zo aan mij voorgedaan: je kijkt naar een berglandschap. Bergtop A is duidelijk te zien, bergtop B kun je nauwelijks ontwaren in de wolken. Dan vind je de kam die van bergtop A naar bergtop B leidt, waarna je door kunt zoeken naar verder verwijderde bergtoppen. Allemaal heel leuk, zo'n vergelijking – ik heb hem eens in een lezing gebruikt die ik in 1928 heb gegeven – maar daarin blijft buiten beschouwing of je bij de verkenning van dat landschap op je verrekijker moet vertrouwen of echt te voet op pad moet gaan. In het laatste geval bezie je de toppen niet meer vanuit de verte maar trek je de bergen in, en dan wordt het veel riskanter, met gevaren die je niet het hoofd hoeft te bieden als je op veilige afstand door je verrekijker staat te turen: bevriezing, vermoeidheid, verdwalen. Of je kunt je houvast verliezen en van de bergflank die je beklimt in de afgrond vallen. Zeker, de afgrond is altijd nabij. We bestrijden het risico om te vallen op verschillende manieren. Ik deed het door niet te kijken, door voor te wenden dat er geen afgrond was, maar Ramanujan stond volgens mij voortdurend in de diepte te staren. Zichzelf te behoeden. Of zich op de sprong voor te bereiden.

Wat is die afgrond dan? Daar laat taal me in de steek. Het is de plek waar alle stukjes, alle symbolen, alle Griekse en Duitse letters rondzwermen en zich verstrengelen en met elkaar paren, op de meest ongerijmde, arbitraire manieren. Soms worden er wonderen geboren maar vaker gedrochten, groteske voortbrengsels voor een kermisattractie... Later, toen Ramanujan ziek was, vertelde hij me dat hij tijdens koortsaanvallen buikpijn had, wat hij toeschreef aan de piek waarop de zètafunctie in een grafische voorstelling de waarde 1 krijgt en wegschiet naar het oneindige. Die piek stak in zijn onderbuik, zei hij. Hij zat toen natuurlijk al diep in de afgrond.

Terugkijkend is het enige wat me over die periode verwondert het feit dat er, met uitzondering van Thayer, geen nieuwe acteurs ten tonele verschenen. In plaats daarvan werden de spelers alleen maar anders geordend, opnieuw gepositioneerd. Russell, die in Cambridge had moeten zijn, zat in Wales. Littlewood zat in Woolwich. Alice Neville – idioter kon het niet – zat in mijn Londense flat. Ik paste me opmerkelijk laconiek aan die nieuwe opstelling aan, vind ik achteraf gezien. Ik raakte eraan gewend om Alice' hoed op de kapstok in Pimlico te zien liggen, om brieven van Littlewood op militair briefpapier te krijgen. En de brieven van moeders waarin me werd meegedeeld dat deze of gene voormalige student van mij dood was schokten me niet meer zo erg als voorheen. Hoe wreed het ook is om te zeggen, ik wende eraan. Maar er was één persoon van wie ik dolgraag een brief had gekregen, en die kwam maar niet.

Waar was Thayer? Was hij dood? Ik had geen idee. Sinds die vreselijke middag toen hij bij de flat had aangebeld en ik hem de deur had gewezen, had ik niets meer van hem vernomen. Het lijkt me ongepast om hier de zelfkastijding te beschrijven waaraan ik me onderwierp, de uren dat ik die scène naspeelde en Thayer daarbij, al was het maar in mijn verbeelding, met het respect bejegende dat hij verdiende, het respect dat ik hem toen had onthouden en waarom hij me terecht had verfoeid. Ik had er graag een brief over geschreven maar betwijfelde of de pornografische beschrijving van de orgies van zelfgeseling waaraan een wiskundeprofessor zich bij wijze van boetedoening in de veilige beslotenheid van zijn kamers overgaf veel indruk zou maken op een jonge man die aan het front vocht. Ik schreef hem, uiteraard, maar dat waren ontoereikende brieven: ik was weer de oudtante die haar hoop uitsprak dat haar neef de volgende keer dat hij met verlof was bij haar op de thee zou komen. Ik kon mijn hoop dat hij me zou vergeven niet goed inkleden, ook niet in bewoordingen die genoegzaam waren gecodeerd om de censoren om de tuin te leiden. En blijkbaar waren mijn pogingen om zijn boosheid te temperen weinig effectief want hij schreef nooit terug. Of hij was dood, of hij was tot de slotsom gekomen dat ik de moeite niet waard was. En heus, hoe zelfzuchtig en afschuwelijk het ook moge klinken, ik hoopte dat hij dood was. Want als hij dood was bleef het hoe dan ook mogelijk dat hij mij, voor hij stierf, al was het maar bij zichzelf, had vergeven.

Wat me maar niet lukte, hoe ik ook mijn best deed, was hem vergeten. Minstens eenmaal per week ging ik naar het hospitaal op het cricketveld, zogenaamd om de gewonde soldaten moed in te spreken maar eigenlijk om te kijken of Thayer misschien weer op miraculeuze wijze in een van de zalen zou opduiken. Er was het een en ander veranderd in het tussenliggende jaar. Behalve de zusters stapten er geüniformeerde leden van de geneeskundige eenheid van het militaire opleidingscentrum van de universiteit tussen de bedden door. Het waren operatieassistenten of kantoorbeambten. Al dwalend door het uitgestrekte hospitaal wendde ik een zuiver academische interesse voor en vroeg ik hun om uitleg over de behandelmethoden die ze uitprobeerden terwijl ik in feite alleen maar naar Thayer op zoek was. Maar hij was er nooit.

Nu en dan knoopte ik een gesprekje aan met enkele andere jongens. Verrassend vaak nam dat een flirterige wending, maar ik kon niet genoeg animo opbrengen om in te gaan op hun stille wenken, want Thayer had me voor zich opgeëist. Ik denk dat ik verliefd op hem was. Ik wilde niemand anders.

In de gunstigste omstandigheden heeft hoop een korte levensduur, maar in oorlogstijd is die nog korter. Op oudejaarsavond 1916 hief ik om middernacht mijn glas hemelwaarts (ik was alleen in Cranleigh, Gertrude en moeder sliepen al) en verklaarde ik kranig dat ik niets meer met Thayer van doen wilde hebben. Er begon een nieuw jaar en ik zou verder gaan met mijn leven.

Twee weken later kwam de briefkaart, en toen ik zijn handschrift zag werd ik zo duizelig van blijdschap dat ik haast op mijn knieën viel. Het was niet eens een echt kaartje maar zo'n formulier als ik voor onze ruzie steeds van hem kreeg wanneer hij met verlof zou komen. Ik heb het nog steeds. Bovenaan staat de gebruikelijke waarschuwing:

NIETS op deze zijde schrijven behalve de datum en de handtekening van de afzender. Overbodige tekst wordt uitgewist. <u>Deze briefkaart wordt vernietigd indien er tekst wordt toegevoegd.</u>

En daaronder de diverse regels die konden worden aangekruist:

☐ Ik ben goed gezond.

☐ Ik ben opgenomen in het hospitaal:
$\left\{\begin{array}{l}\text{☐ ziek}\\ \text{☐ gewond}\end{array}\right\}$ ☐ en aan de beterende hand.
☐ en hoop weldra te worden ontslagen.

☐ Ik word teruggestuurd naar het hoofdkwartier.

☐ Ik bevestig de ontvangst van uw
$\left\{\begin{array}{l}\text{☐ brief gedateerd _____}\\ \text{☐ telegram gedateerd _____}\\ \text{☐ pakje gedateerd _____}\end{array}\right.$

☐ Brieven volgen per eerste gelegenheid.

☐ Ik heb geen brieven van u ontvangen
$\left\{\begin{array}{l}\text{☐ recentelijk.}\\ \text{☐ gedurende lange tijd.}\end{array}\right.$

Handtekening _____
Datum _____

Voorheen had Thayer alleen de regel 'Brieven volgen per eerste gelegenheid' aangekruist. Deze keer had hij echter ook een kruisje bij 'gewond' gezet, maar niet bij 'en hoop weldra te worden ontslagen.'

De echte brief arriveerde de volgende dag. Er stond alleen de naam van een militair hospitaal in, deze keer buiten Oxford.

Ik nam de eerste trein die ik kon halen en kwam vroeg in de middag aan. Omdat het hospitaal kleiner was dan dat in Cambridge en in een echt gebouw was gehuisvest, een meisjesschool die tot het einde van de oorlog was gevorderd, had ik Thayer in een oogwenk gevonden.

Hij lag stil in zijn bed, ongeveer zoals hij de eerste keer dat ik hem had gesproken stil in zijn bed had gelegen. Zijn gezicht was ongeschonden. Tot mijn opluchting glimlachte hij toen hij me zag.

'Dus je hebt mijn briefje gekregen,' zei hij.

'Jazeker,' zei ik. 'Vanmorgen. Ik ben zo snel gekomen als ik kon.'

Ik ging zitten, balde een vuist en liet die zachtjes in het vlees van zijn schouder neerkomen. Hij lachte niet.

'Wat is er gebeurd?'

'Ze hebben mijn andere been te pakken gekregen. Zie je wel?' Hij trok het laken omlaag en liet het gezwachtelde been zien, met verband tot net boven de knie. 'Dus – twee benen geraakt, één arm geraakt, nog één arm over.'

'Wat is er met je arm gebeurd?'

'O, dat was weken geleden. Een kogel. Hij heeft niet veel schade aangericht – net genoeg om te zorgen dat ik hem nooit meer helemaal omhoog kan doen.'

'En je been?'

'Een hoop granaatscherven. Maar ik zal het been niet verliezen, hebben ze gezegd. Maar het doet pijn. God, wat doet het pijn. Dat is een goed teken.'

'Word je uit de dienst ontslagen?'

'Ik betwijfel het. Ik schijn niet genoeg geluk te hebben om daarvoor genoeg geraakt te worden. Ik moet waarschijnlijk eerst mijn been kwijtraken om ontslagen te worden, en eerlijk gezegd –' Hij liet zijn stem dalen. 'Maar het punt is dat ik niet terug wil komen. Naar Engeland, snap je. Niet voor het allemaal voorbij is. Het is moeilijk uit te leggen. Daar in de loopgraven – het is één en al ellende, maar je leeft. En dan kom je terug en alles gaat hier zijn gangetje alsof de wereld normaal is. En dan voel je je eigenlijk – dan voel je je dood. En alle anderen lijken ook dood. En dan kijk je ernaar uit om terug te gaan omdat je geen zin hebt om bij al die dode mensen rond te hangen.' Hij fronste. 'Snap je wat ik bedoel?'

'Ja, ik snap het.'

'Ik weet het niet. Ik weet helemaal niks meer.'

Het was een poosje stil, en toen zei ik: 'Ik ben blij dat je me hebt geschreven.'

'Tja, ik wou al eerder schrijven, maar de laatste keren dat ik verlof had – mijn zus is in verwachting, weet je, en dus ben ik veel in Birmingham geweest. Ik zat in Birmingham met mijn arm. Het is me niet gelukt om naar Londen te komen.'

Zou hij ter sprake brengen wat er in Pimlico was voorgevallen? Of verwachtte hij dat ik erover zou beginnen? Of had hij besloten om te doen of het nooit was gebeurd?

'Hoe lang moet je hier in het hospitaal blijven?'

'Nog een week of zo. Daarna heb ik een tijdje vrij.' Hij keek verlegen op. 'Zit die dame, die vriendin van je zus, nog steeds in je flat?'

'Alleen door de week. Niet in het weekend.' Ik haalde diep adem. 'We kunnen nu beter met elkaar opschieten. Ze laat sandwiches voor me achter. Ik neem aan dat je op zaterdag geen tijd hebt, hè?'

Hij glimlachte. 'Om op de thee te komen?'

'Precies.'

'Ik denk dat dat wel lukt,' zei hij.

En dat deed het. Twee zaterdagen later. Toen lukte het, evenals tijdens zijn volgende verlof. Die keer hadden ze zijn andere arm te pakken gekregen. 'Twee armen, twee benen,' zei hij. 'Wat is het volgende?'

'Deze niet, hoop ik,' zei ik terwijl ik hem ruw beetpakte, zoals hij het wilde.

En het verbijsterende was dat ze hem nooit uit de dienst ontsloegen. Ze maakten hem kapot, stuurden hem naar huis voor reparatie en maakten hem weer kapot. En op dezelfde manier, realiseerde ik me later, maakten wij Ramanujan kapot, en lapten we hem weer op en maakten we hem weer kapot, tot we al het nut uit hem hadden geperst dat we konden. Tot het hem niet meer lukte.

Pas toen lieten we hem naar huis gaan.

DEEL ZEVEN

De oneindige trein

I

*B*ij het smeulende haardvuur wacht Gertrude op de komst van haar broer. Het is pikkedonker om vijf uur 's middags, en ze zit iets te lezen wat ze van Alice heeft gekregen, een roman die zich in Italië afspeelt. 'Wat een raar land is dit!' zegt de heldin tegen haar minnaar. 'Het is bijna middernacht en zo warm dat ik mijn omslagdoek niet eens nodig heb!' Woorden doen echter geen vorst smelten, tenzij je ze in het vuur gooit, en Gertrude heeft te veel eerbied voor boeken – zelfs voor slechte boeken – om ze te verbranden. Dus laat ze de roman zakken en lokt haar foxterriër, Daisy, die naast de haard ligt te slapen. Daisy heeft een on-waarschijnlijk goede smaak: ze heeft Ouida helemaal stuk-geknaagd maar D.H. Lawrence met rust gelaten. Nu houdt Ger-trude haar het boek voor – *Een zomer in Toscane* – en Daisy snuffelt eraan, likt aan de rug, draait zich om en ploft weer in haar mand neer. Geen belangstelling. Gertrude moet lachen. Er beieren kerk-klokken, waardoor haar moeder in de kamer ernaast wakker wordt.

'Margaret?'

'Het is goed, moeder,' roept ze.

'Isaac?'

'Het is niets. Dat waren de kerkklokken.'

Sophia Hardy (haar echte naam, Euphemia, heeft ze nooit gebruikt) kreunt en draait zich om in haar bed. De laatste tijd praat ze meer met de doden dan met de levenden. Ze schijnt naar de rand van een onbekende wereld te reizen, zoals ze dat talloze keren eer-der heeft gedaan. De vraag is, zal ze deze keer oversteken? Gertru-de hoopt van wel. De dokter denkt van wel. Volgens hem is de situ-atie urgent genoeg om Harold uit Cambridge te laten komen, want hij zal toch afscheid van zijn moeder willen nemen, nietwaar? Maar

Harold heeft zijn bedenkingen, weet ze. Hij heeft dezelfde reis om dezelfde reden al te vaak gemaakt.

Opnieuw gekreun – deze keer dieper – en Gertrude staat met een diepe, verveelde zucht weer op en loopt naar de salon, voor zolang het duurt haar moeders slaapkamer. Ondanks haar Italiaanse naam is mevrouw Hardy nog meer een noorderlinge dan haar dochter, zo bleek dat je het fijne netwerk van adertjes over haar gezicht kunt zien, broos als een nimf, maar dan een winternimf uit ijzige zilver-berkwouden. En mager. Gertrude herinnert zich dat haar moeder op haar zeventigste pochte dat ze nog steeds haar trouwjurk aan kon. Vervolgens trok ze hem aan en kwam zo de eetkamer binnenge-walst, onvergetelijk, als een eigentijdse Miss Havisham. Ze meen-den toen dat ze kinds aan het worden was, maar ze kwam erboven-op. Ze is er steeds bovenop gekomen.

Ouderdom lijkt soms wel een tweede kindertijd, bedenkt Ger-trude vaak. Je vervalt inderdaad licht in de gewoonte om bejaarden als kinderen te behandelen, zoals de zusters haar gepensioneerde collega's in het Tehuis voor Hulpbehoevende Dames behandelen en hen begeleiden bij een eindeloze cyclus van frivolité klossen en naai-en en aquarelleren, die vrouwen die twintig jaar ervoor lesgaven in scheikunde, wiskunde, Shakespeare... In het Tehuis voor Hulp-behoevende Dames wordt het jaar gemarkeerd door feestdagen: mistletoe met Nieuwjaar, hartjes tot Valentijnsdag, alles groen met St. Patrick's Day, lammetjes en eieren met Pasen. 'Dat doen we om te zorgen dat ze voeling houden met de tijd,' had de directrice uit-gelegd toen Gertrude er voor het eerst kwam, toen ze nog dacht dat haar moeder daar zou kunnen gaan wonen en zijzelf ander werk kon zoeken en voorgoed naar Londen kon verhuizen. Maar het liep anders.

'Moeder, wat is er?' Gertrude schudt haar kussens op.

'Wil je mijn benen masseren?' vraagt mevrouw Hardy.

'Goed.' Gertrude gaat zitten, trekt de dekens bij het voeteneind los en slaat ze terug. Dan steekt ze haar handen onder haar moeders nachthemd en begint met de regelmatige, ritmische massage, van de dijen naar de sokken bij de enkels, die mevrouw Hardy, om redenen die Gertrude niet helemaal kan doorgronden, zo goed schijnt te doen. Op en neer, huid en bot. Wat is er nog maar weinig van haar over! Geen vlees, geen massa. Wat er ook mis is, het is iets heel ergs, realiseert ze zich. De dokter zegt er niets over en Gertrude vraagt er niet naar. Ze weet alleen dat de pijn nu al twee keer zo hevig is geweest dat er morfine nodig was. Nu is mevrouw Hardy echter rustig. Ze ligt op haar rug en ademt met korte hijgstootjes. 'Margaret, zet de bloemen maar in de keuken,' zegt ze. En: 'Ga je de erwten doppen?' En: 'Heb je je oog wel in?'

Gertrude verstart. Mevrouw Hardy slaakt een kreetje.

'Pardon.'

'Ook al ziet niemand het, er zit toch iemand te kijken,' zegt mevrouw Hardy. 'Vergeet dat niet.'

'Goed, moeder.'

'Je moet trouwen. Maar het is geen mooi meisje.'

'Wie?'

'Margaret.'

'Wie is Margaret?'

'Die heeft samen met mij lesgegeven. Op de kweekschool.'

'En was zij niet mooi?'

'Jawel hoor. Ze was een plaatje.'

'Wie was er dan niet mooi?' Maar ze weet het antwoord en gaat door met masseren. Het stoort haar niet erg. Geen subtiliteiten meer in dit huis, niet nu de dochter, met een kordate efficiëntie die zelfs voor haarzelf als een verrassing komt, tweemaal per week dat deel van haar moeders lichaam wast waaruit ze zelf, decennia eerder, is voortgekomen. 'Lendenen.' Wat een woord! Ze wast haar moeders lendenen, haar moeders pudenda (nog zo'n woord waar ze dol op is), min of meer kaal nu. Als de kop van een oude man.

Er wordt aan de deur gerammeld. Er is niemand behalve Gertrude om open te doen. Maisie, die bij hen schoonmaakt, is al naar huis.

'Ik kom!' roept ze, en ze trekt haar handen voorzichtig onder mevrouw Hardy's nachthemd vandaan en vouwt de dekens terug. 'Ik ga even opendoen, moeder. Het is Harold.'

'Is Harold er?'

'Ja, hij komt kijken hoe het met u gaat.'

'Maar ik zie er niet uit!'

Gertrude staat op. Daisy is eerder bij de voordeur dan zij: ze blaft en springt naar de deurklink. 'Af,' zegt Gertrude halfhartig, omdat ze weet dat haar broer niet van honden houdt. Dat was de voornaamste reden waarom ze Daisy had genomen.

Ze doet open en Hardy stapt naar binnen, zijn paraplu uitschuddend. 'Wat een weer!' zegt hij, en geeft haar dan een kus op de wang.

'Goeie reis gehad?'

'Vermoeiend. Het duurt tegenwoordig uren om ergens te komen. O, ja –' Daisy springt op naar zijn handen. 'Ja, ik weet dat je blij bent om me te zien. Ja. Nu maar af.'

'Sorry,' zegt Gertrude terwijl ze Daisy optilt.

Hardy hangt zijn jas aan de haak. 'Hoe is het met haar? Is ze er slecht aan toe?'

'Ga zelf maar kijken.'

'Liever nog niet. Ik wil eerst even bijkomen.'

'Harold, ben je daar?'

'Ja, moeder. Ik ben het.'

'Kom even dag zeggen.'

Hij loert nijdig naar Gertrude, alsof de drammerige toon van hun moeder haar schuld is. Dan strijkt hij zijn haar naar achteren en gaan ze samen naar binnen. Mevrouw Hardy glimlacht. Ineens is ze lucide en spraakzaam. Ze wil rechtop gezet worden in haar kussens. Ze wil een warme kruik. 'Een potje vint, misschien?' vraagt ze. 'Hoe lang blijf je?'

'Dat weet ik niet precies. Ik moet maandag in Londen zijn. Dan moet ik wat doen voor het Wiskundig Genootschap.'

'Mooi. Dan kun je daar overdag naartoe en hier weer terugkomen.'

'We zien wel.'

Maar daar neemt ze geen genoegen mee. Ze wil babbelen, ze wil vint spelen, ze wil dat Harold belooft dat hij blijft. Ze is net een kind dat niet naar bed wil, dat je moet ompraten tot ze zelf aan haar vermoeidheid toegeeft.

Ten slotte, na een hoop getroetel en gesoebat ('Ga nu maar sla-pen, moeder, dan spelen we morgen een potje vint') en gesputter ('Maar ik heb helemaal geen slaap!') valt mevrouw Hardy zonder waarschuwing in slaap. Nu kunnen Gertrude en Hardy zich terug-trekken in de keuken, zoals ze gewend zijn te doen. Gertrude bakt eieren, gelegd door de hennen die ze houdt. Ze drinken thee.

'Nou, dat ging makkelijker dan gewoonlijk,' zegt Gertrude.

'Makkelijker!'

'Ze weet hoe laat het is. Gisteren maakte ze me om twee uur 's nachts wakker omdat ze wilde lunchen. Maar ze had in elk geval de klok goed gelezen.' Gertrude prikt in haar ei zodat de dooier uit-loopt. 'Nou ja, ook al moet je maandag naar Londen, ik ben blij dat je het weekend blijft. Ik moet morgen de stad in om te winkelen.'

'Wat heeft dat met mij te maken?'

'Er moet iemand op haar passen.'

'En Maisie dan?'

'Maisie is zestien. Je kunt niet van haar opaan. Maar het is hele-maal niet moeilijk, Harold. Je hoeft haar alleen maar haar eten te brengen en te zorgen dat ze lekker ligt.'

'Maar als ze naar het toilet moet?'

'Dat regelt Maisie wel.'

'Maar ik heb morgen een theeafspraak met een kennis – in de stad.'

'Welke kennis?'

'Je kent hem niet.'

'Kun je het niet verzetten?'

Hardy zet zijn kopje neer. 'Je hebt me onder valse voorwendsels hierheen laten komen,' zegt hij. 'Je zei dat ze op sterven lag –'

'De dokter zei dat ze op sterven lag –'

'– je zei dat ze op sterven lag terwijl je in werkelijkheid alleen maar wilt gaan winkelen.'

'Ik moet toch ondergoed hebben?'

Hij krimpt ineen bij het woord 'ondergoed'. 'Ik heb het heel druk, ik kan toch niet zomaar de benen nemen elke keer als –'

'Goed,' zegt Gertrude. 'Ga maar. Ga maar naar Londen om thee te drinken met je kennis, dan blijf ik hier wel, zoals elke zaterdag, om op te passen en te wachten. En als ze roept ga ik naar haar toe. En zondag idem dito. En dan maandag lesgeven. En 's avonds weer bij haar zitten.'

'Het zal best wel zwaar zijn, dat snap ik.'

'O ja? Heb je daar enig idee van?'

'Natuurlijk wel. Luister, ik hou heus niet de hele tijd theekransjes, tegenwoordig. Ik ga niet naar Londen omdat ik het zo leuk vind, weet je, ik ben secretaris van twee clubs, en dan heb ik nog het Wiskundig Genootschap, de Academie van Wetenschappen. En in Cambridge mijn colleges, en dat gedoe met Russell –'

'Maar jij kunt tenminste nog weg. Jij zit niet week in week uit in Cranleigh.'

'Nee, ik zit week in week uit in Cambridge.'

'Heb je enig idee hoe lang het geleden is sinds ik de kans had om een poosje weg te gaan? Om gewoon wat normale dingen te doen, lunchen in een restaurant, een beetje winkelen?'

Hardy zwijgt. Hij legt zijn vingers tegen de brug van zijn neus.

'Je bent boos op mij omdat ik je laat komen en ze eruitziet of er niets aan de hand is. Maar de dokter zei dat ze op sterven lag. Wat moet ik dan doen, tegen jou zeggen dat je niet hoeft te komen? En als ze dan toch doodgaat –'

'Ja, ik snap het.'

'En als ik ondergoed moet kopen… sorry hoor, maar een vrouw moet gewoon –'

'Ja, dat weet ik. Goed, dan blijf ik morgen hier – of een deel van de dag. Misschien zou je om drie uur terug kunnen zijn zodat –'

'Je hebt me nooit gevraagd waarom ik tegen Alice Neville heb gezegd dat ze mijn kamer in de flat kon huren, hè? Dat kwam omdat ik verdorie nooit de kans heb om erheen te gaan en –'

'Ja, Gertrude.'

'Echt waar, nooit.' Ze snuit haar neus. 'Neem me niet kwalijk, ik ben de laatste tijd een beetje prikkelbaar.'

'Je hoeft je niet te verontschuldigen. Dat heb ik ook. Het gaat helemaal niet goed op Trinity. En nu moet ik weer in het geweer komen omdat een meisje van Newnham – een of andere kwezel die Ridgway heet weigert haar tot zijn colleges toe te laten omdat ze lid is van het Verbond voor Democratisch Bestuur. Hij beroept zich op het feit dat vrouwen zich officieel niet kunnen inschrijven, zodat hij ze zonder aanleiding uit zijn colleges kan weren. Met een mannelijke student zou hij dat niet kunnen flikken.'

'Je begint behoorlijk feministisch te worden, hè?' zegt Gertrude, maar hij merkt de ironie in haar toon niet op.

'Daar gaat het in wezen niet om. Ridgway zegt dat hij mannelijke studenten die lid zijn van het Verbond ook zou weigeren. Het is een tactische zet. Eigenlijk straft hij het meisje omdat ze in de eetzaal van Newnham iets heeft gezegd dat werd opgevat als pro-Russell. Ik ben er een reactie op aan het schrijven, misschien in de vorm van een pamflet. We hebben het nog niet opgegeven dat ze Russells ontslag terugdraaien, weet je, na de oorlog.'

'Het is echt heel bewonderenswaardig, al die moeite die je doet om anderen te helpen.'

'Ik doe wat ik kan.'

'Natuurlijk.'

Hij kucht en staat op. 'Nou, ik ben een beetje moe,' zegt hij. 'Ik denk dat ik vroeg naar bed ga, als je het niet erg vindt.'

'Waarom zou ik dat erg vinden?'

'En jij? Ga je ook slapen?'

'Zeker niet, gezien het feit dat het nog maar halfzeven is.'

'Ja, nou, zoals ik al zei, de reis hierheen…' Hij buigt zich naar haar toe, zijn handen plat op tafel. 'Gertrude, nog even over morgen… Die afspraak van me is vrij belangrijk, dus als je het niet erg vindt zou je misschien vroeg naar de stad kunnen gaan, en dan vertrek ik om een uur of twee. Op die manier zal moeder maar twee uur of zo alleen met Maisie zijn.'

Ze zegt niet: 'Ik vind het wel erg.' Dat ligt niet in haar aard. Het ligt in haar aard om haar verbittering samen te ballen, om die in de centrifuge van haar geest te laten rondtollen tot er alleen nog een essentie van over is, onuitgesproken en onuitwisbaar.

'Zoals je wilt, Harold.'

'En als er iets mis gaat, als... dan kun je me telefoneren en pak ik de eerste de beste trein.'

'Zoals je wilt.'

Hij draait zich om. Ze staat niet op. Door de keukendeur hoort ze Daisy opspringen, Daisy snuffelen... 'Ja, goed zo, slaap lekker, hond,' zegt hij, wat een flauwe glimlach om haar lippen brengt. Zo dadelijk zal ze uit haar stoel overeind moeten komen, weet ze, om de borden op het aanrecht te zetten zodat Maisie ze morgen kan afwassen: nog zoiets wat haar broer nooit eens een keer zou doen. Maar dat kan wachten. Tegenwoordig zijn de momenten waarop ze alleen is zo zeldzaam dat ze heeft geleerd ze te koesteren. Ze blijft nu gewoon even zitten, luisterend naar de stilte, starend in het donker.

2

'Neem me niet kwalijk, meneer, maar ze vraagt naar u.'
Hij wordt wakker met de geur van koffie gemengd met cichorei en het beeld van een gezicht om de deur: jong, vaal, dik.

'Wie?'

'Uw moeder.'

'O, ja.' Hij gaat rechtop zitten in bed. Dat moet dan Maisie zijn.

'Je werkte vorige zomer nog niet hier, hè?'

'Nee meneer, ik ben vlak voor Kerstmis begonnen.' Er klinkt een kreet op van beneden. 'Neem me niet kwalijk, meneer, maar zoals ik al zei, ze vraagt naar u. Ze is vreselijk knorrig vanmorgen.'

'Goed. Ik kom zo.'

'Ja, meneer.'

'En doe de deur dicht!'

'Pardon, meneer.' Hij klikt dicht. Een huis vol vrouwen. Hij stapt uit bed, trekt zijn kleren aan, is bijna klaar met het kammen van zijn haar als hij die stem weer hoort. 'Meneer Hardy?'

'Ja?'

'Het spijt me erg, meneer, maar ze wordt nu heel lastig. Ze wil niet ontbijten en ze wil dat u beneden komt.'

'Goed. Ik kom eraan, moeder!' roept hij terwijl hij zich naar beneden rept, zijn overhemd nog half open. Zijn stervende moeder. Hoe komt het toch dat het allemaal net een kluchtig toneelstuk lijkt?

Op het bed dat voor haar in de salon is gezet om in te sterven ligt mevrouw Hardy op haar rug naar het plafond te staren. Haar grijze haar is met een strik samengebonden. Maisie zit naast haar en heft een lepel uit een kom.

'Nou, moeder, hier ben ik,' zegt hij.

'Harold,' zegt ze zwakjes. 'Ga zitten. Kom hier naast me zitten.'

Maisie staat gedienstig op. Ze overhandigt hem de kom en de lepel. 'Probeert u maar of ze wil eten,' zegt ze, en beent dan met de energieke kwiekheid van de jeugd naar de keuken.

Zijn moeder glimlacht naar hem. Hij glimlacht terug.

'Nou, hebt u zin in uw ontbijt?' vraagt hij.

'Lieve Harold. Ik had het vandaag nog met je vader over jou.'

'O ja?'

'Hij kwam net thuis voor het avondeten – van de – de jongens waren...'

'Waar, moeder?'

'En toen gingen we erwtjes doppen.'

'Maar hoe zat dat met vader?'

'Doet u maar geen moeite om dingen te vragen,' zegt Maisie die net terugkomt met een kop koffie, die ze aan hem overhandigt. 'Ze kan nooit een zin afmaken.' En Maisie heeft gelijk. Mevrouw Hardy's conversatie, als je die zo mag noemen, bestaat uit losse zinnetjes die ronddolen en kronkelen en in elkaar storten: een soort eindeloos terugredeneren, net als Russells barbier. Dingen die hij uit het verleden herkent worden vermengd met verwijzingen naar mensen van wie hij nog nooit heeft gehoord, alsof ze half in het leven van iemand anders is geglipt.

'Wil je mijn benen masseren?'

'Uw benen?'

'Ze doen zo'n zeer.'

'Ik zal Maisie roepen,' zegt hij, maar voor hij kan opstaan grijpt ze hem bij zijn pols. Haar greep is krachtiger dan hij zou hebben verwacht.

'Nee, niet dat meisje,' zegt ze. 'Jij.'

'Moeder, ik... Maisie!'

Het meisje komt binnen, haar natte handen aan haar schort afvegend.

'Maisie, wil je haar benen masseren?'

'Ik ga haar benen niet masseren. De laatste keer dat ik het probeerde heeft ze bijna mijn handen afgebeten. Ze laat het alleen door mejuffrouw Hardy doen.'

'Masseer mijn benen, Harold.'

'Doet u het maar, meneer. Ik zal het even voordoen. Rustig maar, mevrouw Hardy, ik zal niet aan u komen, ik til alleen maar de dekens op...'

'Moeder, misschien moet u wachten tot –'

'Zo.' De dekens zijn teruggeslagen zodat zijn moeders fragiele lijf in haar nachthemd en met sokken aan haar voeten te zien is. Hij moet aan de beschrijving denken die Lawrence, vol afgrijzen en duivels plezier, had gegeven van het schouwspel van Keynes in diens gestreepte pyjama. 'Nu trek ik uw nachthemd een stukje op –'

'Laat dat!'

'Goed, mevrouw Hardy, stil maar!' Maisie deinst achteruit. 'Toe, doet u het maar,' zegt ze tegen Hardy.

Aarzelend buigt Hardy zich naar zijn moeder en beroert met zijn handen de zoom van het nachthemd. 'Hoe ver moet ik het terugdoen?'

'Tot halverwege boven de knieën.'

Maar halverwege tot waar? Tot halverwege tussen de knieën en wat? Voorzichtig trekt hij; ze tilt gewillig haar benen op; ze vindt het niet erg dat híj haar aanraakt. Haar glimlach is haast koket, tot het nachthemd een eind omhoog is en de gerimpelde, gevlekte huid te zien is, de knokige knieën, de kuiten gemarmerd met kneuzingen.

'Maisie, hoe komt ze aan al die kneuzingen?'

'Ze bezeert zich gauw met haar dunne huid, meneer.'

'Maar moeder, misschien doet het zeer als ik –'

'Masseer alsjeblieft mijn benen.'

'Goed dan.' En hij raakt de huid aan, die warm is en aanvoelt als papier. Hij laat zijn handen op en neer glijden. 'Is het zo goed?'

Ze doet haar ogen dicht.

'Nou, dan ga ik maar terug naar de keuken,' zegt Maisie.

'Dit gebouw is vroeger een school geweest, weet je.'

'O ja?'

'De gouvernante kon heel opvliegend zijn. De meisjes huilden vaak. Pas geleden kwam ik in de stad... toen kwam ik... Florence Turtle tegen, en ze... Met de prachtigste viooltjes...' Het lijkt of ze ligt te snakken, zowel naar haar gedachten als naar adem. 'Dat maakt het zo sfeervol,' besluit ze.

'En moeder, wat vindt u van Gertrudes nieuwe hondje?'

'De hond heeft buiten voor de keuken gejongd... We moesten de pups verdrinken... De meisjes – Margaret zei dat ze het niet mochten zien, maar ik... en de school.' Ineens kijkt ze naar hem op. 'Je moet trouwen. Ik houd mijn hart vast voor jou, schat.'

Hij wendt zijn blik af. 'Moeder –'

'Dat oog baart je zorgen, ik weet het. Maar je moet het discreet aanpakken. Zolang hij je maar nooit ziet met het oog uit...'

'Ja, ja.' Hij wrijft op en neer, harder nu, zodat hij de botten door de droge huid heen voelt. Het valt hem op dat er een vast thema opduikt in haar geraaskal (hoe moet hij het anders noemen?). Ze heeft het steeds over school. En waarom ook niet? Ze heeft haar hele leven op scholen doorgebracht. Zij en zijn vader, allebei. Vanuit Ramanujans gezichtspunt was er vast maar weinig verschil tussen hem en Littlewood, tussen hem en Russell. Voor hem zijn ze allemaal rijkeluiskinderen. Hoe kun je van hem verwachten dat hij doorziet wat Hardy van de anderen onderscheidt? Want Littlewood komt uit een Cambridge-familie en Russell is van adel, terwijl Hardy slechts een kind van leraren is. Niet, zoals Russell, geboren met een aantal zekerheden. Zonder bezittingen of vermogen. Het is gemakkelijk zat voor Russell om te zeggen dat hij wel privéles in Londen gaat geven als Trinity hem niet wil. Dat kan hij zich veroorloven. Maar Hardy is afhankelijk van Trinity College, net zoals zijn vader afhankelijk was van Cranleigh, zijn moeder van de kweekschool, zijn zus van St. Catherine's. Het enige verschil is dat van aanzien. Zonder de steun van genereuze instellingen zouden ze allemaal verloren zijn. Hij lijkt meer op Mercer dan op Littlewood.

Als ze in slaap is gevallen en hij haar weer heeft ingestopt, gaat hij naar de zitkamer. Hij wil met Gertrude praten – hij weet nog niet precies waarover – maar hij is natuurlijk van plan om weg te gaan voor ze terugkomt. En als hij op tijd wil zijn voor zijn afspraak – bij het vooruitzicht waarvan hij begint te gloeien van genot en van een lichte weerzin als hij bedenkt dat deze handen, die zojuist nog zijn moeders benen hebben gemasseerd, weldra die van Thayer zullen betasten: het ene paar oud, het andere verminkt – als hij op tijd wil zijn, zal hij zo dadelijk moeten vertrekken.

Dus vertrekt hij. Hij heeft zijn rendez-vous met Thayer. Hij brengt de nacht door in Londen, in de flat, maar zondags gaat hij terug naar Cranleigh. Gertrude lijkt niet erg verrast om hem daar weer te zien.

'Hoe heb je het gehad in de stad?' vraagt hij.

'Gaat wel,' zegt ze. 'Ik heb mezelf bij Fortnum's op thee getrakteerd. Een nogal beperkt assortiment lekkers, gezien de rantsoenering.'

'Die is zelfs in Cambridge merkbaar. Op Trinity krijgen we vis en aardappels maar geen vlees op dinsdag en vrijdag, en de rest van de week vlees maar geen aardappels. En de groente mag geen naam hebben.'

'Je vraagt je af hoe Ramanujan dat overleeft.'

'Inderdaad.' Hij wendt zijn blik van haar af en staart naar het haardvuur, waarnaast Daisy ligt te slapen. Dan zegt hij: 'Gertrude, ik wil het even met je over moeder hebben.'

'O?'

'Ze is erg veeleisend geworden. Al de tijd dat je weg was stond ze erop dat ik bij haar zat en dat ik haar benen masseerde.'

'Ja, dat schijnt haar te kalmeren.'

'Ik heb de indruk dat je haar vertroetelt. En omdat jij haar benen masseert, moet ik haar benen ook masseren, anders is het hommeles.'

'Een interessant argument,' zegt ze. 'Omdat je zo zelden hier bent, heeft dat tot nu toe nooit een probleem geleken.'

'Ja, maar als ik hier wel ben... 's zomers en zo...'

'Dus ik moet de wens van onze stervende moeder om haar benen te masseren niet inwilligen zodat jij, bij de zeldzame gelegenheden dat je toevallig op bezoek bent, daar niet mee lastig wordt gevallen? Is dat wat je bedoelt?'

'Nee, dat is niet wat ik bedoel. Wat ik bedoel is dat – dat het niet goed voor haar kan zijn.'

425

'Nee, we moeten het kind niet verwennen, want dan wordt ze later onuitstaanbaar.'

'O, toe nou, Gertrude. Luister, omdat jij bereid bent om alles op te geven –'

'Ja, daar heb ik voor gekozen. Ik had ook een andere keuze kunnen maken. Ik had gewoon mijn biezen kunnen pakken en dan had jij ermee gezeten.'

'Dus ik moet gestraft worden omdat ik het leven leid dat ik leid?'

Hij gaat zitten. Laat zijn kin op zijn hand rusten. Wat ziet hij er hulpeloos uit! Hulpeloos genoeg, denkt Gertrude, om boosheid te doen wegsmelten. Om vertedering te wekken. En dan te bedenken dat hij zichzelf een feminist vindt!

Ze heeft de neiging om hem bij zijn schouder te pakken. Om hem uit het hol te helpen waarin hij zich heeft vastgegraven. Om hem een uitweg te bieden. Ze voelt zich bijna mild genoeg. Maar net niet genoeg. Net niet genoeg.

3

Het is een zware last om het lot van iemand te kennen die zijn lot zelf niet kent.

Door het duister van het vertrek waarin het Londens Wiskundig Genootschap zijn bijeenkomsten houdt kijkt Hardy naar Neville. Nevilles bril hangt laag op zijn neus. Hij zit naar zijn handen te staren en draait iets om zijn rechter ringvinger wat op een stukje touw lijkt. Strak, zodat het vlees opzwelt. Hardy kan dat ontwaren, zelfs van zo'n afstand, omdat hij in tegenstelling tot Neville gezegend is met voortreffelijke ogen alsmede een intuïtieve aanleg om het gefrunnik van bekommernis te herkennen. Knokkels die knakken, brillen die steeds worden gepoetst, gefriemel aan een loszittende knoop tot hij eraf komt. En hoewel hij zou willen dat hij op dit moment naar Neville toe kon gaan om hem de opluchting te verschaffen waar hij naar hunkert en te zeggen: 'Je aanstelling is verlengd,' is het helaas zo dat zijn aanstelling niet is verlengd, en Hardy weet dat al en Neville niet, al zal hij het vast vermoeden. Dus zegt Hardy niets. Op Nevilles gezicht ligt bezorgdheid doorschoten met vage hoop. Hoop tegen beter weten in. Neville kijkt op en even zien ze elkaar in de ogen. Hij knikt. Hardy knikt terug. Maar niet om iets te laten doorschemeren. Hij wil in geen geval worden beticht van het wekken van válse hoop.

Het kost hem ongeveer een uur om de verhandeling over de partitieformule voor te dragen. Na een minuut of tien arriveert Littlewood, in uniform. Hij ziet er niet best uit. Hij gaat achterin zitten, haalt een pen en iets wat op een briefkaart lijkt uit zijn rugzak en begint furieus aantekeningen te maken. Inderdaad, elke keer als Hardy opkijkt zit hij te schrijven – en steeds op dezelfde briefkaart, die hij voortdurend ronddraait, waarschijnlijk om nog een hoekje te vinden dat hij met getallen kan vullen. Dat is zijn gebruikelijke maniakale manier van doen, die Hardy mateloos irriteert want die gelooft in een mooi schrift, in crèmekleurig 120-grams papier, in leesbaarheid. Als Hardy een fout maakt onder het schrijven dan streept hij het niet door, nee, dan begint hij opnieuw met een schoon vel. Littlewood daarentegen schijnt een merkwaardig genoegen te scheppen in de warboel op een bladzijde, alsof er uit dat moeras van symbolen en vergelijkingen en doorhalingen op een of andere wijze een visioen zal oprijzen.

Neville maakt geen aantekeningen. Hij verroert geen vin, geen wimper. Zijn handen liggen samengewrongen in zijn schoot.

Hardy heeft een zeer uitgesproken mening over hoe je een voordracht dient te houden. Sommigen van zijn collega's worden amateurtoneelspelers als ze voor een groep luisteraars staan: ze strooien met kwinkslagen, gebruiken hun aanwijsstok alsof het een degen is, leven zich uit in de banaalste stijlbloempjes. Hardy daarentegen gelooft dat het werk centraal hoort te staan, en daarom probeert hij ook vandaag zo eentonig mogelijk te praten, met het gevolg dat twee of drie oudere heren onder zijn gehoor in slaap vallen. Als hij is uitgesproken wordt hij op een zwak applausje onthaald. Niemand begrijpt het belang van de verhandeling. Hij beantwoordt twee vragen, de ene van Littlewood en de andere van Barnes, alle twee van technische aard, waarna de bijeenkomst wordt beëindigd en hij wordt belaagd door een groepje roofdierachtige docenten van minder bekende universiteiten die allemaal met kleingeestige vraagjes komen, het soort vragen dat bedoeld schijnt te zijn om hem beentje te lichten of op een fout te betrappen. Zulke armzalige pogingen kan hij echter gemakkelijk afweren, en zijn kwelgeesten druipen teleurgesteld en onverrichter zake af.

De kring gaat uiteen en dan staat Neville daar, die Hardy's rechterhand in beide handen neemt. 'Prima gedaan,' zegt hij. 'Het is hartverwarmend om te horen wat Ramanujan allemaal heeft klaargespeeld sinds hij hier is.'

'Zeg dat wel.'

'Jammer dat hij er niet bij kon zijn.'

'O, je kent Ramanujan, dit soort dingen ligt hem eigenlijk niet zo.'

'Maar je hebt hem wel gevraagd?'

'Nee, ik – hij voelt zich de laatste tijd niet zo goed.'

'Dat spijt me om te horen.' Dan glimlacht Neville en tuurt hij naar Hardy alsof hij naar aanwijzingen speurt, naar een teken. Iets. Hardy ontwijkt zijn onderzoekende blik want hij kan zichzelf er niet toe brengen om te zeggen wat hij zou willen zeggen: Neville, het is zoals je al vreesde. Ze gooien je eruit, zogenaamd omdat ze je maar een middelmatig talent vinden (een oordeel waarmee ik trouwens geneigd zou zijn in te stemmen) maar in wezen om je te straffen vanwege je pacifisme, omdat je lid bent van het Verbond voor Democratisch Bestuur, omdat je het voor Russell hebt opgenomen... Het is vreselijk, het is onrechtvaardig, maar zo is het. Je bent niet beroemd genoeg om voor te vechten. Je bent geen Russell. We laten je aan je lot over. En opeens vraagt hij zich heel even af of hij het wél tegen Neville zou moeten zeggen, of het de klap misschien zou verzachten om het van Hardy te horen en niet van Butler. Alleen, dat is niet zijn taak. Hij neemt al te veel op zijn schouders.

'Heb je nog iets met Alice afgesproken nu je toch in de stad bent?'

Neville moet lachen. 'Nee,' zegt hij. 'Ze heeft het veel te druk met haar vertalingen om met mij af te spreken. Ik ga meteen hierna terug naar Cambridge. Alice komt morgen thuis.' Hij laat zijn stem dalen. 'Rare toestand dat ze in jouw flat logeert. Als ik je niet zo goed kende zou ik zeggen: "Handen af van het vrouwtje!"' Met een lachje stompt Neville hem zachtjes tegen zijn schouder.

'Nou, je hoeft je wat dat betreft geen zorgen te maken want in feite zie ik haar nooit,' zegt Hardy. 'Ik gebruik de flat niet door de week, alleen in het weekend.'

'Dat weet ik. Ik maak maar een grapje. Hallo, Littlewood.'

'Neville,' zegt Littlewood. 'Hardy.'

'Littlewood.' Hardy ruikt bier in zijn adem.

'Nou, ik moet ervandoor,' zegt Neville. Dan aarzelt hij. 'Hardy –' Geen reactie. 'Nee, laat maar. Tot ziens.'

Met een zwaai verdwijnt hij door de hoge donkere deuren.

Littlewood staart hem na. 'Arme drommel,' zegt hij.

'Tja.'

'Ik ben benieuwd wat Ramanujan ervan vindt.'

'Littlewood, had ik Ramanujan moeten vragen om vandaag te komen?'

'Ik ging ervan uit dat je dat wel had gedaan.'

'Nee, ik – dat wil zeggen, ik ging ervan uit dat hij toch niet zou komen, ook al had ik hem gevraagd.'

'Het was een aardig gebaar geweest. Hij is per slot van rekening je medeauteur. O jee, ik geloof dat we op moeten hoepelen,' zegt hij, want het vertrek is intussen leeggestroomd en bij de deuren staat een schoonmaakster ongeduldig te wachten tot ze de boel aan kant kan brengen. Hij loopt samen met Hardy naar de deuren. 'Sorry dat we je hebben opgehouden, schat,' zegt Littlewood met een knipoogje tegen de schoonmaakster, die hun daarop een lachje schenkt.

Ze lopen de gang in, de trap af, de invallende schemer van Piccadilly in.

'Zullen we een eindje lopen?'

'Zoals je wilt. Waar moet je heen?'

'Terug naar dat verdomde Woolwich. Het einde van een heel kort verlof, waarin ik me voornamelijk met hoogst ongezonde activiteiten heb beziggehouden, moet ik tot mijn spijt bekennen.'

Met of zonder mevrouw Chase? vraagt Hardy zich af. Maar hij vraagt het niet – niet, zoals eerder, omdat hij weet dat het niet hoort maar omdat hij niet weet hoe hij het moet inkleden.

'Heb je Ramanujans vriendin Winnie de laatste tijd nog gezien?'

'Ik ben al eeuwen niet meer in de dierentuin geweest.' Ze blijven voor de etalage van Hatchards staan en staren naar een uitstalling van romans die stuk voor stuk worden aangeprezen om hun vermogen lezers ver weg van Londen te voeren, ver weg van de oorlog. 'Zeg, Hardy, zou ik misschien van het bad in je flat gebruik mogen maken? Ik voel me zo vies, en de kans dat ik zo laat nog een fatsoenlijk bad in Woolwich kan nemen is zo goed als nihil.'

'Een bad?' Hardy richt zijn aandacht op een van de romans: *Een zomer in Toscane*. Een bad! Littlewood is zelfs nog nooit in zijn flat geweest, en dan is er nog de kwestie Alice Neville, en bovendien... maar hoe kan hij een oude vriend een bad weigeren als hij er blijk-

430

baar zo hard aan toe is? En hij zou zich ook moeten scheren. Om maar te zwijgen van een nachtje goed slapen. Want ofschoon hij in Littlewoods gezicht nog steeds – zij het met moeite – de jongeling kan herkennen die elke ochtend bloot naar de Cam placht te struinen, schijnt hij te worden verstikt door de ene laag op de andere van zorgen en vermoeidheid.

'Natuurlijk kun je een bad komen nemen,' zegt Hardy. 'Zullen we de ondergrondse nemen?'

'Dank je wel.' En ze dalen af. Vanuit de hal met de loketten voert een roltrap hen moeiteloos omlaag, de aarde in. Hardy hoort het geratel van het mechanisme en kijkt naar de vermoeide gezichten van de mannen en vrouwen aan de andere kant van het tussenschot die opstijgen terwijl hij en Littlewood neerdalen.

'Weet je dat ik jou eens in een boom heb zien klimmen?' zegt Hardy.

'Wat? Wanneer?'

'Vlak voor je het tripos-examen moest afleggen. Ik weet nog dat ik het heel merkwaardig vond dat jij in een boom klom terwijl alle andere aspirant-wranglers tegen de klok vraagstukken zaten te oefenen.'

'Ik kan me niet herinneren dat ik ooit zoiets heb ondernomen, maar niettemin probeerde ik me inderdaad luchthartig op te stellen tegenover de tripos. Ik nam de dingen zoals ze kwamen.'

'In tegenstelling tot Mercer.'

'Arme Mercer. Die vatte het allemaal heel serieus op. Te serieus.'

Ze stappen net het perron op als de trein binnenloopt. Het station ruikt naar bakkerijen. Het rijtuig is afgeladen. Vlak bij waar ze zich aan een lus vastklampen om hun evenwicht te bewaren, probeert een vrouw een huilende baby te sussen. Als Littlewood naar haar kijkt verzacht zijn gezicht zich, en om een scène te vermijden zegt Hardy: 'Als die luchtaanvallen niet afnemen denk ik dat we met z'n allen in de ondergrondse moeten gaan wonen.'

'Dan zou ik me een stuk veiliger voelen,' zegt de vrouw met de baby.

'Maar ze zijn toch afgenomen, de laatste tijd,' zegt Littlewood.

'Mannen in de lucht in grote ballonnen, dat is niet normaal,' zegt de vrouw. 'Dat hoort niet.'

Hardy heeft geen zin in een gesprek met de vrouw, maar Littlewood – zo is hij nu eenmaal – speelt het steeds weer klaar om met onbekenden aan te pappen. 'Hoe oud is uw baby?'

'Drie maanden. Hij heet Oscar.'

'Arm joch, hij houdt zeker niet van drukke menigtes. Ik ben zelf vader.'

'Echt waar?'

'Ja, net een paar maanden. Van een meisje.'

'Hoe heet ze?'

'Elizabeth.'

'Elizabeth. Wat een mooie naam. Mijn zus heeft net een meisje gekregen en ze was er niet van af te brengen om het arme wicht met de naam Lucretia te belasten. Ik zei alsjeblieft, geef het kind een kans, laat haar Gladys heten of Ida. Maar nee. Mijn zus is altijd al een aanstelster geweest. En hoe gaat het met uw vrouw? Soms raken vrouwen een beetje uit hun doen na de bevalling –'

'Nou, in feite…' Dit moet ophouden, besluit Hardy, dus buigt hij zich naar Littlewood toe en vraagt op zachte toon, een toon bedoeld om alle anderen buiten te sluiten: 'Denk je dat er revolutie komt in Rusland?'

'Russell denkt van wel.'

'O, heb je Russell de laatste tijd nog gezien?'

'We hebben vorige week samen gedineerd.'

'Hoe is het met hem?'

'Uitstekend. Hij beweert dat hij een venijnig artikel heeft geschreven over rijke mannen die behagen scheppen in de dood van hun zonen, maar Ottoline wilde niet dat hij het publiceerde.'

'Verstandig van haar, lijkt me. Je weet waarom ze Neville de laan uitsturen, hè?'

'Ik heb zo mijn vermoedens.'

De trein is bij Charing Cross Station gearriveerd. Littlewood tikt aan zijn pet tegen Oscar en zijn moeder en ze stappen uit. Ze stappen over op de District Line naar Victoria Station. Het is inmiddels don-

432

ker wanneer ze Hardy's flat binnenstappen, en als hij het elektrische licht aandoet zien ze overal spullen van Alice rondslingeren: ondergoed dat in de keuken te drogen hangt, boeken en kranten uitgespreid op tafel. Hij vertelde de waarheid toen hij zei dat hij er door de week nooit komt– zelfs als hij naar bijeenkomsten van het Wiskundig Genootschap moet gaat hij naar een hotel of logeert hij bij vrienden – en nu ziet hij voor het eerst hoe Alice woont als hij weg is, want vrijdags maakt ze alles aan kant en laat ze de flat onberispelijk achter.

'Wat is dit allemaal?'

'Wist je dat niet? Mevrouw Neville logeert hier door de week. Ze werkt voor mevrouw Buxton. Die van de stukken uit de buitenlandse pers.'

'En jij dan?'

'Nou, ik was van plan om vanavond nog naar Cranleigh terug te gaan. Mijn moeder, weet je –'

'Dus je bent hier alleen met mij naartoe gegaan zodat ik een bad kan nemen?'

'Het is een kleine moeite.'

'Dat is heel aardig van je, Hardy,' zegt Littlewood. Dan zet hij zijn pet af, trekt zijn jas uit en loopt naar de badkamer. Hardy, alleen gelaten, inspecteert Alice' spullen. Er ligt een krantenartikel in het Duits – hij kan er niet veel uit opmaken, behalve dat het over een zeppelin-aanval op Parijs gaat – en ernaast, half voltooid, de vertaling: '…ze hebben ~~invallen~~ aanvallen uitgevoerd op onbeschermde steden als Stuttgart en Karlsruhe, en zelfs de ~~paleizen~~ kastelen van deze ongefortificeerde steden tot doelwit gemaakt waarin de koningin van Zweden haar leven niet zeker was…' Ernaast ligt dezelfde roman die hij in de etalage van Hatchards had gezien opengeslagen op tafel: *Een zomer in Toscane*. Op de divan liggen een jas en – hoe onweerstaanbaar – iets wat Alice' dagboek lijkt te zijn, dat hij openslaat bij de laatste beschreven pagina:

vel dat zich op warme melk vormt. Waarom kunnen de mensen niet eerlijk zijn? Zoals mevrouw Chase bv. die volhoudt dat de baby van haar man is, of Hardy die zich

433

verbeeldt dat niemand weet dat hij homoseksueel is. Maar toch blijven we hardnekkig geloven dat het juist is om te liegen, gehinderd door onze ingebakken opvattingen; we sluiten de luiken tegen de zon en zeggen: 'Wat jammer dat het door de regen zo

Hardy laat het dagboek vallen alsof het hem heeft gestoken. In de badkamer hoort hij Littlewood zingen:

Private Perks went a-marching into Flanders,
With his smile, his funny smile.
He was loved by the privates and commanders
For his smile, his funny smile...

Het valt Hardy opeens in dat er geen handdoeken in de badkamer hangen, dus pakt hij er een uit de kast en klopt op de deur. 'Ja?' roept Littlewood.
'Ik heb een handdoek voor je.'
'Kom maar binnen, dan.'
Aarzelend gaat Hardy naar binnen. Er stijgt wasem op uit de badkuip, waarin Littlewood, naakt en onbeschaamd als altijd, ligt te roken en zich met een grote ouderwetse borstel die Hardy niet herkent afschrobt. Die zal wel van Alice zijn. 'Ik hang hem hier wel aan de haak.'
'Dank je.' Littlewood heft zijn linkerarm om zijn oksel in te zepen. En wat raar! Hier in bad zou hij zo weer de jongeman kunnen zijn die vlak voor de tripos in een boom klom, alsof hij niet alleen het vuil van een liederlijke nacht heeft weggeschrobd maar ook deze tijd en zijn zorgen en zijn jaren. Zijn hoofd lijkt te oud voor zijn lichaam, vindt Hardy, alsof in een kinderspel het besnorde gezicht van een man van middelbare leeftijd op de hals en romp van een jongeling is gezet: smalle schouders, zichtbare ribben, de platte tepels roze tegen de witte huid. Littlewood heeft zijn arm in de lucht en even wordt Hardy verlamd door de aanblik van zijn okselhaar; een draaikolk, zwart water witgevlekt door kloddders zeepsop.

434

Pack up your troubles in your old kit bag
And smile, smile, smile…

'Dank je wel, Hardy.'

'Graag gedaan,' zegt Hardy, en hij wil net weggaan wanneer er, als op afroep, een sleutel in het slot klikt en de deur van de flat open-knarst. 'Mevrouw Neville!' roept hij uit, en dan stormt hij de badka-mer uit en slaat de deur achter zich dicht.

Naast de paraplubak staat Alice hem aan te gapen, knipperend met haar ogen.

'Meneer Hardy.'

'Maakt u zich geen zorgen, ik blijf niet.'

What's the use of worrying?
It never was worthwhile…

'Geen reden voor paniek, dat is Littlewood maar. We hadden een bij-eenkomst van het Wiskundig Genootschap. Hij was hard toe aan een bad, dus zei ik…'

'O, ja, natuurlijk.' Ze hangt haar jas op. 'Als u wilt kan ik weg-gaan.'

'Nee hoor, nergens voor nodig. Zodra Littlewood klaar is ver-trekken we weer.'

Ze kijken allebei naar de divan, waarop het dagboek opengesla-gen ligt. Als Alice al opmerkt dat het iets meer naar rechts ligt gedraaid dan voorheen, dan zegt ze er niets over. En ze worden alle twee trouwens te veel in beslag genomen door omgangsvormen – de vraag wie van hen, op deze donderdagavond in de winter van 1917, eigenlijk de huurder van de flat kan worden genoemd en dus de ander kan vragen om te gaan zitten – om aan het dagboek te denken.

Ten slotte gaan ze allebei tegelijk zitten. 'Hoe maakt uw moeder het, meneer Hardy?' vraagt Alice. 'Ik heb begrepen dat het niet zo goed met haar gaat?'

'Nee, niet zo goed. Ik ga vanavond weer naar haar toe, in feite.'

'Ah. En meneer Littlewood?'

'Die schijnt het wel goed te maken.'

Op dat moment komt Littlewood de badkamer uit. Hij trekt de manchetten van zijn uniformjasje recht en ziet er nogal klam uit. 'Dag, mevrouw Neville.'

Ze staat op. 'Meneer Littlewood.'

'We hebben uw man gezien op de bijeenkomst,' zegt Hardy.

'Ja, hij heeft me verteld dat hij naar Londen wilde komen.'

'Jammer dat hij niet kon blijven.'

'Vanwege zijn colleges.' Alice gaat weer zitten. 'Ik heb uw vriendin mevrouw Chase vanmiddag gezien.'

'Anne? O ja? Waar?'

'Bij de Buxtons thuis. Ze komt eens per week of zo haar vertalingen brengen.'

'O, juist ja.'

'Het lijkt heel goed met haar te gaan sinds de baby is geboren.'

'Fijn.' Littlewood zet zijn pet op. 'Nou, ik vrees dat ik ervandoor moet. Terug naar het hoofdkwartier. Leuk om u gesproken te hebben, mevrouw Neville.'

'Insgelijks.'

'Ik loop met je mee,' zegt Hardy.

Ze laat hen uit. Zwijgend dalen ze de trap af tot ze buiten in het rokerige donker van St. George's Square staan.

'Welke kant ga jij op?'

'Naar Waterloo Station.'

'Ik ook. Zullen we een taxi nemen?'

'Waarom niet?'

Ze houden er een aan en stappen in. Onderweg zit Hardy aan de uitgestrektheid van Londen te denken, de wirwar van straten en pleinen en stegen waar de chauffeur hen doorheen voert. Die hele ingewikkelde plattegrond moet hij onthouden. Dat is zijn eigen tripos.

'De Kennis, noemen ze het,' zegt hij tegen Littlewood.

'Wat?'

'Wat taxichauffeurs moeten leren voor ze hun vergunning krijgen. Het stratenplan van Londen. Dat noemen ze de Kennis.'

'O, ja.' Maar Littlewood is ver weg van de taferelen waarnaar hij zit te staren, gevels van baksteen en natuursteen waaraan mos kleeft, nat van mist en regen. Hardy kan wel raden waar hij aan zit te denken. Hij vraagt zich af of Alice met opzet zo gemeen deed – dat zou best kunnen – en hij zou willen dat hij iets kon zeggen om zijn vriend op te beuren. Maar hij kan zich tegen Littlewood niet gemakkelijker uiten dan tegen Neville, en dat is het lastige ervan. Hij bezit de Kennis niet. Hij heeft geen idee welke kant hij op moet.

4

'*I*s deze plaats bezet?' vraagt Alice.

Een vrouw met een gezicht als een pekineesje kijkt op van haar breiwerk. Haar mond beweegt, haar handen gaan door met breien zoals een dier soms nog na zijn dood met zijn poot trekt. Maar ze zegt niets. Is ze ziek? Uit het buitenland?

'Is deze plaats bezet?'

Nu spert de vrouw haar ogen open. Het lijkt of ze terugdeinst tegen de wand van de coupé, alsof ze dekking zoekt. Intussen is de man die tegenover haar zit opgestaan. Hij heeft een snor die Alice aan die van haar grootvader doet denken, en hij richt zich tot haar met een air van bescherming biedend gezag. 'Ik ben bang dat deze dame uw taal niet spreekt,' zegt hij. 'Wat is er aan de hand?'

Ze kan maar net haar lachen inhouden. Dus ze had het in het Duits gevraagd! Mevrouw Buxton had haar gewaarschuwd dat dit zou kunnen gebeuren; een van de beroepsrisico's van een vertaler, van het feit dat je je leven in de betwiste grensgebieden slijt die talen van elkaar scheiden. Soms migreren woorden van het ene domein naar het andere. Bij de kleermaker vraag je of een rok '*aus*gelegd' kan worden. Of je loopt over St. George's Square en zegt tegen een buurvrouw dat je haar Schotse terriër 'heel *jolie*' vindt.

'Het spijt me vreselijk,' zegt Alice in nauwgezet Engels. 'Ik vroeg me alleen maar af of die plaats bezet was, omdat er een handtas –'

'Ja, die is van mij,' zegt de vrouw, en ze grist hem snel weg.

'Dank u wel.' Alice gaat zitten. De man tegenover haar, zijn voorhoofd gerimpeld van bekommernis en misprijzen, gaat ook zitten. Wat zullen ze wel van haar denken? Om hier Duits te spreken... Een spionne? Een vrouw die uit een interneringskamp is ontsnapt? Terwijl Alice haar eigen handtas opendoet, krimpt de vrouw met het knibbelige gezicht ineen. De trein rijdt het station uit. Alice slikt hevig om niet in lachen uit te barsten. Het is vrijdagmiddag en ze is op weg terug naar Cambridge, naar Eric, naar Chesterton Road. Een deprimerend vooruitzicht. Maar het moet nu eenmaal, niet zozeer omwille van Eric als omdat het een onderdeel van haar afspraak met Gertrude is. Niet dat Hardy vaak komt, nu hun moeder zo ziek is.

Ze haalt *The Cambridge Magazine* tevoorschijn maar ze kan zich niet concentreren, vandaag niet, omdat ze zich te sterk bewust is van wat haar aan het einde van deze korte rit wacht: Eric in de zitkamer, glunderend van genoegen om haar terugkeer, Ethel in de keuken, waar ze vast een speciaal avondmaal heeft klaargemaakt. Ondanks de rantsoenering speelt ze het klaar om op vrijdagavond wondertjes te verrichten. Maar nooit een curry of een vegetarische gans. Ramanujans naam valt ook nooit. Zouden ze het hebben geraden? Eric niet, met geen mogelijkheid. Maar Ethel misschien wel.

Het verbaast haar nog steeds hoeveel ze om haar Londense leven geeft. Als ze een personage in een roman was, zou ze daar een affaire hebben. Die heeft ze niet, uiteraard. Ze geniet ervan om alleen te zijn. Als ze zondagsavonds in de flat arriveert, ademt ze vol welbehagen de klamme mottenballenlucht in. Op maandagochtend vindt ze het nog steeds heerlijk in Gertrudes smalle oudevrijstersbed. Maandagsavonds voelt ze zich een beetje melancholisch, zeker, maar zelfs die melancholie is interessant omdat het zo'n nieuw gevoel is: ze heeft nog nooit eerder de tijd gehad om zich eraan over te geven. Op woensdag is eenzaamheid haar natuurlijke gesteldheid geworden. Donderdags begint ze op te zien tegen de terugreis naar Cambridge. Op vrijdag lijkt haar maag in de knoop te zitten en voelt ze zich onpasselijk. En nu, in de trein, komt bij die vrijdagse beklemming nog de idiote gewaarwording om voor iemand anders te worden aangezien. Haar hart bonst. Ze moet haar best doen om niet te lachen. Dus sluit ze haar ogen en probeert ze zich, zoals ze vaak doet wanneer ze tot bedaren moet komen, een gesprek voor de geest te halen dat ze in het begin van hun huwelijk met Eric had gevoerd, voor hij zijn pogingen opgaf om haar wat wiskunde bij te brengen. Die keer probeerde hij haar het begrip oneindigheid uit te leggen, en daarbij gebruikte hij de analogie van een trein. Stel je een trein voor, zei hij, met een oneindig aantal zitplaatsen, genummerd van 1 tot oneindig. Dan stapt Aliceje in de trein – zo noemde hij haar in die tijd: Aliceje – en er is niet één plaats vrij. Elke stoel van 1 tot oneindig is bezet. Wat moet Aliceje doen? Maar wacht even – het is een oneindige trein, dus ze hoeft zich geen zorgen te maken. Ze hoeft alleen maar de passagier op stoel 1 naar stoel 2 te verplaatsen, de passagier op stoel 2 naar stoel 3, de passagier op stoel 3 naar stoel 4, enzovoorts. En ziedaar, stoel 1 is vrij.

Maar hoe kan dat dan? Elke plaats van 1 tot oneindig is toch bezet.

Ja, daar gaat het juist om. Het is een oneindige trein. En in feite kun je plaats maken voor een oneindig aantal nieuwe passagiers, want als je de passagier op stoel 1 verplaatst naar stoel 2, de passagier op stoel 2 naar stoel 4, de passagier op stoel 3 naar stoel 6 enzovoorts, dan zijn alle oneven stoelen vrij.

Maar hoe kan dat dan? Elke plaats van 1 tot oneindig is toch bezet.

Het is een oneindige trein.

De conducteur komt langs. Alice overhandigt hem haar kaartje. Ze is benieuwd of de vrouw met het pekinezensnoetje iets tegen hem zal zeggen, of de man aan de overkant. Het zou amusant zijn om voor Duitse spionne te worden uitgemaakt. Niemand zegt echter iets en de conducteur gaat verder.

Is deze plaats vrij?

Van stoel 1 naar stoel 2, van stoel 2 naar stoel 4...

Ze heeft het pasgeleden nog met Anne over de oneindige trein gehad toen ze in de keuken van mevrouw Buxton zaten te lunchen. Anne was uit Treen gekomen om een paar artikelen ter vertaling op te halen en had de baby bij haar kindermeisje achtergelaten. 'Jack heeft ook eens zoiets tegen mij gezegd,' zei ze, 'maar in zijn versie was het een hotel met een oneindig aantal kamers. En dan arriveert er een gast die een kamer wil.'

'Ik snap het niet. Ik kan het niet visualiseren. Ik ben waarschijnlijk te dom.'

'Je wordt ook niet geacht om het te snappen. Het is een paradox. De hele wiskunde is op paradoxen gebaseerd. Dat is de grootste paradox van allemaal – die hele geordende systematiek rondom een

440

kern van onmogelijkheid. Die tegenstrijdigheid. De hemel gebouwd op de fundamenten van de hel.'

Alice nam een hap van haar sandwich. Ze keek naar Anne op zoals ze, op een ander moment in haar leven, naar een meer ervaren ouder meisje op school had kunnen opkijken. Op Gertrude daarentegen keek ze nu neer, sinds ze haar had overgehaald om haar oog uit te doen. Want toen Gertrude eenmaal haar oog had uitgedaan, had ze geen overwicht meer op Alice, terwijl Anne dat wel op haar had omdat die, in tegenstelling tot de arme stakige Gertrude, ook de vrouw van een wiskundige was, min of meer. Anne was *saftig*. Vruchtbaar. En ze wist veel van seks.

'Eric wil een baby van me,' zei Alice.

'Nou, waarom niet?' vroeg Anne.

'Omdat ik dan terug moet naar Cambridge. Dan moet ik moeder de vrouw spelen.'

'Dat vind ik niet zo vreselijk klinken,' zei Anne. En Alice hoopte dat ze niet zou beginnen over het glas water dat halfvol was maar ook halfleeg, zoals haar moeder zo vaak te berde had gebracht. *Stel je een oneindig glas water voor...* Maar het was waar, ze had Eric vroeger aanbeden. Wat was er gebeurd?

'Ik heb al compromissen gesloten. Ik heb hem al een jaar niet meer gezien of gesproken.'

'Wat gebeurt er als de oorlog voorbij is?'

'Dan zal hij wel teruggaan naar Indië, denk ik.'

'Naar zijn vrouw.'

'Ja. Het is zo raar, hij kent haar nauwelijks. Ze is nog maar een kind.'

'En jij? Wat ga jij doen?'

'Geen idee. Ik neem aan dat er dan geen *Berichten uit de buitenlandse pers* meer zijn, hè?'

'Er zal waarschijnlijk ook geen *Cambridge Magazine* meer zijn.'

'Dan denk ik... ik denk dat ik dan gewoon terugga naar Cambridge en mijn plichten als echtgenote weer op me neem en een baby krijg. Wat voor keus heb ik?' Ze was zelf verrast door haar gebelgde toon.

'Dan kom je misschien tot de ontdekking dat alles daardoor anders wordt,' zei Anne. En ze pakte een schrijfblok uit haar handtas en maakte een aantekening voor zichzelf. 'Een inval voor een vertaling.'

Eigenaardig – ze gedroeg zich zo zelfverzekerd, en toch werd haar leven, als je erover nadacht, met plakband en elastiekjes bijeengehouden: een echtgenoot van wie ze niet hield maar ook niet wilde scheiden, kinderen van verschillende vaders, Littlewood die in Woolwich zat te treuren. Niettemin bleef Anne de rust zelve, alsof Littlewood zijn kruis gewoon maar moest dragen tot hij 'tot inkeer kwam'; ze sprak over hem als een moeder over een pruilend kind zou doen dat met zijn gezicht naar de muur staat en het vertikt om zich om te draaien tot ze hem een snoepje geeft. Je mag niet toegeven. Hij draait gauw genoeg weer bij. En omdat Alice beducht was voor Anne en haar adoreerde, zei ze niet dat ze met Jack Littlewood te doen had, dat ze mee kon voelen met zijn verdriet, zijn behoefte om zijn huwelijk (want wat was het anders?) te legitimeren, om zijn vaderschap te legitimeren. Nee, dat durfde ze niet tegen Anne te zeggen.

Bij de stem van de conducteur slaat Alice de ogen op. De trein loopt het station van Cambridge binnen. De vrouw met het pekinezensnoetje pakt haar jas en haar breiwerk bijeen. *Maar zou een oneindige trein niet een oneindige spoorweg nodig hebben?* Nou, er rest haar niets anders dan op te staan, uit te stappen, een taxi te nemen en van het station door Magdalene Street te rijden, langs Thompson's Lane. Tegen de tijd dat ze bij haar huis aankomt, klopt haar hart haar in de keel. Ze opent de deur, zet zich schrap voor Eric die overeind springt en 'Lieveling!' roept en komt aangesneld om haar tas over te nemen. Elk weekend is het hetzelfde. In het begin voelt ze ongenoegen, maar daarna, wat went ze snel! Want dit is haar thuis, met het Voysey-meubilair en de piano en de tafel waarop Ramanujan zijn legpuzzel had gedaan. En natuurlijk de fauteuil waarin Eric zit te lezen, helemaal content dat ze bij hem is; hij eist niet meer van haar dan haar nabijheid. En Ethel die rondstommelt met kopjes en schotels, bewijs van het feit hoeveel flexibeler de menselijke geest is dan de meesten van ons menen. Want Ethels zoon zit al maandenlang in Frankrijk maar het lijkt of ze haar angst terzijde heeft geschoven en in een soort euforie van onzekerheid zweeft. Ja, ze heeft het trucje geleerd waarmee zoveel mensen zich erdoorheen slaan: misère kan heerlijk vertroostend zijn. Je kunt je erin weg laten zinken als in een heel zachte fauteuil. Het overkomt Alice nu zelf terwijl ze in de vestibule haar jas staat uit te trekken. Ze voelt de verlokking van de heel zachte fauteuil. En elk weekend is het hetzelfde. 's Zondags zal ze zelfs even met de gedachte spelen om te blijven, weet ze. De kop halfvol...

Wat raar, dat niemand haar vanavond komt begroeten, ook al ruikt ze etensgeuren. 'Ethel?' roept ze. 'Eric?' Geen antwoord. Ze loopt de zitkamer in en ziet Eric in zijn fauteuil zitten. Het licht is uit. Hij zit naar de piano te staren die allengs in duisternis wordt gehuld.

'Eric? Is er iets?'

Hij wendt zich neerslachtig naar haar toe. 'O, hallo, Alice.'

'Waar is Ethel?'

'Met het eten bezig, denk ik.'

'Wat is er, Eric?'

Hij zegt niets. Ze loopt naar hem toe, gaat op haar knieën naast hem zitten en ziet de tranen op zijn gezicht.

'Eric, wat is er gebeurd?'

'Ze gooien me eruit.'

'Wie?'

'Trinity. Mijn aanstelling wordt niet verlengd.'

Alice wankelt achteruit. Ze probeert haar zelfbeheersing te bewaren. Ze zegt tegen zichzelf: wees niet geschokt. Je wist dat dit erin zat. Meer dan erin; het zat eraan te komen. En toch is ze geschokt – zelfzuchtig geschokt – want als Eric weg moet uit Cambridge, wat moet er dan van hen worden? Wat moet er dan van haar leven in Londen worden? En daarna die oude twijfel, al meer dan een jaar onderdrukt: zal ze Ramanujan ooit nog terugzien?

'Dat is niet het einde van de wereld,' zegt ze, bijna werktuiglijk. 'Je vindt wel een andere baan.'

'Natuurlijk.'

'Het komt door je pacifisme,' voegt ze eraan toe. Ze kan de verwijtende ondertoon in haar stem niet helemaal onderdrukken.

'Wat wil je daarmee zeggen? Dat ik had moeten liegen?'

'Het is het halfvolle glas versus het halflege glas.'

'Ik kan mijn oren niet geloven dat je zoiets zegt. Ik dacht dat je in dezelfde dingen geloofde als ik. Ik had verwacht dat je me op zijn minst wat steun zou geven.'

'Je had je wat meer koest kunnen houden. Het kan geen kwaad om op je hoede te zijn. Kijk naar Hardy.' Ze staat op. Het venijn dat in haar opwelt verrukt en ontzet haar. Ze wil dit allemaal niet zeggen, ze wil weer op haar knieën gaan zitten en zijn gezicht strelen, hem verzekeren dat het allemaal goed zal komen... Maar het zal niet allemaal goed komen. En deze boosheid – wat geeft die haar een vrij gevoel!

'Ik snap niet waarom jij het je zo aantrekt. Je bent hier nooit meer, tegenwoordig.'

'Wat bedoel je daarmee?'

'Nou, je woont min of meer in Londen, waar of niet? Ik zou denken dat je blij zou zijn om hier weg te gaan.'

'Dit is nog steeds mijn thuis.'

Eric staat op en stapt op haar af. Ze wijkt niet achteruit. Ze is nu rustiger. Een schok is niet echt een emotie, realiseert ze zich; het is het gevolg van twee botsende emoties, wanneer alledaagse voldoening of alledaags verdriet wordt belaagd door angst. En wanneer tegengestelde krachten zo langs elkaar wrijven – nou, dan schiet het voltage omhoog en krijgt de innerlijke kern van het lichaam een stroomstoot die uitgolft en een tintelende verdoving achterlaat. En in die verdoving dienen zich mogelijkheden aan. Je zou op de vlucht kunnen slaan. Je zou jezelf kunnen kastijden. Je zou kunnen zwichten.

'Er is één mogelijkheid bij me opgekomen waarmee alles zou kunnen worden opgelost,' zegt Eric.

'Wat dan?'

'We zouden naar Londen kunnen verhuizen. In de loop van de zomer. Daar gaan wonen tot – nou, tot ik een nieuwe baan heb geregeld.' Hij probeert haar kin in zijn hand te nemen maar ze keert zich van hem af. 'Het zou heerlijk kunnen zijn, Alice. Je zou door kunnen

444

gaan met je werk. En je zou niet in Hardy's flat hoeven te logeren. We zouden onze eigen flat hebben.'

Eerst wil ze lachen – om zijn onnozelheid, zijn onschuld. Is het mogelijk dat hij het na al die tijd nog niet doorheeft? Of neemt hij haar in de maling, probeert hij haar mededogen te winnen door te doen of hij een kind is?

Nou, misschien zou ze het gewoon moeten zeggen, iets wat ze nooit eerder heeft durven zeggen: *Ik wil bij je weg...* Maar er is iets wat haar weerhoudt.

Zijn ogen. Ze kijkt hem in zijn ogen. Nee, hij staat niets te veinzen. Hij is echt onschuldig: hij is loyaal aan haar en probeert haar niet te manipuleren. Hij houdt van haar en hij wil dat ze bij hem blijft, hij wil haar gelukkig maken en aan zijn idealen vasthouden en aan Trinity blijven doceren... Hij wil alles, hij wil dingen die niet met elkaar rijmen. Maar dat heeft hij niet door. En op een of andere manier bekoelt haar furie door de blik in zijn ogen, de simpelheid van zijn verlangen en van zijn verdriet. Ze kan hem niet meer kwetsen. Niet zolang hij de oorzaak van zijn eigen smart niet begrijpt.

Ze laat haar gelaatsuitdrukking verzachten. 'Goed,' zegt ze. 'Dan verhuizen we naar Londen. Maar hebben we wel genoeg geld om van te leven?'

'We hebben de toelage van mijn opa. En mijn broer zal ons helpen. Hij kan een woning bij hem in de buurt voor ons zoeken, in High Barnet.'

'Nee, ik wil niet in High Barnet wonen. Het moet meer in het centrum zijn. In Bloomsbury, misschien.'

'Zoals je wilt.'

'En wat we niet in de flat kwijt kunnen, stallen we bij mijn ouders tot we een ander huis hebben.'

'Ja, natuurlijk.'

'En je krijgt ze nog wel, hoor, Eric. Misschien kun je wel naar Oxford. Dat zal ze leren.'

'Ik denk niet dat ik een aanstelling in Oxford kan krijgen.'

'Nou ja, waar dan ook.' Ze legt haar hand tegen zijn gezicht. Hij begint weer te huilen.

'Lieveling –'

'Zullen we een kindje maken?' vraagt ze.

'Ja, laten we dat doen.' En ze kussen elkaar. Zo eenvoudig gaat dat: hij is zielsgelukkig! Zo'n stuk gemakkelijker dan om Ramanujan, of Gertrude, of Littlewood gelukkig te maken. En als ze ten minste één ander mens gelukkig kan maken, dan is dat toch iets, nietwaar? Iets om trots op te zijn. Ze laat hem los en laat zichzelf in die heel zachte fauteuil wegzinken.

DEEL ACHT

Bliksem velt een boom

I

Mahalanobis komt bij Hardy langs om hem te vertellen dat Ramanujan ziek is. Hij is opgenomen in een kliniek voor studenten en staf van Trinity College, in Thompson's Lane.

'In de kliniek!' zegt Hardy. 'Waarom dan?'

'We waren gisteravond bij hem,' zegt Mahalanobis. 'Ananda Rao en ik. Hij had ons uitgenodigd om mee te eten. We zaten *rasam* te eten en over het werk van de heer Oliver Lodge te discussiëren –'

'Over Oliver Lodge?'

'En midden in het gesprek sloeg de arme Ramanujan dubbel van een vreselijke pijnscheut in zijn buik.'

'Waarom hebt u mij niet geroepen?'

'Hij wilde beslist niet dat we u zouden storen. We hebben de portier gewaarschuwd, en de portier heeft een dokter gewaarschuwd. En de dokter zei dat hij naar de kliniek moest.'

'Maar ik heb hem gistermorgen nog gezien, en toen leek hij prima.'

'Ik heb de indruk dat hij de ernst van zijn symptomen al enige tijd verdoezelt,' zegt Mahalanobis.

Hardy trekt zijn jas aan en samen lopen ze naar de kliniek. Het is vroeg in het voorjaar, het seizoen waarin je eerder de zon- dan de schaduwkant van de straat neemt, waarin je ondanks de kou – er hangen nog ijspegels aan markiezen – de eerste warmte op je hoofd kunt voelen. Ramanujan in een ziekenhuis: Hardy wilde het niet aan Mahalanobis laten blijken, maar hij voelt zich even gepikeerd als ontdaan. Of God zit hem weer te treiteren, of Ramanujan is weer op de eigenzinnige toer, net als die avond toen hij van zijn eigen etentje was weggelopen en naar Oxford was getogen. Want hij heeft het voor elkaar om niet alleen als de lente begint ziek te worden, maar ook net nu ze hun verhandeling over de partitiefunctie aan het afronden zijn; dat zou Hardy zichzelf nooit toestaan. Ook al zou hij ziek worden, dat zou hem niet van zijn werk houden. Hij zou doorwerken.

Nee, nee. Onbillijk. Je kunt er niets aan doen wat er in je buik gebeurt. Je kunt niet van hem verwachten dat hij doet alsof de pijn er niet is. En trouwens, misschien is Ramanujan op dit moment wel aan het werk, ligt hij formules uit te schrijven in bed.

Als ze bij de kliniek arriveren worden ze door een hoofdverpleegster met een strenge, kunstig gemodelleerde hoofdkap naar Ramanujans kamer gebracht. De kamer is op twee patiënten berekend maar hij ligt er alleen. Het meubilair bestaat uit twee ijzeren ledikanten, twee wandtafeltjes, twee stoelen en een commode. Geen prenten aan de krijtwitte muren en maar één raam, met uitzicht op de Cam. De lucht is doordrongen van de geur van een ontsmettingsmiddel.

Ramanujan ligt in het bed dat het dichtst bij het raam staat en staart lusteloos, afwezig naar de rivier.

Geen schrijfblok, geen pen.

'Ramanujan,' zegt Hardy, en de Indiër draait zich om en glimlacht flauwtjes.

Hardy trekt een stoel bij en gaat naast hem zitten. Zijn verschijning is schrikbarend. Misschien komt het door het schelle ziekenhuislicht dat zijn afgetrokken, ingevallen voorkomen, dat door het duister van Trinity werd verhuld, nu zo in het oog springt. Of zou iedereen er ziekelijk uitzien bij zulk licht? Hardy zelf ook? Hij zou willen dat er een spiegel in de kamer hing.

'Ik heb begrepen dat je iets onder de leden hebt,' zegt hij.

Ramanujans lippen zijn schraal als hij spreekt. 'Ik kreeg buikpijn,' zegt hij. 'Misschien van de wrongel die ik heb gegeten.'

'Waar doet het precies zeer?'

'Hier. Aan mijn rechterkant.'

'Is het een stekende pijn of een doffe pijn?'

'Het doet niet voortdurend zeer. Ik voel me goed, lijkt het, en dan krijg ik… pijnscheuten, zullen we ze zo noemen?'

'Is de dokter al geweest?'

'Dokter Wingate komt in de loop van de ochtend, meneer,' zegt de hoofdverpleegster, die water uit een kruik in een wasbekken giet. 'Dan zal hij de patiënt onderzoeken.'

'Goed.'

'Het probleem is dat hij geen ontbijt wilde.'

'De heer Ramanujan is hindoe. Hij heeft een heel strikt dieet.'

'Het was maar pap.'

'Ik heb geen trek, dank u,' zegt Ramanujan. Hij loert nijdig naar Mahalanobis, die zijn blik afwendt. Is hij kwaad, vraagt Hardy zich af, dat Mahalanobis zijn instructies heeft genegeerd en Hardy heeft verwittigd dat hij in de kliniek lag?

'Heb je het boek meegebracht?'

'Ik zal het vanmiddag brengen,' zegt Mahalanobis.

'Welk boek? Ik kan ook boeken voor je meebrengen,' zegt Hardy.

'Het is van geen belang.'

'Ik verzeker je –'

'Het is van geen belang.'

Mahalanobis wendt zijn blik af. En nu snapt Hardy het, althans, dat denkt hij: Ramanujan wil niet dat Hardy weet welk boek hij wil hebben. Misschien gaat het om een flutromannetje. Of een boek van Oliver Lodge?

Dan komt met een hoop fanfare de dokter binnen: hij stapt vol branie de kamer in, terwijl een arts naar Hardy's mening onopvallend zijn opwachting hoort te maken, net zoals degene die een voordracht houdt met minimale stembuigingen hoort te spreken. Als een personage in een toneelstuk van Shakespeare komt hij van links het toneel op met een notitieboek in zijn hand en een stoet assistenten en een verpleegster in zijn kielzog. Hij is begin vijftig en heeft rozijnvormige ogen en pokputjes in zijn wangen. 'Goedemorgen!' zegt hij, en de hoofdverpleegster gebaart tegen Hardy dat hij op moet staan uit zijn stoel. 'Wel, wel, meneer – hoe heet hij?'

'Ramanujan,' zegt Ramanujan.

'Ik zal maar niet proberen om het uit te spreken. Wat zijn de klachten?'

'Pijn in de buik, dokter.

'Zullen we het de man zelf laten vertellen?' Dokter Wingate legt zijn hand op Ramanujans hoofd. 'Heeft hij koorts?'

'Vanochtend niet, dokter. Gisteravond had hij 37,5.'

'En waar zit de pijn precies? U spreekt Engels?'

'Ja.' Ramanujan wijst naar de rechterkant van zijn onderbuik.

'Juist. Mag ik even?' De dokter steekt zijn hand uit en strekt en buigt zijn vingers. 'Ik zal niet hard drukken. Zegt u het maar als u de pijn voelt. Hier? Hier?' Ramanujan wiebelt met zijn hoofd. 'Wat bedoelt u daarmee?'

'Nu en dan pijn,' zegt Hardy.

'Hier?'

Ramanujan krimpt ineen en slaakt een kreet. 'Daar zit de zere plek,' zegt dokter Wingate triomfantelijk. Hij schrijft iets op in het notitieboek. 'En wat voert u naar Trinity, jongeman? Wat studeert u?'

'Wiskunde.'

'Interessant. Ik heb eens een wiskundige als patiënt gehad. Ik zei: "Meneer, u zult volstrekte rust moeten houden, die teen is gebroken," waarop hij vroeg: "Is het een echte of een onechte breuk?"'

Ramanujan kijkt uit het raam.

'Ja ja, en toen antwoordde ik: "Een echte, maar hopelijk geen repeterende."'

'Wanneer mag ik weer naar huis?'

'Dat zal nog wel even duren.'

'Maar mijn werk –'

'In uw conditie mag u niet werken. Intermitterende koorts, een hevige, niet-gediagnosticeerde pijn.' Dokter Wingate steekt het notitieboek onder zijn arm. 'Nee, u zult hier moeten blijven zodat we u in observatie kunnen houden, in elk geval tot we weten wat er mis is met u. Wie bent u, trouwens?' Hij heeft het tegen Hardy.

'G.H. Hardy.'

'En wat is uw relatie tot de patiënt?'

Hardy stamelt iets. Niemand heeft hem ooit die vraag gesteld. En inderdaad, hoe moet hij zijn relatie tot Ramanujan omschrijven?

'De heer Hardy is hoogleraar aan Trinity,' zegt Mahalanobis. 'De heer Ramanujan is zijn student.'

'Aha. Kan ik u eventjes spreken?' En hij gebaart Hardy om hem naar de gang te volgen. 'Pin me er niet op vast,' zegt hij op zachte toon, 'maar tien tegen een dat hij een maagzweer heeft. Heeft hij de laatste tijd soms onder druk gestaan?'

'Niet dat ik weet... Hij werkt wel hard, maar niet harder dan normaal.'

'Zorgen om de oorlog? Familieproblemen?'

'Volgens mij niet... Daar heeft hij het nooit over gehad.'

'Nou ja, we houden hem in het oog. Als het inderdaad een maagzweer is, zal hij op een speciaal dieet moeten.'

'Hij zit al op een speciaal dieet. Hij kookt al zijn eigen eten. Hij is streng vegetarisch.'

'Dat zou het probleem kunnen zijn. Het valt tegenwoordig niet mee om aan verse groente te komen.' Dokter Wingate steekt zijn hand uit. 'Hoogleraar wiskunde, hè? Afschuwelijke kost, wiskunde. Mijn broer was er beter in dan ik, hij was een senior optime in – 1898, geloof ik.'

'Ja, ik herinner me een Wingate.'

'Echt waar? Hij werkt nu bij Binnenlandse Zaken. Nou, goedendag, Hardy.'

'Goedendag.'

Dan gaat de dokter met zijn gevolg rechts het toneel af. Hardy stapt Ramanujans kamer weer binnen. De hoofdverpleegster is met een witte geëmailleerde lampetkan en een wasbekken in de weer. Mahalanobis, die nu op de stoel naast het bed zit, springt op zodra hij Hardy ziet.

'Rustig maar,' zegt Hardy. 'Blijft u zitten.'

'Nee, alstublieft,' zegt Mahalanobis terwijl hij de stoel met de overgedienstigheid van een kelner afstaat.

'Maar ik wil niet zitten.'

'Wat zei de dokter?' vraagt Ramanujan.

'Hij denkt dat je wellicht een maagzweer hebt.'

'Wat houdt dat in?'

'Dat weet ik niet precies. Ik weet alleen dat het door spanningen kan komen. Dus je zult je moeten ontspannen.'

'Het is vast iets wat je hebt gegeten,' zegt Mahalanobis. 'Of juist niet hebt gegeten.'

'De wrongel, volgens mij.'

'Je moet jezelf meer in acht nemen, Jam! Je kunt niet voorzichtig genoeg zijn met wrongel.'

'Ik heb geen tijd gehad om me met koken bezig te houden. Ik heb het druk.'

Hardy kijkt op zijn horloge. 'Nou, ik moet ervandoor,' zegt hij. 'Ik moet college geven. Mahalanobis, gaat u mee of blijft u hier?'

'Ik moet ook weg,' zegt Mahalanobis. 'Ik kom vanmiddag terug.'

Ramanujan zwijgt. Hij legt zijn hoofd op het kussen en wendt zich af om weer naar de rivier te kijken. En Hardy vraagt zich af: had zijn reis hem nog verder weg kunnen voeren van het punt waar hij is begonnen, op de *pial* in de avondschemer?

2

'*I*k wist niet dat Ramanujan in Oliver Lodge was geïnteresseerd,' zegt Hardy tegen Mahalanobis terwijl ze Bridge Street oversteken.

'Jazeker,' zegt Mahalanobis. 'We zijn allemaal in hem geïnteresseerd.'

'Ik neem aan dat u op zijn onderzoek naar radiogolven doelt?'

'Nee, we zijn geïnteresseerd in zijn bijdragen over paranormale verschijnselen. U weet dat de heer Lodge voorzitter is van het Genootschap voor Parapsychologisch Onderzoek?'

'Dat heb ik gehoord, ja.'

'Met name Ramanujan is geïnteresseerd in paranormale verschijnselen. Wichelroedes, klopgeesten, automatisch schrift. Spoken.'

'Ramanujan?'

'Ja.'

'Het zal u vast niet verbazen om te horen dat ik dat allemaal flauwekul vind.'

'Nee, dat verbaast me niet. En het zou Lodge ook niet verbazen. Hij realiseert zich dat hoon zijn deel zal zijn, en accepteert dat als onvermijdelijk.'

'Waarom gaat hij er dan mee door?'

'Omdat hij gelooft dat bovennatuurlijke verschijnselen nader onderzoek waard zijn.'

'Maar die verschijnselen zijn niet echt. Ze bestaan alleen in de verbeelding van de mensen.'

'Wie zal het zeggen? Hebt u nooit iets bovennatuurlijks meegemaakt, meneer Hardy?'

Hardy moet aan Gaye denken, aan zijn sporadische maar onwelkome bezoekjes. Wat schrok hij van die plotselinge verschijningen! Maar hij had ze allemaal gedroomd – toch?

'Nee, nooit. U wel, meneer Mahalanobis?'

'In Indië wordt dat soort dingen beschouwd als... laten we zeggen, een onderdeel van het gewone leven,' zegt Mahalanobis. 'Mijn grootmoeder beweerde vaak dat ze visioenen had. Ze heeft eens een boodschap ontvangen via de vlammen van haar haardvuur. Een stem waarschuwde haar om niet bij een buurman op bezoek te gaan. Ze gehoorzaamde, en diezelfde dag brak er tyfus uit in het huis van de buurman.'

'Dat kan toeval zijn geweest. Of uw grootmoeder heeft misschien alleen maar gedácht dat ze het visioen had gehad, na het voorval.'

'Ze zeggen dat er overleden studenten in sommige kamers in King's College rondwaren. Vorige winter heb ik op een avond een sjaal aan het ledikant gebonden voor ik ging slapen, en de volgende ochtend was hij weg. Ik heb de hele kamer overhoop gehaald bij het zoeken. Ik ging ervan uit dat mijn geheugen me parten speelde, dat ik hem in de eetzaal of de trein had laten liggen. En toen, deze winter, op de eerste koude dag, dook hij weer op, keurig opgevouwen, in mijn la.'

'Misschien had u hem in de la opgeborgen en vergeten.'

'Ik trek die la elke dag open. Nee, ik denk dat het spook de sjaal nodig had.'

'Ik meende dat spoken niet geacht worden kou te voelen.'

'Dat zou het soort vraagstuk zijn dat sir Oliver ons zou kunnen voorleggen.'

Hardy moet lachen. 'En dat zijn de dingen waar jullie het over hebben onder het eten?'

'Eerst waren Ananda Rao en ik sceptisch, maar Ramanujan heeft ons overtuigd. Hij heeft namelijk ook bepaalde... ervaringen gehad.'

'Zoals?'

'Ik betwijfel of u hem zult geloven.'

'Stelt u me gerust op de proef.'

Mahalanobis wendt even zijn blik af, alsof hij staat af te wegen of hij Ramanujans vertrouwen schendt door het aan Hardy te vertellen. Dan zegt hij: 'Goed. Dit is in Kumbakonam gebeurd, voor hij naar Engeland kwam. Op een nacht had hij een droom. Hij stond in een huis dat hij niet kende, en bij een van de pilaren van de veranda zag hij een verre verwant. De verwant was dood en zijn naasten waren in de rouw. Toen was de droom voorbij, en hij dacht er niet meer aan tot hij enige tijd later in de gelegenheid was om dezelfde verwant op te zoeken, die toen in een stad ver van Kumbakonam vandaan woonde. Stelt u zich zijn verbazing voor toen hij tot de ontdekking kwam dat het huis hetzelfde was als het huis dat hij in zijn droom had gezien. En dat niet alleen, maar dat er een zieke in het huis verbleef die een medische behandeling onderging. Later zag hij die man op een matras liggen bij dezelfde pilaar die hij in zijn droom had gezien. En daar stierf de man.'

Hardy trekt zijn wenkbrauwen op. 'Maar in het visioen was het zijn verwant die doodging,' zegt hij. 'Niet een onbekende man in het huis van zijn verwant.'

'Klopt. Dat is een inconsistentie. Misschien een soort... vertaalfout, of communicatiefout. Sir Oliver benadrukt dat de boodschappen die tijdens seances worden ontvangen niet steeds letterlijk genomen kunnen worden.'

'Om zich in te dekken.'

'Mogelijk. Maar toch, waarom zou je geen onderzoek naar die zaken doen? Wetenschappelijk onderzoek, uiteraard. Gereguleerde experimenten.'

'Maar hoe kunnen we ze onderzoeken? Welke instrumenten gebruiken we daarvoor?'

'Wichelroedes, speelkaarten... Er zijn instrumenten voor hen die bereid zijn ze te gebruiken.'

Ze zijn bij de poort van Trinity College aangekomen. Uiterst vormelijk maakt Mahalanobis een buiging. 'Goed, dan neem ik nu afscheid van u. Ik moet terug naar mijn eigen universiteit. Goedendag, meneer Hardy.'

'Goedendag, meneer Mahalanobis.' En ze geven elkaar een hand. Allemaal heel vreemd, denkt Hardy terwijl hij de portiersloge in stapt. Verscheen Gaye nu maar om wat van zijn sarcastische wijsheden te spuien en Hardy daarmee uit het moeras van Mahalanobis' woorden te trekken! Maar als Gaye inderdaad verscheen, dan zou dat als een paranormaal verschijnsel gelden, waarmee het gelijk van Lodge zou worden aangetoond.

Hardy loopt naar het bureau van de portier. Die zit bedragen in een register te schrijven. 'Goedemiddag, meneer,' zegt hij. 'Bent u bij meneer Ramanujan op bezoek geweest?'

'Inderdaad.'

'Hij zag er heel slecht uit, gisteravond. Ik hoop dat hij zich al wat beter voelt.'

'Jawel, hoor. Hij vroeg of ik een boek voor hem mee wilde brengen. Zou ik de sleutel van zijn kamer kunnen lenen?'

'Natuurlijk, meneer.' En de portier haalt van een haak onder zijn werkblad een reusachtige ring tevoorschijn waaraan tientallen sleutels hangen. Met verbluffende snelheid laat hij ze langs zijn vingers glijden tot hij er eentje losmaakt en aan Hardy overhandigt.

'Kent u al die sleutels uit uw hoofd?' vraagt hij, nu hem voor het eerst opvalt wat hij altijd heeft gezien maar genegeerd.

'Jawel, meneer.'

'Wat buitengewoon.'

De portier wijst met een vinger naar zijn eigen schedel. 'Dat hoort gewoon bij het werk.'

'Juist, ja. Nou, dank u wel. Ik zal hem zo dadelijk terugbrengen.' En hij loopt Great Court in, vol verwondering en ergernis. Wat een rare dag, vandaag. Terwijl hij de trap in Bishop's Hostel neemt heeft hij het idee dat hij stiekem hoort te sluipen, als een dief. En waarom? Hij is geen dief. Niettemin krimpt hij ineen als hij Ramanujans deur opendoet en de scharnieren luid knarsen. Hij stapt naar binnen en doet de deur langzamer dicht dan hij hem had opengeduwd, maar daardoor houdt het geknars alleen maar langer aan. Net zo langzaam duwt hij hem aan tot hij dichtklikt.

Zo. Hij is binnen. Niemand heeft hem gezien, voor zover hij weet.

Hij kijkt om zich heen. Het is de eerste keer dat hij bij Ramanujan thuis is sinds dat beruchte etentje. Die avond was alles netjes opgeruimd, maar vandaag is de kamer een warboel. Een wijd paars kledingstuk is over de rug van de leunstoel gegooid. De kommen waar-

458

uit Ramanujan en zijn vrienden vermoedelijk zaten te eten toen hij die steken in zijn buik kreeg staan naast het gaskomfoor opgestapeld. Het bureau ligt bezaaid met papieren. Hardy wettigt zijn eerdere indringersgevoel door ze door te bladeren: voornamelijk wiskundige aantekeningen die verband houden met het onderzoek dat ze momenteel naar samengesteldheid en priemen doen. Maar er is één vel dat hem net zo verrast en verlokt als Alice' dagboek had gedaan. De kop erboven luidt: 'Theorie van de werkelijkheid'. Hij leest het twee keer door.

Theorie van de werkelijkheid

0 = het Absolute, de *Nirguna-Brahman*, de werkelijkheid waaraan geen enkele hoedanigheid kan worden toegeschreven, die nooit kan worden gedefinieerd of met woorden omschreven. (Ontkenning van alle attributen.)
∞ = het totaal van alle mogelijke attributen, *Saguna-Brahman*, wat derhalve onuitputtelijk is.
$0 \times \infty$ = de reeks eindige getallen.
Elke scheppingsdaad is een specifiek product van 0 en ∞, waaruit een specifiek individu voortkomt. Bijgevolg kan elk individu worden gesymboliseerd door het specifieke eindige getal dat in zijn geval het product is.

Hardy knippert met zijn ogen. Het handschrift is dat van Ramanujan. De keurige, sierlijke halen zijn onmiskenbaar. Hij herinnert zich dat hij Ramanujans eerste brief kreeg, de verbijstering die hem beving toen hij de vergelijking $1+2+3+4+\ldots = -\frac{1}{12}$ tegenkwam. Is wat hij nu staat te lezen gewoon nog een voorbeeld van Ramanujans eigenaardige, bondige manier van uitdrukken? Of misschien zijn de ideeën die Ramanujan probeert uit te drukken veeleer van filosofische dan wiskundige aard. Toen McTaggart in zijn hoogtijdagen een voordracht voor de Apostelen had gehouden, zat Hardy te gapen en op zijn horloge te kijken terwijl Moore geboeid aan zijn lippen hing. Hij weet nog steeds niet wat Moore hoorde dat hij niet had gehoord, dus misschien zou Moore wel wijs kunnen uit Ramanujans 'theorie van de werkelijkheid'.

Hardy legt het papier neer. Er liggen twee boeken opengeslagen op de armleuning van de leunstoel. Het ene is geschreven in het Hindi, naar hij veronderstelt. Het andere is *Raymond* van Oliver Lodge, en dat boek pakt hij op. Hij heeft het niet gelezen maar er wel degelijk óver gelezen, want het stond in alle kranten toen het boek uitkwam: dat Lodge, twee dagen voor zijn zoon Raymond bij Ieper was omgekomen, had geweten dat het zou gebeuren. Op een seance had hij een boodschap gekregen. Zijn verslag over de verbinding die hij vervolgens met Raymonds geest had gemaakt heeft naar verluidt duizenden getroffen ouders tot troost gediend – belachelijk, vond Hardy destijds. Maar wat beweert Lodge nu eigenlijk? Hij bekijkt vluchtig de eerste pagina's en leest:

> Raymond werd op 14 september 1915 bij Ieper gedood, en we kregen het nieuws op 17 september per telegram van het ministerie van Oorlog te horen. Een omgevallen of vallende boom is een veelvuldig gebruikt symbool voor de dood, wellicht door een foutieve interpretatie van *Prediker* 11:3. Sindsdien heb ik de vraag die ik aan mevrouw Verrall had gesteld ook aan verscheidene andere classici voorgelegd, en die hebben me allen naar Horatius verwezen, *Carm.* 2.17 als de onbetwistbare referentie.

Hardy kent mevrouw Verrall, uiteraard, of heeft haar gekend. Ze was de weduwe van Verrall, een van de oudere Apostelen die in zijn jeugd de scepter zwaaide, en zelf classica. Ze was net vorige zomer overleden. Hij leest een paar pagina's terug en dan begint hij te begrijpen hoe de vork in de steel zat. Op een seance liet 'Richard Hodgson' (een geest?) een obscure boodschap achter voor Lodge die deze vervolgens doorgaf aan mevrouw Verrall, die hem interpreteerde als een verwijzing naar een passage van Horatius. Die passage staat Hardy nog bij van zijn schooltijd op Winchester: daarin wordt beschreven dat een boom door de bliksem werd getroffen, vervolgens omviel en op Horatius zou zijn neergekomen als Faunus, de beschermer van dichters, hem niet had opgevangen. Die boodschap betekende volgens Lodge dat 'hem een zware slag te wachten stond, of waarschijnlijk te wachten stond, al wist ik niet wat voor slag…'

Een paar dagen later sneuvelde zijn zoon, de Raymond uit de titel. Hardy bekijkt de titelprent. Komt het alleen doordat hij het lot van de jongeling kent dat Hardy in diens gezicht een bepaalde uitdrukking van verdoemde gelatenheid ziet? Raymond is verre van knap, met een peervormig hoofd en futloos bruin haar. Het eerste deel van het boek wordt omschreven als 'het normale gedeelte' en bestaat uit Raymonds brieven van het front en brieven van de officieren met wie hij had gevochten. Daarna komt er een 'bovennormaal' gedeelte en een deel getiteld 'Leven en dood'. Hardy slaat op goed geluk een pagina op en leest:

> De hypothese van voortgezet leven binnen een andere verzameling voorwaarden, en van mogelijke communicatie over een grens heen, is geen gratuit bedenksel ter vertroosting en bemoediging, of het gevolg van een afkeer van het idee van vergankelijkheid, maar een hypothese die zich geleidelijk aan de auteur heeft opgedrongen – evenals aan vele andere personen – door de onontkoombare dwang van concrete ervaringen. De grondvesting van de atoomtheorie in de scheikunde is voor hem niet méér valide. Het bewijs is cumulatief en heeft elke legitieme, rationele scepsis ontzenuwd.

Er wordt op de deur geklopt. Hardy schrikt en laat bijna het boek vallen.

'Meneer Hardy,' hoort hij een stem op de gang roepen.

Het is Mahalanobis. Hardy doet de deur open en laat hem binnen. 'Is me dat schrikken,' zegt hij.

'Neem me niet kwalijk,' zegt Mahalanobis. 'De portier zei dat ik u hier zou vinden.'

'Ja, ik was van plan om het boek dat Ramanujan wilde hebben voor hem te halen.'

'Ik ben om dezelfde reden gekomen.'

'Ik neem aan dat het om dit boek gaat?' Hij houdt *Raymond* op. Maar Mahalanobis schudt zijn hoofd.

'O. Dan dat boek in het Hindi?'

'Dat is de *Panchangam*. Een almanak. Die is in het Tamil geschreven.'

'Dus dat is ook niet het boek dat hij wil?'

'Nee, meneer. Hij vroeg om Carr.'

'Carr?'

'Mag ik even?'

'Natuurlijk.'

Behoedzaam stapt Mahalanobis langs hem heen de slaapkamer in. Hij komt even later terug met een zwaar, gehavend boekwerk. '*A Synopsis of Results in Pure and Applied Mathematics*,' verkondigt hij. 'Dit was het eerste wiskundeboek dat Ramanujan heeft gekregen. Als jongen placht hij het op de veranda van zijn moeder te lezen.'

'Dat weet ik. Maar waarom zou hij Carr nu willen hebben? Het is verouderd. Hij is zelf al mijlen verder.'

'Ik geloof dat het voor hem een bron van troost is. Ik heb gemerkt dat hij vaak de genummerde vergelijkingen doorleest, 's nachts, als hij niet kan slapen.'

'Troost van Carr?'

'Ja, meneer.' Mahalanobis schikt zijn tulband. 'Goed, dan ga ik nu maar. Goedendag.'

'Goedendag.'

Dan vertrekt Mahalanobis, net zo stil als hij is gekomen, zodat Hardy weer alleen is te midden van Ramanujans karige bezittingen, die paar wegwijzers naar een leven waarover hij veel minder weet dan hij dacht, zo realiseert hij zich. Het portretje van Leibniz hangt aan de muur. Van de haard staart een beeldje met de kop van een olifant naar hem. Het heeft vier armen. Er zit een rat aan zijn voeten. Uit de keuken verspreidt zich een zurige lucht van de bekende pan met *rasam*. Hardy werpt een blik in de pan en ziet dat de verzilverde binnenkant aan het wegslijten is.

Hij neemt *Raymond* mee als hij weggaat. Hij merkt dat hij onwillekeurig wordt geïntrigeerd door het raadsel: de seance, de passage uit Horatius, geesten en visioenen. Er is zoveel dat hij niet weet! Op de trap komt hij een werkster tegen die een emmer en een mop draagt. Wie voorziet haar van haar mop? En hoe speelt de portier het klaar om alle sleutels te onthouden? Maar de wereld draait door, de sloten klikken onophoudelijk, de moppen kletsen onafgebroken op de vloeren. En intussen baant Hardy zich, blind voor nagenoeg alles, gestaag een smal pad door de wildernis.

Pas als hij de portiersloge binnenstapt schiet het hem door het hoofd. Nul en oneindig. De dingen die we nooit kunnen kennen omdat ze niet te bevatten zijn en de dingen die we nooit kunnen kennen omdat er te veel van zijn. Een oneindige massa. Uit die paring wordt een leven geboren.

'Heeft de Indiër u gevonden, meneer?' vraagt de portier.

'Jazeker. Dank u wel. Hier hebt u de sleutel.'

'Heel goed, meneer,' zegt de portier, en hij klikt de sleutel weer aan zijn enorme ring. Hoeveel sleutels hangen eraan? Eén ervan ontsluit zijn eigen deur, beseft Hardy, terwijl andere de deuren van de afwezigen en de doden ontsluiten.

3

*A*an het begin van de zomer overlijdt Sophia Hardy. De dominee uit Hardy's jeugd, nu van middelbare leeftijd en corpulent, legt in Cranleigh een bezoekje af aan hem en Gertrude. Hij zegt tegen hen dat hij voor hun moeder zal bidden, wat op Hardy nogal provocerend overkomt, gezien zijn eigen onverbloemde atheïsme en Gertrudes onverschilligheid tegenover godsdienst. 'Jullie zullen haar wel erg missen,' zegt de dominee. Hij klinkt net als Norton, en Hardy heeft de neiging om te antwoorden: 'Nee.' Haar dood was een slepende zaak. Misschien niet voor haar; zij had pijn die haar bezighield en een heleboel gezelschap: levenden en doden die in snelle opeenvolging haar kamer in en uit paradeerden. Mannen en vrouwen van wie ze nooit hadden gehoord, een broertje dat als kleuter was verdronken, hun vader (zelden, echter). Tegen het einde hield ze haar handen geen moment stil. Ze scheen meer betrokken bij het leven dan ze in jaren was geweest. Ze praatte voortdurend, ook al konden ze in haar laatste dagen geen touw vastknopen aan wat ze zei. Tot dan toe was ze telkens als ze naar de rand van de dood was gegleden weer teruggestrompeld, maar elke keer had ze minder aansluiting met de wereld der levenden gekregen, alsof ze steeds een stukje van zichzelf had achtergelaten. En toen, op een donderdagmorgen in juni, stierf ze zowaar. Misschien kwam het doordat Hardy die ene keer niet op tijd terug was om haar een reden te geven weer op te leven. Hij zat vast in Cambridge vanwege raadselachtige treinvertragingen. Toen hij in Cranleigh arriveerde was ze al twee uur dood; de divergerende reeks die haar afscheid van het leven symboliseerde – halfweg, plus een derde, toen nog een kwart erbij – was eindelijk doorgebroken naar de oneindigheid. Toen Gertrude het hem vertelde, omarmde hij haar – niet uit verdriet maar uit blijdschap. Eindelijk was het voorbij voor hen tweeën.

Natuurlijk zeggen ze daar niets over tegen de dominee. Hun moeder was een vrome vrouw, en uit respect voor haar slaan ze zich door de formaliteiten die van en door dominees worden geëist: het treffen van voorbereidingen voor de begrafenis, het verstrekken van informatie aan die vent – die werkelijk niets van hun moeder afweet – zodat hij de grafrede kan houden. Na een half uur verkondigt hij dat hij weg moet en doet Hardy hem uitgeleide. Het begint net te schemeren. 'Ik heb dat gesprek dat we hebben gevoerd nooit vergeten,' zegt hij in de deuropening. 'Weet u het nog? We liepen door de mist.'

'Ja, dat weet ik nog,' zegt Hardy. Hij zegt er niet bij dat het hem verrast dat de dominee het zich nog herinnert. Het is per slot van rekening tientallen jaren geleden. De dominee was toen hooguit vijfentwintig, en nu is hij... vierenvijftig? Is het mogelijk?

'Ik vond u destijds brutaal, maar ik begrijp nu dat ik u serieuzer had moeten nemen. Ik had moeten bidden voor uw redding. U bent een ongelovige geworden.'

'Dat klopt.'

'Maar een eigenaardig soort ongelovige. Voortdurend bezig om God te slim af te willen zijn. Laat me u in alle oprechtheid waarschuwen, u zult het uiteindelijk verliezen.'

'Van wie hebt u dat gehoord?'

'Een schip op weg uit Denemarken, een storm op zee...' De dominee legt een hand op Hardy's schouder en die deinst terug. 'Denk in elk geval eens na over de mogelijkheid van genade. Misschien was het Gods wil dat u het overleefde. En misschien bent u toch gelovig. Waarom zou u anders zo hard vechten?'

'Hoe weet u dat allemaal?'

'Om het over iets anders te hebben, ik heb begrepen dat het niet goed gaat met uw Indische student. Dat spijt me.'

'Dank u.'

'Zegt u alstublieft tegen hem dat ik voor hem bid.'

'Waarom? Hij is niet van uw godsdienst.'

'Het gebed kan de eigenheden van geloof overstijgen. Het kan hem steunen om te weten dat anderen aan hem denken.'

'Ik weet niet zeker of ik het daar mee eens ben. Ik heb ondervonden dat mensen sneller dood gaan als anderen voor hen bidden, hetzij omdat ze ervan uitgaan dat ze zichzelf niet meer in acht hoeven te nemen omdat alles goed zal komen dankzij de gebeden, of omdat ze zich, door de wetenschap dat al die mensen voortdurend voor hen bidden, verplicht voelen om beter te worden, en onder die druk bezwijken ze juist.'

'Een interessante theorie. In dat geval moet u niets tegen uw student zeggen, al zal ik natuurlijk toch voor hem bidden. Nou, tot ziens, meneer Hardy.' En de dominee steekt zijn hand uit. Hardy neemt hem aan: slappe vingers glijden langs zijn handpalm. Dan wandelt de dominee weg en staat Hardy zich weer af te vragen wie hem heeft ingelicht over wat er in Esbjerg was voorgevallen. Gertrude? Dat ligt niet voor de hand. Hun moeder, dan? Had hij haar ook een ansichtkaart gestuurd? Het staat hem niet meer bij.

Hij gaat weer naar binnen. Gertrude is bezig om de gordijnen open te trekken en grauw daglicht binnen te laten in een kamer waarin het wekenlang donker is geweest. Hij loopt naar haar toe en eindelijk geven ze toe aan een uitgelatenheid die al uren aanzwelt. Ze laten Maisie komen en in een euforische stemming halen ze het bed waarin mevrouw Hardy is gestorven met zijn drieën weg uit de salon en zetten ze het meubilair weer in zijn oorspronkelijke opstelling terug. Licht, licht! Gertrude ruimt op, veegt het stof op dat ooit de huid van hun moeder was terwijl Maisie de vloer schrobt. Daarna weten ze niet precies wat ze moeten doen, dus spelen ze een partijtje schaak. Hardy verliest, tot zijn eigen verbazing. Dat schijnt zijn zus kostelijk te vinden: ze giert het weer uit van het lachen. Dan schijnen ze door hun lachvoorraad heen te zijn en gaan ze maar naar bed, ook al is het nog vroeg, ook al is nog niet al het licht uit de hemel weggevloeid.

De volgende morgen maken ze een wandeling door het dorp. Mannen en vrouwen die ze ternauwernood herkennen – winkeliers, voormalige leerlingen van hun vader die nu mannen van middelbare leeftijd zijn – groeten en condoleren hen. Als ze thuiskomen is Gertrude geagiteerd. 'Het is maar een kwestie van tijd,' zegt ze terwijl ze haar handschoenen uittrekt. 'Let op mijn woorden, straks belt de begrafenisondernemer op om te vertellen dat moeder wakker is geworden en een potje vint wil doen.' Ze lacht weer, en deze keer klinkt haar lach schril en ietwat gestoord.

'Dat lijkt me niet waarschijnlijk,' zegt Hardy. 'Al weet je het nooit met moeder.'

'Hoe heet dat – de ruimte waar een begrafenisondernemer zijn… de dingen die hij daar doet?'

'Geen idee. Zijn atelier? Zijn werkplaats?'

'Zijn salon?'

'Als een Franse kapper.' Opeens moet Hardy ook lachen; ze schateren allebei als kinderen, en hun gelach is zo aanstekelijk dat ze letterlijk over de vloer rollen, met tranen in hun ogen.

Twee dagen later leidt de dominee de begrafenis. Ze spelen het klaar om de dienst zonder één glimlachje uit te zitten, al proest Hardy het bijna uit als de dominee hun moeder in zijn grafrede 'een kei in kaartspellen' noemt. Daarna is er een receptie: spookachtige gestalten waarvan ze er maar een paar herkennen schuifelen met een kopje thee in de hand rond door de salon terwijl Maisie sandwiches serveert die niemand durft te eten. Hoe komt het toch, vraagt Hardy zich af, dat eten na een begrafenis als oneerbiedig jegens de dode wordt uitgelegd? Terwijl hij zijn thee drinkt slaat hij de dominee gade die naar de sandwiches staat te gluren, en observeert hij vergenoegd de inwendige strijd die duidelijk in de ziel van de man woedt tussen begeerte en roeping, de verlokking die van de duivelse sandwiches uitgaat en de wil om zich ertegen te verzetten. En ten slotte wint het verzet het. 'Hij is vast heel trots op zichzelf,' zegt Hardy tegen Gertrude als de laatste gast is vertrokken en ze zich gulzig te goed doen aan de sandwiches. 'Hij staat nu ongetwijfeld sandwiches voor zichzelf klaar te maken in de pastorie. Enorme sandwiches, zoals de Amerikanen die eten.' Gertrude moet zo hard lachen dat ze bijna stikt.

Wat een hilariteit! Als Hardy die avond naar bed gaat staat hij er versteld van: hij had nooit gedacht dat de dood zo amusant kon zijn. Wat voor komische verwikkelingen zal de volgende dag brengen? De volgende dag hebben ze een afspraak met de notaris van hun moeder, de bejaarde meneer Fanning, die uit een andere eeuw schijnt te zijn gestapt, getransporteerd door de tijdmachine van H.G. Wells, samen met zijn vulpennen en zijn kroontjespennen en zijn handgeschreven registers. Dit is natuurlijk een veel ernstiger aangelegenheid. Eigenlijk weten ze geen van beiden hoeveel geld hun moeder bezat. En aangezien Hardy hoogstwaarschijnlijk nooit zijn boek over vint of zijn misdaadroman zal schrijven, zou hij best wat geld kunnen gebruiken. Dat geldt ook voor Gertrude. Bijgevolg luisteren ze aandachtig terwijl meneer Fanning uiterst plechtig de bepalingen van het testament voorleest. Zoals verwacht zullen het huis en de boedel gelijkelijk worden verdeeld onder de kinderen van de overledene, Godfrey Harold en Gertrude Edith. Wat de waarde ervan betreft... Daar pauzeert meneer Fanning even. Hij legt het testament neer. 'Ongelukkigerwijs schijnt uw moeder tijdens haar laatste jaren geen maatregelen te hebben genomen tegen de aanwas van bepaalde... schulden.'

'Wat voor schulden?' vraagt Hardy.

'De meeste schulden zijn van het gebruikelijke soort, sommen gelds die verschuldigd zijn aan winkeliers, voor cokes en het bezorgen van melk. En natuurlijk de doktersrekeningen. Maar er zijn ook andere schulden – oudere schulden – die ze van uw vader schijnt te hebben geërfd. Hij had vele jaren geleden geld geleend, en inclusief de rente is dat bedrag nu... aanzienlijk.'

'Ze heeft het daar nooit over gehad.'

'Ik vermoed eigenlijk dat ze hoopte dat de kennisgevingen wel zouden verdwijnen, als het ware, wanneer ze ze gewoon in een la stopte. Dat heb je vaak bij oudere mensen.'

'Hoe groot is de schuld?' vraagt Gertrude.

'Niet zoveel dat hij niet uit de boedel kan worden vereffend. Maar er zal heel weinig overblijven.'

'Is het huis daarbij inbegrepen?'

'Nee, het huis is gevrijwaard.'

'Gelukkig,' zegt Gertrude. 'Gelukkig, dat is tenminste iets.'

Na afloop, weer thuis, valt er deze keer weinig te lachen. 'Ik vraag me af waarom vader geld moest lenen,' zegt Hardy. 'Zou hij een minnares hebben gehad? Of gokschulden?'

'Vader? Doe niet zo belachelijk.'

'Je weet maar nooit. Nee, af.' Dat is tegen de terriër, die weer naar zijn knieën klauwt terwijl hij zijn hoed afzet. 'Maar we krijgen in elk geval iets, als we het huis verkopen.'

'Het huis verkopen? Waar heb je het over?' Gertrude tilt de hond op tegen haar borst.

'Je wilt toch naar Londen verhuizen?'

'Misschien wel, ja. Maar dan nog… Ik zal niet toestaan dat dit huis wordt verkocht. We zijn hier opgegroeid, Harold. We moeten het in de familie houden.'

'Ik zie het niet gebeuren dat een van ons kinderen krijgt.'

'Dat weet je nooit zeker.'

'Wat, wil je daarmee zeggen dat ik moet trouwen?'

'Wil jij daarmee zeggen dat ik nooit zal trouwen?'

Opeens begint ze te huilen. Hij is verbijsterd. 'Gertrude,' zegt hij, maar ze weigert hem aan te kijken. Ze heeft haar gezicht in de vacht van de hond geduwd, de arme hond die nu roerloos in haar armen ligt, evenmin opgewassen tegen haar sentimentele bui als hij.

'Gertrude, waarom huil je?'

'Is dat niet duidelijk? Onze moeder is net gestorven.'

'Maar gisteren was je er blij om.'

'Niet omdat ze dood was. Omdat het achter de rug was. Dat is niet hetzelfde. Wil je werkelijk beweren dat je daar geen verschil in ziet?'

Hij zwijgt. Ze zet de hond neer. 'Jij moet het toch ook voelen,' zegt ze.

'Wat?'

'Verdriet.'

Maar de waarheid is dat hij het niet voelt. En hij begrijpt ook niets van de omslag bij zijn zus. Had ze hem immers niet, nog maar enkele dagen geleden, verzekerd dat ze alleen in Cranleigh werd gehouden door de verplichting om voor hun moeder te zorgen? En nu is die verplichting vervallen en steekt ze geen vinger uit om te vluchten. In plaats daarvan gaat ze naar bed. Ze doet haar glazen oog uit en laat zich neer, zoals al haar hele leven, in het smalle bed van haar kindertijd.

Daarna verandert haar houding tegenover hem – subtiel maar onmiskenbaar. Voor het eerst van hun leven schijnt ze hem als een tegenstrever te zien. Ze hebben het er nooit over maar het huis, en hun zeer uiteenlopende opvatting over wat ze ermee aan moeten, wordt een obstakel. De flat in Pimlico staat leeg: Alice Neville is met haar man naar Bayswater verhuisd. Hoewel die laatste hindernis nu is weggenomen, weigert Gertrude toch om naar Londen te gaan, al is het maar voor een weekend. 'Ik ben doodsbang voor de luchtaan- vallen,' zegt ze, terwijl Hardy zelf in het geheel niet bang is voor de luchtaanvallen. Integendeel, hij zou graag eens een luchtaanval mee willen maken en de zeppelins als grote walvissen door de lucht voorbij zien zeilen. En waarom? Hij weet best dat hij het niet zo licht zou opvatten als hij daadwerkelijk zo'n aanval zou moeten door- staan. Norton was in een luchtaanval beland en liep daarna twee dagen lang onophoudelijk te trillen. Maar toch... hoe moet hij zijn heimelijke hunkering naar een apocalyps verklaren? Anderen heb- ben het ook, vermoedt hij. Zo'n catastrofe zou hun anarchistische instelling aan het wankelen kunnen brengen. Soms staat hij 's avonds laat voor het raam van de flat in Pimlico naar de pikzwarte lucht te staren in de hoop gerommel in de verte te horen en getuige te zijn van een schitterende lichtshow, maar dat overkomt hem nooit. Het heeft er alle schijn van dat er alleen sirenes huilen en de hemel oran- je oplicht wanneer hij in Cambridge of Cranleigh is. Elke dag publi- ceren de kranten lijsten met doden, elke dag loopt hij ze na op zoek naar bekende namen. Dat het er steeds minder zijn komt alleen door- dat er al zoveel mannen die hij heeft gekend zijn omgekomen. De voorraad jongelui is niet oneindig. En hoewel hij Thayers naam nooit tegenkomt, betekent dat niet dat Thayer niet dood is. Intussen wacht hij op een briefje, en dat blijft uit.

Om redenen die hij niet helemaal kan doorgronden begint hij meer tijd in Cranleigh door te brengen dan voordat zijn moeder stierf. Gertrude meet zich een onverschillige houding aan, niet enkel tegenover zijn aanwezigheid maar ook jegens zijn pogingen om haar genegenheid terug te winnen. Op een middag, als ze buiten in de achtertuin lunchen, probeert hij zelfs vriendschap met haar hond te sluiten. Gertrude schijnt het nauwelijks op te merken. 'Pak, Daisy,' roept hij terwijl hij een oude tennisbal over het gazon gooit. Daisy gaat er weliswaar achteraan en pakt hem in haar bek, maar ze wil de bal niet terugbrengen; ze rent op hem af, en als hij hem probeert af te pakken stuift ze weg, waarna ze weer op hem af komt gerend en weer wegstuift, keer op keer.

'Dit slaat nergens op,' zegt hij na een paar minuten. 'Je hoort achter de bal aan te rennen.'

'Ze is een terriër, geen retriever,' zegt Gertrude. 'Straks gaat ze waarschijnlijk proberen hem te begraven.'

'Waarom zou ik me dan nog uitsloven?'

'Dat heeft ook niemand gevraagd.' Zijn zus glimlacht boven haar breiwerk, een zonderling stuk trui dat aan haar naalden hangt; de rafelige rand ervan sleept over de restanten van de lunch op haar bord. 'Je moet echt een nieuwe kat nemen.'

'Dat komt wel, op een dag. Hier, Daisy!' En hij staat op en rent achter Daisy aan, tot immens plezier van de hond: ze laat de bal vallen, duwt ertegen met haar neus, wacht tot hij zijn hand uitsteekt om hem op te rapen en grist hem dan weer weg. 'Verdomme!' schreeuwt hij uit ergernis, want hij begrijpt nu dat Daisy hem eigenlijk alleen wil sarren. En wat dacht je? Ze voert hem steeds terug naar de plek waar hij, vijfendertig jaar geleden, een cricketbat rondzwaaide, een splinterend geluid hoorde, terugwankelde en zijn zus uitgespreid zag liggen, haar rok omhooggewaaid over haar onderbroek. Altijd weer die plek. Het gras bleef nog wekenlang rood, tot de lente kwam en de tuinman het maaide, en toen was het weer groen.

En dit is het ironische: Gertrude kan zich er niets van herinneren. Maar hij wel.

Ineens wordt Daisy's aandacht afgeleid door een vlinder. Dit is zijn moment. 'Hebbes!' schreeuwt hij terwijl hij een uitval naar de hond doet, die in zijn greep spartelt, ontsnapt en wegspringt, waardoor hij languit op het gras valt. Gertrude moet lachen.

Hij staat op en klopt zich af. 'Stom beest,' zegt hij tegen Daisy, die kwispelstaartend voor hem zit, de bal stevig tussen haar tanden.

4

*E*en maand na zijn opname ligt Ramanujan nog steeds in de kliniek in Thompson's Lane. Hardy gaat zo vaak hij kan bij hem op bezoek. Dan brengt hij werk mee: kladpapier, pennen, aantekeningen over wat ze al hebben gedaan. Helaas heeft Ramanujan geen fut en levert hij vrijwel geen bijdrage. Niemand schijnt te weten wat hem precies mankeert, alleen dat zijn buikpijn aanhoudt. Hij omschrijft die nu als een doffe pijn, en wat Hardy aangaat is 'dof' precies het goede woord ervoor, zeker na al die weken dat hij het gespeculeer van dokter Wingate heeft moeten aanhoren. De maagzweer heeft na een poosje moeten wijken voor 'intermitterende pyrexia'. Hardy was er al vlug achter gekomen dat 'pyrexia' gewoon 'koorts' betekende. Wat zijn artsen toch onuitstaanbaar, met hun eigen taaltje en hun gewichtigdoenerij! Niettemin merkt hij, tot zijn eigen ergernis, dat hij dat taaltje zelf ook al gauw gebruikt. Als hij 's middags op bezoek komt vraagt hij de hoofdverpleegster om een rapportage over Ramanujans pyrexia. 'Een graadje omlaag,' zegt ze dan, of: 'Een halve graad hoger om drie uur.' Met andere woorden, de koorts is onbestendig en gaat grillig op en neer, tot hij in juli – om redenen die niemand schijnt te kunnen vaststellen – in een vast patroon vervalt. Er is nu overdag geen pyrexia meer, maar 's avonds om tien uur piekt zijn temperatuur. Dan rilt en zweet hij zo overvloedig dat het beddengoed moet worden verschoond, en terwijl dat gebeurt ligt hij geheimzinnig te prevelen en jaagt hij de verpleegsters de schrik op het lijf, zo vertelt de hoofdverpleegster aan Hardy. 'Dan praat hij waarschijnlijk in het Tamil, zijn moedertaal,' zegt Hardy.

'Het klinkt helemaal niet als een taal,' zegt de hoofdverpleegster. 'Het klinkt als de duivel.'

Geen wonder dat Ramanujan overdag uitgeput is! De nachten

zijn een hel voor hem. Wanneer hij hem op een middag onderzoekt zegt dokter Wingate: 'Het lijkt wel tuberculose.' Het klinkt als een weersvoorspelling.

'Maar tuberculose tast toch de longen aan?'

'Meestal wel, ja.'

'Heeft hij last van zijn longen gehad?'

'Zijn longen zijn schoon, voor het moment. Maar Indiërs lopen altijd tuberculose op in Engeland. Door de verandering van eten,' voegt hij eraan toe, wapperend met zijn vingers. 'Om maar te zwijgen van het koude weer. We moeten hem nauwlettend in de gaten houden. De andere symptomen zouden zich binnenkort moeten manifesteren.'

Als dokter Wingate weg is gaat Hardy weer aan Ramanujans bed zitten. Hij hoopt aan zijn gezicht te kunnen zien hoe zijn vriend op dat nieuws reageert. Zal hij opgelucht zijn dat er een diagnose schijnt te zijn gesteld? Tuberculose kan tenminste worden behandeld, en soms zelfs genezen. Daar zijn sanatoria voor. Maar of Ramanujan opgelucht is of bevangen door angst of in zak en as zit kan Hardy niet vaststellen, want zijn gezicht blijft uitdrukkingloos. Tuberculose! In *Een zomer in Toscane* (dat Hardy nu heeft gelezen, stiekem) krijgt een ander jong genie, een pianist, tuberculose. Er hangt een zweem van romantiek rondom de ziekte. Misschien ligt Ramanujan over de volslagen zotte redenering van de dokter te mijmeren: omdat veel Indiërs tuberculose oplopen, zal het wel tuberculose zijn. Het feit dat hij geen enkel symptoom van die ziekte vertoont doet er niet toe. Ze moeten nu gewoon afwachten tot het hoesten en spuwen begint.

Alleen: het begint niet. De zomer loopt op zijn eind en Ramanujans longen blijven schoon. En het schijnt dokter Wingate net zozeer als Hardy te bevreemden dat zijn longen het vertikken om te doen wat ze horen te doen. Of het Ramanujan zelf ook bevreemdt is onduidelijk. Als Hardy op bezoek is ligt hij meestal lamlendig in zijn bed naar de rivier te staren. Hij toont nog steeds nauwelijks interesse in wiskunde, en dientengevolge blijft het werk aan de verhandelingen over partitie en samengesteldheid steken. Zelfs wanneer Hardy hem vertelt dat hij *Raymond* heeft gelezen en hem naar zijn mening over de seance vraagt, mompelt hij slechts het vaagste antwoord.

Het komt zover dat Hardy zich afvraagt of hij nog wel de moeite moet nemen om op bezoek te blijven komen. 'Wat heeft het voor zin?' vraagt hij aan Mahalanobis, die hem met een gepijnigde uitdrukking aankijkt.

'Maar meneer Hardy,' zegt Mahalanobis, 'elke dag voordat u komt vraagt hij of u wel zult komen. Hij kijkt erg uit naar uw bezoeken, meer dan naar wat dan ook.'

Is dat mogelijk? Daar lijkt het totaal niet op. Niettemin gelooft Hardy Mahalanobis op zijn woord en blijft hij op ziekenbezoek komen. Soms ligt er een andere patiënt in het bed naast dat van Ramanujan, meestal een oude hoogleraar met longproblemen of een student die met een infectie is teruggestuurd van het front. Die metgezellen zijn steevast binnen een paar dagen weer vertrokken. Voor zover hij weet wisselt Ramanujan geen woord met hen, en blijkbaar stellen ze zich ook niet aan hem voor. De situatie doet Hardy denken aan een mop die hij eens heeft gehoord, over twee Engelsen die dertig jaar lang op een onbewoond eiland vast zitten. Eindelijk worden ze door een schip gered, en de kapitein is verbijsterd als hij hoort dat ze nooit iets tegen elkaar hebben gezegd. Hij vraagt waarom niet, en een van de twee zegt: 'We zijn nooit aan elkaar voorgesteld.'

Echter, als de man in het tweede bed Hardy kent, praat hij wel met hém. Meestal hebben ze het over de oorlog. Inmiddels is het nieuws over de explosies onder de heuvelrug bij Mesen, ten zuiden van Ieper, in Engeland bekend geworden. Meer dan een jaar hebben Britse mijnwerkers tunnels gegraven onder de Duitse linies en duizenden staven springstof geplaatst die allemaal tegelijk tot ontploffing zijn gebracht, op dezelfde dag. De hele top van de heuvelrug was weggevaagd. Je kon de explosie tot in Dublin horen. De premier, Lloyd George, beweerde dat hij het in Downing Street had gehoord.

Het is een keerpunt, daarvan is Hardy overtuigd. Eindelijk, na al die maanden waarin zijn landgenoten massaal naar de slachtbank waren gevoerd, heeft Engeland iets intelligents teruggedaan. Gene-

474

raal Plumer heeft de Duitsers overrompeld; hij heeft, letterlijk, hun zelfgenoegzaamheid ondermijnd, de loopgraven waarin, als je de geruchten mag geloven, hun officieren in comfortabele bedden sliepen en hun vlees van porseleinen servies aten en hun schnaps uit kristallen glazen dronken, aan tafels die met damast waren gedekt, in bunkers die met elektrisch licht waren verlicht. Dat was nu voorbij. Een ruw ontwaken: de uitdrukking krijgt een echo in Hardy want de slag bij Mesen is voor hem ook een ontwaken geweest. Het dringt opeens tot hem door hoe gewend hij is geraakt om in een voortdurende staat van oorlog te leven. In de buitenwereld is Russell actie aan het voeren, zijn mijnwerkers tunnels aan het graven, en in Cambridge zijn ze ook tunnels aan het graven met de bedoeling om bepaalde fundamenten op te blazen, namelijk degene waarop de leden van het College van Bestuur van Trinity hun dikke kont hebben geparkeerd. Maar wat is hun ambitie bescheiden! Ze willen alleen maar het ontslag van een filosoof terugdraaien die daar zelf ontegenzeglijk ambivalent tegenover staat, en dan ook nog pas als de oorlog voorbij is. Maar wanneer zal dat zijn? En wat doet Hardy om die dag dichterbij te brengen? Niets.

Op een middag gaat hij naar Ramanujan en ziet hij Henry Jackson in het tweede bed liggen. Hij heeft niet meer met Jackson gesproken sinds de bijeenkomst waarop Jackson had gezegd dat hij hoopte dat de oorlog nog lang na zijn dood door zou gaan. Nu ligt hij in het bed naast dat van Ramanujan met zijn verbonden linkervoet buiten de dekens en de zware, gerimpelde oogleden geloken, en Hardy denkt: jouw wens zal uitkomen. Zo te zien is het eerder afgelopen met jou dan met de oorlog.

Hij hoopt maar dat hij Jackson niet wakker maakt en gaat, zoals hij gewoon is, aan Ramanujans bed zitten. Hij vraagt Ramanujan hoe hij zich voelt, en zijn stem is voldoende om de suffende oude man te wekken: de zware oogleden knipperen, schuiven open en onthullen twee roodomrande spleetoogjes. 'Hardy,' zegt hij. 'Wat voert jou hierheen?'

'Ik ben op bezoek bij de heer Ramanujan,' zegt Hardy.

'Aha, de Hindoerekenaar,' zegt Jackson, alsof Ramanujan er niet bij is. Dan zegt hij: 'Ik ben hier voor mijn jicht. Ik heb vreselijke jicht. Ik ben oud, Hardy. Achtenzeventig. Ik ben bijna doof, ik heb last van reuma en van jicht. Mijn leven is een en al pijn.' Zonder enig teken van gêne laat hij een wind. 'En dan ook nog die oorlog. Altijd weer die oorlog.'

'Het spijt me dat je je niet lekker voelt.'

'Wat?' Hij houdt een hand in een kommetje om zijn oor. 'Nou, het beurt me enorm op om de manschappen in Nevile's Court te zien exerceren.'

'Je weet hoe ik daarover denk, Jackson.'

'Wat?'

'Je kent mijn standpunt.'

'Er zijn er zoveel omgekomen. Vrienden, studenten. Er is praktisch niemand meer over hier in Cambridge. We maken maar een beetje pas op de plaats.'

Jackson heeft gelijk. Hun leven verkeert in vreugdeloze stasis. De explosies onder de heuvels bij Mesen hebben de zaak even opgeschud, maar alleen voor even. 'Ik vrees dat je gelijk hebt,' zegt Hardy, maar Jackson is weer in slaap gevallen.

Daarna loopt de oorlog weer hortend en knarsend vast. Weer mislukken de slecht georganiseerde offensieven, worden de namen van de doden in kranten gepubliceerd en stamelende mannen met shellshock naar huis gebracht, 'behandeld' en vervolgens teruggestuurd naar het front. Om de zoveel tijd is er sprake van een wapenstilstand en gloort er hoop in de verte, die dan weer uitdooft. Weldra leert Hardy dat hij elke aankondiging van een bestand op dezelfde scepsis moet onthalen als waarop Gertrude en hij de verzekeringen van hun moeders dokter onthaalden dat haar dood ophanden was. Neem niets als vanzelfsprekend aan. Ga uit van het ergste.

En Ramanujan? Die zit in zijn eigen stasis: zijn toestand verslechtert noch verbetert. Er worden deskundigen bijgehaald. Een stoet artsen betast en beklopt hem. De doffe pijn is nu constant, stellen ze vast. Door eten en drinken wordt het minder noch erger. Absoluut niet kenmerkend voor tuberculose. Dus waar komt de pijn vandaan? Een of andere raadselachtige oosterse bacterie, oppert een

476

arts, maar hij kan er verder niets van zeggen. Specialisten bezoeken Ramanujan, heffen hun handen ten hemel en raden andere specialisten aan, die op hun beurt hun handen ten hemel heffen en weer andere specialisten aanraden, tot men het erover eens wordt dat Ramanujan naar Londen moet om door Batty Shaw te worden onderzocht. Ja, Batty Shaw is de man die hij moet hebben. Een longenman. Batty Shaw zal zeker weten wat er verder moet gebeuren.

5

Ze hijsen hem in zijn kleren, Hardy en Chatterjee. Na zoveel weken in bed staat hij te wankelen op zijn benen. Zijn broek slobbert om hem heen, zelfs met de riem op zijn strakst, wat aangeeft hoeveel hij is afgevallen. 'Je moet meer eten,' zegt Hardy elke keer als hij op bezoek is, maar Ramanujan wil niet eten. Zelfs wanneer Mahalanobis de kokkin van recepten voorziet van gerechten die hij lekker vindt, maakt zij ze niet op de juiste wijze klaar, beweert Ramanujan. En hij houdt zijn hart vast dat ze de aardappelen in varkensreuzel bakt.

Ze nemen een taxi naar het station, de trein naar Liverpool Street Station en nog een taxi naar de praktijk van Batty Shaw, die in Kensington is gevestigd. Tijdens het onderzoek zitten Hardy en Chatterjee in de wachtkamer. Chatterjee leest *The Indian Magazine*; zijn gespierde cricketbenen trillen spastisch in hun wijde flanelplooien. Hardy heeft geen boek meegebracht. Hij voelt zich te moe om te lezen. De laatste weken slaapt hij niet goed. Zodra hij in bed stapt beginnen er beelden voorbij te schieten: Jackson die zijn hand in een kommetje om zijn oor legt, de dominee die een sandwich eet, een brievenbus op de kade van Esbjerg. Alleen overdag kan hij rustig slapen, merkt hij, en dan nog alleen op momenten als deze, als lang slapen niet mogelijk is. En zowaar, hij heeft zijn ogen nog maar net toe voelen vallen of Batty Shaws verpleegster komt hen halen. Chatterjee legt zijn tijdschrift neer en ze gaat hen voor door een lange gang naar een werkkamer vol boeken, schetsen, kaarten, donkere oude schilderijen. Op een plank ziet Hardy een schaalmodel van een long staan. Iets verderop borrelt iets donkers in formaldehyde. Er staan drie stoelen tegenover een reusachtig eiken bureau waarachter een man van in de zestig met een platte schedel en een hoog, gegroefd voorhoofd een medisch handboek zit te lezen. Ramanujan zit in een van de stoelen naar zijn handen te staren die in zijn schoot liggen gevouwen.

Ze gaan zitten en Batty Shaw kijkt op. Op zijn neus hangt het kleinste brilletje dat Hardy ooit heeft gezien. Hij staat op, geeft hun een grote droge hand en gaat weer zitten. 'Ik heb de heer Ramanujan grondig onderzocht,' zegt hij. 'U mag me corrigeren als ik het verkeerd heb, maar dokter Wingate rapporteert nachtelijke pyrexia, een bestendige abdominale pijn zonder duidelijk verband met de spijsvertering, gewichtsverlies en een lagere dan normale waarde voor witte bloedlichaampjes, opvallend veel lager, zelfs.'

'Ik wist niet dat zijn bloed was onderzocht,' zegt Hardy.

'Dat is standaard,' zegt Batty Shaw. 'Mijn onderzoek heeft aan het licht gebracht dat de lever is vergroot en erg gevoelig is voor aanraking. En ik heb een rafelig litteken gevonden van bijna vier centimeter lengte dat over meneer Ramanujans scrotum loopt.'

Chatterjee kucht.

'Toen ik bij de heer Ramanujan naar dat litteken informeerde, vertelde hij dat hij voor zijn vertrek naar Engeland in Indië is geopereerd ten behoeve van de behandeling van een hydrocele. Een waterbreuk waarbij de testikels opzwellen. Is dat correct, meneer Ramanujan?'

Ramanujan wiebelt met zijn hoofd.

'Ongelooflijk genoeg heeft echter geen van de artsen die hem heeft onderzocht nota genomen van het litteken, noch heeft hij hen ingelicht dat hij een dergelijke operatie had ondergaan.'

'Het leek me niet relevant,' zegt Ramanujan.

'Dientengevolge veronderstel ik dat de operatie in feite niet voor de behandeling van een hydrocele is uitgevoerd,' vervolgt Batty Shaw, 'maar voor de verwijdering van een kwaadaardig gezwel op de rechtertestikel van de heer Ramanujan. Om een of andere reden heeft de arts besloten om de heer Ramanujan niet over zijn bevindingen in te lichten. Vervolgens heeft de kwaadaardige tumor zich verspreid, en zo kom ik tot de hypothese dat de heer Ramanujan aan metastatische leverkanker lijdt.'

'Kanker?'

'Dat zou alle symptomen verklaren, maar met name de gevoeligheid en de vergroting van de lever.'

Hardy kijkt naar Ramanujan. Zijn gezicht is uitdrukkingloos, zoals steeds, tegenwoordig. Maar werkelijk, wat kunnen artsen toch buitengemeen bruut zijn! Ze brengen het akeligste nieuws zonder een zweem van medegevoel, alsof de patiënt er niet eens bij zit.

'Die diagnose zou ook stroken met de nachtelijke koorts en de lage waarde voor witte bloedlichaampjes,' zegt Batty Shaw.

'Maar bent u er zeker van dat het kanker is? Hoe kunt u dat zeker weten?'

Batty Shaw zet zijn piepkleine brilletje af. 'Niets is honderd procent zeker,' zegt hij, 'maar mijn jarenlange ervaring leert dat wanneer de symptomen kloppen met de diagnose, dat de diagnose dan doorgaans correct is.'

'Maar het kan dus niet met zekerheid worden vastgesteld? Door middel van tests?'

'De tijd zal de test zijn.' Hij zet zijn brilletje weer op. 'Als de heer Ramanujan inderdaad leverkanker heeft, zoals ik vermoed, zal zijn conditie binnen enkele weken aanmerkelijk verslechteren.'

'Bestaat er een behandeling voor?'

'Geen behandeling en geen remedie. Hij heeft hooguit nog een half jaar te leven.' Bijna alsof hem nog iets invalt voegt hij eraan toe: 'Het spijt me.' Het merkwaardige is dat hij dat tegen Hardy zegt, niet tegen Ramanujan. Hij kijkt Ramanujan niet eens aan.

Ze staan op om te vertrekken. Batty Shaw volgt hen door de deur die op de gang uitkomt, Chatterjee met zijn arm om Ramanujans schouder. Wat zou er door Chatterjee heen gaan? Is hij verdoofd door verdriet? Of kookt hij van woede, zoals Hardy, niet enkel om de arrogantie maar ook om de laksheid van artsen? *Wanneer de symptomen kloppen met de diagnose, dan is de diagnose correct...* Geen enkele wiskundestudent zou met zo'n kromme redenering wegkomen! Hardy vindt dat artsen hun diagnoses zouden moeten bewijzen, net zoals wiskundigen hun theorema's moeten bewijzen. *Reductio ad absurdum.* Laten we postuleren dat Ramanujan inderdaad leverkanker heeft. Dan...

'Meneer.'

Hardy draait zich om. Batty Shaw wenkt hem.

'Ik vroeg me af of ik u even onder vier ogen kan spreken.'

'Natuurlijk.'

Batty Shaw duwt de deur naar de wachtkamer, waar de Indiërs al doorheen zijn, dicht. 'Neem me niet kwalijk dat ik het vraag,' zegt hij op zachte toon, 'maar ik zit een beetje met de rekening…'

'Wat is daarmee?'

'Aan wie dient hij te worden geadresseerd?'

'Aan de heer Ramanujan, uiteraard.'

Batty Shaw trekt zijn wenkbrauwen op. 'Maar kan hij zich de kosten veroorloven?'

'Al zijn doktersrekeningen worden uit zijn studietoelage betaald. Daar staat Trinity College garant voor.'

'Juist.' Opeens lijkt Batty Shaw geïmponeerd. 'Hij heeft me niets over zichzelf verteld, ziet u. Wie is hij?'

'Hij is de grootste wiskundige van de laatste honderd jaar. Mogelijk van de laatste vijfhonderd jaar.'

'Werkelijk,' zegt Batty Shaw.

'Werkelijk,' zegt Hardy. En zonder verder iets te zeggen loopt hij door de deur naar de wachtkamer.

6

Wat degenen die het zelf nooit hebben meegemaakt niet weten, leert Hardy gauw genoeg. Ziekte is saai. Tegenover elke korte episode van pijn of vertwijfeling staat urenlange inertie die moet worden verduurd en waarbij de angst verstilt. Hoewel angst altijd aanwezig is in de kamer van een zieke, kun je hem niet altijd horen. Maar je voelt hem. Een gegons of getril in je aderen.

Na Batty Shaws diagnose rest Hardy en Ramanujans andere vrienden niets anders te doen dan zich op het ergste voor te bereiden. Elke dag verwachten ze dat zich tekenen van aftakeling voor zullen doen, maar voor zover ze kunnen vaststellen blijft Ramanujan precies hetzelfde. Zijn gewicht stabiliseert zich, de nachtelijke koorts houdt zich aan zijn rooster, de pijn verergert noch vermindert. Overdag is hij helder, zij het lusteloos. 's Nachts komt de koorts en gaat hij hallucineren. Geesten verschijnen aan hem, stemmen schreeuwen tegen hem. Soms ziet hij zijn eigen onderbuik boven zijn bed door de lucht zweven. 'Als een zeppelin?' vraagt Hardy, en Ramanujan schudt zijn hoofd.

'Nee, het neemt eerder de vorm aan van een... een soort mathematisch aanhangsel, met vaste punten die ik ben gaan beschouwen, of die me zijn voorgehouden, als "singuliere punten". En die singuliere punten worden bepaald door nauwkeurige zij het mysterieuze mathematische golven. Bijvoorbeeld, als de pijn op zijn meest gestage en intense niveau is, dan weet ik dat er een golf is op $x = 1$. En dan moet ik mijn best doen om de pijn te verminderen, en als hij half zo hevig is, weet ik dat de golf dan op $x = -1$ is. De hele nacht ben ik bezig om de pijngolven bij te houden en de pijn te verlichten door de singuliere punten te manipuleren, zodat ik uitgeput ben als de dag aanbreekt en de koorts zakt.'

'De Riemann-hypothese,' zegt Hardy. 'De zètafunctie die bij de waarde 1 wegzoeft naar de oneindigheid.'

'Ja,' zegt Ramanujan. 'Ja, ik denk dat dat er ook deel van uitmaakt.'

'Misschien stuit je tijdens een van je hallucinaties wel op het bewijs,' oppert Hardy.

'Misschien wel, ja,' antwoordt Ramanujan, maar zijn stem klinkt afwezig en ontgoocheld, en hij draait zich om en kijkt uit het raam: hij heeft even geen zin meer om te praten, lijkt het.

Ze slepen hem terug naar Batty Shaw. Weer wordt hij onderzocht, weer wordt Hardy (deze keer vergezeld door Mahalanobis) door de verpleegster voorgegaan naar de werkkamer met het ding dat in formaldehyde drijft en het model van de long. 'Wel, u hebt gelijk,' zegt Batty Shaw terwijl hij zijn kleine brilletje opwrijft. 'Er schijnt geen verandering in zijn conditie te zijn.'

'Wordt uw diagnose daardoor anders?'

'Dat zou kunnen, maar misschien is het nog te vroeg om dat te stellen. Kanker is niet mijn specialisme. We zullen een afspraak voor hem bij dokter Lees moeten maken, de kankerspecialist.'

En zo wordt Ramanujan op een dag naar dokter Lees gebracht, de kankerspecialist. Zijn conditie schijnt dan zowaar iets te zijn verbeterd, dat wil zeggen, de treinreis gaat hem beter af dan de eerste keer en hij schijnt er zelfs enig genoegen in te scheppen om in Londen te zijn. Helaas blijken ze zelfs nog minder baat bij dokter Lees te hebben dan bij Batty Shaw. De man beaamt dat Ramanujans ziekte niet het typische traject van leverkanker volgt, maar hij kan niet zeggen welk traject dan wel wordt gevolgd. Zijn lever blijft vergroot en gevoelig. Zijn waarde voor witte bloedlichaampjes is maar lichtjes gestegen. 'Een ziekte die hij heeft meegenomen uit Indië?' vraagt hij, en Hardy moet terugdenken aan de eerdere hypothese van de 'oosterse bacterie'. Dat vraagt om weer een andere deskundige, dokter Frobisher, gespecialiseerd in tropische ziektes. Helaas zijn Ramanujans symptomen niet in overeenstemming met de pathologie van enige bekende tropische aandoening, voor zover dokter Frobisher kan vaststellen. Uitstrijkjes voor malaria worden negatief bevonden.

'Tuberculose?' vraagt dokter Frobisher aarzelend en met iets lache-rigs in zijn toon, alsof hij iets probeert te raden tijdens een spelletje charade. Dus ze zijn terug bij tuberculose! O, wat is geneeskunde toch een zweverige wetenschap!

Er wordt besloten dat er geen goede reden is om Ramanujan nog langer in de kliniek te houden. Hij zal in zijn eigen kamers op Trini-ty College verder moeten herstellen. Hardy hoopt dat hij blij zal zijn met dat nieuws, maar Ramanujan hoort het met typerende onver-schilligheid aan. Hij wordt weer in zijn kleren gehesen en in een taxi geholpen. Ze rijden het korte stukje naar Trinity, waar de portier hen opwacht. 'Goed om u weer te zien, meneer,' zegt hij terwijl hij de deur van de taxi openhoudt en Ramanujans koffer aanpakt.

'Ik ben blij dat ik weer thuis ben,' zegt Ramanujan, en Hardy is verrast, zelfs geschokt, dat hij Trinity College als zijn thuis is gaan beschouwen.

Dan ondersteunt Hardy hem door Great Court naar Bishop's Hostel en de trap op naar zijn kamers. De werkster blijkt in zijn afwe-zigheid te hebben schoongemaakt. Het bed is strak opgemaakt. In de keuken is de vaat gewassen en weggeborgen. Ze heeft de *rasam* ech-ter niet weggegooid: die zit nog steeds in de pan, met een dun laag-je schimmel erop. Misschien was ze bang om eraan te komen.

Als Ramanujan in zijn kamer is begint hij zich bijna meteen uit te kleden. Dat verbaast Hardy, die altijd had gemeend dat hij preuts was. Misschien was zijn verblijf in de kliniek voldoende om elke preutsheid overboord te gooien, want nu trekt hij zijn kleren uit met een achteloosheid die die van Littlewood evenaart. Hardy wendt zijn blik af – maar pas nadat hij een glimp heeft opgevangen van Ramanujans lichtbruine lichaam, de gezwollen buik die omlaag-glooit naar de geslachtsdelen, die klein en donker zijn, diep ver-scholen tussen de benen. Hij kan geen litteken ontwaren in dat don-ker. Wat is het een kwetsbaar ding, denkt hij, het mannelijke voortplantingsorgaan, zeker wanneer het aan een dokter wordt gepresenteerd om in te knijpen of te snijden! Het grootste deel van de dag ligt het stil in zijn nestje, een klein, zielig hoopje, als een jong vogeltje of een babykangoeroe. Dan wordt het door prikkels opge-

484

hitst, het zwelt vol bloed, wordt twee of drie keer zo groot en verandert in de machtige rammer, het machtige, gulzige, borende pornografiezwaard. Als je het alleen in ruste ziet, zou je dat nooit mogelijk achten.

Maar goed, Ramanujan is maar enkele seconden bloot. Weldra heeft hij zijn pyjama aan, de lakens losgetrokken en zich te rusten gelegd.

Wie moet nu voor hem zorgen? Als dit een jaar eerder was gebeurd, had Hardy op de Nevilles kunnen rekenen om bij te springen. Maar de Nevilles wonen nu in Londen en hun huis in Chesterton Road staat te huur, dus valt de verantwoordelijkheid aan Hardy zelf toe. De eerste week gaan Mahalanobis, Chatterjee en Ananda Rao om beurten op de zieke passen, naar zijn pijn informeren en ervoor zorgen dat hij eet. Ananda Rao bereidt de maaltijden zo goed als hij kan. Helaas blijkt die aflossing alleen maar vol te houden tot het begin van het nieuwe semester, want dan krijgen ze het allemaal veel te druk en moet Hardy een verpleegster inhuren om bij hem langs te gaan. Drie keer in de week neemt ze zijn temperatuur op, controleert ze zijn buik, luistert ze naar borst en hart en stuurt ze haar rapporten naar dokter Wingate. Ananda Rao blijft Ramanujans lunch en avondeten klaarmaken. Mevrouw Bixby zorgt voor het beddengoed dat vanwege het nachtelijke zweten elke ochtend moet worden verschoond.

Hij heeft al maanden nauwelijks meer over wiskunde gesproken. Dat ergerde Hardy in het begin, maar toen realiseerde hij zich dat hij geen andere keuze had dan zijn teleurstelling in te tomen en zijn aandacht op werk te richten dat buiten het kader van partities viel. Sindsdien heeft hij verscheidene verhandelingen in zijn eentje geschreven en twee samen met Littlewood, die op zijn eigen manier ook geen al te betrouwbare medewerker blijkt te zijn. Littlewood is namelijk naar eigen zeggen net zo gedeprimeerd als Ramanujan. Hij verafschuwt zijn werk in Woolwich. Hij hunkert ernaar om bij mevrouw Chase in Treen te zijn en vindt het tegelijkertijd een onverdraaglijke gedachte om bij mevrouw Chase in Treen te zijn, want mevrouw Chase brengt haar dochtertje groot met het idee dat Chase en niet Littlewood de vader is. Telkens als Littlewood Hardy in Londen treft wil hij naar een pub. Hij drinkt te veel – bier en, minder vaak, whisky. En hij wil zich niet erg inspannen voor de verhandelingen die ze samen schrijven. 'Ik laat de stoffering aan jou over,' zegt hij tegen Hardy – waarbij 'stoffering' hun codewoord is voor de retorische stijlbloemen, de opsmuk die onontbeerlijk is voor elke goede verhandeling. Hij is echter evenmin bereid om zijn aandeel in het technische sleurwerk te leveren dat net zo onontbeerlijk is voor elke goede verhandeling als 'stoffering'. Hij vindt sleurwerk vervelend, zegt hij. Ballistiek vindt hij ook vervelend. Te veel verveling en dan stort hij in.

Zo liggen de zaken voorlopig. Van Hardy's medewerkers is de ene ziek en de andere neerslachtig. Op geen van beiden kan worden gerekend.

's Middags gaat hij zo vaak als hij kan bij Ramanujan langs. Dan zit hij bij hem en probeert hij hem over te halen om wat te eten, maar net zoals Ramanujan in de kliniek klaagde dat de kokkin de gerechten die hij behoefde niet op de juiste wijze klaarmaakte, klaagt hij nu dat Ananda Rao's *rasam* niet naar zijn smaak is. 'Hij is niet zuur genoeg,' zegt hij. 'Ik weet zeker dat hij citroenen gebruikt in plaats van tamarinde.'

'Maar dan nog, je moet toch eten.'

'Wist je dat ik tot een belangrijke doorbraak in de partitiefunctie ben gekomen terwijl ik *rasam* maakte?' zegt Ramanujan plotseling.

'O ja?'

'Ja. Ik was linzen aan het tellen en begon ze in groepjes te verdelen.'

Dat lijkt een opening, zij het een kleintje. 'MacMahon en ik gaan natuurlijk verder met ons onderzoek,' zegt Hardy. 'Hij heeft laatst nog naar je geïnformeerd.'

'O ja? Hoe maakt hij het?'

'Zo goed als maar kan, onder de omstandigheden. Hij wenst je het allerbeste.'

'Dat is aardig van hem.'

'Het gaat natuurlijk veel langzamer zonder jou.'

'Ja, ik ben bang dat ik het werk aan de partities heb opgeschort toen ik ziek werd. Daarvoor verontschuldig ik me.'

'Je hoeft je niet te verontschuldigen.'

'En hebben de majoor en jij nog voortgang geboekt?'

Onwillekeurig moet Hardy glimlachen. Hij weet dat het dom is om zich over te geven aan de hoop die hij nu even voelt opflakkeren, omdat de ervaring hem heeft geleerd dat je niet op hoop kunt bouwen. En hij heeft gelijk: wat hij mogelijk bij Ramanujan aan nieuwsgierigheid heeft gewekt zal binnen het uur weer vervliegen. Maar toch, voor even is de hoop tastbaar en hij graait ernaar. Dat heeft hij door de oorlog geleerd, om te pakken wat je pakken kunt zolang het duurt. Hij vertelt Ramanujan wat hij heeft bedacht. Ramanujan wiebelt met zijn hoofd. Hardy pakt een pen en papier uit zijn zak en zowat een half uur lang, terwijl Ananda Rao's ondeugdelijke *rasam* afkoelt in de pan, doen ze wat ze sinds de lente niet meer hebben gedaan. Ze werken.

7

*T*oentertijd vatte hij het niet erg serieus op. Toch? Hij herinnert zich de stormen die dag, het veerbootje dat aan de pier in Esbjerg lag afgemeerd. Herinnert hij zich angst? Nee. Het is curieus – en misschien wel iets om je over te verheugen – dat angst, net als pijn, zich niet vastzet in het geheugen. Dat wil zeggen, Hardy kan zich wel herinneren dat hij diverse keren angst en pijn heeft ondergaan, maar hij kan zich niet herinneren dat hij angst en pijn voelde. Omschrijvingen als 'kortademigheid' of 'samentrekking van de maag' brengen op zich geen kortademigheid of samentrekking van de maag teweeg, wellicht omdat het feit dat je het nu nog weet juist inhoudt dat de oorzaak van de angst of de pijn is overwonnen. Is overleefd. De stormen, het bootje dat op en neer deinde. Water dat op het dek kletterde. De brievenbus vlakbij.

Hij was bij Bohr op bezoek, in Kopenhagen. Voor de oorlog ging hij vaak naar Kopenhagen om Bohr te bezoeken. Bohr was jonger dan Hardy – halverwege de twintig – en had deel uitgemaakt van het Deense nationale voetbalelftal dat in 1908 tweede van de wereld was geworden. Hij was niet bepaald knap: zijn bruine haar, dat hij lang droeg, had de neiging om recht omhoog te waaien, en de dikke, schuin aflopende wenkbrauwen boven zijn grote ogen deden Hardy denken aan het *accent grave* en het *accent aigu* in het Frans. Toch had zijn gezicht iets markants, iets wat je bijbleef. Hij had een mager, kaarsrecht lijf. Net als Littlewood had hij een hartstochtelijk zwak voor vrouwen, en was hij vol aandacht voor hen, en had hij geen oog voor mannen.

De bezoekjes verliepen steeds hetzelfde. Bohr verwelkomde Hardy in zijn appartement in de Stockholmsgade en ging hem dan meteen door de zitkamer voor naar de keuken, waar ze een agenda voor het bezoek opstelden. Het eerste punt was altijd hetzelfde:

'Bewijs de Riemann-hypothese'. Daarna maakten ze een wandeling langs de grachten en bruggen van het Østre Aenlag Park, zelfs als het winter was, zelfs als de bomen met fijne sneeuw waren bestoven en de paden verraderlijk. Soms schoten mannen en vrouwen op Bohr af die om zijn handtekening vroegen, waaraan Bohr enigszins opgelaten gehoor gaf. Want het was niet de wiskundige wiens handtekening ze wilden, het was de voetballer. Het scheen Bohrs noodlot te zijn dat hij altijd op het tweede plan kwam: later na zijn natuurkundebroer Niels, in die begintijd na zichzelf.

Als ze terug waren in Bohrs keuken gingen ze aan de slag. Meestal dronken ze koffie. Soms dronken ze bier. Het deed Hardy plezier om over de tafel naar Bohr te gluren terwijl die op een schrijfblok zat te krabbelen en de pul bier deels het zicht benam op de dikke bos haar die op zijn schedel tierde.

Nog een briljante vent met gespierde benen die verzot was op vrouwen.

Meestal bleef Hardy drie dagen. De Riemann-hypothese bewezen ze nooit. Bohr bracht hem altijd naar het station, waar hij de trein naar Esbjerg nam, naar de haven liep en uitkeek naar het schip dat hem naar huis zou brengen. Een kleine boot, deze keer, die op hoge golven lag te deinen. Was het wel veilig? Er was zwaar weer op komst, met onweer in de lucht en rukwinden. Hij zocht de kapitein op en vroeg of het wel veilig was, en de kapitein lachte en wees naar de woelige lucht alsof die niets voorstelde.

Op dat moment merkte Hardy de brievenbus op. Hij dacht aan God. Later zou hij zichzelf voorhouden dat hij het alleen had gedaan om een goed verhaal te kunnen ophangen in de eetzaal. En in feite had hij nog jarenlang succes met dat verhaal. Maar op het moment zelf – hij zal het nu toegeven – voelde hij echte angst. Hij had last van kortademigheid en zijn maag trok samen. Hij zag de boot kapseizen en de passagiers wild om zich heen slaan in het koude water.

Er was een winkeltje opzij van de kade waar ansichtkaarten van Esbjerg werden verkocht. Hij kocht er een handjevol van. Hij weet niet meer precies hoeveel. En op elke ansicht schreef hij: 'Ik heb de Riemann-hypothese bewezen. G.H. Hardy.' En toen kocht hij postzegels en bracht ze naar de brievenbus en deed ze erin.

Aan wie stuurde hij ze? Aan Littlewood, dat stond vast – hij weet nog dat Littlewood hem er later mee had geplaagd. Mogelijk aan Russell. Zeker aan Bohr. En aan Gertrude. Of was het aan zijn moeder? Of aan allebei? Misschien had hij de kaart naar zijn moeder gestuurd omdat hij wist dat zij hem zou bewaren, ook al snapte ze hem niet. Hoe dan ook, iemand had het aan de dominee verteld.

Want het idee erachter was weer om God te slim af te zijn. Als de veerboot zonk en Hardy verdronk en de ansichtkaarten na zijn dood werden bezorgd, dan zouden de mensen denken dat hij de Riemann-hypothese had bewezen en dat zijn bewijs samen met het schip was vergaan, net zoals Riemanns bewijs aan de vlammen was prijsgegeven. Dan zou Hardy in de herinnering voortleven als de tweede man die de Riemann-hypothese had bewezen en wiens bewijs was zoekgeraakt, en dat zou God niet dulden. Meende Hardy althans. Ten einde niet door Hardy te worden geklopt zou God ervoor zorgen dat hij niet omkwam. Hij zou het schip veilig naar zijn bestemming loodsen en zo garanderen dat Hardy geen onrechtmatige roem ten deel viel.

Het was een beetje gênant om het te moeten uitleggen toen hij weer thuis was. Hij kreeg een dringend telegram van Bohr dat hij moest beantwoorden. Later kon Bohr er wel om lachen. En Littlewood moest ook lachen, toen hij eenmaal over de eerste schok heen was. Misschien waren ze teleurgesteld, misschien opgelucht. Want de Riemann-hypothese bleef tenminste onbewezen, wat betekende dat een van hen beiden alsnog de man zou kunnen zijn die hem bewees. De jacht was nog steeds open.

Dit alles gebeurde uiteraard lang voor Ramanujan. Het is maar een anekdote, en zoals de meeste anekdotes heeft hij zijn kracht verloren doordat hij te vaak is verteld. Hardy wilde het er niet meer over hebben.

En toen begon de dominee erover.

Wat Hardy dwarszat was dat de dominee scheen te menen dat hij nu enig overwicht op hem had, dat hij een zwakke plek had ontdekt in het pantser van zijn atheïsme. En wie kon beweren dat dat niet zo was? Want Hardy wist dat hij zich belachelijk zou maken als hij deed of het allemaal gewoon een grap was. Het God-afweergeschut (truien, verhandelingen, Gertrudes reusachtige paraplu) houdt hij nog steeds gereed en gebruikt hij soms nog, net zoals hij nog steeds, soms maar half bewust, gebeden bedenkt voor het tegendeel van wat hij wil.

Terug in Cranleigh observeert hij Gertrude nauwlettend. In plaats van haar nieuwe vrijheid te omarmen, wortelt ze zich met de dag dieper in het dorpsleven. Ja, ze heeft zich ingegraven, net als een soldaat: ze heeft zitting genomen in het bestuur van diverse liefdadigheidsinstellingen en is, naast haar reguliere schoollessen, privéles gaan geven aan een paar scholieren. Een van die meisjes is bij haar als Hardy op een middag in de herfst arriveert – een ongemanierd, narrig kind van veertien aan wie Gertrude de vervoeging van het Franse werkwoord *prendre* probeert uit te leggen. Deze keer liggen er twee foxterriërs bij het haardvuur. Twee? Ja, ze heeft er nog een genomen, een reutje. Epée. Ze hoopt dat hij Daisy zal dekken.

'Je prends, tu prends, il prend, vous prendez –'

'Vous *prenez*.'

'Vous prenez, nous prendons –'

Hardy sluipt naar zijn slaapkamer. Het is allemaal heel vreemd. Die avond vertelt ze hem onder het eten dat ze samen met de dominee bezig is aan een plan om geld in te zamelen voor het herstel van gebrandschilderd glas in de kerk. Samen met de dominee! Dus misschien heeft Gertrude het verhaal wel gelekt. En is ze van plan om met de dominee te trouwen? Het lijkt krankzinnig, onmogelijk. Hoe dan ook, ze laat zich niet in de kaart kijken. Ze zit tersluiks haar vlees te snijden en weigert hem aan te kijken. De honden zitten aan haar voeten in de hoop op restjes. Ze blijven bij Hardy uit de buurt, alsof ze het wel uit hun hoofd laten om bij hem te bedelen, hoewel hij eigenlijk meer genegen zou zijn om ze zijn eten te geven dan Gertrude; het spreekt hem erg aan om haar pogingen ze te disciplineren te ondermijnen.

Ze praten niet over het huis. Elke keer als hij sinds de dood van hun moeder op bezoek komt, is hij vastbesloten om het onderwerp

491

ter sprake te brengen, waarna hij de moed verliest. Zo ook nu. Het lijkt wel of de honden zelf het aansnijden van het onderwerp verhinderen, zoals ze aan weerszijden van haar zitten, als schildwachten. Ze slapen in de keuken, waar Hardy ze overgebleven plakken koud vlees voert als hij midden in de nacht wakker wordt. Vergenoegd om Gertrudes regels te overtreden, kijkt hij toe hoe ze in één hap het vlees opschrokken en hem voortdurend in het oog houden terwijl nerveuze tongen langs zwarte lippen likken.

Voor hij terugkeert naar Cambridge gaat hij bij de dominee langs, die tegenover hem plaatsneemt in zijn werkkamer, zijn handen ineengevouwen op schoot. Om een of andere reden wekken de handen van de dominee meer afkeer bij hem op dan enig ander lichaamsdeel van de man, meer dan zijn gladgeschoren wangzakken of zijn zelfvoldane lippen of zijn uitdijende borsten waartussen het kruis neerhangt. De handen zijn dik en glad. Aan een van de vingers zit een ring. Hij leunt achterover en glimlacht tegen Hardy, in zijn sas met zijn tweederangs autoriteit en de heerlijke lunch die hij net achter de kiezen heeft. Als Hardy begint te praten laat hij een boer. De vingers verstrengeld. 'Pardon,' zegt hij.

'Ik wil u spreken over die ansichtkaart,' zegt Hardy. 'Ik neem aan dat het u niet vrij staat om mij te vertellen wie u er deelgenoot van heeft gemaakt?'

De dominee zegt niets, glimlacht alleen maar.

'Hoe dan ook, ik hecht eraan om u mijn beweegredenen uit te leggen.'

'Ik begrijp uw beweegredenen. U ging ervan uit dat God u uit wrok zou redden. Zodat u niet als een beroemd man zou sterven.'

'Ik heb er heel zorgvuldig over nagedacht. Ik geloof dat het een psychologische tactiek was, een manier om me te weer te stellen tegenover de willekeur van de natuur en het universum. Ik noem die willekeur God, en ik zie hem als mijn tegenstrever.'

'U bedoelt dat die God van wie u beweert dat Hij uw vijand is – dat u niet in Hem gelooft?'

'God is gewoon een naam die ik ergens aan geef... zonder verdere betekenis.'

'Maar waarom kiest u dan voor de naam God?'

'Om mezelf te amuseren.'

'En bent u geamuseerd?'

Hardy wendt zijn blik af. 'Ik ben een rationalist. Dat heb ik u jaren geleden al verteld, toen ik klein was. Een vlieger kan niet vliegen als het mist.'

'Bent u die dag op de boot in mist terechtgekomen? Of stond er alleen wind?'

'Regen. Stormachtige wind.'

'U vreesde voor uw leven.'

'Ja. Hoewel ik me beschermd voelde door de ansichtkaarten.'

'Dus God beschermde u.'

'Nee, niet God…'

'Wat dan?'

'Een talisman. Een middel om angst af te weren tot we Engeland bereikten.'

'God heeft u beschermd. Hij heeft u gered. Misschien heeft Hij met u voor dat u de Raymond-hypothese oplost.'

'Riemann.'

'Neem me niet kwalijk. Ik ben geen wiskundige.'

Hardy buigt zich voorover in zijn stoel. 'Wie heeft het aan u verteld? U kunt het niet van moeder hebben gehoord. Zij zou dat allemaal niet hebben begrepen. Het moet Gertrude zijn geweest.'

Weer geeft de dominee geen antwoord. Zijn glimlach verbreedt zich.

'Waarom zou ze het aan u vertellen?'

'Waarom bent u hier gekomen?'

'Om u duidelijk te maken dat u niet hebt gewonnen. Ik geloof nog steeds niet in God.'

'Of u wel of niet in God gelooft, dat is één kwestie,' zegt de dominee. 'Iets anders is of God in u gelooft.'

8

*A*ls ze met haar tas vol buitenlandse kranten uit het station van de ondergrondse op Queensway komt, is ze er eerst niet zeker van of hij het wel is: een uitgemergelde gestalte, te iel voor zijn kleren, veel magerder dan ze zich herinnert. Hij staat voor de ingang van het station met een soort bedachtzame fascinatie naar de plattegrond te turen die daar hangt. Dan draait hij zich om en is het te laat om te beslissen of ze zich uit de voeten wil maken, laat staan om zich uit de voeten te maken. 'Meneer Ramanujan,' zegt ze.

'Mevrouw Neville,' antwoordt hij. En hij glimlacht. 'Wat een aangename verrassing.'

Ze drukt zijn hand. Ze wil niet laten blijken dat alle redenaties waaraan ze zich de laatste maanden heeft vastgeklampt om te overleven, in de loop van enkele seconden in elkaar zijn gestort. Het verleden is niet langer een roman die ze uit had en teruggezet op de plank; ze is niet langer een andere vrouw dan ze was, een Londense vrouw die ongevoelig is voor de smeekbeden van bedelaars en de spookachtig klaaglijke echo van ondergrondse treinen. Want hij is terug, en nu is ze dezelfde Alice die in Chesterton Road woonde. Ze is nog altijd verliefd op hem.

Wat er is gebeurd, realiseert ze zich terwijl ze samen Queensway af lopen, is dat ze door deze toevallige ontmoeting voorbij het moment is gestuwd waar ze zo beducht voor was, het moment waarop ze die afschuwelijke visite bij hem thuis onder ogen zou moeten zien. Het is alsof een bries haar heeft opgetild en over die grens heeft gedragen die ze weigerde uit eigen beweging over te steken, en nu is ze hier, aan de andere kant. Ze wandelen samen naar haar flat. Ze heeft gevraagd of hij een kopje koffie wil komen drinken.

De trap op naar de voordeur. De flat ligt slechts op tweehoog maar hij is buiten adem van de klim. 'Mejuffrouw Hardy heeft me verteld dat u niet in orde was,' zegt ze terwijl ze hem binnenlaat. 'Dat vind ik zo erg.'

'Ik heb verscheidene maanden in de universiteitskliniek gelegen,' zegt hij, 'maar het gaat nu beter met me. Ik ben weer terug in Bishop's Hostel.' Hij volgt haar de kleine, vierkante zitkamer in, waarin het meeste meubilair uit Cambridge is gepropt – de piano, de Voysey-canapé, de twee oudevrijsterachtige fauteuils.

'Sorry dat het zo vol staat. De flat is zoveel kleiner dan ons huis.'

'Dat geeft niets,' zegt hij terwijl hij in een van de fauteuils gaat zitten. 'Het is een beetje alsof je oude vrienden weer terugziet.' En hij wrijft met wat wel oprechte genegenheid lijkt over de gestoffeerde armleuning.

'Ik zal even koffie zetten. Ik ben bang dat we geen melk hebben, en maar een klein beetje suiker, dus het kan geen Madras-koffie worden. Vanwege de tekorten.'

'Dat begrijp ik. En hoe maakt meneer Neville het?'

'Zoals gebruikelijk,' zegt ze vanuit de keuken. 'Hij is vandaag weg, naar Reading.'

'O ja?'

'Misschien krijgt hij daar een aanstelling aan de universiteit.'

'Ik hoop het.'

'Ja, ik ook wel, geloof ik. Al zou dat betekenen dat we weer weg moeten uit Londen, en ik raak hier net een beetje gewend.' Als de koffie op staat komt ze weer naar de woonkamer, waar ze in de tweede fauteuil gaat zitten. Er is nog zoveel wat ze zou kunnen zeggen – tegen hem, tegen wie dan ook – over wat ze de laatste maanden heeft geleerd! In een huwelijk is het de sleur die dodelijk is: de sleur van maaltijden, van gesprekken, van gekibbel ('Heb je lekker geslapen?' 'Ik heb toch gezegd dat je dat nooit meer moet vragen!'), van seks of geen seks, van gewoonten (zijn urinedruppels op de wc-bril, haar winderigheid), van verdriet (de lange middagdutjes door allerlei zorgen), van wasgoed, van de herhaling zelf (twee keer achter elkaar de rekeningen optellen, omdat Eric verbijsterend genoeg niet zo goed kan rekenen als zij), van zijn onachtzaamheid en haar bitsheid, van zijn eeuwige 'lieveling' als hij het tegen haar heeft, van het besef dat hij altijd trekjes zal hebben die ze nooit zal begrijpen en dat zij trekjes zal hebben die hij nooit zal begrijpen, van de wetenschap dat hij altijd terug zal komen, hoe ver en hoe lang hij ook weggaat.

Ja, denkt ze, in het huwelijk is het de sleur die dodelijk is. En het is de sleur die je redt.

Ze wendt zich tot Ramanujan. Nu pas ziet ze hoezeer hij is afgevallen. Zijn gezicht heeft zijn pafferigheid verloren en is nu mager en ernstig, en ze merkt als voor het eerst op hoe mooi hij is, met zijn zwarte, gekwelde ogen en zijn brede, platte neus. Ramanujan heeft brillantine in zijn dikke haar gedaan en het naar links gekamd. Zijn boord staat open. Wat stevig vet vroeger verhulde – de touwige gewrichtsbanden van zijn hals – is nu door ziekte blootgelegd. Door ziekte en zijn open boord. Ze heeft hem nog nooit met een open boord gezien, op die ene keer na, bij hem thuis.

'Ik had niet gedacht dat ik u ooit nog zou zien.' Ze zegt dat zonder sentimentaliteit, louter als de vaststelling van een feit. 'Maar daar zit u nu.'

'Ja.'

'Het is raar. Er is zoveel veranderd en toch is alles hetzelfde. Hetzelfde meubilair in een andere flat.'

'Het is een genoegen om weer in deze stoel te zitten. Uw huis was mijn eerste echte kennismaking met Engeland.'

'Konden we alles hier maar kwijt! Maar ziet u, dit is maar tijdelijk, deze flat. Tot Eric weer een aanstelling krijgt. Het is idioot, de eettafel past ternauwernood in de eetkamer. Je kunt de stoelen niet eens achteruitschuiven zonder tegen de muur te botsen.'

'En hoe is het met Ethel?'

'Het is heel spijtig dat ze niet meer bij ons is. Weet u dat haar zoon dood is?'

'Nee, dat wist ik niet.'

'Hij is gevlucht van het front. Hij kon er niet meer tegen. Ze hebben hem gefusilleerd, als een deserteur.'

'Bedoelt u de Engelsen?'

Alice knikt. 'We hebben geprobeerd haar te overreden om met

496

ons mee naar Londen te gaan, maar ze wilde niet zo ver van haar dochter vandaan zijn. Daar kan ik wel inkomen, uiteraard. Dus nu hebben we alleen een werkster die twee keer per week komt.'

'Doet u haar alstublieft de groeten van me als u haar schrijft.'

'Dat zal ik doen. De oorlog is zo'n verschrikking, meneer Ramanujan, maar ik heb in elk geval een plekje voor mezelf gevonden.' En ze vertelt hem over haar werk, over mevrouw Buxton, over het huis in Golders Green. Ze praat maar door – tot ze zich realiseert dat ze hem ver achter zich heeft gelaten, dat ze hem is vergeten. 'Het spijt me zeer,' zegt ze. 'Ik heb niet eens gevraagd wat u naar Londen heeft gevoerd.'

'Een doktersbezoekje.'

'Natuurlijk, uw ziekte. En wat zei de dokter?'

'Zoveel doktoren hebben zoveel dingen gezegd. En nu blijk ik naar een sanatorium te moeten. In de Mendip Hills, bij Wells. De arts die er de leiding heeft is Indisch. De meeste patiënten ook.'

'Maar dat is toch een sanatorium voor tuberculosepatiënten?'

'Ja. Mijn symptomen stemmen met geen enkele andere diagnose overeen, dus is men middels een proces van eliminatie tot de conclusie gekomen dat het tuberculose moet zijn.'

'Maar u hoest niet.'

'Ik heb geen problemen met mijn longen. Alleen pijn en koorts. Onveranderlijk. Elke dag hetzelfde. Ziekte is echt heel saai, mevrouw Neville.'

'Een sleur,' mompelt Alice. En opeens herinnert ze zich de koffie; ze haast zich naar de keuken, schenkt hem in en komt terug met de kopjes. 'Ik heb hier een beetje suiker.'

'Dat hoeft niet, ik drink hem zo wel.'

Dan zitten ze, in een vierkant kamertje in Bayswater, hun zwarte, bittere koffie te drinken. Ze bedenkt dat de kamer wel iets wegheeft van die kramen op de Parijse vlooienmarkt die zo zijn opgezet dat ze eruitzien als een kamer, maar dan een kamer waarin geen mens zou kunnen wonen omdat er geen ruimte is om je te bewegen. Zo is het dus nu: hun leven staat te koop. Wat zal er nu gaan gebeuren? Slechts enkele passen scheiden haar van de canapé, de tafel waarop Ramanujan de legpuzzel had gedaan, de piano. Ze kijkt ernaar en dan naar hem.

'Zingt u nog wel eens?'

Hij wiebelt met zijn hoofd.

'"I am the very model of a modern Major General..." Weet u het nog?'

'"I've information vegetable, animal, and mineral..."'

'U weet het nog!'

'Natuurlijk.'

Toen, samen: '"I know the Kings of England, and I quote the fights historical, From Marathon to Waterloo, in order categorical."'

Lachend zingen ze het lied uit. 'Ik had niet gedacht dat u de tekst nog zou weten,' zegt ze.

'Ik weet de hele tekst nog.'

Ze wendt zich weer naar de piano. 'Hij moet gestemd worden. Ik heb geen idee hoe hij klinkt. Ik heb al maanden niet meer gespeeld.'

'Dat geeft niets.'

Ze staan op en gaan naast elkaar op de pianokruk zitten. Ze voelt de warmte van zijn nabijheid – diep in haar wezen voelt ze het, maar ze raakt zijn arm niet aan. Ze raakt zijn hand niet aan. Ze zet de muziek klaar op de standaard.

Late middagzon stroomt door het raam naar binnen. Elders in Londen krijgt een vrouw een telegram dat haar vermiste zoon in leven is. Hardy probeert een brief aan zijn zus te schrijven. Russell houdt een toespraak. En in de trein uit Reading zet Eric Neville zijn bril recht en slaat een gehavend exemplaar van Alice in Wonderland open. Hij is gelukkig want Reading gaat hem tot wetenschappelijk medewerker benoemen en zijn vrouw heeft hem net verteld dat ze in verwachting is.

Vingers op de toetsen: het eenvoudige arrangement krijgt een rare uitvoering door de valse piano. Terwijl ze zingen worden ze door het verleden omhelsd, en het meubilair is er getuige van.

9

Nieuwe Collegezaal, Harvard University

Vanmorgen, toen ik door de straten van uw mooie stad liep, door dit andere Cambridge, kreeg ik een hoogst merkwaardige hallucinatie. Ik stond op Harvard Square de etalage van een boekwinkel te bekijken, toen mijn oog toevallig op de weerspiegeling, over de boeken heen, van mannen en vrouwen in het raam viel, en opeens kwam het me voor – dat wil zeggen, ik wist zeker dat ik het zag – dat er vishaken hingen aan de huid van een van de vrouwen. Vishaken staken uit haar wangen, haar armen, haar benen en haar hals. Sommige wonden waren vers en bloedden, en op andere plekken leek de huid rondom de haken vereelt, leek ze haast te hebben ingekapseld. En toen ik me omdraaide – ik moet toegeven dat wat ik nu beschrijf een dagdroom is, en daarom zal ik de spreekwijze van Milton overnemen – toen ik me omdraaide, dunkte me dat ik een man zag passeren wiens huid eveneens was doorboord met vishaken. En toen, achter hem, nog een man, en nog een vrouw, tot het me daagde dat elke voorbijganger op het plein vishaken in zijn vlees had: sommigen sleepten een stuk vissnoer mee en bij anderen hing de lijn niet los maar werd eraan getrokken, zodat die mannen en vrouwen heen en weer schokten bij hun pogingen om aan hun belagers te ontkomen. Inderdaad, sommigen probeerden te ontsnappen en anderen schenen graag te gehoorzamen en moedwillig voort te hollen aan de lijnen. En toen... dunkte me dat ik daar op Harvard Square een wirwar van vislijnen zag waarin de voeten en lichamen van de arme mannen en vrouwen waren verstrikt. Iedereen gevangen, aan de haak geslagen, met een reel in de handen terwijl ze zelf werden ingehaald.

Wat heeft dat visioen met Ramanujan te maken? Het is waar dat ik aan mijn overleden vriend moest denken toen ik vanmorgen Harvard Square overstak; ik liep bij mezelf de toespraak te repeteren die ik ter nagedachtenis aan hem zou houden. Dus misschien heeft de godin Namagiri me dat visioen voorgespiegeld om aan te geven welke insteek (vergeef me de woordspeling) ik van Ramanujan, die nu ongetwijfeld in een superieure gedaante is gereïncarneerd, moet kiezen. Of misschien was de hallucinatie slechts het voortbrengsel van een allengs meer bejaarde en verdorven fantasie. Ik weet het niet. Ik kan alleen maar een interpretatie geven: we proberen elkaar ons hele leven aan de haak te slaan. We doen het en het overkomt ons. Soms verzetten we ons ertegen en soms pakken we de haken dankbaar aan en steken we ze in onze eigen huid, en soms proberen we degenen die ons aan de haak hebben geslagen te slim af te zijn door hen aan de haak te slaan, zoals ik, toen ik jonger was, voortdurend heb geprobeerd om God aan de haak te slaan.

In de laatste maanden van 1917 en de eerste van 1918 was Ramanujan een man aan wiens lichaam vele haken bungelden. Ik kon er indertijd maar enkele van zien. Er was de haak die hem met mij verbond, met mijn eerzucht voor hem, waaraan hij zich verplicht voelde te voldoen, en met mijn angst voor hem, die hij zich verplicht voelde weg te nemen. En er was de haak van zijn ziekte, die hem noopte om op de zorg van artsen te vertrouwen, en de haken van plichtsbesef en genegenheid die hem met zijn drie vrienden verbonden, met Chatterjee, Rao en Mahalanobis. Dan was er de roofdierklauwenhaak (deze was met name scherp en gemeen) die zijn moeder in hem had geslagen toen hij nog klein was, en de haak van verantwoordelijkheidsbesef en begeerte die hem over de zee heen met zijn vrouw verbond. Er was de haak van de oorlog, die in die jaren in ieders vlees stak, en ten slotte de haak van zijn eigen eerzucht, die hij er natuurlijk zelf in had gedreven.

Begrijpt u nu hoe het voor hem was? Begrijpt u in wat voor wirwar van plichten, ambities en angsten hij was verstrikt? Ik hoop van wel, want ik begreep het niet, althans destijds niet. Er waren per slot van rekening zoveel dingen waarvan ik me niet bewust was, zoveel vragen die niet eens bij me opkwamen. Hij was inmiddels weg uit de universiteitskliniek en woonde weer op Trinity. Zijn gezondheid was slecht zoveel verbeterd dat hij niet meer bedlegerig was. Hij kon zichzelf weer wassen en aankleden, en 's morgens bij me langskomen, en soms voelde hij zich zelfs goed genoeg om naar Londen te reizen, waar hij bij zijn geliefde mevrouw Peterson logeerde, wier hart hij weldra zou breken. En toch was hij geenszins hersteld. De pijn in zijn buik hield aan, evenals de koorts. Hij moet zich heel zwak hebben gevoeld door zijn ziekte, en misschien kwam het daardoor dat hij in die maanden meer dan ooit tevoren aan zijn vrouw Janaki moest denken, het meisje met wie hij in Indië zo weinig tijd had kunnen doorbrengen omdat zijn moeder (zo vernam ik later) hen ervan had weerhouden om in hetzelfde bed te slapen, met zijn operatie als excuus. Ja, ik kan me goed voorstellen dat hij in zijn eenzaamheid en verwarring – afgesneden van zijn vaderland door de oorlog, beroofd (ook door die oorlog) van alle voedsel behalve het meest elementaire, in het vooruitzicht van weer zo'n mistroostige, koude winter in Cambridge – begon te dromen van dat jonge meisje naar wie hij in Indische trant verwees als zijn 'huis'. (Het was in die weken dat hij tegen Chatterjee zei: 'Mijn huis heeft me niet geschreven,' waarop Chatterjee antwoordde: 'Huizen schrijven niet.') En toch zou het een vergissing zijn om te denken dat hij louter hunkerend van haar droomde. Ramanujan was erg verbitterd, zoals ik weldra uit onverwachte bron zou vernemen.

Dit is wat er gebeurde. In het begin van de herfst kreeg ik een brief van een jeugdvriend van hem, een student werktuigbouwkunde die Subramanian heette, die me liet weten dat hij op bezoek was geweest bij Ramanujans moeder en dat zij en zijn blinde vader en zijn broers erg ongerust waren omdat Ramanujan al maanden niet meer naar hen had geschreven. Toen Ramanujan die ochtend bij me kwam, vertelde ik hem natuurlijk over de brief. 'Klopt het dat je niet aan je familie schrijft?' vroeg ik.

'Ze schrijven mij ook nauwelijks,' antwoordde hij.

'Hoe komt dat dan?'

Toen vertelde hij me voor het eerst over Janaki's vlucht uit Kumbakonam naar het huis van haar broer in Karachi. 'Ik weet nu niet eens waar ze is,' zei hij. 'Ze heeft me maar een of twee heel formele brieven geschreven waarin ze om geld vroeg. En mijn moeder – die schreef dat ze denkt dat ik mijn vrouw ergens op een geheime plek in Indië verborgen houd, dat ik Janaki bij haar vandaan houd en dat ze mij schrijft en mijn moeder zwart maakt, dat ze wacht tot ik bij haar terugkom, op die geheime plek, zonder dat mijn moeder het weet, en dat ik altijd naar haar luister.'

'Ze is je vrouw. Het is normaal dat je naar haar luistert.'

'Mijn moeder was gegriefd toen Janaki wegliep. Maar wat ze niet begrijpt is dat Janaki mij ook grieft, want ze schrijft me alleen maar van die formele brieven.'

De jaloezie van de moeder kwam me onoorbaar voor. Ik opperde dat ze Janaki misschien op de vlucht had gedreven met haar onbillijke gedrag, maar Ramanujan schudde zijn hoofd van nee. Het was een overtuigd nee – niet zijn gebruikelijke ambivalente gewiebel. Het was duidelijk dat beide vishaken pijn deden.

Ten slotte haalde ik hem over om hun in elk geval te schrijven en te verzekeren dat alles goed met hem was. Althans, dat denk ik, want net zoals Ramanujan ineens zijn ziel voor me had blootgelegd nadat ik Subramanians brief ter sprake had gebracht, sloot hij zich weer af toen we het over de kwestie van het brievenschrijven kregen. Het was fascinerend om te zien, dat terugtrekken in zichzelf, als het inwaarts vouwen van een bloem die 's nachts dicht gaat. 'Je kunt tegen Subramanian zeggen dat je mij hebt overgehaald om te beloven naar mijn familie te schrijven,' zei hij. Een erg omzichtige instructie die geen belofte bevat, zoals u ziet. Ik heb de boodschap woordelijk in mijn antwoord opgenomen, maar ik heb geen idee of hij hun wel heeft geschreven.

Het was nu oktober. Hij verdween voor een tijd. Hij ging naar een sanatorium dat Hill Grove heette, vlak bij Wells in de Mendip Hills. De instelling werd geleid door ene dokter Chowry-Muthu, die Ramanujan had ontmoet toen hij uit Indië naar Engeland was gekomen, en richtte zich voornamelijk op Indische patiënten die aan tuberculose leden. Ramanujan had het daar echter niet naar de zin, en toen Chatterjee en Ananda Rao op bezoek kwamen zat hij alleen maar te

klagen. Het bleek dat dokter Chowry-Muthu curieuze behandelmethoden toepaste; zo liet hij zijn patiënten een maskerachtig inha-
leertoestel dragen dat germiciden bevatte, dwong hij hen deel te
nemen aan zangoefeningen en hout te zagen in een werkplaats. 'De
'zomerhuisjes' waarin ze woonden waren boerenschuren, en over
het eten of de bedden had Ramanujan evenmin iets goeds te melden.
Om de zaak nog erger te maken was hij heel geagiteerd, vertelde
Ananda Rao me, omdat hij wist dat binnenkort op Trinity College
zou worden besloten of hij een aanstelling als wetenschappelijk
medewerker zou krijgen. Zoals ik al eerder heb verteld probeerde hij
me al sinds de lente van 1916 de verzekering te ontfutselen dat zijn
uitverkiezing een fait accompli was, zoals Barnes dom genoeg had
beweerd. Maar Barnes was inmiddels weg en ik werd met de verantwoordelijkheid opgezadeld om te zorgen dat hij inderdaad werd
gekozen. Het probleem was, vreesde ik – en terecht, zo bleek – dat
Ramanujan ondanks Barnes' uitlatingen geen schijn van kans had.

Achteraf gezien begrijp ik dat de manier waarop het is gegaan
grotendeels mijn eigen schuld was. Ik had niet degene moeten zijn
die hem voordroeg. Zachtjes uitgedrukt was ik in die tijd niet populair op Trinity, vanwege mijn activisme ten behoeve van Russell.
Met name onder de oude garde waren mannen die élke nominatie
die ik had voorgesteld zouden hebben betwist, hoe verdienstelijk de
persoon ook was. Evenmin mogen we de irrationele argwaan, zelfs
de afschuw onderschatten die de aanblik van een donkere huid kan
oproepen bij blanke mannen. Als ik met Ramanujan over straat liep
ving ik wel eens op dat jongens hem zonder blikken of blozen een
'nikker' noemden. En toen, op de vergadering waarin over de benoe-
mingen werd beslist, zwoer Jackson – eveneens zonder blikken of
blozen – dat Trinity, zolang hij leefde, nooit 'nikkers' als stafmedewerker zou hebben. Hij zat als een tiran te tieren en Herman wees
hem terecht, wat hem sierde. Toen het echter op stemmen aankwam,
verloor Ramanujan.

Nu vraag ik me af: voelde hij dat in Hill Grove gebeuren – een ruk
aan een lijn die dwars door het land liep, door valleien en over rivie-
ren, om een zieke Indiër in een sanatorium met dat vertrek in Trini-

ty College te verbinden waarin hoogleraren bijeen waren gekomen om over zijn lot te beslissen? In datzelfde vertrek was slechts enkele maanden eerder Nevilles congé beklonken. En Ramanujan moet die middag vast aan Neville hebben gedacht toen hij op een van de veranda's van Hill Grove zat, in dekens gewikkeld en met het verfoeide masker over zijn mond. Hij zat te wachten – te hopen – op een telegram, maar het kwam niet. Ik kon hem niet vertellen dat hij nu wetenschappelijk medewerker was, zoals ik zo graag wilde, en dus vertelde ik hem niets.

De volgende dag verliet hij het sanatorium. Hij nam een bus van Wells naar Bristol, waar hij de trein naar Paddington Station nam. Hij had waarschijnlijk vertraging: de dienstregeling was toen voortdurend ontwricht omdat steeds meer treinstellen voor gebruik in de oorlog werden gevorderd. Maar ten slotte arriveerde hij, en van Paddington ging hij meteen – twee haltes met de Bakerloo Line – naar het pension van mevrouw Peterson in Maida Vale. Dat was een van een tiental min of meer identieke logementen die rondom een smalle rechthoekige binnentuin achter Maida Vale Station waren gegroepeerd. Ieder van u die wel eens in Londen is geweest zal bekend zijn met de indeling van dergelijke etablissementen: de vestibule met kapstok en telefoontoestel, de formele salon, de trap met loper naar de kamers van de huurders, de deuren met de bordjes 'Eetzaal' en 'Privé' en 'Keuken'. Het enige waarin mevrouw Petersons kosthuis zich onderscheidde was dat de clientèle uitsluitend uit Indiërs bestond. Dat had ze niet zo gepland, legde ze uit toen ik haar in 1921 opzocht; nadat haar man bij een tramongeluk om het leven was gekomen moest ze een manier vinden om de kost te verdienen, dus opende ze een pension, en toevallig was de eerste kamerhuurder die bij haar aanbelde een Indiër. 'Meneer Mukherjee,' zei ze. 'Hij studeerde economie. Hij schrijft me nog steeds. Uit Poona. En het beviel hem goed, dus vertelde hij het aan zijn vrienden en zo ging het verder.'

Het was een regenachtige aprilmiddag toen mevrouw Peterson me dat vertelde. We zaten in haar trieste salon met zijn ongemakkelijke stoeltjes en Meissen-beeldjes en bloemetjesbehang; een vertrek dat bedompt was geworden door zijn eigen coconachtige cachet, door zo lang gereserveerd te zijn geweest voor een of andere plechtige gelegenheid die nooit plaats zou vinden: een koninklijk bezoek of het afscheid nemen van een overledene. Zo nu en dan moet er iemand bij haar op bezoek zijn gekomen die ze plichtshalve ergens anders dan in de keuken wilde ontvangen, neem ik aan, zodat de gordijnen werden opengegooid en de vloeren gedweild en verse bloemen op tafel gezet, met als gevolg dat de kamer iets opfleurde. Een dikke jonge vrouw die naar ik veronderstelde mevrouw Petersons dochter was bracht de onvermijdelijke thee. Mevrouw Peterson zelf was niet dik; ze was een kleine, bevallig geproportioneerde vrouw van halverwege de zestig die veel sterfgevallen had meegemaakt: twee zonen gesneuveld in de oorlog, en dan ook nog haar man. 'Na meneer Mukherjee kwam meneer Bannerjee, en meneer Singh, en twee Rao's.' Ik knikte terwijl een Indiër in een ruitjespak en een tulband stilletjes zijn jas uittrok in de vestibule, hem aan de kapstok hing en de trap naar boven nam.

We praatten over Ramanujan. Mevrouw Peterson kreeg tranen in haar ogen toen ze over zijn eerste bezoeken vertelde, zijn bedeesdheid tegenover haar, de ingetogen dankbaarheid die hij haar betuigde toen ze hem zijn avondeten serveerde en hij de gerechten herkende. 'Want ziet u, ik moest Indisch leren koken omwille van mijn heren,' zei ze. 'Meneer Mukherjee heeft me geleerd hoe ik de dingen moest maken waar hij van hield. Hij heeft me de winkels gewezen waar ik de ingrediënten kon krijgen. En omdat ik het hem naar de zin wilde maken heb ik me erin geschikt, ook al vond ik het eten wel raar in het begin. Ik leer snel in de keuken.' Ze zette haar theekopje neer. 'Ik wilde echt alleen maar dat mijn heren het goed hadden. Daarom was het zo jammer. Ik was erg op meneer Ramanujan gesteld. Hij leek zo eenzaam in Engeland. Die laatste keren dat hij bij me kwam, toen hij die doktoren afliep, zag hij er zo ongezond uit. Er was één kamer die hij het liefste had, een kleine kamer op de zolderverdieping, en die probeerde ik hem altijd te geven.'

Ik vroeg of ik de kamer mocht zien. 'Natuurlijk,' zei mevrouw Peterson, en ze ging me voor de trap op – langs de eerste verdieping, waar de vaste kostgangers in grotere suites woonden, naar de zolder met zijn lage plafonds en muren die op je af kwamen. Het waren vroeger bediendenvertrekken geweest. De kamer die ze me liet zien lag onder het schuine dak, knus en netjes, met een bureautje voor het raam (met uitzicht op andere daken) en het bed in een hoek onder de schuine wand geschoven. Het behang, van klimrozen, vloekte met het vloerkleed, dat donkerbruin was met een dessin van in elkaar grijpende zeshoeken. Toch was het een prettige kamer, een warme kamer: ik had er best zelf willen slapen.

'Meneer Ramanujan was hier gelukkig,' zei mevrouw Peterson terwijl ze me weer voorging naar beneden. 'Ik weet dat hij gelukkig was.' En ik dacht: ja, u bent zo iemand die zoiets kan weten. Ik ben dat niet. 'Daarom was ik zo overdonderd door wat er gebeurde. Ik had het nooit verwacht. Ziet u, ik kijk altijd heel goed uit wat ik mijn heren voorzet. Ik heb zelfs een apart stel potten en pannen om voor diegenen te koken die geen vlees eten. Het was nooit bij me opgekomen om het etiket op het potje Ovaltine te lezen.'

'Wees gerust, niemand zal het in zijn hoofd halen om u van opzet te betichten,' zei ik. 'En Ramanujan was – laten we zeggen, nogal gespannen in die tijd.'

'Toch vind ik het erg jammer. Ik weet het nog alsof het gisteren was – hij zat aan de keukentafel en ik stond in het glas te roeren. Ik dacht dat ik hem ermee kon verwennen voor het slapengaan. "Neem een glas Ovaltine, meneer Ramanujan," zeg ik. "Dat is een soort cacaopoeder dat in melk wordt opgelost." En hij neemt het glas aan en drinkt het leeg. "Smaakte dat, meneer Ramanujan?" vraag ik. "Ja, heel lekker, mevrouw Peterson," zegt hij. "Hier hebt u het potje, dan kunt u de naam opschrijven," zeg ik, "en dan kunt u het voor uzelf kopen als u in Cambridge bent." "Dank u wel," zegt hij, en dan begint hij het etiket te lezen…'

Ze zweeg. Tranen welden weer in haar ogen. 'U hoeft niet verder te gaan,' zei ik, want ik kende de rest van het verhaal al van Ramanujans vrienden: dat hij het potje bekeek en zijn oog op de lijst met ingrediënten viel en hij zag dat er eipoeder bij stond. Eieren waren natuurlijk verboden voor hem. Eieren eten was net zo verderfelijk als vlees eten.

Toen moet hij volgens mij een beetje gek zijn geworden. Hij sprong overeind, schreeuwde: 'Eieren! Eieren!' en gooide het potje naar mevrouw Peterson alsof hij er zelfs van gruwde om het vast te houden. Toen ze het woord *eipoeder* las was ze ontzet. 'Ik rende achter hem aan,' vertelde ze me, 'en zei dat ik er nooit over zou hebben gepiekerd om hem iets met eieren te geven, en dat het me vreselijk speet, maar hij wilde niet naar me luisteren. Eerlijk gezegd weet ik niet eens of hij me wel hoorde. Hij ging naar boven naar zijn kamer, en terwijl ik me daar voor de deur stond te verontschuldigen en probeerde hem tot bedaren te brengen, pakte hij zijn koffer. Ik volgde hem naar beneden. Hij probeerde me geld te geven maar dat wilde ik niet aannemen. "Meneer Ramanujan!" riep ik bij de voordeur terwijl hij het pad afliep – hij holde, wat niet goed voor hem kan zijn geweest – "Meneer Ramanujan! Waar gaat u naartoe?" Ziet u, het was toen al negen uur 's avonds. Maar hij gaf geen antwoord.' Ze veegde haar tranen af. 'Dat was het laatste wat ik van hem heb gezien.'

Mevrouw Peterson zette haar kopje neer. Ze keek over me heen naar de schoorsteenmantel met zijn zorgvuldig gerangschikte beeldjes. 'U kon er niets aan doen,' zei ik. 'U moet niet vergeten dat hij heel ziek was, en waarschijnlijk een beetje van de wijs.' Waaraan ik had kunnen toevoegen: en wie had het hem kwalijk kunnen nemen, na al die maanden van ziekte, en het feit dat hij niet tot stafmedewerker was verkozen, en de oorlog, en zijn problemen thuis? Een man aan wie tientallen haken hingen, als een grote vis die keer op keer aan zijn belagers is ontsnapt, die door Baker Street draafde met gif op zijn lippen. Waar ging hij heen? Naar Liverpool Street Station, vertelde hij me later. Hij wilde teruggaan naar Cambridge. Het was de avond van de 19e oktober 1917, en het was rustig in Londen. Het was zo lang geleden sinds er een luchtaanval was geweest dat niemand erop voorbereid was toen de vloot zeppelins over het Kanaal zweefde en zijn lading begon af te werpen. De reactie was merkwaardig blasé: in twee theaters werd de voorstelling onderbroken en het publiek meegedeeld dat het mocht vertrekken als het wilde, maar dat men verder zou gaan met het stuk zodra de aanval voorbij was. Intussen stortten er bommen neer op rijwegen en gingen er ruiten aan diggelen, en voor het warenhuis Swan & Edgar's werden enkele mensen gedood. Maar zoals destijds zo vaak het geval scheen te zijn waren de meeste doden arme kinderen die in arbeidershuisjes lagen te slapen.

En Ramanujan? Hij vertelde me later dat hij net uit de ondergrondse kwam toen hij de explosies hoorde. Omdat hij wist dat Liverpool Street Station in het verleden een gewild doelwit van de Duitsers was geweest, ging hij het station niet in. In plaats daarvan rende hij de andere kant op. Hij keek omhoog maar kon de zeppelins niet ontwaren. Ze vlogen te hoog en gingen schuil achter rook. Als ik het was geweest, had ik me afgevraagd wat de piloot zou denken als hij vanuit die reusachtige zwevende sigaar neerkeek op de abstracte vlammen. Hoe klinkt een bloedbad op die hoogte? Hoe ziet het eruit? Weldra zou hij omkeren en terugsuizen over het stille Kanaal, statig tussen de sterren, om ten slotte zelf boven Frankrijk te worden neergeschoten. Maar Ramanujan liep niet aan de piloot te denken. Er maalde maar één gedachte door zijn hoofd: eipoeder. Het bederf op zijn tong. Hij had iets onvergeeflijks gedaan en nu lieten de goden hun straf op hem neerkomen. De luchtaanval was niet voor Londen bedoeld, maar voor hem. En dus dook hij weg en huilde hij, en smeekte hij om genade, zo niet in dit leven dan in het volgende.

Dat is tenminste wat hij beweerde. Later schreef hij een brief aan mevrouw Peterson waarin hij vertelde wat er was gebeurd. Ze heeft me de brief laten zien. Terwijl ik hem las vroeg ik me af hoeveel ik ervan moest geloven. Maar ik had de arme vrouw genoeg uitgeput voor die dag, en ik zag er het nut niet van in om haar over Ramanujans godsdienstige scrupules te ondervragen. Dus stond ik op en nam afscheid van haar, en net zoals ze enkele jaren ervoor Ramanujan had nagekeken die zich weghaastte, keek ze mij nu na toen ik naar het station van de ondergrondse liep. Toen ik over mijn schouder keek stond ze nog steeds op de stoep. De zon ging onder. Er kwam een Indiër het pad op en ze ging opzij om hem te laten passeren voor ze zich omdraaide en de deur achter zich dichtdeed.

DEEL NEGEN

Schemering

I

*H*ardy verafschuwt telefoons. Dat heeft hij altijd al gehad. Het eerste jaar dat ze de flat in Pimlico deelden hadden Gertrude en hij geen telefoon, maar toen werd hun moeder ziek en stond Gertrude erop om er een te laten installeren zodat de dienstmeid haar in geval van nood kon bereiken. Toen hun moeder was overleden liet ze het ding echter niet weghalen, ook al was er geen goede reden meer om hem te houden. Hij staat nu in de gang op zijn eigen tafeltje – belachelijk, vindt Hardy, dat een meubelstuk louter en alleen wordt ontworpen om er zo'n toestel op te zetten. Het rinkelt nooit maar lijkt voortdurend te popelen om het te gaan doen. Hij heeft het nummer aan niemand gegeven behalve aan Thayer, die er nooit gebruik van heeft gemaakt.

Dus als het zwarte apparaat die dinsdagmiddag in oktober opeens tegen Hardy begint te snerpen, is zijn eerste gedachte dat er een sirene of alarm afgaat: misschien komt er zo een luchtaanval. Wanneer hij de bron van het kabaal heeft opgespoord bedenkt hij dat niemand hem ooit in de flat heeft opgebeld, tot dan toe. Hij heeft het afgrijselijke geluid van de telefoon, zo hysterisch van urgentie, daar nog nooit eerder gehoord. Hij haast zich de gang in en monstert het toestel. Het is zo extatisch als een loopse kat. Het staat te trillen. Hij neemt de hoorn van de haak, al was het maar om het tot zwijgen te brengen.

De stem aan de andere kant van de lijn is van een man, schor, overslaand. Hardy kan ternauwernood verstaan wat er wordt gezegd. Hele woorden blijven onderweg steken. 'Professor Hardy? Dit is (onverstaanbaar) Scotland Yard.' Wat zou Scotland Yard van hem willen? '(Onverstaanbaar) uw zuster.'

'Mijn zuster?'

'Trinity College (onverstaanbaar) uw zuster en zij heeft ons dit

nummer gegeven. Het spijt me om u te moeten meedelen dat (onverstaanbaar) in hechtenis is genomen.'

'Wat?'

De stem herhaalt het verhaspelde woord. En herhaalt het nogmaals. Pas nadat de man het voor de derde keer heeft herhaald
dringt het tot Hardy door wat hij zegt, of probeert te zeggen: 'Ramanujan.'

'In hechtenis genomen? Hoezo?'

'Ik kan u niet (onverstaanbaar) door de telefoon, meneer. Ik moet
u met alle respect verzoeken om naar Scotland Yard te komen, aangezien (onverstaanbaar) ons uw naam heeft gegeven en (onverstaanbaar).'

'Is hij gearresteerd?'

Hardy kan het antwoord niet ontwarren. Hij laat de hoorn vallen,
trekt zijn jas aan, zet zijn hoed op en holt naar beneden om een taxi
aan te houden. Wat kan er in godsnaam gebeurd zijn? vraagt hij zich
af terwijl de taxi hem langs de zwermen mensen voert die zich Victoria Station in haasten. Het laatste wat hij had gehoord is dat Ramanujan in een sanatorium ergens op het platteland zat. Dus wat doet
hij in Londen? En wat kan hij hebben gedaan dat hij door de politie
wordt ingerekend? Tippelen – dat is de eerste gedachte die bij Hardy
opkomt. Ineens ziet hij Ramanujan voor zich in een van de beruchte
openbare toiletten bij Piccadilly Circus waarover Norton hem verteld heeft maar waarin hij zich nooit heeft gewaagd. Komt het alleen
doordat zijn eigen hunkering hem keer op keer heeft opgehitst om
erlangs te lopen dat hij Ramanujan daar in een van de urinoirs ziet
staan, zijn hand uitstekend om de broek van een agent in burger te
betasten? Maar nee. Dat is het verkeerde scenario. Wat kan het verder zijn geweest? Ramanujan is wel eens eerder weggelopen, met
name tijdens dat etentje bij hem thuis. Zou het sanatorium hem als
vermist hebben opgegeven? Is hij op de vlucht? Is het bij wet verboden om uit dergelijke instellingen te vluchten? Of misschien is hij
eigener beweging weggegaan en zonder geld komen te zitten en
opgepakt wegens landloperij. Of bij een vechtpartij betrokken
geraakt – waarover? Hogelijk samengestelde getallen?

Hij kijkt uit het raam. Het is lichtjes begonnen te sneeuwen. Op Parliament Square zet een vrouw haar hoed af en heft haar gezicht naar de sneeuw. Ze lacht naar hem – hij lacht terug – en dan is ze verdwenen als de taxi Bridge Street in draait naar Victoria Embankment, waar hij stilhoudt voor de hoofdingang van Scotland Yard. Het is eigenlijk te warm voor sneeuw; de veertjesachtige vlokken smelten zodra ze op de grond komen. Niettemin zet hij zijn kraag op, en als hij de chauffeur heeft betaald haast hij zich de bakstenen vesting in met zijn torentjes en middeleeuwse tierelantijntjes. De gangen zijn breed en weergalmen en baden in een zee van elektrisch licht. Hij zegt tegen een vrouwelijke agent waarvoor hij komt en ze verwijst hem naar een reusachtige wachtkamer. Daar ziet hij een opzichtig opgemaakte del en een dronken soldaat. Er zitten mannen ongedurig te draaien en mannen die stil in hun schoot staren. Er zitten rechtschapen, fiere vrouwen die wel iets weg hebben van de dienstmeiden uit zijn kindertijd, echtgenotes en moeders die vast zijn ontboden om lapzwansen van echtgenoten en zonen op te halen. Een van de zenuwachtige mannen zit in zichzelf te praten. De opgemaakte del zit tegen alle aanwezigen te praten. Het ruikt er naar bier en verrot fruit, en in de verte hoort hij iemand hoesten.

Wat een oord! Immer bang voor bacteriën veegt hij zijn stoel af voor hij gaat zitten, en houdt hij de kraag van zijn jas hoog opgeslagen, tot voor zijn mond. Hij verwondert zich over de vreemde koers die zijn leven de laatste jaren heeft genomen: dat een brief die hij gemakkelijk had kunnen negeren, die anderen hadden genegeerd, hem van de geborgenheid van zijn kamers op Trinity naar deze plek heeft kunnen voeren.

Hij wacht. Er verstrijkt een uur. Niemand roept zijn naam af. Om de tijd door te komen luistert hij naar de monoloog van de del, die merkwaardig meeslepend is: bloemrijk en spitsvondig en vol verwijzingen naar mannen en vrouwen van wie ze aanneemt dat iedereen in de wachtkamer van hen heeft gehoord. De ingrediënten zijn die van een roman: een jaloerse zus, een overspelige echtgenoot, een getrouwde minnares. '"Hou dat maar voor je, Jack," zeg ik tegen hem, "ik wil er niks van horen." Maar denk je dat hij luistert? Wel-

513

nee. Hij is net als Annie, altijd al geweest, en hij doet precies wat hij wil...'

Het verhaal bereikt net zijn climax als de vrouwelijke agent binnenbeent en een naam afroept. 'Rustig maar!' zegt de del, en nadat ze haar diverse uitrustingsstukken heeft geschikt – kousen, handtas, halskettingen – stommelt ze weg op lawaaiige hoge hakken. En wat is het dan opeens stil in de wachtkamer! Op het gehoest na is het enige wat hij hoort de gemompelde monoloog van de zenuwenlijder. Wat zegt hij allemaal? Hardy spitst zijn oren en vangt één enkel woord op – 'boter' – en daarna zijn eigen naam. Hij kijkt op. 'Komt u maar mee,' zegt de vrouwelijke agent, en hij staat op en volgt haar door een lange gang naar een kamer zonder ramen waarin twee stoelen tegenover een bureau staan waaraan niemand zit. 'U mag hier even wachten,' zegt ze. 'De inspecteur komt zo bij u.'

Ze doet de deur achter zich dicht. Hij kijkt rond. De muren zijn kaal op een kalender na en een klok die luid tikt. Waarom heeft hij niet iets te lezen meegenomen? Waar is het toilet? Het valt hem opeens in dat de agente de deur misschien wel op slot heeft gedaan, hem heeft opgesloten. Hij raakt in paniek bij het idee. *Lieve God, laat de deur op slot zitten zodat die del me niet lastig komt vallen.* Dan staat hij op en loopt naar de deur en probeert de klink. Tot zijn grote opluchting gaat de deur open. Hij doet hem weer dicht en gaat zitten.

Tien minuten later komen twee politiemannen de kamer in, allebei kolossaal en besnord, de ene van een jaar of zestig en de andere hoogstens vijfentwintig. 'Neem ons niet kwalijk dat we u hebben laten wachten,' zegt de oudste. 'Ik ben inspecteur Callahan. Dit is agent Richards.' Hardy schudt hun enorme handen. Dan gaat de inspecteur aan het bureau zitten en de agent neemt de derde stoel, die naast Hardy. 'Hij probeerde voor een trein te springen,' zegt de inspecteur terwijl hij een dossiermap openslaat.

'Wat?'

'De Indiër. Hij probeerde op het station Marble Arch voor een trein te springen.'

'Mijn God.' Hardy slikt het bijna weer in. God is niet iemand wiens naam hij in het bijzijn van deze mannen wil uitspreken. 'Maar hoezo? Is hij gesprongen? Niet gevallen?'

'Er waren getuigen bij. Het was druk op het station. Een vrouw gilde: "Niet springen!" en toen sprong hij.'

'Hoe is het met hem?'

'Hij maakt het goed,' zegt de jongste politieman, de agent die Richards heet. 'Ik ben de agent die erbij is gehaald, meneer. De getuigen hebben me verteld dat de stationschef hem heeft zien springen en de schakelaar heeft omgezet, en toen kwam de trein op een meter van hem af tot stilstand. Het was een mirakel, zei een vrouw. Ik moest omlaag klimmen om hem van de rails te helpen, wat niet meeviel omdat hij tamelijk ernstige verwondingen aan zijn benen heeft.'

'Waar is hij nu? Kan ik hem spreken?'

'Hij zit in een arrestantencel,' zegt de inspecteur. 'We hebben hem laten verbinden. Normaliter zou hij in zo'n geval in een ziekenhuis onder bewaking blijven staan, maar er zijn niet genoeg bedden. Die verdomde oorlog.' De inspecteur steekt een sigaret op. 'Ik zal het u eerlijk vertellen, ik kan het niet tolereren, zelfmoord. Ze willen alleen maar aandacht. Het zijn net verwende kinderen. En als je dan aan al die jonge mannen denkt die aan het front omkomen... Het is een misdrijf, weet u, poging tot zelfmoord. Geen enkele rechter staat er welwillend tegenover, zeker niet vandaag de dag.'

'Maar hij is niet in orde.'

'Heeft hij zich de laatste tijd soms vreemd gedragen?' vraagt de jongste politieman.

'Ik zou het niet weten. Ik heb hem een poos niet gezien. Hij heeft in een sanatorium gezeten. Hij is heel ziek.'

'Wie is hij? Een wiskundestudent?'

'Hij is de grootste levende wiskundige van onze tijd. En lid van de Koninklijke Academie van Wetenschappen.'

Wat, zal Hardy zich later afvragen, dreef hem ertoe om dat te zeggen? Het is een leugen. Ramanujan is géén lid van de Koninklijke Academie van Wetenschappen. En tot dat moment was het ook nooit bij Hardy opgekomen dat hij dat misschien wél moest zijn, dat Hardy hem voor had moeten dragen als lid. Had Hardy nagedacht voor hij sprak, dan had hij later kunnen beweren dat het een tactische zet van hem was, in de hoop dat de inspecteur zo geïmponeerd zou zijn door het idee dat Ramanujan een koninklijke wetenschapper was dat hij hem zou laten gaan. En het bleek dat de inspecteur inderdáád geïmponeerd was, evenals zijn ondergeschikte. Maar dat was puur geluk. 'Van de Academie van Wetenschappen,' zei hij, en je kon het aan zijn gezicht zien: een eerbiedig terugdeinzen voor intellectuele superioriteit die was bekrachtigd door een gerespecteerd instituut. 'Dat had ik me niet gerealiseerd. Hij heeft ons alleen maar verteld dat hij aan Cambridge is verbonden. Wel, wel.'

'Zoals ik al zei, hij is de laatste tijd niet in orde. En genieën willen wel eens… onberekenbaar zijn.'

'Als de zaak wordt aangebracht zal hij terecht moeten staan, uiteraard.'

'Is dat absoluut noodzakelijk? Dat zou uitermate gênant zijn… niet alleen voor hemzelf maar ook voor de universiteit. En het zou rampzalig kunnen zijn voor zijn toekomst. Een strafblad.' Hardy buigt zich vertrouwelijk naar de inspecteur. 'Ik moet u verzoeken dit onder ons te houden omdat we liever niet willen dat het bekend wordt – de kranten en dat hele circus eromheen – maar de heer Ramanujan is heel dicht bij de belangrijkste doorbraak in de geschiedenis van de wiskunde, naar algemeen wordt beaamd.'

'Is dat zo? Wel, ik zal eens kijken wat we eraan kunnen doen. Ik moet dat met de baas opnemen, uiteraard.'

De inspecteur beent weg en slaat de deur achter zich dicht.

'Hebt u zin in een kopje thee?' vraagt Richards.

'Ja, graag,' zegt Hardy.

'Dan zal ik Florence vragen om het te brengen. Florence!' En hij roept in de deuropening om de vrouwelijke agent die Hardy naar de kamer had gebracht. Ze komt schoorvoetend binnen en ziet er ontstemd uit in haar lange rok met smalle das en bolle hoedje. Een wetsdienares die wordt gesommeerd om thee te zetten.

'Wil je ons een kop thee brengen, schat?'

Ze zegt niets en verdwijnt de gang in. Richards duwt de deur half dicht. Het is voor het eerst dat Hardy de kans krijgt om hem beter op te nemen. De snor is jammer, omdat zijn lippen erdoor worden verhuld, die dun en nat zijn. Zijn bruine ogen staan onbevangen en nieuwsgierig onder smalle wenkbrauwen en een dikke, donkere dos haar. Glimlachend gaat hij weer zitten en zegt dan: 'Die doorbraak waar u het over had – daar zou ik best wat meer over willen weten. Ik ben altijd nogal tuk geweest op wetenschap. En u kunt ervan opaan dat ik mijn mond erover houd.'

Hardy buigt zich naar hem toe voor een confidentie. Wat is Richards eigenlijk jong, denkt hij. Waarom zit hij niet in Frankrijk? Is hij gewond? Heeft hij goede connecties? Of heeft hij gewoon geluk, is hij behoed voor de oorlog om door de straten van Londen te patrouilleren?

'De heer Ramanujan staat op het punt om de Riemann-hypothese te bewijzen,' zegt Hardy.

'De Riemann...'

'Dat heeft te maken met priemgetallen. Ziet u, wiskundigen speculeren al honderden jaren over het raadsel van de priemen en hun verdeling.' Net als de lezing die hij voor de meisjes op St. Catherine's had gehouden, alleen luistert Richards aandachtiger dan de meisjes. Hij raakt geïrriteerd als Florence met de thee binnenkomt, onderbreekt Hardy nu en dan om iets te vragen en schijnt bijna te bevatten waar het in essentie om gaat als de stem van de inspecteur weer door de gang galmt.

Bij de eerste klik van de deurklink deinst Richards onmiddellijk terug, alsof hij op veilige afstand van Hardy wil blijven. En wat heeft die inspecteur een overdonderende, lompe, storende uitstraling! Die blafstem door de telefoon was van hem, beseft Hardy vaag. 'Nou, ik heb even met de baas overlegd,' zegt hij, weer plaatsnemend aan het bureau, 'en hij is van mening, net als ik, dat poging tot zelfmoord een heel ernstig delict is. En als hij het één keer heeft geprobeerd zou hij het weer kunnen doen, vergeet dat niet. Er is een reden dat het in dit land een misdrijf is, weet u, en wel om de burgers te beschermen en om degene die de neiging heeft om zich van kant te maken tegen zichzelf te beschermen.' De inspecteur wrijft langs zijn neus zodat zijn snor trilt. 'Desondanks is de baas zich bewust van de neteligheid van de situatie, en dus, gezien de reputatie van de betrokkene en zijn

517

status van lid van de Koninklijke Academie van Wetenschappen enzo, zijn we bereid om af te zien van strafrechtelijke vervolging, op voorwaarde dat hij zich direct laat opnemen in een ziekenhuis en daar minstens een jaar blijft. U zegt dat hij niet in orde is, dat hij in een sanatorium zat.'

'Ja. Vanwege tuberculose.'

'Nou, zorg dat hij teruggaat naar dat sanatorium. En dat hij niet wegloopt. Want als we hem in de straten van Londen betrappen of op de rand van een perron van de ondergrondse, dan zullen we geen clementie hebben.'

'Ik begrijp het. Mag ik hem nu spreken?'

'Richards, ga hem maar halen.'

'Zeker, inspecteur.' Richards springt op en rept zich weg.

'Sigaar, meneer Hardy?' vraagt de inspecteur. Hardy weigert beleefd. 'Nou, ik lust er wel eentje.' En hij steekt de sigaar op en strekt zijn benen voor zich uit onder het bureau. 'Wel, een wiskundige, hè?' zegt hij.

'Juist.'

'Ik was zelf belabberd in wiskunde. Als jongen kon ik amper rekenen. Ik kan het nog steeds niet. Ik mag niet aan het huishoudboekje komen van mijn vrouw.' Hij lacht. 'Ik neem aan dat u uit uw hoofd in een halve minuut vijftig getallen bij elkaar kunt optellen.'

'Nee hoor, zoals de meeste professionele wiskundigen ben ik hopeloos slecht in optellen, zoals u het noemt. Maar Ramanujan kan het wel.'

'O ja?'

'Hij staat bekend om zijn staaltjes hoofdrekenen. We hebben eens een wedstrijd gehouden tussen hem en ene majoor MacMahon om te kijken wie het snelst een priemgetal kon ontbinden.'

'Een wat?'

'Een priemgetal. Een getal dat –' Maar voor Hardy zijn uitleg kan afmaken gaat de deur open en laat Richards Ramanujan binnen, die zwaar hinkt, met allebei zijn benen in het verband. Richards heeft zijn rechterarm om zijn middel geslagen.

'Ramanujan!' zegt Hardy terwijl hij opspringt uit zijn stoel. Maar

Ramanujan reageert niet. Hij weigert Hardy aan te kijken. En opeens dringt het tot Hardy door dat al die joligheid – de Riemann-hypothese uitleggen aan de knappe Richards, over rekenwedstrijden kletsen met de minder knappe inspecteur Callahan – alleen maar een cesuur is geweest, een respijt. Want nu staat Ramanujan voor hem, en in zijn ogen blinken geen tranen. Ligt geen woede. Geen smart. Niets. Dit is een man die net heeft geprobeerd om dood te gaan.

'Alstublieft, meneer Hardy,' zegt Richards. 'Hier is hij.' En hij overhandigt Ramanujan als een pakje: zijn ene arm laat hij los en de andere legt hij om Hardy's schouders. Ramanujan kan ternauwernood blijven staan, en even wankelt Hardy onder zijn gewicht tot hij stevig staat. Hij ruikt heel vaag naar bloed, naar zand, naar het gruis en de lucht die door stations van de ondergrondse worden uitgestoten.

'Goed zo, mijn beste, je bent nu veilig,' zegt Hardy. 'We stoppen je in een taxi en brengen je naar huis.' En terwijl hij Ramanujan naar de deur leidt, bidt hij steeds dat de Indiër iets geks zal zeggen of doen – dat hij schreeuwt: 'Ik wil dood!' of zich tegen een muur werpt – iets om de broze voorwaardelijke invrijheidstelling die Hardy heeft bekokstoofd in gevaar te brengen. Maar Ramanujan zegt niets.

'Denk aan de voorwaarden,' roept de inspecteur in de deuropening. En Hardy zegt dat hij zeker aan de voorwaarden zal denken. Dan gaat hij met Ramanujan op weg, gevolgd door Richards, die hen helpt om de trap af te dalen en in de taxi te stappen, en hen nakijkt als de taxi optrekt.

2

*P*as als ze in de taxi zitten en de verkeerde kant op gaan over Victoria Embankment, realiseert Hardy zich dat de enige plek waar hij Ramanujan heen kan brengen zijn eigen flat is. Het is te laat om nog een trein naar Cambridge te nemen. En onder deze omstandigheden kan Hardy zich evenmin goed voorstellen dat hij Ramanujan bij mevrouw Petersons pension aflevert.

De hele rit zwijgt Ramanujan. De sneeuw blijft nu wat meer liggen. Hardy ziet hem op vrouwen in het uniform van een buschauffeur met regenjas vallen, op zakenlui met bolhoeden, op soldaten met verlof en op de del die in de wachtkamer van Scotland Yard zat en nu beschutting heeft gevonden onder een paraplu die door een schimmige figuur wordt opgehouden. Tegenwoordig is het in Londen met name als de avond valt heel druk, als de bewoners dringen om thuis te komen voor de verduistering ingaat en het een andere wereld wordt. 'Ik ben eens in Venetië geweest,' zegt hij, en Ramanujan wendt zich naar hem toe en kijkt hem wazig aan. 'Ja, en het was heel angstaanjagend. De stad is namelijk zo bruisend overdag, en dan 's avonds – geen levende ziel. Ik ben verdwaald toen ik terug wilde gaan naar mijn hotel. Het was alsof ik door een dodenstad liep.'

Is dat geen goed gespreksonderwerp? Waarschijnlijk niet, want hoe moet Ramanujan, die nooit in Venetië is geweest, erop reageren? En wat moet Hardy daarna tegen hem zeggen, terwijl de taxirit zich voortsleept en het verkeer stolt en oplost, als soep die moet worden geroerd? Kwam St. George's Square nu maar, dan kon Hardy zich tenminste bezighouden met de voorbereidselen voor de nacht! En dan kijkt hij naar Ramanujan, weggedoken in zijn hoek van de taxi, en realiseert hij zich dat het niets uitmaakt. Ramanujan vraagt geen gebabbel van hem. Integendeel, hij schijnt stilte te wensen.

Eindelijk stopt de taxi langs het trottoir. Hardy helpt Ramanujan met uitstappen en is lichtelijk verrast dat hij geen poging doet om weg te rennen, tot hij omlaagkijkt en zijn gezwachtelde benen weer ziet en beseft dat Ramanujan het niet eens zou kunnen, ook al zou hij willen. Nu niet. 'Je hebt jezelf behoorlijk gekwetst,' zegt hij terwijl hij Ramanujan voorzichtig ondersteunt door de voordeur en omhoog de trap op.

'Ik ben op de rails gevallen en heb de huid van mijn benen opengereten,' zegt Ramanujan.

'Dat moet pijn gedaan hebben.'

'Maar ik heb geen botten gebroken.' Klinkt er teleurstelling in zijn toon?

De eerste overloop, en dan de volgende. 'We zijn er.' En ze stappen de flat binnen. Het licht brandt nog van voor Hardy's vertrek, het boek dat hij zat te lezen ligt open op de stoel gegooid, de hoorn van de telefoon bungelt boven de vloer van de gang. Hij legt hem terug op de haak. 'Ga zitten.' Ramanujan gaat omzichtig zitten en ademt heel luidruchtig uit. 'Je bent hier nog nooit geweest, hè? In mijn flat.'

'Nee.'

'Of eigenlijk zou ik moeten zeggen de flat die ik met mijn zus deel. Mejuffrouw Hardy.'

'Ja.'

'Dus er is een logeerkamer. De slaapkamer van mijn zus. Je kunt daar vannacht slapen en dan nemen we morgen de trein naar Cambridge.'

'Wat gaat er met me gebeuren? Moet ik teruggestuurd worden naar Hill Grove?'

'Ik zou niet weten waarom niet, aangenomen dat je het daar naar je zin had.'

'Ik had het daar niet naar mijn zin. Ik vond het daar vreselijk. Ik ben er vier dagen geleden weggegaan.'

'En toen ben je naar Londen gekomen?'

Ramanujan knikt. Hij heeft de stellige Engelse manier van doen overgenomen. 'Eerst heb ik bij mevrouw Peterson gelogeerd, maar toen was er... een incident. Ik ben er weggegaan en kwam toen terecht in een bomaanval. Ik kon geen trein terug naar Cambridge nemen, dus heb ik een hotel gezocht. Ik ben daar gebleven tot ik geen geld meer had.' Hij zwijgt opeens. Hoe kan Hardy hem aansporen om verder te gaan? Moet hij hem wel aansporen? Wat het doorvorsen van de menselijke psyche aangaat – hij zou de eerste zijn om het toe te geven - is hij de grootste kluns die ooit is geboren. Wiskundigen leven niet voor niets in een abstracte wereld. Maar Ramanujan is ook een wiskundige. Dat was wat hen had samengebracht. Dus waarom zouden ze niet met elkaar kunnen praten?

'Je hoeft er natuurlijk niet over te praten als je niet wilt,' zegt Hardy, 'maar... nou, het hoeft geen betoog dat ik vreselijk ben geschrokken toen de inspecteur me vertelde... Is het waar dat je bent gesprongen?'

Ramanujan zit enkele seconden in zijn schoot te staren. Dan zegt hij: 'Het is van geen belang.'

'Hoezo?'

'Ik zal toch binnenkort doodgaan.'

'Dat weet je niet.'

'In Hill Grove woonde een oude man in de hut naast de mijne. Ze noemden het een zomerhuisje maar het was een hut. Die oude man kwam uit een dorp niet ver van het mijne vandaan. Niet ver van Kumbakonam. Hij had elke dag in de rivier gebaad, net als ik, voor hij naar Engeland kwam. Hij heeft vele jaren een restaurant gehad in Notting Hill, en toen hebben zijn zonen het restaurant overgenomen. Ze kregen ruzie en het werd verkocht. Hij was ziek geworden door hun geruzie en ze hadden hem naar Hill Grove gestuurd. En elke dag hoestte hij bloed op, en ten slotte was het lawaai dat uit zijn hut kwam angstaanjagend.'

'Wat vreselijk.'

'Het is van geen belang. Zijn lot is ook het mijne, alleen zal het in mijn geval eerder komen. Als kind wist ik al dat ik jong zou sterven. Het is nu niet meer van belang.'

'Wat een onzin. Er is geen enkele reden waarom je niet tachtig zou kunnen worden. En je hebt nog zoveel te volbrengen! We hebben werk te doen, Ramanujan, het partitietheorema, de Riemann-hypothese die nog steeds moet worden bewezen.'

Hij glimlacht flauwtjes. 'Ja, ik heb wel een beetje over de Riemann-hypothese nagedacht.'

'O ja? Vertel op.'

'Maar ik ben erg moe.'

'Natuurlijk ben je moe. Neem me niet kwalijk.' Hardy staat op en loopt de gang in waarop de slaapkamers uitkomen. Hij doet de deur van Gertrudes kamer open. 'Je zult hier alles vinden wat je nodig hebt,' zegt hij, 'maar ik ben bang dat het bed al een tijd niet meer beslapen is. De lakens kunnen wat muf zijn.'

'Dat geeft niet.'

'O, maar ik heb je helemaal niets aangeboden. Wil je niet iets eten? Of drinken? Thee?'

'Nee. Ik wil alleen maar slapen.'

'Goed dan. Wil je niet baden?'

Weer een beslist hoofdschudden: nee. En dan schuifelt hij door de deur van Gertrudes kamer en trekt zijn kleren uit tot hij alleen nog zijn onderbroek aan heeft. Pas dan ziet Hardy hoe ernstig gewond hij is. Het verband zit van de enkels tot vlak boven de knieën om zijn benen en is hier en daar bebloed.

'Je zult opnieuw verbonden moeten worden.'

'Morgen.' Ramanujan stapt in bed. 'Zie je?' zegt hij terwijl hij de dekens tot zijn kin optrekt. 'Dat heb ik ook geleerd. Toen ik in Engeland aankwam begreep ik niets van jullie bedden. Ik sliep óp het beddengoed en legde een hoop truien en jassen over me heen om de kou te weren. Toen heeft Chatterjee het aan me uitgelegd... je moest ín het bed kruipen, als een brief in een envelop glijden.' Hij moet lachen. 'Wat was ik dom, hè?'

'Hoe lang heeft het geduurd voor je erachter kwam?'

'O, maanden. Minstens tot november van dat eerste jaar.'

'Wat afschuwelijk. Dan moet je het ijskoud gehad hebben!' En zonder erbij na te denken moet Hardy ook lachen. Ze lachen allebei.

'Het is lang geleden.'

'Natuurlijk. Nou, dan laat ik je maar slapen. Welterusten.' En hij

wil de deur dichttrekken, maar dan zegt Ramanujan: 'Wacht.'
'Wat?'
'Zou je er bezwaar tegen hebben om de deur open te laten?'
'Nee hoor. Natuurlijk laat ik de deur open.'
'En de deur van jouw slaapkamer… wil je die ook open laten?'
'Natuurlijk. Nou, slaap ze.'
'Slaap ze?'
'Een uitdrukking. Welterusten, nogmaals.'
'Welterusten, nogmaals.'

Hardy draait zich om in de gang en is halverwege de deur naar zijn eigen kamer als hem iets invalt en hij blijft staan.
'Ramanujan.'
'Ja?'
'Je gaat het toch niet nog een keer proberen, hè?'
'Nee.'
'Goed zo. Nou, andermaal welterusten.'
'Andermaal welterusten.'

Achter het raam ligt de stad in het donker. Hij stapt zijn eigen slaapkamer in en vergewist zich ervan dat de deur op een kier blijft staan. Hij trekt zijn kleren uit en staat nog even bloot in het donker te talmen voor hij zijn pyjama begint aan te trekken. Dan gooit hij hem van zich af. Nu wordt hij door luchtstromen met Ramanujan verbonden, golven waarop ook elk geluid zou worden gedragen, het gekreun van intieme omgang evenzeer als van pijn, het gewoel van eenzaamheid, zijn eigen gesnurk. De zieke wordt door slaap overmand, dezelfde vergetelheid die zijn vermeende redder vannacht zal worden onthouden. Hardy hoort gerommel in de verte en geniet van de onbekende sensatie van tocht die uit de gang langs zijn blote huid strijkt.

'Wel, wel, wel.'
Hij schrikt op bij de stem, de indruk van gewicht waardoor de dekens strak worden getrokken. Gaye, in avondkleding, zit op de rand van zijn bed. Hij heeft Hermione op schoot. Tot zijn verrassing is Hardy blij om hen te zien.

'Het is zo lang geleden sinds je bij me op bezoek bent geweest,' zegt hij.

'Druk, druk, druk,' zegt Gaye. 'Het is hier elke week feest. Het ene bal na het andere. En jij hebt ook niet stilgezeten, Harold, sinds ik je voor het laatst heb gezien!'

'Hoe bedoel je?'

'Weer een zelfmoord op je conto.'

'Een zelfmoordpóging. En hij komt niet op mijn –'

'Ik neem mijn woorden terug. Poging.' Gaye streelt Hermiones hals zodat ze begint te spinnen. 'Die van mij is wel gelukt, uiteraard. Maar bij mij was het ook nooit de bedoeling dat het mis zou gaan. Als je goed oplet kun je bijna altijd onderscheiden bij wie het echt menens is en wie alleen maar aandacht wil. Het is maar zelden tweeslachtig.'

'Het was niet tweeslachtig in jouw geval.'

'Nee, ik wilde echt dood. Maar ik ben methodisch. Ik heb het van tevoren allemaal zorgvuldig overdacht. Ik heb een lijst van alle mogelijke manieren opgesteld en de waarschijnlijkheid van welslagen afgezet tegen de mate van pijn. Jammer genoeg voor mij ben ik bang voor pijn. Sommige mensen zijn dat niet. Hermione, bijvoorbeeld. Jij was een dappere meid, hè, zelfs in je doodsstrijd.' En hij tilt haar op zodat haar kleine roze neusje tegen de zijne aankomt. 'Maar waar was ik? O ja. Dus ik heb een overzicht van alle mogelijkheden gemaakt. Begin februari begon ik plannen te maken, toen het duidelijk werd dat je niets meer met me te maken wilde hebben –'

'Ik heb nooit –'

'Eerst met behulp van pillen... Pillen, Harold, zijn heel goed omdat ze niet veel pijn veroorzaken, maar daar staat tegenover dat ze niet per se een garantie zijn voor succes. Als je de verkeerde kiest moet je alleen maar overgeven, en als je de goede kiest heb je grote kans dat er iemand binnen komt vallen die je languit op de vloer aantreft en je naar het ziekenhuis sleept. Dus pillen vallen af. Dan messen – maar daarbij is de pijnfactor heel hoog, en trouwens, je snijdt je allicht op de verkeerde plek zodat je jezelf alleen maar verminkt, dus dat heb ik van de lijst geschrapt.'

'Hou alsjeblieft op.'

'Toen dacht ik aan uit een raam springen – dat is een redelijk veilige keus, als je maar van hoog genoeg springt. Jammer genoeg heb je op Trinity grote kans dat je op een struik terecht komt, of net hard genoeg valt om je nek te breken en de rest van je leven verlamd te zijn, en als je dan verlamd bent moet je iemand anders vragen om je bij je zelfmoord te helpen, en omdat mensen nu eenmaal bange wezels zijn zullen ze daar beducht voor zijn, hoezeer ze ook met je meevoelen, want dat is moord, nietwaar, en wie wil er de gevangenis indraaien? Jij zou me bijvoorbeeld nooit hebben geholpen. Hermione wel, als ze had gekund. Katten zijn niet sentimenteel.'

'Waarom doe je dit?'

'Waardoor alleen nog pistolen overblijven. Een pistool heeft de volgende voordelen. In de eerste plaats werkt het ogenblikkelijk, aangenomen dat je het in je mond steekt. Ten tweede is het effect na de daad echt heel imponerend. Je weet wel, de knappe jonge man die op zijn bed ligt met zijn hersens over zijn hele kussen gespetterd. En bovendien op paaszondag! Het enige spijtige was dat degene die me vond de werkster was.'

'Je wilde niet dat zij je vond?'

'Natuurlijk niet! Ik had niets tegen die werkster. Arme ziel, ik heb haar de stuipen op het lijf gejaagd.'

'God, wat moet je de pest aan me hebben gehad.'

'Nee, dat zie je verkeerd, schat. Ik hield van je.' Gaye knikt naar de open deur. 'En die daar… ik weet het niet zeker, maar ik denk hij ook. Dus bravo, Harold, dat zijn er twee die je ertoe hebt gedreven.'

'Ik heb niemand ergens toe gedreven. Dat wil ik heel duidelijk stellen, jullie hebben allebei een vrije wil. Jíj hebt een pistool in je mond gestoken, híj is gesprongen –'

'Ja, maar ik heb nooit gezegd dat je iemand hebt gedood, ik zei dat je ons ertoe hebt gedreven. Neem mij nou, om te beginnen. Ik hield van jou en jij hield niet meer van mij. Ik zei dat ik niet zonder je kon leven en dat heb ik bewezen. En in zijn geval…'

'Hij houdt niet van me.'

'Hij heeft alles aan jou te danken. Jij hebt hem naar Engeland gehaald, jij hebt hem een kans gegeven terwijl niemand anders er heil in zag. "De Hindoerekenaar". Maar daar staat tegenover dat hij ziek is. En tot overmaat van ramp wil Trinity hem niet.'

'Daar kan ik niets aan doen.'

'Wie zei van wel? Maar dan nog zou het niet per se allemaal beter zijn gegaan. Sommigen zijn in de wieg gelegd om beroemd te worden. Zoals ik. Dat was mijn roeping. Ik had de drang ernaar, om maar te zwijgen van de gave om ermee om te gaan. Maar helaas, ik was geen genie. Ik had niet het talent. Het is zo wrang… Zij die ermee om kunnen gaan worden het nooit, en zij die het worden kunnen er niet mee omgaan.'

'Heeft hij het dan daarom gedaan? Omdat hij niet met roem kan omgaan?'

'Er is nooit maar één reden. Trinity heeft mij ook de laan uitgestuurd, weet je nog wel? Met dank aan Barnes –'

'Barnes had er niets mee te maken.'

'Hoe dan ook, mijn aanstelling werd niet verlengd. En wat moest ik toen? Terug naar mijn familie? Een baan als schoolmeester zoeken aan zo'n treurige tweederangs kostschool? Jij hebt daar geen idee van, jou is het nooit overkomen. Je werkt je uit de naad, dan besluit iemand dat hij je niet mag en kun je ophoepelen.'

'Ik kan je verzekeren dat Barnes niets te maken had met het feit dat je aanstelling niet is verlengd, Russell.'

527

'Nou ja, er zijn nog andere wegen die naar roem leiden. Ik heb de vertaling van Aristoteles afgemaakt, hem gesigneerd en instructies achtergelaten om jou een exemplaar te sturen. Ik neem aan dat je dat hebt ontvangen?'

'Ja.'

'Maar je was niet op de begrafenis.'

'Ik kon je familie niet onder ogen komen.'

'Moed is nooit jouw sterkste kant geweest.'

'Russell –'

'Het punt is dat er een moment komt dat het je allemaal te veel wordt, en op een dag sta je daar op het station en kijk je naar die lijn, je weet wel, die lijn waar je nooit overheen mag want als je over die lijn stapt kom je te dicht bij de rails. En je denkt: waarom zou ik dat verdomme niet mogen? Want het is zo makkelijk om over die lijn te stappen... Net als bij zo'n asymptotische formule van jou, Harold, een centimeter dichterbij, dan een halve centimeter, dan een kwart, een achtste, een zestiende... En hoe dichterbij je komt, hoe duidelijker het wordt dat niemand je zal tegenhouden, want er is geen mens die enig oog voor je heeft. Ze denken allemaal alleen aan zichzelf. En ook al weet je niet wat je aan de andere kant van de lijn zult aantreffen, je weet tenminste wel dat het iets anders dan dit zal zijn. En dit is de hel, waar of niet? Dus je... komt gewoon in beweging... en je stapt eroverheen.'

'Ik ben nooit in de verleiding gebracht om eroverheen te stappen.'

'Nee, nog niet.'

'Wat bedoel je daarmee?'

Gaye lacht. 'Dat zou jij toch moeten weten. Jij bent degene die Oliver Lodge op zijn nachtkastje heeft liggen. Wanneer de doden op bezoek komen van gene zijde, brengen ze gewoonlijk waarschuwingen, nietwaar? Voorspellingen, voorkennis. Nou, ik zou je niet willen teleurstellen, dus schrijf dit maar op je tong. Hoed je voor een man in het zwart. Hoed je voor het uur van de schemering. Misschien gebeurt er een ongeluk in je toekomst. En verbeeld je maar niet dat jij nooit zult proberen om over die lijn te stappen...'

'Proberen?'

'Ah!' Gaye gooit zijn handen in de lucht. 'De geest is verzwonden! Een kaars dooft, het medium laat haar hoofd met de tulband op tafel zakken, uitgeput door haar krachtsinspanningen.'

'Het is niet eerlijk. Ik wilde echt alleen maar helpen.'

'Nee, je wilde redden. Dat is iets anders.'

'O God.'

'Precies. Waarom denk je dat ik paaszondag heb uitgekozen?'

'Bertie zei tegen Norton dat ik jou heb uitgezogen. Dat was het woord dat hij gebruikte: uitgezogen.'

'Bertie – dat is nog eens een man die weet hoe hij met roem moet omgaan. Hij heeft zijn kans gegrepen, hij heeft het zaadje geplant en het plantje gecultiveerd. Kijk eens hoe ver hij is gekomen! Terwijl jij, Harold, jij bent zo iemand die nooit iets weet te maken van wat je geschonken is.' Gaye glimlacht. 'Arme Harold.' En hij legt een hand tegen Hardy's wang, een hand die Hardy kan voelen. Hij is koud en droog – wat heerlijk! Maar als hij zijn eigen hand over die van Gaye probeert te leggen, trekt Gaye hem terug. Hij staat op van het bed en houdt Hermione omhoog in de lucht. 'Ik vlieg! Ik vlieg!' zegt hij, en hij doet net of hij de kat is. 'Weet je dat nog, Harold? Weet je nog hoe we haar lieten vliegen?'

'Ja, dat weet ik nog.'

'En nu vliegt ze de hele tijd. Je bent een engeltjeskat, hè, Hermione?'

Alsof ze antwoord geeft wurmt ze zich uit zijn greep. Ze schiet weg over de vloer en begint haar nagels aan de gordijnen te scherpen. Gaye volgt haar. 'Stoute meid,' zegt hij, en hij bukt om haar nagels, waarmee ze in de zijden stof krabt, los te maken.

'Ga niet weg,' zegt Hardy, maar hij voelt de scheiding al, ruikt de walm van de druipende kaars.

Hij stapt uit bed en doet het licht aan. De kamer is leeg. En ook al weet hij voor hij gaat kijken dat hij geen rafels of scheuren in de zijde zal ontdekken, toch knielt hij voor het gordijn en voelt aan de zoom. In de diepe stilte hoort hij geen stemmen, alleen Ramanujans ademhaling aan de overkant van de gang, en daaraan klampt

Hardy zich net zo stevig vast als aan de gordijnrand. Het gestage ritme ervan is als een reling voor hem, iets om hem naar de ochtend te loodsen. Van die man houdt hij ook, en deze, houdt hij zich voor, leeft nog.

4

Nieuwe Collegezaal, Harvard University

O p een middag tegen het einde van 1917 (zei Hardy in dat college dat hij nooit gaf) staken Littlewood en ik de koppen bij elkaar om een oplossing te zoeken voor 'het probleem Ramanujan', zoals we het waren gaan beschouwen. Ik ben nu van mening dat 'probleem' een woord is dat nooit voor kwesties van de menselijke geest hoort te worden gebruikt. Het hoort thuis in de wiskunde, zoals in het Probleem van Waring: bestaat er voor elk natuurlijk getal k een verwant positief geheel getal s zodanig dat elk natuurlijk getal de som is van hoogstens s^k van natuurlijke getallen? (Overigens heeft Ramanujan een interessante, zij het weinig bekende bijdrage geleverd aan de oplossing van dat probleem.) Menselijke situaties daarentegen zijn complex en veelvormig. Om ze te doorgronden moet je niet alleen rekening houden met misverstanden, achtergronden en omstandigheden, maar ook met het raadsel van de menselijke natuur, die net zo vol tegenstrijdigheden is als het landschap van grondslagen van de wiskunde. En het punt is dat niemand dat ooit doet. Wij ook niet. Toen Littlewood en ik ons overleg hadden – in dezelfde Londense tearoom waar hij me over de zwangerschap van mevrouw Chase had ingelicht – gingen we de situatie recapituleren en zochten we naar een reden, één reden, waarom Ramanujan depressief zou kunnen zijn. En we concludeerden dat hij depressief was omdat hij geen aanstelling op Trinity College had gekregen. Ergo, om hem op de been te helpen tot de volgende oktober, als we hem weer voor een benoeming konden voordragen, zouden we zijn zelfrespect moeten opvijzelen. Ergo, we zouden ervoor moeten zorgen dat hij werd overstelpt met eerbewijzen. We redeneerden dat invloedrijke instituties ertoe moesten worden bewogen om zijn verdiensten te bekrachtigen; daardoor zou hij worden opgebeurd en vervolgens zou hij weer vol goede moed aan het werk gaan. En dan zou het 'probleem' zijn opgelost.

Nu begrijp ik natuurlijk dat onze aanpak hopeloos naïef was, en ik geloof dat we het diep in ons hart ook wel wisten. We hadden allebei lak aan eerbewijzen en dat staken we niet onder stoelen of banken, ofschoon we erkenden dat het de luxueuze minachting was van mensen die reeds prijzen hebben gewonnen en zich kunnen veroorloven om ze te bagatelliseren. En we kunnen evenmin de ogen hebben gesloten voor de waarschijnlijke nutteloosheid van een 'remedie' die uitsluitend op één oorzaak van de kwaal was gericht en alle andere negeerde.

Niettemin zetten we ons geestdriftig aan de taak die we ons hadden gesteld. Eerst zouden we zorgen dat Ramanujan als lid van het Londens Wiskundig Genootschap werd gekozen, en daarna zouden we hem kandidaat stellen voor het Cambridge Filosofisch Genootschap. De eerste verkiezing verliep op rolletjes, in december. Ik stuurde hem een telegram – hij zat inmiddels in een ander sanatorium – en zijn reactie was enthousiast maar ingetogen. We wisten dat we met die lidmaatschappen sterker zouden staan als we hem voor de aanstellingsvergadering van de volgende oktober kandideerden, maar we wisten ook dat ze geen van beide voldoende zouden zijn om onze vriend uit zijn apathie wakker te schudden. Als we het probleem Ramanujan wilden oplossen, zou er een substantiëlere omslag moeten worden bewerkstelligd, en wel zijn toetreding tot de Koninklijke Academie van Wetenschappen.

Laat me proberen u enig idee te geven wat het in Engeland betekent om tot lid van de Koninklijke Academie van Wetenschappen te worden benoemd. Voor elke soort wetenschapper is dat de hoogste eer die er in het land valt te behalen. Elk jaar worden meer dan honderd kandidaten voorgedragen, in alle disciplines, van wie er hooguit vijftien worden gekozen. Het komt vrijwel nooit voor dat iemand van onder de dertig wordt verkozen. Toen ik lid werd, was ik drieëndertig. Littlewood ook.

We wogen Ramanujans kansen af. Wat vóór hem pleitte was zijn onmiskenbare, onbetwistbare genie. Wat tegen hem pleitte was zijn jonge leeftijd – hij was nog maar negenentwintig – en het feit dat hij een Indiër was. In zijn hele geschiedenis had de Academie maar één Indisch lid gehad. De kans was groot dat hij zou worden afgewezen, meenden we. Niettemin besloten we om hem naar voren te schuiven. Als het mislukte hoefde hij nooit te weten dat we het hadden geprobeerd, en als het lukte zou het zijn redding kunnen betekenen.

In die tijd was de fysicus Thomson voorzitter van de Academie. Hij was de ontdekker van het elektron (vandaar zijn bijnaam, 'Atoom'), en enkele maanden later zou hij Butler opvolgen als rector magnificus van Trinity. Ik kende hem goed genoeg om hem ten behoeve van Ramanujan te kunnen schrijven. In mijn brief trachtte ik hem te doordringen van Ramanujans precaire situatie. Ik geloofde weliswaar dat hij over een jaar waarschijnlijk nog zou leven, maar ik kon het niet garanderen. En hoewel ik schroomde om het lidmaatschap van de Academie, waarvoor hij onder normale omstandigheden te jong zou worden geacht, er overhaast door te drukken, pleitte zijn zwakke lichamelijke en geestelijke toestand er mijns inziens voor dat er een uitzondering zou worden gemaakt. Aan zijn merites bestond geen enkele twijfel; hij was ontzaglijk meer gekwalificeerd dan elke andere wiskundekandidaat.

Tot mijn grote opluchting werkte de tactiek. In februari 1918 werd Ramanujan tegelijkertijd toegelaten tot het Cambridge Filosofisch Genootschap en benoemd tot lid van de Koninklijke Academie van Wetenschappen. Het samenvallen van de twee uitverkiezingen zorgde voor enige verwarring, want toen ik hem een telegram stuurde om hem over het laatste in te lichten, wat hij niet verwachtte, verwarde hij dat met het eerste, wat hij wel had verwacht. Later vertelde hij me dat hij het telegram wel drie keer had moeten lezen voor het tot hem doordrong wat er eigenlijk stond. En zelfs toen kon hij het pas geloven nadat ik het nieuws had bevestigd.

In die tijd woonde Ramanujan niet meer in Cambridge maar zat hij in een sanatorium voor tuberculosepatiënten genaamd Matlock House in Derbyshire. Waarom hij uiteindelijk voor die instelling had gekozen is me niet helemaal duidelijk. Het zou geweest kunnen zijn

533

omdat er ene dokter Ram werkte die een Indiër was, of omdat de kokkin naar verluidt bereid was om gerechten te bereiden die tegemoet kwamen aan de smaak van individuele patiënten. Hoe dan ook, zijn besluit was een hele opluchting voor mij omdat ik zo kon voldoen aan de voorwaarden die Scotland Yard had gesteld zonder ruchtbaarheid te geven aan het feit dat Ramanujan had geprobeerd zich van het leven te beroven. Ik hoefde alleen maar de artsen ervan te verwittigen, en bij hen kon ik op discretie vertrouwen, veronderstelde ik. Zo ging Ramanujan in november 1917 per spoor naar Matlock House, waar hij het grootste deel van het volgende jaar verbleef.

Matlock was onder andere befaamd door zijn geïsoleerde ligging en moeilijke bereikbaarheid: tijdens de oorlog kon je er alleen komen met één trein per dag die om acht uur 's morgens arriveerde. Ik zal niet voorwenden dat de instelling me beviel. Het gebouw zelf oogde grimmig en deed denken aan zo'n strafinrichting waar kinderen uit Victoriaanse romans naartoe worden gestuurd om er te verkommeren. Het was in de vorige eeuw opgezet als een hydropathisch instituut, wat de overvloed aan in onbruik geraakte voorzieningen verklaarde – een scala aan leidingen en lege bassins – waarmee het terrein bezaaid was. De badkuipen waren gigantisch. Een verzakkende bakstenen muur scheidde het huis van de glooiende weg die erlangs liep en gaf het sanatorium, heel toepasselijk, het uiterlijk van een gevangenis. Het wás een gevangenis. Ik zal dit één keer zeggen, duidelijk en in alle openheid. Ramanujan zat daar niet om voor tuberculose te worden behandeld. Hij zat daar omdat het zijn vrienden goed uitkwam en om uitvoering te geven aan een onofficieel vonnis dat door een hoofdinspecteur van Scotland Yard was geveld. En dat wist hij. Hij moet het hebben geweten.

Vanaf het begin van zijn verblijf was hij ongelukkig. Dokter Ram bleek een bullebak te zijn die de macht die ik hem onbedoeld in handen had gegeven met groot genoegen uitoefende. Als wapen zette hij de autoriteit in die medici zichzelf van nature toekennen, en hij stelde meteen onomwonden dat Ramanujan zich in geen geval moest verbeelden dat hij uit Matlock House zou mogen vluchten. Zolang zijn artsen verklaarden dat hij ziek was, had hij geen enkele vrijheid en geen rechten. En hij zou in geen geval, ook niet als zijn gezondheid verbeterde, eerder mogen vertrekken dan over een jaar. Of dokter Ram de ware bron van dat vonnis heeft onthuld of dat Ramanujan ernaar giste kan ik niet zeggen; ik weet alleen dat Ramanujan tot mijn stomme verwondering schijnt te hebben geaccepteerd dat dokter Rams woord wet was. In Hill Grove had hij gerebelleerd, in Matlock House onderwierp hij zich.

Hoe kan ik u doordringen van het zonderlinge van die situatie in die maanden? Laat me de twee bezoeken beschrijven die ik hem in Matlock heb gebracht. Het eerste vond plaats in februari 1918, het tweede in juli. Bij de eerste gelegenheid ging ik samen met Littlewood, die een automobiel van zijn broer wist te lenen zodat we eventuele problemen met treinen konden vermijden. Het was een ijskoude dag – de nacht ervoor had het gesneeuwd – en toen we door de poort reden schrok ik van de aanblik van tuberculosepatiënten die buiten aan tafels en in ligstoelen zaten, gewikkeld in wollen dekens. Ramanujan zelf troffen we binnen aan, maar in een open vertrek zonder ramen: een soort veranda die in Matlocks hydropathische hoogtijdagen als serre moest hebben gediend. Ofschoon ook hij in dekens was gehuld, rilde hij van de kou en zat hij te klappertanden. We hadden hem niet per telegram van onze komst op de hoogte gesteld, en toen hij ons op zich af zag komen, keek hij aanvankelijk nogal onthutst. Toen brak er een glimlach door; hij wierp zijn dekens van zich af en stond op om ons te begroeten.

Hij was nog verder vermagerd en zijn gezicht was uitgeteerd. We schudden elkaar de hand en hij gaf ons onmiddellijk een rondleiding, waarbij hij die combinatie van onverschilligheid, afkeer en trots manifesteerde waarmee een schooljongen zich van dezelfde plicht voor zijn ouders zou kwijten. Eerst liet hij ons zijn slaapkamer zien – zonder enige versiering, en ook steenkoud – en daarna de eetzaal met zijn lange eettafels en kannen koude melk, en toen een soort zitkamer annex bibliotheek waarvan de planken vrijwel uitsluitend met detectives waren gevuld. Ten slotte stelde hij ons voor aan dokter Kincaid, de directeur van het sanatorium, een zachtaardig ogende man van in de vijftig die ons begroette met de verveelde monter-

535

heid van een schoolhoofd. Op dokter Kincaids voorstel gingen we terug naar de open veranda om de thee te gebruiken. Littlewood en ik hadden het inmiddels allebei ontzettend koud, ondanks onze jas en handschoenen, en we dronken de hete thee haastig op. Er lagen ook nog andere patiënten op de veranda; ze staarden afgunstig naar ons en onze thee.

Nadat we hem hadden gefeliciteerd met zijn benoeming tot lid van de Koninklijke Academie van Wetenschappen, vroegen we Ramanujan hoe het met hem ging. Ik moet toegeven dat ik hoopte dat hij zou antwoorden door opgewekt te verklaren dat zijn gezondheid vooruit was gegaan, of, nog beter, dat hij wat vellen papier uit zijn zak zou trekken die waren volgekrabbeld met wiskundige berekeningen. In plaats daarvan begon hij te klagen. Om te beginnen klaagde hij over de kou. Toen hij op Matlock House was aangekomen, vertelde hij, had hij een paar uur voor een 'welkomstvuur' mogen zitten, zoals de staf het noemde. Sindsdien was hem echter niet één vuur meer gegund. Zelfs toen hij dokter Kincaid had verzocht om hem een uur of twee per dag van warmte te voorzien zodat hij kon werken, had dokter Kincaid dat geweigerd. Zijn vingers werden zo koud dat hij geen pen kon vasthouden.

Vervolgens ging het over het eten. In weerwil tot wat hem was beloofd, was de kokkin niet ontvankelijk gebleken voor zijn dieetbehoeften. Ze had niets gebakken van de papadums die een van zijn vrienden hem had gestuurd, en ze beweerde dat ze geen boter had om aardappelen voor hem te bakken. Hij leefde voornamelijk op melk en brood. Elke dag probeerden de verpleegsters hem havermout en pap op te dringen, waar hij van gruwde. Een poging tot rijst met kerrie was een ramp geworden aangezien de rijst veel te kort was gekookt en oneetbaar was. Zelfs gewone gekookte rijst kon de kokkin niet voor elkaar krijgen.

Zelfs in de gunstigste omstandigheden heeft het gemopper van een zieke iets deerniswekkends, omdat daarmee een blik wordt gegund op de schamelheid van zijn wereld, de mate waarin zijn leven stelselmatig is teruggebracht tot de niet-aflatende jacht op de meest elementaire voorzieningen. En in Ramanujans geval woog ziekte nog minder mee dan in de meeste andere, want dat zijn aandacht totaal werd opgeëist door pogingen om zijn behoefte aan warmte en eten te bevredigen kwam voornamelijk omdat die noodzakelijke dingen hem in Matlock House met opzet en zonder geldige reden werden onthouden. Koud weer en koude melk mochten dan heilzaam zijn voor tuberculeuze patiënten maar niet voor Ramanujan, wiens conditie hoe dan ook hetzelfde bleef en die nog steeds geen enkel symptoom van de ziekte vertoonde.

Wat mij het meest verontrustte was zijn schampere, chagrijnige toon. Dit was immers dezelfde man die zo had gelachen om *Kwam het door de kreeft?*, die op de *pial* van zijn moeders huis had gezeten en zonder enige scholing het theorema van de priemgetallen had afgeleid. Hij was een Koninklijke Wetenschapper! En nu zat hij hier op een ander soort *pial* en kon hij het alleen maar hebben over zijn afkeer van macaronipudding. Als er nou kaas in zat was het nog te doen, zei hij, maar de kokkin bewéérde dat ze niet aan kaas kon komen, net zoals ze bewéérde dat ze niet aan bananen kon komen. Terwijl Chatterjee hem pas nog had geschreven dat hij in Cambridge nog steeds bananen kon kopen voor vier stuivers per stuk. Nou, als je bananen in Cambridge kon krijgen, waarom kon je dan geen bananen in Matlock krijgen? Littlewood beloofde dat hij zou zorgen dat er bananen werden opgestuurd zodra hij terug was in Londen.

Na een gepaste pauze vroegen we hem hoe het met zijn werk ging. Daarop boog Ramanujan zich dichterbij, alsof hij iets vertrouwelijks had mee te delen. 'Ik heb ontdekt dat hier één ruimte is die altijd heel warm wordt gehouden, en dat is de badkamer,' zei hij. 'En dus ga ik elke middag met mijn notitieboek en pen naar de badkamer en dan doe ik de deur op slot. Dan kan ik even een beetje werken.'

'En met wat voor werk ben je bezig?'

'Nog steeds met partities.' En hij begon te praten. En daarbij – Littlewood vertelde me later dat het hem ook was opgevallen – onderging zijn gezicht een metamorfose. Ik kan me totaal niet meer voor de geest halen wat hij zei. Ik veronderstel dat hij iets heel triviaals te berde bracht, iets waarop ik in Cambridge zou hebben gere-

537

ageerd met een opgetrokken wenkbrauw of een geestige gaap, of waarop ik helemaal niet had gereageerd. Maar we waren niet in Cambridge – Littlewood en ik wisten heel goed wat onze rol was – en dus reageerden we met het soort overdreven geestdrift dat men gewoonlijk reserveert voor kinderen die moeten worden aangemoedigd om 'uit hun schulp te komen'. We sperden onze ogen open, lieten onze mond openvallen, hieven onze handen in de lucht en smeekten hem om verder te gaan. En toen hij dat deed raakte hij, tot onze grote verrassing en spijt, niet begeesterd maar juist gedeprimeerd. Ik neem aan dat hij de list doorhad. 'Kon ik maar wat langer in de badkamer blijven!' jammerde hij. 'Maar er is hier een vrouw, mevrouw Ripon, en die schijnt eropuit te zijn om me te treiteren. Telkens als ik daar naar binnen ga en me installeer, begint ze op de deur te bonzen dat ze haar bad wil. Ik zou willen dat ze wegging, of doodging! Ze had vorige week een vreselijke hoestbui, dus ik begon al te hopen...'

Spoedig daarna vertrokken we. Op de terugweg naar Londen zeiden we niet veel. We hadden ieder onze eigen problemen aan het hoofd. Er klopte nog veel meer niet in ons leven behalve de arme Indiër die gevangen zat in een troosteloos kuuroord in Derbyshire. Er reden nog anderen mee in die auto: een vrouw die in Treen woonde en een soldaat die best dood had kunnen zijn.

Dat voorjaar barstte de affaire-Russell weer los. In februari publiceerde Russell zijn beruchte artikel in *The Tribunal* waarin hij schreef dat nog moest blijken of het Amerikaanse garnizoen (dat toen op weg was naar Europa) wel 'doeltreffend tegen de Duitsers' zou zijn, maar dat het 'ongetwijfeld in staat zou zijn om stakers te intimideren, een activiteit waaraan het Amerikaanse leger thuis gewend is'. Dat vermetele zinnetje resulteerde in een bezoekje aan zijn flat door twee rechercheurs, zijn daarop volgende arrestatie op beschuldiging van het doen van 'bepaalde uitspraken die Zijne Majesteits relaties met de Verenigde Staten van Amerika zouden kunnen schaden', zijn veroordeling op die aanklacht en het vonnis van zes maanden in de gevangenis van Brixton, aan de poorten waarvan hij zich begin mei per taxi meldde. Het gevangenisleven scheen hem goed te bevallen. Door de monotonie van de dagen ging hij zich afvragen of het niet zijn ware roeping was om monnik in een contemplatieve orde te worden, zei hij, en hij schoot flink op met zijn filosofisch schrijfwerk. Intussen was Thomson als nieuwe rector magnificus van Trinity College geïnstalleerd, en hoewel we hoopten dat zijn komst (en Butlers vertrek) gunstig zou uitpakken voor onze zaak, rekenden we er niet op.

Wat het verloop van de oorlog betrof, scheen het tij zich tegen Duitsland te keren. Voor elke Engelsman die toen leefde – zelfs voor een pacifist als ik – is het nog steeds een beetje vernederend om te bekennen dat dit geheel en al te danken was aan de komst van jullie ouders, de Amerikanen. Het is echter een feit dat jullie troepen de doorslag gaven, en de dag toen het nieuws over jullie overwinning bij Cantigny naar Cambridge overwaaide zal ik nooit vergeten. Het was eind mei – wat de tijd van de dansfeesten had moeten zijn – en hoewel ik nog weet dat ik erg mijn best deed om elke emotie zo gewaagd als optimisme in mezelf te onderdrukken, weet ik ook nog dat ik dacht: 'Ja, de oorlog loopt op zijn eind. Er zal weer leven zonder oorlog zijn.' Begrijp me goed, onze misère ging onverminderd door. Er stierven nog steeds jonge mannen, en in Cambridge werd een uiterst zachtaardige bibliothecaris genaamd Dingwall ontslagen vanwege zijn stellingname tegen de oorlog. En toch zat er iets elektriserends in de lucht, zo onmiskenbaar als de geur van de zomer die terug kwam geslopen naar Engeland en de laatste vuile sneeuwhopen wegvaagde die het voorjaar hadden overleefd. Dat, besefte ik, was het gevoel om aan de winnende hand te zijn, en ofschoon ik mijn pacifistische gezindheid niet opgaf, genoot ik heimelijk van die gewaarwording.

In juni keerde ik terug naar Cranleigh, naar Gertrude, wier passieve halsstarrigheid doeltreffend was gebleken: ik had alle hoop laten varen om haar te overreden het huis te verkopen. We waren weer vrienden en namen onze vaste zomergewoonten weer op en zelfs de spelletjes vint met mevrouw Chern, wier nichtje Emily een geduchte vierde man bleek. Mejuffrouw Chern, wier moeder Amerikaanse was, studeerde wiskunde op Newnham – ze had een krantenfoto van Philippa Fawcett, de vrouw die de senior wrangler had verslagen, boven haar bureau hangen – en vroeg vaak naar Ramanujan, die ze als een soort mysterieuze profeet beschouwde. Eigenlijk beschouwden veel mensen hem als zodanig. Op gezette tijden kreeg ik krantenknipsels van artikelen over hem toegestuurd door kennissen in Amerika en Duitsland en Indië, artikelen waarin een verkeerd beeld van zijn prestaties werd gegeven en zijn levensverhaal enigszins werd geromantiseerd. Als je ze las had je kunnen denken dat hij de hele dag door Cambridge paradeerde en staaltjes hoofdrekenen ten beste gaf waarbij een stoet bewonderaars bloemen strooide op zijn pad, terwijl hij in feite achter slot en grendel in Matlock House zat.

Ik vroeg me af of hij enig idee had dat hij een beroemdheid aan het worden was, en of het zijn herstel ten goede zou komen als ik sommige van die artikelen naar hem doorstuurde. Want het ging wel beter met hem, zij het mondjesmaat. Zoals Littlewood en ik hadden gehoopt fleurde hij enigermate op door het nieuws dat hij tot lid van de Koninklijke Academie van Wetenschappen was benoemd. Ongelukkigerwijs bleken mijn pogingen vergeefs om dokter Ram te overreden het verbod op reizen op te heffen en hem toe te staan naar Londen te gaan voor de installatieplechtigheid, en Ramanujan moest naar de Academie schrijven met de vraag of de ceremonie kon worden uitgesteld. Ik weet niet of het hem veel uitmaakte. Het ergste winterweer was achter de rug waardoor de koudecrisis voorlopig was bezworen, en hoewel de voedselcrisis voortduurde was hij in elk geval weer aan het werk. Er was zelfs een nieuwe periode van productiviteit voor hem ingetreden en hij stuurde vanuit de badkamers van Matlock allerlei nieuwe bijdragen aan de partitietheorie, waaronder de beroemde reeks formules die u tegenwoordig als de Rogers-Ramanujan-identiteiten kent.

En dat was nog lang niet alles. In de maanden mei en juni 1918 leek het of ik elke week wel twee of drie brieven van hem kreeg. De meeste hadden betrekking op een verhandeling die we samen schreven over de expansies van elliptische modulaire functies, sommige betroffen partities en in weer andere presenteerde hij, haast als een postscriptum, die merkwaardige, schijnbaar lukrake rekenkundige observaties die zijn specialiteit waren. Het moge vreemd lijken voor een niet-wiskundige dat ik me Ramanujan, behalve door zijn schallende lach en zijn zwarte ogen en zijn geur, met name herinner door het feit dat hij in een brief uit Matlock eens, bijna als een terzijde, met de volgende opmerkelijke vergelijking op de proppen kwam:

$$\left(1 + \tfrac{1}{7}\right)\left(1 + \tfrac{1}{11}\right)\left(1 + \tfrac{1}{19}\right) = \sqrt{2\left(1 - \tfrac{1}{3^2}\right)\left(1 - \tfrac{1}{7^2}\right)\left(1 - \tfrac{1}{11^2}\right)\left(1 - \tfrac{1}{19^2}\right)}$$

Het waren juist dergelijke formules waar zijn verbeelding al ronddolend op stuitte, die hij als curieuze specimens uit de dierenwereld oppakte om te bestuderen en te bewaren teneinde ze later, met een scherpzinnigheid die me telkens weer versteld deed staan, tevoorschijn te toveren als de ontbrekende stukjes in complexe bewijzen waarmee ze op het eerste gezicht geen enkel verband hielden. Sinds hij ziek was geworden miste ik zijn gewoonte om 's morgens bij me te komen met de vruchten van zijn nachtelijke arbeid, de boodschappen die de godin naar hij beweerde op zijn tong had geschreven. Nu kwamen die boodschappen in de vorm van brieven, en ik betreurde het weliswaar dat hij zo ver weg was, maar kon toch met genoegen vaststellen dat hij weer in vorm was.

In juli ging ik weer bij hem op bezoek in Matlock House. Als verrassing bracht ik Gertrude en de jonge Emily Chern mee, die de expeditie ondernam met de waardige ernst van een discipel. Het zomerweer gaf Matlock een compleet ander aanzicht: het leek niet langer een vakantieoord buiten het seizoen. De bomen bloeiden en de veranda waarop we Ramanujan in januari bibberend van de kou hadden aangetroffen was nu een aangename, relatief warme oase.

Hij was niet alleen. Er zat een jonge Indiër bij hem die zodra we binnenkwamen opstond om ons te begroeten. 'Meneer Hardy, wat een eer,' zei de Indiër terwijl hij mijn hand schudde. 'Ik ben Ram – A.S. Ram, niet te verwarren met de dokter van de heer Ramanujan, die L. Ram heet. U mag me S. Ram noemen als u denkt dat het eraan bijdraagt om misverstanden te voorkomen.'

'Hoe maakt u het,' zei ik. En ik stelde hem voor aan Gertrude en mejuffrouw Chern, wier hand hij kuste.

We namen plaats. Hij was een knappe jonge man, niet groot, met haar dat zowel fijner als krulliger was dan dat van zijn meeste landgenoten. Zoals hij prompt uitlegde had hij Ramanujan in 1914 leren kennen, toen die net in Engeland was aangekomen en ze allebei in Londen in het opvanghuis voor Indische studenten in Cromwell Road verbleven. 'We raakten bevriend,' vertelde hij ons, 'maar werden al heel snel door omstandigheden en de oorlog gescheiden. De heer Ramanujan ging naar Cambridge en ik kreeg een betrekking als assistent-ingenieur bij de North Staffordshire Railway. Ik heb nog verzuimd te vermelden dat ik uit Cuddalore kom, niet ver van Madras, en ben afgestudeerd in weg- en waterbouwkunde aan King's College, niet het beroemde King's College in Cambridge maar dat van de universiteit van Londen. Maar goed, toen de oorlog uitbrak heb ik me bij Zijne Majesteits strijdkrachten aangesloten, en na zestien maanden onder de wapenen, waarvan een klein gedeelte bij het Indische contingent, werd ik vrijgesteld teneinde me bij de firma Palmers Shipbuilding & Iron Company te Jarrow met de productie van ammunitie bezig te houden. Daar ben ik nog steeds werkzaam – maar u zult waarschijnlijk willen weten hoe ik weer in contact met de heer Ramanujan ben gekomen en wat ik hier vandaag doe!' En hij stiet een lach uit, een hoge, schelle lach die schril detoneerde met zijn spreekstem, die rap maar diep was.

Hij zweeg even om op adem te komen. Gertrude zat hem verbluft aan te gapen. Ik denk dat we in die sombere tijden niet aan praters van dat kaliber gewend waren.

Hij ging verder. Terwijl hij sprak wierp ik een zijdelingse blik op Ramanujan, die op zijn beurt naar zijn schoot zat te staren. Ik had gehoopt dat hij er gezonder uit zou zien dan het geval was; in feite zag hij er nagenoeg net zo uit als in februari – hooguit nog wat uitgeteerder. Op een bepaalde manier stond dat uitgeteerde hem echter goed: het benadrukte zijn schoonheid. Hij droeg een gele pullover die fel afstak bij zijn huid, en mejuffrouw Chern zat naar hem te staren met het soort adoratie dat jonge meisjes gewoonlijk voor filmsterren reserveren. Het was zonneklaar dat ze geen woord opving van het geratel van S. Ram.

Wat die S. Ram betrof werd het Gertrude en mij al gauw duidelijk wat hij was: een bewonderaar, een 'fan' zo u wilt, die het op zich had genomen om toe te zien op Ramanujans herstel. En zoals de meeste 'fans' was hij er eigenlijk veel meer op uit om zijn eigen deugdzaamheid en onzelfzuchtigheid te demonstreren dan bij te dragen aan het welzijn van de vriend omwille van wie, zo zei hij, hij 'een allerabominabelste reis had ondernomen die de hele nacht had geduurd omdat de trein voortdurend stopte'. Het bleek dat S. Ram twee dagen ervoor was aangekomen en in een ongebruikte kamer van Matlock House was ondergebracht. 'Want ziet u,' zei hij, 'sinds de rantsoenering hier in Engeland is ingevoerd maken mijn verwanten in Cuddalore zich naar mijn mening exorbitant veel zorgen om mij, en in de veronderstelling dat ik vast omkom van de honger hebben ze er een gewoonte van gemaakt om me per post het ene pakket na het andere met levensmiddelen te sturen, zoveel dat het een probleem is om er weer vanaf te komen en ik een telegram naar huis heb moeten sturen met de tekst: "Geen stop eten stop meer stop sturen stop Ram". Ik zou hierbij moeten opmerken dat ik weliswaar vegetariër ben maar niet van dezelfde kaste als de heer Ramanujan, weshalve ik sinds mijn aankomst hier in Engeland geen strikte, onwrikbare vegetariër ben. Ik eet bijvoorbeeld af en toe eieren, evenals vleesbouillon en een enkele keer vleesextract in blokjes. Ik ben namelijk vastbesloten om mijn gezondheid op peil te houden, aangezien ik onlangs het geluk heb gehad dat me is beloofd dat ik uit het leger word ontslagen op voorwaarde dat ik aan het einde van deze maand slaag voor een paardrijtest in Woolwich, zodat ik komende september een schip terug naar huis zal kunnen nemen teneinde een betrekking bij het Indische departement voor openbare werken te aanvaarden. Dus eet ik de laatste tijd eieren om op krachten te blijven zodat ik mijn werk bij Palmers kan blijven verrichten en tevens in Newcastle-Upon-Tyne kan oefenen in paardrijden.' Hij zweeg. Het leek of hij gedurende die hele monoloog niet één keer adem had gehaald. Zou hij zo de hele middag doorgaan? Ik keek naar Gertrude voor hulp, die ze tot mijn opluchting verschafte. (Ze legde me later uit dat ze in haar werk aan St. Catherine's gewend was geraakt aan de omgang met mannen en vrouwen van dat slag, onverbeterlijke kletskousen wier verzotheid op hun eigen stem in wezen symptomatisch was voor een geestesstoornis genaamd logorrhea. 'Veel leraren lijden eraan,' zei ze.)

Nu richtte ze haar bedaarde, nuffige blik op S. Ram en zei: 'Heel boeiend. En vertelt u eens, hoe is het gekomen dat uw vriendschap met de heer Ramanujan nieuw leven is ingeblazen?'

Van de overkant van de tafel keek S. Ram haar aan met iets van dankbaarheid; hij scheen het te appreciëren dat hij werd teruggeleid naar het oorspronkelijke onderwerp. 'Dat kwam door dat eten, ziet u,' zei hij, waarna hij aan ons uitlegde dat hij, geconfronteerd met een surplus aan 'levensmiddelen' die zijn ouders hadden gestuurd, aan Ramanujan had moeten denken en aan diens voorliefde voor gerechten uit de keuken van Madras. 'En toen heb ik u geschreven, meneer Hardy,' zei hij, 'al staat u dat misschien niet meer bij.'

'Hebt u mij geschreven?'

'Zeker,' antwoordde S. Ram. 'Ik heb u geschreven om naar de gezondheid van de heer Ramanujan te informeren en om na te gaan of hij die etenswaren met me wilde delen. En in uw antwoord hebt u me zijn adres gegeven: Matlock House, Matlock, Derbyshire.'

'O ja? O ja, natuurlijk.'

'En toen ben ik met Ramanujan gaan corresponderen, en in reactie op zijn verzoek om *ghee* – dat is Indische geklaarde boter, mejuffrouw Hardy – heb ik hem twee nog niet door mij geopende pakketten gestuurd waarin drie flessen zaten, twee met *ghee* en een met sesamolie om in te bakken, alsmede een kleine hoeveelheid tafelzuur. U begrijpt ongetwijfeld hoe lastig en bezwaarlijk het is om flessen per post te sturen, dus u kunt zich voorstellen dat het het handigst was om de pakjes die door mijn familie waren gemaakt en verzegeld rechtstreeks door te sturen.'

'Veel handiger,' zei ik.

'En ze hadden toch veel meer gestuurd dan ik op zou kunnen maken. Toen heb ik voorgesteld om op bezoek te komen. Vanwege wijzigingen in mijn dienstrooster was het niet mogelijk om mijn vakantie door te schuiven naar 31 juli zodat die samenviel met mijn paardrijexamen, en moest ik mijn vrije dagen twee weken eerder opnemen. Omdat ik niets speciaals te doen had heb ik Ramanujan geschreven, en hier ben ik dan.' Hij glimlachte. Ramanujan zat nog steeds in zijn schoot te staren.

'En de heer Ramanujan is vast heel blij met uw gezelschap,' zei Gertrude. 'Nietwaar, meneer Ramanujan?'

'O, zeker,' zei Ramanujan.

'Ja, we hebben al die tijd gepraat,' zei S. Ram. 'We hebben allerlei onderwerpen besproken, persoonlijke, politieke, de oorlog, Indische omgangsvormen, christelijke zending, huwelijk, de universiteit, de hindoekwestie, en ik kan zonder meer stellen dat de heer Ramanujan bij mij geen moment de indruk heeft gewekt dat hij "niet goed snik" is.'

'Werkelijk.'

'Ik heb ook zorgvuldig nota genomen van zijn temperatuur telkens als de zuster die opneemt, en tabellen bijgehouden van zijn temperatuur, zijn eetgewoonten en zijn stoelgang. Kijk, ik zal ze u laten zien.' En hij haalde uit de zak van zijn colbert drie vellen papier die hij vervolgens op tafel openvouwde. 'Zoals u kunt zien heeft de heer Ramanujan gisteren als ontbijt roereieren met toast en thee gehad.'

'Heeft hij eieren gegeten?'

'Ja. Daar stond ik ook van te kijken. In onze godsdienst zijn eieren een, laten we zeggen, grijs gebied, meneer Hardy. Zo eet geen van mijn ouders eieren, maar mijn broer wel. Mijn zus weer niet, en ze staat ook niet toe dat haar kinderen eieren eten. Ik zou normaal gesproken geen eieren eten indien ik niet in Engeland was en op krachten moest blijven voor het paardrijden, maar ik ben dan ook niet van dezelfde kaste als de heer Ramanujan en derhalve minder scrupuleus in de vegetarische praktijk van –'

'Maar u was aan het vertellen wat hij heeft gegeten.'

'Ja, natuurlijk. Voor de lunch gekookte rijst met in boter gebakken chilipepers en mosterdzaad – ik moet erbij zeggen dat Matlock

545

House een nieuwe kokkin heeft die volgens de heer Ramanujan veel beter is dan haar voorgangster. Dan bij de thee min of meer een herhaling van het ontbijt, en als avondmaal min of meer een herhaling van de lunch, plus een glas melk. Dat is natuurlijk geen erg aanlokkelijk menu, en teneinde de omstandigheden van de heer Ramanujan te verbeteren heb ik met dokter L. Ram overlegd of hem eventueel om gezondheidsredenen verboden dient te worden pikante dingen zoals curry te eten. Dokter L. Ram zei dat hij alles mocht eten wat hij wilde, maar dat is in strijd met wat ik van vrienden in Jarrow heb gehoord, namelijk dat chilipepers en tafelzuur en andere pikante voedingsmiddelen vermeden dienen te worden door teringlijders, en trouwens, de kokkin hier is bepaald niet bedreven in de Indische keuken. Toen heb ik de hoofdverpleegster gevraagd of ik zelf wat voor Ramanujan zou mogen klaarmaken, en ze was hoogst onbeleefd tegen me en weigerde me in de keuken toe te laten, al stond ze me wel toe om een recept uit te schrijven dat aan de kokkin werd gegeven. Toen de kokkin het recept uitprobeerde – voor een heel simpele soep uit Madras genaamd *rasam* – heeft ze er niets van terechtgebracht.'

'Wat jammer.'

'Ja. Ik had gehoopt dat ik meer indruk op haar had gemaakt in de twee dagen dat ik hier vertoef. Maar toch heb ik het idee dat de heer Ramanujan baat heeft gehad bij mijn aanwezigheid – zozeer zelfs dat ik overweeg om mijn verblijf met enkele dagen te verlengen.'

'Nee, Ram, dat is nergens voor nodig,' zei Ramanujan.

'Natuurlijk niet. U moet van uw vakantie genieten,' voegde Gertrude eraan toe.

'Nee, mijn besluit staat vast,' zei S. Ram. 'Mijn taak ligt hier. Zolang ik vrij heb voor ik terugga naar Indië, zal ik me wijden aan het bijstaan van de heer Ramanujan en het verbeteren van zijn materiële omstandigheden, zodat hij door kan gaan met de wereld te verrijken met zijn superbe gaven.'

Ramanujan drukte zijn hand tegen zijn voorhoofd. 'Voel je je wel goed?' vroeg ik, en hij wiebelde met zijn hoofd en zei dat hij hoopte dat we het niet erg zouden vinden als hij een dutje ging doen; dan zou hij zich voor de lunch weer bij ons voegen. We hadden alle tijd, verzekerde ik hem; we hadden kamers voor die nacht besproken in een herberg in Matlock. Toen sloop hij weg en liet ons drieën achter met de onvermoeibare heer A.S. Ram.

Eigenlijk bedenk ik nu dat het niet fair van me is om zo spottend te doen over Ram. Gertrude zou me dat ook zeker voor de voeten werpen. Want het is waar dat zijn 'logorrhea' vermoeiend kon zijn maar hij bedoelde het goed, en misschien heeft hij in feite meer gedaan om Ramanujan te helpen dan wie er verder nog tijdens de jaren die hij in Engeland doorbracht tot zijn kring behoorde, mijzelf incluis. Het werd bijvoorbeeld al gauw duidelijk dat Ram een ande-re – en ontegenzeglijk meer Indische – kijk op Ramanujans geval had dan Littlewood en ik, dat wil zeggen, waar wij de oplossing van 'het probleem Ramanujan' in officiële goedkeuring zochten, zocht hij het in voedsel. 'Ik ben een beetje bars tegen hem geweest,' vertelde hij ons, 'en heb geprobeerd hem ervan te doordringen dat hij moet ophouden zo excentriek en halsstarrig te doen. Belangrijker nog, hij moet een keuze maken tussen zijn tong in bedwang houden en zich-zelf naar het leven staan. Wat dan nog dat hij niet van pap of haver-mout houdt? Ik houd ook niet van pap en havermout, maar ik heb geleerd om pap en havermout te slikken omdat ik sterk wil zijn om mijn paardrijtest te halen. En hij moet ook maar leren om ze te slik-ken. Hij kan niet op tafelzuur en chilipepers en rijst leven. Hij moet meer melk drinken. Gisteren hoorden we dokter Ram tegen een patiënt zeggen: "U moet melk drinken anders komt u in de hel!"'

'Werkelijk.'

'Zeker. En ofschoon ik hem tot op zekere hoogte kan helpen – ik zal voor hem op zoek gaan naar maïs in blik, wat heel lastig te krij-gen is maar heel gezond, en gedehydreerde kokosnoot, als ik het kan vinden, in plaats van het natte vruchtvlees waarmee de meeste kokoskoeken en biscuits worden gemaakt... dat is heel anders dan wat we in het zuiden van Indië gewend zijn, zoals een gerecht dat ik me uit mijn jeugd herinner – en Ramanujan ook, denk ik – namelijk een heerlijke kokoschutney die we met *sambar* aten. Kent u *sambar*? Dat is een stoofpot van groenten gekruid met –'

547

'U was bezig te vertellen hoe u hem zou kunnen helpen?'

'O ja. Nou, ik kan ook zorgen dat hij cashewnoten krijgt, en ik zal natuurlijk de proviand met hem delen die mijn familie me stuurt, maar uiteindelijk ligt het aan hemzelf hoe het hem zal vergaan. Hij moet veel pap eten, en tomaten, bananen als hij eraan kan komen, macaroni en room. Maar tenzij ik erbij ben om hem te dwingen, ben ik bang dat hij alleen maar gekookte rijst met chilipepers zal blijven eten. Dus heb ik bedacht dat het het beste zou zijn als hij uit Matlock weggaat, naar een andere instelling.'

'Een interessant idee,' zei ik, 'maar zijn vrienden in Cambridge hebben vorig jaar helaas vergeefs gezocht naar een sanatorium waar vegetarisch wordt gekookt.'

'Ze hebben gelijk. Dat is er niet. En de kokkin hier werkt niet erg mee. Een vriend heeft hem bijvoorbeeld – *aplams*, noemen wij ze, maar vaker worden ze papadums genoemd – gestuurd, die zijn goed voor hem, niet te pikant of te zuur of te ranzig. Je hoeft ze alleen maar in olie te bakken, net als frieten, maar toen ik hier kwam ontdekte ik dat Ramanujan ze rauw at, samen met wat gedroogde groente, en de flessen met *ghee* en sesamolie die ik hem had gestuurd waren nog ongeopend. Hij zegt dat hij ze liever rauw eet, maar dat is alleen maar om de kokkin in bescherming te nemen. Nee, hij moet ergens anders naartoe. Ik heb drie voorstellen.'

'En welke zijn dat?'

'Het eerste is om hem naar Zuid-Frankrijk of Italië te sturen. Als we er toestemming voor krijgen kan hij met een wagen van het Rode Kruis en een hospitaalschip worden vervoerd. Het Italiaanse klimaat zou ongetwijfeld heilzaam voor hem zijn.'

'Dat lijkt me niet haalbaar voor de oorlog is afgelopen.'

'Het tweede is dat we een Indische soldaat aanwerven die voor hem kan koken. Ik denk dat we daartoe een verzoek zouden kunnen indienen bij het leger, en hoewel je zou kunnen aanvoeren dat het rekwireren van een soldaat om als kok te dienen als oneigenlijk gebruik van strijdkrachten kan worden opgevat, zou het kunnen lonen om erop te wijzen hoeveel soldaten zich tegenwoordig met de productie van ammunitie bezighouden, zoals ikzelf, en in wezen een civiele taak hebben. Ik denk dat ik waarschijnlijk wel de hand op een of twee *lascars* zou kunnen leggen – gekleurde werkkrachten op koopvaardijschepen – want er hangen er veel rond in Newcastle, maar die zijn uiterst onbetrouwbaar, ook al zitten er best goede koks bij, en ze zouden Ramanujan net zo snel in de steek laten als ze van hun schip drossen.'

'Wat is het derde alternatief?'

'Om hem naar een instelling in Londen over te plaatsen. Ik heb de indruk dat hij graag in Londen vertoeft omdat hij daar gemakkelijk aan Indische kruiderijen en gerechten kan komen. Ik ben er natuurlijk niet honderd procent van overtuigd dat het een goed idee is – hij zou onherstelbare schade aan zijn maag kunnen aanrichten als hij zich volpropt met pikante etenswaren en snoep. Maar toch, als hij gelukkiger zou zijn in Londen... ik weet niet of dit ter zake doet, maar in het tweede jaar van mijn militaire training heb ik het examen voor ambulance- en eerstehulppersoneel gehaald, en ter wille van Ramanujan zou ik er geen bezwaar tegen hebben om het akte-examen ziekenverpleging te doen, in welk geval ik mijn vertrek zou kunnen uitstellen –'

'Nee, dat lijkt me niet nodig,' zei ik. 'We willen niet dat u uw carrière op het spel zet. Maar we zouden uw voorstel of er een plekje voor hem in Londen is te vinden kunnen onderzoeken.' Immers, Scotland Yard had dan wel verordonneerd dat Ramanujan een jaar in een instelling diende te blijven, maar niet gespecificeerd in welke instelling.

'Maar zou Londen wel de beste plek voor zijn maag zijn?'

'Er zijn situaties waarin de toestand van iemands hart zwaarder moet wegen dan de toestand van zijn maag,' bracht Gertrude in het midden.

Tegen dat argument scheen S. Ram niets in te kunnen brengen, en hij stemde toe om ons te helpen. Later vernam ik dat hij de volgende ochtend naar Londen was vertrokken (tot grote opluchting van Ramanujan) waar hij vervolgens een rondje langs alle verpleeghuizen en privéklinieken van de stad had gemaakt, en op basis van zijn bevindingen een lijst had opgesteld van de tien instellingen die

549

naar zijn mening het meest aan Ramanujans behoeften tegemoet kwamen. Zijn favoriet daarbij, zowel vanwege het eten en de kwaliteit van de bedden als om de medische zorg die werd beloofd, was een kliniek die Fitzroy House heette. En zo brachten we Ramanujan in het begin van augustus over naar Fitzroy House, met de automobiel van een neef van mejuffrouw Chern om hem een comfortabele reis te garanderen.

Fitzroy House was gelegen aan Fitzroy Square, achter Euston Road, op loopafstand van Regent's Park en Ramanujans geliefde dierentuin. In tegenstelling tot Matlock House, welks grimmige façade de indruk van een kostschool of een weeshuis wekte, had het een air van vergane glorie. De kamers met hun Perzische kleden en chintz gordijnen deden me denken aan die in het huis van mevrouw Chern. Ramanujans kamer stond boordevol meubilair, waaronder een rijkelijk met volanten opgetuigde lamp aan het plafond, een commode met vaste spiegel en een soort verstelbare, met brokaat beklede leunstoel die uitschoof tot een chaise longue als je een knop indrukte. Van die laatste contraptie scheen hij met name gecharmeerd. Als ik bij hem op bezoek kwam trof ik hem meer dan eens languit op dat toestel aan, of liet hij het in- en uitschuiven om te onderzoeken hoe het mechanisme werkte.

De verschillen tussen Fitzroy en Matlock waren echter meer dan decoratief. Ze waren wezenlijk. Want terwijl Matlock een sanatorium was gespecialiseerd in de behandeling van tuberculose, was Fitzroy gewoon een kliniek die zich op de zorg voor rijke mensen richtte. Er behoorden geen artsen tot het personeel; de patiënten brachten hun eigen dokter mee. De verpleegsters droegen een schort waardoor ze er uitzagen als dienstmeiden. Alles bij elkaar genomen was het er gemoedelijk en bezadigd. Hier zou een dokter niet gauw tegen een patiënt zeggen dat hij in de hel zou komen als hij zijn melk niet dronk. Integendeel, de patiënten aten en dronken waar ze zin in hadden. Ramanujan bestelde zijn maaltijden merendeels bij een Indisch restaurant in de buurt, dat de gerechten bezorgde in een eigenaardig gestapeld ensemble van ronde blikken dozen met een draagbeugel dat hij een *tiffin bell* noemde. Dat haalde hij uit elkaar en dan zette hij de blikken om zich heen. In het ene zat rijst, in een ander tafelzuur, in een derde een soort met kerrie gekruide groente en in het vierde een eigenaardig plat volkorenbrood waarin hij een mengsel van de drie andere gerechten rolde. Als hij dat overdag als lunch at, noemde hij het zijn 'tiffin'. Als hij het 's avonds at (wat sporadischer voorkwam) dan noemde hij het zijn 'diner'. Als ik toevallig op bezoek was zat ik er soms bij terwijl hij at of at ik zelfs wel eens wat mee, en dan vroeg ik me af wat S. Ram ervan zou vinden als hij vernam dat Ramanujan dergelijke 'pikante etenswaren' nuttigde. Echter, wat voor schade het eten ook in zijn maag aanrichtte, het scheen hem op te beuren, en daar ging het om.

Hij begon weer te werken. Als het koud werd – wat soms al in september het geval was – werd de haard in zijn kamer aangestoken. Blootstelling aan de elementen was niet langer onderdeel van zijn behandeling, want inmiddels was het wel duidelijk voor iedereen die hem kende dat Ramanujan in het geheel niet aan tuberculose leed, en dat het regiem dat hem in Matlock House was opgelegd hem beslist geen goed had gedaan en misschien wel slecht voor hem was geweest. Zijn stemming was nu opgewekter, maar zijn lichamelijke gesteldheid verslechterde. De koortsaanvallen begonnen, na een lange periode van stabiliteit, weer in aantal en hevigheid toe te nemen. Hij klaagde over reumatische pijnen en bleef maar gewicht verliezen, ook al at hij meer en beter.

Wederom werd er een stoet artsen opgeroepen. De oude stokpaarden, maagzweer en leverkanker, werden weer van stal gehaald en mochten weer inrukken, de mysterieuze 'Aziatische bacterie' werd opnieuw tot leven gewekt, en een arts die Bolton heette verklaarde dat Ramanujans koorts en zijn reumatische pijn beide te wijten waren aan zijn tanden, en dat ze genezen konden worden door die te trekken. Gelukkig kon de tandarts die de trekking zou verrichten niet komen zodat Ramanujans gebit werd gered, waarna de weg werd vrijgemaakt voor weer een andere arts met weer een andere theorie, namelijk dat Ramanujan aan loodvergiftiging leed, wat had kunnen kloppen als er enig bewijs was geweest dat hij inderdaad lood had binnengekregen. De ene theorie na de andere…

en Ramanujan begroette ze allemaal met een soort lijdzame desinteresse. Ik denk dat hij in feite gewend was geraakt aan zijn ziekte. Hij zocht naar oorzaak noch remedie. Hij bereidde zich voor op zijn dood.

Op een middag in september nam ik hem mee naar de dierentuin. De Amerikaanse luchtaanval was net begonnen en in Londen hing een sfeer van optimisme waarvan niemand precies wist wat hij ermee aan moest. Busconducteurs (meest vrouwen) en verpleegsters en wiskundeprofessoren gingen er behoedzaam mee om, zoals een oude vrijgezel met een baby zou kunnen omgaan. Ramanujan zat in de zitkamer van Fitzroy House te wachten toen ik binnenkwam, gekleed in een van zijn oude pakken. Het jasje slobberde om hem heen, en ik realiseerde me hoe zelden ik hem de laatste weken in iets anders dan zijn pyjama had gezien. Als verrassing had ik Littlewood meegenomen. Die was in uniform, wat diepe indruk op Ramanujan maakte, en we gingen met zijn drieën goedgeluimd op weg – te voet, op aandringen van Ramanujan, al liet ik hem beloven dat hij me zou waarschuwen als zijn krachten afnamen zodat ik een taxi kon aanhouden. Hij bracht het er echter goed van af en twintig minuten later liepen we door de dierentuin.

Het was een warme middag. Er wandelden moeders rond met kinderen en een man verkocht ballonnen. Het viel me in dat het lang geleden was sinds ik een ballon had gezien, en daardoor besefte ik hoezeer we jarenlang gestaag alle kleur en licht uit ons dagelijks leven hadden laten wegvloeien. Die dag waren echter overal ballonnen, rode en groene en fel oranje. Kinderen holden over de paden tussen de kooien en de gekleurde bollen botsten in de lucht als de bommenwerpers boven Frankrijk. Ik keek naar Ramanujan en was benieuwd of al die kleuren hem aan huis zouden doen denken, aan die entourage met veel meer contrasten waarover hij soms sprak, een en al vurig roze en verguldsel en zilverdraad. Tot mijn verbazing scheen hij echter de ballonnen niet eens op te merken. Al zijn aandacht was op de dieren gericht, en sommige beesten groette hij bij naam. Hij had ze lang niet gezien maar ze stonden hem nog goed bij, in het bijzonder een oude giraffe en een leeuw die Geraldine heette.

Er was echter één dier waar hij het liefst van alles heen wilde, en Littlewood leidde hem met de bedrevenheid van een junglegids naar de kooi van dat beest. Als kinderen stonden ze met hun handen om de tralies, en Ramanujans mond viel open van onverholen verbijstering; hij lachte en zei: 'Winnie, wat ben je groot geworden!'

Het was waar. De welp die hij had gekend was nu een reusachtige zwarte beer. Ze zat in een hoek van haar kooi neten uit haar vacht te plukken. Als ze zich Ramanujan al herinnerde liet ze dat niet blijken. Ze schonk zelfs volstrekt geen aandacht aan hem en richtte zich helemaal op haar neten, en af en toe liet ze een gegrom ontsnappen dat als een oprisping klonk. En nog steeds stond Ramanujan te glimlachen. 'Ik weet nog dat ik haar voor het eerst zag,' zei hij. 'Ze was maar zo –' En hij hield zijn hand op de hoogte van de onderbuik waar zijn pijn zetelde.

Na afloop gingen we theedrinken. Ik probeerde me te herinneren wanneer we voor het laatst alleen met zijn drieën waren geweest, en besefte dat het voor de oorlog geweest moest zijn, tijdens Ramanujans korte zomer van geluk, zijn 'Indian summer' – de woorden vloeiden over mijn lippen nog voor de uitdrukking door mijn bewustzijn werd opgepikt. 'Herinner je je nog jouw "Indian summer", Ramanujan?' vroeg ik, en tot mijn opluchting moest hij lachen en zei hij dat hij het nog wist: de dansfeesten, en de uitslagen van de tripos die bekend werden gemaakt, en *Kwam het door de kreeft?* Daarna, tot Littlewood terug moest naar zijn post, praatten we een uur of zo over de zètafunctie, over mevrouw Bixby, en Ethel, en Ananda Rao. Ik vertelde Littlewood over S. Ram – 'Ik heb zelden van mijn leven iemand ontmoet die zo kon ratelen,' zei ik, en Ramanujan zei vol animo: 'Ik heb net een brief van hem gekregen!'

'Is hij terug in Indië?'

'Ja, hij is twee weken geleden aangekomen.'

'Gelukkig. Hoe lang is de brief?'

'Die is zevenentwintig pagina's lang, en hij bestaat bijna helemaal uit voedseladviezen – wat ik wel moet eten en wat niet. Hij schijnt artsen in Madras te hebben geraadpleegd over mijn ziekte.'

'Wat een grappige vent is het toch.'

'Zeker. Aan het slot van de brief schreef hij: "Dus schiet nu maar op en ga een boel eten en verslinden en dik worden. Goed zo, jongen."' Ramanujan nipte van zijn thee. 'Weet je dat hij me mee wilde nemen naar Indië? Hij beloofde dat hij onderweg goed voor me zou zorgen. Het kostte me de grootste moeite om hem te beletten een passagebiljet voor mij te kopen.'

'Heb je wel overwogen om met hem mee te gaan?' vroeg Littlewood.

'Dan had ik van de boot moeten springen.'

We moesten alle drie lachen. Er viel een stilte, tot Littlewood zei: 'Nou, volg zijn raad maar op. Word beter, word dik, kom terug naar Trinity. We hebben een hoop werk te doen. We hebben nog steeds de Riemann-hypothese niet bewezen.'

'Ja, maar ik denk dat ik terug moet gaan naar Indië als de oorlog voorbij is,' zei Ramanujan. 'Al was het maar om mijn vrouw op te zoeken...'

'Natuurlijk,' zei ik. 'Een lang bezoek.'

'Een lang bezoek,' herhaalde Littlewood.

En Ramanujan staarde naar het bezinksel van zijn thee.

In oktober schoven we hem voor de tweede keer naar voren voor een aanstelling op Trinity. Het was een lastige onderneming. Gezien wat er het jaar ervoor was voorgevallen, meende Littlewood dat Ramanujan meer kans had om te worden gekozen als niet ik maar hij hem voordroeg. Toevallig verbleef Littlewood zelf ook in Cambridge, herstellende van een hersenschudding die hij had opgelopen toen er, zo beweerde hij, een kist met kogels op zijn hoofd was gevallen; volgens mij was hij gewoon dronken geweest en onderuitgegaan, en had hij daarna de kist met kogels verzonnen als smoes voor de kwetsuur.

We hadden er de handen vol aan. Er was in die tijd een kliek van samenspannende stafmedewerkers op Trinity die het als hun plicht zagen om zich op raciale gronden tegen Ramanujans kandidatuur te keren. Toevallig had Littlewood een spion in het vijandige kamp, zijn oude mentor Herman, die ook tegen Ramanujan was maar een

554

te naïeve inslag had om te konkelen. Van hem hoorden we de vreselijkste dingen. Zo had R.V. Laurence gezegd dat hij liever zijn biezen zou pakken dan toe te zien hoe er een zwarte man aan Trinity werd benoemd. Zijn medestanders grepen geruchten over de zelfmoordpoging aan om op een beding te wijzen waarin 'psychiatrisch gestoorden' werden uitgesloten van enige universitaire aanstelling. Zelfs Ramanujans status van lid van de Koninklijke Academie van Wetenschappen wisten die schoften te verdraaien als een 'achterbakse streek' die door Littlewood en mij was uitgehaald om Trinity onder druk te zetten. Alsof wij de macht hadden om de Academie voor ons karretje te spannen... Maar ik heb in de loop van de jaren geleerd dat vooroordelen diep geworteld zitten en met logica noch smeekbeden kunnen worden uitgeroeid. Zo'n vijand kun je alleen met zijn eigen vuile wapens bestrijden.

Dankzij Herman hadden we één voordeel: we wisten welke strategie er zou worden gevolgd, en dat hield in dat we ons er in elk geval tegen konden wapenen. Daarom zorgde Littlewood dat hij van twee artsen attesten kreeg waarin werd verklaard dat er niets mis was met Ramanujans geestelijke gesteldheid – attesten die uiteindelijk niet eens hoefden te worden voorgelezen. Tot mijn grote verrassing en opluchting verliep de stemming gunstig voor ons, ondanks Littlewoods afwezigheid op de vergadering omdat hij 'niet lekker' was. Of misschien pakte zijn afwezigheid juist goed uit. Herman moest hem vervangen en las een rapport voor dat Littlewood had opgesteld waarin Ramanujans prestaties omstandig werden geëtaleerd, culminerend in zijn benoeming tot lid van de Koninklijke Academie van Wetenschappen. Dat laatste gaf mijns inziens de doorslag, niet omdat de stemgerechtigden zo geïmponeerd waren door die titel op zich, maar omdat ze de negatieve publiciteit voorzagen die het wegstemmen van een lid van de Academie zou kunnen veroorzaken. Zodoende werd Ramanujan de eerste Indiër die als stafmedewerker op Trinity werd aangesteld.

Littlewood kwam me het nieuws vertellen. Later, toen ik me wegspoedde om Ramanujan een telegram te sturen, kwam ik McTaggart tegen die zoals gewoonlijk langs een muur voortsloop. 'Dit is het dunne einde van de wig,' zei hij, en voor ik kon antwoorden glipte hij weg naar de plek waar hij zijn driewieler had geparkeerd.

Ik stuurde het telegram. De volgende dag kreeg ik een brief uit Fitzroy House met het verzoek om Littlewood en majoor MacMahon uit naam van Ramanujan te bedanken. Al met al was zijn reactie lauwer dan ik had gehoopt, en zeker minder uitbundig van vreugde als het geval zou zijn geweest indien hij een jaar eerder was gekozen. 'Ik heb gehoord dat er op sommige universiteiten twee soorten aanstellingen als wetenschappelijk medewerker zijn,' schreef hij. 'De ene voor twee à drie jaar en de andere voor vijf of zes jaar. Als dat ook zo op Trinity is, is mijn benoeming dan van de eerste of de tweede soort?' Bij ons gold de aanstelling voor zes jaar, zoals ik hem meteen liet weten. Destijds ging ik ervan uit dat hij die verzekering wilde hebben omdat hij zo lang op Trinity hoopte te blijven als hij kon, maar nu vraag ik me af of hij al aan zijn familie dacht, aan wat er na zijn dood van hen zou worden.

Het interessantste gedeelte van de brief was van mathematische aard. Ramanujan was weer aan het werk, zoals we al vermoedden, en wel met partities. Hij had enkele nieuwe ideeën uitgewerkt, zo zei hij, over wat hij 'congruenties' noemde in het aantal partities voor gehele getallen die op 4 en 9 eindigden. Wanneer je met het getal 4 begon, zo legde hij uit, zal het partitiegetal voor elk vijfde gehele getal erna deelbaar zijn door 5. Zo is $p(n)$ voor 4 bijvoorbeeld 5, $p(n)$ voor 9 is 30, en $p(n)$ voor 14 is 135. Evenzo als je met 5 begint, zal $p(n)$ voor elk zevende gehele getal erna deelbaar zijn door 7. En ofschoon Ramanujan niet had gekeken hoe het voor 11 uitkwam 'vanwege de eentonigheid', vermoedde hij dat wanneer je met 6 begint, $p(n)$ voor elk elfde gehele getal erna deelbaar zal zijn door 11. Wat inderdaad bleek te kloppen. Het volgende getal om te testen zou natuurlijk 7 zijn, waarna volgens Ramanujans theorie elk dertiende gehele getal deelbaar zou zijn door 13. Helaas ging de theorie niet meer op bij 7, aangezien het partitiegetal voor 20 (7+13) uitkomt op 627 en de factoren van 627 de priemen 19, 11 en 3 zijn. Weer had de rekenkunde verwachtingen gewekt met een patroon en het daarna weggegrist. Echt, het leek wel of je met God te maken had.

556

Wat ijlt het verhaal voort naarmate het einde in zicht komt! Is het u wel eens opgevallen dat de eerste dagen van een vakantie zoveel langzamer verstrijken dan de laatste? Zo voelde het ook aan in het najaar van 1918. Weliswaar bleven enkele reactionairen zeuren over een Duits complot om een geheim wapen in te zetten, iets monsterlijks dat zo machtig was dat niemand zich een voorstelling kon maken van de vernietigingskracht ervan, maar in plaats daarvan gaven de Duitsers het op. Oostenrijk stuurde een vredesaanbod naar Woodrow Wilson, Ludendorff nam ontslag en het was voorbij. Ik was toen in Cambridge. Ik weet nog dat ik thuis zat en in de verte gebrul hoorde en vond dat ik er niet aan mee moest doen, niet alleen omdat ik vanaf het begin tegen de oorlog was geweest maar ook omdat ik geen zin had om te gaan brullen. Een afgrijselijke brand die eindelijk is geblust, een stroom bloed die eindelijk wordt gestelpt: zijn dat echt dingen om over te juichen? Ik vind van niet. Dus ik bleef thuis en om middernacht stapte ik in bed en viel in een slaap zo diep dat hij in een minuut voorbij leek te zijn. Toen ik wakker werd scheen de zon door de gordijnen en was het tien uur 's morgens, en voor het eerst in vier jaar voelde ik me niet moe.

Die middag kwam mejuffrouw Chern bij me langs. Ze had het nieuws over Ramanujans aanstelling gehoord en vroeg zich af hoe ze hem het best kon feliciteren. Ik gaf haar thee en ze liet me haar album met krantenknipsels zien, de meeste vergaard in Amerika, waar ze een groot deel van haar jeugd had doorgebracht. Er zat een artikel bij uit *The New York Times* – een oud artikel dat ze van haar vader had gekregen – waarin een kennis van Philippa Fawcett een gedetailleerd verslag gaf van haar triomf bij de tripos. Een tweede artikel in dezelfde krant – aangeleverd door de Marconi Transatlantic Wireless Telegraph – ging over Ramanujans aankomst in Cambridge in april 1914 en bevatte ook een vraaggesprek met mij dat me helemaal was ontschoten. In twee andere artikelen – uit *The Washington Post* en *The Christian Science Monitor* – werd ook verslag gedaan van Ramanujans aankomst in Engeland, maar merkwaardig genoeg lag daarbij minder nadruk op zijn werk in de getaltheorie dan op zijn vermogen om bliksemsnel rekensommen te maken. In het eerste werd hij vergeleken met een Tamiljongen die Arumogan heette en van wie ik nog nooit had gehoord. Hij was het onderwerp geweest van een speciaal bijeengeroepen vergadering van het Koninklijk Aziatisch Genootschap. Het tweede begon met: 'Vermenigvuldig 45.989 met 864.726.'

> Nou, van dat sommetje zou S. Ramanujan, de jonge hindoe die vorig jaar uit Indië naar de universiteit van Cambridge is gekomen, geen moment verschieten. Hij heeft maar een paar seconden nodig om 45.989 te vermenigvuldigen met 864.726. Minder tijd dan het hem kost om 8.396.497.713.826 en 96.268.393 bij elkaar op te tellen. In de tijd die de gemiddelde schooljongen erover zou doen om 31.021 door 12 te delen, kan Ramanujan de vijfdemachtswortel van 69.343.957 trekken of het juiste antwoord geven op de vraag: hoeveel gewicht aan water staat er in een kamer die 2 voet diep overstroomd is, als de kamer 18 voet 9 inches bij 13 voet 4 inches meet en een kubieke voet water $62\frac{1}{2}$ pond weegt?

Het artikel besloot met een vergelijking van Ramanujan met een jonge Amerikaanse 'rekenaar' die bekend stond als 'Marvellous Griffith'. 'Kon Ramanujan echt die rekensommen doen?' vroeg mejuffrouw Chern, en ik moest lachen. Het leek me onwaarschijnlijk, maar wat relevanter was: het leek me irrelevant. En ik vroeg me, niet voor het laatst, af of mijn vriend uiteindelijk zo in de herinnering zou voortleven: niet als een buitengewoon genie maar als een bijzondere circusattractie, het curiosum naar wie het publiek getallen gooit die hij als visjes naar binnen schrokt, alleen om te kijken hoe hij zonder hulp van pen en papier de berekeningen uitspuugt.

Ik ging niet vaak naar Londen maar we schreven elkaar minstens twee keer per week. Ramanujan scheen weer op zo'n golf van productiviteit te zitten die werd afgewisseld met futloosheid, en hij was met tien dingen tegelijk bezig: partities, Warings probleem voor vierdemachten, thètafuncties. Weer kaartte hij de mogelijkheid aan om terug te gaan naar Indië – omdat de oorlog voorbij was leverde de boottocht geen gevaar meer op, althans niet op het niet-mentale vlak. Met zijn toestemming schreef ik namens hem naar Madras. Er was mijns inziens geen reden voor hem om te blijven als hij graag weg wilde. Zijn aanstelling eiste niet van hem dat hij op Trinity College verblijf hield en legde hem evenmin enige verplichting op. En hoewel hij naar de ophanden zijnde reis bleef verwijzen als 'een bezoek', geloof ik dat ik, ook toen al, wist dat hij erheen ging om te sterven.

Hij kwam wat aan. De koortsen waren niet meer onregelmatig, zei hij. Hij had geen last meer van reumatische pijnen. Misschien dat hij daarom in november wegging uit Fitzroy House en naar een verpleegkliniek verhuisde die Colinette House heette, in Putney. Dat was een veel bescheidener (en minder kostbare) bedoening dan Fitzroy – een robuust bakstenen huis met acht slaapkamers dat geheel vrij stond en niet was te onderscheiden van de meeste andere huizen in Colinette Road, tot je naar binnen stapte en het assortiment medische apparaten zag waarmee de zitkamer vol stond. Een imposante trap leidde naar de eerste verdieping en naar Ramanujans kamer, die een erkerraam had met uitzicht op de voortuin. De plafonds waren hoog en met kunstig lijstwerk versierd. Ten tijde van zijn verblijf waren er slechts twee andere bewoners, een gepensioneerde kolonel die zo dement was dat hij meende dat hij nog steeds in Mangalore was, en een oudere weduwe genaamd mevrouw Featherstonehaugh die opvallend gesteld raakte op Ramanujan en hem vermaakte met haar toelichting dat haar naam werd uitgesproken als 'Fanshawe'.

Omdat ik er vanuit Pimlico vlug kon komen, bezocht ik Ramanujan vaker in Colinette House dan ik hem in Fitzroy House had opgezocht. Meestal nam ik een taxi. Zijn gezondheid was in die tijd gestabiliseerd, zij het slechts tot een vast ziektepatroon: net zoals in de maanden die hij op Thompson's Lane had doorgebracht, maakten koortsnachten plaats voor rustige, uitputtende dagen. Toch was hij minder prikkelbaar en obstinaat dan hij in Matlock House was geweest. Elke ochtend at hij eieren bij het ontbijt, en toen ik hem op een ochtend midden in zijn maaltijd stoorde – ik was gekomen om hem te helpen wat financiële details op een rijtje te zetten – keek hij naar me op van zijn bord en wiebelde met zijn hoofd op die oude manier van hem, alsof hij wilde zeggen: ja, ik heb het opgegeven. Het doet er allemaal niet meer zo toe. Eieren doen er niet meer toe.

Toen het koude weer inzette, begon zijn gezondheid te verslechteren. Er werd gelukkig wel een vuur voor hem aangelegd. Toen ik op een ochtend in januari bij hem langsging, lag hij tot mijn verbazing nog in bed. Hij groette me met een zwaai van zijn hand en vertelde dat hij een brief van de universiteit van Madras had gekregen – dezelfde universiteit die vroeger de deur voor zijn neus had dichtgegooid – waarin hem een inkomen van £ 250 per jaar werd toegezegd bij zijn terugkeer in Indië, een bedrag dat boven op dezelfde som van Trinity College kwam. 'Wat geweldig, Ramanujan!' zei ik terwijl ik mijn jas uittrok en ging zitten. 'Vijfhonderd pond per jaar zal wel een fortuin zijn in Indië. Dan ben je een rijkaard.'

'Ja, maar dat is ook juist het probleem,' antwoordde hij.

'Hoezo?' vroeg ik.

'Ik weet niet wat ik met zoveel geld aan moet. Het is te veel.'

'Maar je hoeft het niet allemaal aan jezelf te spenderen. Misschien krijg je wel kinderen. En wat er over is kun je aan goede doelen geven.'

'Ja, dat is precies wat ik had gedacht,' zei hij. 'Hardy, zou je een brief voor me willen schrijven? Ik voel me te zwak om een pen vast te houden.'

'Natuurlijk.' Ik pakte briefpapier van tafel. 'Aan wie moet hij geadresseerd worden?'

'Aan Dewsbury, het administratieve hoofd van de universiteit van Madras.'

'Ramanujan, je gaat toch niet –'

'Alsjeblieft, wil je hem het volgende schrijven?'

'Je bent toch niet zo dwaas om te zeggen dat hij je jaarinkomen moet verlagen en –'

'Alsjeblieft, doe wat ik vraag.'

Ik slaakte een zucht – luid genoeg, hoopte ik, om mijn afkeuring kenbaar te maken. Toen zei ik: 'Nou goed dan,' en pakte een pen. 'Ik ben zover. Ga je gang.'

'Geachte heer Dewsbury,' dicteerde hij, 'bij deze bevestig ik de ontvangst van uw brief gedateerd 9 december 1918, en accepteer ik dankbaar de zeer genereuze hulp die de universiteit me biedt.'

'Heel goed,' zei ik.

'Ik ben echter van mening dat, na mijn terugkeer naar Indië, die ik verwacht zich te voltrekken zodra daartoe strekkende maatregelen zijn genomen, het totale bedrag dat me is toegezegd veel meer zal zijn dan ik zal behoeven. Ik spreek de hoop uit dat er, nadat mijn onkosten in Engeland zijn verrekend, £ 50 per jaar aan mijn ouders kan worden uitgekeerd en dat het surplus, nadat mijn noodzakelijke onkosten zijn gedekt, tot een of ander educatief doel aangewend zal kunnen worden, zoals met name het verlagen van schoolgeld voor arme jongens en wezen en het aanschaffen van schoolboeken.'

'Heel grootmoedig, maar zou je niet graag enige controle houden op de wijze waarop het geld wordt besteed?'

'Het zal ongetwijfeld mogelijk zijn om hierover na mijn terugkeer afspraken te maken. Het spijt me dat ik, omdat ik ziek ben geweest, niet in staat ben geweest me de afgelopen twee jaar evenveel met wiskunde bezig te houden als ervoor. Ik hoop dat ik er binnenkort weer meer aandacht aan kan besteden, en ik zal zeker mijn best doen om de hulp die mij wordt geboden waard te zijn. Ik verblijf, uw meest dienstwillige dienaar, etc., etc.'

'Etc., etc.,' herhaalde ik, waarna ik hem de brief overhandigde om te ondertekenen.

'Weet je dit zeker?' vroeg ik terwijl ik de brief in de envelop schoof.

'Ik weet het zeker,' zei hij.

Klaarblijkelijk was hij vastbesloten om het geld uit handen van zijn ouders te houden.

Ik neem aan dat ik nu net zo goed de anekdote kan vertellen, ook al doe ik dat tegenwoordig met tegenzin. Het verhaal is al te vaak verteld, en het is net of het niet meer van mij is.

Elke hypothese, mathematisch of anderszins, over wat er achter Ramanujans antwoord kan hebben gelegen laat ik aan u over om uit te vlooien.

Ik was bij hem langsgegaan in Putney. Ik denk dat het in februari moet zijn geweest, ongeveer een maand voor hij zich inscheepte naar huis. En hij moet zich belabberd hebben gevoeld want de gordijnen waren dicht, en hij hield de gordijnen alleen dicht op slechte dagen.

Hij lag in bed en ik ging in de stoel naast zijn bed zitten. Hij zei niets, en ik had ook niets bijzonders tegen hem te zeggen. Er zat geen speciale reden achter mijn bezoek. Toch voelde ik behoefte om de stilte te verbreken, dus zei ik: 'De taxi die ik net van Pimlico heb genomen had het nummer 1729. Een nogal saai nummer, vond ik.'

Toen glimlachte Ramanujan. 'Nee, Hardy, dat is een heel interessant nummer,' zei hij. 'Het is het kleinste getal dat je op twee verschillende manieren kunt uitdrukken als de som van twee derdemachten.'

U kunt het nu uitrekenen als u wilt. U zult zien dat hij gelijk heeft: 1729 kan worden geschreven als $12^3 + 1^3$, maar het kan ook worden geschreven als $10^3 + 9^3$.

Was *The Christian Science Monitor* er maar bij geweest!

Hier houdt Ramanujans verhaal op het mijne te zijn. Over wat er van zijn leven resteerde – iets meer dan een jaar – kan ik u vrijwel niets vertellen omdat hij die tijd in Indië doorbracht terwijl ik in Engeland bleef.

Wat ik wel weet heb ik uit de tweede hand vernomen. Het schijnt dat hij na zijn terugkeer in Indië niet beter werd, zoals de bedoeling was, maar juist slechter. Het universiteitsbestuur bracht hem onder in grote luxe, in een reeks schitterende villa's die hem voor zolang als nodig was ter beschikking werden gesteld, met een onderbreking in de zomer waarin hij snel de stad uit werd gebracht naar de oevers van de Cauvery, de rivier waaraan hij als kind had gespeeld. En vandaar weer terug naar Madras. Ik heb geen idee wat Komalatammal, gewend om in een hut met lemen wanden te wonen, van de prachtige koloniale villa moet hebben gevonden waarin haar zoon zijn laatste maanden sleet. Ik heb er een foto van gezien. De trap met zijn gebeeldhouwde teakhouten leuning voert omlaag naar een enorme zitkamer met plafondlijsten van houtsnijwerk en een granieten vloer. 'Gometra' is de naam van het huis, in de buitenwijk Chetput, door Ramanujan 'Chetpat' genoemd; in het Tamil betekent dat 'Het zal spoedig gebeuren.'

Algauw voegde Janaki zich bij hem met haar broer. Het zal u niet verbazen om te horen dat Komalatammal verre van blij was om haar te zien. Ze probeerde zelfs om Janaki uit het huis te weren, maar Ramanujan stond erop dat zijn vrouw bij hem bleef, en uit ontzag voor zijn toestand bond zijn moeder in, neem ik aan, of deed het in elk geval voorkomen of ze tot een vergelijk met haar schoondochter was gekomen. (Met wat voor schimpscheuten ze het meisje over-laadde als ze alleen waren, daar kan ik slechts naar gissen.) Al met al was de situatie uiterst gespannen, en Ramanujan moet de animo-siteit hebben gevoeld die tussen de twee vrouwen heen en weer kaatste terwijl ze om de begeerde plek naast zijn bed wedijverden. Die verwoede strijd om te kijken wie van de vrouwen hij zou toe-staan hem te verzorgen, zijn bezwete pyjama's te verschonen en hem met een lepel melk te voeren, werd ongetwijfeld nog verhevigd door de prangende vraag wie er het meest van zijn erfenis zou profiteren.

De perioden waarin hij opknapte die in Engeland de lange lethar-gie van zijn ziekte steeds hadden onderbroken, waren nu voorbij. De atlas van zijn leven concentreerde zich op een matras laag op de koele granieten vloer, waarvan hij alleen opstond als de lakens moesten worden verschoond. Ondanks zijn verslechterende gezondheid had hij echter nog steeds periodieke vlagen van pro-ductiviteit. Tijdens een van die intervallen kwam hij op een idee dat volgens mij een van zijn vruchtbaarste concepten zal blijken te zijn, namelijk dat van de 'mock thètafunctie'. Het was het onderwerp van zijn laatste brief aan mij, een brief die hij in bed had geschreven en die volledig uit wiskundige bespiegelingen bestond.

Ik heb gehoord dat hij bij zijn terugkeer in Indië als een held werd onthaald, en dat het land weende bij het nieuws van zijn overlijden. Dat is nogal een apotheose van een verhaal dat zo bescheiden was begonnen en naar alle waarschijnlijkheid nog net zo bescheiden zou hebben voortgeduurd als ik me er niet in had gemengd.

Als Ramanujan in Indië was gebleven – en was blijven leven – dan zou hij nu tegen de vijftig lopen. In plaats daarvan stierf hij op zijn drieëndertigste.

Als doodsoorzaak werd tuberculose opgegeven.

En de anderen?

Toen de oorlog was afgelopen, verzoende Littlewood zich met mevrouw Chase. Er is nog een kind geboren. Ik neem aan dat het van hem is.

Mijn zus, die beste toegewijde Gertrude, is tot de dag van vandaag lid van het docentenkorps van St. Catherine's School.

Daisy en Epée hebben diverse generaties foxterriërs voortgebracht.

De Nevilles wonen in Reading.

Mejuffrouw Chern is mentrix op Newnham.

Russell werd weer tot hoogleraar op Trinity College benoemd.

Ik heb mijn woord gestand gedaan en Cambridge in 1919 verruild voor Oxford. Daar heb ik met veel genoegen tot 1931 lesgegeven, waarna ik ben teruggekeerd – als de spreekwoordelijke mot aangetrokken tot de vlam die zijn vleugels zal verschroeien – naar de universiteit waar ik mijn loopbaan was begonnen, de universiteit die me steeds had laten vallen en gekoeioneerd, de universiteit waar ik voorbestemd ben om mijn laatste dagen te slijten.

Ik werk nog steeds samen met Littlewood.

Het hospitaal op het cricketveld is afgebroken.

Van Thayer heb ik nooit meer iets gezien of gehoord.

Er is nog één verhaal waarvan ik u deelgenoot wil maken.

Eerder dit jaar – in april, meen ik – maakte ik een wandeling over Piccadilly Circus. Het was aan het einde van de middag en het motregende, en toen ik in Coventry Street van het trottoir stapte, werd ik aangereden door een motorfiets.

Ik wil onmiddellijk toegeven dat het ongeluk geheel en al mijn eigen schuld was en niet die van de motorrijder. Ik keek niet uit waar ik liep. Ik was vast met mijn hoofd bij de Riemann-hypothese, zoals zo vaak tegenwoordig.

Het volgende dat ik me herinner is dat ik wel tien meter van de plek waar ik had willen oversteken op het wegdek lag. Zo ver had de motor me meegesleurd. De motorrijder, een blonde jonge man, stond me ontsteld aan te kijken. 'Is alles goed met u, meneer?' vroeg hij. En toen was zijn gezicht verdwenen en werd het vervangen door dat van een politieagent. 'Alles goed met u, meneer?' vroeg de agent.

'Jawel, hoor,' zei ik.

'Toe, mensen, maak een beetje ruimte voor deze meneer,' zei de agent. 'Kom, doorlopen, doorlopen.'

Daarna tilde de agent me in één beweging overeind.

'Ik geloof dat ik niets heb,' zei ik. 'Het duizelt me alleen een beetje.' Ik had het nog niet gezegd of mijn knieën knikten en de agent moest me opvangen.

Er had zich een menigte gevormd. 'Opzij, opzij,' beval hij, en toen leidde hij me de straat over, uit de regen, tot we onder een van de bogen van het Prince of Wales Theatre stonden.

'Dank u wel,' zei ik.

'U moet uitkijken waar u loopt, meneer,' zei hij terwijl hij me vast hield en mijn kleren afklopte, alsof ik een kind was.

'Ja, inderdaad.'

'Zo.' Hij deed een pas achteruit en zette zijn helm af. 'U bent toch meneer Hardy?'

'Ja,' zei ik. 'Hoe kent u mij?'

'U weet niet meer wie ik ben, hè?'

'Ken ik u dan?' En ik keek hem aan: de bruine ogen, de zware snor.

Toen wist ik het weer. 'Richards.'

Zijn mond plooide zich in een brede glimlach. 'Precies, meneer. Ik was erbij toen u op het bureau kwam om meneer Ramanujan op te halen. Hoe lang is het niet geleden?'

'Ik weet het niet... een jaar of twintig?'

'Ietsje minder. In het najaar van 1917, voor de oorlog was afgelopen.'

'Juist. Wat een fortuinlijk toeval. Ik ben blij om u te zien. Ik heb vaak gedacht dat ik u nog eens zou moeten opzoeken.'

'O ja? Had u het maar gedaan. Jammer. Maar goed, beter laat dan nooit, zoals mijn vrouw zegt.'

'Dus u bent getrouwd?'

'Jazeker, meneer. En we hebben drie dochters. Maar het is raar, ik heb altijd geweten dat ik u nog eens tegen zou komen. Ik wist het gewoon. En kijk, daar staan we.'

'Ja. Voor het Prince of Wales Theatre.'

Hij glimlachte. Ik glimlachte. Toen zette hij opeens een ernstig gezicht. 'Wat een trieste toestand, hè, met meneer Ramanujan. We zagen toen natuurlijk al dat hij ziek was. En toen las ik de necrologieën en dacht ik, tja, nou kan ik er wel in komen.'

'Ja, misschien wel, ja.'

'En dan te bedenken dat hij pas in 1918 is benoemd tot lid van de Koninklijke Academie van Wetenschappen.'

'Ja, in 1918.'

'Maar op het bureau zei u dat hij toen al lid was, en dat was in 1917.'

'O, heb ik dat gezegd?' En ik moest weer glimlachen – minder omdat ik op een leugen was betrapt dan omdat ik de leugen waarop ik was betrapt tot dat moment was vergeten.

'Nou ja, hij was toen bijna lid.'

'Dus u geeft toe dat u hebt gelogen.'

'Ik zie niet in waarom dat iets uitmaakt.'

'Wilt u daarmee zeggen dat de wet niets uitmaakt, meneer?' Richards fronste. 'Dat is een serieuze zaak, liegen tegen Scotland Yard. Een meinedige getuigenis. Ik zou u daarvoor kunnen laten opsluiten.'

'Nou, wat een onzin. Het is jaren geleden! En trouwens' – ik gebaarde vaag naar Coventry Street – 'ik ben net door een motor omvergereden.'

Toen lachte Richards. Hij lachte zich een kriek. 'Daar had ik u te pakken, hè?' zei hij.

'Ja, dat had u zeker,' zei ik.

En toen gebeurde er iets buitengewoons. Misschien was het een hallucinatie die werd veroorzaakt door de schok van de aanrijding – tot de dag van vandaag weet ik het nog steeds niet zeker – maar het leek of hij me bij mijn schouders omlaag drukte. En of het kwam omdat ik het wilde, of omdat ik me niet lekker voelde, feit is dat ik op mijn knieën zeeg.

Opeens verstomden alle geluiden op straat. Ik zag hoe de laatste zonnestralen uitwaaierden over een plas troebel water. Ik zag in de verte dat er paraplu's werden dichtgevouwen omdat het was opgehouden met regenen.

Heel bedaard legde hij zijn handen op mijn hoofd, zette zijn nagels in de huid van mijn schedel en trok mijn gezicht diep in de wollige, dierlijke donkerte van zijn uniformbroek.

Maar heel even. Toen liet hij me los.

'Kom, sta op.' Ik stond op, nog onvast op mijn benen. 'U kunt nu maar beter naar huis gaan, meneer,' zei hij, en hij draaide me om zodat ik met mijn gezicht naar de straat stond, met toeterende claxons en natte, wazige gezichten in de schemering.

'Dank u wel,' zei ik. Bij wijze van antwoord duwde hij me zachtjes over de rand van het trottoir het wegdek van Coventry Street op, naar de trap die omlaag voerde naar de ondergrondse.

5

*H*ardy stapte achteruit van het spreekgestoelte. Het applaus dat de zaal vulde was als het geluid van regen op autodaken.

Ineens werd hij omringd. Handen schudden de zijne, monden kwamen ondraaglijk dicht bij zijn gezicht, felicitaties prevelend en vragen stellend. De vragen beantwoordde hij met de stem waarmee hij het college had gegeven terwijl die andere, innerlijke stem, die geheime stem, zich die avond in Pimlico herinnerde toen Gayes geest, ontboden of tevoorschijn getoverd uit de ether, afhankelijk van hoe je die dingen ziet, op de rand van zijn bed ging zitten en hem waarschuwde om zich te hoeden voor een man in het zwart en het uur van de schemering.

Het geval wilde dat het nu ook het uur van de schemering was. Stemmen waaraan hij geen namen kon koppelen vroegen of hij wilde rusten voor het avondeten, en hij zei dat hij dat wel wilde. Anderen boden aan hem naar zijn hotel te begeleiden, en hij wuifde hun aanbod weg. Nee, hij zou in zijn eentje gaan. De wandeling zou hem goed doen. En dus, eindelijk alleen gelaten, haastte hij zich de collegezaal uit en de avondlucht in; hij liep snel over gazons en door de schaduwen van rode bakstenen gebouwen, zonder acht te slaan op de weg die hij nam. Want het ging niet om het bereiken van een doel, maar om zich zo ver mogelijk van de geesten die hij had opgeroepen te verwijderen.

Weldra kwam hij bij de Harvard Yard, waar hij werd getroffen door de aanblik van twee studenten die leren handschoenen droegen en een bal naar elkaar overgooiden. Al sinds zijn eerste reis naar 'de States' was hij gefascineerd door Amerikaans honkbal. Nu stond hij op het cementen paadje dat diagonaal over het veld liep en volgde het spel van de jongelui, gebiologeerd door de gedraaide houding

die ze aannamen als ze naar achteren reikten alvorens de bal te gooi-
en, door de boog die de bal boven het groene gras maakte en de
bevredigende plof als het harde witte leer van de bal tegen het zachte bruine leer van de handschoen kwam. Het deed er niet toe dat de
zon weldra zou ondergaan; hij wist dat die jongelui zouden door-
spelen tot het laatste licht uit de hemel was weggevloeid, tot de schemering helemaal was leeggezogen.

Waarom stond hij er nog steeds versteld van dat hij zo weinig van
Ramanujan af wist? Hij was te oud om nog langer te geloven dat hij
meer dan een flintertje van die immense, diabolische geest had
beroerd. Dat hadden ze geen van allen gedaan – Littlewood niet, Eric
niet en Alice evenmin. Ramanujan was hun wereld binnengestapt en
voor een tijd had hun leven om hem gedraaid, ongeveer zoals verre
planeten rondom een ster draaien waarvan ze slechts een uiterst
zwakke penumbra kunnen waarnemen. En toch bepaalt die ster hun
baan en regelt hij hun zwaartekracht, hoe ver hij ook weg staat. Zelfs
nu nog werd Hardy elke ochtend uit zijn slaap gerukt door dromen
over Ramanujan, en als hij naar bed ging werden zijn dromen over-
goten door een stralende lichtflits, als het licht dat van een gevernist
cricketbat weerkaatst, of van het geheven hakmes van een Gurkha.

BRONNEN EN DANKBETUIGING

Bij de research voor en het schrijven van *De Indische klerk* heb ik honderden bronnen geraadpleegd, en ik ben veel dank verschuldigd aan de vele historici, archivarissen, wiskundigen en bibliothecarissen die deze bronnen met hun noeste arbeid aan het licht hebben gebracht.

Deze roman is gebaseerd op ware gebeurtenissen maar wijkt tegelijk af van de historische werkelijkheid, zoals de meeste romans gebaseerd op ware gebeurtenissen: feiten worden met fictie vermengd en historische figuren tot fictieve personages getransformeerd. Wat volgt is een korte beschrijving van een aantal boeken dat ik heb gelezen en de richting waarin ze me hebben gestuwd.

Ik hoop dat er mensen zijn die na het lezen van *De Indische klerk* meer willen weten over de drie opmerkelijke mannen om wier leven de roman draait. Het beste vertrekpunt daarvoor is Robert Kanigels meesterlijke biografie *The Man Who Knew Infinity: A Life of the Genius Ramanujan* (Crown, 1991), waarin niet alleen een helder, gedetailleerd verslag van Ramanujans leven wordt gegeven maar ook van dat van Hardy.

Gelukkig voor mij waren de meeste primaire bronnen die ik moest raadplegen – brieven, memoires, foto's, documenten – tegen de tijd dat ik me aan het schrijven van *De Indische klerk* zette al bijeengebracht in een serie omnibusuitgaven. De eerste daarvan, gepubliceerd in 1967 (zes jaar nadat er in India een herdenkingspostzegel ter ere van Ramanujan was uitgebracht) waren *Ramanujan: The Man and the Mathematician* door S.K. Ranganathan (Asia Publishing House) en het tweedelige *Ramanujan Memorial Number* door P.K. Srinivasan (Muthialpet High School), bestaande uit *Ramanujan: Letters and Reminiscences* en *Ramanujan: An Inspiration*. In 1995 is het gezaghebbende *Ramanujan: Letters and Commentary* uitgekomen, in 2001 gevolgd door *Ramanujan: Essays and Surveys*. Beide zijn (uitmuntend) geredigeerd door Bruce C. Berndt en Robert A. Rankin, en gezamenlijk gepubliceerd door het Londens en het Amerikaans Wiskundig Genootschap.

Bij mijn relaas van Ramanujans ziekte heb ik gebruik gemaakt van het grondige onderzoek dat Robert A. Rankin en dokter A.B. Young hebben uitgevoerd. Hun artikelen – 'Ramanujan as a Patient' en 'Ramanujan's Illness' – zijn beide opgenomen in *Ramanujan: Essays and Surveys*. Ik sluit me aan bij Dokter Youngs vermoeden dat Ramanujan in feite niet aan tuberculose leed, en heb mijn verhaal over zijn zelfmoordpoging en de nasleep ervan ten dele gebaseerd op dokter Youngs zeer boeiende detectivewerk.

Niemand minder dan Graham Greene heeft Hardy's opmerkelijke biografie uit 1940, *A Mathematician's Apology*, geprezen. Het boek is nog steeds verkrijgbaar bij de Cambridge University Press, uitgebreid met een ontroerende herinnering aan Hardy door zijn vriend de romancier C.P. Snow.

Ramanujan: Twelve Lectures on Subjects Suggested by His Life and Work – de teksten van de colleges die Hardy in 1936 aan Harvard heeft gegeven – is als herdruk verkrijgbaar bij AMS Chelsea Publishing, evenals *Collected Papers of Srinivasa Ramanujan*, geredigeerd door G.H. Hardy, P.V. Seshu Aiyar en B.M. Wilson. Hardy's verzamelde verhandelingen (Oxford University Press, zeven delen) kan in de meeste universiteitsbibliotheken worden gevonden. Van zijn wiskundige teksten is de beroemdste waarschijnlijk *A Course of Pure Mathematics* dat al die jaren door de Cambridge University Press in druk is gehouden.

Het beste verslag van de affaire rond Bertrand Russell op Trinity College blijft Hardy's eigen *Bertrand Russell and Trinity*, in eigen beheer uitgebracht maar als herdruk verkrijgbaar bij de Cambridge University Press. Mijn inzicht in de relatie tussen Russell en Hardy is verdiept door drie artikelen die zijn gepubliceerd in *Russell: The Journal of the Bertrand Russell Archives*: 'Russell and the Cambridge Moral Sciences Club' door Jack Pitt (New Series, vol. 1, no. 2, winter 1981-82), 'Russell's Dismissal from Trinity: A Study in High Table

Politics' door Paul Delaney (New Series, vol. 6, no. 1, summer 1986) en 'Russell and G.H. Hardy: A Study of Their Relationship' door I. Grattan-Guinness (New Series, vol. 11, no. 2, winter 1991). Daarnaast heb ik een selectie brieven uit Russells omvangrijke correspondentie gelezen, sommige uitgegeven door Routledge in *The Selected Letters of Bertrand Russell* (twee delen, geredigeerd door Nicholas Griffin) en andere, waaronder verscheidene van Hardy, waarin me inzage is gegund dankzij de welwillende medewerking van het personeel van de Bertrand Russell Archives van McMaster University.

Gezien Russells neiging om controle te houden op zijn intellectuele erfenis is het niet verwonderlijk dat zijn autobiografie (Atlantic Monthly Press, 1967) ons minder leert over zijn ontslag van Trinity College dan Ray Monks *Bertrand Russell: The Spirit of Solitude, 1872-1921* (Free Press, 1996) en Ronald W. Clarks *The Life of Bertrand Russell* (Alfred A. Knopf, 1976).

Bij het onderzoek naar de Apostelen van Cambridge heb ik mij verlaten op Paul Levy's zeer gerespecteerde *Moore: G.E. Moore and the Cambridge Apostles* (Oxford University Press, 1981) en in mindere mate op Richard Deacons informatieve maar omstreden en hier en daar homofobische *The Cambridge Apostles: A History of Cambridge University's Elite Intellectual Secret Society* (Farrar, Straus & Giroux, 1985). W.C. Lubenows *The Cambridge Apostles, 1820-1914* (Cambridge University Press, 1998) bleek ook een bron van onschatbare waarde te zijn. (Ik ben professor Lubenow erkentelijk voor zijn hulp bij het ophelderen van de onduidelijkheid rondom de vraag of Hardy zich tijdens de Eerste Wereldoorlog nu wel of niet formeel bereid heeft verklaard om dienst te nemen.)

Uit de brieven van de Apostelen – met name die van Russell, Lytton Strachey, James Strachey en Rupert Brooke – heb ik een indruk gekregen hoe de bijeenkomsten van het genootschap aanvoelden en klonken en roken. Veel van Lytton Stracheys brieven over de Apostelen zijn opgenomen in *The Letters of Lytton Strachey*, gekozen en geredigeerd door Paul Levy (Viking, 2005), terwijl Brookes correspondentie met de jongste Strachey kan worden gevonden in *Friends and Apostles: The Correspondence of Rupert Brooke and James Strachey,*

1905-1914, geredigeerd door Keith Hale (Yale University Press, 1998). *The Neo-Pagans: Rupert Brooke and the Ordeal of Youth* door Paul Delaney (Free Press, 1987) werpt niet alleen licht op Brooke maar ook op zijn Hongaarse rivaal Ferenc Békássy. Het gezaghebbende *Lytton Strachey: The New Biography* door Michael Holroyd (W.W. Norton, 2005) is eveneens zeer lezenswaardig, zowel omdat het exemplarisch is voor de kunst van de biografie als omdat het zo'n indringend portret van zijn onderwerp schetst. Ten slotte illustreert John Maynard Keynes' milde, geestige terugblik 'My Early Beliefs', opgenomen in *Two Memoirs* (Rupert Hart-Davis, 1949), hoe groot G.E. Moores filosofische en morele invloed op de Apostelen was.

Bij mijn onderzoek naar J.E. Littlewood heb ik zijn eigen boek met memoires en essays geraadpleegd, *A Mathematician's Miscellany* (Methuen, 1953), en Béla Bollobás' *Littlewood's Miscellany* (Cambridge University Press, 1986), waarin de inhoud van het eerste boek wordt gecombineerd met andere pennevruchten van Littlewood plus een boeiende herinnering aan de man door Bollobás zelf.

De beschrijving van Russell Kerr Gayes zelfmoord (en de impact ervan op Hardy) is ontleend aan brieven van Lytton en James Strachey over dat onderwerp en in mindere mate aan Gayes necrologie in *The Times*; de verhalen over de ziekte van hun kat en de circusvrouw die ratten met haar tanden ving zijn afkomstig uit Leonard Woolfs *Sowing* (Harcourt, Brace & Co., 1960).

Gertrude Hardy's gedicht 'Lines Written Under Provocation' is in oktober 1933 gepubliceerd in het *St. Catherine's School Magazine*, ongeveer dertig jaar nadat ik het in de roman aan haar heb toegeschreven. Robert Kanigel heeft dit opmerkelijk pittige staaltje van satire opgenomen in zijn *The Man Who Knew Infinity*. Kanigel is ook de bron van een aantal details uit Hardy's leven die ik in de roman heb gedramatiseerd, zoals de 'Indische bazaar', de opvoering van *Twelfth Night (Driekoningenavond)*, het gesprek met de dominee over de vlieger en het tragische verhaal achter Gertrudes glazen oog. Kanigel heeft ook de juiste puzzel uit *The Strand Magazine* opgespoord die Ramanujan zo snel wist op te lossen.

Voor degenen die hun inzicht in de wereld waarin Hardy leefde (en in de daaruit voortvloeiende oorlog) wensen te verdiepen, kan ik *The Edwardian Turn of Mind* door Samuel Hynes (Princeton University Press, 1968) niet genoeg aanbevelen, en dat geldt ook voor het minder bekende vervolg erop, *A War Imagined: The First World War and English Culture* (Atheneum, 1990) en voor *The Great War and Modern Memory* door Paul Fussell (Oxford University Press, uitgave bij het vijfentwintigjarig jubileum, 2000).

De houding tegenover homoseksualiteit die in het Engeland van die tijd heerste is op scherpzinnige wijze onderzocht door Graham Robb in *Strangers: Homosexual Love in the Nineteenth Century* (W.W. Norton, 2004) en door Matt Houlbrook in *Queer London: Perils and Pleasures in the Sexual Metropolis, 1918-1957* (University of Chicago Press, 2005). Het helderste inzicht in de manieren waarop homoseksuele liefde in Engeland ten tijde van de Grote Oorlog werd geuit, uitgebuit en gemanipuleerd is me echter verschaft door Pat Barkers trilogie *Weg der geesten*, bestaande uit de romans *Niemandsland, Het oog in de deur* en *Weg der geesten*.

Gelukkig zijn er voor leken de laatste jaren vier uitstekende boeken over de Riemann-hypothese uitgekomen. Van deze publicaties kan ik *The Music of the Primes* door Marcus du Sautoy (HarperCollins, 2003) en *Stalking the Riemann Hypothesis* door Dan Rockmore (Pantheon, 2005) ten zeerste aanbevelen. Hardy en Ramanujan duiken eveneens op in Paul Hoffmans onderhoudende biografie van de wiskundige Paul Erdös, *The Man Who Loved Only Numbers* (Hyperion, 1998).

Voor mijn onderzoek naar de geschiedenis van de wiskunde-tripos en Hardy's strijd om de tripos af te schaffen heb ik primaire bronnen aangeboord, zoals ingezonden brieven in *The Times*, artikelen uit de 'University Intelligence'-rubriek in dezelfde krant en necrologieën. Ik heb ook veel opgestoken van Jeremy Gray's 'Mathematics in Cambridge and Beyond' in *Cambridge Minds* (geredigeerd door Richard Mason, Cambridge University Press, 1994) en van diverse persoonlijke essays die zijn gebundeld in de driedelige omnibus *Mathematics: People, Problems, Results*, geredigeerd door Douglas M. Campbell en John C. Higgins (Wadsworth, 1984): 'Old

Tripos Days at Cambridge' door A.R. Forsyth, 'Old Cambridge Days' door Leonard Roth, 'John Edensor Littlewood' door J.C. Burkill, 'Hardy's *A Mathematician's Apology*' door L.J. Mordell en 'Some Mathematicians I Have Known' door George Pólya.

Over Pólya gesproken: het onderhoudende *Pólya Picture Album: Encounters of a Mathematician* (Birkhäuser, 1987) bevat de grootste collectie foto's die ik van de notoir fotofobische Hardy heb kunnen vinden.

Het verhaal over Philippa Fawcetts triomf bij de wiskunde-tripos is slechts vluchtig gemeld in *The Times* uit Londen maar werd groot gebracht door *The New York Times*. Ik ben Jill Lamberton erkentelijk dat ze me deelgenoot heeft gemaakt van een brief uit 1890 waarin Helen Gladstone de gebeurtenis aan Mary Gladstone Drew heeft beschreven.

Veel van wat D.H. Lawrence in de roman tegen Hardy zegt is ontleend aan brieven die hij voor en na zijn rampzalige bezoek aan Cambridge aan David Garnett en Bertrand Russell heeft geschreven. Ze zijn opgenomen in *The Letters of D.H. Lawrence*, vol. II, June 1913-1916, geredigeerd door George J. Zytaruk en James T. Boulton (Cambridge University Press, 1981). Dat Lawrence tijdens zijn bezoek 'een lange, vriendelijke gedachtewisseling' met Hardy had en dat hij van de vele hoogleraren met wie hij kennismaakte alleen sympathie voor Hardy schijnt te hebben gevoeld, wordt door een aantal bronnen bevestigd, waaronder *D.H. Lawrence: A Composite Biography* door Edward Nehl (University of Wisconsin Press, 1957-59).

De meeste vegetarische gerechten die ik noem stonden daadwerkelijk in vegetarische kookboeken uit die tijd. Voor degenen die zich verder willen verdiepen in dat fascinerende onderwerp kan ik Colin Spencers *Vegetarianism: A History* (Four Walls, Eight Windows, 2002) zeer aanbevelen.

Nu door naar verzinsels en halve waarheden:

Mijn verslag van Ludwig Wittgensteins inwijding in het Genootschap van Apostelen is weliswaar grotendeels accuraat, maar ik heb het voorval drie maanden naar voren geschoven om in de chronologie van de roman te passen.

Eric Neville had echt een vrouw die Alice heette, en Ranganathan herinnert zich vol genegenheid haar hartelijkheid jegens Ramanujan en haar bezorgdheid om zijn welzijn. Dat gezegd zijnde is er geen aanleiding om te geloven dat Alice Neville Zweeds sprak, verliefd werd op Ramanujan, voor Dorothy Buxton werkte, liedjes van Gilbert en Sullivan zong of Israfel las.

Israfel bestond ook: de aangehaalde passages komen uit haar boek *Ivory Apes & Peacocks* (At the Sign of the Unicorn, 1899). Dorothy Buxton eveneens; nadat ze de hele Eerste Wereldoorlog haar 'Berichten uit de buitenlandse pers' had gepubliceerd in *The Cambridge Magazine*, stichtte ze met haar zus Eglantyne Jebb het Save the Children Fund.

Hoewel mannen genaamd Chatterjee, Mahalanobis en Ananda Rao tot Ramanujans Indische vriendenkring in Cambridge behoorden, is er geen aanleiding om te geloven dat ze in welk aspect dan ook enige gelijkenis vertonen met de fictieve personages die ik hun namen heb gegeven. En hoewel Ramanujan inderdaad is weggelopen van het etentje dat hij ter ere van Chatterjee en diens verloofde Ila Rudra heeft gegeven, blijkt uit geen enkele bron dat Hardy daarbij aanwezig was. (Mejuffrouw Chattopadhyaya wel.)

'S. Ram' was wonderbaarlijk genoeg ook een echt bestaande figuur. Zijn monologen zijn ontleend aan de lange brieven die hij aan Ramanujan en Hardy heeft geschreven.

Anne Chase is volstrekt fictief maar losjes gebaseerd op 'mevrouw Streatfeild', een getrouwde inwoonster van Treen met wie Littlewood een langdurige verhouding heeft gehad en minstens één kind. Ik heb echter begrepen dat de echte Littlewood pas na Ramanujans dood met mevrouw Streatfeild kennismaakte.

Thayer is geheel en al verzonnen, net als Richards.

Ik ben als enige verantwoordelijk voor alle overige foutjes, versieringen of vervoeringen van de verbeelding die mogelijk aan het licht komen. De muze van de geschiedenis zal me ze waarschijnlijk niet vergeven, maar ik hoop dat de lezer daartoe wel bereid is.

Voor hulp en velerlei steun wil ik mijn dank betuigen aan: Krishnaswami Alladi van de wiskundefaculteit van de University of Florida, George Andrews, Amy Andrews Alznauer, Liz Calder, Dick Chapman, Vikram Doctor, Maggie Evans, Michael Fishwick, Sunil Mukhi, K. Srinivasa Rao, John Van Hook van de bibliotheek van de University of Florida, Greg Villepique en de zeer behulpzame staf van de Sastra University van Kumbakonam, Tamil Nadu.

Voor hun zorgzame redactionele begeleiding van deze roman ben ik Colin Dickerman en Beena Kamlani ten zeerste erkentelijk. Dat geldt ook voor Prabhakar Ragde, die de roman nauwlettend en coulant heeft gelezen en enkele van mijn grootste wiskundige missers heeft gecorrigeerd.

Ik ben speciaal dank verschuldigd aan de onvermoeibare R. Balusubramanian ('Balu') van het Institute of Mathematical Sciences in Chennai, die met mij een rit door Triplicane heeft gemaakt in een elektrische riksja, me Ramanujans originele notitieboeken heeft laten vasthouden en me heeft voorgesteld aan Janaki's geadopteerde zoon.

Zoals altijd bedank ik mijn agenten Jin Auh, Tracy Bohan en Andrew Wylie voor hun niet-aflatende steun en aanmoediging.

Van David Leavitt verscheen bij De Harmonie:

Familiedans
De verloren taal der kranen
Eendere liefde
Waar ik nooit geweest ben
Terwijl Engeland slaapt
Arkansas
De bladomslaander
Martin Bauman
In de Maremma (met Mark Mitchell)
De marmeren quilt
De geest van Jonah Boyd

COLOFON

De Indische klerk van David Leavitt werd in opdracht van Uitgeverij De Harmonie te Amsterdam gedrukt door Krips te Meppel.
Omslag Anne Lammers
Typografie Ar Nederhof
Oorspronkelijke uitgave: *The Indian Clerk*, Bloomsbury, Londen/New York

ISBN 978 90 6169 899 9

Eerste druk juni 2009

Voor België: Uitgeverij Manteau, Antwerpen
ISBN 978 90 223 2359 5
D 0034/2009/221

www.deharmonie.nl
www.manteau.be

De vertaler ontving voor deze vertaling een werkbeurs van de Stichting Fonds voor de Letteren.